Scarlet
스칼렛

www.bbulmedia.com

오빠랑 연애하면

오빠랑
연애한편

1판 1쇄 찍음 2018년 2월 28일
1판 1쇄 펴냄 2018년 3월 8일

지은이 | 탐 나
펴낸이 | 정 필
펴낸곳 | (주)뿔미디어

기획 · 편집 | 이영은, 심은지, 박지희
표지 디자인 | 우물

출판등록 | 2002년 9월 11일 (제1081-1-132호)
주소 | 경기도 부천시 원미구 소향로 17, 303(두성프라자)
전화 | 032)651-6513 / 팩스 032)651-6094
E-mail | scarlets2012@hanmail.net
블로그 | http://blog.naver.com/dahyangs
비북스 | http://b-books.co.kr

값 10,000원

ISBN 979-11-315-8907-6 04810
ISBN 979-11-315-8905-2 04810(세트)

오빠랑
연애하면
2

탐나(TAMNA)
장편 소설

SCARLET ROMANCE STORY

Contents

34화 · 007 | 35화 · 020 | 36화 · 032 | 37화 · 044

38화 · 058 | 39화 · 075 | 40화 · 105 | 41화 · 125

42화 · 140 | 43화 · 154 | 44화 · 169 | 45화 · 189

46화 · 205 | 47화 · 223 | 48화 · 243 | 49화 · 257

50화 · 273 | 51화 · 293 | 52화 · 310 | 53화 · 324

54화 · 337 | 55화 · 353 | 56화 · 367 | 57화 · 382

58화 · 397 | 59화 · 414 | 60화 · 427 | 61화 · 443

62화 · 456 | 63화 · 477

외전 1화. 오빠? 아빠! · 499

외전 2화. 첫 번째 기록, 약속 · 520

외전 3화. 두 번째 기록, 선물 · 531

외전 4화. 다시, 사랑이 올까요? · 544

작가 후기 · 556

34화

다음 날. 단영은 하준보다 일찍 기상했다. 새벽 5시. 출근을 준비하기엔 이른 시간이었다. 승호의 화보 촬영이 본격적으로 시작되는 날이었기에 떨어지긴 싫었지만 차마 늦장 부릴 수 없었다.

"오늘도 도하준 외모는 열일 하는 중이구나."

나른한 눈꺼풀을 밀어 올렸다. 잠에 취한 그의 얼굴이 보였다. 주름 하나 없이 곱다. 새근새근, 뒤척이지도 않았다. 그는 곧은 자세로 숙면을 취하는 중이었다.

날렵한 콧대를 손가락으로 조심스레 쓸어 냈다. 그러자 그의 미간이 무심결에 찌푸려졌다.

"알겠어. 그만 괴롭힐게."

콧등을 찡긋거린 단영이 혼잣말하듯 웃었다.

혹시라도 하준이 깰까, 조심조심 침대에서 벗어났다. 온몸이 쑤셨다. 몸살에 걸린 듯, 온몸이 으슬으슬 떨렸다.

아마, 전날 밤에 치른 거사 때문일 것이다. 그래도 기분은 좋았다. 낮보다 뜨거웠던 우리의 밤.

'오, 오빠. 나 죽을 것 같아…….'
'죽더라도 나한테 잠겨 죽어.'

그는 무례했다.

부끄럽고 민망했지만, 괜찮았다. 하준은 열정적으로 단영을 사랑해 주었고, 약속대로 마음껏 예뻐해 주었으며 마지막까지 신사답게 관계를 마무리했다.

다시 떠올리자, 얼굴이 달아올랐다.

그의 손길이. 진한 흔적이 아직도 몸 구석구석에 남아 있는 것 같아서.

샤워를 마친 단영은 그가 일어난 뒤에 간단히 요기할 것들을 식탁 위에 준비해 두었다.

"힘. 힘내자."

그러고는 거울에 비친 제 모습을 바라보며 다짐했다.

전쟁터로 향하는 출근길이었다.

스튜디오 촬영 준비는 변함없이 어수선했다. 세트장 주변에 눈이 아플 정도로 밝은 조명이 팟, 하고 켜졌다. 스태프들은 촬영 도구들을 제자리에 배치하느라 바빴다. 근처엔 메인 모델인 승호를 서포트해 줄 여자 모델들이 대기 중이었다.

"에이전시에서 보낸 여자 모델들은 다 도착한 거야?"

단영이 카메라 렌즈를 닦으며 물었다.

"네. 그런데 좀 기분이 언짢네요."

은효가 툴툴거리자 단영은 왜? 하고 물으며 고개를 올렸다.

"개성 있는 모델 구하려고 여러 곳에 연락 돌릴 참이었는데, 배승호 씨 엔터 측에서 반드시 자기 쪽으로 연결된 에이전시 모델들로만 픽스 해 달라 하더라구요."

"……뭐?"

"부탁조도 아니고, 그렇게 하라는 투? 거의 명령조였어요. 말도 마세요. 지네들이 애지중지하는 톱 모델 데려다 쓰면서 초짜 포토그래퍼 붙여 놨다고 노발대발하는……."

뒤늦게 말실수한 것을 알아차린 은효가 서둘러 정정했다.

"아니, 절대로 선배가 초짜란 뜻이 아니라……."

"됐거든?"

틀린 말은 아니었다. 환영엔터는 내로라하는 톱 모델들을 대부분 관리하고 있었다. 그러다 보니 〈오브〉 스튜디오 입장에선 환영엔터 측에서 서포트 모델로 누굴 보냈어 바짝 엎드려야 했다.

무려 셀러브리티(celebrity)만 고집하기로 유명한 대기업 시오전자였다. 시오기업 신상 론칭 모델로 발탁된 것에 대해선 만족스럽게 납득할 수 있었을지 몰라도 그 작품을 만들어 내야 하는 가장 중요한 포토그래퍼가 듣도 보도 못한 신인인 것에 문제를 삼았나 보다.

초짜라느니, 어쩐다느니. 멋대로 지껄이라지. 실력만 입증하면 될 일이다. 저따위로 무시하는 발언이 두 번 다신 나오지 못하도록 만들어 주리라.

"레디해."

단영은 굳게 마음을 다잡으며 카메라를 들었다.

총괄 감독을 맡게 된 단영의 말을 듣자마자, 은효는 앞으로 달려가 모델들에게 전달했다.

"배승호 씨 촬영은 한 시간 됩니다. 나머지 서포트 모델분들은 일렬로 서 주세요. 테스트 촬영부터 들어가겠습니다!"

신인으로 추정되는 모델 한 명이 꾸벅 고개를 숙여 보이며 당차게 자기소개를 했다.

"안녕하십니까! 서예정이라고 합니다!"

최대한 자신을 어필하기 위함이었다. 단영은 웃으며 모델들에게 다가가 한 명, 한 명 다정하게 인사를 받아 주었다. 명함을 먼저 내미는 것도 잊지 않았다.

"처음 뵙는 작가님이시네요?"

물론, 유명한 포토그래퍼 작가를 만나 본 이력이 다분했던 모델들은 대놓고 무시하는 발언을 뱉기도 했다.

"그래요? 성함이?"

"성유진이요."

삐딱한 말투였다.

"아, 네. 성유진 씨. 나도 성유진 씨는 처음 봐요."

하지만 단영은 오히려 웃으며 맞받아쳤다.

"모르시는 것 같아 미리 하나 알려 드릴게요. 환영엔터로 연결받았다 해서 무조건적으로 픽스하진 않을 겁니다. 성유진 씨는 긴장 좀 하셔야겠어요."

단영은 표정 변화 없이 덤덤하게 팩트를 짚어 주었다. 유진의 얼굴이 붉게 달아올랐다. 한참 아래에 있는 후배 모델들 앞에서 말 못 할 수치감이 밀려든 탓이다.

"커머셜 촬영인 만큼 우리 입장에선 상업적으로 팔릴 수 있는 가치가 충분한 모델들을 선별해야 해요."

"……."

"하지만. 난 재능보다 파트너십이 가능한지에 대한 여부가 더 중요합니다. 재능 있는 모델은 이 바닥에 널리고 깔렸으니까. 내 말, 무슨 뜻인지 알아들었어요?"

위치를 제대로 각인시켰다. 사회생활 부적응자인가. 무조건 뽑힐 것이란 확신이 있었나 본데, 그건 착각이다.

서포트 모델의 테스트 촬영은 순조롭게 진행됐다. 각각 셔터를 눌러줄 수 있는 기회는 두 번이었다. 그 기회를 잃지 않으려 여자 모델들은 자신의 역량을 최대한으로 끌어올렸다.

찰칵, 찰칵. 셔터 누르는 소리가 크게 울렸다. 반사판도 없었고, 조명도 어두웠다. 환경 자체가 악조건이었다. 서포트 모델의 테스트 촬영은 대부분 그랬다.

부러 인력을 추가할 필요가 없다는 뜻이다. 모델들은 열악한 환경에서 살아남고자 노력했다.

"애매한데……."

마지막 신인 모델의 순서였다. 피지컬 자체는 좋았다. 하지만 자신감 없는 모습은 어쩐지 만족스럽지 못했다. 단영이 중얼거리며 모니터를 바라보자, 여자 모델은 애가 탔는지 상의를 움켜잡고는 앞선 마음을 토해 냈다.

"오, 옷이라도 탈의할까요?"

단영을 포함한 스태프들이 그 말 한마디에 일동 멈칫했다. 요즘이 어떤 시대인데. 하며 혀를 차는 스태프들도 있었다. 단영은 나지막한 탄식을 흘려보내며 모델 쪽으로 상체를 틀었다.

"아뇨. 탈의할 시간에 어떻게 하면 자신감을 가질 수 있을지 고민부터 하세요. 미안하지만 난 여자 몸엔 관심 없어서."

애초에 탈의할 이유가 없는 콘셉트였다. 휴대폰 광고에서 탈의가 웬 말인가. 모델의 간절함을 모르는 것은 아니었으나 막막한 건 사실이었다.

마지막 여자 모델의 테스트 촬영이 고생스럽게 마무리됐다. 단영은 눈짓으로 은효를 불렀다.

"네, 선배."

"2번, 4번 모델은 일단 픽스시켜. 떨어트리긴 아까우니까. 나머지 모델분들은 차비 드리고 돌려보내. 남은 인원 스탠바이 대기하고."

"괜찮을까요? 환영엔터 대표님이 가만있지 않을 텐데."

"가만있지 않을 거면 그쪽 대표가 뭐 어쩔 건데. 불만이면 직접 와서 따지라 해. 환영엔터 모델만 쓰는 거. 불만 없이 받아 준 것만으로도 감사해야 할 판에."

단영이 단호하게 굴자 은효는 눈을 반짝였다.

"와, 선배 원래 이렇게 멋졌어요?"

"몰랐냐?"

은효가 얼굴을 세차게 끄덕였다.

빨리 가. 단영이 눈을 부릅뜨며 턱짓하자 은효는 짝짝, 하고 손뼉을 치며 이목을 집중시켰다.

"서포트 모델분들은 이쪽으로 비켜 주세요! 메인 모델, 배승호 씨 스탠바이 가겠습니다!"

그러고는 목청껏 전쟁의 서막을 알렸다.

메인 모델 대기실.

이미 헤어숍에서 머리와 메이크업을 모두 마치고 온 승호였지만, 더욱 완벽한 모습을 위해 현직 스타일리스트가 무려 네 명이나 달라붙었다.

"승호 씨, 이번에 로엔 선생님 뉴욕 쇼 준비 중이라 했죠?"

스타일리스트가 묻자 승호는 대충 고개를 끄덕이는 것으로 대답을 대신했다.

"동양인 최초로 오프닝, 피날레 전부 꿰찼단 기사가 파다하던데, 진짜 예요? 로엔 디자이너, 은근히 차별 심해서 서양인만 쓴다고 들었는데."

"질렸나 보죠. 서양인이."

승호가 피식, 웃으며 흘러가듯 말했다. 그러자 스타일리스트는 어머, 농담 수위 좀 봐! 하며 꺄르륵 자지러졌다.

"승호 씨도 오디션 푸시했어요? 왜 그, GUA 브랜드 룩북한 톱 모델, 강찬영 있잖아요. 찬영 씨도 오디션 봤다던데요? 룩북 아무나 못 하는데도 오디션 볼 정도면 엄청 까다롭다는 거 아녜요?"

발끈한 두환이 대답을 가로챘다.

"우리 승호한테 오디션 푸시가 웬 말이랍니까. 그쪽에서 러브콜 날 린 거죠. 우리 승호 이름으로 명품 백 선물 보내왔다는 기사, 못 봤어 요? 그리고 우리 승호는 이미 룩북 세 번이나 했고."

말끝마다 우리 승호, 우리 승호 하며 아이 취급 하는 것이 못마땅했 던지 승호는 눈살을 찌푸리며 불쾌함을 드러냈지만, 딱히 다른 대꾸는 하지 않았다.

"어머, 그랬구나. 그럼 느와르 영화도 찍은 김에 기회 잡아서 바짝 당겨야겠어요."

스타일리스트가 진정하라는 듯이 타일렀다.

"시오전자 신상 제품 광고로 복귀 딱 선언하구, 로엔 선생님 뉴욕 쇼까지 서면 완전 짱이겠다. 이러다가 승호 씨 국내 활동 접는 거 아녜 요? 나중에 가서 우리 모르는 척하기 없기. 알죠?"

떨떠름했다. 쇼에 서기 위해서는 시오전자 제품 광고를 찍고 나서 얼마 지나지 않아 바로 뉴욕으로 떠나야 했다. 쇼 준비를 위해.

간절한 꿈이었지만, 왠지 맘에 차지 않았다.

단영을 마주친 순간부터. 아니, 어쩌면 그녀를 찾으려는 준비를 하 면서부터 진작 쇼에 대한 부푼 꿈을 접게 됐는지도 모른다.

일에 치여 사느라 지친 걸까. 그렇게 항상 스스로를 다독여 봤지만, 목줄 달린 개처럼 갇혀 살기 싫었다. 유일한 탈출구가 단영이었다. 그녀를 보자마자 숨통이 트였다. 그러다 보니 욕심은 사치가 됐다.

지금만으로도 충분히 만족할 수 있을 것 같았다. 더는 유명해지지 않아도…….

그때였다. 달칵, 대기실 문이 열렸다. 흐름을 끊고 은효가 등장했다.

"배승호 씨, 레디까지 얼마나 걸리세요?"

"어머. 최 작가님이 지금 바로 스탠바이 하신대요?"

여유 부리다 딱 걸린 스타일리스트가 화들짝 놀라 반응했다. 여태 반응 없던 승호 역시 단영을 언급하는 말에 슬쩍 턱을 돌렸다.

"네. 최대한 빨리 마무리해 주세요."

"아, 아, 어떡하니. 알겠어요. 5분이면 돼요!"

스타일리스트가 허겁지겁 드라이기를 집어 들었다. 나머지 세 명도 승호의 얼굴에 바삐 분을 칠했다. 그 모습을 뒤에서 관망하던 두환이 끼우고 있던 팔짱을 풀어내며 물었다.

"맞다. 은효 씨. 저희 쪽 엔터로 연결된 에이전시 애들은 어땠어요?"

난감한 듯 은효가 고개를 절레절레 흔들었다.

"한 분은 차비 드리고 돌려보냈어요."

"왜요? 맘에 안 드셨나?"

"메이저 촬영이잖아요. 괜히 막 골라 찍었다가 괜히 클라이언트한테 찍히면 저희 입장에선 좋은 꼴 못 봐요. 아쉽지만 준비된 실력이 아니면 어쩔 수 없죠. 죄송합니다."

"아뇨, 아뇨. 아무리 승호가 메인이라지만, 저희 쪽 에이전시에서 모델 독점 잡는 건 무리일 거라 어느 정도 예상은 했어요. 아는데 대표님이 워낙에……."

제대로 돈독이 바짝 올라 있는 상태라. 두환은 말을 채 잇지 못했다.

그랬어도 충분히 예상 가능했다.

"아, 그리고 모델분들 인성 교육 좀 제대로 시켜 주세요. 매니저님께 드릴 말 아닌 거 아는데, 너무 심하더라고요. 신인 작가라 해도 대기업 건 진두지휘 잡은 메인 작간데 위치 모르고 무례한 모델이 있어서요."

"아이고, 밖에서 그런 일이 있었어요? 죄송합니다. 에이전시에다가 관리 제대로 시켜 두라고 바로 으름장 놓겠습니다."

부탁드릴게요. 은효는 멋쩍게 웃으며 대기실을 빠져나갔다.

"내가 미친다. 주제 모르고 왜 바깥에서까지 우리 엔터 이름에 먹칠하고 다닌다냐. 지들 에이전시만 욕 먹이면 될 것이지. 애들 모아서 한마디 해야겠네. 맨날 쪽팔림은 내 몫이야."

투덜거리던 두환이 시선을 거울로 옮겼다.

"야, 그나저나 작가님 성격도 장난 없다. 분명 우리 대표님 뒤끝 난리 나는 거 잘 아실 텐데 후폭풍 어떻게 감당하시려고 그러는 거지?"

별안간 승호가 의자에서 일어났다. 슈트를 탁탁, 치며 잔주름을 없앴다.

"컷 결과만 좋으면 뭐."

그러고는 거울에 반사된 모습을 빤히 응시했다. 자신감이 넘쳐흐르는 우월한 자태였다.

"그럴 일은 없겠지만, 잘 못 찍게 되더라도 상관은 없지."

그가 입술 끝을 사선으로 올렸다. 저벅, 저벅 큰 보폭으로 걸어가 대기실 문손잡이를 잡아 돌렸다.

"내가 커버하면 돼."

아무런 문제 될 것 없다는 듯이.

활짝 열었다.

"배승호 씨 준비됐습니다!"

스태프의 우렁찬 음성과 함께 환한 조명 빛이 쏟아졌다. 그의 눈은 밝은 조명에도 흔들림조차 없었다. 그 중심에 최단영이 존재하기 때문이다.

뷰파인더 속에 나를 담게 될 최단영. 승호는 그녀를 응시하며 근사한 미소를 걸친 채 한 발자국, 걸음을 떼어 냈다.

언제나 그렇듯 주인공의 화려한 귀환이었다.

대학생 때와 다를 바 없었다. 최단영은 여전했다. 달라진 거라곤.

"스탠바이 하겠습니다!"

날 바라보는 네 눈빛.

뜨겁지도, 차갑지도 않은 무미건조하기 짝이 없는 저 빌어먹을 눈빛.

단영은 한참을 망부석처럼 서서 승호의 얼굴만 뚫어져라 바라보았다.

모델의 구도와 자세를 어떻게 담을지 고민하는 듯 보였다.

주변엔 여러 스태프들이 있었다. 반사판을 들고 있는 사람. 조명 강도를 조절하고 있는 사람. 실시간 모니터를 확인하고 있는 사람. 시시때때로 달려와 메이크업 수정을 해 줄 사람. 분명 많았지만, 스튜디오엔 작은 숨소리조차 들리지 않았다.

초지일관 무음 상태였다. 가끔씩 터지는 셔터 음이 전부였다. 그래서였을까. 승호는 왠지 단영과 단둘만 존재하는 것처럼 느껴졌다.

드디어 단영이 한쪽 다리를 굽히고 앉았다. 차가운 대리석 바닥이었지만, 그녀는 조금도 개의치 않았다. 꽤 가까운 거리였다.

삐익— 찰각.

승호는 말없이 작업에 열중하는 단영을 뚫어져라 직시했다. 겉으로는 찍히게 될 카메라에 집중하는 것처럼 보일지 몰라도, 승호는 단영에게 집중하고 있었다.

"……."

그는 클라이언트가 원하는 부분을 완벽히 소화했다. 중세풍 침대에 나른히 누운 채 뇌쇄적으로 풀린 표정을 일관되게 유지하고 있었다.

몽롱한 눈빛을 보이기도 했고, 매섭게 치뜨기도 했으며 초점 없이 흐린 빛을 보이기도 했다.

강렬히 꿰뚫어 버릴 듯한 독기가 어마어마했다. 흐르는 색기를 주체할 수 없었다. 방탕하게 느껴질 만큼.

삐익— 찰칵.

셔터는 쉴 새 없이 눌러졌다. 그녀는 자리에 눕다시피 자세를 취하기도 했고, 무릎을 꿇기도 했으며, 이리저리 움직였다. 최선을 다해 승호를 찍으려 애썼다. 최상의 작품 결과를 위해서 몸을 아끼지 않았다.

단영은 그에게 딱히 다른 요구를 구하지 않았다. 묵묵히 셔터만 눌렀다. 렌즈를 만지거나, 교체하거나, 모니터를 확인하거나.

그뿐이었다.

삐익— 찰칵.

그러는 와중에도 셔터는 확실하게 터졌다.

일반적으론 그랬다. 모델의 컨디션을 위해 소소한 농담을 던지기도 했고, 자신감을 돋워 주려 좋다는 추임새를 넣기도 했다.

그러나 단영의 입술은 완고하게 다물어져 있었다.

일말의 틈조차 주지 않겠단 뜻이다. 그저, 찍고 찍히는 관계. 개인적인 감정은 싹 지우고 비즈니스에만 집중하겠단 의미다.

생각이 거기에까지 도달하니 승호는 괜한 오기가 발동됐다. 저도 모르는 사이에 무의식적으로 눈가를 구겼다.

"……."

그때였다.

별안간 그녀가 들고 있던 카메라를 내리고선 승호를 바라보았다.

무언가 성에 차지 않는단 눈빛을 했다. 아치형 눈썹이 들썩였다.

"이영 씨. 배승호 씨 앞머리 조금만 더 부스스하게 흩트려 주세요."

"아, 네!"

스타일리스트가 바쁘게 달려왔다. 단영은 승호에게 집중하란 말을 하지 않았다. 그의 탓으로 돌리려는 생각조차 없어 보였다.

"그리고 셔츠 단추 세 개 정도만 더 풀게요."

요구대로 스타일리스트가 승호의 셔츠 단추를 풀었다. 승호가 엷은 실소를 흘렸다.

그 찰나에.

"잠깐."

멈췄다.

"지금 그거요."

의미 모를 말에 승호가 눈꺼풀을 매끄럽게 정면으로 올렸다.

"다시 웃어 봐요. 아까처럼."

단영은 모니터와 승호를 번갈아 가며 확인했다.

"그 웃음. 그거 좋은데."

좋은데. 그래. 그 부분이다. 한껏 거만했던 승호의 눈동자가 일순 흔들린 순간이.

"퇴폐적인 분위기가 더 살아요."

승호가 흥미롭다는 듯 고개를 비스듬히 기울였다.

"자세히."

"무슨."

"어땠는데요?"

"음……."

단영은 순수하게 고민하다 의미를 두지 않고 대답했다.

"아찔했어요."

감상평이 막힘없이 흘러나오자, 승호는 잠시 당황해 멈칫했다. 그러다 이내 그의 입술이 올라섰다.

"그랬어요?"

묘한 미소가 아차 싶었는지 단영은 입술을 잘근 씹었다.

"보게 될 대중들 입장에서는요."

뒤늦게 해명해 보려 했다.

"주 타깃인 여성분들은 좋아할 것 같……."

"작가님은요."

그의 시선이 직선적으로 꽂혀 들었다.

"저는 별로."

단영은 움찔했지만, 물러서고 싶지 않았다.

"최단영 씨는."

"……."

"여자 아니에요?"

짧은 공백을 뒤로하고 우려했던 상황이 터졌다.

그의 불안했던 시선이 언제 그랬냐는 듯 느긋하게 변했다.

"열심히 일해야겠네."

승호가 입술을 씩 말아 올렸다. 단영이 요구한 바로 그, 웃음이었다.

"이렇게, 웃으면."

아, 젠장.

"됩니까?"

물렸다.

35화

짧은 정적이 흘렀고, 셔터 음이 침묵을 깼다.

무시하겠단 뜻이다.

그녀는 최대한 덤덤하게 침대 쪽으로 걸어갔다. 그러다 어느 지점에서 우두커니 멈춰 섰다. 카메라를 들자, 렌즈 안으로 승호가 담겼다.

"턱 당겨요."

침대에 누워 있는 몸 선이 지독하게 아름답다. 주문대로 고분고분 움직여 주니 그렇게 편할 수 없다.

"좋아요. 지금 각도 좋아요."

그녀가 아랫입술을 잘근 씹었다. 집중하기 시작한 것이다. 언뜻 곤란하게 들릴 수도 있었던 그의 말이 생각나지 않을 만큼.

"……."

단영의 허리가 반쯤 숙여졌다. 진중한 표정에 어떻게든 조금 더 담고 싶어 하는 열망이 보였다. 승호는 그런 단영을 물끄러미 마주했다.

'선배. 내가 선배를 찍을 수 있는 날이 과연 오긴 올까요?'

언제였더라. 아마, 이른 시기에 시작된 대학교 축제 날이었을 거다. 약간은 쌀쌀했던 날씨. 불꽃이 펑펑 터지던 그날 밤.

'그렇게 날 찍고 싶어?'

인적이 드물었던 곳. 그 한가운데 있던 벤치에 나란히 앉아 서로의 꿈을 얘기했었다.

'그럼요. 선배는 제 뮤즈인걸요.'
'나도.'
'네?'
'나도 최단영이라면 얼마든지 찍혀 주고 싶어. 연락만 주면 바로 달려갈게. 피렌체든 뉴욕, 파리 네가 있는 곳이 어디든지 간에.'
'와— 진짜요? 선배 유명해졌다고 나 잊어버리면 안 돼요?'
'당연하지.'

물 흘러가듯 덤덤한 척 말했었지만, 승호는 사실 그 어떤 고백을 전할 때보다 더 떨렸었다.

'그래서 말인데, 그날이 오게 되면 잘 부탁해.'

그래서 일부러 더 활짝 웃었다. 네가 날 잊을 수 없도록.

'그런 날이 오기만 해 준다면 당연하죠. 최선을 다해서 예쁘게 잘 찍어 줄게요. 선배는 아직 모르겠지만, 나 진짜 잘 찍어요.'

'예쁘게가 뭐야. 멋있게 찍어 줘야지.'

농담으로 던진 말 한 번에 해사하게 웃던 네 모습은 8년이 지나도록 지워지지 않았다.

'기대할게. 최단영 사진 찍는 실력.'

현실감 없이 바로 어제 일처럼 선명해서, 그래서 정말 많이 괴로웠는데.

'있잖아, 단영아.'

'네?'

넌 어떻게 잊을 수 있었어?

'시간이 지나면, 잊히는 게 당연한 걸까.'

'세상에 당연한 건 없어요.'

'그래?'

의미 모를 말이었지만, 그땐 더 묻지 않았다. 일부러 그랬던 걸까. 궁금하지가 않았던 걸까. 그것도 아니라면, 두려워서.

……그래서 그랬던 걸지도 모르겠다.

'선배도 나도. 꼭 잘됐으면 좋겠네요.'

너의 간절한 꿈을 바라듯, 내 꿈도 함께 응원해 주던 너는 참 예뻤다.

펑펑 터지는 불꽃 아래 선선한 바람이 불던 그날에 두 손을 모아 간절히 기도하던, 유치하지만 순수한 아이 같던 최단영.

'내가 찾을게.'

'……네?'

바람.

이기적인 바람이었다.

지금의 넌 기억조차 못 할, 그저 지나가 버린 기억의 편린에 불과하겠지만.

"배승호 씨."

별안간 그녀가 이름을 불렀다.

"집중하세요. 잡생각 치우고."

승호는 말없이 느릿느릿 눈꺼풀을 올렸다.

정색하는 단영과 달리, 승호의 반들반들한 미소 옆으로 한쪽 볼에 보조개가 깊숙이 파였다. 소리 없는 웃음이 자꾸만 터져 나왔다. 이제 그녀에겐 한참 경력 있는 모델을 가르칠 여유까지 생겼다. 많이 성장했구나.

괘씸하기보단, 절로 부드러운 미소를 그리게 됐다. 꿈을 염원하며 바랐던, 작고 연약한 너였는데.

어느새 이렇게.

언제 그렇게.

"미안해요. 집중할게."

다시금 승호의 표정이 돌아왔다. 사실, 실력 있는 포토그래퍼라 할지라도 그의 변화는 알아차리기 힘들 정도로 미미했다. 단영이기에 가능한 거였다.

그를 알고 지낸 시간을 무시할 수 없었기에.

순결한 마음으로 보다 깊게 사랑한 지난 날이 있었기에.

단영은 결코 깨닫지 못할 무의식이었다.

그녀가 한쪽 다리를 침대 위로 올려 자세를 잡았다. 더 가까이 다가왔다.

사진을 찍는 것뿐인데 이게 뭐라고 이렇게나 긴장이 되는 건지.

떨렸다.

죽어 있던 심장이, 애달프게 뛰었다.

그러나 승호는 더 이상 휘말리지 않았다. 그녀가 간절히 바라고 바라 온 어린 시절 그때의 꿈을 만족스럽게 이뤄 주기 위해서라도 흐트러지면 안 됐다.

단영이 카메라를 고쳐 들면, 승호도 따라 미묘하게 자세를 바꾸었다. '착' 하면 '척'이었다. 누가 봐도 환상의 호흡이었다.

그녀가 자세를 바꾸었다. 침대 위에 올려 둔 한쪽 다리를 치워 냈다. 그 순간, 단영이 몸의 무게 중심을 잡지 못해 휘청거렸다.

"엄마!"

"조심……!"

타이밍 좋게 재빨리 상체를 일으킨 승호가 단영의 허리를 낚아챘다. 방심한 사이에 벌어진 일이었다.

낯선 손길이 허리에 감기자, 놀란 단영의 눈이 일순 크게 떠졌다. 그러나 그것도 잠시뿐이었다. 단영은 한껏 난색을 한 얼굴로 몸을 비틀었다.

"……."

다행스럽게도 승호는 별말 없이 허리를 감고 있던 팔을 풀었다.

"괜찮아요?"

"아, 고마워요. 까딱했다간 뒤로 자빠질 뻔했네."

자유로워진 단영은 두 손으로 들고 있던 카메라를 한 손으로 옮겨 잡았다. 그녀가 어색하게 웃었다.

"덜렁거리는 건 여전하네."

단영에게만 들릴 정도로 작게 속삭였다. 그 말을 듣자마자 단영의 입술 끝이 폭삭 주저앉았다.

한참 동안 단영의 얼굴에 머무르던 승호의 시선이 아쉽게 떨어졌다. 종착지는 무거워 보이는 카메라를 아무렇지 않게 들고 있던 얇은 손목이다.

안 무겁나. 저러다 부러지겠네. 마치 승호의 눈빛은 그렇게 말하고 있는 듯했다.

얼마나 지났을까.

"밥은."

고집스럽게 다물어져 있던 그의 입술이 느리게 떨어졌다. 너무 말라서 걱정이 되잖아.

"잘, 먹고 다녀요?"

이상한 기류가 흘렀다. 단영은 무미건조한 눈으로 승호를 빤히 응시했다. 의미를 알 수 없었다.

그 찰나, 저만치 뒤에 서 있던 두환이 위태로운 분위기를 직감하고는 끼어들었다.

"아하하. 우리 승호 많이 배고픈가 보다. 조금만 쉬었다 갈까요?"

덕분에 흐름을 끊을 수 있었다.

"그러죠. 점심시간도 한참 지났고."

단영의 수긍을 신호 삼아 스태프들은 서둘러 자리를 정리했다. 촬영 도구까지 정리한 뒤 배를 채우러 삼삼오오 사라졌다.

"배승호 씨도 매니저분과 점심 드시고 오세요."

"아뇨."

승호는 단영의 말을 단호하게 끊어 내고선 침대에서 몸을 일으켰다. 풀어 헤쳐진 셔츠 단추를 정리할 정신도 없는 모양이었다. 바지 주머니에 손을 찔러 넣고는 천천히 걸어왔다.

"같이 드시죠."

"네?"

"점심이요."

단영의 손에 들려 있던 카메라가 힘없이 밑으로 스륵, 떨어졌다.

"제가 왜……."

"저번엔 매몰차게 까였고, 최근엔 경찰서까지 데려다줬는데 무시당했고. 지금도 기껏 도와줬더니 발 빼고. 최 작가님 원래 받고만 사는 성격 아니지 않나."

이런 식으로 나온다면 할 말이 없었다. 단영은 흔들림 없는 눈빛으로 승호를 올려다보았다.

"그런 눈으로 보지 말지. 나도 사람이라 상처받을 줄 아는데."

상처쯤이야 이미 여러 번 받았지만. 그가 희미하게 미소 지었다.

어쩐지 모르게 저릿한 느낌이었다. 왠지 모를 찝찝함에 단영은 미약하게 눈가를 구겨 냈다.

"그냥 동료끼리 점심 한번 먹자는 거니까 그만 경계 풀어요."

"좋아요."

그 말이 뭐라고 승호의 얼굴이 언제 그랬었냐는 듯 곱게 펴졌다. 아무렇지 않았다고 생각했는데, 내심 긴장한 모양이다.

"대신."

"대신?"

"이걸로 깨끗하게 청산해요."

순식간에 승호의 낯빛이 딱딱하게 굳었다.

"내가 배승호 씨에게 빚졌던 것. 전부 다."

그럼 찜찜할 일은 더 이상 없겠지. 단영은 단순하게 생각했지만 승호는 아니었다. 청산. 깨끗하게. 반갑지 않은 말들이 우수수 쏟아져 비수처럼 박혔다.

"메뉴는 배승호 씨가 원하는 걸로 결정해요. 내가 살게요."

"나 돈 많아요."

그 말에 단영은 어림도 없다는 듯이 대꾸했다.

"나도 많아요."

여지를 주지 않겠다고.

승호는 스튜디오 출입문 쪽으로 멀어져 가는 단영의 뒷모습을 넌지시 바라보았다. 그러다 이내 고개를 살짝 숙였다. 발끝만 바라보다 피식, 하고 옅은 웃음을 흘려보냈다.

"아, 최단영이랑 밥 한번 먹기 되게 힘드네."

그땐 아니었는데.

누구에게도 닿지 못할 하소연이었다.

"도본! 여기, 여기!"

선영은 자리에 앉은 채로 뻗은 손을 휘휘 저었다. 회사 근처에 있던 한식집 문을 열고 들어선 하준이 그녀를 뒤늦게 발견하곤 걸음을 떼어냈다.

"늦었네?"

"누구 덕분에요."

선영이 밉지 않게 미간을 찌푸렸다.

"누가 보면 내가 맨날 일거리 몰아주는 줄 알겠다?"

"틀린 말은 아니지 않습니까."

"나한테 이런 식으로 매몰차게 구는 직원은 도본밖에 없을 거야. 귀여워해 줄 때 알아서 기어라, 응? 부사장 믿고 까불지 말고!"

"못해도 호텔 레스토랑일 줄 알았는데. 의외네요."

"도본 화려한 거 싫어하고 난잡한 건 더 질색하잖아. 레스토랑 가자 하면 꽁무니를 빼고 달아나려 하니까 오늘은 내가 양보한 거야. 특. 별. 히. 하여튼, 어려하시겠어. 부사장이 겸상 한번 하자 하는데도 매번 갖은 핑계 다 대 가며 거절하기 바쁜 귀빈분께서."

선영이 대놓고 비꼬아 타박했지만, 하준은 그러려니 하며 입술을 슬쩍 당겨 웃기만 할 뿐이다.

시오전자 상무이사인 선영은 내년이면 사장단에 들어설 예정이었다. 직급도 직급인 데다가, 부사장의 아내인 만큼 실무진들이나 임직원들은 항시 예의 주시하며 선영에게 잘 보이기 위해 한껏 예의를 갖추기 바빴다.

그런 가식적인 부류를 거들떠도 보지 않았던 그녀였지만, 하준에게만큼은 달랐다. 지극정성 애정을 쏟았다. 제 사람임을 인정한 것이다.

"상무님 양보는 저보단 다른 직원들에게 더 필요할 것 같은데 말이죠."

하준은 어깨를 으쓱이며 말했다.

"아, 내가 말 안 했나? 나 도본 많이 아끼잖아. 실력도 실력인데, 내가 워낙 외모지상주의라. 그 얼굴 달고 태어난 것에 감사하며 살아. 일단, 앉고."

선영이 턱짓으로 맞은편이 아닌 옆자리를 가리켰다.

"일행이 더 있습니까?"

세팅되어 있는 맞은편 자리에 눈길을 둔 하준이 멈칫했다.

"아, 응. 그때 말했었잖아. 팀장 한 명 새로 데려왔다고. 왜. 내 옆자리는 싫어?"

"그게 아니라……."

그런 말을 했다고? 기억이 흐릿했지만, 하준은 일단 군말 없이 선영의 옆자리에 착석했다.

"팀장을 새로 뽑으셨다고요."

"아니, 뽑은 게 아니라 데려온 거라니까 그러네. 뽑았으면 내가 미쳤다고 겸상을 하겠어?"

하준은 미심쩍은 눈빛으로 맞은편 빈자리를 훑었다. 의자 위에 주인을 잃어버린 명품 핸드백이 덩그러니 놓여 있었다.

"이런 말 하긴 뭐하지만, 아무리 실력 있다 해도 내가 데려온 거라 낙하산 이미지 벗긴 힘들 거야. 그러니까 도본 힘 좀 빌리자. 왜, 회사 내에서 인기 많기로 유명하잖아. 도본 말 한마디면 직원들도 다들 이유가 있겠거니, 하고 수긍하겠지."

"……."

"따로 경력직 면접 본다 생각하고 한번 봐 봐. 물어볼 거 있음 다 물어보고. 아마 똑 부러지게 대답 잘할걸? 난 이 친구 볼 때마다 자기만 떠오르더라? 여자 도하준이야, 완전."

하준은 초지일관 무표정이었다. 점심 식사 시간마저 일의 연장선이었다. 원래대로라면 단영과 점심을 함께하거나, 잠시 시간을 내서 스튜디오에 촬영 진행 사항을 핑계 삼아 들르려 했다.

그런 하준의 속을 아는지 모르는지 선영의 말은 계속 이어졌다.

"니즈 기업 있지? 그쪽 외국 본사에 있던 애야. 능력 있고, 추이 분별력도 좋아서 매출 짱짱하게 잘 올리기로 유명해. 예전부터 내가 눈여겨보던 친구였는데, 연봉 협상 시즌 맞춰서 데려온 거야. 분명 지금쯤이면 니즈 쪽에서 내 욕 엄청 하고 있을걸?"

"아아."

"지들도 도본 호시탐탐 노리고 있는 주제에 말이지. 아, 맞다. 이 친구 도본이랑 대학 동문이더라?"

그놈의 대학 동문. 동문이라면 이젠 치가 다 떨릴 지경이었다. 그가 살풋 눈가를 구겼다.

반면 선영은 한껏 신난 소녀와 같은 눈빛으로 '아무것도 몰라요' 하며 모르쇠로 일관하는 중이었다.

하준은 그럼 그렇지, 하며 묵직한 한숨을 토해 냈다. 저 철부지 누나 같은 상무이사님을 어찌해야 하나.

"뭔가 선 자리 같지 않니?"

"상무님."

하준은 날 선 목소리로 확실한 경계를 구분 지었다.

"알겠다, 알겠어. 누가 도본 여친 있는 거 몰라서 그래? 가만 보면 누가 상사인지 모르겠다니까. 울 남편만 아니었음 너 진작 나한테 찍히고도 남았다. 상전이 따로 없어, 아주."

"……."

"그나저나 얘는 잠깐 화장실 다녀온다더니, 왜 이렇게 안 와?"

선영의 눈길을 따라 하준의 고개가 화장실 쪽으로 향했다. 얼마 지나지 않아 선영은 반가운 기색으로 소리쳤다.

"어, 나오려나 보다!"

곡선미를 잘 살린 오피스룩을 갖춰 입은 여자가 물기 묻은 손을 털어 내며 화장실을 빠져나왔다. 또각, 또각. 절제된 하이힐 굽 소리가 식당 안에 울렸다.

"저 친구야. 이름은, 정민희."

하준은 가볍게 팔목을 흔들며 시계를 반듯이 고정시키다 말고 멈칫했다.

점점 더 가까워졌다. 거리가 멀어 잘 보이지 않던 얼굴이 점차 또렷해졌다. 칼처럼 층 맞춰 자른 단발머리.

알싸하게 풍겨 오는 향수 냄새에 하준의 한쪽 눈가가 확 일그러졌다.

"오랜만이야."

생긋 웃으며 먼저 악수를 청했다. 하준은 줄곧 무표정한 얼굴이었지만, 생각보단 덤덤했다. 크게 놀라는 기색이 아니었다. 뻗어진 고운 손을 물끄러미 응시했다.

"잘 지냈니?"

어머. 둘이 아는 사이였어? 선영의 난리에도 묵묵히 침묵을 지키던 하준은 자리에서 일어나지 않았다. 손을 맞잡지도 않았다. 그저 턱만 슬쩍 추켜들었다.

"어."

무겁지도 그렇다고 가볍지도 않은 저음으로.

"오랜만이다."

옛 연인과의 재회를 맞이했다.

36화

　다행인지 불행인지 정작 자리를 주선한 선영은 급한 연락을 받고 갑작스러운 일이 생겼다며 책임감 없이 자리를 떴다.

　남겨진 둘의 시선이 미묘하게 엇갈렸다. 하준은 무덤덤한 눈빛으로 음식을 내려다보고 있었고, 민희는 의미 모를 웃음을 걸친 채 하준을 응시했다.

　"좋아 보인다?"

　"뭐, 그렇지."

　"별로 놀라지 않는 눈치네?"

　"놀랄 이유가 있나."

　민희는 할 말을 잃었는지 붉은 입술을 다물었다. 그리고는 생수를 한 모금 들이켰다.

　"단영이는. 잘 지내?"

　"어."

“그렇구나. 그땐 진짜 애기 같았는데 지금은 여자 다 됐겠네. 올해
로.”

“스물여덟.”

빛보다 빠른 대답이었다. 한창 예쁠 나이네. 민희는 테이블 위에 내
려 둔 컵을 매만지며 희미하게 미소 지었다.

“나도 이젠 꽉 차서 그런지 집에서 하루가 멀다 하고 어떻게 하면
선 자리에 내보낼 수 있을까, 안달이었어. 알잖아, 우리 부모님. 워낙
에 남다른 분들인 거.”

“…….”

“무작정 회사에다가 외국 지사로 발령받게 해 달라고 졸랐어. 머리
좀 식혀 볼까 했더니, 막상 가 보니까 더하면 더했지 덜하진 않더라.
너도 알다시피 세상에 쉬운 일 없잖아.”

예전이나 지금이나 다르지 않았다. 투명 인간처럼. 벽 보고 대화하
듯 민희는 혼자 말하고 혼자 대답했다.

“차라리 선보는 게 더 편했을지도 모른다고 느껴질 정도로 일만 했
던 것 같아. 때려치울까, 진지하게 고민하던 와중에 너희 쪽 상무님 연
락을 받게 된 거였어.”

민희가 자신의 안부를 직접 털어놓고 있는 와중에도 하준은 음식을
입에 댈 생각조차 없었다. 온몸으로 ‘관심 없다’를 발산하고 있는 중
이었다.

“그래, 관심 없지?”

예상 못 한 일도 아니라 딱히 놀랍지도 않았다. 분명 이렇게 나올
줄 알았다. 그녀가 실소를 터트렸다.

“도하준. 넌 진짜 여전한 것 같다. 예나, 지금이나. 그래서 괜히 더
반갑다고 해야 하나? 아님, 재수 없다고 해야 하나. 도통 모르겠네.”

대학생 때도 그랬다.

이름을 불러도 무시. 여우 짓을 해 봐도 무시. 순진한 얼굴로 고백을 건네 봤지만, 그 끝은 항상 같았다. 무시. 또 무시였다. 사실 그 때문에 처음은 그가 벙어리일지도 모른단 터무니없는 생각마저 들 정도였다.

"그래도 대꾸 정돈 하는 척이라도 해 주는 게 어때? 너한테 푹 빠져 있던 예전 그 철부지 아니니까."

그제야 하준이 턱을 들어 민희를 마주했다.

옛 연인.

정확히 말하자면, 그렇게 보일 수밖에 없던 관계.

그 잘못된 오류를 뒷받침할 근거는 충분했다.

민희는 대학에 입학한 직후부터 하준을 끈덕지게 쫓아다닌 이력이 있었다. 이유는 간단했다. 그는 누구보다 잘났으니까. 뛰어났으니까.

민재는 항상 붙어 다니던 그들을 보며 '누가 한국대 공부(공식 부부) 커플 아니랄까 봐.' 라고 짓궂게 놀려 대곤 했었다.

뭐든지 완벽해야 직성이 풀리는 성격인 민희였다. 하준은 존재 자체만으로도 탐욕스러웠다.

분명, 처음은 그랬다.

"너, 여동생 있다고 했었지."

그렇게 귀찮게 달라붙었을 땐 사람 민망해질 정도로 대차게 무시하더니, 뜬금없는 질문이었다. 왜 그랬는지 그땐 이유조차 모르고 말을 걸어 줬단 사실 하나에 민희는 마냥 기뻐 그렇다고 했다.

그것이 화근이었다. 하준은 습관처럼 단영의 이야기를 입에 달고 살았다.

── 사춘기 여자애 대하는 방법 좀 알려 줘.

처음으로 그에게 먼저 연락이 왔던 날, 말수 없던 하준은 그날따라 이상하게 두서없이 말을 늘어놓았다. 어울리지 않게 몹시 다급한 말투로. 보다 더 어리숙한 소년처럼.

— 단영이가 근처 화장실 가서 30분이 넘도록 안 나와. 요즘 부쩍 예민해진 것 때문에 눈치껏 일단 근처 편의점 오긴 왔는데, 생리대 종류가 너무 많다. 어떤 걸로 사다 줘야 할지 도무지 모르겠어서 급한 대로 전화했어. 민망해할까 봐 대놓고는 못 물어보겠고.

사춘기 여자애를 대하는 방법. 화를 풀어 주는 방법. 생리대의 종류. 요즘 여고생들이 좋아하는 브랜드.

그는 조금만 인터넷을 뒤져도 알 수 있을 법한 것들이 도통 이해가 안 된다 했다. 그 똑똑한 도하준이 말이다.

별수 있나. 민희는 그와 더 가까워질 수 있다는 사실만으로도 괜찮았다.

일부러 캠퍼스 내에 소문을 퍼트리기도 했다. 내가 도하준의 절친이자, 애인이라고. 예의 없는 무례한 행동에 발끈할 줄 알았는데, 역시나 그는 반응이 없었다. 그의 대단한 외모로 시끄럽던 여자 동기들이 조용해지니 하준은 그것 나름대로 만족한 듯 보였다.

참, 속을 알래야 알 수 없는 남자.

그래도 민희는 결심했다. 진심을 담아 고백하겠노라고. 먼저 고백하는 것은 성미에 맞지 않았지만, 그럴 가치가 충분한 남자였으니 상관없었다. 사랑은 쟁취하는 거니까.

대차게 차인다면 뒤도 돌아보지 않고 포기할 심산이었다.

아니, 대자보 정도 붙일까? 철저하게 이용당했다고.

"왜 불렀어."

그를 어렵게 카페로 불렀다.

"할 말 있어서."

"말해."

무뚝뚝한 그를 마주하며 고백을 전한다는 건, 퍽 어려운 일이었다. 그럼에도 용기를 냈다.

"도하준. 나, 너……."

그런데.

"잠시만."

말을 다 잇기도 전에 흐름을 끊었다. 민희는 어색한 미소로 괜찮단 말을 대신했다. 하준은 휴대폰을 꺼내 들었고 익숙하게 전화를 받았다.

"어디야."

얼마 지나지 않아 통화가 연결된 모양이다. 민희는 안 봐도 발신자 상대를 예상할 수 있었다.

"내가 바로 집 들어가라 했어, 안 했어."

아마, 그 여자애.

휴대폰 너머로 틱틱거리는 소리가 다 들렸다.

더럽게 부러운 계집애.

속으로 생각하며 하준을 바라보았다. 짜증스러운 표정을 짓고 있을 줄 알았다. 비록 친남매까진 아니더라도 본래 현실감 있는 남매라면 그게 정상일 터.

그런데 그는 웃고 있었다.

못 말리겠다는 듯이. 스스로조차 의식하지 못할 정도로 약한 미소였지만, 분명한 웃음이다.

그때 알았다. 그는 아직 모르는 것 같았지만, 좋아하고 있구나. 단순히 동생으로 생각하고 있는 관계가 아니다. 여자의 직감이었다.

"말 들어. 집에 밥 차려 놓고 나왔으니까 먹고 공부하고 있어. 들어가서 숙제 검사할 거야. 미적분, 통계 체크해 놓은 것 풀어 놔. 두

36

번 말 안 해. 모의고사 접수가 부족하면 내신 올릴 생각부터 해. 포토그래퍼인지 뭔지, 앞길 어두운 꿈 포기하란 말까진 안 하잖아. 사진만 잘 찍는다 해서 쉽게 들어갈 수 있는 대학 아니야."

엄한 선생님 흉내를 내고 있다. 아니, 잔소리 20단 내공을 가진 엄마처럼. 도하준과 전혀 매치가 안 되는 모습이었다. 새로웠다.

긴 통화가 끝났다. 휴대폰을 주머니에 밀어 넣은 그가 한숨 쉬며 턱을 들었다.

"미안. 말해. 부른 이유."

허. 민희의 잇새로 헛웃음이 터졌다. 하지만 이제 와서 무르고 싶은 생각은 없었다.

"나, 너한테 관심 있어."

짧고 간략하게 고백했다. 그는 잠시 멈칫하는가 싶더니, 건조한 눈빛으로 민희를 빤히 직시했다. 얼마 지나지 않아 그가 명쾌한 답을 내놓았다.

"알아."

"알고, 있었다고?"

"그 말 하려고 불렀냐."

"……뭐?"

황당해서, 그보다 더 당혹스러워서 말문이 막혔다. 저만치 날아가려는 정신을 가까스로 되잡고는 다시 물었다.

"알고 있었으면서 왜……."

"바빠서 운동할 시간도 없는데, 여자 만날 시간이 어디에 있어."

"그럼 내가 학교에 너랑 사귄다고 소문낸 건? 그거 알고는 있니?"

"알아."

"근데 왜 그땐 가만히 있었는데?"

"별로 관심 없으니까. 대답 됐으면 간다. 학교에서 보자."

그 말을 끝으로 하준은 뒤도 돌아보지 않고 카페를 빠져나갔다. 그는 그런 남자였다. 알고 있긴 했지만.

괘씸했다.

네가 감히 날 차?

"언니. 언니 우리 오빠랑 만나요?"

과제 레포트 준비를 위해 겸사겸사 하준의 집을 찾았던 날, 오렌지 주스를 가져다주던 단영의 물음에 민희는 싱그럽게 웃으며 대답했다.

"응. 두 달 정도 됐는데, 하준이가 말 안 해 줬어?"

"아, 몰랐어요."

아주 미미했으나, 단영의 커다란 눈망울이 일순 흔들렸다.

둘은 결코 모를 테지만, 비슷하면서도 다른 감정이 민희에겐 언뜻 보였다.

"그럼 비밀로 해 줄래?"

자신이 할 수 있는 나름 소심한 최선의 복수였다.

민희는 찰나의 순간도 향수라 느껴졌다. 역시, 나이를 먹은 것이 분명하다. 그녀가 오래토록 다물고 있던 붉은 입술을 떼어 냈다.

"혹시 그때, 기억나?"

"언제."

"왜 그 있잖아. 얄짤 없기로 유명한 서명주 교수 강의 때. 그때 너 단영이 아프단 연락 받자마자 강의실 뛰쳐나갔잖아. 과 톱 한 번도 놓쳐 본 적 없던 천하의 도하준이."

"내가 그랬나."

"그랬었어. 아, 맞다. 그 누구였지? 되게 어린 남자애 학교에 데려오

38

기도 했고. 나중에 세훈이한테 들어서 알았는데, 단영이 남동생이었다며."

"아, 단태."

하준이 작게 고개를 주억였다.

"그래. 그때 내가 얼마나 쇼크 받았는지 알아? 나뿐만 아니라 너 애 딸린 줄 알고 과 뒤집어졌었어. 정말이지, 난리도 아니었다."

"몰랐는데."

"어련하시겠어."

민희가 허탈하게 웃었다.

"그래서. 드디어 만나기로 한 거야?"

"뭘."

"단영이랑 너 말이야."

"아."

하준이 처음으로 놀란 눈을 했다. 그녀가 알아채고 있으리라 생각 못 했다. 꽤 긴 시간 연락조차 닿지 않았고, 같은 땅이 아닌 해외에 있었으니 말이다.

"이래서 오래 알고 지내면 안 된다는 거야. 어떻게 된 게, 꼭 지들끼리만 몰라요. 다른 사람 눈엔 다 보이는데."

"그런가……."

하준이 낮게 웃었다.

"드디어 보네."

"뭐가, 또."

"도하준 웃는 거."

"…….."

"좋니?"

물어보지 않아도 알 수 있었다. 그가 현재 얼마만큼 행복한지. 그럼에도 물어본 이유는.

"좋지. 예쁘잖아, 최단영."

"어우, 닭살."

그래야지만 너만큼이나 오래 지켜 왔던 순정을 깨끗하게 정리할 수 있을 것 같아서.

평범한 일상 속에 은연중 가끔씩 떠오르던 너.

버스를 탈 때, 먼 타국에서 밤새도록 야근에 시달릴 때. 대학교를 스쳐 지날 때.

원래 갖지 못한 것에 더한 집착을 느끼게 되는 법이다.

"이렇게 마주하게 된 건 절대 우연 아니야."

두 번 다신 돌아오지 않을 이십 대의 흔적을 다시 찾고 싶어 했던, 순전히 내 노력이었지.

"나름 첫사랑이라 그런지 기회가 된다면 다시 만나 보고 싶었어. 나이 먹고 부모 속 썩이는 것도 참 못 할 짓이더라. 그래서 이번엔 선 한 번 봐 보려고. 마땅한 남자 찾기도 귀찮고. 일과 사랑할 거란 변명도 안 먹혀서."

"아, 어."

그러는 사이에도 하준의 시선은 알게 모르게 손목시계에 머물렀다.

"바쁘니?"

"조금."

그때였다. 테이블 위에 올려 둔 그의 휴대폰이 부르르 떨며 진동했다.

"아, 맞다. 하나 말 못 한 게 있는데."

민희는 그것에 눈길을 잠시 두며 말을 이었다.

"단영이 지금쯤이면 아마, 엄청 화났을걸?"

"왜."

하준은 순간적으로 싸한 느낌을 받았다. 안 봐도 뻔한 전개가 눈앞에 그려졌다.

"아까 만났거든. 화장실에서. 걔 은근 엄청 성격 있게 컸던데? 어릴 땐 순둥순둥 하더니. 너희들이 너무 오냐오냐해 주며 키운 거 아냐?"

민희가 어깨를 으쓱였다.

"그리고 도하준. 너 긴장 좀 해야겠더라."

의미 모를 말에 하준이 인상을 찡그렸다.

"아까 저쪽 룸에."

그녀가 가리킨 손가락을 따라 그의 시선이 느리게 움직였다.

"모델 배승호 있던데? 단영이랑 같이. 상대를 물어도 그런 대물을 물고 올 줄 누가 알았겠어. 깜짝 놀랐다."

휴대폰을 들고 있던 하준의 손에 힘이 실렸다. 그걸 확인한 민희가 통쾌하단 투로 말했다.

"아서라. 네가 화낼 군번은 아니지. 전 여친과 재회한 마당에."

"누가 전……."

"적어도 단영이는 그렇게 알고 있잖아."

후으……. 하준이 묵직한 숨을 밀어 냈다. 또 골치 아프게 생겼네. 소리 없이 중얼댔다. 박 상무의 점심 제안을 고분고분 따르는 게 아니었다.

그가 시선을 밑으로 떨어트렸다. 뒤늦게 메시지를 확인했다.

[내가 한눈 팔면 죽는다고 했지.]

문자 내용을 확인한 그가 손을 들어 관자놀이를 꾹 눌렀다.

[근데. 다른 여자도 아니고 무려 구여친을 만나? 감히 나를 두고?]

"넌 그럴 의도 전혀 없었겠지만, 나름 나한텐 상처였으니까. 이번 기회에 값 치른다, 하고 좋게 생각해."

"애한테 대체 무슨 말을 한 거야."

하준은 언제 웃음이 났었냐는 듯 정색하며 미간을 좁혔다. 가늘게 뜬 눈으로 민희를 직시했다.

"그걸 누구 좋자고 말해 줘? 너도 이참에 속 좀 타 봐. 그때 내가 맘고생 한 것에 비하면 새 발의 피지."

이래서 사람은 누구에게라도 상처 주면 안 되는 거다.

[10초 준다. 당장 나와.]

민희에게 타박 놓을 여유가 없었다. 하준은 망설임 없이 의자를 밀치고 일어섰다.

"먼저 간다."

"잠깐만."

그가 정장 재킷을 걸치다 말고 고개를 틀었다.

"그때. 내가 졸졸 쫓아다니면서 귀찮게 굴었을 때."

"……."

"사실은 엄청 싫고 짜증 났을 텐데 한 번도 뭐라 한 적 없었잖아, 너."

하준은 걸치다 만 재킷을 마저 입으며 깃을 정리했다.

"그땐 이해를 못 했거든. 갖고 노는 건가 싶어서 열도 받았고. 근데 다시 생각해 보니 알겠더라. 그때 나한테 화 안 냈던 거. 그거, 단영이 때문이었지?"

하준은 멈칫했다. 그녀의 말을 부정할 수 없었다. 동성 친구 한 명 없는 단영이었다. 그래서 더 걱정이 컸다.

부케를 받아 줄 친구. 옆에서 작은 것 하나하나 케어해 줄 친구. 웨딩드레스를 함께 골라 주고, 사진도 많이 찍어 줄 친구. 육아에 힘이 들면 곁에서 조언을 해 줄 친구. 단영의 곁엔 그런 동성 친구가 없었기에 민희를 차마 내칠 수 없었다.

민희가 단영의 곁에 오랫동안 머물러 준다면, 꽤 좋은 조력자가 되어 줄 것이라 믿어 의심치 않았기 때문이다.

하준은 테이블 위에 올려 두었던 휴대폰을 마저 챙겼다.

"그 애, 동성 친구 한 명 없이 자랐으니까. 너희들끼리 아무리 노력해 봐도 채울 수 없던 부분 중 하나가 단영이 결혼이라서, 그래서 걱정되는 마음에 그랬던 거 아니야?"

묵묵히 민희의 말을 듣고 있던 하준이 피식거렸다.

"그땐 그랬는데."

찰나 그 웃음을 목격해 버린 민희는 순간 멍해졌다.

"지금은 필요 없어."

"……왜?"

그의 입술에 묻어 있던 미소는 청량했다. 눈을 뗄 수가 없다. 여전히.

끝까지 재수 없고.

"나랑 할 거니까."

지독하리만큼 멋진 놈.

37화

한 시간 전.

승호와 단영은 매니저 두환이 미리 예약해 둔 한식 식당으로 향했다. 식사는 거의 끝나 가고 있었다.

"작가님. 여기 음식 맛 괜찮지 않아요?"

"아, 네. 맛있네요."

음식이 입으로 들어가는지 코로 들어가는지 모르겠지만, 단영은 예의상 웃었다.

"다행이다. 룸도 하나뿐이라 예약 한번 하려면 거의 전쟁 수준이거든요."

두환이 어깨를 으쓱이며 자랑스레 말하자, 그 맞은편에 앉아 있던 단영은 머쓱하게 웃었다.

곁눈질로 승호의 낯빛을 살피는 것도 잊지 않았다.

매니저의 동행은 어쩌면 단영에겐 좋은 일이었을지 몰라도 승호에겐 아니었다.

"형. 언제 가."

승호가 여간 언짢다는 기색으로 물었다.

"할 일 끝났으면 그만 갈 길 가라는 거냐? 작가님, 애가 이래요. 요즘 시대가 어느 땐데 키워 준 사람 은혜도 모르고 대기업 이사님 노릇이나 하고 앉았다니까요? 아, 혹시 최 작가님. 제가 불편하신 건 아니죠?"

"아뇨, 전혀요. 저는 괜찮아요. 함께 식사하면 보는 눈도 피할 수 있고요. 개인적으로 얽혀서 스캔들이라도 나면 곤란하잖아요."

순간 정적이 흘렀다. 별다른 생각 없이 두환을 안심시키려 뱉은 말이었는데, 싸한 분위기가 단영의 가슴을 덜컥 내려앉도록 만들었다. 뒤늦게 말실수를 알아차린 단영은 급히 얼굴을 틀어 곁눈질로 승호를 살폈다.

"……."

그는 무표정이었다. 입술 끝이 무겁게 가라앉아 있었다. 그저 생수가 담긴 물컵만 묵묵히 응시한 채였다.

때마침 직원이 똑똑, 노크하는 소리가 들렸다. 그나마 다행이었다. 구세주가 등장한 기분이었다. 마지막 후식으로 생강차가 나올 때까지도 세 명 중 누구 하나 입을 뗄 생각이 없어 보였다.

"저, 저 잠시만 화장실 좀 다녀올게요."

도저히 숨 막히는 공간에서 뻔뻔스럽게 엉덩이를 붙이고 있을 용기가 생겨나지 않았다. 다녀오세요. 두환의 허락이 떨어지자마자, 단영은 기다렸다는 듯 룸을 빠져나왔다.

"어휴, 체할 뻔했네."

화장실로 대피한 단영이 가슴을 쓸어내리며 한숨을 흘렸다. 딱히 다른 일을 보기 위해 온 것은 아니었다. 당장의 불편함을 피하고 싶었다.

마땅히 할 것도 없었기에 손이라도 씻을 심산이었다.

그 순간, 또각또각. 하이힐 소리가 들렸다. 반사적으로 단영의 눈동자가 옆으로 옮겨졌다. 하지만 잠시뿐이었다. 다른 신경 쓰지 않고 거울을 보려는데, 단영은 왠지 모를 익숙함에 사로잡혔다.

"……."

불안한 눈빛이 다시금 틀어졌다. 갑작스레 등장한 여자는 화장을 고치고 있었다. 똑 단발을 시작으로 매혹적인 레드 립, 여성미가 물씬 풍기는 향수 냄새.

"어?"

그리고 높은 하이톤의 음성까지. 반평생 단영의 롤모델이자, 경계 대상. 거울을 통해 확인한 여자는 단영만큼이나 놀란 얼굴이었다.

"어머. 너, 단영이 아니니?"

"아."

단영은 당황한 나머지 대답하는 것조차 잊었다. 나약한 신음만이 흘러나왔다. 잊고 지낸 지 벌써 몇 년이더라. 사실 기억도 잘 나지 않았다. 참, 기가 막힌 타이밍이었다. 그것도 무려 화장실에서 재회하게 될 줄 누가 예상이나 했겠는가.

단영은 가슴이 쿵쿵 뛰었다.

"설마 했는데, 맞구나! 식당 들어올 때부터 긴가민가했거든. 우연이 어쩜 이럴 수 있지? 신기해라. 그동안 어떻게 지냈어? 그나저나 너무 반갑다. 꿈이 포토그래퍼였지? 대학교 과도 그쪽으로 지망했었고. 아직도 생생해. 잘됐니?"

"네, 뭐……."

얼떨결에 대답했다. 상황 파악이 제대로 되지 않아 단영은 느리게 눈을 깜빡였다.

"그때 너 공부하는 거 진짜 싫어해서 도하준한테 엄청 깨졌었잖아.

지금 생각해 보면 진짜 추억이다. 그치?"

도하준의 구여친. 내 남자의 첫사랑.

"아, 맞다. 도하준은 여전해? 무뚝뚝한 그 성격 말이야. 지 잘난 맛에 남 가르치는 재미로 살던 놈이었잖아."

그녀는 궁금한 것들이 참 많았다. 그래, 어찌 보면 정말 당연한 일이었다. 그녀에게 단영은 그저 전 애인의 딸과 같은 존재쯤으로 여겨질 테니 말이다. 단영은 절로 주먹을 꽉 쥐게 됐다.

"언니가 여긴 어쩐 일로……."

단영은 한 글자, 한 글자 꺼내 놓기가 힘이 들었는지 연신 말을 늘였다. 하지만 민희는 세상 맑은 얼굴로 한껏 신이 났다.

"외국에서 지내다가 이번에 한국 들어왔어. 오늘 하준이 만나기로 했거든. 언제 시간 돼? 같이 밥 한번 먹자. 언니가 사 줄게."

상냥하게 웃으며 반갑지 않은 친절을 베풀었다. 단영은 정신이 하나도 없었다. 그 와중에 반복적으로 울리는 한마디.

'오늘 하준이 만나기로 했거든.'

민희 언니를 만나기로 했단 말을 전해 들은 적 없었다.

멘탈 붕괴 직전이었다.

어렸을 때부터 그랬다. 뭐랄까. 그녀에겐 도무지 상대가 안 됐다. 그로 느껴지는 무기력함이 무척이나 불쾌했지만, 부정할 수 없는 사실이었다.

대학생 시절, 하준과 함께 상위권을 다투던 사람이었다. 화려한 겉과 다르게 속이라도 검었다면 모를까, 내면마저 멋진 여자였다. 그런 민희와 하준은 다른 사람들이 보기에도 한 폭의 그림 같았다.

그래서 그녀가 하준과의 연인 사이를 밝혔을 당시엔 수긍할 수밖에 없었다.

그런데 왜 하필 지금 이 시기일까. 단영은 속으로 대상 없는 원망을 끊임없이 이어 갔다. 단영의 눈빛이 흐려졌다. 그걸 바라본 민희가 묘한 미소를 그렸다.

"하준이랑 여전히 잘 지내지?"

전보단 차분해진 음성으로 물었다.

네. 잘 지내고 있어요. 당신의 전 남자 친구인 도하준과 연애하고 있어요.

시원하게 말해야 하는데, 단영은 입술에 접착제를 붙여 놓은 것처럼 입을 떼지 못했다. 도무지 떨어지지 않았다. 속이 답답하다.

"잘 지내고 있나 보네. 다행이다."

"……."

"그럼, 난 바빠서 먼저 가 봐야 될 것 같은데. 나중에 하준이 통해서 보자."

손목을 들어 시간을 확인한 민희가 입술로만 웃으며 아쉬운 인사를 고했다. 그녀가 몸을 돌려 화장실 문손잡이에 손을 올린 순간이었다.

"저기, 언니."

단영의 부름에 민희가 멈칫했다.

"저, 오빠랑 만나요."

그러나 민희는 뒤돌아 단영을 마주하지 않았다. 어느 정도 예상한 단영의 고백을 들으며 투명한 화장실 문 너머로 이제 막 식당에 들어서는 하준을 가만히 응시했다.

"……그래?"

앞선 공백에 깊이를 알 수 없는 감정들이 뒤섞였다.

"네."

단영의 음성은 단호했다.

민희는 대답하지 않았고 그 이상 다른 질문도 하지 않았다. 고개를 끄덕이지도 않았고, 기필코 빼앗고 말겠다는 엄포도 없었다. 한동안 의미 모를 미소만 그리다가 화장실을 빠져나갔다.

룸 안으로 돌아온 단영은 속이 뒤틀려 죽을 지경이었다. 문틈으로 홀 가운데 자리에서 민희와 마주 앉아 있는 하준을 부리부리 노려보았다.

귀가 좋았다면 대화 소리까지 들렸을 텐데 들리질 않으니, 눈을 가늘게 뜨고선 둘을 지켜보는 수밖에 없었다. 그들 사이에 침범하자니, 공적인 자리 같아서 혹여 폐 끼치는 일이 될까 싶어 무턱대고 나설 수도 없었다.

재잘재잘 떠들기 바쁜 민희와 덤덤하게 들어 주는 도하준. 이러다 피가 거꾸로 솟겠다.

"하하하, 작가님. 그래서 그때 어떻게 된 줄 아세요?"

매니저 두환의 농담도 흘러들었다. 들리지도 않았지만.

단영은 계속 애꿏은 손톱만 잘근잘근 씹었다.

맞은편에서 굳은 얼굴로 직시하는 승호의 존재조차 까맣게 잊어버린 채.

그녀의 손이 테이블 밑에서 분주하게 움직였다. 그 행동을 묵묵히 방관하던 승호가 자조적인 웃음을 흘리며 입술을 천천히 떼어 냈다.

"바쁜가 봐요."

오랫동안 침묵을 지키고 있었기 때문일까. 한껏 가라앉은 음성이었다. 하지만 단영은 승호의 말을 제대로 듣지 못했다. 온 신경이 휴대폰으로 집중됐다.

탁탁탁. 바쁘게 액정을 두드리던 단영의 손가락이 일순 멈췄다. 얼굴이 허공으로 번쩍 올라왔다.

"죄송한데, 먼저 일어나 볼……."

"급해요?"

"네."

"급한 일이 뭔데요."

승호였다.

"네?"

"지금 나랑 밥 먹는 일 말고 급할 게 뭐가 있냐고."

야, 인마. 너 왜 그래? 별안간 짧아진 승호의 날 선 말투에 옆에 있던 두환이 눈을 크게 뜨며 추궁했다.

그러나 승호는 조금도 두환을 신경 쓰지 않았다. 분위기가 심상치 않음을 느낀 두환이 묵직하게 한숨을 쉬었다. 끼어들 틈을 찾지 못해 차라리 자리를 비켜 주기로 결심한 듯 고요히 엉덩이를 떼어 냈다.

드르륵. 룸 문이 닫히는 소리가 들리자, 단영이 고개를 돌려 승호를 마주했다.

"갑자기 왜 이래요?"

"갑자기?"

"……."

아, 갑자기. 승호는 그 말을 곱씹으며 비릿한 미소를 토해 냈다. 자리에서 일어난 단영은 이러지도 못하고 저러지도 못한 채 난감한 듯 눈가를 구겼다.

"선약이었잖아요."

"아, 그건."

"내가 먼저였잖아. 이번만큼은."

"……."

"아니야?"

속이 어그러지는 느낌이었다. 승호는 그 묵직한 고통이 불쾌했던지,

물컵을 세게 쥐었다.

"물론."

방금 전 일만으로도 충분히 복잡한데 승호까지 몰아세우자 단영은 속이 말이 아니었지만, 최대한 마음을 곧게 다잡았다.

"배승호 씨와 한 약속이 먼저였지만, 경중에 따라 유동적일 수 있는 거잖아요. 일적인 자리도 아니었고, 식사도 다 끝났는데 문제 될 건 없다고 봐요."

공적인 자리였다면, 들끓는 속을 어떻게든 참아 내면서까지 자리를 지켰겠지만, 누가 봐도 이번 겸상은 승호의 개인적인 감정으로 이뤄진 거였다. 이만큼 했으면 충분히 잘 견뎠다고 생각한다.

"날 더 중요하게 생각해 달라는, 그것까진 바라지도 않아."

승호는 시선을 물컵에 둔 채로 덤덤하게 말을 이어 갔다.

"뻔뻔하게 다시 예전처럼 좋아해 달란 말도, 다시 돌아가잔 말도 다 안 할게."

그의 눈동자가 느리게 흘러가 단영의 얼굴에 닿았다.

"그러니까."

좋아한다고 고백하는 것도 아닌데, 이게 뭐라고 속이 타들어 가는 기분이다.

승호는 눈가를 구기며 이내 억지로 쥐어짜듯 말했다.

"지금은 나랑 밥 먹어."

승호가 내리고 있던 눈꺼풀을 위로 올렸을 땐, 이미 단영은 다른 곳을 바라보고 있었다.

"미안해요, 정말."

그게 끝이었다. 그녀는 승호가 잡을 새도 주지 않고 룸 문을 밀어젖혔다.

결국 또 혼자 남았다. 컵에 담겨 있던 물이 잘게 흔들려 파동을 일으켰다.

승호는 한동안 컵을 채우고 있는 물만 응시했다.

제 모습이 이토록 처량할 수 없었다. 다시 또 숨이 막혔다. 불안함과 강박 증세가 파도처럼 밀려온다. 몇 번이나 숨을 참았다 쉬었다를 반복하던 승호가 셔츠 단추를 짜증스럽게 풀어냈다.

"……."

두 번째다.

벌써 두 번이나 외면당했다.

하……. 허탈한 웃음이 승호의 잇새로 터져 나왔다.

더웠다. 기어코 시작된 폭염이 기승이었다. 날도 더운데 도하준은 나올 생각조차 없어 보였다. 단영은 부글부글 끓는 속을 애써 삭이며 달랬다.

10초.

그 10초를 열 번째 반복하고 있다.

5초만 더 줄게. 그랬는데도 나오지 않는다면 진짜.

"오."

멱살도 잡을 거야.

"사."

아주, 뺑 차 버릴 거야.

"삼."

휴대폰 이름 배신자로 저장해 둘 거야!

"이!"

"일."

낯익은 저음에 그녀가 급히 고개를 돌렸다.

"장난해? 지금 몇 초나 지난 줄 알아?"

여유로운 걸음으로 한량처럼 걸어 나오는 하준을 보자, 끝끝내 뚜껑이 열려 버린 단영이었다.

"뒷문으로 나오라고 말했어야지."

"지금 잘했어? 왜 이렇게 뻔뻔할까?"

"잘못한 건 또 뭔데."

하? 단영은 기가 막힌 나머지 말문이 막혔다. 그런데 왜일까. 그가 나타나 준 것만으로도 안심이 됐다.

하지만 궁금한 건 못 참겠다. 그녀는 몇 번이나 입술을 들썩이며 망설이다, 거슬리는 인물을 언급했다.

"오랜만에 재회하니까 어떻디? 아니, 그보다 왜 먼저 말 안 했어?"

"뭐가."

하준은 의미심장한 미소를 그리며 일부러 모르는 척 물었다.

"민희 언니 말이야. 그 언닌 어떻게 더 예뻐졌더라. 나이를 거꾸로 먹는 건가? 세월 따라가는 척이라도 하지."

"너, 걔 좋아했잖아."

"그땐 그때고."

"왜. 지금은 아니야?"

"너 같으면 좋겠니?"

단영은 찌릿, 하고 하준을 밉지 않게 흘겨보았다. 그러나 하준은 마냥 그녀가 귀엽다는 듯 웃을 뿐이었다.

"지금 웃음이 나와?"

단영은 연신 삐뚤게 굴었다.

"표정 풀고 말해. 무섭다."

무섭다는 사람치곤 더없이 여유로웠다. 그가 단영의 콧등을 손가락

으로 아프지 않게 튕겼다. 거기서 끝이 아니었다. 찹쌀 같은 볼을 잡고
흔들어 댔다.

"상황 파악 못 하지. 좋은 말로 할 때 놔라."

순간의 정적. 욱하는 성격의 단영은 오늘따라 무서울 정도로 침착했
다. 볼살을 쥐고 있던 하준은 손가락에 바로 힘을 풀었다.

"이리 와."

"네."

하준은 즉각 반응했다. 웃을 수도, 그렇다고 울 수도 없는 상황.

"이제 해명해."

"오해하지 마. 나도 그런 자린 줄 몰랐으니까."

하준은 기다렸다는 듯이 해명했다.

"그래서. 무슨 얘기 했는데."

"뭘 바라는데."

"아무 거라도 좋으니까 말해! 싹 다! 하나라도 더하거나 빼지 말고."

전혀 무섭지 않은 경고였으나, 하준은 단영의 장단에 놀아나 주기로
했다. 하지만 그뿐이었다. 무슨 대화를 했느냔 물음에 곧이곧대로 답해
주기가 퍽 난감했다.

이런 식으로 말할 것이 아닌데.

그가 잠시 망설인 그 찰나를 참지 못하고 성질 급한 단영이 먼저 말
을 낚아챘다.

"몇 년 만에 보니까 없던 사랑의 감정이 샘솟는다, 뭐 그런 말 같지
도 않은 소리라도 했니?"

상상의 나래를 펼치고 있는 단영을 바라보던 하준은 어이가 없었는
지 실소를 터트렸다.

"무슨 그런 말도 안 되는……."

"재회했으니까 한번 만나 보재? 아직 좋아한대? 가슴이 막, 이렇게

두근거린대?"

순간, 하준의 표정이 급격히 서늘해졌다.

"배승호가 그렇게 말했어?"

"말 돌리지 말아 줄래?"

갑, 을이 순식간에 바뀌었다. 단영은 적잖게 당황한 눈으로 하준을 올려다보았다.

"말을 하긴 했나 보네."

"어떻게 알았……."

"……."

"잠깐만. 오빠 지금 완전 오해하고 있는 거다? 그런 뜻이 아니라, 나 배승호 씨랑 같이 있는 거 어떻게 알았냐고."

"그게 중요해?"

"잠깐 점심만 같이한 거야. 매니저님도 동행했고. 한 번 정돈 같이 식사해야 했는데, 매번 내가 캔슬 놔서 어쩔 수 없었어."

"나도."

"뭐야?"

"나도 그랬어."

승호와 단영. 그리고 매니저. 반대로 하준과 민희. 그리고 상무님. 상황은 다르지 않았다.

"흔들려?"

그 말에 단영은 할 말을 잃었다. 찔려서가 아니라, 너무 어이가 없어서.

"아니잖아."

도하준도 나처럼 많이 불안했을까.

"여태까지 그래 왔듯이 우리는 여전할 거잖아."

그저 믿고 있다는 것 하나로 지금까지 묵묵히 참고 견뎠던 걸까.

"근데 뭐가 그렇게 두려워."

하지만 단영은 짧은 시간이었지만 끔찍했다. 자신이 모르는 시간을 함께했을 여자와 있던 하준을 지켜보는 것만으로도.

그가 혹시라도 배신할지 모른단 걱정은 없었지만, 왠지 모를 걱정과 두려움이 앞섰던 건 사실이다.

"나는 너 믿어."

그저 오빠에 불과했던 도하준이 남자로 다가서기 시작하면서. 아니, 그보다 훨씬 전부터.

"이건 무언의 신뢰야."

단영이 다른 반응을 보이기도 전에 벌어진 일이었다. 그가 가볍게 단영의 손목을 잡아당겨 넓은 가슴팍에 폭 안았다. 그녀가 입술을 씰룩였다.

"진짜……."

마음에도 없는 말이라는 것을 하준도 잘 안다.

"맨날 나만 나쁜 년 만들고."

"그런 거 아니야."

편안하게 서로를 포옹했다. 이따금씩 하준은 작은 단영의 등을 토닥여 주었다.

"자기 혼자만 멋진 역할 다 맡고."

실속 없는 투정을 전부 받아 주었다.

"오빠한테 자기가 뭐냐."

"그 '자기' 아니야."

단영의 정수리에 턱을 세워 고정시킨 하준은 소리 없이 웃기만 했다. 최단영 개그는 여전히 더럽게 재미없는데, 뭐 때문에 이렇게 웃음이 나냐.

"나도 잘못한 거 아는데, 그래도 오늘은 좀 밉다. 도하준."

"뭐가 그렇게 미워."

"무슨 말을 했는지 제대로 말 안 해 주잖아. 오빨 못 믿는 건 아니지만, 궁금하단 말이야. 현실적으로 그런 상황에서 아, 그렇구나, 하고 넘어갈 사람이 몇이나 되겠어."

"그게 그렇게 궁금해?"

그때였다. 별안간 하준이 포옹하고 있던 팔을 풀어냈다. 그러고는 단영의 양쪽 어깨에 두 손을 올렸다. 무릎을 살짝 굽혀 눈을 맞춘다.

"응. 궁금해."

단영이 세차게 고개를 끄덕이자, 그의 입술 끝이 시원하게 올라섰다.

"한다고 했어."

그는 매일 고백한다.

"너랑."

오늘도.

"결혼할 거라고."

마찬가지였다.

38화

승호는 무작정 자리에서 일어나 급히 식당을 빠져나갔다. 선글라스, 그 흔한 모자조차 착용하지 않은 맨 얼굴로.

나서는 동안 등 뒤에서 당황한 두환의 음성이 날카롭게 내리꽂혔으나 그는 멈추지 않았다. 무언가에 홀린 사람처럼 걸었다.

하지만 문을 열었을 땐, 이미 단영은 온데간데없었다. 한창 점심시간이라 그런지 주변에는 직장인들이 북적였다.

"또……."

늦었다.

세게 쥐고 있던 주먹에서 힘이 스르륵 풀렸다. 승호가 신경질적으로 머리를 흩트렸다. 때마침 회사 업무에 지친 사람들이 삼삼오오 모여 식당 앞으로 다가왔다.

문 앞을 가로막고 있던 승호는 비켜설 생각이 없어 보였다. 저 사람, 배승호 아니야? 수군대는 소리가 들렸다. 그럼에도 승호는 꼼짝하지 않았다.

에이, 미쳤다고 여기에 있겠어? 설마, 그냥 닮은 사람이겠지. 저들끼리 떠들어 댔다. 유명인의 등장보단 배고픈 본능이 먼저였는지 사람들은 승호를 힐끗거리다 식당 안으로 하나둘씩 사라졌다.

인파들이 움직이는 속도가 무척 느리게 느껴졌다.

승호는 저도 모르게 미간을 찡그렸다.

"후으……."

때마침 바지 주머니 안에서 휴대폰이 부르르 떨렸다. 안 봐도 발신자는 뻔했다. 승호가 눈을 질끈 감았다가 떴다. 입술을 꽉 물었다. 엎친 데 덮친 격. 무엇 하나 뜻대로 돌아가는 것이 없다.

그는 끓어오르는 울분을 가까스로 삼켜 낸 뒤 휴대폰을 꺼내 들어 귓가로 가져갔다.

"……예."

— 촬영은.

새어머니였다.

"순조롭습니다."

— 누가 그걸 몰라서 묻니?

날 선 음성이 듣기 싫었다. 마음 같아선 당장 휴대폰을 내던지고 싶었지만, 승호는 꾹 눌러 참았다.

— 우리 애들 말이야. 전부 촬영에 포함됐느냔 말이야.

"촬영하느라 정신없는데 제가 그런 것까지 신경 써야 합니까?"

— 말버릇 안 고쳐?

"욕심도 정도가 있는 법입니다. 실력이 없으면 기본 예의라도 있는 애들로 보내셨어야죠. 저 같았어도 양아치는 안 써요."

— 최 작가가 그랬니. 우리 애들이 양아치 같다고?

"그게 아니라."

— 이제 겨우 카메라 들기 시작한 어린 계집애가 어딜 무서운 줄 모르고 건방지게 말이야.

"제가."

— 매니저 통해서 당장 시오전자 담당자 번호 보내. 스튜디오 갈아치우라고 할 테니까. 메인 모델 소속사 요구니 그 정도는 들어주겠지. 촬영이야 중반부터 이어 가면 될 일이고.

말 끊어 내는 것은 매번 있던 일이었지만, 현재 승호에겐 더한 불만으로 다가왔다.

"제가 돌려보냈습니다."

— 뭐야?

"같이 일하기 쪽팔려서요."

귀찮다는 기색이 역력한 승호의 덤덤한 투에, 그녀는 목청을 높였다. 촬영이 끝나자마자 회사로 들어오라는 엄포가 떨어졌지만, 고분고분 그러겠다고 할 승호가 아니었다. 예전 같았다면 못 이기는 척 수긍했을지도 모른다. 그러나 이젠 될 대로 되란 심정이었다.

"에이전시든 뭐든 저만큼 키우고 싶으면 가려서 받으세요. 언제까지 이런 유치한 갑질이 통할 거라 생각하시는 겁니까. 애먼 사람 일터에서 낯부끄럽게 만들지 마시고요. 아버지가 한평생 일궈 낸 재산 모두 탕진해서 투자한 소속사인데, 10년이 지난 지금도 내세울 건 저 하나뿐이라는 게 말이나 되는 일입니까."

— 너, 너……! 지금 그게 말이라고……!

"그러니까 적당히 하시라고요. 긴장도 좀 하시고. 언제 때려치우게 될진 모르겠지만 그때까지 저 대신할 대타 한 명 정돈 준비해 두셔야 하지 않겠습니까."

미련 없이 휴대폰을 내렸다. 겁을 주었지만 그녀는 눈 하나 깜빡하지 않을 것이다.

아버지가 투자한 소속사. 그곳은 승호에겐 곧 집과 같았다.

"하, 진짜……."

돌아 버리겠네. 승호는 욕설이 목구멍 끝까지 차올랐지만, 보는 눈이 있음을 깨닫고 입술을 다물었다. 그의 손은 주머니 속 라이터를 습관적으로 매만졌다.

"숨 좀 쉬자. 제발 좀."

탄식 어린 혼잣말이 고요하게 허공으로 흩뿌려졌다. 그때였다.

"한 대, 태울래요?"

청량한 음성이 끼어들었다. 승호의 고개가 반사적으로 돌아갔다.

"필요한 시점 같아서."

손가락 사이에 담배 한 개비를 끼워 넣은 채 불쑥 건넸다. 여자는 다름 아닌 민희였다.

승호는 무미건조한 눈빛으로 낯선 여자를 빤히 직시했다.

"아, 미안해요. 아까부터 계속 지켜봤는데 안타까운 사정은 피차 마찬가지라."

"……."

"그냥 지나칠 수가 있어야 말이죠. 내가 또 한 오지랖 하는 여자거든."

민희는 쓰고 있던 까만색 선글라스를 벗어 내며 레드 립 한쪽 끝을 올려 씩 웃었다.

꽤 긴 정적이 흘렀다. 민희는 제 손에 들린 선글라스를 들어 올리며 재차 물었다.

"쓸래요?"

"됐습니다."

"아, 그래요. 그럼 뭐."

민망할 법도 할 텐데 아닌 모양이다. 민희는 어깨를 으쓱이며 손을 내렸다.

"선글라스는 됐고."

"음?"

그의 시선이 밑으로 내려갔다. 종착지는 민희의 손가락에 끼워져 있던 담배였다.

"그거 하나만 빌려줘요."

"아, 이거?"

민희는 줄 생각 없이 승호의 눈앞에서 담배를 흔들었다. 묘하게 놀리는 분위기다. 승호는 어쩐지 불쾌해져 눈가를 찌푸렸다.

"차였어요?"

"그쪽에게 말할 이유 있습니까?"

"오, 꽤 성격 있네요? 연예인이 그래도 되나? 나 입 되게 가벼운데."

"후으……."

짜증 섞인 한숨이 승호의 잇새로 다시금 흘러나왔다. 도대체 몇 번째 한숨인지 모른다.

"나도요."

대뜸 터진 그녀의 말에 승호가 눈썹을 꿈틀거렸다. 삐딱한 눈빛이 민희에게 옮겨졌다.

"나도 차였다고요. 방금 전에. 것도 대차게. 뻥—!"

대차게 차인 사람치곤 몹시 밝았다. 무시하자. 미친 여자가 아니라면 정신이 나갔을 테지. 승호가 처참히 무시하며 발을 떼어 내려는 찰나였다.

"차라리 나처럼 속 시원하게 차이는 편이 낫지 않겠어요?"

반쯤 떼어진 승호의 발이 다시 땅으로 안착했다. 무엇을 목격한 건지 아까부터 살살 긁는데, 사람 열받게 하는 재주가 있다. 그러나 타는 속과 달리 승호는 의연하게 입술을 위로 올렸다. 그 모습을 유지한 채 몸을 돌려 민희를 마주했다.

"지금 나한테 수작 거는 겁니까?"

"그래 보여요?"

"그런 거라면 한참 멀었지……."

확실한 가면이었다.

"재미도 없고, 감동도 없고."

귀찮음을 탈피하기 위한 좋은 도구였다. 인위적이지만 자연스러운. 한없이 상냥하고 다정하지만, 더없게 가벼운 표정과 말투.

"그래요? 그럼 이건 어때요. 차인 사람들끼리 오늘 밤 술 한잔."

뻔뻔한 민희의 제안에 승호가 피식 비웃었다. 술이라고…….

"부족하면 두 잔 갈까요?"

"우리 언제 안면 있었습니까?"

"없죠."

"이거 진짜 겁 없네."

승호의 입술이 자조적인 미소를 그리다 이내 딱딱하게 굳었다. 저벅저벅 큰 보폭으로 걸어가 민희의 앞에 섰다. 가까운 거리였다. 강한 힘으로 민희의 어깨를 잡았다.

"……."

살짝 허리를 숙인 승호가 그녀의 눈을 똑바르게 꿰뚫었다. 웃음기 하나 없는 무표정으로.

"너, 뭐야."

연예부 소속 잔챙이라면 위험한 감이 있었다.

"배승호 씨, 지금 뭔가 오해한 모양인데……."

"건들기만 해."

"건들면?"

"너 죽고."

"……."

"나 죽는 거지."

장난이 아니었다. 아닌 것은 알겠다만. 민희는 터져 나오려는 웃음을 꾹 참아 내며 애써 미소 지었다.

"무섭네요. 근데, 아쉬워서 어떡해요? 나 그쪽 사람 아닌데. 파파라치, 뭐 그런 걸로 부업 삼을 만큼 시간 남아도는 사람 아니라서, 내가."

승호의 동공이 일순 잘게 흔들렸다. 그러나 크게 동요하진 않았다.

"그렇다면 다행이고. 난 또, 그쪽이 하도 귀찮게 질척대니까."

영업용 미소를 걸치며 핵심을 찔렀다.

"오해할 수밖에."

"뭐, 괜찮아요."

"그거나 마저 빌려줘요. 내가 지금 좀 급해서."

승호가 눈짓으로 담배를 가리켰다.

"아, 이거?"

민희는 잊고 있었다는 듯 고개를 주억거렸다. 그러고는 순순히 손가락에 끼우고 있던 담배를 승호에게 건네주려는 척하다가 이내 손을 치웠다.

"싫어요."

아……. 승호의 미간이 확 좁아졌다. 슬슬 한계였다. 처음부터 상대하지 말았어야 했나. 뒤늦은 후회가 밀려왔다.

"마음이 바뀌었거든요."

민희가 선글라스를 고쳐 썼다. 그러고는 명품 백 안에 들어 있던 명함 한 장을 꺼내어 내밀었다. 승호는 그걸 말없이 내려다보기만 했다.

"아까부터 그쪽 계속 한숨 쉬던데."

민희는 자신의 명함을 받을 생각조차 없어 보이는 승호의 무례한 태도 앞에서도 의연했다. 셔츠 앞주머니에 쏘옥 넣어 주며 얄궂게 웃는 여유까지 보였다.

"그거, 공황 장애 초기 증상이에요. 병원 가 보세요."

틀린 판단은 아니었지만, 이젠 하다 하다 초면인 사람에게 환자 취급이다.

"무작정 앞만 보면서 걷다 보면, 싫어도 지쳐서 멈출 수밖에 없는 순간이 올 텐데, 그때 연락해요. 술친구 정돈 해 드릴게."

그녀는 미련 없이 몸을 돌렸다. 또각, 또각. 하이힐 굽이 아스팔트 바닥을 두어 번 찍다 멈췄다. 고개만 돌려 승호를 가만히 응시했다.

"이겨 내길 바랄게요."

"……."

"서로 힘내자는 말이에요."

최단영이 보고 싶다. 죽을 만큼. 딱 그만큼.

스튜디오로 돌아온 뒤, 촬영은 다시 시작됐다. 촬영 내내 불편한 기류가 감돌았다. 승호를 두고 매정하게 돌아섰으니 당연했다. 하지만 단영은 최대한 평정심을 잃지 않으려 애썼다.

그에 비해 승호는 의연했다.

집중하지 못할 줄 알았다. 최근 들어 그는 어딘가 모르게 부쩍 위태로워 보였으므로. 하지만 그 예상을 깨고 승호는 잠자코 잘 따라와 주었다.

괜한 걱정이었나. 덕분에 촬영 결과는 만족스럽게 나왔으니 그거면 된 거다.

"수고하셨습니다!"

촬영은 우여곡절 끝에 마무리됐다. 어떻게 시간이 흘렀는지 모를 정도로 정신이 하나도 없었다. 단영은 일부러 더 승호를 쳐다보지 않고, 스튜디오를 빠져나가기 위해 일사분란하게 움직였다.

하지만 그 노력을 단번에 묵살시키듯 승호는 그녀의 걸음보다 더 빠른 속도로 다가왔다.

"잠깐 나 좀 봐요."

주변 사람들에게 들리지 않을 만큼 작은 음성으로 속삭였다. 단영은 어깨를 흠칫 떨며 천천히 고개를 돌렸다. 승호는 이미 저만치 멀어진 뒤였다.

절로 한숨이 터졌다. 어떻게든 촬영 기간 동안만큼은 피하고 싶었다. 서로를 위해선 당장은 그것이 옳다 생각했다.

개인적인 감정보단 프로 정신을 우선시해야 하는 시간은 지났다. 더는 피할 수 없었다. 근심과 걱정이 몰려와 단영은 손으로 이마를 짚었다. 이렇게 됐으니 확실하게 끝내자.

굳게 마음을 먹은 순간, 구세주와 같은 두환이 스튜디오 문 앞에서 승호를 가로막았다. 단영은 저도 모르게 귀를 쫑긋 세우게 됐다.

"대표님 뿔나셨어. 회사 호출이야. 빨리 가자."

두환이 시선을 틀어 단영을 힐긋거리며 말했다. 순간적으로 눈이 마주치자, 화들짝 놀란 그녀가 재빠르게 피했다.

"먼저 가 있어."

승호가 단호하게 말하자, 두환의 낯빛이 굳었다.

"아니. 넌 나랑 같이 갈 거야. 지금 당장."

매번 져 주던 두환 역시 이번만큼은 물러서지 않았다.

두환이 단영에게 고정되어 있던 시선을 거두곤 그녀를 의식하기라도 한 것처럼 말했다. 단영은 잘못한 것도 없는데 이유 없이 뜨끔했다.

"그리고 아까 상황에 대해서 할 말도 있고. 사정 듣고 입이라도 맞춰 놔야 나도 대표님 앞에서 너 케어해 줄 수 있을 거 아니야."

두환의 말이 끝나자, 묵직한 숨이 흘러나왔다. 아마도 승호가 쉰 한숨일 것이다. 두환은 혹시라도 승호가 샛길로 샐까 싶었는지, 먼저 내려갈 생각이 없어 보였다.

"……."

승호의 시선이 느리게 움직였다. 온기 없는 눈빛으로 잠시 단영을 응시했다. 그러다 이내, 다른 방도를 찾지 못하고 몸을 돌려 스튜디오를 빠져나갔다.

"후으……."

그가 보이지 않게 되어서야 숨통이 트였다. 정말이지 매번 이런 식이라면 수명 10년은 줄겠다 싶다.

뒷정리를 마친 스태프들이 하나둘씩 스튜디오를 떠난 뒤에서야 단영도 마지막 마무리를 시작했다.

작업실로 돌아와 의자에 털썩 앉았다. 하루 종일 집중한 탓에 온몸이 뻐근했다.

단영은 팔을 들어 크게 원을 돌렸다. 부팅된 모니터에 승호의 얼굴이 크게 떠올랐다.

"누가 찍었는지."

더럽게 잘 찍었다.

우수에 젖은 눈빛이었지만, 퇴폐적인 분위기가 실로 압도적이다. 칼로 정밀하게 깎아 놓은 것처럼 어느 곳 하나 부족하지 않다. 동양보단 서양 쪽에 더 가까운 이목구비는 어쩐지 날카로우면서도 날렵했다.

단영은 그의 얼굴을, 아니, 작품을 한동안 물끄러미 바라보았다. 분명 카메라 렌즈를 직시하고 있었을 텐데, 바로 앞에서 눈을 마주하고 있는 착각이 들었다.

"으으…… 모르겠다. 퇴근이나 하자."

어차피 출장 촬영만 끝이 나면 마주칠 일도 거의 없을 사람이다. 다른 세상에 사는 사람. 그녀는 망설임 없이 모니터를 끄고 자리에서 일어났다.

"보고 싶네. 퇴근했으려나?"

주변을 정리하기도 귀찮았다. 단영은 달랑 가방 하나만 챙겨 들고 스튜디오 작업실을 빠져나갔다.

점심 이후 곧장 오후 강의가 있었다. 강의가 끝난 후, 바로 회사행이었다. 하준은 쉴 틈 없이 일을 강행했다.

홀로 집무실에 남아 강의 계획과 회사 업무를 정리한 뒤, 주차장으로 향했다. 손목시계를 슬쩍 바라보았다. 저녁 10시. 정신없이 일에 치이다 보니 시간 가는 줄 몰랐다.

하준은 운전석에 올라타자마자 습관처럼 휴대폰을 들었다. 익숙한 통화 연결음이 이어졌다. 단영이 즐겨 듣는 노래였다. 그는 몇 년째 그녀가 고집한 음악을 들으며 시동을 걸려 했다.

"……안 받네."

스마트 시동 버튼을 누르려다 말고, 하준은 다시 운전석 문을 열고 내렸다. 우산을 챙길까 말까 고민하다 끝내 집어 들었다.

애당초 일기 예보를 신뢰하지 않던 하준이었다. 지금 같은 장마철이라면 더더욱. 어차피 걸어서 10분 정도면 단영의 스튜디오가 있었다. 주차할 공간이 협소해서 길이 어긋날 확률이 높았다.

너에게로 가는 길. 그 길은 늘 설레었던 것 같다.

하준은 희미한 미소를 그리며 걸었다. 다짜고짜 '결혼' 이야기를 꺼내야 했던 점심. 단영은 알 수 없는 표정을 지었다.

그녀에게 '결혼'이란 딱히 행복한 결말로 다가오지 않을 것이다. 매번 독신주의자라며 일과 사랑할 거라 버릇처럼 말했으니까.

그녀는 아둔한 어머니와 폭력적인 아버지를 보며 자랐다.

딱히 좋은 환경도 아니었고, 그림처럼 다정한 가정은 상상조차 할 수 없었으리라.

결혼은 곧 현실이라고.

잠깐의 갈등으로 좋던 관계마저 풍비박산 난다. 돈이 없어 형편이 좋지 못하면 남보다 못한 사이가 되어 버리기도 한다. 동전 뒤집기보다 더 쉬운, 그러나 쉽게 헤어질 수도 없는 그런 차가운 법적인 관계. 그녀에게 결혼은 그랬다.

그럼에도 하준은 확고했다. 처음은 준비성 없이 다가간 결과로 단영을 힘겹게 했지만, 지금은 또 달랐다. 대답을 듣고자 꺼낸 말이 아니었으니, 대차게 거절하지 않아 준 것만으로도 만족한다.

"……."

많은 생각들을 곱씹으며 걷다 보니, 어느새 단영의 스튜디오 근처였다. 하준은 주변을 두리번거리며 단영을 찾았다. 스튜디오 불이 꺼져 있는 것을 보니, 촬영은 끝난 모양인데.

그가 다시금 휴대폰을 들려 할 때였다. 정류장 의자에 앉아 버스를 기다리고 있는 단영의 반가운 뒷모습이 보였다.

"최……."

단영의 이름을 부르려다 말고, 하준의 입술이 일자로 다물렸다. 그녀는 이어폰을 끼워 넣은 상태였다. 음악을 듣는 모양이다.

"밤길에 노래 듣지 말라고 그렇게 말했는데."

휴대폰은 보나마나 또 무음으로 해 뒀을 것이다. 어떻게 된 게…….

말 한 번을 안 들어. 하준이 고개를 살짝 숙인 채 피식, 하고 희미한 웃음을 터트렸다. 잔소리가 통할 리 없다. 어렸을 때부터 그랬으니까.

그가 느린 걸음으로 정류장을 향해 걸었다. 많은 사람들 속에 섞여 있는 터라, 단영은 그가 가까이 다가온 줄 꿈에도 모르는 듯했다.

"눈치는 오늘도 여전히 없으시고."

혼잣말이었다. 그는 단영에게 자신이 왔음을 알리지 않았다. 두 발자국 떨어진 곳에 서서 정장 바지 주머니 속으로 손을 밀어 넣은 채 그녀를 가만히 주시했다.

혼자 퇴근하는 단영의 일상까진 엿본 적 없었다.

한편으론 아주 작은 일상도 간직하고 싶은 마음이었고, 조금 떨어진 곳에서 단영을 지켜보는 것도 나쁘지 않을 것 같았다.

"……"

자동차 소음과 사람들의 대화 소리가 뒤엉켜 소란스러웠지만, 하준은 신경 쓰지 않았다. 눈과 귀는 오로지 단영만을 담았다.

버스는 얼마 지나지 않아 도착했다. 단영의 엉덩이가 의자에서 떨어졌고, 버스로 올라탔다. 하준 역시 그녀를 따라 천천히 발을 떼어 냈다.

삐빅. 단영은 익숙하게 카드를 찍고 창가 자리를 잡고 앉았다. 하준은 제 존재를 혹시나 들킬까, 비스듬히 고개를 숙인 채 걸어가 바로 뒷자리에 착석했다.

버스를 타 본 게 얼마 만이더라…….

아마, 처음 차를 뽑게 된 그날이 마지막일 것이다. 그사이 한층 더 쾌적해진 버스 실내를 유심히 살피던 하준의 시선이 다시금 단영에게로 옮겨졌다.

버스가 정차할 때마다 사람은 파도처럼 밀려 들어왔다. 꽉 찬 사람들 사이로 단영의 얼굴이 잘 보이지 않게 될 때쯤 별안간 그녀가 자리에서 일어섰다.

아직 도착하려면 한참 남았는데. 하준의 미간이 좁아졌다. 여차하면 따라 내릴 심산이었다.

"여기, 앉으세요."

단영은 만삭이 된 여자에게 자리를 양보했다. 아마, 임산부.

"아, 괜찮아요."

"저는 금방 내려서요."

거짓말. 아직 집에 도착하려면 못해도 20분은 족히 더 가야 했다.

"사람도 많고, 위험하잖아요."

"감사합니다."

"아뇨, 아니에요."

단영이 자리에서 일어나 임산부에게 자리를 양보하자, 하준은 다급히 창가 쪽으로 고개를 홱 돌렸다.

자리를 양보한 것이 끝은 아니었다. 그녀들은 초면이었음에도 곧잘 대화했다.

긴 다리를 구기고선 팔을 들어 힘겹게 얼굴을 가리고 있던 하준이 작게 한숨 쉬었다.

괜히 따라 탔나.

모양새 빠진 모습이 여간 우스울 수 없었다.

"만져 보실래요?"

"네?"

임산부의 제안에 놀란 단영이 토끼눈을 했다. 하준도 가만히 귀를 기울였다.

"계속 신기하게 쳐다보셔서……."

"저, 정말요?"

"그럼요."

하준의 눈동자가 고요하게 움직였다. 단영은 슥슥, 옷에다 손을 문질렀다. 그런다고 깨끗해질 것도 아닐 텐데 말이다.

그녀는 바짝 숨을 죽이고는 만삭인 여자의 배에 손바닥을 올렸다. 무척 조심스러운 손길이었다.

"어, 어? 움직여요. 방금 움직인 것 같았는데?"

"남자아이예요."

"와— 그래서 그런가? 엄청 씩씩하네요."

"네. 맞아요. 심장 소리 들었을 땐 얼마나 울었는지 몰라요."

"빨리 만나고 싶겠어요."

단영의 말에 여자는 부드럽게 웃기만 했다.

"잘 자라라. 아가야."

하준이 느릿느릿 눈꺼풀을 밀어 올렸다. 단영의 표정을 잊을 수 없었다. 신기해하면서도 묘하게 벅찬 듯했다. 이상한 기분이었다.

임산부가 버스에서 내리고, 사람들이 하나둘씩 사라져 갈 때까지도.

바로 앞자리에 다시 단영이 착석했단 사실을 까맣게 몰랐다.

톡. 토옥. 창문에 빗방울이 부딪쳤다. 그때가 되어서야 멀어진 하준의 정신이 되돌아왔다.

장마 기간이라 혹시 몰라 우산을 챙겨 왔었는데.

하준의 눈이 단영의 뒤통수로 옮겨졌다. 박자에 맞춰 흔들거리는 것으로 보아, 잠에 취한 모양이다. 창가에 비친 그녀의 얼굴은 많이 지쳐 있었다. 오늘 촬영이 얼마나 고됐는지 알 수 있었다.

누가 최단영 아니랄까 봐. 아무 데서나 잘 잔다.

어렸을 때도 그랬다. 몸을 기댈 수 있는 곳이라면 금방 잠들곤 했다.

밤이 싫다고. 무섭다고. 두렵다고. 투덜거리는 그녀를 타박했지만, 늘 곁에 있었다.

내가 있다고. 혼자 두고 가지 않겠다고. 그러니, 걱정 말라고.

잠든 단영에게 늘 버릇처럼 혼잣말을 하는 것도 어느새 오랜 습관이 됐다.

그때였다. 버스가 급정차하며 단영의 얼굴이 옆으로 떨어졌다. 창문에 머리를 세게 찧을 위기였지만, 그가 순발력을 발휘해 팔을 뻗었다.

다행히 단영의 얼굴은 창문이 아닌, 하준의 커다란 손바닥으로 떨어졌다. 그 감촉조차 느끼지 못할 만큼 그녀는 곤히 잠들어 있었다.

"어후……."

이 화상아.

정말 최단영 때문에 못 살겠다. 하루라도 빨리 데리고 살아야 마음이 좀 놓일 것 같은데.

하준은 속으로 원망 아닌 원망을 곱씹었지만, 입술은 아니었다. 흐린 호선이 시원하게 그려졌다.

단영의 머리를 받치고 있던 하준의 손이 느릿느릿 움직였다. 엄지손가락으로 다정스레 부드러운 머리카락을 쓰다듬었다.

어디서나 잘 자는 우리 최단영.

"너는……."

잠든 지금 네 모습이 얼마나 예쁜 줄 아니.

죽어도 모를걸.

나사 하나 빠진 사람처럼 웃고 있는 내 모습도 그렇고.

『다음 정류장은…….』

때마침 단영의 집 근처 정류장임을 알리는 음성이 흘러나왔다.

귀신처럼 머리카락을 추욱 늘어뜨리고선 잠에 취해 있던 단영은 어떻게 알고 번쩍 눈을 떴다. 그에 맞춰 하준이 민첩하게 손을 빼내었다.

단영은 허겁지겁 자리에서 일어났다.

"아저씨! 저 내려요!"

"아이고, 아가씨! 내리기 전에 미리 벨을 눌렀어야지!"

"죄송합니다!"

끼익―

버스가 정차했다. 단영은 기사를 향해 꾸벅 인사하는 것을 잊지 않았다. 정신없이 하차한 뒤에서야 추적추적 비가 내리고 있다는 것을 깨달았다.

"아, 갑자기 웬 비가……."

그녀가 투덜대며 손바닥을 머리 위로 가져다 댔다.

그 순간, 촤악. 둔탁한 소리와 함께 검은색 우산이 펼쳐졌다. 영문을 몰라 어리둥절하던 단영이 반사적으로 몸을 돌려세웠다.

"잘하는 짓이다."

끔뻑. 끔뻑.

단영이 눈을 크게 떴다.

"도, 하준?"

예상치 못한 인물이 바로 앞에 나타나자, 어지간히 놀란 듯 단영은 제대로 말을 잇지 못했다.

고된 하루를 마무리한 뒤에 가장 먼저 생각난 사람.

너무너무 보고 싶었지만, 일에 방해가 될까 싶어 몇 번이고 휴대폰을 만지작거렸는데.

시원하게 입술 끝을 올려 멋들어지게 웃는 도하준.

그 도하준이 바로 앞에 있다.

"어이, 최단영이."

그녀가 세상에서 가장 좋아하는 청량한 웃음을 걸친 채로 두 팔을 벌렸다.

"오빠 안 보고 싶었냐."

얄궂게 눈가를 찡긋거린다.

"뭐 하고 있어."

정말 신기한 일이다. 보고 싶어 했더니, 거짓말처럼 그가 나타났다.

"와서 안겨."

왠지 모르게 피로가 싹 풀렸다.

39화

단영은 얼떨떨한 표정을 지워 내고선 푸핫, 하고 함박웃음을 터트렸다.

"뭐야, 진짜!"

좋으면서 괜히 그런다.

"오빠 팔 빠진다. 얼른."

하준이 눈짓으로 제 팔을 가리키며 재촉하자 그녀는 새침하게 입술을 삐죽거렸다.

"참 나. 그러면 누가 곱게 안길 줄 알고?"

"야."

하준이 못마땅하다는 듯이 눈가를 구기자, 그녀가 씩 웃었다.

"네에. 그럼, 두말 않고 감사히 안기겠습니다."

와다다 달려가 널찍한 품속으로 폭삭 안겨 들어 목덜미에 팔을 둘렀다. 단영의 두 다리가 허공 위에서 대롱대롱 흔들렸다.

순간적으로 들이닥친 무게에 멈칫한 하준이 장난스럽게 윽, 소리를 내며 한 발자국 뒤로 물러섰다.

"설마, 무거워?"

그녀가 눈을 가늘게 뜨고선 물었다.

"코끼린 줄 알았다."

"야."

"예쁜 코끼리."

"죽는다!"

말은 그렇게 했지만 단영은 무게를 조금이나마 줄여 볼까 싶었는지 조용히 다리를 땅으로 내렸다.

"장난."

"……."

"장난이야."

둘은 한동안 말없이 서로를 부둥켜안고는 제자리에서 뒤뚱뒤뚱했다. 단영은 그 모습이 우스워 하준에게서 벗어나려 했다.

"사람들이 다 보잖아. 이것도 민폐야. 동네방네 소문낼 일 있어? 얼른 놔."

"조금만."

"뭐?"

하준은 미소 지으며 벗어나려 버둥거리는 단영을 강한 힘으로 꽉 껴안았다. 으왁! 단영이 탄성을 뱉었다. 제대로 호흡할 수 없게 빈틈없이 포옹했다. 그녀는 절로 까치발을 세웠다.

"조금만 더 이러고 있자."

나지막한 음성으로 속삭이자, 단영은 마법에 걸린 듯 얌전해졌다. 하준의 허리에 슬며시 팔을 둘렀다. 그녀가 작게 웅얼댔다.

"언제부터 따라왔어?"

"버스 정류장."

"근데 왜 나한테 말 안 걸었어?"

"……그냥."

"대답 봐. 성의 없어."

"혼자 퇴근하는 모습은 어떨까 궁금해서 그랬다. 됐지."

"스토커야?"

"너무 극적인 거 아니냐."

둘은 동시에 푸스스, 웃음을 터트렸다. 참 평화롭고 고즈넉한 퇴근 길이다.

당신으로 하여금, 말이다.

"너, 대표님 앞에서 예의 바르게 잘해. 괜히 대표님 심기 건드리지 말고. 알겠어?"

소속사 대표실 앞에 선 두환은 몇 번이나 승호에게 당부했다.

"먼저 퇴근해."

"그래. 퇴근은 할 건데, 맘 편하게 집 가고 싶어서 이러는 거 아니냐."

승호는 피곤한 모양인지 눈두덩이를 손으로 꾹꾹 눌렀다.

"야, 너 상태 왜 그래. 공황 장애인가 뭔가, 또 그 증세야?"

"아니야."

"그러니까, 차라리 솔직하게 언론에 뿌리고 몇 달 쉬자 했잖아. 이 러다 상태 심해지면……."

두환은 승호가 잠시 집을 비웠을 때 그의 집에서 우연히 복용 약을 발견했다. 어쩔 수 없이 승호는 두환에게만 사실대로 고해야 했다. 그 날, 두환은 노발대발하며 크게 화를 냈었다.

"퍽이나 그러라 하겠다."

"……."

"안 그래도 어떻게 하면 돈 더 굴릴 수 있을까 그 생각밖에 모르는 여잔데."

맞는 말이라서 두환은 무어라 대꾸할 수 없었다. 말문이 막힌 두환을 잠자코 바라보던 승호가 그만 비키라며 손짓했다. 두환은 다른 수 없이 떨떠름하게 자리를 내주었다.

승호가 대표실 문을 열고 들어서자, 새어머니의 무표정한 얼굴이 보였다. 그는 차마 떨어지지 않던 발을 억지로 움직였다.

"부르셨다고요."

"늦었구나."

서정의 얼음장 같은 음성이 차갑게 날아들었다. 집무 책상과 정확히 세 걸음 정도 떨어진 곳에서 승호의 다리가 우뚝 멈춰 섰다.

서정은 승호를 쳐다보지도 않았다. 그저 모니터만 뚫어져라 직시하고 있었다. 늘 있는 일이라, 그다지 놀랍지도 않은 풍경이었다. 그녀는 한참 동안 애먼 사람을 세워 놓고 제 할 일만 처리하기 바빴다.

승호가 무거운 숨을 흘려보냈다. 그것이 신호탄이 되었는지 서정은 눈을 사납게 치떴다. 거슬린 것이다.

"또 한숨이니?"

"……."

"늘 말하지만, 넌 진짜 기분 나빠. 어른 앞에서 한숨이나 푹푹 내쉬고 말이야. 무시하는 것도 아니고."

"……."

"긴 말 하지 않으마. 시오전자 건 촬영 접어."

그거 한 번 대들었다고, 말도 안 되는 소릴……. 승호가 실소를 흘렸다.

"싫습니다."

탁! 그녀가 마우스를 책상 위로 집어 던지듯 내려 두었다. 뾰족한 시선이 위로 올라왔다.

"쉬고 싶어 안달이었던 놈이 어울리지 않게 적극적인 모습을 보이는 구나?"

서정은 의심스럽다는 표정으로 눈을 흘겼다.

"설마, 너."

"……."

"어렵게 재회한 첫사랑과의 시간이 아쉽기라도 한 거니?"

"네. 잘 아시네요."

군더더기 없는 승호의 대답에 그녀는 기가 막혀 코웃음을 쳤다.

"차라리 대기업 상대로 눈 밖에 날까 두렵다고 하지 그래. 내 마음 돌리는 데 있어선 그 대답이 백번 더 나을 것 같은데."

승호가 대기업 신상 제품을 메인 모델로 서게 된 것은 새어머니에게 반갑다면 반가운 일이지, 손해될 일이 전혀 아니었다.

하지만 서정은 승호의 모든 것이 불만이었다. 못마땅했다. 굳이 승호가 아니더라도 그녀에게 잘 보이기 위해 빌빌 기며 온갖 재롱을 피울 준비가 된 배우들은 줄 섰다. 서정은 그저 입맛 따라 종류를 고르고 가장 윤기 도는 횟감을 도마 위에다가 올려 주면 그만인, 그런 위치에 있는 사람이었다.

"혹시라도 기대는 마라. 네가 엔터에 공헌한 일이 어느 정도가 됐든, 수익을 얼마만큼 올렸든 나는 너, 임원직 자리에 앉힐 생각 없으니까."

지금 당장의 감정에 쉽게 휩쓸리기 바쁜 그녀의 입장에선 승호가 어떻게 되든 알 바 아니었다. 자신 앞에서 승호가 나약한 강아지처럼 바짝 엎드리는 모습을 바랐다.

백두산처럼 꼿꼿한 그의 콧대가 마음에 들지 않아서였다. 죄송하다 빌면, 크게 비웃으며 아량을 베풀어 줄 심산이었다. 그러나 그마저도 쉽지 않으니, 그녀는 더 배알이 뒤틀렸다.

"넌 내가 우습지."

"……."

"하, 끝까지 아니란 말은 할 생각조차 없고. 네가 그럼 그렇지. 싸가지 없는 새끼."

대중들은 모두 승호와 그녀의 관계가 두텁다고 생각한다. 언론이 그렇게 보도했으니 대중들은 당연하다는 듯이 받아들였다.

"난 아직도 똑똑히 기억하고 있어. 아니, 잊으래야 잊을 수가 없지. 살아생전 네 아비 뒤에 숨어서 날 벌레 보듯이 하던 그 눈빛 말이야. 네 아비 유서만 아니었다면 지금쯤 길바닥에 나앉고도 남았을 놈이."

승호는 덤덤했다. 아니, 그런 척하며 서정의 유리 파편 같은 날카로운 말들을 흘려들었다.

"어떻게 하면 네가 나를 무서워할 수 있을까. 언제쯤이면 내 아래에서 바짝 엎드릴 수 있을까."

"……."

"제발 네 주제를 알고 기어올라. 감히 어디 앞에서 고개를 빳빳이 세우고 대들어? 여기까지 데리고 와 준 것도 감지덕지 생각해야 할 판에."

그녀가 새빨간 입술을 씹었다. 몇 시간 전, 범 무서운 줄 모르고 대들던 승호가 생각나서였다. 그녀는 무언가 잘 풀리지 않으면 그 모든 것을 승호의 탓으로 돌렸다. 오늘도 무언가 제 뜻대로 돌아가지 않았으리라. 그럴 때마다 홀로 계획하며 의미 모를 말로 승호의 숨통을 조였다.

"너도 너지만, 그 작가 계집애도 마음에 안 들어. 물어다 주면 카메라나 고분고분 누르면 될 것이지. 얻다 대고 갑질이야."

자신의 뜻대로 돌아가지 않으면 숨김없이 불쾌감을 드러낸다.

"그만 가 보렴. 두 번 다신 내 심기 건들 생각 마라. 그땐 촬영이고 뭐고 얄짤없을 줄 알고. 특히 걔. 최단영인지 뭔지 그 작가 계집과 시끄러워지기만 해."

승호는 미련 없이 등을 돌렸다. 이러니 병에 안 걸리는 것이 더 이상하지.

그는 대표실을 빠져나가려다 말고, 발을 멈칫했다.

"하나 묻고 싶은 것이 있습니다."

서정은 대답하지 않았다.

"대표님은."

"……."

"단 한 순간이라도 아버지를 진심으로 사랑해 본 적, 있으셨습니까."

돌아올 대답을 기대하지 않았다.

아버지.

"촬영 수고했다. 그 말 하나 바라는 일이……."

저는 그저 누구에게라도 사랑받고 싶었던 것뿐인데. 그게 그렇게 잘못된 욕심이었을까요.

"아닙니다. 그만 들어가 보겠습니다."

돌아가는 승호의 뒷모습은 여느 때보다 비참했다.

식재료가 동강 난 상태라 단영은 집 근처 마트에 들르기로 했다. 물론, 하준도 함께였다. 요리엔 딱히 취미도 없을뿐더러 재능도 없었다. 그러한 이유로 그때그때 필요한 재료만 골랐다.

"이걸로 충분하다고?"

"그럼."

"부족할 것 같은데."

하준은 못내 의심스럽단 눈빛이었다. 그녀의 손목에 들린 다소 가벼워 보이는 봉투를 힐긋 내려다보며 묻자, 단영은 아무것도 문제 될 것 없다는 투로 말했다.

"식구도 단태랑 나뿐이고, 둘 다 집에서 밥 먹는 시간보단 밖에서 먹는 시간이 더 많아. 우리 걱정 말고 오빠나 잘 챙겨 먹어. 혼자남인 거 티 내지 말고."

"그렇게 걱정되면 데리고 살아 주든가."

"안 돼."

아직은.

단호했다. 하준은 우두커니 자리에 멈춰 서서 물끄러미 그녀의 뒷모습을 응시했다. 따라오는 걸음 소리가 뚝 끊어지자 단영이 슬며시 몸을 돌렸다.

"좀 서운한데."

무표정이었지만 단영은 알 수 있었다. 현재 도하준은 상처받았다. 그것도 무진장.

"단태 때문에 어쩔 수 없어. 서운하게 듣지 마."

"단태 다 컸어."

"나한텐 아직 애야."

"누가 보면 아들인 줄 알겠네."

"적어도 나는 그렇게 생각하면서 키웠어."

불편한 침묵이 흘렀다. 서로의 눈을 꿰뚫었다. 먼저 시선을 피한 사람은 하준이었다. 그가 실소를 터트렸다.

어머니가 이런 기분이었을까.

이제 와 돌이켜 보니 좋은 아들은 아니었지 싶다.

하준은 성큼성큼 넓은 보폭으로 걸어가 단영의 손에 들린 봉투를 빼앗아 들었다. 그러고는 손가락으로 그녀의 이마를 아프지 않게 툭, 쳤다.

"아!"

단영이 손바닥으로 이마를 문지르며 인상을 찌푸렸다.

"너도 내가 다 키웠어, 인마."

"……."

"단태도 그렇고."

"누가 뭐라고 했나."

"요즘 좀 컸다고 슬슬 까분다. 건방지게."

단영은 멍하니 하준을 바라보았다. 혹시 기분이 상했을까. 생각 없이 뱉은 말이었는데, 그의 입장에선 가시처럼 뾰족하게 박혔을 수도 있다.

그녀가 하준의 눈치를 살필 때였다. 대뜸 하준이 손을 내밀었다.

"잡아."

"어?"

"집 가야지."

"데려다주게?"

하준이 고개를 끄덕였다. 단영은 머뭇거리다가 조심스레 그의 손을 맞잡았다.

"오빠."

"왜."

추적추적한 골목길을 나란히 걸었다.

"기분 상했어?"

기다란 그의 손가락을 살살 매만지며 나긋한 음성으로 묻는다.

"상했다면."

"상하지 말면 안 될까? 싱싱했으면 좋겠는데."

우습지도 않은 말장난이었으나, 언뜻 피식거리는 소리가 들렸다. 단영은 그제야 안심이 됐다.

"너무 기분 나빠 하지 마. 절대 오빠가 나쁘단 소리는 아니었어."

"알아."

"단태 대학교 졸업하고 취업할 때까지 데리고 살 생각 없어. 군대 전역할 때까지만. 그렇다고 결혼할 생각도 아직은 없지만……."

뒤로 갈수록 단영의 자신 없는 음성이 작아졌다. 꼭 법적인 관계여야 하는 걸까? 우린 12년이나 한결같이 서로의 곁에 있어 줬는데. 신뢰로 꽁꽁 뭉쳐진 그런 특별한 사이인데. 지금처럼 평생 연애만 해도 행복할 것 같은데.

하지만 그 말을 꺼낼 순 없었다. 적어도 지금은, 아니다.

"휴가 나오면 용돈은 쥐어 줘야 할 것 같아서. 힘들게 나라 지키다가 기껏 휴가 나왔는데 혼자면 조금…… 그렇잖아."

단영은 차분한 음성으로 속내를 밝혔다.

"말하다 느낀 건데, 뭔가 되게 웃프다. 정작 멀쩡히 살아 있는 엄마 두고."

까맣게 잊고 지내다 불현듯 지금처럼 간간이 떠오를 때가 있다.

"그래도 엄마도 사람이니까. 엄마도 자기 인생이 있고, 맘껏 누리고 싶을 테니까. 아빠 때문에 맘고생 한 시간이 얼만데."

단영은 매일매일 스스로에게 주문을 외웠다.

"이해해야지. 그치?"

어린 우리를 두 번이나 뒤로한 엄마를 원망하고 싶지 않아서. 그 감정을 억지로라도 이해해야만 할 것 같아서. 단영은 그저, 그뿐이었다.

"우리 최단영, 착하네. 다 컸어."

하준의 고개가 느리게 돌아갔다.

"힘들어?"

그 세 글자가 단영의 가슴을 콕콕콕 찔렀다. 때 묻지 않은 솔직함이었다. 모르는 척 넘어가 줄 수도 있었을 텐데 하준은 애써 아니라 치부해 버린 단영의 감정을 단숨에 움켜잡곤 했다. 마치, 지금처럼.

"아니. 힘들긴 무슨."

"지쳐?"

난 괜찮아. 다들 그런 힘든 것 하나 정돈 감내하며 살아가잖아. 단영은 그 말을 속으로 삼켰다. 별안간 그녀가 하준의 검은 눈동자를 물끄러미 응시했다.

"도하준."

"왜."

하준이 느릿느릿 눈꺼풀을 밀어 올렸다. 소리 없이 싱그럽게 웃는 단영이 그에게 담겼다. 진작 집 앞에 도착했지만 누구 하나 먼저 들어갈 기미가 보이지 않았다.

"그거 알아? 오빠 나한테 위로, 그 자체야."

담백한 그녀의 말에 하준은 잠시 말문이 막혔다.

"내 밑바닥까지 다 봤던 사람인데, 그냥 오빠 지금처럼만 내 곁에 있어 주면 나는 언제나 괜찮아."

단영은 맞잡은 하준의 손을 크게 흔들며 활짝 미소 지었다.

"앞으로도 그럴 거야."

뭔데 예뻐. 왜 자꾸 쉴 새 없이 예뻐. 이러니 내가 널 사랑하지 않고 배기겠냐고.

"들어가."

"……어?"

당황한 그녀가 눈을 깜빡였다.

"집 들어가라고, 빨리."

"갑자기?"

분위기 깨는 것도 정도가 있지. 그녀가 속에 있던 불만을 토해 내려 했지만, 하준이 먼저 참을성 없이 팔을 들었다.

머뭇거리는 단영이 어지간히 답답한 모양이었다. 그가 단영의 어깨를 지나쳐 도어록 비밀번호를 거침없이 눌렀다.

"지금 뭐 하는. 아니, 오빠 잠깐만."

다급하게 만류하자 하준이 움직임을 멈췄다.

"또 왜."

"오빠 급한 일이라도 생겼어? 바로 들어가 봐야 돼?"

"어."

망설임이라곤 조금도 없었다.

달칵. 현관문이 열렸다. 온통 깜깜한 것으로 보아 단태의 귀가는 아직 멀었다. 멀찍한 곳을 훑던 그의 눈동자가 느릿느릿 단영에게로 굴러왔다.

"그래. 가라, 가. 아주 잘 들어가세요, 본부장님!"

단영은 어딘가 모르게 심통이 가득 찬 표정이었다.

"뭘 가."

"뭣하면 택시라도 잡아 드릴까?"

"그러니까 내가 어딜."

"일보러 가는 거 아니었어?"

우리 지금 대화하는 거, 맞지?

마주 보며 같은 주제로 대화하고 있는 것은 분명한데 산으로 가고 있는 느낌은 무어란 말인가. 단영이 눈썹을 구겼다.

"맞아."

현관문으로 들어서자 센서 등이 켜졌다. 그 불빛 아래 하준의 조각 같은 얼굴이 비쳤다. 그는 바보처럼 맹하니 서 있는 단영을 말없이 내려다보았다. 침묵했다. 마주친 그의 눈은 전과 달랐다. 우주보다 광활하고 밤바다보다 더 깊은, 그런 눈빛이었다.

"너희 집."

언뜻 맹수처럼 날카롭게 빛났다면, 그건 착각이었을까.

"집에서."

"……."

"잘."

잘 거라고?

"할 거야."

아니, 할 거라고. 아주 잘.

센서 등이 꺼졌다.

그대로 밀어붙였다. 당혹스러운 기색이 역력한 단영은 무자비한 힘을 감당하지 못하고 휩쓸려 들어갔다.

어떻게 신발을 벗었는지, 봉투는 어디에 두었는지.

……모르겠다.

두 손으로 단영의 목덜미를 움켜쥐고는 그대로 입을 겹쳐 왔다. 덜컥. 현관문이 닫히는 소리가 거실 안을 크게 울렸다. 멀어지는 정신을 겨우겨우 붙잡은 단영이 그를 힘겹게 떼어 냈다.

"미쳤, 도하준 너 진짜 미쳤어?"

"그래. 나 미쳤어."

"단태 오면 어쩌려고!"

"문자했고."

"언제?!"

"아까."

그가 한 발자국, 한 발자국 떼어 내면 단영은 떠밀리다시피 뒷걸음질 치게 됐다. 그 끝은 단영의 방문이었다. 둔탁한 소음과 함께 문과 등이 맞물렸다.

"배고파."

그가 손가락으로 단영의 턱을 부드럽게 쓸어 내며 나지막한 음성으로 말했다.

"그럼, 밥부터……."

"먹고 싶어."

어두컴컴한 집 안에서 잔잔하게 들려오는 그의 음성은 온몸이 저릿해질 정도로 야했다. 의미가 달라서 더 그랬다.

하준은 한쪽 팔로 가볍게 단영의 허리를 확 감싸 안았다. 목덜미를 살며시 씹자, 야릇한 교성이 나지막하게 흘러나왔다.

"지금."

그의 목울대가 움푹 잠겼다가 떠올랐다.

"당장."

단영의 허리가 비틀어졌다. 서서 버티기가 힘들었다.

"잠, 잠깐만."

애원하듯 말했지만, 애초부터 들을 생각은 없었다는 듯 엄격한 입술이 단영의 입술 위로 덮여졌다. 커다란 손이 얇은 허리를 잡았다. 엄지손가락으로 원을 그리자, 짜릿한 감각에 단영이 눈을 질끈 감았다.

"그러게."

바지 버클이 툭, 풀렸다.

"왜 넌 사람을."

은밀한 곳으로 불순한 손님이 찾아왔다. 단영의 다리 사이로 그가 허벅지를 들어 올렸다. 자극되는 정도가 상상 이상이다.

"읏!"

"매번 참을 수 없게 만들어."

어둠 속에서 매섭게 빛났다.

금방이라도 잡아먹을 듯, 맹수와 같은 그의 눈빛이.

예쁜 네가 감당하라고.

그렇게 말하고 있었다.

"하고 싶어."

하준이 은근한 음성으로 속삭이자, 쇄골 부분으로 진한 숨결이 닿았다. 흘러나온 외설적인 말이 섹시했다. 단영은 손에 힘을 주어 그의 머리카락을 잡았다.

"키스하고 싶어."

그의 얼굴이 다시 올라왔다. 살짝 내리깔린 눈빛이 색정적이다. 뇌쇄적으로 풀려 있었다. 무슨 생각을 한 거지……. 우스웠지만 긴장감은 한층 더 증폭됐다.

"그걸 누가 물어보고 해."

"……그러니까."

그가 슬쩍 웃었다.

하준의 입술이 단영의 입술 위로 부드럽게 닿았다. 간질거림은 잠시뿐이었다. 살짝 벌어진 입술 사이로 그의 혀가 거침없이 침입했다. 턱이 뻐근했다. 물다가 놓아주기를 반복하다가 아랫입술을 아프지 않게 깨물었다. 입천장을 부드럽게 쓸어 내더니 더 깊게 들어오려는지 그의 고개가 비스듬히 기울어졌다. 그렇게 하염없이 입 안을 휘저었다.

"으응……."

문득 그가 입술을 떼어 냈다. 그가 팔을 뻗어 문손잡이를 돌렸다. 하준이 한 발자국 떼어 내자 단영은 떠밀리듯 뒷걸음질 치게 됐다. 촉, 초옥, 촉. 끊임없이 입을 맞추며 천천히 걸었다.

"오, 오빠. 잠깐만."

"왜."

말이 끝나기 무섭게 단영의 발꿈치에 장애물이 툭, 걸렸다. 침대였다.

하준이 먼저 침대에 걸터앉았다. 단영은 물끄러미 하준을 내려다보았다.

"이리 와."

하준이 두 팔을 뻗었다. 그녀가 커다란 손을 맞잡자 하준은 그대로 단영을 끌어당겨 제 허벅지 위에 앉혔다. 두 손으로 엉덩이를 끌어당겼다. 비좁은 거리를 두고 마주 보게 되었다. 불끈 솟아오른 그의 것이 느껴졌다. 단영은 어쩔 줄 몰라 하며 먼저 시선을 피했다.

"어딜 봐."

나른하게 갈라진 목소리가 귀를 간지럽혔다. 항상 올려다보다가 내려다보는 위치가 되자 기분이 이상했다.

"오빠 봐야지."

그가 짓궂게 미소 지으며 채근했다.

"자꾸 장난치지 마."

"장난?"

그의 팔이 상의 안으로 불쑥 들어왔다. 척추를 따라 올라오는 손길이 불순했다. 이유 모를 갈증이 느껴져 답답해질 때쯤, 어느 지점에서 그의 손이 멈추었다. 브래지어 후크를 한 손으로 풀어냈다. 숨통이 탁, 트였다.

"장난 아닌데."

차가운 손이 등을 쓸고 넘어와 가슴을 꽉 쥐었다.

"아……."

단영이 나른한 신음을 흘렸다.

"오늘 오빠 어때."

불을 켜지 않아 어두웠지만, 그의 얼굴은 창문을 뚫고 들어온 달빛에 반사되어 또렷하게 보였다. 자기주장 강한 이목구비와 합이 맞춰져 한층 더 근사했다.

"……멋있어."

홀린 것이 분명하다.

"요즘 부쩍 솔직해졌다. 최단영."

"그래서 싫어?"

단영이 불퉁거리자, 하준은 나지막하게 미소 지었다.

"아니."

가슴을 움켜쥔 그의 손에 힘이 실렸다.

"처음엔 참기 힘들었는데."

그는 엄지손가락으로 젖가슴의 돌기를 살살, 건드리며 촉, 초옥, 목덜미에 입을 맞추었다.

"결과가 만족스러워서 좋아."

하……. 신경 하나하나가 녹아내렸다.

"예뻐."

그 말을 듣는 순간, 단영은 목적 없이 고개를 숙였다. 그의 입술에 입을 맞추었다. 나를 예뻐해 주는 그가 좋아서. 처음에 약속한 것보다 훨씬 더 많은 사랑을 주고 있는 그에게 고마워서. 참을 수 없었다.

왜 망설였나 싶을 만큼, 모진 말로 그를 상처 주었던 지난날의 자신이 야속했다. 지금의 죄책감이 그에 대한 벌인가 싶었다.

가만히 다물려 있던 그의 입술이 움직이기 시작했다. 깊숙이 떠밀려 오는 뜨끈한 숨결은 감당하기가 벅찼다. 사근사근 속삭이듯 입술을 탐하다가, 거칠게 흡입했다.

그는 입술로 키스하면서 손으론 가슴을 만졌다. 차갑던 그의 손은 어느새 따뜻한 온기를 품고 있었다. 그가 돌기를 살짝 자극하듯 꼬집자, 더욱 심한 짜릿함에 정신이 혼미했다. 으응, 교성이 터졌다. 단영은 참지 못하고 하준의 목을 더 세게 끌어안았다.

그의 어깨에 무너지듯 얼굴을 파묻었다. 조금 쉴 수 있으려나 생각해 보기도 전에 그가 손으로 가슴을 살짝 밀어 냈다. 다시 얼굴을 마주보았다. 쉬는 시간은 없었다.

"이거."

그가 상의 아랫부분을 잡았다.

"벗자."

단영은 대답 대신 하준의 목을 감싸고 있던 팔을 풀어냈다. 상의가 돌돌 말려 올라갔다. 그녀가 두 팔을 올렸다. 상체를 가리고 있던 거추장스러운 옷이 허리를 지나, 가슴을 지나, 목을 통과했다. 기다란 단영의 머리가 나풀거리며 하얀 살결을 가렸다. 그와 동시에 툭, 하고 옷이 바닥에 떨어졌다.

차가운 공기가 닿자, 단영은 반사적으로 어깨를 움츠렸다.

"이제 안 가리네."

그가 야릇한 웃음을 흘리며 칭찬했다. 뒤늦게 가슴을 가리려는데, 단영보다 하준이 더 빨랐다. 입으로 젖가슴을 덥석 집어삼켰다.

"아⋯⋯."

그의 혀가 부푼 가슴을 간지럽게 배회했다. 한쪽 가슴은 이미 그의 손에 놀아나고 있었고, 다른 쪽 가슴은 그의 혀에 굴려지며 희롱당하고 있었다.

등은 차가운 공기에 노출되어 있었지만, 가슴은 따뜻했다. 물고 빨기를 반복할수록 그의 혀 놀림은 더욱 집요해졌다.

"⋯⋯읏."

털 하나하나가 바짝 솟았다. 간지러움과 동반된 흥분을 참기가 힘들었다. 그와 가까이 붙어 있어 그랬을까. 숨을 쉴 때마다 그의 좋은 향수 냄새가 은근하게 풍겨 왔다. 단영은 어쩔 줄 몰라 하며 발가락에 힘을 주었다. 쥐가 날 것 같았다. 근육이 뻐근했다.

"잠깐, 잠깐만."

결국 참지 못하고 그를 밀쳤다. 아니, 밀치려 했다. 하지만 그는 좀처럼 놔주지 않았다. 강한 힘으로 멀어지지 못하게 허리를 꽉 고정시켰다.

뻣뻣해진 그의 남성이 아래에서 적나라하게 느껴졌다. 움직일수록 더욱 심했다. 아래가 조금씩 젖어 갔다. 온 힘을 다해 사투를 벌인 끝에서야 그의 입술이 가슴에서 떨어졌다.

"왜."

방해받아 언짢았는지, 돌연 사나워진 그의 눈빛이 위로 올라왔다.

"가슴은 그만……."

"아."

다른 의미로 해석이 된 걸까. 그의 입술 끝이 사선으로 올라섰다. 그 모습이 과하게 야했다.

그가 단영을 눕혔다. 단영은 힘을 주어 버티고 싶은 생각이 없었다. 이제 와서 무마시키기엔 늦었다. 그는 이미 먹잇감의 맛을 본 뒤였으므로.

침대가 푹신한 걸 알면서도 그는 한쪽 손으로 그녀의 머리 뒷부분을 단단히 받쳐 주었다. 아래에서 올려다본 그의 모습은 색정적이었다.

나른한 눈빛이. 외설스러운 분위기와 다르게 흐트러지지 않은 정장 차림이. 푹 잠겼다 떠오르는 목울대가.

배 부분에서 배회하던 다른 손이 서서히 밑으로 내려갔다. 바지에서 잠시 멈칫하는 듯하더니, 서슴없이 단영의 바지 버클을 풀어냈다. 앗, 할 새도 없었다. 그녀의 뒷머리를 받치고 있던 손을 조심스럽게 빼어낸 하준은 두 손에 힘을 주어 단영의 바지와 속옷을 허벅지 아래로 한 번에 끌어냈다.

실오라기 하나 걸치지 않고 맨몸이 되어 버린 단영을 관망하다가, 이내 목을 꽉 죄이고 있던 넥타이를 느슨하게 흔들어 풀어냈다.

그는 지체하지 않았다. 느슨해진 경계를 뚫고 얇은 팬티 속으로 그의 손이 과감하게 들어왔다. 은밀한 곳은 이미 축축하게 젖은 뒤였다. 창피해서 들키고 싶지 않아 단영이 다리를 오므렸다.

"너도 흥분했어?"

그에 화답하듯 그가 힘으로 다시 벌렸다.

"나도 흥분했어."

아니나 다를까, 그는 얄궂게 확인 사살을 던졌다. 그가 일부러 놀리려고 하는 걸 알고 있기에 단영은 최대한 덤덤한 척 굴려고 했지만, 낯선 감촉은 무엇을 상상하든 그 이상이었다. 단영이 움찔 몸을 떨었다.

그의 입술 끝이 천천히 올라갔다.

"귀여워. 너."

그렇게 말하며 축축하게 젖어 버린 곳을 손가락으로 빙글 돌렸다. 단영이 눈을 질끈 감았다. 두 팔로 하준의 목을 감싸 안고는 넓은 어깨에 얼굴을 파묻었다. 하준은 소리 없이 입술에 호선을 그렸다. 오늘의 그는 평소보다 웃음이 잦았다.

"좋아?"

그가 도톰하게 솟아 있는 정점을 중지로 문지르며 물었다. 단영은 대답 대신 바르르 떨었다.

"좋냐고……."

절로 인상이 찌푸려졌다.

"묻잖아."

문지르는 속도가 빨라지기 시작했다. 단영은 입술을 잘근 씹으며 하준의 어깨를 두 손으로 꽉 잡았다. 그는 멈출 줄 몰랐다. 원을 그리며 문지르는 속도가 한계에 다다를 때쯤, 점차 내쉬는 단영의 숨소리가 절박해졌다.

"오빠. 오, 오빠……."

갑작스럽게 그의 손 움직임이 멈추었다. 끝났나. 안심하려는 찰나, 하준의 손가락이 입구로 미끈하게 쑥 들어왔다.

"읏!"

충분히 젖어서 감흥이 없을 줄 알았지만, 생각과 다르게 감각은 뚜렷했다. 단영의 잇새로 신음이 흘러나왔다.

그의 손가락이 끊임없이 좁은 곳을 들락거렸다. 수풀 주변이 처참하게 젖어 갔다. 전과는 다른 느낌이었다. 더 좋았다. 그는 지치지도 않는지 속력을 올렸다.

"최단영."

그러면서 나지막하게 이름을 부른다. 차분한 음성이었다. 바쁘게 들어왔다 빠져나가길 반복하는 행동과 어울리지 못했다.

"단영아."

아득해진 걸 다 알면서 계속 불렀다. 그가 다시 한쪽 젖가슴을 물었다. 위, 아래로 정신이 하나도 없어 대답하지 못했다. 그의 손가락이 깊숙이 들어왔다. 몽롱했다. 애써 이성을 가다듬며 그의 단단한 팔을 세게 움켜쥐었다. 얼굴 옆으로 기둥처럼 박혀 있는 그의 팔에 서슬 퍼런 핏줄이 솟았다.

"참지 않아도 돼."

"오빠, 오빠."

조금씩, 그보다 더 빠르게 자극의 정도가 심해져 갔다. 질주하는 그의 손목을 다급히 두 손으로 잡아 세웠다.

"오빠, 제발!"

절규하듯 그를 외치고 나서야 그가 멈추었다. 하지만 끝은 아니었다. 그가 의미 모를 미소를 그렸다. 그는 몸의 무게를 지탱하고 있던 팔을 치우고 밑으로 내려갔다. 다리와 다리 사이로 얼굴을 묻었다.

"아!"

이건 차마 예상 못 한 전개였다. 물컹한 혀가 가장 취약한 곳에 닿자 단영의 몸이 발작을 일으키듯 덜덜덜 떨렸다. 허리가 과하게 들썩였다. 의도한 것이 아니었다. 아직 시작도 안 했는데, 끝을 본 기분이었다.

"거긴, 안 돼. 오빠. 오빠!"

자지러지는 만류에도 하준은 연약한 살점을 남김없이 훑었다. 아프지 않도록 살살 혀를 굴려 가며 이곳저곳 탐닉했다. 그와 동시에 손가락을 찔러 넣었다. 처음 했던 관계는 장난이었구나, 생각될 만큼 지금의 그는 사정없이 폭발했다.

"아, 아윽······!"

단영의 목이 뒤로 꺾였다. 그가 예민한 부위를 집요하게 유린할수록 단영은 더 심하게 발버둥 쳤다. 그녀의 발에 침대 시트가 몇 번이나 쓸리길 반복한 끝에서야, 울 것처럼 애원한 끝에서야 그가 몸을 일으켰다.

은밀한 곳을 무례하게 헤집고 다니던 그의 입술이, 손가락이 빠져나오자, 허한 느낌이 들었다.

"괜찮아?"

헐떡거리는 단영을 가만히 내려다보던 하준이 의미심장하게 물었다.

"괜찮지 않다고 하면······."

그만할 거야?

"아니."

집요하게 응시하는 검은 눈동자는 단호했다.

바스락, 침대 시트가 구겨지는 소리와 함께 그가 침대에서 벗어났다. 단영은 풀린 눈으로 하준을 바라보았다. 그의 입매로 느슨한 미소가 걸렸다.

"잠시만."

그가 옷을 벗기 시작했다. 느슨하게 풀어져 있던 넥타이를 빼어 내고 툭, 투욱, 셔츠 단추를 한 손으로 하나씩 풀어냈다. 흰색 셔츠를 벗자 잘 잡혀 있는 근육이 드러났다. 단영은 숨을 참고 하준을 가만히 응시했다. 숨소리 한 번 제대로 내기가 힘들었다.

하준은 옷을 벗고 있으면서도 단영에게서 눈을 떼지 않았다. 오히려 그걸 즐기는 사람처럼 보였다. 전에는 몰랐는데, 도하준은 생각보다 더 야했다.

"······변태 같아."

그가 설핏 웃었다.

"몰랐어?"

누가 예상할 수 있을까. 감히 상상조차 할 수 없을 것이다. 신사 같기만 했던 그에게 은밀하게 숨겨진 이면적인 모습을.

적어도 그 모습만큼은 단영의 것이었다.

"너도 야해."

그가 벨트와 버클을 동시에 풀어냈다.

"내가 뭘……."

"계속 보고 있잖아."

정말이었다. 처음 했던 관계와 달리 단영은 그가 탈의하는 것을 똑똑히 바라보고 있었다. 부끄러웠지만, 피하고 싶지 않았다. 정장 바지가 바닥으로 툭 떨어지고, 얼마 지나지 않아 스판텍스 속옷도 벗었다. 발기된 남성에 콘돔을 씌우는 것까지 전부 목격했다.

"많이 발전했네."

나체가 되어 버린 상황에서도 그는 초연했다. 왠지 모르게 억울해진 단영이 밉지 않게 하준을 흘기자, 그는 비식거리며 웃었다.

하준이 침대 위로 한쪽 다리를 올렸다. 푹신한 매트리스가 움푹 들어갔다. 그제야 단영도 슬슬 긴장이 되기 시작했다. 처음은 아니었지만, 그렇다고 여러 번도 아니었기에 두려움은 자연스럽게 동반됐다.

가깝게 다가온 그가 허리를 낮추자, 불끈 솟은 남성이 허벅지에 뭉근하게 닿아 왔다. 적나라하게 느껴진 감촉에 단영이 움찔 몸을 떨었다.

"그렇게 떨면 내가 너 잡아먹는 것 같잖아."

중심을 맞춘 그가 상냥하게 웃었다. 그리고는 은밀한 곳에 남성을 대고 조금씩 비벼 댔다. 그 짧은 시간에 마르진 않았을까, 단영은 모를 배려였다. 하지만 괜한 걱정이었다. 여전히, 그녀의 아래는 축축했다.

"천천히 할까. 한 번에 할까."

물어 오는 그의 음성은 다정했다.

이제 막 첫 경험을 뗀 그녀였기에 그런 것이다. 살살 위, 아래를 문지르는 그의 것이 더욱 부풀었다. 느낌으로만 예측해 봐도 대단했다.

"그냥……."

손가락이라면 모를까, 겁이 났던 것은 사실이었다.

"한 번에 들어와 줘."

그래도 서서히 찾아오는 고통은 싫었다.

"그래."

그 말을 끝으로 하준은 웃으며 단박에 삽입했다.

"으읏!"

신기했다. 처음과 같은 고통은 없었다. 그가 긴 시간을 애무에 할애해 준 탓이었다. 그럼에도 찾아온 통증은 아찔했다. 아프면서 좋았다. 그의 양쪽 팔이 단영의 얼굴을 가두었다.

"아파?"

그가 느리게 허리를 밀었다가 빼어 내며 물었다. 단영은 고개를 절레절레 흔들었다. 그의 움직임은 느렸다. 아직까지는. 가까스로 참고 있는 것 같았다. 그의 잇새로 묵직한 숨이 터졌다.

중간까지 들어왔다가 천천히 빠져나가고, 그보다 조금 더 깊이 들어왔다가 조금 더 빨리 빠져나갔다. 그는 인내심 있게 속도를 조절했다. 단영의 몸이 자신을 받아 내는 데 익숙해질 때까지 점잖게 굴었다.

"목에."

슬슬 참기가 힘이 드는 모양이다.

"팔. 감아."

그는 움직임을 멈추고 말을 뚝뚝 끊어 가며 말했다.

단영은 서툴게 팔을 들어 그의 목에 감았다. 고분고분 시키는 대로 움직였다. 그녀가 하준을 바라보았다. 과하게 일그러진 표정에서 고됨의 정도를 예상할 수 있었다.

"오빠…… 하앗."

안에서 꿈틀거리는 그의 남성이 느껴져 절로 밑에 힘이 들어갔다.

"……왜."

"계속, 말해 줘."

낮게 잠겨 갈라진 목소리가 좋았다.

"간신히 참고 있는데."

그의 미간이 좁아졌다.

"자꾸 잔인하게 굴지 마."

뜻 모를 말이었다. 그의 눈이 짙어졌다. 깊이를 가늠할 수 없는 눈동자에 빨려 들어갈 것 같았다.

"더 못되게 굴고 싶어지잖아."

단영의 허리를 단단히 부여잡은 그가 골반을 움직였다. 지금 순간부턴 인내심이라곤 찾아볼 수 없었다. 준비할 시간을 충분히 줬음에도 새로운 감각은 고통을 몰고 왔다.

그가 거칠게 허리를 튕겼다. 그것 또한 고작 몇 번뿐이었다. 서서히 쾌락에 물들어 갔다. 찰박, 찰박 살결이 부딪치는 음탕한 소리가 적나라하게 울려 퍼졌다. 격렬했다. 숨을 쉴 수 없었다.

잊을 만하면 찾아와서 사정없이 푹푹 찔러 댔다. 기분이 좋아지는 부위를 어떻게 알았는지, 그는 보지도 않고 잘도 캐치했다. 작은 반응, 미묘한 표정 변화까지 눈치챘다.

"흐읏……."

말로는 도무지 형용할 수 없었다. 그저 좋았다. 아찔했다. 시야가 흐릿해졌다. 입술을 꽉 깨물고 그를 바라보았다. 그가 단영의 양쪽 손목을 단단히 붙잡았다. 그것이 기폭제가 되어 치고 빠지는 속도가 훨씬 더 빨라졌다. 전보다 훨씬 깊게 들어왔다.

"아, 아……!"

아, 아흑. 앓는 소리가 터졌다. 그가 들어올 때마다 절로 아래가 수축됐다. 단영이 그의 골반에 다리를 감았다. 이어지는 부분이 꼼꼼하게 맞붙자 하준 역시 자극을 느꼈는지 인상을 찌푸렸다.

"말, 해."

"무슨……."

"아무, 말이나, 해."

도무지 할 수 없었다. 끅, 끄윽, 숨넘어가는 소리만 나왔다. 격한 움직임에 혼이 빠져나갈 지경이었다. 그가 강한 악력으로 쥐고 있던 손목을 놓았다. 이번엔 손목이 아닌, 그녀의 허벅지를 끌어안아 가까이 당겼다.

"하, 하악……!"

허리가 들썩였다. 빈틈없이 더욱 치밀하게 닿았다. 단단한 그의 것이 내벽을 쓸어 내고 전보다 더 깊숙하게 파고들자 안이 움찔거리며 반응했다.

"천, 천천히. 오빠!"

속도와 깊이는 전과 비교할 수 없을 정도로 어마어마했다. 감당하기가 힘들었다. 제발, 제발 좀. 그녀가 곧 죽을 사람처럼 애원하자 드디어 그가 멈췄다.

"왜."

"하아……."

숨통이 트였다. 아래가 화끈하게 아렸다. 달뜬 숨이 과열되어 뜨거웠다. 이 미칠 것 같은 기분은 뭘까. 생각해 보기도 전에 말이 먼저 나왔다.

"좋……."

"말해."

"좋아……."

그제야 그가 웃었다.

누구는 말 한마디 꺼내기도 버거워 죽겠는데, 세상 좋게 웃고 있다. 쾌씸하면서도 떠밀려 오는 쾌락에 몸이 잠식되어 죽을 맛이었다. 12년 동안 가족처럼 지내 온 그의 앞에서 이런 모습을 보이는 것이 쑥스럽고 창피하면서도 문득문득 자신을 놓아 버리고 싶다는 생각이 들 정도였다.

"더 솔직해도 돼."

하준은 그런 단영의 속내를 전부 꿰뚫고 있다는 듯이 말했다.

"어떻게 해 줄까."

"죽지……."

"……."

"않을 만큼만."

단영은 자신이 뱉고도 믿을 수 없었다. 그녀가 민망해하기 전에 하준이 그녀의 손목을 잡아당겼다. 단영의 상체가 일으켜지자, 그대로 허리를 잡아 돌렸다. 본능적으로 그녀가 두 팔을 뻗어 무게를 버텼다.

단영이 엎드려 있는 상태에서 하준이 무릎을 꿇고 일어섰다.

"이런 자세 기분 나쁘면 말해. 네가 싫어하는 체위 할 생각 없어."

"싫지…… 않아."

"더 세게 할 거야."

"너무 아프게 하지는 마."

"네가 먼저 유혹했잖아."

유혹. 당혹스러운 단어를 되새겨 보기도 전에 그가 허리를 감고 엉덩이에 바짝 붙어 왔다. 상체가 앞으로 기울어지면서 고개가 자연스럽게 숙여졌다. 다소 민망한 자세에 단영이 엉거주춤 서툴게 움직였다.

"다리 더 벌려."

그 말을 들으니 아래가 뭉클, 하고 조여졌다. 왜일까. 그의 별다른 뜻 없는 말 한마디에 반응하고 있는 이유가.

생각해 볼 여유도 없었다. 그가 양쪽 허리를 잡아당겼다. 부푼 남성이 깊게 박혀 들었다. 읏! 외마디의 신음이 튀어나왔다. 그의 남성은 줄어들 기미가 없었다. 터질 듯 단단해졌다.

그가 조금 더 가까이 상체를 밀착시키자, 속이 꽉 찬 것 같았다. 그가 손을 뻗어 단영의 턱을 돌렸다. 힘겹게 키스했다. 짧은 입맞춤이 끝나자, 이번엔 척추를 따라 입을 맞춘다. 초옥, 촉. 살결에 닿았다 떨어지는 소리가 야릇했다.

"아……."

간지러웠다. 아찔했다. 그가 다시 빠르고 강하게 허리를 움직이기 시작하자, 철썩거리며 음외한 소음이 다시금 방 안을 가득 채웠다.

빠져나가는가 싶으면 언제 그랬냐는 듯 밀려 들어왔다. 살짝 틈을 주는가 싶으면 야속하리만큼 깊게 쳐올렸다. 치고 빠지는 속도가 점차 짧아졌다. 가만히 누워서 했을 때와는 전혀 달랐다. 느낌도 배가되어 돌아왔고, 약간의 통증도 동반됐다.

침대가 삐걱거리며 움직였다. 아아. 아앗! 시트를 쥐고 있던 손에 힘이 들어갔다. 구김 없는 침대가 볼품없이 일그러졌다.

"아앗! 하웃……!"

"좋아?"

"좋, 아흑!"

"좋구, 나."

끊어 말하는 쉼표 속에 그가 거친 숨을 토해 냈다.

무게를 지탱하고 있던 단영의 두 팔이 후들후들 떨렸다.

"힘들어?"

그걸 용케 알아차리고 물어 왔다.

"……조금."

"그럼 이왕 힘든 김에 조금 더 참아."

그가 웃었다. 조금도 봐줄 생각은 없다는 듯이.

하준은 다시 그녀를 눕히고서 찔러 왔다. 이번엔 처음부터 빨랐다. 갈수록 격해진 허릿짓은 더했으면 더했지 덜하지 않았다.

"아, 아……!"

지치지 않고 오히려 더 가속도가 붙어 버리자 미칠 것만 같았다. 말도 안 나올 정도로 좋았다.

"사랑해."

낮은 음성으로 고백했다. 이런 상황에서.

"나, 도…… 읏!"

눈앞이 흐릿해졌다. 그의 난폭함은 잠겨 있던 미미한 감각까지 모조리 일깨우기에 충분했다.

"안 들려."

"나, 흐읏, 나도……!"

그는 짓궂었다. 단영의 골반을 잡아당기며 깊숙하게 찔러 넣었다.

"다시."

"사랑, 사랑해! 사……랑, 사랑해. 하아, 하앗!"

그녀의 허리가 활처럼 휘었다. 별안간 하준이 허리의 움직임을 멈추었다.

"왜?"

"쌀 것 같아서."

저급한 말이 필터링을 거치지 않고 튀어나왔다. 사랑한다는 말을 듣고, 저런다.

"더 해 줘……."

처음이었다. 부끄러워 멈추라는 말만 하다가 지금처럼 매달려 본 적은 단언컨대 처음이었다. 그 역시 조금은 놀란 듯 멈칫했다. 하지만 그뿐이었다. 하준은 단영의 한쪽 다리를 널찍한 어깨에 올려 두며 더욱 깊게 들어왔다. 몸속 어딘가에 존재하는 작은 신경들이 찌르르, 비명을 질러 댔다. 소변이 마려울 정도로 짜릿했다. 감전되는 느낌이 지속적으로 찾아왔다. 미약한 발작도 함께였다.

단영은 점차 절정을 향해 가고 있는 것을 직감적으로 느꼈다.

"나, 나…… 안 될 것 같아!"

몇 번이나 울컥, 울컥 아래에서 애액이 흘러넘쳤다. 다리가 덜덜 떨렸다. 힘이 들어가지 않았다. 하지만 하준은 아랑곳하지 않고 허리를 튕겼다. 집요하게 포인트를 노리고 들어오는 그였다. 수차례 무너지고, 흐트러졌지만 그는 올곧은 자세로 속도를 높이며 삽입했다.

"최단영."

그 역시 드디어 한계가 찾아온 걸까. 한쪽 눈을 찡그리며 힘겹게 단영의 이름을 불렀다.

"흐읏, 으응……."

"불러 봐."

"무, 뭘…… 하악!"

"이름."

"오, 오빠……."

"오빠만 말고. 이름, 붙여서."

"하준, 오빠……."

절정이었다. 강렬하게 밀어붙이던 그가 별안간 정지한 상태로 한동안 거친 숨을 몰아쉬었다. 움찔, 하며 그의 어깨가 떨렸다.

그리고, 그렇게.

"사랑해."

내게로 무너졌다.

40화

감긴 채로 미미하게 경련하던 단영의 눈꺼풀이 서서히 떠졌다.

"아⋯⋯."

정신을 차린 단영은 황급히 상체를 일으켰다. 재빨리 주변을 살폈으나 하준은 없었다. 일찍 출근한 모양이다. 물론, 어제 단태는 뜻하지 않게 외박을 강행했다.

최대한 늦게 들어오란 하준의 전화 한 통 때문에.

이불을 치워 내고 내려와 방금 전까지 숙면을 도왔던 작은 침대를 가만히 응시했다. 침대는 싱글 사이즈. 이 좁은 공간에서 그에게 폭 안겨 잠든 게 바로 어제라니. 믿겨지지 않는다. 요즘 따라 자주 더 그런 생각을 하게 된다. 꿈만 같다.

단영의 입가로 희미한 미소가 걸렸다.

"좋다."

오랜만에 찾아온 휴무라 단영은 최대한 늦장을 부리고 싶었지만, 평소에 하지 못했던 집 안 청소를 위해 어쩔 수 없이 발을 돌렸다.

"뭐야……."

하지만 없다. 먼지 하나 없이 깨끗했다. 머리카락조차 보이지 않았다. 방문을 열고 거실로 나와 보니 엉망이어야 할 집 안이 심각하게 깨끗해져 있었다. 단태가 했을 리 만무했다. 하나뿐인 혈육 단태는 어제 외박을 했으니까. 그렇다면…….

"아, 도하준."

그밖에 없었다. 거실 한복판에 우두커니 서 있던 단영은 급히 주머니를 뒤져 휴대폰을 꺼내 들었다. 그러고는 익숙한 발신자 번호를 찍어 눌렀다. 연결음은 길게 지속되지 않았다.

― 일어났어?

퉁명스러운 말투치고는 다정하면서도 나지막한 음성이 귓가에 내려앉았다.

"응. 오빠? 회사야?"

― 아니, 강의 지금 막 끝났다. 왜.

단영은 순간적으로 말문이 막혔다. 아무렇지 않게 그와 일상적인 대화를 하다가도 지금처럼 불현듯이 어젯밤 일이 떠올라 쑥스러워 그렇다.

처음 그와 밤을 보냈을 때 역시 그러했다.

저 차분한 음색으로 여기가 좋다며, 이곳은 예쁘다며 외설스러운 말들이 오고 간, 우리의 은밀했던 밤.

두 뺨이 홍당무처럼 빨갛게 달아올랐다. 목적을 물어야 하는데, 당혹스러움이 밀려와 회로가 꼬여 버린 것이다.

― 최단영.

"아, 아. 어?"

― 무슨 생각을 그렇게 해.

"아…… 그러네. 내가 뭘 말하려고 했더라? 갑자기 기억이 안 나네."

— …….

얼마 지나지 않아 단영의 어색했던 입술 끝이 서서히 제자리를 찾아 일자로 다물려졌다. 약, 3분가량의 시간. 그 시간 동안 둘은 조용히 침묵을 지켰다. 귓가에 꽉 붙여야만 간신히 들릴 수 있는 서로의 엷은 숨소리. 그리고 간간이 느껴지는 바람 소리.

지금의 당신은 어느 장소에서 어떤 얼굴로 나를 생각하고 있을까. 그 찰나의 고민까지.

침묵은 예고 없이 다가온다. 하지만 그 순간만큼은 절대적이라고 생각한다. 누구도 침범할 수 없는 평온함. 서로를 의지하고 있다는 무언의 강력한 표식.

"날씨 참 좋다."

단영은 그것들을 좋아하고.

— 그러네.

하준은 그런 단영을 사랑한다.

"오빠."

— 왜.

"오빠."

히죽. 단영이 장난스러운 미소를 걸친 채 묻자, 그 의도를 모를 리 없던 하준이 피식 웃으며 답했다.

— 왜 불러.

"아침에 청소하고 출근했어?"

— 그거 물어보려고 전화했냐.

"그럼?"

— 보고 싶어서 건 줄 알았지.

"아닌데?"

— 괜히…….

캠퍼스 교정이라 북적이는 소음 덕분에 그의 음성이 제대로 전달되지 않았다. 단영은 눈가를 찡긋거리며 휴대폰을 귓가로 더 가까이 당겼다.

"뭐? 시끄러워서 잘 안 들리는……."

— 좋다 말았네. 설레었잖아.

엄마야. 그녀가 동그랗게 뜬 눈을 깜빡였다.

식탁 의자에 앉아 허공에 발차기를 하며 끊임없이 히죽 웃었다. 뭐가 그렇게 좋은지 몽글몽글 심장이 간지럽다.

— 누군 휴대폰에 최단영 이름 뜨자마자 뛰쳐나왔는데.

아아, 잊고 있었다.

— 하루 종일 최단영 생각만 했는데.

도하준은 여우다. 얄밉지만, 그렇다고 정말 미워할 수도 없는 여우가 분명하다.

— 자는 모습 예뻐서 그거 보느라 누구는 잠도 못 자고. 이건 솔직히 최단영이 잘못했다.

"……참 나."

— 그러니까, 오빠 심부름 좀 해.

"심부름? 무슨 심부름?"

— 너희 집에 노트북 놓고 왔어.

"진짜 깜빡한 거 맞아?"

기억력이라면 누구보다 뛰어난 하준이었지만 대수롭진 않았다.

살다 보면 한 번쯤 있는 일이겠거니, 하고 넘겼으니까. 하지만 그게 한두 번이 아니었기에 수상하단 거다.

단영이 미간을 좁힌 채로 껄끄럽다는 듯 말하자, 잠시 침묵하던 하준은 천천히 말문을 텄다.

— 최단영이랑 데이트 한번 해 보기 참 힘들다.

"설마! 그거 다 뻥이었어?"

— 8년 동안 무사하다가 이렇게 들키게 될 줄은 몰라서 좀 아쉽긴
하네.

데이트라고 하면 부담 갖진 않을까. 이상하게 생각하진 않을까. 되
레 멀어지진 않을까. 수많은 생각에 머뭇거리던 지난날. 맘 편히 단영
을 불러내 함께 있을 수 있었던 유일한 변명이자, 배려였다.

'깜빡하고 놓고 왔는데.'
'……바쁘지 않으면 가져다줘.'

그 핑계 삼아 얼굴 한 번 더 보려고.

얼마나 애가 탔을까. 매몰차게 귀찮다며 싫다 말할까 봐 얼마나 조
마조마했을까.

그의 속마음을 어림잡아 보니 안쓰럽고 가여웠지만 그렇게 귀여울
수가 없다. 단영은 숨죽여 웃으며 입술을 떼어 냈다.

"오빠."

— 왜 또.

"도하준."

— 오빠.

"응. 오빠."

— 또 장난친다.

"알았어. 이제 장난 안 칠게."

— 말해.

"오빠 노트북 가져다줄 테니까, 나도 소원 들어줘."

— 무슨 소원.

"나랑 데이트하자."

하준은 대학교 정문 앞에 서서 30분이 넘도록 단영을 기다리고 있었다. 일찍 도착할 거란 생각은 처음부터 없었지만, 생각한 것보다 훨씬 더 늦다.

성격이 급한 편은 아니었는데 단영과 관련된 일이라면 말이 조금 달라진다. 오늘도 그랬다. 그냥 처음부터 자신이 찾아가는 편이 훨씬 좋았다. 그게 차라리 마음도 편했다.

하지만 웬일인지 그녀는 오늘만큼은 무조건 데리러 가야겠으니 기다리라며 통보 아닌 통보를 날렸다.

며칠 전까지만 해도 귀찮다느니, 어쩐다느니 러시아워를 피하기 위해 갖은 애교를 다 떨어 가며 기어코 차를 얻어 타던 얌생이 같은 그 최단영이 말이다.

"5분 뒤에도 안 보이면 찾으러 간다. 진짜."

잡으러 갈 거야.

그때였다. 익숙한 뒷모습을 발견한 하준이 슬쩍 입술을 당겨 웃었다. 하.

"뭔데 저건……."

하마터면 박장대소를 터트릴 뻔했다. 그녀의 한쪽 손엔 미니어처처럼 작은 핸드백이 들려 있었고, 강아지에게 신발을 억지로 구겨 넣은 것처럼 높은 하이힐을 신은 채로 삐걱거리며 걷고 있다.

단영은 서투른 손짓으로 원피스의 밑단을 최대한 내려 보려 애썼다. 머리를 끈으로 높게 묶었다가 풀어냈다가 핀으로 고정했다가 말았다가를 수십 번 반복한다.

"저러면 팔에 쥐 안 나나."

걱정도 됐지만, 그 모습이 워낙 희귀했던지라 하준은 물끄러미 다가

오는 단영을 가만히 응시했다.

그녀가 구두 신은 모습은 처음이었다. 대학교 졸업식 때마저 운동화를 고수했던 단영이었기에 더 새로웠다.

발목이 생각보다 더 얇다.

평소 대충 올려 묶었던 머리도 오늘은 달랐다. 물론, 정상적인 모습은 아니었다. 저 딴에는 열심히 공들인 스타일이었겠지만, 오는 동안 도대체 무슨 일이 있었던 건지 사방으로 잔머리가 흘러내렸다. 심지어 가운데에 고정시켜 둔 머리핀은 그보다 밑으로 내려와 덜렁거렸다.

고개를 살짝 숙인 하준이 커다란 손을 들어 입을 틀어막았다.

"미치겠다……."

큼큼, 목을 가다듬으며 정신을 차렸다. 별안간 바지 주머니를 뒤적거리던 하준이 휴대폰을 집어 들었다. 그러고는 가만히 카메라 어플을 누른다.

액정 화면에 단영의 모습이 담겼다. 조금 거리가 있어서 그런지 작은 점처럼 보였다. 마음에 들지 않았다. 하준은 엄지와 검지로 화면을 크게 확대시켰다. 그러자 단영의 모습이 조금 흐릿하지만 커다랗게 화면을 채웠다.

"예쁘네."

뭐 하나 덜떨어진 사람처럼 그렇게 중얼대며 찰칵, 소리 나게 사진을 찍었다.

기분이 묘했다. 늘 단영의 인형 놀이 대상이 되어 주던 그였다. 카메라와 친하지도 않을뿐더러 강제로 찍히는 입장이라 사진에 대해선 별다른 감흥이 없었는데, 막상 예쁜 단영을 찍어 보니 색달랐다.

마음 한구석에 뭉클한 무언가가 울컥거렸다.

"아, 나이를 먹어서 그런가."

그렇게 말하면서도 하준은 시선을 내려 사진을 응시했다.

진짜 많이 컸다. 숙녀가 다 됐다.

보고 또 봐도, 신기했다. 언제 이렇게 예쁘게 커서 내게 왔나.

돌이켜 보면 꿈 같은 일이다.

"오빠!"

하준을 부르는 낭랑한 음성에 아래로 향해 있던 그의 얼굴이 반사적으로 들렸다.

"나 왔어!"

반대편 신호등에 서서 환하게 웃는 단영이 눈동자 가득히 담겼다. 카메라로 담았을 때보다 훨씬 눈부셨다. 시원한 바람이 불자, 단영의 긴 머리카락이 춤을 추었다. 하늘하늘 원피스 치마도 따라 물결친다.

'천천히 와.'

하준은 입 모양으로 말했다.

그러다 넘어질라.

나는 늘 걱정이다. 예쁜 네가 부서지기라도 할까. 한순간 어젯밤 꿈처럼 사라지기라도 할까. 오랜 시간 앓아 오며 품어 온 너지만, 불안해. 불안하다.

"천천히 오라고 했지."

"마음이 급한데 어떡해!"

"뭐가 그렇게 급해."

"그냥, 전부 다! 오빠, 오늘 날씨 진짜 좋다. 그치?"

그러니까 말이야.

"날씨 말고 최단영이 더 좋다."

단영은 질색한다는 표정을 지었다.

"으, 오글거려. 도하준 오늘 뭐 잘못 먹었어?"

"야. 이럴 땐 장단 맞춰 주는 척이라도 해."

"음, 오빠. 오빠 오늘 더 근사하다! 멋있어! 잘생겼어! 오늘따라 수트

빨 좀 받는데? 오빠가 수트를 입은 게 아니라 수트가 오빠를 입었네!"

갑작스러운 칭찬 연발에 하준은 의심스럽다는 눈으로 단영을 흘기다가 두 손 두 발 다 들었다는 듯이 웃었다.

"됐거든."

"그래서 그런데, 나 오늘 뭐 달라진 거 없어?"

이유는 잘 모르겠지만, 현재 단영은 무척이나 신이 난 것처럼 보였다. 빙그르르 제자리에서 돌며 묻는다. 그걸 한 걸음 떨어진 곳에서 주시하던 하준이 고개를 비스듬히 틀었다.

"그거, 제일 기피하는 질문이다."

"아, 빨리! 오늘의 최단영은 뭐가 달라졌을까?"

넌 입 다물고 내가 원하는 대답이나 내놓아라. 뭐, 그런 식인데.

머리부터 발끝까지 전부가 달라진 건 누가 봐도 알겠다. 피식, 하준의 잇새로 바람 빠진 웃음소리가 흘러나왔다.

"똑같아 보여."

"뭐야?"

그녀가 눈을 세모꼴로 치켜떴다.

"예쁘다고."

"아, 그게 뭐야!"

"어제보다 조금 더 예뻐."

푸흡. 단영의 입술 끝이 해사하게 말려 올라간다.

"그래서. 내일은 얼마나 더 예쁠 예정인데. 이제 그만 작작 예뻐져."

"도하준 진짜 너 정체가 뭐야? 요물이지!"

동그랗게 말아 쥔 작은 주먹으로 하준의 팔을 팡팡 내려쳤다. 그가 인상을 구겼다.

조그만 게 무슨 힘이 저렇게 세.

"오빠, 오빠. 나 오늘 8cm 힐 신었는데도 오빠랑 키 차이가 이렇게

113

난다. 오빠 원래 이렇게 키가 컸나? 맨날 오빠는 정장만 입구, 나는 청바지에 반팔 티만 입어서 매치가 잘 안됐는데 오늘은 되게 커플 같아. 고생한 보람이 있어."

"……."

"오빠. 우리 오늘 영화나 볼까? 생각해 보니까 우리 둘이 영화관 가서 영화 본 적이 없는 것 같아."

날도 좋고, 한껏 꾸며 입어서 그런지 오늘 단영은 말이 참 많았다. 재잘재잘 쉬지 않고 입술을 움직여 댔다.

"아, 너무 좋다. 스튜디오에 처박혀서 화려한 애들 사진만 찍어 주다 보니까, 대화할 사람이 없어서 맨날 입 다물고 있었단 말이야. 그래서 그런지 나 완전 수다쟁이 된 것 같아!"

하준은 정면을 바라보며 걷고 있었지만, 이따금씩 시선만 돌려 단영을 힐긋 바라보았다.

"오랜만에 학교 왔으니까 교정부터 둘러볼까? 저번엔 정신없어서 제대로 못 봤거든. 같이 다니면 우리 CC인 줄 아는 거 아냐? 아니, 그건 너무 오반가? 오빠 지금 새내기들에 비하면 완전 아저씬데! 킥킥."

"이렇게 잘생긴 아저씨 봤냐."

"아, 뭐래. 또."

"그만 떠들고 손이나 줘."

"응?"

단영은 옆으로 뻗어진 하준의 넓은 손바닥을 넌지시 내려다보았다.

"잡게."

"여기 학교인데?"

"뭐 어때."

"오빠 학생들 만나면 어떡해. 저번처럼 놀림받을 거 아냐."

"그런 놀림이면 얼마든지 괜찮아."

"오— 도하준. 멋있는데?"

"그러니까 말이다."

하준이 어깨를 으쓱였다. 이럴 땐 꼭 어린애 같다. 조금만 추켜세워 주면 금방 으스대는 모습이 말이다. 그게 우스웠던지 단영은 소리 없이 미소 지었다.

둘은 말없이 교정을 걷다가 많은 대화를 나누었다. 곧 있을 출장 촬영 이야기와 촬영이 끝나고 나면 일주일 뒤, 바로 론칭이 시작된다는 이야기. 일적인 이야기뿐만 아니라 서로의 소소한 일상도 함께 공유하며 걷다 보니, 대학교 근처에 있는 카페에 도착했다.

"커피나 한잔하실까요, 도본?"

"그래, 그럼."

"오빠. 난 아아!"

"아아가 뭔데."

"아이스 아메리카노! 아, 진짜. 아저씨 맞구만, 뭐."

무시하는 투에 하준이 눈썹을 구겼다.

"모르는 척 한번 해 봤다."

"진짜 몰랐던 거 같은데?"

단영이 밉지 않게 눈을 흘기며 비아냥거렸다.

"아아인지 어어인지 네가 사."

"와, 그거 한 번 놀렸다고 치사하게! 산다, 사!"

"됐다."

결국 주문은 하준이 하게 됐고, 단영은 창가 쪽 자리를 차지했다. 경쟁률이 심한 자리였기에 그녀는 꽤 만족한 얼굴이었다.

그런 단영을 못 말리겠다는 듯 지켜보던 하준은 커피 두 잔이 놓여 있는 쟁반을 들고 가까이 다가갔다.

아무래도 점심시간이라 그런지 카페 내부는 학생들로 바글댔다. 하준의 번듯한 외모와 큰 키에 힐끔힐끔 쏟아지는 시선도 만만치 않았지만, 부러 알은척하며 말을 거는 학생들도 있었다. 하준의 강의를 듣거나, 청강했단 이유로 말이다.

그럴 때마다 단영의 눈에선 불길이 일었다.

"어, 교수님! 되게 오랜만에 뵙는 것 같아요! 자주 좀 오세요. 보고 싶어요!"

한참 어린 여대생들이 치고 들어오면.

"어머! 누구야, 자기야? 자기네 제자?"

하준이 물어보기도 전에 말을 낚아챈다든가.

"교수님, 번호 좀 알려 주시면 안 될까요? 취업 상담 받고 싶……."

지긋지긋하게 겪어 본 수작을 부려 오면.

"그 학교에 취업 상담 부서 굉장히 잘되어 있는 걸로 아는데. 아닌가?"

냉큼 선부터 그었다.

순수한 사제지간의 모습을 보여 줬더라면 이렇게까지 유치한 행동은 하지 않았겠지만, 불순한 목적이 제대로다. 정말이지, 이것도 스트레스다. 단영은 가까스로 한적해진 카페를 둘러보다 테이블 위로 풀썩 무너졌다.

"아, 도하준이랑 사귀는 것도 일이다. 일."

"왜."

몰라서 묻느냐고. 그 와중에 세상 편한 한량처럼 의자에 기댄 하준은 홀짝거리며 커피를 음미하는 여유까지 부리고 있었다. 으아아. 얄미워!

단영은 한쪽 손바닥 위로 턱을 괸 채로 삐뚤게 물었다.

"오빠. 이참에 성형해 볼 생각 없어?"

"그건 또 무슨 소리야."

"어디 못생겨지는 수술 없나 해서."

시원하게 올라선 그의 입술 끝. 흘리듯 닿아 있는 나른한 시선. 긴 다리를 꼬고 앉아 의자 등받이에 팔을 걸치고 있는 편안한 자세만으로도 새삼스레 근사한 데다 쓸데없이 멋지다.

"못생겼으면 네가 나를 만나 주긴 했겠냐."

그래. 너도 네가 잘난 거, 다 안다 이거지.

"오빠 다르지."

"입에 침이라도 바르고 거짓말해라. 연애 못 하는 애들이 눈만 높은 거 다 알아."

이걸 두고 팩트 폭력이라 하는 거다. 단영은 눈썹을 구기며 바로 반박했다.

"아니거든?"

"너 중학생 때 신화인가 뭔가 하는 애들 좋다면서 문짝에다가 사진 걸어 놓은 거 다 안다."

그때를 떠올리면 피가 거꾸로 솟는다. 하준은 비아냥거리듯 놀림을 멈추지 않았다. 일종의 소심한 복수랄까.

"오빠 사랑해요. 나중에 예쁘게 커서 찾아가면 결혼해 주세요?"

"악!"

흑역사가 모두 밝혀질 위기에 처한 단영은 헐레벌떡 자리에서 벌떡 일어나 손을 뻗었다. 하준의 입을 막기 위해서였다.

하지만 하준이 민첩하게 얼굴을 뒤로 뺀 덕분에 그녀의 손은 차마 입술까지 닿지 못했다. 단영이 버둥거리는 순간에도 장난은 지속됐다.

"에릭 Forever Love."

"아! 하지 말라니까!"

"나는 영원한 주황공주."

"도하준! 너 언제 내 일기장 훔쳐봤어!"

"공주도 색색별로 있다는 걸 그때 처음 알았다. 그러다 일주일 뒤에 동방신기로 갈아탔던데. 다음은 방방인지 빅뱅인지. 넌 무슨 사랑이 그렇게 쉽냐."

두 손 두 발 다 들었다. 어떻게든 막아 보려 했으나, 요리조리 잘만 피하는 하준 덕분에 힘만 뺐다. 단영은 씩씩거리며 입술을 댓 발 내민 채로 의자에 착석했다.

"삐졌어?"

"몰라."

"왜 삐졌어."

"모른다고."

"알겠어. 미안해. 그만 놀릴게."

사실, 그렇게 삐진 정도가 심한 것도 아니었는데 순순히 굽히고 들어와 주는 그의 모습은 의외였다. 이래선 길게 화도 못 내겠네.

뭔가 손해 보는 기분이다. 그에게 흑역사라고 할 법한 건수가 있다면 신명 나게 놀려 줄 수 있을 텐데, 무슨 남자가 책잡힐 구석이 하나도 없을 수 있나. 재미없게. 단영은 조금 더 그를 놀려 보기로 했다.

"요즘엔 방탄소년단인가, 그 친구들이 그렇게 좋더라."

"방, 뭐?"

반응은 바로 왔다. 하준의 눈썹이 꿈틀댔다.

"노래도 잘하고, 춤도 엄청 잘 춰. 되게 멋있더라. 나중에 일적으로 부딪치게 되면 사인해 달라고 해야겠어. 연말에 콘서트 하려나?"

"……."

"아아, 맞다. 엑소. 그 친구들도."

"야."

짐짓 심각하게 표정을 굳히고 있는 하준을 보고 있자니, 단영은 묵은 체증이 쑥 내려가는 기분이 들었다. 저러다 진짜 삐질라. 그녀는 큭큭 터지려는 웃음을 애써 감추며 다음 주제를 꺼냈다.

"장난이야. 아, 그나저나 내일모레면 나 제주도로 출장 촬영 가게 될 텐데, 그동안 나 못 봐서 어떡해? 우리 도하준."

"얼마나 있는데."

"2박 3일 정도?"

"무박 이틀로 처리하고 와."

"그게 내 뜻대로 되나, 뭐."

"실력 있잖아, 최단영."

"에헤이― 또 띄워 주신다."

"조심해."

"뭘?"

"항상 말하잖아."

"아아, 알아, 알아."

"뭘 알아."

하준은 영 내키지 않는다는 듯이 퉁명스레 물었다. 반드시 직접 듣고야 말겠다는 의지가 보였다.

"차 조심. 사람 조심. 항상 조심."

단영의 입으로 듣고 나서야 안심한 하준은 고개를 끄덕였다. 그럼에도 영 꺼림칙했다. 좋든 싫든 승호와 3일 내내 붙어 있어야 하는 상황이 말이다.

마음 같아선 몰래 뒤따라가고 싶은 심정이 굴뚝같다.

아…….

순간, 하준의 뇌리를 스치고 지나가는 한 가지. 그는 창밖을 바라보느라 바쁜 단영을 두고 휴대폰 스케줄러를 확인했다.

예상대로라면 비슷한 시기에 회사 워크숍 일정이 있었던 걸로 기억한다. 입사 이후 단 한 번도 참석한 적 없던 워크숍이었지만, 이러면 어쩌고 저러면 어쩌한가. 하준은 기어코 참석하기로 결심했다.

그때였다.

"오빠. 이제 그만 일어날까?"

데이트하자며. 영화도 보자며. 데이트라기엔 무척 짧았다. 하준은 못내 마음에 들지 않았다. 예쁜 모습 조금 더 보고 싶었는데 말이다. 이제 내일모레면 제주도에서 외간 남자와 함께 있을 예정이면서.

하준이 눈가를 구기자, 단영은 미안하다는 듯 눈으로만 웃었다.

"가, 갑자기 할 일이 생각났지 뭐야? 밀린 작업도 해야 하고, 내일모레 있을 촬영 구상도 해야 하고……."

"그래, 그럼."

일이 있다는데 무작정 같이 있자며 조르고 싶진 않았다. 하준은 아쉬운 마음을 억누르고는 겉으론 태연한 척 자리에서 일어났다. 단영 역시 비틀거리며 엉덩이를 떼 냈다.

별안간 생각 없이 단영을 훑어보던 하준이 멈칫했다.

"……."

익숙하지 않은 높은 하이힐 덕분에 발목 부근이 빨갛게 부었다. 왼쪽 발이 조금 더 큰 모양인지 아픈 물집까지 잡혀 있었다. 그걸 보고 있자니, 자신이 아픈 것도 아닌데 절로 인상이 찌푸려졌다.

하준은 만나기 직전부터 지금까지 삐걱거리며 걷던 단영이 떠올랐다.

여자가 아니라서 그 통증이 얼마만큼 심할지 차마 예상 못 한 결과였다. 그저 익숙하지 않아 중심 잡는 게 힘들구나 생각했을 뿐이다.

그 세세한 부분을 알아차리지 못한 것에 대한 미안함이 밀려들었다. 그와 동시에 스스로에게 화가 났다. 단영의 표정 하나 변하는 걸로도 어떤 상태인지 알아차릴 수 있노라 장담하지 않았던가.

하준은 거침없이 한쪽 무릎을 굽혀 앉았다. 그러더니 지체 않고 단영의 발목 뒷부분 상태를 살폈다.

"뭐, 뭐 해?"

말도 없이 무작정 널찍한 등부터 내보이고 있는 그의 행동이 당황스러운 듯 단영은 주변을 살피며 다급히 물었다.

"업혀."

"미쳤다! 사람들 다 보는데!"

"빨리."

"싫어. 나도 걸을 수 있어."

"잘도 걷겠다."

그 말에 단영은 본능적으로 주춤거리며 물러섰다. 물집 잡힌 발목을 보여 주기 싫어서였다. 그러는 와중에도 통증은 여전했는지 살짝살짝 미간을 좁혔다.

"업히기 싫어?"

"훤한 대낮에 뭐 하는 거야! 그리고 나 치마도 입었……."

그가 굽히고 있던 다리를 펴고 일어섰다. 하준이 갑작스레 높아지자 단영의 목이 뻣뻣해졌다. 하준은 부연 설명 할 것도 없이 옥스퍼드화를 벗으려 했다.

"결정해. 내 거 신고 가든지 업혀서 가든지."

"나 안 아파. 참을 수 있어."

"내가 못 참아."

"어휴……."

도하준 고집은 아무도 못 꺾는다. 특히나 자신이 옳다 생각한 일엔 더더욱. 그런 성격을 누구보다 잘 아는 단영이었기에 결국 수긍하기로 했다.

"업힐게."

그가 맨바닥을 걷게 할 순 없었다.

"잘 생각했어."

"대신 요 앞에 신발 가게까지 만이야. 알겠지?"

"알겠다."

하준은 입고 있던 검은색 재킷을 팔에 걸치고는 단영에게 가까이 다가갔다. 그러고는 허리를 숙이더니 제 재킷을 단영의 허리에 단단히 고정시켜 묶어 주었다. 빳빳했던 재킷이 볼품없이 구겨졌음에도 하준은 표정 변화 한 번 없었다.

"이제 됐지. 안 보여."

무안한 듯 단영은 조용히 고개를 주억거렸다.

"이제 하이힐 벗어서 줘."

하준이 단호한 투로 손을 내밀었으나 단영은 여전히 머뭇댔다.

"후으……."

결국 하준이 허리를 숙였다. 아까처럼 한쪽 무릎을 꿇고, 조심스레 두 손으로 단영의 구두를 잡았다.

"내, 내가 할게!"

"됐으니까 내 어깨나 잡고 있어. 그러다 또 엎어진다."

싫어, 싫어를 입에 달고 살았던 단영이지만, 오늘은 고분고분 말도 잘 들었다. 넓은 어깨에 손을 올려 중심을 잡았다. 구두 두 짝 모두 그의 손으로 넘어간 뒤에서야 그가 등을 돌렸다.

"업혀."

"진짜 업혀?"

"달려들진 말고."

저번 회식을 염려해 하는 말이었다. 그땐 정말이지, 까딱했다간 바닥과 키스라도 할 위기였으니까.

그 일을 기억할 리 없던 단영은 꽥 소리쳤다.

"야! 나 그렇게 안 무겁거든?"

"알겠어."

하준의 뒤통수를 얄밉게 노려보다가 조심조심 널찍한 등 위로 상체를 실었다. 그가 단영의 종아리 안쪽으로 팔을 끼워 넣었다. 그 와중에도 하준은 매너 손을 잊지 않았다.

"안 무거워?"

"가벼워."

"얼마만큼?"

"매번 말하잖아."

카페를 빠져나가고 길거리를 걷는 동안 주변 사람들의 시선이 이곳 저곳에서 쏟아졌다. 단영은 어떻게든 그 눈빛들을 무시하려 하준에게 말을 걸었다.

"언제, 뭐라고 말했었는데?"

"가벼운 코끼리."

"아, 나 진짜."

그래도 덕분에 어느 정도는 긴장이 풀렸다. 점차 집과 가까워질수록 인파도 줄었고, 날도 어두워지고 있었다. 걸어서 30분 거리를 하준은 묵묵히 견뎠다.

하준은 신발 가게에서 내려 달라는 단영의 요구를 보란 듯이 전부 무시했고, 그런 그에게 백기를 들어야 했다.

단영은 각진 하준의 어깨에 턱을 기댄 채로 나른하게 말했다.

"오빠, 오늘 고생시켜서 미안해. 예뻐 보이고 싶어서 그랬어."

"알아."

"구두 즐겨 신는 여자들이 새삼 대단하게 느껴지더라. 존경스럽다, 진짜."

"익숙하지 않아서 그래."

"그럼 나도, 이제부터 익숙해지게 신어 볼까?"

"그런 고생을 왜 사서 해."

"구두 신으면 예쁘잖아. 각선미도 더 살고."

언뜻 하준의 입술에 한숨이 머물렀다.

"오빠. 오늘 나, 안 예뻤어?"

"예뻤어."

"오빠."

"왜."

"오빠, 오빠, 오빠."

"왜, 왜, 왜."

"오빠, 오빠, 오빠, 오빠."

또 나왔다. 이상한 것에 꽂히면 멈출 줄 모르는 최단영의 버릇 중 하나.

"오빠 소리 못 해서 귀신이라도 붙었나. 왜."

"불러 줘도 난리야. 언젠 도하준, 야, 너라고 부르지 말고 오빠라고 부르라며!"

"그거랑 같냐."

"그나저나 좀 열받네? 반응이 뭐 이래. 진짜 얼마나 고민하고 걱정됐는데. 뭔가 와! 자기, 오늘 너무 예쁘다! 이런 반응이어야 하는 거 아냐?"

그 순간, 하준이 우두커니 그 자리에 멈추어 섰다.

"모르나 본데."

그의 음성이 한층 낮아졌다.

"넌 벗고 있는 때가 제일 예뻐."

여느 때보다 진지한 표정으로.

"그러니까 우리 집에서 예쁜 거 다 보여 주고 가라."

목적지를 바꿨다.

41화

"히야— 선배. 제주도 공기는 서울이랑 달라도 너무 다르네요."

옆에서 단영을 바라보던 은효가 씩 웃으며 다가와 말을 걸었다.

한가로운 제주 공항. 대대적인 시오전자 제품 화보 촬영의 마지막 순서였다.

"그러게. 날씨 완전 맑다. 촬영하기에 더할 나위 없겠어."

단영은 한가로이 기지개를 켰다. 몽실몽실 피어난 하얀 구름과 대조되는 푸르른 하늘은 정말이지, 장관이었다. 녹색 나무들까지 더해지니 그야말로 동화책이나 애니메이션에 나오는 풍경과 다를 바 없었다.

그 와중에도 〈오브〉 스튜디오 촬영팀 스태프들은 각각 챙겨 온 짐들과 촬영 장비들을 끙끙거리며 옮기기 바빴다.

"여기서 한 일주일 더 머물다가 푹 쉬고 올라갔으면 좋겠어요."

"꿈 같은 소리 한다."

단영이 고개를 틀었다.

"맞다. 배승호 씨는 아까 비행기 탑승하기 전에 매니저분이랑 통화했는데, 앞 스케줄이 조금 늘어져서 다음 비행기 타고 가야 할 것 같대요. 먼저 식사하고 계시라던데요?"

"아아, 그래?"

단영은 별로 대수롭지 않다는 듯 수긍하며 얼굴을 끄덕였다.

"네. 마저 옮기고 얼른 밥부터 먹어요."

은효는 촬영 장비가 들어 있는 짐을 두 손 가득 들고 걸었다. 뒤에서 따라오던 단영이 그의 손에 들려 있던 무거운 짐 하나를 냉큼 빼앗아 들었다.

"야. 무리하지 마."

"에에? 선배 지금 그 언사 뭡니까? 저 한 명으로도 남은 짐은 충분히 케어 가능하거든요?"

"아서라. 나도 괜찮거든?"

단영은 피식 웃으며 앞장서 걸었다.

"선배. 진짜 안 무거워요? 그거 못해도 족히 35kg은 넘는 무게인데! 까딱 잘못했다가 발 찧어요. 발톱 나간다고요."

혹시라도 놓칠 새라 뒤에서 바짝 쫓아오던 은효가 걱정스럽다는 듯이 채근했다.

"나만 무겁겠냐? 다들 무거운데 참고 하는 거지."

"크으. 역시 진짜 멋있어."

"알아들었으면 이제 말 시키지 마라. 안 그래도 무거운데 더 무거워."

우스갯소리였지만 단영의 두 손은 부들부들 떨리고 있었다. 최근 들어서 운동을 안 했던 결과일까. 보통 무게가 아니었다.

단영은 차량 문 앞에 도착하자마자 짐짝 내려 두듯 촬영 장비가 들어 있는 짐을 바닥에 툭 내려놓았다.

"아오, 무거워 죽는 줄 알았네."

마지막 짐까지 모두 옮기고 난 뒤에야 한숨 돌릴 수 있었다. 때마침 휴대폰이 울렸다. 단영은 급히 휴대폰을 꺼내어 들었다. 하준일 것이라 확신했기 때문이다.

"……."

하지만 아니었다. 휴대폰 액정 화면에 떠오른 발신자를 확인한 단영의 눈동자가 탁하게 풀어졌다. 망설임과 근심이 가득 차올랐다.

"후으……."

절로 한숨이 새어 나왔다. 거절 버튼을 누르기 위해 움직이던 엄지손가락이 갈피를 찾지 못하고 허공에서 잠시 멈추었다. 그러다 이내 어찌할 도리 없이 통화 버튼을 눌렀다.

"네."

— 단영이니?

참 오랜만이지만, 쉽게 반가워할 수 없는 엄마였다.

"네. 잘 지내시죠."

못된 사람도 아니었지만, 그렇다 해서 감사한 사람도 아닌 참으로 애매한 관계. 본래 모녀 사이라면 살가운 안부 인사나 친숙한 반말이 더 어울렸을 테지만, 단영에겐 아니었다.

— 그럼. 나야 뭐, 늘 잘 지내지.

"어쩐 일이세요?"

— 얘는. 엄마가 딸한테 연락하는 데 꼭 이유가 있어야 하니.

단영의 입술 끝이 조금 뻣뻣하게 굳었다. 이럴 때만 '엄마'와 '딸' 사이라며 가족에 대한 정을 빌미 삼아 훈수 두는 것이 우스우면서도 어색하게 다가왔다.

— 일하는 중이니?

"네. 지방에서 촬영 중이에요."

— 지방? 지방 어디?

"제주도요."

— 부산이랑 멀지 않은 곳이네.

그 의미를 누구보다 잘 간파하고 있던 단영이었으나 애써 모르는 척했다.

때마침 은효가 가까이 다가왔다. 단영은 먼저 출발하라는 손짓을 보였고, 상황을 눈치껏 알아차린 은효가 마지막으로 차량에 탑승했다.

스타렉스가 작은 점으로 보이는 것까지 확인한 단영은 휴대폰을 귓가로 다시 가져다 댔다. 급한 일이 아니라면 나중에 다시 전화하겠다는 말을 뱉기 위해 입술을 움직이려던 찰나였다.

— 단태는?

"……"

— ……단태는, 잘 지내지?

단영의 입술 끝이 밑으로 툭 떨어졌다. 입술을 잠시 감춰물던 단영은 언제 그랬냐는 듯 의연하게 대답했다.

"네. 잘 지내고 있어요. 이번에 여자 친구도 생긴 것 같구요."

— 어머, 그래?

그녀의 음성이 밝아졌다. 단영은 천천히 눈꺼풀을 밀어 올렸다. 고개를 젖히고 맑은 제주도 하늘을 올려다보았다.

— 엄마가 단태 볼 낯이 없어서…….

"……"

— 그때 단태는 너무 어린 나이였잖니. 엄마도 많이 미안하게 생각하고 있어. 그 핏덩이를 두고 매몰차게 뒤돌아서야 했던 내 심정도 말이 아니었거든. 한창 엄마가 있어야 할 시기였는데 좋은 것 예쁜 것 실컷 보여 주지 못해서, 느낄 기회조차 못 만들어 준 것 같아서 단태에겐 너무 미안한 마음뿐이야.

128

매번 같은 변명.

— 그래도 단영이 넌, 단태보단 엄마 곁에 조금 더 있었잖아.

지겨운 합리화.

— 단영아. 엄마 마음…… 이해하지?

많아 봤자 몇 개월에 한 번뿐인 안부 전화였다. 물론, 늘 단태 얘기와 과거의 자신을 이해해 달라며 그래야만 하는 상황이었지 않느냐는 궁색한 합리화가 전부였지만.

"네. 그럼요. 이해해요."

사실, 이해 못 하겠다.

"시간 내서 한번 찾아갈게요."

형식적인, 그저 말뿐인 말을 꺼내 놓으며 급히 마무리를 찾았다.

"……단태랑 같이, 갈게요."

그럴 수밖에 없었다. 왜 내겐 미안하단 소리 한 번 한 적 없었느냐고. 내게 전화한 거면서 어째서 내 안부는 묻지 않는 거냐고. 그럴 거면 단태에게 전화하면 될 걸 왜 굳이 마지막 선택지가 내가 되어야 하는 거냐고. 어째서 당신을 이해해야 하는 사람이 나여야만 하는 거냐고.

따져 묻고 싶은 건 많았지만, 그러면 너무 치졸해 보일 것 같았다.

여전히 덜 성장한 철부지 딸처럼 비치고 싶지 않았다.

당신이 없어도 의젓하게 잘 성장했노라, 보여 주고 싶었다.

살다 보면 말하지 않아도 그럴 수밖에 없었다는 사정쯤은 이해해야만 하는 순간이 있다. 투정 부릴 수 있었던 시기는 너무나 짧았고, 눈 깜짝할 사이에 나는 어느새 엄마를 이해해야만 하는 나이가 되어 버렸다.

— 그래서 말인데…….

"네, 말씀하세요."

— 이제라도 내가 단태를 데리고 있으면 어떨까 해.

쿵. 머리를 1톤짜리 망치로 세게 후려친 기분이었다.

— 단영이 너는 일이 바빠 집에 들어갈 시간도 많이 없다며. 무엇보다 곁엔 하준이도 있고…….

단영의 안면 근육이 점차 보기 싫게 일그러졌다.

— 더 늦기 전에 곁에 두고 직접 지은 밥 한 번은 먹이고 싶더라. 나도 나이가 먹긴 먹었는지……. 단태도 엄마 품이 필요할 시기는 지났지만, 나쁘진 않아 할 거야.

"이제 와서요?"

단영은 저도 모르게 비소를 흘리며 날카로운 말을 뱉었다. 처음 있는 일이었다.

— 뭐?

그런 단영의 말투가 적잖게 당황스러운 모양이었다.

"단태 다 컸어요. 학교도 서울에 있고요. 조금 있으면 군대도 들어가요. 그건 알고 계시죠?"

— …….

모르는구나. 단영은 헛웃음이 터졌다.

"단태 지금 어디 대학교에 입학했는지, 알고나 계세요?"

— 당연히 알…….

"그럼 전공은 뭔지, 부수 전공은 어떤 걸 선택하고자 하는지, 취업은 어느 기업을 생각하는지, 지금 만나는 여자 친구는 있는지 없는지, 아르바이트는 어떤 걸 하고 있는지!"

점차 목소리가 격양되어 갔다.

"대한민국에서 제일 공부 잘한다는 애들이 간다는 대학교 들어간 것 말고, 단태에 대해서 아는 거 하나라도 있느냐고요."

— 단영아, 나는.

"한국대에 입학한 것도 도하준이 말해 줘서 알고 계신 거잖아요."

— 그건…….

"왜 말씀 안 하셨어요?"

그만해야 한다. 머리로는 멈추라는 경고음을 쉬지 않고 보내고 있었지만, 한번 터지기 시작한 이성은 제자리로 돌아올 기미가 보이지 않았다.

"오빠가 저 대신 매달 정기적으로 엄마 만나러 부산 내려갔던 거요."

— …….

"돈도 받으셨다면서요."

그때마다 무기력한 자신의 존재감이 그렇게 한탄스러울 수 없었다. 자존심이 상했고, 하준을 볼 낯도 없었다.

"피 한 방울 섞이지 않았으면서 엄마 자리 대신해 줬던 사람이에요. 오빠 손에 돈을 쥐여 줘도 모자를 판에 염치도 없이 그걸 어떻게 받을 생각을 해요."

— 오해가 있는 것 같은데, 내가 한사코…….

"제가 꼬박꼬박 챙겨 드렸잖아요. 없는 월급 쪼개고 쪼개서 자식이 해야 하는 도리는 웬만큼 다 해 드렸잖아요."

단영의 음성이 바르르 떨렸다. 울컥 치밀어 오르는 무언의 감정이 불쾌했다.

"여태까지 엄마가 선택한 일, 이제 와서 그 어떤 것도 원망할 생각 없어요. 모든 불행의 시초는 아버지에게 있었고, 엄만 엄마 나름대로 최선을 다했다고 생각해요. 그러다 한계에 부딪혀서 우릴 등질 수밖에 없었던 거라고. 엄마 말대로 다 어쩔 수 없던 거니까 이해하겠다고요."

— …….

"그래도 선택한 일에 책임은 지셔야죠. 이제 와서 단태를 데리고 가겠다고 말하면, 저는 어떡하라고요. 엄마 없을 때 두 손 꼭 붙들고 참고 견뎠던 유일한 가족이자 이유였는데, 왜 이제 와서 빼앗아 가려고 해요. 그러지 마세요, 엄마."

— …….

"아무리 단태가 어린 나이였다고 해도, 그때 일들이 전부 흐릿한 기억으로 남아 버렸다고 해도, 그러면 안 되는 거예요. 단태가 울며불며 엄마 찾았을 때 뒤도 돌아보지 않고 우리 손 먼저 놓은 건 엄마였잖아요. 그 사실은 변함없어요."

단태가 충격받을까 싶어 말하지 않았다. 단지 엄마에게 사정이 있어 조금 늦는 거라며 안심시키고 달래야 했다.

그 심정을 당신이 알기나 할까. 나 혼자 아프면 되는 거라고. 나 혼자 견뎌 내면 다 끝나는 일이라고. 그렇게 홀로 마음 삭여야 했던 단영의 나이는 고작 열여섯 살이었다.

"그만 끊을게요."

엄마에게서 끈끈한 정과 사랑을 느껴 가며 단지 '우리 엄마'로 마무리 짓기엔 함께한 시간이 부족했다. 서로 간 대화의 결핍은 곧 오해의 골이 깊어지게 만들었고, 관계 개선은 더욱 불투명해졌다.

하지만 어떻게든 적극적으로 해결하고 싶은 생각 또한 없었다. 지금 이대로가 편했다. 남은 아니지만 가족처럼 가깝지도 않은, 간섭할 수 있는 정도가 분명하고 침범할 수 있는 경계선이 뚜렷한 지금이 편했다.

사춘기 소녀처럼 이러지 말자 스스로를 다독거리며 참아 온 시간만 몇 년이던가. 단영은 지난날을 떠올리고 싶지 않았다. 머리만 아플 테니까.

"후……."

하늘은 이렇게나 맑은데, 가슴은 흐리기만 하다. 답답함이 목 끝까지 차올랐다. 매정하게 끊어 버린 엄마의 전화가 마음에 걸렸지만, 고개를 내저으며 택시를 잡기 위해 팔을 뻗었다.

"어우, 힘들어 죽겠네. 비행기가 버스나 지하철도 아니고, 대체 몇 번째야."

두환은 질린다는 표정을 지으며 운전석에 올라탔다. 뒷좌석엔 승호가 지그시 눈을 감고 있었다. 그는 최근 들어 더욱 말수가 줄었다. 최측근인 승호의 담당 스태프들도 눈치를 보느라 야단이었다.

"많이 피곤하냐?"

"뭘 물어."

제대로 샤워할 시간조차 없었다. 모자를 푹 눌러쓴 채 마스크를 착용한 승호는 피곤한 기색이 역력했다.

"약은, 잘 챙겨 먹고 있지? 담배 술은 절대 안 된다? 주치의 말 잘들어."

"알아."

"그래. 그 안다는 새끼 집에서 왜 툭하면 담배랑 술이 나오느냐고. 자기 관리 제대로 안 할래? 몸뚱이가 생명인 놈이 말이야."

에어컨 바람이 싫었던지 승호가 창문을 내렸다. 선선한 자연 바람이 창문 사이로 침입했다.

"야, 인마! 문 안 닫아? 밖에 사람이 저렇게 많은데!"

"모자에 마스크까지 꽁꽁 싸매고 있는데 누가 알아봐."

"어휴, 요즘 애들 몰라서 저런다. 극비 촬영인데 까발려지면 다 네책임이야."

지겨운 두환의 잔소리를 흘려들으며 오른쪽 귀에 이어폰을 끼워 넣으려던 순간이었다.

"아무리 단태가 어린 나이였다고 해도, 그때 일들이 전부 흐릿한 기억으로 남아 버렸다고 해도, 그러면 안 되는 거예요."

익숙한 음성에 승호의 눈동자가 빠르게 굴러갔다.

"단태가 울며불며 엄마 찾았을 때 뒤도 돌아보지 않고 우리 손 먼저 놓은 건 엄마였잖아요. 그 사실은 변함없어요."

그러다 일순, 어느 한곳에 시선이 멈췄다. 처음 보는 표정이었다. 차갑게 식어 버린 표정이었다. 툭 치면 눈물을 쏟아 낼 듯 위태로워 보였다.

"형, 잠깐만."

"왜?"

"돈 줄 테니까 택시 타고 먼저 호텔로 가 있어."

대뜸 오만 원을 내밀며 무작정 내리라 말하니, 두환은 기가 찬다는 듯 인상을 구겼다.

"야. 내가 매니저지, 노예냐? 어? 무슨 시중 부리 듯하고 말이야."

"십만 원 더 줄게."

"……"

"급해서 그래. 이번만 봐줘. 어차피 오늘 촬영 없잖아. 바람 좀 쐬고 싶다."

두환의 솟은 눈썹이 금세 누그러졌다.

"야. 형이 말이야, 미리 말해두는데 돈 때문에 고분고분 말 들어주는 건 절대 아니다? 내 소속 모델이 바람 좀 쐬고 싶다고 하니까 넓은 아량으로 배려해 주는 거야. 알지?"

"알아."

"기억해. 이건 절대 배려야."

"안다고."

이미 속으로는 나이스를 외치며 제주도의 자유를 만끽할 생각에 들

뜬 두환이었지만, 괜히 걱정된다는 말을 꺼내며 자신의 임무를 놓기 꺼려 하는 듯 굴었다. 그러면서도 차 키를 건네주는 것을 잊지 않았다.

두환이 차량에서 내린 뒤에 택시를 잡아탄 것까지 두 눈으로 확인한 뒤에야 망설임 없이 차 문을 열어젖혔다. 승호는 모자를 더 깊숙이 눌러쓰고는 단영이 있는 곳으로 걸음을 떼어 냈다.

"여기서 거기까지 택시 요금 많이 나와 봤자 오천 원인데, 이만 원을 달라뇨? 그게 말이 돼요? 미터기 찍고 가시면 되잖아요."

목소리엔 짜증이 듬뿍 묻어났다. 택시 기사는 그럼 태워 줄 생각이 없다며 쌩하니 지나쳤다. 단영은 어이가 없어 죽겠단 얼굴로 헛웃음을 터트렸다.

"진짜, 가지가지 한다……."

거칠게 긴 머리를 쓸어 올리며 한숨을 흘렸다.

바로 뒤에서 상황을 가만히 지켜보고 있던 승호가 두 번째 손가락으로 단영의 어깨를 콕콕 찔렀다. 반사적으로 단영의 고개가 홱 뒤로 향했다.

단영의 눈가가 가늘어졌다. 눈만 빼고 모조리 다 가리고 있는 승호의 얼굴 때문이었다. 그러다 승호와 시선이 부딪치자, 그녀가 눈을 크게 떴다.

"배승호, 씨?"

"오랜만."

마스크를 착용하고 있어서 다행이다. 마스크가 아니었더라면 피식피식 새어 나오는 웃음을 가릴 수 없었을 것이다.

지독하게 쌓인 피로가 모조리 쏙 내려간 기분이었다. 용케 참고 견뎌 온 값이라 생각하니, 그녀와의 만남이 훨씬 더 달콤하게 느껴졌다.

"여긴 어떻게……."

"촬영하러 왔죠. 최 작가님이랑."

"그건 그렇…… 아니. 그보다 왜 혼자 있어요? 매니저님은요."

"자유 시간 줬어요."

"뭐라고요?"

"우리 엔터 복지 중 하나라서."

말도 안 되는 소리였다. 단영은 저도 모르게 피식, 웃음을 터트렸다. 최근 그에게 못할 짓을 한 것 같아 마음이 좋지 않았는데, 내심 달라진 것 없이 어제와 같아 보여 다행이다.

"호텔로 가는 거 맞죠."

승호가 물었다.

"아무래도 그래야 할 것 같아요. 스태프들은 점심 먹고 있을 텐데, 보시다시피 난 그럴 기분이 아니라서."

"잘됐네. 가는 방향도 같으니까, 타요. 데려다줄게."

"고맙지만 정중히 사양할게요. 택시 타고 가면 돼요."

"그 택시비 나 주면 되겠네."

승호가 장난스럽게 웃으며 제안하자 단영은 딱 잘라 단호하게 선을 그었다.

"누가 준대요? 배승호 씨랑 같은 공간에 있는 게 불편해서 그런 거니까 먼저 가시죠."

"내 어디가 그렇게 불편한데요."

"그냥, 다요."

"카풀 한다 생각하고 타요. 괜히 고집부리지 말고."

단영은 말없이 승호의 눈을 마주했다.

아까는 몰랐는데, 어쩐지 많이 피곤해 보였다.

그녀가 잠시 고민하는 사이, 그 순간을 놓치지 않고 승호가 마지막 한 수를 던졌다.

"어, 사람들 나온다."

"어디?"

그가 냉큼 단영의 얇은 손목을 움켜잡았다. 성큼성큼 넓은 보폭으로 걷기 시작했다. 그 힘에 의해 질질 끌려가듯 단영도 다리를 움직이게 됐다.

앞서 걷고 있던 승호의 표정은 오랜만에 밝았다. 세상 마음 저릴 만큼 예쁘게, 웃고 있었다.

"도본, 너 진짜 갈 거야?"

"가면 안 된다는 법이라도 있나."

"완전 안 어울리니까 그렇지."

본부장실 문 앞에 기대선 민희가 허리에 손을 가져다 댔다.

"직원들은 아침부터 전부 다 출발했던데 넌 왜 아직도 이러고 있어?"

오늘은 토요일이었다. 민희는 업무상 출근을 했으나, 하준은 아니었다.

"하던 일 마저 끝내고."

사실, 워크숍에 참석하는 여유를 부릴 때가 아니었다. 각양각색으로 쌓여 가는 서류들을 처리하는 것만으로도 시간이 부족했다. 마음 같아선 전부 파쇄기에 넣어 버리고 싶은 심정이었지만, 하준은 꿋꿋하게 버티는 중이었다.

"어휴, 저것도 병이다. 놀 땐 놀고! 할 땐 하고! 몰라?"

아주 잘 타오르는 불에 휘발유를 붓는 격이구나.

"몰라."

"도대체 무슨 바람이 들어선……."

정신없이 서류를 뒤척이던 하준은 못내 귀찮다는 듯 눈썹을 꿈틀거

137

리며 시선을 올렸다.

"너."

"나?"

"그래 너."

"나, 뭐?"

민희는 손가락으로 제 가슴팍을 가리키며 눈을 동그랗게 떴다.

"그만 좀 귀찮게 하고 나가."

"어머. 듣자 듣자 하니까 말이 심하네."

사람은 쳐다보지도 않고 서류에만 시선을 둔 채로 덤덤하게 말하는 그의 행동은 무척 무례했지만, 어릴 때부터 늘 봐 오던 모습이라 기분이 나쁘진 않았다.

하지만 그를 골려 주고 싶은 마음은 굴뚝같았다.

"너, 단영이 보러 가는 거지?"

결재 서류에 사인을 하던 하준의 손목이 일순 멈칫했다.

"그 모델 배승호랑 뭔 일 날까 봐 괜히 쫄려서 가는 거잖아."

"누가."

하준의 날카로운 시선이 위로 향했다. 민희는 한쪽 손에 들고 있던 파일을 한가롭게 흔들고 있었다. 파일에 새겨진 글자가 언뜻 보였다. 일전 단영이 제출해 둔 기획안이었다.

"너 그거 어디서……."

"너 자꾸 깜빡깜빡하는 모양인데, 나 너희 회사 직원이다? 것도 팀장."

"……."

"그러니까 나한테 너무 모질게 대하지 마. 그랬다간 확 단영이한테 불어 버리는 수가 있어. 너희 오빠 의처증 걸린 것 같다고. 제주도까지 따라간다더라— 하면서."

"야."

"누구와 어울려 가면서 얽히는 건 질색하는 애가 갑자기 웬 워크숍 참석인가 싶었다. 뭐라도 숨겨 놨나 했더니, 진짜 숨겨 뒀었네. 꿀."

민희는 어깨를 으쓱였다. 장난기 가득한 표정으로 하준을 바라보다가도 짐짓 진지하게 응시했다.

"뭘 그렇게 봐."

그는 무신경하게 민희를 바라보다 서류를 마저 정리했다.

"네 얼굴에 금이라도 붙여 놨니? 보면 닳는 것도 아니면서."

하준은 민희의 말을 듣는 둥 마는 둥 하며 잊고 있던 휴대폰을 꺼냈다. 그러고는 익숙한 번호를 눌렀다.

괘씸하게 도착했단 연락 한 번 없어.

제주도에 도착했을 때 단영이 화들짝 놀랄 생각을 하니, 그것도 나름 기분이 좋았다.

어쨌거나 일을 방해할 생각은 없으니 최대한 늦은 시간에 출발할 예정이었다. 시간은 저녁 7시가 지나가고 있었다. 지금쯤이면 저녁 먹고 있으려나.

"야. 도하준. 너 내 말 듣고 있어?"

민희의 음성과 함께 평소보다 길었던 통화 연결음이 끊어졌다.

— 여보세요.

순식간에 하준의 눈빛이 살벌해졌다.

"너, 뭐야."

불청객이었다.

42화

두 시간 전.

밴 차량에는 두 사람이 함께 동석했음에도 동떨어진 이질감이 확연하게 느껴졌다. 승호는 묵묵히 운전에 집중했고, 단영은 애꿎은 손가락만 매만지며 정면을 응시한 채였다.

차량은 막힘없이 긴 도로를 활주했다. 에어컨 바람을 싫어하는 단영을 알아서였을까. 이유는 모르겠으나, 반쯤 열린 창문으로 시원한 바람이 밀려 들어왔다.

"아…… 좋다."

분위기에 너무 심취한 나머지 단영이 무의식중에 내뱉은 말이었다. 말을 뱉자마자 화들짝 놀란 그녀가 금세 입술을 꾹 다물었다.

하지만 그 말을 듣지 못했을 리 없었다. 승호는 대답 없이 시원하게 입술 끝을 당겨 웃었다.

어느덧 붉은 노을이 하늘 위로 그려지고 있었다. 깨끗한 하늘에 눈부신 석양이 엎어지자, 절로 탄성이 나오는 풍경에 감탄했다.

얼마나 더 달렸을까.

"꿈 같다."

문득 침묵을 깨고 승호의 나지막한 음성이 흘러나왔다.

"……."

단영은 듣지 못한 척 뻣뻣하게 고개를 돌려 창문 너머의 풍경을 바라보았다.

"진짜."

"……."

"정말 꿈 같아서."

때마침 앞에서 신호가 걸렸고, 차량은 부드럽게 정차했다.

"깨고 싶지 않을 정도로."

그의 시선이 적나라하게 닿았다. 단영이 턱을 틀어 승호를 마주했다.

별안간 그가 개구쟁이처럼 씨익 웃었다. 그의 트레이드 마크라 말할 수 있는 보조개가 움푹 파였다.

"도망칠래?"

"배승호 씨."

"장난이야. 쫄기는."

장난이라고는 하지만, 단영은 도통 웃을 수 없었다. 짓궂게 웃는 그의 얼굴 뒤에 언뜻 비치는 쓸쓸함은 진심으로 다가왔으니까.

하지만 마음이 약해져서는 안 된다.

그 순간, 운전석 옆에 놓인 근원 모를 약 봉투가 단영의 시선을 붙잡았다. 대체 그동안 그에게 무슨 일이 있었던 걸까.

호기심은 걷잡을 수 없이 증폭됐지만, 몹쓸 짓이다. 악의 없이 건넨 호의와 오지랖이 누군가에겐 가시처럼 날카롭게 박힐 수 있을 테니 말이다. 헛된 가능성을 품게 하고 싶지 않았다.

꿈을 응원한다는 목적으로 순순히 제주도행을 막지 않았던 하준에게도 못할 짓이었다. 단영은 스스로 마음을 다잡으며 단호한 낯빛을 풀지 않았다.

"하나만 물어나 보자."

승호가 물었다. 대답 없는 단영의 태도를 긍정이라 생각했는지 잠시 뜸을 들이다가 이내 말을 이어 갔다.

"예전의 나는. 너한테 어떤 사람으로 기억되고 있어?"

그걸, 몰라서 묻는 걸까. 최악이었지. 목구멍 끝까지 차오르는 말을 억눌러 참아 냈다.

"내가 맞춰 볼까."

"……."

"가벼운 사람."

"……."

"나쁜 사람."

"……."

"그럼에도."

"……."

"첫사랑."

타이밍 좋게 신호가 바뀌었고, 멈춰 있던 차량은 다시 움직이기 시작했다.

"도하준이라고 했었지. 그 남자."

부드럽게 핸들을 돌리며 하준을 언급했다. 평소의 그는 이처럼 수다스러운 남자가 아니었다.

"연애해?"

"네."

단영의 대답에선 망설임이 느껴지지 않았다.

"그때, 그 사람. 맞지."

"뭐가요?"

"예전에 대학생 때 술 마시던 날. 네가 말했던 오빠라는 사람이."

"아, 뭐. 네."

그것까지 다 기억하고 있었다니. 조금은 당황했다. 어색한 단영의 긍정을 뒤로하고 다시금 정적이 찾아왔다. 개인적인 이야기를 꺼내고 싶지 않았다. 적어도 승호의 앞에선 말이다. 그런 것들을 물을 자격도, 대답할 이유도 없다고 생각했다.

하지만 그는 궁금한 것이 참 많았던 모양이다. 한참 만에 승호의 입술이 느릿느릿 떨어졌다.

"좋아?"

많이 고민하고, 되새기다 삼켜야 했던 말.

내가 아닌 다른 남자에게 사랑받고 있는 넌, 좋으냐고.

"네."

수백 번 고민하다 어렵게 꺼낸 질문치고 돌아온 그녀의 대답은 참 빨랐다.

"좋아요."

날카로운 바늘이 심장을 푹 쑤시고 들어왔다. 그런 기분을 느낄 거라 예상했으면서 같은 실수를 반복하니, 승호는 저 자신이 돌이켜 생각해 봐도 그저 우스울 뿐이다.

"그 인간은 전생에 나라를 구했나."

승호가 쓰게 웃으며 혼잣말로 중얼댔다.

그 말을 들으며 단영은 목적지인 호텔이 빨리 나타나기를 간절히 바랐다. 불편함에 치가 떨릴 지경이었다.

"이제 알았어요?"

"뭘."

"나 좋은 사람인 거."

단영의 기억 속에 승호는 감정을 다 알면서도 뻔뻔하게 꽃미소를 흘려 대며 순수했던 순정을 무자비하게 짓밟다시피 한 남자였다. 좋았던 기억보단 나쁜 기억만 가득했다.

"그래도 정말 다행이네요. 이제라도 알았다고 하니까."

"……."

"정말 매일 밤 기도했거든요. 언제라도 상관없으니까, 내 진심을 집어던지다시피 했던 당신이 피눈물 흘리며 후회할 날이 왔으면 좋겠다고."

간절히 바라고 바랐던 호텔이 보이기 시작했다.

"근데 그것도 참 못할 짓이다 생각해서 그만뒀어요. 철부지였던 스무 살 때였기도 하고, 남 저주하다 보면 언젠간 그게 또 나한테 돌아오게 될 것 같아서 무섭더라고요. 차라리 그 시간에 날 더 사랑하기로 결심했죠."

"……."

"솔직하게 말해 볼까요?"

승호는 그 아픈 말을 담담하게 들으며 속도를 늦췄다. 단영이 눈치 채지 못하도록, 은밀하게.

상처가 되어 몇 번의 비수가 날아들어도 상관없으니 너와 함께이고 싶다는 작은 일념 하나로.

"통쾌해요."

거짓말.

"……그래?"

"그러니까 이제부터라도 마음 착하게 다잡고 사세요."

"……."

"누구든 상처 주지 말고."

나는 네가 무엇을 말하고 싶어 하는지 잘 알아. 뻔히 보이는 약 봉투가 궁금할 법한데도 묻지 않고, 바락바락 이제 와 왜 이러는 거냐며 따져 묻지도 않는다.

몇 마디 하지 않고도 건네는 진심 어린 걱정을 안다.

"그만 들어가 볼게요. 배승호 씨도 내일 촬영 대비해서 얼른 들어가 쉬어요. 피곤하단 핑계로 작품 안 좋게 나오면 얄짤없을 줄 알아요."

호텔 로비 앞에서 차량이 멈추자마자 단영은 뒤도 돌아보지 않고 조수석 손잡이를 잡았다. 이대로 열기만 하면 되는데, 그녀답지 않게 멈칫했다.

승호는 그런 그녀의 뒷모습을 물끄러미 주시했다.

"무슨 일 있는 건 아니죠?"

"뭐가."

"아니……."

단영의 시선은 여전히 앞을 향한 채였다.

"저 약 봉투요. 혹시나 해서요. 죽을병에 걸렸다든가."

그 말에 피식, 하고 승호가 웃음을 터트렸다.

"걸렸지. 죽을병."

"뭐라고요?"

놀란 듯 단영의 얼굴이 반사적으로 돌아갔다. 마주한 승호는 여유로운 표정으로 희미한 웃음을 걸친 채였다.

"최단영 잃어서."

"……허."

"걸렸어, 상사병."

걱정한 내가 바보지.

"말은 똑바로 하세요. 잃은 게 아니라 놓친 거겠지."

단영은 낮게 한숨 쉬며 차량 문을 벌컥 열어젖혔다. 그때였다.

"오해야."

"뭐가요?"

145

"그때……."

그답지 않은 모습이었다. 승호는 말을 잇다 말고 작게 인상을 찡그렸다. 마음에 안 드는 거였다. 변명이랍시고 과거의 일을 들먹거리는 자신의 행동이 말이다. 낭떠러지에 몰리다 보면 누구든 절박해지는 법이다. 그 모양새가 어떻든 간에.

"알아요."

단영이었다.

승호는 의아하단 눈으로 단영을 관망했다.

"누구든 그렇잖아요."

"……."

"사람마다 피치 못할 사정이 있고, 어쩔 수 없는 상황이라는 것도 있으니까."

승호가 느리게 눈꺼풀을 밀어 올렸다.

"이해해요."

무엇이든 이해는 한다. 엄마도, 당신도. 그리고 내 자신도.

"하지만 오해하는 건, 내 마음이에요."

"……."

"그걸 풀어낼지 말지도 내 마음이고요."

단영은 말하면서 옆으로 흘러내려 온 잔머리를 귀 뒤로 차분히 넘겼다.

"그러니까 말하지 말아요. 가능하면 오랫동안. 듣고 난 뒤에 내가 배승호 씨를 가엾다 생각하게 된다면, 그게 더 비참하지 않겠어요?"

승호의 표정이 일순 굳었다. 그 모습을 바로 앞에서 마주하던 단영이 무거운 숨을 밀어 냈다.

"비참해."

승호였다.

"그래도 어쩌겠어."

그가 실소를 터트렸다.

"넌 어떤지 모르겠지만 난 처음이 중요한 사람인데."

"……."

"알아. 이것도 병이라면 병인 거. 근데."

승호의 음성이 급격하게 낮아졌다.

"너도 자격 없어."

얼마 동안 뜸을 들이던 그가 고개를 비스듬히 기울여 단영을 빤히 직시했다.

"뒤늦게 시작한 걸음 멈추게 할 자격."

단영은 그의 진지함이 좀처럼 적응되지 않았다.

"나도 사람인데 언젠간 지쳐서 그만둘 날이 오겠지. 아마 그날이 오기 전에 끝나겠지만."

그러나 그 진지함도 순간뿐이었다.

"그때까지만 네가 조금 더 고생해."

언제 그랬었냐는 듯 승호는 다시 아무렇지 않게 웃었다.

"난 자신 있으니까."

이제 잠시 보내 주어야 할 시간이다.

"이제 그만 들어가 보세요. 최단영 씨."

한동안 말없이 승호를 마주하던 단영은 미련 두지 않고 조수석 문을 닫았다. 쾅! 세찬 소리 뒤에 이어진 무음이 홀로 남겨진 그의 몸을 차갑게 감쌌다.

매번 이별하는 연습은 하는데, 그렇게 끔찍할 수가 없다. 정말이지, 나만 끝내면 되는 일인데.

절로 자조적인 웃음이 터졌다. 그 웃음 끝엔 한숨도 함께였다.

승호의 마른 눈길이 아직 온기가 남아 있는 조수석으로 향했다. 그곳엔 그녀가 잠시 쉬었다 간 흔적만이 덩그러니 남아 있었다.

단영이 자리를 뜬 지 몇 분 채 되지 않았는데, 어떻게 귀신같이 알고 단조로운 벨소리가 울렸다.

발신자엔 결코 반갑지 않은 이름 석 자가 적혀 있었다. 승호의 한쪽 눈가가 찡그려졌다.

"또……."

짜증 섞인 음성이 툭 튀어나왔다.

승호는 끊어지기 직전까지 의미 모를 눈으로 단영의 휴대폰을 가만히 응시하다, 천천히 팔을 뻗었다.

"여보세요."

― 너, 뭐야.

공격적인 언사였다.

"왜요. 기분 나쁩니까?"

― …….

"나도 그랬는데."

네가 내 문자 삭제했을 때.

하준은 적잖게 화가 많이 난 표정이었다. 무표정이었지만, 현재 그의 기분은 굉장히 언짢은 상태였다. 그럴 만도 했다. 승호가 단영의 휴대폰을 멋대로 손을 댔다는 것 하나만으로도 말이다.

"……."

매섭게 날이 선 눈빛은 금방이라도 화를 일으킬 듯 위태로웠다. 공항으로 향하는 차량 속도는 점차 높아져만 갔지만, 그의 각진 움직임엔 빈틈 하나 없었다.

"건방지게……."

그가 입술을 씹어 삼켰다. 슬슬 어둠이 찾아오고 있었다. 거치대에 끼워 둔 휴대폰을 힐긋 바라보았지만, 단영에게선 연락 한 번 없었다.

"아."

짜증이 확 밀려왔다. 핸들을 쥐고 있는 손에 힘을 세게 주자, 가죽이 **빳빳**한 소리를 냈다.

단영이 묵고 있는 호텔 프런트에 연락을 취해 봤지만, 객실에 단영은 없다고 전했다. 하준은 다시 승호와의 통화가 떠오른 모양인지 답답한 듯 손가락으로 목을 조이고 있던 넥타이를 거칠게 풀어냈다.

창틀에 팔을 걸치고선 주먹만 쥐었다 폈다 하며 운전을 하는 내내 정전된 휴대폰 액정을 틈틈이 살폈다.

"후으……."

초조함이 극한으로 치닫고 있을 때쯤, 휴대폰이 진동했다. 하준은 기다렸다는 듯이 핸들을 잡고 있던 손을 반대편 손으로 바꾸어 잡고선 재빠르게 블루투스 이어폰을 귀에 구겨 넣으며 통화 버튼을 눌렀다.

"여보세요."

— 오빠.

"어디야."

— 지금 호텔 들어왔어. 나 휴대폰 잃어버려서.

"……."

— 찾느라 정신이 없었어. 이제 막 급한 대로 은효한테 휴대폰 빌렸고.

단영의 목소리만 들어도 그녀가 현재 얼마만큼 당황했는지를 알 수 있었다.

— 많이 화났어?

"어."

하지만 그건 그거고 이건 이거였다.

"누가……."

화가 머리끝까지 차오른 상태여서 그런지 말조차 제대로 터지질 않았다. 엎친 데 덮친 격이라고, 오늘따라 왜 이렇게 차가 막히는지 복장이 터질 노릇이다.

그런 상황이었음에도 불구하고 하준은 목소리를 높이지 않았다. 그저 엄지손가락으로 미간만 꾹꾹 누르며 화를 억눌렀다.

침묵을 유지하던 그의 입에서 겨우겨우 흘러나온 말은.

"저녁은."

냉랭한 빛을 뿜어내며 사납게 날이 선 눈빛과는 거리가 먼 질문이었다.

— 아직 안 먹었어. 정신이 없어서.

"내가 얼마나……."

— 오빠, 미안해.

"지금 누구랑 있어."

— 혼자 있지, 누구랑 있어.

한껏 풀이 죽은 그녀의 음성을 듣고 있자니 안심이 됐다. 많이 반성하고 있는 것 같긴 한데 괘씸함은 끊이질 않았다.

"그렇게 계속 혼자 있어."

— 응?

"지금 가."

— 어딜?

"네 옆."

단호한 하준의 낮은 음성에 단영은 말문이 막혔는지 침묵으로 대답을 대신했다. 그러다 번뜩 정신을 차리고선 꽥 소리를 질렀다.

— 미쳤어! 일은 어쩌고 여길 와?

"지금 네가 날 걱정할 군번이 되냐."

― 아니, 그건 그렇지만. 그래도!

"세 시간 안으로 도착해."

― 뭐가 이렇게 쓸데없이 진취적이야?

"너니까 가는 건데, 불만 있어?"

― 아니 없지. 근데 그럴 성격 아닌 사람이 갑자기 이러니까 좀 당혹스러워서 그래.

내가 하루에도 몇 번이나 오르락내리락하는지 모르지, 넌.

이건 뭐, 롤러코스터도 아니고…….

평정심을 유지하는 데 있어선 나름 일가견이 있다고 생각했다. 하지만 단영을 곁에 둔 이후부터는 심리 상태가 불안정해도 너무 불안정해졌다.

― 아, 그나저나 오빠. 오늘 주말이라 호텔 객실 없을 텐데, 예약은 했어?

주말이라 제주도 호텔 상황뿐만 아니라 서울의 교통 상태도 말이 아니었다. 하준은 앞뒤로 차량이 꽉 막혀 있는 상태에서 한강 야경을 응시하다 입을 열었다.

"아니."

예약을 왜 해.

"너랑 잘 건데."

― 미쳤나 봐!

단영이 박장대소를 터트렸다. 오두방정을 떨며 미안해하던 모습은 온데간데없었다. 그 웃음소리에 하준도 뒤늦게 마음이 놓였다.

딱딱하게 굳어 있던 하준의 입술이 부드럽게 풀어지려 하는 찰나였다.

통화 중 상태에서 휴대폰 액정 화면이 바뀌며 다른 번호가 떠올랐다.

― 오빠? 뭐 해?

하준은 그 번호를 한 번 힐긋거리다 대수롭지 않게 무시했다. 길게 진동하던 휴대폰이 잠잠해졌다.

"아니, 아무것도."

― 오빠 있잖아.

"말해."

― 음, 그게……. 나, 잘못한 일 있는 것 같아.

"뭔데."

― 배승호 씨 차 얻어 탔어.

"그 사실 끝까지 말 안 했으면 오늘 밤 잠 안 재웠어."

― 응? 알고 있었어?

단영의 물음에 대답하려는 순간, 아까와 같은 번호가 다시 떠올랐다. 뭔데, 또.

하준이 미간을 좁히며 통화를 방해하는 것에 불쾌감을 표정으로 대신 드러냈다.

"잠깐만."

― 왜? 무슨 일이라도 있어?

"금방 다시 전화할게."

― 응, 알겠어. 기다릴게.

"어. 밥 먹고."

하준은 단영이 전화를 끊은 것을 확인하고는 갓길에 차를 정차시켰다. 그러고는 거치대에 있던 휴대폰을 빼내어 걸려 온 번호를 확인했다.

익숙하지 않은 번호를 떨떠름한 눈빛으로 유심히 살피다, 통화 버튼을 눌렀다.

얼마 동안 긴 연결음이 이어졌다. 안 받나 싶어 끊으려던 차에 통화가 연결됐다.

"예. 도하준입니다."

― 아, 연결됐습니다!

난잡한 소음이 마구 엉켜들었다. 하준은 시끌벅적한 주변 분위기에 눈살을 찌푸리며 휴대폰을 가까이 귀로 가져갔다.

"여보세요."

— 혹시, 이정연 씨 보호자분 되십니까?

"……."

— 여보세요?

무언가를 직감적으로 느낀 하준의 표정이 딱딱하게 식어 갔다. 미미했지만, 동공은 불안정하게 흔들리고 있었다.

"……예. 말씀 계속하시죠."

짧은 시간, 영문 모를 말소리를 묵묵히 전해 듣던 하준은 급히 전화를 끊었다.

"아, 젠장."

결코 어울리지 못한 욕설들이 하준의 입술 사이로 고요히 흘러나왔다. 하준의 손이 빠르게 움직였다.

[급한 일이 생겨서 제주도는 못 갈 것 같다. 촬영 마무리 잘하고 서울 올라와서 봐.]

걸려 왔던 번호로 보냈어야 했는데, 얼마나 정신이 없었는지 단영의 번호로 전송됐다. 그것조차 인지하지 못한 상태로 조수석에 휴대폰을 던지다시피 했다.

턱이 뻣뻣해질 정도로 어금니를 꽉 씹은 하준은 뒤도 돌아보지 않고 핸들을 꺾었다.

그가 선택한 곳은, 공항으로 향하는 길과 정반대였다.

43화

"무슨 비가……."

호텔 로비 한가운데에 망부석처럼 서 있던 단영은 골치 아프다는 듯 손으로 이마를 짚고선 탄식했다.

"그러게요. 분명 일기 예보에서는 날씨 좋을 거라고 그랬는데."

초조한 것은 은효 역시 마찬가지였다. 뭐 마려운 강아지처럼 안절부절못하고 같은 자리를 서성거리며 손톱을 잘근잘근 뜯었다.

"제대로 확인한 거 확실해?"

미심쩍단 눈빛이 은효에게로 향했다.

"그럼요! 일주일 전부터 매일같이 확인했다고요. 그것도 무려 세 시간마다. 꼬박꼬박!"

"하아……."

가는 날이 장날이라고 하지 않았던가. 비행기에서 내릴 때까지만 해도 청명했던 하늘은 언제 그랬냐는 듯이 우중충했다.

툭, 툭 한 방울씩 떨어지기 시작하더니, 이제는 아주 대놓고 놀리려는 심보로 와르르 쏟아졌다.

평소에 비를 좋아하던 단영이었지만, 어쩐지 오늘은 원망스럽기 그지없었다.

"돌겠다."

그도 그럴 것이 당장 내일 오전부터 촬영이 시작될 예정이었다. 이럴 때를 대비하지 못한 건 아니었지만, 계획이 틀어졌다는 사실 하나만으로도 단영의 예민함은 하늘을 찌를 기세였다.

"안 되겠다. 회의하자."

"지, 지금요?"

"그럼 이따 새벽에 할까?"

"배승호 씨 쉬러 들어간 지, 한 시간밖에 안 됐는데요?"

"비상 걸린 마당에 쉬러 들어간 시간이 한 시간이든, 30분밖에 안 됐든 무슨 상관인데? 매니저든 배승호든 상관없으니까 빨리 전달 돌려. 호텔 객실은 내가 프런트 가서 다시 확인해 볼 테니까."

"……알겠어요."

은효는 대답하자마자 헐레벌떡 엘리베이터로 사라졌다. 그 뒷모습을 걱정스럽게 응시하던 단영은 다급히 정신을 다잡고선 호텔 로비에 설치되어 있는 대형 TV로 시선을 돌렸다. 때마침 일기 예보가 방송되고 있었다.

때아닌 비는 내일까지 지속될 예정이란다. 위급 시를 대비해 잡아 놓은 대책이 있긴 했지만 그마저도 불안했다. 입술을 씹던 그녀가 프런트 쪽으로 발길을 재촉했다.

"죄송한데, 저희 촬영팀이 예약해 둔 객실, 전부 일박씩 늘릴 수 있을까요?"

"아, 잠시만 기다려 주시겠습니까? 바로 확인해 드리겠습니다."

"네. 부탁드릴게요."

단영은 초초한 기색을 숨길 수 없어 몸을 가만두지 못했다. 기다리는 동안 발을 동동 구르기도 했고, 입술을 우물거리며 불안한 현재의 심리 상태를 대놓고 드러냈다.

얼마나 기다렸을까. 호텔 직원은 조금 걱정스러운 눈빛으로 단영을 호명했다.

"어떻게 됐나요."

"다행히 다음 일박까지는 수용 가능한 객실이 몇 개 있긴 한데, 다른 객실은 이미 예약이 되어 있는 것 같습니다."

그나마 천만다행이었다. 최대 인원을 고려해 인원 추가 금액을 부담하겠다는 말로 일단락되었다. 단영은 가슴을 쓸어 내며 발걸음을 돌렸다.

커다란 걱정 하나가 줄어드니 긴장이 풀린 모양이다. 단영은 근처에 구비되어 있는 소파로 풀썩 쓰러지듯 주저앉았다.

"지금이 몇 시지……."

그제야 하준이 생각났다. 세 시간 뒤에 도착할 거라는 그의 말이 불현듯 떠올라 손목을 들어 시간을 확인했다. 벌써 두 시간 가까이 지난 뒤였다. 비행기는 탔을까? 연락을 위해 주머니를 뒤적거렸지만, 휴대폰은 투박한 은효의 것이었다.

"아, 진짜. 휴대폰을 어디다 둔 거야."

날씨 사건 때문일까. 정신이 없어 아무리 생각해 봐도 도통 기억이 나질 않았다.

몇 번이고 자신의 휴대폰 번호로 통화를 시도해 봤으나, 받을 생각조차 없었다. 단영은 끝내 포기하고 익숙한 하준의 번호를 눌렀다.

"……"

단영의 눈썹이 꿈틀댔다. 못마땅한 표정이었다.

"왜 안 받아?"

하나부터 열까지 되는 일이 하나도 없었다. 꼬일 대로 꼬여서 도대체 무슨 일이 벌어지려고 이런 액땜이 한 번에 밀려오나 걱정될 정도였다.

단영은 작은 것 하나부터 해결하기로 결심했다. 은효의 휴대폰으로 스태프들에게 메시지를 전송했고, 얼마 지나지 않아 은효를 제외한 스태프들이 하나둘씩 라운지 카페로 모이기 시작했다.

"이러다 정말 촬영 취소라도 되면 어쩌죠?"

"어쩌긴 뭘 어째. 강행하든지 아니면 날 괜찮아질 때까지 기다려야지."

수군대는 소리는 점차 많아졌다. 하지만 단영은 전자대로 하고 싶은 생각이 추호도 없었다.

모든 것이 자신의 탓인 것만 같아 단영은 마음이 무거워졌다. 무거운 장비를 옮기고, 촬영 준비를 위해 제주도에 도착한 이후 제대로 쉬지도 못했을 그들에게 미안했다.

누구 한 명 단영을 탓하는 사람은 없었지만, 괜히 스태프들의 눈치를 살펴야 하는 입장도 말이 아니었다. 단영은 주춤거리며 자리에서 일어났다.

"어, 작가님! 어디 가세요?"

"배승호 씨 측 관계자가 안 보여서. 다녀올 테니까 다들 너무 걱정 말고 커피 마시고 있어요. 너무 늦어진다 싶으면 기다리지 말고 다들 방 올라가서 쉬어요. 내일 오전에 다시 회의 소집할게요."

단영이 미안해하는 뜻을 담아 어색하게 웃자, 스타일리스트는 고개를 절레절레 저으며 괜찮다는 말로 단영을 안심시켰다.

단영은 고맙단 말을 끝으로 뒤도 돌아보지 않고 곧장 엘리베이터를 탔다. 승호의 객실이 있는 층을 눌렀고 얼마 지나지 않아 도착했다.

스르륵, 문이 열림과 동시에 총알처럼 튀어나와 넓은 보폭으로 객실 복도를 걸어 승호의 객실 앞에 도착했다.

그곳엔 이미 은효가 어쩔 줄 몰라 하며 서 있었다.

"너 왜 아직도 여기서 이러고 있어?"

"아, 그게……."

"뭐 하고 있는 거냐고 묻잖아."

"아무리 불러 봐도 반응이 없어요."

단영의 한쪽 눈가가 과격하게 구겨졌다.

"무슨 소리야 그게. 프런트에다가 연락 취해 봤어?"

"네. 프런트 쪽에서는 매니저님을 제외한 다른 사람은 아무도 들여 보내지 말라고 했대요."

"허, 뭐?"

기가 막혀서. 연예인 병에 걸려도 정도가 있지. 이게 뭐야? 단영은 가슴 깊은 곳에서 부글부글 용암이 끓는 것과 비슷한 기분을 느꼈다. 아까 호텔로 오는 길에 매몰차게 대한 자신의 행동 때문에 괜한 심술 이 났나 싶었다.

"문은. 열어 봤어?"

"제가 어떻게 함부로 열어요! 그리고 당연히 잠겨 있겠죠!"

"매니저한테 전화는 해 봤고?"

"제 휴대폰 선배한테 있잖아요!"

"그럼 당장 나한테 달려와서 상황 전달부터 했어야지!"

"아……."

기어코 죄 없는 은효에게 화를 내고 말았다. 은효는 당황한 듯 입술 을 다물었고, 단영은 뒤늦게 화풀이한 자신을 깨달았다. 최대한 마음을 다스리며 차분히 말했다.

"일단 내려가 있어. 다른 스태프들한테도 쉬고 있으라고 전달해 주고."

"······네."

은효는 시무룩한 얼굴로 걸음을 떼어 냈다. 많이 당황했던지라, 경황이 없었을 텐데 너무 몰아세웠나 싶어 단영은 눈을 질끈 감았다 떴다.

"은효야."

"네?"

그가 등을 돌려 단영을 가만히 바라보았다. 풀이 한껏 죽어 있었다.

"······미안."

"······."

"화내서 미안해. 딱히 네가 잘못한 건 아니었는데."

별안간 은효가 멋쩍게 웃었다.

"아녜요. 지금 상황에서 제일 난감할 사람은 선배잖아요."

"······."

"저, 먼저 내려가 볼게요. 다른 일 있으면 제 객실로 전화 주세요. 들어가서 대기하고 있을게요."

은효가 시야에서 사라지자 단영은 묵혀 둔 한숨을 크게 흘려보냈다. 그러고는 다급히 은효의 휴대폰을 꺼내어 매니저 두환에게 연락을 취했다.

엎친 데 덮친 격이라고. 항상 좋지 못한 일들은 한 번에 밀려오는 법이다. 그럴싸한 예고를 해 준다면 마음의 준비라도 하고 있을 텐데, 세상은 그리 호락호락한 편이 아니었던 모양이다.

"······괜찮아."

단영은 스스로에게 주문을 외우며 프런트 직원에게 건네받은 마스터

키를 꼬옥 쥐었다. 두환에게 전화를 했을 때 그 역시 사고에 노출되어 있었다. 하필이면 몰아닥친 빗줄기로 시야가 막혀 앞차와 부딪친 것이다.

당장 달려올 수 없었다. 단영에게 상황을 전달받게 된 이후, 두환은 세상이 갈라진 듯 이성이 날아가 버렸다.

── 작가님! 절대 안 됩니다. 절대 승호 방 문 열면 안 돼요! 제가, 제가 지금 갈게요!

억대 다이아몬드를 숨겨 놓은 것도 아닌데 그는 굉장히 예민하게 반응했다. 하지만 현실을 깨닫고 난 뒤엔 다시 말을 정정했다.

── 아, 아니다……. 작가님이라면 괜찮을 수도……. 자, 작가님. 제가 프런트에 전화해서 말해 둘 테니까 먼저 들어가서 승호 좀 봐 주세요. 절대, 다른 외부인은 안 됩니다. 아셨죠? 작가님만. 무조건 작가님만 들어가셔야 돼요.

그는 알 수 없는 말만 횡설수설 늘어놓으며 몇 번이고 당부했다.

── 119도 부르면 안 됩니다. 언론에 나가면 이번 가을에 있을 로엔 디자이너 쇼에 서지도 못해요. 혹시나 해서 말하는 건데, 승호 상태 보고 절대 놀라지 마시고요. 방 어딘가에 약 있을 겁니다. 그거 먹여 주시면 돼요. 최대한 제가 일찍 갈 테니까, 그때까지만 승호 곁에 있어 주세요.

불안에 불안함을 더한 말이었다.

단영은 방금 전 두환과 나눴던 통화 내용을 하나하나 곱씹으며 조심스레 마스터키를 가져다 댔다. 삐빅— 소리와 함께 문이 열렸다. 단영은 두근두근 좋지 않은 심장 고동 소리를 애써 무시하며 객실 문손잡이를 내렸다.

어두운 객실은 고요했다.

"저기요."

단영은 떨리는 음성으로 첫말을 뱉었다.

"저기, 배승호 씨……."

그러나 묵묵부답이었다. 단영은 신발을 벗어 내고선 넓은 방 안으로 침입했다. 두리번거리며 불을 켜는 것조차 잊고서 발이 이끄는 대로 걸었다.

당연히 침실에 있으리라 생각했지만, 아니었다.

"……."

거실 한가운데에 가슴팍 부근을 부여잡은 채로 쓰러진 승호가 단영의 시야로 들어왔다.

툭. 들고 있던 은효의 휴대폰이 바닥으로 추락했다.

"배, 배승호 씨!"

앞뒤 가릴 것도 없이 뛰었다. 그녀가 가장 먼저 한 일은 바닥에 엎어져 있는 승호의 앞에 무릎을 꿇고 앉아 그의 어깨를 잡고 일으키는 것이었다. 그러나 그것조차 맘처럼 쉽지 않았다.

"하으……."

무거웠다. 187cm의 장신인 그를 다루는 것이 어렵지 않을 리 없었다. 낑낑거리며 그의 어깨를 감쌌다.

"괘, 괜찮아요?"

그가 입고 있던 셔츠는 이미 식은땀에 흠뻑 젖어 있었다. 눈썹을 살짝살짝 찌르던 부드러운 머릿결은 이제 막 머리를 감고 나온 사람처럼 축축했다. 하얗게 질려 있는 얼굴과 미약하지만 엷은 신음이 흘러나오는 것이 보통 상태가 아님을 알 수 있었다.

숨을 쉬고 있는 건지, 아닌 건지. 단영은 다급히 손바닥을 펼쳐 승호의 코와 입 부근으로 가져가 댔다.

"하아……."

바짝 메마른 승호의 입술 사이로 묵직한 신음이 흘러나왔다.

발작이었다.

온몸을 바들바들 떨고 있었다.

항상 웃고 있던 입술은 가늠할 수 없는 고통을 뿜어내고 있었고, 간신히 가늘게 뜬 눈은 초점을 잃어 갈 곳을 잃었다. 단영은 순식간에 머릿속이 새하얘졌다.

"이게, 대체……."

믿을 수가 없었다. 단영은 바르르 떨리는 손으로 머리를 쓸어 넘겼다. 그때 두환의 말이 머릿속을 스치고 지나갔다.

약.

단영은 주변을 샅샅이 살펴 가며 두환이 말한 약을 찾았다. 승호의 차량 안에서도 봤던 약 봉투가 생각났다. 그러나 어둠이 짙게 깔린 객실 안에선 도통 보이질 않았다.

쉴 새 없이 바삐 굴러가던 단영의 눈동자가 어느 한곳에서 멈췄다.

테이블 위에 아무렇게나 놓인 약 봉투. 어디에 쓰이는 건지 알 수 없는 알약들이 아무렇게나 떨어져 있었다.

어떻게든, 무슨 수를 써서라도 혼자 해결하고자 했던 흔적이 분명했다.

그 누구에게도 도움을 요청할 수 없는 상황에 처해 있으니, 발작하는 몸을 억지로 끌고 가야 했던 끔찍한 고통과 홀로 싸웠을 그 짧은 시간은 승호에게만큼은 무척이나 길고 긴 시간이었을 것이다.

마음이 아팠다.

그에게 비수가 되는 말만 던져 놓고 매정하게 돌아섰던 행동은 확실하게 선을 그어야 했기에 어쩔 수 없던 일이지 잘못은 아니었지만, 그녀의 입장에선 제 잘못이라 여겨질 만했다. 마음이 좋지 않았다.

"저건가?"

일단 먹여야겠다. 이러다간 승호가 죽을지도 모른다는 공포가 엄습했다. 한쪽 팔로는 승호의 어깨를 받치고 있었기에 반대편 손을 뻗어 힘겹게 약을 집었다. 아니, 그러려고 했다.

"……하지, 마."

억지로 쥐어짠 듯 건조하게 갈라진 승호의 음성이 아슬아슬하게 흘러나왔다.

"가만히 있어요."

단영은 들은 척도 하지 않고 다시 손을 뻗었다. 그러나 그마저도 무산이 됐다. 탁, 승호가 단영의 손을 내쳤기 때문이다. 단영은 미간을 좁힌 채로 승호를 노려보았다.

"지금 이게 무슨 짓이에요?"

"가."

승호는 인상을 찌푸리며 단영의 어깨를 밀쳐 내고는 상체를 일으켰다. 그러나 그것도 잠시뿐이었다. 밀려오는 위압감과 불안감, 공포가 승호의 몸과 모든 신경을 정복했다.

그의 안면 근육이 종잇장 구겨지듯 찌푸려졌다. 승호는 최대한 침착하게 호흡을 유지하며 머리를 쓸어 올렸다. 몽롱하게 풀린 눈빛이 단영에게 느릿느릿 옮겨졌다.

"누구는 오고 싶어서 온 줄 알아요?"

삐딱하게 굴면 안 되는데, 현재 벌어진 일들은 단영이 감당하기엔 벅찬 것들뿐이었다.

"목소리, 낮춰."

"뭐요?"

"머리 울려……."

"아, 미안해요."

단영은 승호의 눈치를 살피며 꼬리를 바짝 내렸다. 승호는 그런 그녀를 물끄러미 응시하다, 비틀거리며 자리에서 일어섰다. 중심을 잡지 못하겠는지 고개를 푹 숙인 채로 한숨을 밀어 냈다.

"약, 일단 약부터 먹어요."

그녀가 허겁지겁 약 봉투를 집었다.

"그거 놓고, 가라. 좀."

단영의 손에 들려 있던 약 봉투를 매정하게 빼앗은 승호가 객실 문 쪽을 눈짓으로 가리키며 무심히 말했다.

"무슨 사람 호의를 그렇게 무시할 수 있어요?"

어이가 없다는 듯 단영은 허탈하게 웃었다.

"다른 사람이면 모를까, 네 앞에서만큼은 이런 모습 보이고 싶지 않아서 그래."

"말도 안 되는 억지 부리지 말아요."

"……그러게."

승호가 입술 끝을 비틀었다.

"넌 참 겁도 없다. 무턱대고 혼자 들어올 생각을 다 하고."

"그건……!"

죽어 가는 사람 구해 준 은인 앞에서 할 말이 있고, 못 할 말이 있지! 단영은 억울한 나머지 앉아 있던 방바닥에서 엉덩이를 떼어 내고는 승호를 마주 보았다.

"나아지는 것 확인한 다음에 조용히 나갈게요. 누구한테 퍼트릴 생각은 처음부터 없었으니까, 걱정 말고 빨리 먹기나 해요."

그는 간간이 통증을 참아 내려는 듯 눈가를 구겨 내면서도 입술 끝을 올리고 있었다. 보는 사람이 다 안타까울 정도로 아파 보였다. 그건 거짓이 아니었다.

단영의 눈길이 테이블로 옮겨졌다. 약통에 적혀 있는 글씨가 흐릿하게 보였다. 얼마 지나지 않아 어둠에 익숙해진 눈은 금세 글자를 찾아냈다.

「**항우울제 / 세로토닌**」

지금의 그는, 많이 아프다.

가만히 서 있는 것조차 힘겨워 보일 만큼.

그녀가 숨을 들이마시다가 크게 내뱉었다.

"밖에 비가 와요."

뜬금없는 상황에서 단영은 차분하게 말을 이어 갔다. 승호는 그런 그녀를 묵묵히 직시했다.

"네가 좋아하는 거?"

빛 하나 없는 공간에서 서로의 엇갈린 시선이 부딪쳤다.

"지금은 하나도 안 좋아요."

"왜."

"촬영이 어떻게 될지 몰라서요."

"……그래서. 지금은, 싫어?"

"네. 싫으네요."

문득 승호가 피식거리며 엷은 웃음을 터트렸다.

"무슨 애가, 그렇게 갈대 같냐."

"촬영 일정이 아직 확실하게 결정 나지 않아서 결과는 모르겠지만…… 오늘은 푹 쉬어요. 보니까 지금은 좀 살 만한 것 같은데."

장난기 넘치던 목소리는 많이 낮아져 있었지만. 건조하게 갈라져 몇 번이고 헛기침으로 목을 가다듬고 있었지만. 바늘로 쑤셔 대듯 찾아오는 통증과 고통에 눈가를 찌푸리며 주먹을 꽉 쥐고 있었지만.

"약, 잊지 말고 꼭 챙겨 먹고요."

단영은 모르는 척하기로 한다.

"곧 매니저님 오실 거예요."

차게 식어 버린 눈빛 속에 뒤엉켜 있는 간절함을 외면하기로 한다.

"혹시라도 몸 상태 호전 안 되면 솔직하게 말해 줘요. 촬영 강행하다가 큰일 나면, 피차 좋은 꼴 못 보니까."

그의 말처럼 성인 남녀가 커다란 호텔 방 안에 단둘이 남아 있는 건 옳지 못하니까.

"이제 와서 왜 그러는 거냐고 물을 수도 있을 것 같은데. 그거에 대해서 변명 하나만 하자면."

단시간의 침묵이 흘렀고, 승호의 나지막한 목소리가 고요를 뚫고 흘러나왔다.

"……숨통이 막혀."

그 말에, 단영의 발이 멈칫했다.

"금방이라도 죽을 것 같아."

"……."

"발작은 길어 봤자 30분에서 한 시간이 고작인데. 그때 느꼈던 공포가 자꾸 떠올라서, 이성보단 감각이 먼저 반응해."

그는 담담하게 자신이 처한 상황을 전했지만, 그 어딘가에는 미미하게 존재했다. 그가 꾸준하게 느껴 왔을 공포가.

"근데, 너만 생각하면 괜찮아지더라."

"……."

"얼마 없는 최단영 사진만 보면, 당장 죽을 것 같던 통증도 참을 만해."

166

승호는 아프게 웃었다.

"신기하지."

단영은 눈을 어디다 두어야 할지 몰라 시선을 내리깔았다.

"기가 막히게 신기하더라, 나는."

통증이 다시 시작된 모양인지 승호는 눈을 질끈 감았다 떴다.

"도무지 사진으로는 부족해서 지금 당장 보지 않으면 죽을 것 같을 때, 그때 찾으려고 했어."

승호가 주먹을 세게 쥐었다. 얼마나 힘을 주었는지, 손등 위로 핏줄이 선명하게 올라섰다.

"근데. 그 전에 네가 먼저 나타났잖아."

"……."

"내 눈앞에."

"……."

"근데 어떻게 포기를 해. 너 같으면, 포기가 돼?"

푹 잠긴 아린 음성이 고막으로 정확하게 파고들었다.

"난 안 돼."

단호했다. 너무 단호해서 할 말을 잃을 정도였다.

그 와중에 단영은 하준을 생각했다. 승호가 눈치채지 못할 정도로 슬쩍 눈동자를 움직여 손목시계를 확인했다. 하준과 통화를 끊은 지, 세 시간이 다 되어 가고 있었다.

그가 도착 시간을 예정해 준 시간. 세 시간이 되기 10분 전.

"저…… 그만 가 볼게요."

때마침 주머니 속에 넣어 둔 은효의 휴대폰이 진동했다.

더는 지체할 수 없었다.

단영이 등을 돌린 그 순간, 거침없이 다가온 승호가 힘 있게 단영의 손목을 움켜잡았다.

"취소할게."

언뜻 울먹거리는 것 같은 착각이 들었다.

"가지 마."

손목을 쥐고 있던 그의 손이. 팔이. 몸이. 그리고 속눈썹과 올곧았던 눈빛이 바르르 떨리고 있었다.

"가 봐야 돼요."

단영이 손목을 비틀었다.

"안 와."

"그게 무슨……."

"안 올 거야."

그녀의 얼굴이 서서히 위로 올라갔다. 커다란 눈동자가 온전히 승호를 담았다. 순수한 눈빛이 닿는 순간이었다. 힘없이 죽어 있던 그의 시선이 여느 때보다 날카롭게 빛났다.

"너희 오빠."

단영의 입술이 느슨하게 벌어졌고.

"안 올 거라고."

이내 심장이 쿵, 추락했다.

44화

　단영의 눈이 크게 떠졌다. 일시 정지 된 듯 초점엔 움직임이 없었다.

　"질척거리고 못나 보이는 거, 나도 다 알아. 찌질해 보이고 속없어 보이는 것도 다 안다고. 근데 좋은 걸 어떡해. 지금 당장 네가 좋아서 미쳐 버리겠는데, 나더러 어떡하라고."

　승호는 더없이 덤덤하게 자신의 바닥을 고백했다. 쇳소리가 섞인 음성에서 더한 비참함이 드러났다.

　"다 찌질해. 내 사랑 앞에선 다들 그래. 좋아하는 여자 행복 빌어 주면서 멋있게 뒤돌아서는 거, 그게 어디 쉬운 줄 알아? 그럴 수 있을 것 같은 사람은 영화에서나 찾아."

　심장이 쿵쿵쿵 뛰었다. 알 수 없는 묘한 기류가 흘렀다.

　"어때. 내 밑바닥까지 본 기분이."

　단영은 떨어지지 않을 것 같던 입술을 억지로 떼어 냈다.

　"……배승호 씨가 그걸 어떻게 장담해요?"

"뭐를."

"못 올 거라고 했잖아요."

하. 승호의 잇새로 비소가 흘러나왔다.

절박함을 토해 낸 결과는 언제나 그랬듯 그 끝엔 항상 도하준이 있었다.

승호가 한숨을 밀어 내며 주머니를 뒤적거렸다. 그 움직임을 따라 단영의 시선이 움직였다. 그의 손에 들린 것은 다름 아닌 익숙한 휴대폰이었다.

"내 휴대폰을 왜 그쪽이 가지고 있어요?"

"네가 놓고 내렸잖아."

"……."

승호는 말없이 팔을 뻗었다. 단영은 그의 손에 들려 있는 휴대폰을 물끄러미 응시했다.

"열어 보진 않았고, 팝업창에 뜬 걸로 잠깐 확인만 했으니까 걱정 말고 받아."

단영은 조심스레 휴대폰을 건네받았다.

"아, 전화는 받았어."

"전화요?"

"너희 오빠 전화."

무턱대고 화를 낼 순 없었다. 놓고 내린 것은 순전히 제 잘못이었기 때문이다. 일단은 새로 구매해야 하는 수고스러움을 피할 수 있음에 다행이라 여겼다.

잃어버린 휴대폰이 극적으로 다시 돌아오게 되자, 두근두근 좋지 못한 심장 소리가 다시 크게 울리기 시작했다. 단영은 뻣뻣한 움직임으로 액정을 켰다. 환한 빛이 어두운 객실을 밝혔다.

[급한 일이 생겨서 제주도는 못 갈 것 같다. 촬영 마무리 잘하고 서

울 올라와서 봐.]

단영의 동공이 빠르게 굴러갔다. 몇 번이나 글자를 읽어 봐도 하준이 보낸 문자가 확실했다.

"왜……."

못 온다는 거지. 무슨 일이 있는 거지. 불안함은 전보다 더 크게 증폭됐다. 이런 적은 처음이었다. 하준은 한 번 결심한 일이라면, 그것이 단영과 관련된 일이라면 더더욱 번복하는 일이 없었다.

그녀는 더 생각해 볼 것도 없이 하준의 번호를 눌렀다.

뚜르르. 뚜르르르르. 단조로운 연결음은 점점 더 길어지기만 할 뿐, 시원하게 끊어질 생각이 없었다. 몇 번이고 시도해 본 끝에도 마찬가지였다.

단영이 허탈한 마음으로 휴대폰 홀드 버튼을 누르려던 때였다.

"……."

부재중 전화가 시선을 붙잡았다. 하준이 아니었다. 단태였다.

"솔직히 주기 싫었는데, 그건 못할 짓인 것 같아서. 그래도 나름 최대한 빨리 전달해 주려고 했어."

승호의 말을 흘려들으며 급한 마음으로 단태에게 전화를 걸려는 찰나였다. 때마침 새로운 메시지가 도착했다는 알람이 울렸다.

"그러다 타이밍 좋지 않게 발작이……."

승호는 그녀에게만큼은 숨기려 했던 치욕스러움을 들켜 버리게 된 것에 말끝을 흐리며 인상을 구겼다.

"시작된 거고."

단영은 곧장 문자 아이콘을 눌렀다.

[누나. 왜 이렇게 전화를 안 받아. 이거 보면 빨리 연락해.]

[엄마 고혈압 때문에 과다 출혈로 병원 왔어. 한국대병원 응급실이야.]

휴대폰을 쥐고 있던 단영의 손이 부들부들 떨렸다. 간신히 힘을 짜내어 두 다리로 버티고 서 있었지만, 까딱했다간 주저앉을 위기였다.

"표정이 왜 그래. 문제 있어?"

심상치 않음을 깨달은 승호가 물어 왔지만, 단영은 대답할 정신이 없었다. 입술을 꾹 깨문 채로 뒤돌아섰다. 객실 문 쪽을 향해 걸었다.

"최단영."

그러나 얼마 가지 못해 또 한 번 승호에게 붙잡혔다.

"……이거 놔요."

"무슨 일인데."

"놓으라구요."

애써 억누르고 있음이 확연하게 드러나는 음성이었다. 승호가 눈을 찡그렸다.

"금방이라도 울 것 같은 얼굴로 있는데 어떻게 그냥 놔."

"놓으라니까!"

찢어질 것 같은 고함이 소음 하나 없던 객실을 뒤흔들었다. 그럼에도 승호의 손힘은 좀처럼 풀어질 기미가 보이지 않았다.

"제발, 제발 좀!"

손목을 사방으로 비틀어 보고, 온몸을 흔들어 봐도 승호는 목석처럼 단영을 꽉 잡고 놓아주지 않았다.

"나는."

처참했다.

"지금 너한테 나는 안 보여?"

"……."

"많고 많은 부탁 중에서 어떻게 매번 놓아달란 부탁만 해, 너는."

처참한 심정이었다. 울분이 터졌다. 억울하고 서글펐다. 들어주고 싶어도 들어줄 수 없는 부탁.

"무슨 일인지 물어볼 입장도, 그냥 순전히 도움을 주고 싶어 하는 마음도 나는 다 안 돼? 내가 너한테 되는 일이 대체 뭔데."

결국 주저앉고 말았다. 단영은 승호에게 손목이 잡혀 있던 상태 그대로 힘없이 스르륵 바닥에 쓰러지듯 주저앉았다.

"하아……."

무릎 사이로 얼굴을 파묻었다. 눈물이 나오려는 건 아니었다. 그저 머릿속이 복잡했다.

"엄마가 싫어요."

힘겨운 음성이 미약하게 흘러나왔다.

"……."

"그런데도 도무지 놓을 수가 없어요."

"……."

"날 버린 엄마가 밉고, 싫고, 보는 것도 싫은데."

그녀의 한탄에 승호는 어떤 말도 할 수 없었다.

"그래도 엄마잖아."

단영은 말을 하다 말고 머리 사이로 손을 밀어 넣어 긴 머리카락을 꽉 쥐었다. 승호는 처음 보는 무너진 그녀의 모습을 묵묵히 내려다보았다.

그녀가 들고 있던 휴대폰 액정 화면이 그의 시야로 들어왔다. 문자 내용을 눈으로만 읽고 난 뒤 대략적으로 상황을 파악한 승호가 지체 않고 단영을 일으켰다.

온몸에 힘이 **빠져** 있던 상태라 그랬는지 단영은 반항하지 않고 순순히 강한 힘에 이끌려 올라갔다.

"같이 가."

단영의 눈이 동그랗게 떠졌다. 승호는 그 눈을 꿰뚫듯 직시하며 미동도 없었다. 그녀가 잠시 얼이 빠져 있는 동안에도 그에게선 망설임이 보이지 않았다.

"놔주는 건 죽어도 싫으니까 같이 가자고."

승호가 제 휴대폰을 귓가로 가져갔다.

"형, 난데. 지금 당장 비행기 표 두 장만 예약해 줘."

두환과 통화하고 있는 것 같았다.

"내일 오전 중으로 다시 올 거야. 급하니까 부탁 좀 할게. 공항 앞에 차량 대기 부탁해. 운전은 내가 할 거니까, 석영이한테 운전석 비워 두라 전하고."

"배승호 씨 잠깐만요."

말을 끊으려 하는 단영을 향해 승호는 제 입술로 손가락을 가져다 댔다. 조용히 하라는 뜻이었다.

"약 먹고 할 거니까 걱정하지 마. 지금은 괜찮아졌어."

통화는 짧게 끝났다. 쉽게 허락해 주지 않을 것 같던 두환은 심상치 않은 승호의 음성에 순순히 뜻을 따라 준 듯 보였다.

"이게 최대한 빠른 시간 안에 도착할 수 있는 방법이고, 널 놓지 않고 해결할 수 있는 최선이야."

승호의 직선적인 눈빛이 단영에게 내리꽂혔다.

"도와 달라고 한 적 없어요."

"그럴 땐 자존심 부리지 말고 고맙다 하는 거고."

되받아칠 말이 없었다. 단영의 입술이 일자로 다물렸다. 그 모습에 승호는 짧게 웃으며 단영의 머리 위로 손을 올렸다.

"네가 그랬잖아."

"……"

"다들 그렇고 그런 사정이 있는 법이라며."

머리를 쓰다듬어 준다거나, 힘들었겠다는 흔한 위로의 말은 없었다.

"그런데 그 공식에 왜 너만 제외하고 있어."

다만 그 나름대로 최선을 보였다. 앞선 마음에 잠시 브레이크를 걸어 두기로 했다. 어떤 사정인지 묻기보다 지금 당장 그녀가 필요한 것을 주고 싶다.

"너도 말 못 할 사정은 충분했으니까."

그것이 쓸쓸한 외사랑을 전전하는 남자의 진심이었다.

"이해받을 자격 있어. 적어도 나한텐."

그의 고통은 아직 채 가시지 않은 상태였다. 그럼에도 승호는 그녀를 향해 웃어 주었다.

"미안. 휴대폰 조금 더 빨리 전해 줬어야 했는데."

처음 만났던, 그때 그 미소였다.

"내 욕심 때문이야. 용서해 주라, 이번만."

미워해도 도무지 미워할 수 없던 그 미소.

"나 이렇게 보여도 너한테만큼은 예쁨받고 싶어서 안달 난 남자야."

나쁜 건지, 착한 건지. 여간해선 알 수 없게 사람 참 헷갈리게 하던 남자.

"여기요! 여기 응급 환자 부탁드릴게요!"

"긴급 수술 환자입니다! 박 교수님 콜 부탁드려요!"

"비어 있는 수술방 확인하고, 차트 넘겨줘요."

한국대학병원 응급실은 그야말로 혼비백산이었다. 각양각색 사고와 병으로 찾아온 환자들이 가득했다. 작은 것부터 차마 눈 뜨고 보기 힘들 정도로 심각한 상태인 사람도 있었다.

간호사들과 의사, 레지던트, 인턴 할 것 없이 이리 뛰고 저리 뛰어가며 소중한 생명을 지켜 내기 위해 최선을 다했다.

약물 냄새와 피 냄새가 뒤엉켜 있는 곳. 응급실 가장 구석진 곳에는 단영의 엄마인 정연이 누워 있었고, 급히 달려온 듯 하준은 어울리지 않게 흐트러진 정장 차림새였다. 이마엔 땀이 송골송골 맺혀 있는 채로 그녀의 곁을 지켰다.

정연은 응급 처치를 하고 있는 중이었다. 급한 대로 의료진들이 가져다준 봉투를 코 밑에 받치고 있었다. 실눈을 뜬 채 하준을 맞이했다. 말할 힘도 없어 보였다.

코에서 흘러나오는 피의 양은 어마어마했다. 봉투의 3분의 1 정도가 차오를 정도로 흥건했다.

봉투를 들고 있는 것조차 힘들어 보였기에 하준은 제대로 된 인사 한 번 올리지 못하고 정연이 들고 있던 봉투를 대신 받쳐 주었다.

"……"

하준은 거친 호흡을 가까스로 내뱉으며 정연의 상태를 확인하고는 빠르게 주변을 살폈다.

"선생님. 잠시 말씀 좀 여쭙겠습니다."

급히 걸음을 옮기던 간호사 한 명을 붙잡았다.

"네, 무슨 일이세요?"

"제가 이정연 환자 보호잔데, 지금 환자 상태가 어떤……"

"아, 보호자 되세요? 잠시만요."

간호사는 차트를 한 번 확인한 뒤 시선을 들었다.

"이정연 환자 한 시간 전에 신고로 실려 오셨어요. 혈압과 관련된 지병이 있으신 듯한데, 혹시 고혈압 있으세요? 아까 전에 혈압 재 보니까 현재 수치로는 굉장히 높게 나오셨어요."

"네. 혈압이 조금 높으신 편이긴 합니다."

하준은 최대한 차분하게 정연이 앓고 있던 지병을 전달했다.

"자세한 건 검사받아 보셔야 할 것 같고요. 다행인 건……"

허리에 손을 얹고 있던 하준은 눈을 찌르는 앞머리가 거슬렸던지 젖은 머리를 거칠게 쓸어 넘겼다.

"뇌 쪽에 있는 혈관이 터지지 않아서 천만다행이에요. 차라리 지금처럼 외부로 피가 터지는 편이 생명엔 지장 없거든요. 잠시 피 흘린 양 체크 좀 할게요."

간호사가 가까이 다가오자, 하준은 한 발자국 뒤로 물러서 주었다.

"피 양이 꽤 많네요. 링거 놔 드릴게요. 조금만 기다려 주세요. 그리고 지금 환자분이 피를 많이 흘린 상태라서 빈혈 기운이 심하게 느껴질 수 있어요. 팔, 다리 계속 주물러 주시고요. 혹시 모를 상황이 생길 수 있으니까 발작을 일으킨다거나 두통, 구토 증세 보이면 바로 응급 벨 눌러 주세요."

"……예. 그렇게 하겠습니다."

간호사는 말을 마친 뒤에 바로 뒤돌아섰다. 더 급한 환자들이 끝도 없이 들어오고 있었기 때문이다.

하준은 나지막하게 숨을 몰아쉬며 정연을 바라보았다.

그녀는 아픈 숨만 몰아쉬고 있었다. 하준을 보며 반가워할 수도 없는 상태였다. 코피를 쏟아 내고 있던 상황이라 편히 눕지도 못한 채 하준이 받치고 있는 봉투 속으로 얼굴을 파묻고 있었다.

"……."

대화는 없었다. 하준은 간이 의자에 앉아 단영과 단태의 빈자리를 대신 채웠다. 한 손엔 봉투를 들고 다른 손으로는 정연의 다리를 정성스럽게 주물러 주었다.

그 순간, 앙상한 팔이 허공으로 올라왔다. 봉투를 대신 들고 있던 하준의 손등 위로 정연의 손이 얹어졌다.

꾸준히 찾아갔었다. 그 짧은 부재 사이에 그녀의 손에는 주름이 더 늘어나 있었다.

하준은 말없이 정연의 손을 응시했다. 다정한 행동이나 살가운 말을 건네는 성격이 아니었기에 둘 사이는 침묵뿐이었지만, 정연은 하준의 속내를 누구보다 잘 알고 있었다.

원체 몸기운이 차갑던 그에게서 뜨거운 온기가 느껴지는 것만 봐도 일을 제쳐 두고 당장 달려왔을 것이 정연 눈에 선했다.

"단태 불렀습니다. 곧 도착할 거예요."

단영에게는 일부러 연락하지 않았다. 굳센 성격과 다르게 마음 약한 그녀를 잘 알기 때문이다.

"······이."

혼잣말하듯 기어들어 가는 정연의 음성이 잘 들리지 않았다. 하준은 귀를 가까이 가져다 대며 물었다.

"예?"

"······영, 이."

뚝, 뚝 끊어지는 말 속에는 여느 때보다 절박한 진심이 담겨 있었다.

"단······영이."

"······."

그녀의 입에서 나온 이름은 단태가 아닌 단영이었다.

하준은 어떠한 말도 할 수 없었다.

"단영, 이, 좀····· 데려······와, 줘······."

말 한마디 꺼내는 것조차 힘이 들 텐데 그녀는 계속 같은 말만 반복했다.

"어머니."

처연한 그녀의 모습에 마음이 아파 하준은 소리 없이 아랫입술을 씹었다.

"보, 고····· 싶어서, 그래······."

그렇게 말하며 정연은 차갑게 식어 버린 손으로 하준의 손을 끊임없이 문질렀다.

"사과, 하고 싶어서, 그래서 그래. 너무 늦어지면, 안, 되니, 까."

토닥거리다 이내 부드럽게 쓰다듬었다. 그 속엔 커다란 애정이 실려 있었다.

"난, 참 나쁜 엄마지."

"……."

"죽을…… 때가 됐나 봐……."

코에서 지속적으로 흘러내리는 피 덕분에 코가 막힌 소리인지, 울음인지 모를 음성으로 계속 말을 이어 갔다.

"그런 말씀 마세요."

"다, 벌받는 거야……."

하준은 부산에 있어야 할 그녀가 연락조차 없이 서울에 상경한 이유가 단영이 때문이라는 것을 짐작할 수 있었다.

"단영이 만나러 오신 거예요?"

하준이 나긋하게 물었다. 그러자 정연은 힘겹게 고개를 끄덕이는 것으로 대답을 대신했다.

"면목이, 없잖니……."

"……."

"그 애를 볼, 낯이 없어서 부산으로 내려오라는, 차마 그 말을 못 하겠어서……."

하준은 매번 찾아가겠다고 말만 했을 단영이 눈에 그려졌다.

그녀를 탓하는 것이 아니다. 그렇다 해서 사랑하는 단영을 등지고 간 정연을 원망하는 것도 아니었다. 그런 마음이 조금도 없었다면 거짓말이었겠지만, 직접 대면하고 대화를 나누며 점차 그녀를 이해하게 되었다.

늘 죄책감을 가진 채 살던 그녀에게 피난처는 없었고, 그에 대한 죗값은 지금까지도 치르고 있었으므로.

별안간 그녀가 손을 들어 앞에 놓인 가방을 가리켰다.

"드릴까요?"

정연이 다시 한번 힘겹게 고개를 주억거렸다. 하준은 한 손으로 봉투를 들고, 다른 손으로 그녀의 가방을 집어서 전해 주었다.

"앞에, 열어 봐⋯⋯."

그녀가 지시한 대로 가방을 열어 주었다. 그 속엔 묵직한 주머니가 들어 있었다.

"이건⋯⋯."

하준은 말을 다 이을 수 없었다. 수북한 통장과 인감도장이 들어 있었다. 굳이 확인해 보지 않아도 알 수 있었다. 그 통장 속엔 단영이 꼬박꼬박 보내 주었던 소박하지만 피 같았을 월급과 하준 자신이 챙겨 드렸던 용돈. 그리고 손에 빼곡한 주름이 생길 때까지 고생한 그녀의 세월이 고스란히 들어 있을 것이다.

"그거, 자네가, 가지고⋯⋯ 있어."

"어머니."

"부탁할게. 단영이는, 절대 싫다고 할 거야."

"⋯⋯."

"그 계집애, 고집 알 만하잖니."

그 말에 하준이 픽, 하고 웃었다. 정연도 따라 웃었다. 힘겨운 웃음이었다. 하얗다 못해 갈라져 있는 입술로 말이다.

"자네 돈, 많은 것도⋯⋯ 알고, 능력 있는 것 다 알지만⋯⋯. 내가 그 애한테 해 준 것이 많이 없어⋯⋯. 그 애가 시집갈 때 밉보이게 하진 않아야 할 것 같아서 그래. 대신 맡아 줘."

"아시다시피 단영이 예쁜 아이입니다. 어딜 가든 충분히 사랑받을 거예요."

끝내 정연의 눈가로 물이 맺혔다.

"항상 고마워……."

"아닙니다."

"자네 같은 사람, 어디에 또 있겠어. 그 애가 없이 커서…… 복을 이렇게 몰아 받는 모양인지……. 꼭 단영이 곁에 있어 줘. 못난 나도, 어미라고 내치지 못할 정도로…… 착한 아이야. 내 몫까지, 부족한 사랑 다, 채워…… 줘."

하준은 묵묵히 정연의 손을 꽉 잡았다.

그리고 그 순간, 응급실 문이 활짝 열리며 익숙한 얼굴들이 하나둘씩 등장했다.

"하준이 형!"

"도하준!"

가장 먼저 등장한 사람은 단태였고, 그 뒤를 이어 들어온 사람은 차례대로 세훈과 민재였다. 분명 단태에게만 연락을 했었는데. 하준은 골치 아프다는 듯 눈가를 구겼다.

"허억, 헉……. 형. 엄마, 엄마는? 아, 엄마. 괜찮아?"

헐레벌떡 달려온 단태는 무릎을 짚고 거칠어진 숨을 몰아쉬었다.

"괜찮으셔. 큰일까진 아니고. 근데 최단태. 너 왜 쟤들 끌고 왔어."

"택시도 안 잡히고, 차도 없으니까 급한 대로 형들한테 도움받았어. 형. 내가 엄마 볼게."

하준이 들고 있던 봉투를 단태가 넘겨받았다. 단태는 걱정 가득한 눈으로 정연을 응시했다. 정연은 그런 단태에게 괜찮다는 눈빛을 보였다.

든든하게 뒤를 지키고 서 있던 민재와 세훈 역시 정연에게 고개를 숙이며 점잖게 인사를 건넸다. 아픈 그녀에게 긴 안부를 물어보는 것은 예의가 아니라 생각한 것이었다.

"너희는 그만 가 봐."

하준이 세훈과 민재 쪽으로 고개를 틀었다. 그러자 그들은 코웃음치며 씨알도 안 먹히는 소리 하지 말라며 하준을 외면했다.

"단영이 어머니 일인데, 네가 뭐라고 가라 마라야. 오랜만에 만났다고 너무 격하게 환영해 주는 거 아니냐."

세훈의 무뚝뚝한 말에 하준은 말과 달리 한결 나아진 얼굴을 했다. 근심 가득했던 얼굴에 드디어 여유가 찾아온 것이다.

"넌 그렇다 치고. 단영이 그 계집애는 어디로 갔어. 왜 코빼기도 안 비춰."

"제주도로 촬영 갔는데 괜히 신경 쓸까 봐 연락 일부러 안 했어."

"너 그러다가 단영이한테 미움 제대로 산다. 최단영 그 성격에 퍽이나 가만히 있겠다."

"알아."

그것을 감수하며 선택한 일이었다.

"어머니랑 단영이 사이 아직도 좀, 그러냐?"

세훈의 목소리가 작아졌다. 정연에게 들리지 않도록 조심하는 듯 보였다. 하준은 슬쩍 고갤 돌려 정연의 눈치를 보다가 미미한 고갯짓을 했다.

"둘이 대화하고 있어. 난 간호사 누나 좀 닦달하고 올게. 어머니 계속 피 흘리시는데."

늘 장난스럽던 민재도 지금만큼은 걱정부터 앞선 모양이었다. 평소 찾을 수 없던 진지함으로 무장된 얼굴을 하고 있었다.

하준이 부탁한다는 뜻으로 고개를 끄덕이자, 민재는 서둘러 의료진들이 모여 있는 곳으로 달려갔다.

생각보다 비행기는 쉽게 예약할 수 있었다. 유명인인 승호의 덕이 컸다. 구겨 앉아 가도 그래 봤자 한 시간 거리라 그러려니 생각하려 했는데, 비즈니스석에 탑승했다. 덕분에 놀란 마음을 조금은 더 편안하게 달랠 수 있었다.

공항에서 병원으로 향하는 차량 안. 비행기에서부터 지금까지도 승호와 단영 사이엔 정적뿐이었다.

"노래, 틀어 줄까?"

심적으로 불안정한 단영을 위한다고 한 말이었는데 그녀는 좋다고 말하지도 싫다고 거절을 하지도 않았다. 그러다 조수석에 가만히 앉아 휴대폰만 만지작거리던 단영이 먼저 조심스레 말문을 텄다.

"내가 초등학생 때요."

생각지도 못한 그녀의 과거 이야기. 운전 중이던 승호가 힐끗, 시선을 돌려 단영의 옆모습을 주시했다.

"집안 좋은 반 친구 생일 파티에 초대된 적이 있었어요."

"……."

"별로 친한 친구도 아니었는데, 그냥 좋았어요. 그 애들 사이에 같은 일원으로 초대됐단 사실만으로도 되게 들떴었거든요."

승호는 핸들을 돌리며 단영의 말을 경청했다.

"햄버거도 있었고, 비싼 갈비에 3단 생일 케이크까지. 충격이었어요. 그 당시엔 전부 처음 보는 것들뿐이라서. 그렇게 정신없이 맛있게 먹고 나서 뒤늦게 깨달았죠. 아, 난 친구라서 초대된 게 아니라 일부러 놀림거리가 되려고 초대당한 거였구나. 화장실에 다녀왔는데, 본의 아니게 그 친구들이 우리 집 사정을 두고 조롱하는 걸 들어 버렸거든요."

"……못됐네."

단영은 예전 일이라는 듯 가볍게 웃었다. 긴장을 풀기 위해 아무렇게나 시작된 대화 주제일 뿐인데, 그 과거를 떠올려 보는 것이 참 오랜만이라 어쩐지 단영은 기분이 묘했다.

"그게 너무 창피하고, 서럽고, 부러워서 집에 도착하자마자 엄마한테 있는 짜증 없는 짜증 다 부렸어요."

언제 이렇게 커 버린 걸까, 나는. 언제 이렇게 커서 그때의 일을 아무렇지 않게 말할 수 있을 정도가 됐나.

"엄마는 왜 내 생일 파티 한 번을 안 열어 주는 거냐고. 그 흔한 햄버거집 가서 친구들한테 사 줄 돈도 없는 거냐고. 키울 능력도 없으면서 왜 무턱대고 낳은 거냐고. 나는 대체 무슨 죄냐고."

"……."

"그렇게 미운 말로 엄마 가슴에 대못을 박았던 나이가 고작 초등학교 4학년인가, 5학년인가. 아마 그 중간쯤 됐을 거예요."

단영은 그렇게 말하며 창가에 머리를 기대었다.

"못되게 굴었는데도 엄마는 가만히 듣고만 있었어요. 그러다가 울며불며 서러워 죽겠다는 듯이 오열하는 나한테 그랬어요. 집으로 친구들 데려오라고. 맛있는 거 해 주겠다고. 그 말에 내가 뭐라고 대답했게요?"

"뭐라고 했는데."

"쪽팔린다고 했어요. 좁아터진 이 집에 곰팡이 냄새 나는 지하 방에 친구들 데려오는 게 너무 쪽팔려서 싫다고. 좋은 레스토랑, 햄버거집 가서 생일 파티 하게 해 달라고."

"……."

"그때 우리 엄마는 아버지한테 이유 없는 폭력에 시달리고 있던 상태였어요. 순대국밥집에서 밤낮으로 아르바이트하면서 네 식구 생활비 전부를 충당하고 있었고요."

"고생스러우셨겠네."

"내가 그렇게 짜증을 부리고, 서럽게 울면서 무능력한 엄마를 탓하고 난 뒤에 그 일이 잊혀 가기 시작할 때쯤부터 엄마 손엔 흉터가 늘어났어요. 알고 보니까 치킨집 아르바이트를 시작하셨더라고요."

"……."

"흐릿하지만 분명 기억은 나요. 단태를 업고, 내 손을 잡고 아파트 단지에 전단지를 붙이러 갔던 날이요."

나는 죽었다 깨어나도 모를 희생이 있었다. 단영은 초점을 잃어 흐릿해진 눈을 느릿하게 감았다가 떴다.

"그렇게 내 생일이 다가왔어요. 엄마는 패밀리 레스토랑으로 친구들을 초대하라 했고, 나는 철부지처럼 마냥 신이 나서 뭣도 모르고 우리 집안 사정을 조롱했던 친구, 친하지도 않았던 열댓 명을 그대로 초대했어요. 어린 마음에 복수하고 싶었나 봐요. 차라리 그 애들 말고 친한 친구를 부를걸. 뭐, 딱히 친한 친구도 없었지만요."

"……."

"그 돈이 어떤 돈인 줄도 모르고 마냥 실실 웃기만 했죠, 뭐."

"……."

"나이 먹고 직접 취업 전선에 들어서 보니까, 그 돈이 얼마나 큰돈이었는지 알겠더라고요."

어느덧 차량의 속도는 점차 줄어들고 있었다. 병원을 의미하는 초록빛이 번쩍였다.

"그러다 보니까 날 버렸던 매정한 엄마를 미워하려고 해 봐도 맘 편히 미워할 수가 없게 됐어요. 정말 작은 에피소드였는데. 그뿐이었는데."

"……."

"처음부터 나빴던 사람은 없으니까. 세상이 그렇게 만든 거지, 다들 그럴 수밖에 없던 이유가 있었을 뿐이지. 내가 항상 외우는 주문이에요. 누구도 나쁜 사람으로 만들고 싶지 않아서요."

그건 그녀의 엄마뿐 아니라 승호에게도 해당되는 부분이었다.

"이게 내 밑바닥이에요. 배승호 씨 바닥도 나한테 보여 줬으니까,

이제 공평하죠?"

"그러네."

승호는 최대한 소음 없이 브레이크를 밟았다. 기어를 바꾸는 것까지 끝나자 단영은 안전벨트를 풀어내고는 승호를 바라보았다.

"잠시 뒤돌아서는 것과 영원히 떠나 버리는 건, 완전 차원이 다른 문제잖아요."

"……."

"그러니까 나중에 후회하기 전에 화해하는 게 맞겠죠? 그래도 내가 먼저 다가가는 게 자식으로서의 도리고, 맞는 선택이겠죠?"

승호는 잠시 생각에 잠긴 듯 선뜻 입을 열지 못하고 단영을 눈에 담았다. 얼마 지나지 않아 그의 입술이 들썩였다.

"그래."

사실, 잘 모르겠다. 이젠 내게 마지막 남은 가족 새어머니. 너희 어머니와는 엄연히 다르지만 미묘하게 비슷한 누군가를 떠올리게 돼서.

현재 네 감정의 무게가 얼마만큼 무겁고, 고민스럽고, 왜 그렇게까지 머뭇거리다 끝내 뒤돌아서야 했었는지 그 모든 것들을 이해할 수 있을 것 같아서.

"고마워요."

다른 뜻 없이 정말, 고마운 마음을 전했다. 승호는 조수석 문을 열고 내리는 단영을 멍하니 바라보다 그녀를 따라 운전석 문을 열었다.

"여기서부터는 혼자 갈게요."

단영은 비행기에 오를 때보단 한결 나아진 얼굴이었다.

"다행이네."

"네?"

"아까보단 괜찮아 보여서."

"연습 중이에요."

단영이 입술로만 웃었다. 그 웃음은 처한 상황에 비해 더없이 싱그러워서 승호는 그만 따라 웃어 버리고 말았다.

"무슨 연습."

"엄마 앞에서 웃는 연습이요. 매일 목소리만 들었지, 얼굴 보는 건 너무 오랜만이라. 이런 식으로 만나게 될 줄은 몰랐지만요."

"……."

"사실, 오전에 엄마랑 대판 싸웠거든요. 아까 말한 것처럼 못 박을 말도 좀 했고."

"엄마, 딸 사이가 다 그렇지."

"위로해 줘서 정말 고마웠어요. 덕분에 힘내서 잘 올 수 있었어요. 배승호 씨 아니었다면, 걷다 주저앉기만 반복했을 거예요."

그 말이 뭐라고 가슴이 뛴다. 존재를 인정받는 것 같아 그저 기쁘다.

"조심히 들어가요. 비행기 안에서 매니저님이랑 연락했거든요. 곧 오실 거예요."

단영의 어깨 너머로 병원 문을 열고 나오는 남자 세 명이 눈에 띄었다.

앳된 남자 한 명과 하준. 그리고 이름 모를 남자 한 명이 더 있었다. 모르겠지만, 다들 단영이 걱정되어 달려온 사람들일 것이다.

"저…… 그만 가 볼게요."

오늘로 몇 번째 당하는 인사인지 모르겠다. 왜인지 모르게 당장 내일이면 모르는 사이로 남보다 못한 사이로 돌아갈 것 같아, 승호는 가슴이 시큰거리면서도 불안했다.

"내일, 촬영 때 봐요."

그 말에 승호의 눈이 조금 크게 떠졌다. 단영은 말을 끝내고 쑥스러운지 머리를 긁적이다 이내 발을 돌려 멀어져 갔다.

"내일……."

아, 그래. 우리 내일 또 보는구나.

그 말이 뭐라고 이렇게 기쁘냐.

별것도 아닌데 다 죽어 가는 사람 심폐소생술을 다 시켜 주네.

"하."

살짝 고개를 숙인 승호가 웃음을 터트렸다.

"병신이 다 됐다."

최단영 때문에.

승호는 하염없이 단영의 뒷모습을 바라보았다. 그녀가 점차 작아지고, 사랑하는 사람들 곁에 도착할 때까지.

왜 나는 저곳에 없는 건지.

누구보다 널 아끼고 사랑하는데.

어째서 나는 죄인처럼 네 뒤에서만 그림자처럼 존재해야 하는 건지.

"아, 울고 싶다."

오늘도 그렇게 무너져 간다.

이만큼 했으면 무뎌질 만할 텐데도 여전히 익숙해지지 못한, 그런 무너짐이다.

45화

"방금 막 잠드셨어."

하준은 곤히 잠들어 있는 정연을 응시한 채 말했다.

"……."

반면 단영은 무표정이었다. 다른 생각에 잠긴 듯 침묵만을 고수하는 그녀의 감정 상태가 어떠한지 곁에 서 있던 이들 그 누구도 알 수 없었다. 그저 눈치만 보며 말을 아꼈다.

"누나. 엄마는 형들이랑 내가 보고 있을게. 잠깐 나가서 하준이 형이랑 바람 좀 쐬고 와."

눈치 빠른 단태가 센스를 부렸다. 세훈과 민재 역시 단태의 의견을 거들어 주며 그러라 했지만, 단영은 꼿꼿한 자세를 유지했다. 하얗게 질린 얼굴로 눈을 감고 있는 정연을 말없이 지켜보기만 했다.

분명, 병원 앞에 도착했을 때까지만 해도 괜찮았는데. 정말 괜찮았는데.

마치 죽은 사람처럼 평온하게 눈을 감고 있는 그녀를 보자 마음이, 기분이 이상했다.

지나온 시간이 필름처럼 스쳐 지나갔다. 혼자 견뎌 온 시간들. 떠난 엄마가 뭐가 그리 그립다고 울며불며 떼쓰는 단태를 작은 몸으로 업고 다니며 달래야 했던, 그 찰나의 순간들.

다행이라 생각되면서도 화가 났다.

화가 나면서도 울컥거렸다.

울컥거리면서도 억울했다.

아프면 다야? 미안하다 말할 거면 건강한 얼굴로 말해. 왜 그렇게 가만히 누워서 아무 말도 안 하고 있어. 왜 못 해. 왜.

혼란스러운 단영은 정신적으로 피폐해졌다.

"……."

꽉 막혀 있는 지금 상황이 답답한 것은 하준도 마찬가지였다. 그는 엷은 한숨을 밀어 내며 천천히 입술을 떼어 냈다.

"단태 도착하기 전에."

단태와 세훈, 그리고 민재의 시선이 동시다발적으로 하준에게 향했다. 하지만 단영의 흔들림 없는 시선은 여전히 정연에게 고정된 상태였다.

"네 이름만 부르셨어."

몸의 모든 세포가 마비되어 버린 듯 정지 상태를 고수하고 있던 단영의 손가락이 미세하게 움찔, 하고 떨렸다.

"인정하기 싫겠지만."

"……."

"어머니도 널 많이."

그때였다. 그가 말을 채 잇기도 전에 단영의 입술 사이로 짧은 헛웃음이 토해졌다.

"참."

그녀의 눈가가 아프게 일그러졌다.

"여러 가지로 나쁜 년 만드는 데 선수다. 엄마나 단태나 도하준, 너나."

단영의 눈빛이 뒤늦게 하준에게로 옮겨졌다.

"그치."

그 눈빛엔 약간의 원망이 섞여 있어 하준은 그만 입술을 다물고 말았다.

"단영아."

심상치 않은 분위기를 감지한 세훈이 상황을 중재하기 위해 다소 엄한 투로 단영의 이름을 불렀다. 주먹을 쥐고 있던 그녀의 손에 서서히 힘이 실렸다.

"예전부터 그랬어. 매번 나만 몰랐잖아. 엄마한테 주기적으로 연락했던 거. 찾아갔던 거. 용돈 챙겨 드렸던 거. 엄마와 관련된 모든 일들 전부 나만 빼고 알고 있었지. 지금도, 그렇고."

"……."

"오빠가 매번 찾아가면서 용돈 쥐여 드린 거 뒤늦게 그 사실 듣게 된 내가 얼마나 비참했는지."

연약한 음성이 미약하게 흔들렸다.

"……알아?"

하준은 그런 단영을 덤덤한 눈빛으로 마주했다.

"오빠한테 얼마나 더 대가 없는 호의를 받아야만 하나. 그걸 또 어떻게 갚아야 할까. 오빠가 그럴수록 나는 더 못난 딸이 되어 가고 있는 것 같은데."

자식으로서의 도리를 위해 내쳐야 했던 수만 가지 자존심과 망설임이, 그리고 몇 번이나 다시 되새기며 엄마에게 다가서려 했던 결심들이 허공에서 공중분해된 것은 순식간이었다.

"누나."

단태의 만류에 단영은 아랫입술을 감쳐물며 차오르는 울컥거림을 꾸역꾸역 참아 냈다.

이곳에 오기까지 얼마나 많은 고민과 망설임이 있었는지, 과연 그는 알기나 할까. 내 편을 들어 달라는 것이 아니다.

그냥, 그저⋯⋯.

"많이 놀랐지."

"⋯⋯."

"그 말이 먼저 아니야?"

이곳에 오는 동안의 그 과정이, 심정이 어땠을지 헤아려 주기를 바랐던 것뿐이다. 잘못이 아니라며. 마음 모두 이해한다던 누군가의 그 말이 왜 하필 지금 이 순간에 떠오르는 건지.

"먼저 연락해 주지 못해서. 사실대로 말해 주지 못해서, 미안하다고."

⋯⋯모를 일이다.

"그 말이 그렇게 어렵니."

나는 매일 사과했는데. 별것 아닌 작은 일도 얼마나 많이 미안해했는데.

간신히 붙들고 있던 이성이 바람에 흔들리듯 위태로워졌다. 중간에서 불안한 얼굴로 지켜보고 있던 단태가 서둘러 입을 열었다.

"누나. 형도 많이 놀라서 경황이 없⋯⋯."

"그래. 너한테 연락할 경황은 있고."

"그건."

"나한테 연락할 경황은 없었나 봐."

"⋯⋯."

"내 감정이 어떨지 멋대로 유추해서 거짓말하고 숨기면, 뭐가 제대로 해결이 돼?"

"······누나."

"늦었으면?"

안다. 누구보다 잘 알고 있다. 그의 행동은 오로지 날 위하고 있었음을.

"만약, 정말 만약에 도착했는데 이미 늦어 버렸으면? 코가 아니라 뇌에 출혈이 있었으면?"

나는 또 이유 없이 엇나가고 마는 걸까. 죄 없는 사람을 상대로 삐뚤게 행동하고 있는 걸까.

사실, 단영은 이성적으로 행동할 수 없었다. 적어도 지금과 같은 상황에선 말이다.

아무리 밉고 꼴도 보기 싫다 한들, 부모의 위급한 상황에서 어느 누가 제정신을 유지할 수 있을까.

단영은 이대로라면 더한 말로 하준을 상처 줄 수도 있음을 간파했다. 그렇다 해서 빠르게 뛰는 심장을 잠재울 순 없었다.

"······."

기내에서 덜덜 떨리는 손으로 적었던 편지. 몇 번이고 지우다 쓰기를 반복했던, 눈물이 날 것 같은 마음을 억누르고 참아 가며 써 내려간 일곱 글자.

「내가 미안해. 엄마.」

하고 싶은 말은 산더미 같았지만. 10년이 넘도록 지나간 세월 전부를 적어 내기엔 턱없이 부족한 말이었지만.

깊은 상처는 진작 지나갔지만. 지워지지 않을 흉터가 길을 막고, 자존심이란 장애물이 자꾸만 나타나 잡아 세웠지만 멈추지 않았다. 그것만큼은 정말 잘한 일이라고 생각했다.

여느 때보다 진심이었다. 단영은 손에 꽉 쥐고 있던 탓에 보기 싫게 구겨진 종이 한 장을 침대 위에 내려 두었다. 그러고는 뒤돌아 걸었다. 도망치려는 것이 아니다.

절대, 그런 것이 아니었다.

"최단영!"

"누나!"

등 뒤로 쏟아지는 음성들이 뒤따라 나오기 전에 벗어났다.

그들 앞에서 눈물을 보이기 싫어서 그랬다. 단영은 응급실을 빠져나가며 손등으로 차오르는 눈물을 거칠게 닦아 냈다.

차가운 새벽바람이 피부를 훑고 지나갔다.

인적 없는 곳에 멈춰 서자 단영의 기다란 머리카락이 서늘한 바람에 아무렇게나 휘날렸다.

"하아……."

상대가 누구든 용서란 참으로 버겁고 힘든 일이 아닐 수 없다.

떠났으면 보란 듯이 잘 살 것이지 왜 아파서 상대방 마음까지 짓이겨 놓는 걸까.

왜 더한 죄책감만 부풀게 하는 것일까.

이건. 정말이지, 이건.

"반칙이야……."

벼랑 끝으로 내몰린 기분이었다.

검은색 모자를 꾹 눌러쓴 승호는 어두운 BAR 가장 구석진 자리에 앉아 조용히 술잔을 기울이고 있었다. 고급스러운 정장을 입고 있는 이들과 다르게 격식을 차리지 않은 차림새였다.

아는 사람만 안다는 곳이라 그런 건지 시간이 시간이라 그런 건지는 모르겠지만, 자리를 잡고 앉아 있는 사람은 그를 포함해 세 명이 전부였다. 그마저도 어두운 조명이 꽤 먼 거리감을 유지했다.

테이블 위에 아무렇게나 놓인 휴대폰은 쉴 새 없이 번쩍이고 있었지만, 탁한 그의 눈빛은 술잔 속에 아슬아슬 찰랑거리는 액체만 응시한 채였다.

기다란 손가락이 술잔의 윗부분 동그란 부분을 따라 끊임없이 원을 그렸다.

"……."

멀리서 꽤 긴 시간 동안 승호를 관찰하고 있던 여자는 더 이상 지체하고 싶지 않았는지 또각, 또각 하이힐 굽으로 대리석 바닥을 박으며 걸었다.

점차 굽 소리가 커지자 흐릿하게 늘어진 시선이 무심하게 위로 향했다.

"또 보네요."

눈이 마주치자 여자는 싱긋 웃으며 레드 립을 움직였다.

"조니워커, 블루라벨."

그녀가 고개를 슬쩍 기울였다.

"오, 꽤 비싼 술 마시네요?"

민희였다.

승호는 피식, 웃으며 혼잣말하듯 낮은 음성으로 중얼댔다.

"이 정도면 거의 사생 수준인데."

"나 여기 단골인데? 그쪽 팬이 아니라. 착각도 정도껏 하지?"

민희는 의자를 꺼내어 앉으며 다리를 꼬았다.

"얻다 대고 반말?"

"네가 먼저 했잖아."

거침없는 그녀의 말에 승호가 눈가를 구겼다.

그녀는 턱을 괸 손으로 턱을 톡톡 두드리다 말고 팔짱을 끼웠다. 편안하게 등을 기대고는 승호의 상태를 살폈다.

"궁금해서 계속 지켜봤는데."

"……."

"또 차였어요?"

승호는 대답 없이 앞에 놓인 잔에 술을 따랐다. 그는 무척이나 지쳐 보였다.

"나도 한 잔 줘 봐요."

민희가 잔을 들었다. 그러나 승호는 그 잔을 빤히 응시하기만 할 뿐, 따라 줄 생각은 추호도 없어 보였다. 흐음, 크게 숨을 쉬던 그녀가 승호의 손에 들려 있던 양주병을 빼앗았다.

"뭐 하는……."

"난 금방이라도 무너질 것 같은 남자 모습이 그렇게 섹시해 보이더라?"

쪼르륵. 빈 잔 안으로 독한 알코올이 채워졌다. 그제야 승호의 시선이 민희에게 닿았다. 민희는 작정하고 치장을 한 모습이었다.

별안간 승호가 자조적인 웃음을 터트렸다.

"뭐가 그렇게 웃겨요? 같이 좀 웃어요. 혼자만 웃지 말고."

승호의 눈빛이 과감하게 쏟아졌다. 민희의 머리에서부터 발끝까지 훑어 내려가는 눈빛은 무례하다 느껴질 정도였다.

빛바랜 청바지와 흰 티, 지겹도록 봐 온 빨간색 체크무늬 남방이 전부였던 단영과 참 대조되는 차림이었다.

"아, 내 옷차림?"

하지만 그녀는 여유가 넘쳤다.

"여자는 자고로 어느 때든 이유를 불문하고 빛이 나야 돼."

민희는 양주로 목을 축이며 이어 말했다.

"가치가 떨어지면 안 되니까."

"가치……"

승호는 슬쩍 고개를 숙여 대놓고 웃었다. 비아냥거림과 더해진 비웃음이었다.

불현듯 일전에 안면조차 없던 그녀가 철없는 남동생 대하듯 훈계한 것이 떠올랐다. 그것만 봐도 썩 반갑지 않은 상대임은 확실했다.

"아아. 인정, 인정. 그래요. 맞아요. 가치고 나발이고 다 돈지랄이에요. 돈지랄. 나 돈 잘 벌거든. 남는 게 돈이란 소리죠. 이 목걸이도 돈지랄. 이 팔찌도 돈지랄."

하여튼, 이상한 여자.

승호는 무시하며 술잔을 입으로 가져다 댔다. 그 순간, 승호의 앞으로 무언가가 불쑥 내밀어졌다.

뭐야, 이건 또.

삐딱한 시선이 손끝에 박혔다.

"한 대, 태울래요?"

그녀가 건넨 것은 담배 케이스였다. 케이스 안에 가지런히 정돈되어 있는 담배가 그의 시야로 들어왔다. 승호는 관심 없다는 듯 입 안으로 술을 마저 털어 냈다.

"술은 마시면서 담배는 또 참네? 저번엔 달라더니."

승호의 목울대가 움푹 잠겼다 떠올랐다. 자꾸만 심기를 건드리는 그녀가 마음에 들지 않았는지 미간에 새겨진 주름이 깊어졌다.

"아까부터 계속 종알종알."

검은 눈동자가 날카롭게 세워졌다.

"그 입 좀 어떻게 못 합니까?"

승호는 별 감흥 없다는 표정으로 고개를 틀었다. 의미 모를 표정을 짓고 있던 민희는 그의 말을 보란 듯이 무시하며 팔짱을 끼우고 있던 손을 빼내었다. 그러고는 불쑥 얼굴을 들이밀며 대뜸 말했다.

"꼭 버림받은 강아지 같네요?"

그 마지막 말에 승호의 손에 들려 있던 언더락 잔이 멈칫했다. 하지만 그것도 잠시일 뿐, 차분하게 테이블 위로 안착했다.

"플러스로 밖엔 비까지 내리고."

"……."

"안타까움은 두 배네."

민희는 손가락 두 개를 펼쳐 보였다.

불쾌함을 숨기지 않아도 이상할 게 없는 상황이었지만 승호는 태연스러웠다.

"여자 혼자 술집에 왔네요. 그것도 근사한 분위기의 바에."

"……."

"플러스로 누구라도 만나야 할 것 같은 차림새로."

민희는 표정 변화 한 번 없이 말하는 승호를 물끄러미 응시했다.

"애처로움은 두 배고."

승호가 담담하게 받아치자 그녀는 핏, 코웃음을 쳤다.

"갈 곳 잃은 고양이 신세나 버림받은 강아지나. 도긴개긴이란 거죠?"

그가 언뜻 웃었다.

"귀찮게 하지 말란 뜻이었는데."

민희의 눈썹이 아주 옅게 들썩였다. 그러거나 말거나 승호는 자신의 머리를 손가락으로 꾹 누르며 그녀를 한껏 조롱했다.

"좋은 회사 다니시는 분이 이해력은 많이 부족하신가."

"배승호 씨는 나 되게 마음에 안 드나 봐요?"

"눈치는 빨라서 다행이네."

"……."

"처음 만났을 때부터 당당한 척. 나는 슬픔 따위 조금도 모르는 척. 뭐라도 있어 보이는 척. 다 아는 사람인 양 훈수 두는 잘난 척."

좋은 술 상대는 결코 아니란 뜻이다.

"번지수 잘못 찾았다는 말이에요, 이 아줌마야."

민희의 턱이 느슨하게 벌어졌다.

"선택해요."

그의 입술이 비웃듯이 올라섰다.

"입 다물고 조용히 마시든가, 아니면 그대로 꺼지든가."

승호가 손가락으로 가리킨 곳은 술집의 출입문이었다. 그 손끝을 물끄러미 바라보던 민희는 희미한 미소를 걸쳤다.

"시시한 남잔 줄 알았는데……."

별을 박아 둔 듯 영롱한 그녀의 눈빛이 반짝였다.

"너, 꽤 하는구나?"

도전장이었다.

"후으……."

하준은 신경질적으로 머리카락을 흩트리며 짜증 섞인 한숨을 밀어냈다. 곧장 단영을 따라나섰지만 그녀는 어디에도 보이지 않았다.

고작 며칠이었으나, 꽤 오랜만에 본 것 같은 느낌이었다. 그 귀한 만남을 결국 엇갈림으로 매듭지어야 하나. 절로 가슴팍이 묵직해졌다. 답답함이 목 끝까지 차올랐다.

단영과 이런 식으로 갈등을 빚어 온 것은 처음 있는 일이 아니었다. 하지만 연인 사이로 발전하고 난 뒤부턴 달랐다.

오랜 버릇인 것이다. 그저 어린아이라 생각하며 어르고 달랬던 지난

날. 이번만큼은 명백하게 하준의 잘못이 컸다.

논쟁이 일어날 위험도가 있거나 별것 아닌 아주 작은 일에도 단영은 결코 거짓말을 한 적이 없었다. 그것이 선의든 악의든 구분 짓지 않았다.

무슨 일이든 하준에게 먼저 말하고 의논해 왔다. 먼저 말하지 않았던 선택을 후회하는 건 아니었지만, 마음이 좋지 못한 건 어떻게 못 하겠다.

"어디로 간 거야, 대체……."

어머니의 '어' 자만 언급해도 불같이 날뛰던 그녀였다. 갈수록 깊어지는 골은 단영과 그녀의 모친이 처리해야 할 부분이지 하준이 나서서 어찌할 수 있는 부분이 아니었다.

적어도 방금 전까진 그렇게 생각했다.

"아닌가 보다."

내 선택이 늘 옳은 것만은 아닌가 보다.

"……."

너로 인해 또 새로운 것을 배우는 순간이다.

하준은 더 이상 지체할 수 없어 휴대폰을 들었다. 익숙한 번호를 빠르게 누르고, 곧장 귓가로 가져갔다. 거의 끊어질 때쯤 받지 않으리라 생각한 예상을 깨고 단영의 지친 음성이 고막을 자극했다.

— 왜.

하고 싶은 말은 산더미 같았는데 모두 잊어버렸다.

간절하게 찾고 찾아 헤맸던 네가 열 발자국쯤 떨어진 벤치에 쪼그려 앉아 있었기 때문일까. 그렇게 보고 싶었던 너의 얼굴 위로 지친 기색이 스쳐 안쓰러워 그런 걸까.

"미안해."

모르겠다.

"내가 잘못했어."

생각나는 말이 고작 이것뿐이다.

하준은 병원 로비 유리창 하나를 사이에 두고 가만히 단영을 응시했다. 창에 비친 그의 모양새는 말이 아니었다. 반쯤 풀어진 넥타이와 이리저리 구겨진 셔츠와 재킷. 깔끔하지 못한 머리 스타일까지도.

아주 난리도 그런 난리가 없다.

하준은 자신의 흐트러진 모습에 선뜻 다리를 움직일 수 없었다. 차마 다가설 수 없었다.

그 순간, 단영의 커다란 눈망울이 느리게 움직였다. 얼마 방황하지 않고 금세 하준을 찾아냈다. 정통으로 시선이 부딪치자 하준은 머쓱하게 웃었다.

"안녕."

널 만나러 갈 생각에 평소보다 더 신경 쓴 거였는데. 다 망쳤다.

— 거기서 뭐 해.

얼마나 운 거야. 목소리가 왜 그렇게 젖었어.

"너 찾다가 도무지 안 보여서 전화 걸었어."

눈도 충혈됐잖아.

"안 받을 줄 알고 고생 좀 하겠다, 생각했는데."

밖에 추운데 걸칠 것도 없이 무작정 나가면 어떡해.

— 금방 갈게. 오빠 먼저 들어가 있어.

네가 그러고 있는데 내가 어떻게 가.

"최단영."

— 왜.

"지금 오빠 많이 밉냐."

— 말이라고 해.

"뭐가 그렇게 미운데."

— 그걸 몰라서 물어?

"알아서 물어. 제대로 다시 한번 새겨 두려고 묻는 거야."

— 난 어떤 상황에서든 오빠한테 거짓이었던 적 없었어. 배승호랑 관련된 일도 오빠가 기분 나빠할 거 다 알면서도 나는 항상 솔직했잖아.

나왔다. 내가 가장 좋아하는 최단영의 일면적인 모습.

다른 사람이 본다면 미친놈이라 생각할지도 모르겠지만, 난 그런 네 모습이 정말 좋다. 불만을 말하라 하면 꾹 참고 있다가 지금 이 순간만을 기다렸다는 듯이 와르르 토해 내는 거.

그게 뭐라고 그렇게 사랑스러울 수가 없다.

— 이번엔 오빠가 잘못했어.

"알아. 마음 진정시킬 시간, 더 필요해?"

— 필요해.

"꼭 혼자 있어야겠어?"

— 그래야겠어.

고집스러운 것도 사랑스럽고. 하준의 입술이 느슨하게 올라섰다.

"밖에 어둡잖아."

— 가로등 있잖아.

따박, 따박 한마디도 지지 않으려고 하는 것도. 역시나 최단영답다.

하준은 잠시 발끝을 내려다보다가 이내 정면으로 다시 시선을 올려 그녀를 담았다.

"위험한데."

— 병원이야.

그가 정장 바지 주머니 속으로 손을 밀어 넣으며 삐딱하게 섰다.

"오늘따라 예쁘다 하면 화낼 거야?"

— 이미 말해 놓고, 무슨.

피식. 하준은 단영을 힐긋 보며 손을 들어 제 입을 가렸다. 괜히 눈치 없이 웃었다간 저 성질에 분통을 터트릴지도 모르는 일이다.

"어떻게 하면 최단영 화가 풀릴까."

— ……

"다 할게. 말해 봐."

유리창 너머로 본 단영은 고집스럽게 입술을 꾹 다물고 있었다. 그녀의 입에서 떨어질 불호령이 무엇이려나, 생각하는 내내 티는 내지 않았지만 하준은 꽤나 조마조마한 상태였다.

시간이 얼마나 흘렀을까. 아직 채 가시지 않았을 그녀의 화를 안다.

그녀의 모친이 위험한 상황이 아니라는 사실은 과정이 어찌 됐든 간에 다행인 결과였고, 하준이 말하지 못한 전개는 충분히 이해 가능한 부분이었다.

단영의 입장에선 결과적으론 모두 다행인 것들뿐이었지만, 흔히들 말하는 잔 짜증이 남은 것이다. 화를 내면 치졸해 보이고, 참는다면 짜증 난다는. 일명, '잔 짜증'.

……아마도 그 비슷한 것이라고 생각했다.

멀리서 봐도 뻔히 다 보였다. 그녀는 갈 곳을 잃은 눈동자를 이리저리 굴리고 있었다. 잠시 고민하는 듯했다. 그러다 종착지를 찾은 시선은 어느새 하준에게 닿아 있었고, 쉬이 떨어질 것 같지 않던 입술은 조금씩 움직이기 시작했다.

— ……해 줘.

"뭐?"

주변의 소음에 묻혔다. 하준은 눈가를 살짝 구기며 고개를 비스듬히 기울였다. 휴대폰을 조금 더 귓가로 가까이 가져다 댔다.

그러자 그녀의 입술은 상상도 못 한 꿈결 같은 말을 전한다.

— 키스해 줘.

하준은 적잖게 많이 놀란 듯 눈을 크게 떴다.

언제나 그랬듯 예상의 범위를 보란 듯이 벗어나 주는 최단영.

― 위로해 줘.

아니, 그 예상이 아니었다.

모든 것이 완벽한 착각이었다.

― 지금 내가 결정한 선택이, 여느, 때보다, 잘한 일이라고 칭찬해 줘.

커다란 눈망울에 톡, 치면 쏟아질 듯 눈물이 차오르고 있었다.

하준은 그대로 굳어 버리고 말았다.

울먹이는 음성이 찌르르 가슴을 울린다.

― 그 말. 다른 사람 말고, 오빠한테 가장 먼저 듣고 싶었어.

네게 있어선 이곳에 오기까지가 참 많이 고된 길이었을 텐데.

잠든 정연의 곁에 놓아둔 단영의 편지 내용이 아른거렸다.

자존심 강한 네가 억울한 모든 것들을 뒤로하고 먼저 손을 내민 것이 어떤 의미인지 알고는 있었지만, 보다 더 뚜렷하게 알겠다.

난 정말 못난 놈이야.

널 누구보다 많이 알고 있다고 자부해 온 나였는데, 이제 와서 보니 난 정말 너에 대해 아는 것이 하나도 없었다.

이해해 줘.

아니. 아니다. 그냥 이해하지 마.

"최단영."

휴대폰을 들고 있던 하준의 손에 상상 그 이상으로 강한 힘이 실렸다.

"내가 갈까."

무의미한 질문이었다.

"아니면 네가 올래."

그의 발은 이미 질문을 던지기 전부터 움직이고 있었으므로.

46화

　장애물처럼 둘 사이를 가로막고 있던 병원 입구 문이 활짝 열렸다. 하준은 망설임 없이 넓은 보폭으로 단영이 있는 곳을 향해 걸었다. 그의 곧은 시선은 오로지 그녀에게만 고정된 채였다. 검은색 정장 재킷과 머리카락이 서늘한 새벽바람에 흔들린다.

　휴대폰은 여전히 귓가에 가져다 대고 있었다. 이 짧은 거리가 오늘따라 유독 멀게 느껴졌다.

　하준의 옥스퍼드화가 멈췄다. 그는 우두커니 서서 말없이 단영의 정수리를 응시했다.

　"……."

　단영의 얼굴이 위로 향했다. 인적 없는 공간엔 하준과 단영 단둘뿐이었다. 어둡고 고요했다. 주황빛 가로등이 위태롭게 빛을 밝혔다.

　하준은 들고 있던 휴대폰을 귓가에서 떼어 냈다. 팔이 바닥으로 떨어졌다. 서로의 눈이 정통으로 부딪쳤다.

그때, 단영의 입술이 먼저 들썩였다.

"도하……."

하지만 그뿐이었다. 그녀가 하준의 이름을 채 담기도 전에 그가 허리를 숙였다. 벤치 등받이로 탄탄한 팔을 뻗어 무게를 지탱했다. 다른 손으로는 단영의 턱을 부드럽게 감싸 쥐었다. 아슬아슬한 거리였다.

단영이 눈을 깜빡였다. 숨도 함부로 내쉴 수 없었다. 호흡이 멈춘 건가? 아니. 아니다. 이유를 알 수 없는 긴장감이 그 이유였다.

동공의 움직임조차 함부로 허락되지 않았다. 집요한 그의 시선이 그렇게 말하고 있었다. 어두운 주황빛 가로등에 비친 그의 얼굴은 무어라 형용할 수 없는 분위기에 가득 차 있었다.

단영이 다시 한번 용기를 내어 입술을 떼어 내려는 찰나였다. 그의 고개가 비스듬하게 기울어졌다.

그러다 이내 하준의 얼굴이 천천히 다가온다. 단영은 눈을 크게 떴다. 빠른 속도도 아니었고, 그렇다 해서 더딘 움직임도 아니었다. 적당한 속도로 하준의 입술이 단영의 입술에 닿았다.

아슬아슬하게 단영의 눈가에 맺혀 있던 눈물이 결국 툭, 떨어졌다. 하준의 커다란 손등 위로 차가운 액체가 퍼졌다. 그 촉감에 하준은 잠시 멈칫했지만, 멈추지 않았다.

"……."

불안함. 원망. 미움. 고마움. 미안함.

자질구레한 감정들이 하나둘씩 지워져 갔다. 머릿속이 하얀 도화지로 바뀌었다. 이것저것 아무렇게나 칠해져 있는 낙서들을 누군가가 지우개로 슥슥 지워 내고 있는 것만 같았다.

단 하나만 제외하고 말이다.

'안심.'

안심이었다.

단영은 눈을 느리게 깜빡였다. 속눈썹이 바르르, 떨렸다. 그녀와 다르게 하준은 세상 평온한 얼굴로 입을 맞추고 있었다. 꽉 쥐고 있던 단영의 주먹에 조금씩 힘이 빠져 가기 시작했다.

나, 여기 있어. 괜찮아.

마치 그렇게 안심시켜 주려는 듯 따뜻한 입맞춤이었다.

그와 처음 해 본 키스도 아니었는데 왜 이렇게 떨리는지 도통 모를 일이다. 아마, 여느 때보다 조심스러웠기 때문이 아닐까.

"으……"

겨우겨우 참아 온 울음이 울컥 치밀어 올랐다. 단영은 파도처럼 밀려오는 하준을 받아 주고는 있었지만 아무런 행동도 할 수가 없었다.

키스하며 울었다. 울면서 키스했다.

그녀가 가쁜 숨을 몰아쉬며 복잡한 심경을 울음으로 토해 냈다.

그 순간, 눈물로 뿌옇게 변질된 시야가 막혔다. 온통 암흑이었다. 차가운 손이 단영의 눈두덩이 위를 가린 탓이다. 닿아 있던 입술이 작은 틈을 두고 떨어졌다. 그는 가늘게 뜬 눈으로 단영을 응시했다.

"그만할까."

건조한 음성이 나지막하게 흘러나왔다. 단영은 세차게 고개를 흔들었다. 싫다는 뜻이다. 그러나 하준은 좀처럼 움직이지 않았다.

"이렇게 우는데 어떻게 계속해."

이건, 고문이다. 달뜬 숨결만 서로의 입술을 간지럽히고 있을 뿐이었다.

"계속."

단영은 벤치에서 엉덩이를 떼어 내며 말했다. 하준의 허리가 곧게 펴졌다.

"더, 더 해 줘……"

아이처럼 매달렸다. 한참 솟아 있는 키 차이를 무시하고 하준의 목덜미에 팔을 둘렀다. 발꿈치가 절로 들렸다. 대롱대롱 매달린 것처럼 우스운 모양새였지만 단영은 멈추지 않고 재촉했다.

"……."

눈물범벅이 되어 버린 단영의 얼굴을 보고 있자니, 하준은 절로 아랫입술을 씹게 됐다. 무너진 최단영. 마음이 아픈 만큼 더 예뻤다.

"그럼."

미친 걸까. 그의 목소리가 힘겹게 터졌다.

"앞으로도 내 앞에서만 울어."

"……."

"내 앞에서만 무너져."

그의 입술이 언뜻 올라섰다.

"약속해. 하면, 계속할게."

"무슨, 말이, 그래."

단영의 가슴팍이 크게 들썩였다. 눈물 섞인 음성이 맹맹하다. 말처럼 허무맹랑한 질문이었다. 밑도 끝도 없는 소유욕이다.

하준은 그녀의 얇은 허리를 꽉 끌어안은 상태로 끝내 나지막한 실소를 터트리며 고개를 뒤로 젖혔다. 별 하나 없이 검기만 한 새벽하늘이 보였다.

하늘을 담던 눈이 다시금 정면으로 내려왔을 때 단영은 하준의 가슴팍에 이마를 콕, 박고 있었다.

"최단영."

그가 고요히 단영을 불렀다.

"……."

단영은 대답이 없었다.

"고개 들어."

그녀는 하준의 셔츠 속에서 바스락거리며 움직이다 빼꼼 눈동자만 위로 올렸다.

단영은 눈빛으로 '왜?' 라고 묻고 있었다. 그가 입술로만 슬그머니 미소 지었다. 잠시 침묵하던 그의 입술이 느릿느릿 떨어졌다.

"키스하게."

끝이었다.

처음의 조심스러운 입맞춤은 온데간데없었다. 까맣게 잊어버릴 정도로 거칠었다.

키스하며 주춤거렸고 그의 무게에 짓눌려 뒷걸음질 치던 단영은 벽에 가로막혔다. 아픈 줄도 몰랐다. 뇌쇄적인 눈빛에 잠식됐다. 손가락 사이사이로 침범한 그의 기다란 손에 들어간 힘이 어마어마하다. 절대 놓지 않으리란 의지를 담았다.

미안해.

내가 미안해.

네 작은 마음 하나 알아주지 못해서 미안해.

잠시나마 이해를 구하려 해서 미안해.

아랫입술이 빨려 들어가고, 치아 구석구석을 탐하며 여유롭지만 급박한 탐닉이 시작됐다. 그 순간에도 단영의 머리가 딱딱한 벽에 부딪치지 않도록 손을 들어 그녀의 뒷머리를 감쌌다.

점점 더 그의 턱이 기울어졌다. 기울어진 만큼 거칠어졌고, 거친 만큼 깊어져 갔다. 속도가 버거워 좀처럼 어수룩한 단영의 몸짓도 점차 익숙해졌다.

"……."

기억이 잘 나지 않았다. 무엇 때문에 울고 있었는지. 왜 힘이 들었었는지. 어째서 그에게 서운한 마음이 들었던 건지. 아무것도 기억나지 않는다.

혹시 모르는 일이다. 도하준이 주문을 걸었을지도.

그저, 파도처럼 밀려들어 오는 그를 위해 집중을 기할 뿐이다.

단영은 더욱 농염해지는 입맞춤을 기꺼이 받아 내며 하준의 옷깃을 꼬옥 움켜잡았다.

응. 괜찮아.

다 괜찮아.

도하준이라면, 나는 항상 괜찮아.

턱을 잡고 있는 그의 손길이, 그 향기가 죽도록 좋아서 하염없이 울며, 그보다 더 정신없이 키스했다.

환영엔터테인먼트 대표실엔 날카롭게 세운 눈빛으로 손톱을 잘근잘근 씹고 있는 서정이 있었다.

"……이를 어쩐다."

승호의 행보가 달라졌다. 보기엔 별반 다를 것 없었지만, 침묵이 길어질수록 무엇을 꾀고 있는지 알 길이 없으니 짜증이 치밀었다. 까라 하면 까고, 빠지라 하면 군소리 없이 빠지던 어린 모습 또한 없었다.

무엇을 숨기고 있는 건지, 승호의 측근인 두환도 덩달아 조용했다. 속속 상황을 전달하던 연락이 끊겼다. 일부러 입 가볍기로 유명한 매니저를 붙여 놨더니, 무슨 수를 쓴 것인지 도통 알 방도가 없었다.

일전의 전화도 그렇고 대표실로 찾아왔을 때도 그랬다. 제 목소리를 낼 수 있게 되어 버린 것이다.

서정은 잊을 수가 없었다. 저를 바라보던 승호의 눈에 서린 증오. 벌레를 바라보는 듯 경멸 섞인 그 눈빛. 건방짐에 치가 떨렸다.

"오 이사. 지금 그 애 어디에 있지?"

"현재 제주도에서 화보 촬영 준비 중이라고 합니다. 날씨가 좋지 않아서 대기 중이란 정보를 매니저 통해서 전달받았습니다."

검은색 가죽 소파에 예의를 갖추고 앉아 있던 오 이사가 기다렸다는 듯이 대답했다.

세세한 정보는 없었다. 그저 두환은 매니저가 해야 할 분부만 착실히 전달할 뿐이었다.

탁, 탁. 유리로 되어 있는 집무 책상을 손톱으로 긁듯이 두들기던 서정이 입술을 감쳐물었다.

승호 모르게 뒤를 캐고 다닌 것은 서정에겐 당연한 스케줄과 같았다. 뒤에서 승호가 무슨 짓을 하고 다닐지 모른다는 이유로 그녀는 제대로 된 휴식 한 번 취해 본 적 없었다.

"언제 내 자리를 탐할지 몰라. 그 건방진 새끼가……."

승호의 아버지가 최초로 설립한 작은 기획사였던 환영은 현재는 대한민국에서 다섯 손가락 안에 꼽힐 만큼 대형 엔터테인먼트로 성장했다. 고작, 승호 한 명만으로 말이다.

대표직에 머무른 것도 벌써 10년째였다. 쉽게 빼앗길 자리도 위치도 아니었지만, 서정은 늘 불안했다. 아무것도 아니었던 승호가 연예계에서, 모델 바닥에서 점차 인지도를 쌓아 갈수록 나이를 한두 살씩 먹어 가며 머리가 커 갈수록 말이다.

언제 뒤통수를 친다 할지라도 이상할 일은 아니었다. 승호는 서정을 극도로 싫어했고, 신뢰하지 않았으므로. 그랬기에 서정은 승호를 누르려고 했다. 더는 기어오르지 못하게 말이다. 회사의 이익도 중요했지만, 그보다 더 중요한 것은 제 위치를 지키는 일이었다.

처음은 그저 회사의 주가가 오르는 일이 먼저였고, 승호를 앞세워 회사의 성장을 중요시했다. 하지만 이제 그것들은 충분했다. 굳이 승호가 아니더라도 충분했다. 그를 대신할 모델은 차고 넘쳤다.

"새끼 호랑이가 너무 커 버렸어. 그리 둔 내 잘못이지."

버릴 때가 온 것이다. 먼저 물리지 않으려면 내쳐야 한다. 두 번 다시 발톱을 세우지 못하게 뽑아야만 한다.

시오전자가 승호를 선택할 줄은 몰랐다. 예상 밖 결과였다. 어마어마한 수익을 쥐게 된 것에 마냥 기뻐할 수도 없는 노릇이었다. 차라리, 그냥 차라리 돈이고 뭐고 배승호가 무너졌으면 좋겠다. 눈앞에서 사라져 버렸으면 좋겠다.

그것이 서정의 솔직한 속내였다.

"이번 보조 여자 모델 두 명. 우리 쪽 애들이었지."

두 명. 그것 또한 만족스럽지 않았다. 〈오브〉 스튜디오에 보조 모델로 보낸 인원은 총 열 명이었다. 그중에서 메인 작가가 뽑은 명수가 고작 두 명이라는 것이 기가 막혔다.

"예. 유진이랑 효민이 말씀하시는 것 같은데……."

"그 애들, 지금 제주도에 있나?"

"아뇨. 보조 모델들은 내일 도착할 예정이랍니다."

"효민이 그 애는 착해 빠져서 안 될 것 같고, 유진이한테 전화 연결 좀 해 봐."

오 이사는 서둘러 재킷 안주머니에서 휴대폰을 꺼내어 들었다. 얼마 지나지 않아 연결이 된 모양이다. 오 이사는 공손하게 휴대폰을 넘겨주었다.

"유진이라고 했었지?"

― 대, 대표님?

못내 당황한 듯 유진은 놀란 음성으로 전화를 받았다.

스물아홉 살. 성유진. 모델로는 거의 가망이 없는 나이였다. 대형 엔터테인먼트에 소속되어 있긴 했지만, 맨 끝 방 신세였다. 남은 것은 자존심과 악바리뿐이었다.

― 어, 어떻게 제게…….

생각도 못한 대표님의 전화를 받게 되자 유진은 얼떨떨했다.

"내가, 그동안 유심히 봐 왔어. 그랬으니 내치지 않고 지금까지 품고 있었겠지."

거짓말이었다.

— 가, 감사합니다!

우렁찬 유진의 목소리에 서정은 눈을 찡그리며 휴대폰을 귀에서 잠시 떼어 냈다. 아무것도 모르는 그녀는 이용하고 버리기에 적절한 대상이었다.

과한 욕심은 현명함을 잊게 만든다.

"그래. 이제 너도 뜰 때 되지 않았니."

맛있는 먹이를 눈앞에 보여 주기만 해도 침을 질질 흘리며 달려올 것이다.

"이번 로엔 디자이너 F/W 쇼, 뉴욕에서 열리는 건 알고 있겠지. 승호 대신 쇼에 서고 싶으면 그만한 의지를 보여 주렴."

가령, 지금처럼.

— 어, 어떤⋯⋯.

유진은 왠지 모를 불안감이 스쳐 말끝을 흐렸다.

"어떤 의지든 상관없지. 배승호에게 타격이 있을 법한 일이라면 뭐든지."

서정의 입술이 비열하게 올라섰다.

"예를 들면⋯⋯."

— 스, 스캔들이요?

유진은 늘 붙어 있던 단영과 승호를 생각하며 물었다. 하지만 서정은 부족하다는 듯 고개를 저었다.

"아니지. 한참 부족해."

— 그럼⋯⋯.

"시오전자 신상 제품 유출이라든지. 판이 커질수록 돌아오는 값도 커지는 법이야."

통화 내용을 가만히 듣고 있던 오 이사의 눈이 크게 떠졌다.

"대표님! 이건……!"

오 이사가 황급히 중재했다. 무려, 대기업. 그것도 시오전자였다. 상대하기엔 격차가 컸다. 걸리게 된다면 그 후에 닥칠 리스크는 어마어마했다.

그러나 서정은 조금 엄한 눈짓으로 입 다물란 신호를 보냈다.

탄로가 날지라도 상관없었다. 유명세를 탄 흉내조차 내지 못했던 모델의 말을 믿어 줄 사람은 아무도 없다.

소속 모델을 관리하지 못한 잘못이라 치부하며 쥐도 새도 모르게 내치면 그만이다.

"무엇이든지 밟고 올라서야 우위를 차지하는 법이야."

이만큼 조용히 참고 있었으면 된 것이다.

"죽이든가. 죽임을 당하든가."

치고 빠지면 될 일이다.

"완벽하다면 대가는 네가 상상하는 그 이상일 거란다."

— …….

"대신. 그 반대라면 책임도 네 몫이 되겠지."

도박이다.

"어때. 할 수 있겠니?"

대표실엔 차가운 한기가 감돌았다.

유난히 더디게 느껴졌던 밤은 어느새 모습을 감췄다. 다행히 다음 날은 밝았다. 언제 그랬었냐는 듯 우중충한 하늘을 감추고 새파란 하늘이 반겼다.

"다행이다."

구름 한 점 없는 하늘 위를 가르며 시원하게 날개를 펼친 비행기는 어느새 제주도와 가까워지고 있었다. 단영은 한결 편안해진 얼굴이었다.

"어머니 뵙고 가지 않아도 괜찮겠어?"

그 옆자리는 하준이 지키고 있었다. 단영은 고개를 작게 끄덕이며 하준의 손을 빈틈없이 꽉 맞잡았다.

"응. 괜찮아."

엄마의 옆자리는 단태와 세훈, 그리고 민재가 함께 있어 주기로 했다. 단영은 아직 엄마의 깨어난 모습을 보지 못했다. 전화도 하지 않았다. 물론, 그녀에게서 걸려 온 전화도 없었다.

[잘 다녀와, 딸.]

그 문자 한 통이면 충분하다.

구구절절한 대화는 필요하지 않았다. 내가 그동안 얼마만큼 힘들었는지 아느냐며 따져 물을 필요도, 이유도 없었다. 그저 지금이 중요할 뿐이지.

"그래. 너만 괜찮으면 됐다."

고개를 틀어 단영을 바라보는 하준은 근사했다. 흐트러진 어제의 모습은 생각조차 나지 않을 만큼 완벽한 모습이었다. 평소의 도하준, 그 모습 그대로였다.

"오빠."

단영은 널찍한 어깨에 기대며 하준을 불렀다.

"왜."

"우리, 촬영 끝나면 제주도 데이트나 할까?"

"아니."

상상도 못 한 단호한 반응에 단영이 눈썹을 구겼다.

"뭐야?"

"데이트 말고."

"……."

"제주도에 눌어붙어 살자, 그냥."

단영이 웃음을 빵 터트렸다.

"뭐야, 그게! 오빠 회사 때려치우게?"

"때려치우지 뭐."

"그럼 돈은 누가 벌어?"

농담으로 시작한 대화는 어느새 진지해졌다. 하준은 뭘 고민하고 있냐는 듯 손가락을 들어 떡하니 단영을 가리켰다.

"너."

"나?"

"어."

"왜?"

"난 회사 때려치울 거니까 네가 벌어야지."

"싫어! 아까 그 말 취소, 취소. 그냥 같이 벌자."

말이라도 하질 말든가. 단영의 입술이 삐죽 튀어나왔다. 하준은 소리 없이 피식 웃으며 손가락으로 그녀의 이마를 툭 튕겼다.

"설마 내가 그렇게 하겠냐."

"……."

"평생 먹고 놀기만 해도 충분하도록 벌어 올게."

약속했잖아. 손에 물 묻히지 않고 살게 해 준다고.

"그러니까 오빠 믿고 따라와."

"아, 뭐야. 오글거려!"

오글거린다면서 입술은 히죽히죽. 너, 너무 속 보이는 것 아니니.

"좋아 죽는 사진이나 평생 찍으면서 걱정 없이 살아, 너는."

그래도 좋다.

누가 먼저랄 것도 없이 입술로 미소가 얹어졌다.

"힘든 건 내가 다 할 테니까."

짧은 비행이 끝났다. 하준과 나란히 걸어 나오는 동안 단영은 아직 잠이 덜 깬 얼굴이었다.

"얼굴이 무슨……."

"내 얼굴이 뭐."

"붕어빵 같은데."

이 씨. 단영은 자신을 놀리는 하준을 밉지 않게 흘겼다.

"침이나 좀 닦아라."

하준은 끊임없이 놀려 댔다. 단영은 손등으로 입가를 벅벅 문질렀다. 저 인간은 분명 나를 못 놀려서 안달 난 귀신이라도 붙은 게 틀림없다. 속으로 하준을 씹었다.

두 발자국 앞서가는 그를 빤히 노려보던 단영의 두 다리가 별안간 멈춰 섰다.

"뭐 해."

하준이 등을 돌려 단영을 바라보았다.

"……오, 오빠. 잠깐 스톱."

멀끔한 정장 재킷. 그 어깨 위에 허여멀건 자국이 묻어 있었다. 그걸 목격하자마자 단영은 어쩔 줄 몰라 했다. 깔끔하지 못한 부분을 끔찍해하는 하준을 잘 알기 때문이다.

"허허."

"뭔데, 또."

"오늘따라 오빠 어깨가 차암 넓어 보여서."

단영은 은근슬쩍 손을 들어 하준의 어깨를 주물럭거리는 척하며 침 자국을 지워 보려 애썼다.

"어이고, 오늘따라 우리 도하준 어깨가 태평양이네!"

"……."

어어……. 왜, 왜 안 지워지지? 아무리 문질러 봐도 자국은 그대로였다. 단영은 손에 조금 더 힘을 주었다.

"최단영……."

세게 눌러 아픈 모양인지 하준은 한쪽 눈가를 찡그렸다.

"어어. 잠시만."

"그만해."

"기다려 봐."

이게 왜…… 안 지워지지? 단영은 제 침 자국을 지우는 것에 몰두했다.

"너 지금 어제 내가 잘못한 거 가지고 시위해?"

"그런 거 아냐. 입 다물고 좀 가만히 있어 봐!"

하준은 고개를 푹 숙인 채 헛웃음을 토해 내며 그녀의 손을 가볍게 잡아챘다. 하준은 슬쩍 눈을 내려 그녀의 손이 얹어져 있는 제 어깨 부근을 힐긋댔다. 왜 저러는지 감 잡았다.

"네 침 자국 묻어 있는 거 다 아니까 그만하라고."

순간, 단영의 얼굴이 벌겋게 달아올랐다.

"그, 그런 건 좀 모르는 척해! 사람 민망하게!"

"입 벌리고 침 흘리는 것도 다 봤는데 어떻게 모르는 척을 해."

"야!"

"그 모습 12년 동안 봐 와서 이제 익숙하다."

단영의 잠버릇을 모르는 것이 더 이상한 일이었다. 단영은 못내 민망했는지 얼굴을 푹 떨구었다.

"익숙한데……."

하준은 말끝을 흘렸다.

"정떨어졌지."

삼십 대에 들어선 남자의 눈에 이런 추한 꼴은…… 무엇보다 그의 곁을 맴돌았던 무수한 여자들은 죄다 나이를 불문하고 조신했다.

"또 못된 말 한다."

그 말에 단영의 얼굴이 서서히 위로 올라갔다. 하준은 삐딱하게 서서 단영을 직시하고 있었다.

정떨어진 게 아니라.

"매번 새로워."

단영의 턱이 느슨하게 벌어졌다.

"어떻게 입 벌리고 침 흘리는 모습도 예쁘냐."

동요 없이 저런 말을 뱉는 그 또한 제정신은 아니다.

"볼 때마다 짜릿해."

겉만 멀쩡한 변태가 틀림없다.

"됐지. 이제 그만 자책하고 이리 와."

그가 손을 뻗었다. 단영은 멍하니 하준을 눈에 담았다. 구김 하나 없는 새하얀 와이셔츠, 그 위로 어깨선에 맞춰 딱 떨어진 검은색 재킷. 오늘따라 수트핏이 제대로다.

물론, 어느 부분에 묻어 있는 허여멀건 침 자국만 빼고 말이다.

자꾸만 시선이 머물게 됐다. 저것만 없었으면…… 완벽했을 텐데.

그때였다.

"놀고들 있네."

익숙한 음성이 단영과 하준 사이로 끼어들었다. 누가 먼저랄 것도 없이 고개를 돌렸다.

"배승호, 씨?"

그곳엔 편한 차림의 승호가 삐딱한 자세로 서 있었다. 그뿐만이 아니었다. 촬영팀 식구 누구 하나 빠짐없이 공항을 채우고 있었다.

"선배! 어머니 소식 들었어요! 괜찮아요?"

은효는 금방이라도 울음을 터트릴 얼굴로 다가와 단영을 걱정했다. 단영은 괜찮다며 웃어 보였다. 촬영팀 스태프들은 너도 나도 할 것 없이 홀로 맘고생 했을 단영을 챙겼다.

그녀가 촬영팀의 걱정을 정신없이 온몸으로 받고 있는 사이, 총책임 담당자가 하준을 맞이했다.

"아이고, 어떻게 본부장님이 직접 여기까지 오신 겁니까?"

"이 팀장님은 회사 워크숍에 참석해야 해서 제가 대신 왔습니다."

워크숍 장소도 제주도였기에 이 팀장이 일정을 소화해도 문제 될 것은 없었으나, 핑계를 댄 하준이 가로챘다.

"촬영 검토차 들르신 건가요?"

하준이 고개를 끄덕였다.

"귀한 걸음 하시느라 고생 많으셨습니다."

"아닙니다. 당연히 제가 해야 할 일인데요."

론칭까지 디데이가 급박했기에 결과물을 보고 수정할 시간이 부족했다. 과정이 마음에 들지 않거나 그 자리에서 더하거나 뺄 부분이 있으면 실시간으로 요청할 생각이었다.

짧은 대화를 마친 하준은 눈을 돌려 단영을 찾았다.

"……."

무언가 마음에 들지 않은 장면을 목격했는지 하준의 미간이 좁아졌다.

단영에게 향한 승호의 시선 때문이다.

오가는 대화는 없었지만, 그 둘 사이엔 자신이 모르는 무언가가 있었다.

승호를 마주할 때마다 날카롭게 날을 세워 온 단영이었는데 왠지 오늘따라 경계심이 없어 보였다.

　조금은 떨어진 거리에서 승호가 웃자, 단영도 그를 따라서 부드럽게
미소 짓는 것으로 답했다.

　"얼씨구."

　하준은 짧게 헛웃음을 터트리며 단영의 손목을 잡아 제 곁으로 당겼
다.

　"최단영."

　"어, 어?"

　당황한 단영이 하준을 올려다보았다.

　"웃지 마."

　재 앞에서.

　하준은 딱딱하게 굳은 눈으로 승호를 직시했다. 하지만 승호는 어깨
를 으쓱일 뿐, 별다른 반응을 보이진 않았다. 승호의 씁쓸한 눈빛을 알
아차리기엔 너무나 짧은 시간이었다.

　"……."

　하준과 단영이 공항을 빠져나가자 그 뒤로 촬영팀도 하나둘씩 따랐
다. 그러나 승호는 좀처럼 발을 떼지 못했다.

　모두가 사라진 공항에 서서 검은색 모자를 꾹 눌러썼다. 원인 모를
날카로운 눈빛이 느리게 옆으로 움직였다.

　공항 한구석.

　"아, 진짜 재수 없어."

　모든 상황이 마음에 들지 않는다는 듯 여자는 입술을 깨물고 있었
다. 그녀는 말과 다르게 겁을 잔뜩 먹고 있었다. 휴대폰을 쥔 손이 덜

덜덜 떨리는 것이 그것을 증명했다.

그녀는 모자를 꾹 눌러쓰고는 방금 전 몰래 촬영한 사진을 응시했다.

그 순간, 어깨 위로 묵직한 무게감이 느껴졌다. 화들짝 놀란 유진이 경악하며 뒤를 돌았다.

"뭐야, 너."

승호였다.

47화

유진은 어깨 뒤에서 흘러나온 음성에 화들짝 놀라 자리에서 굳었다. 누가 보아도 의심스러울 법한 반응을 보이며 티 나게 휴대폰을 숨겼다.

삐딱하게 선 승호가 손을 내밀었다.

"그거, 내놔."

유진은 정처를 잃어버린 동공을 흔들었다. 선뜻 휴대폰을 올리지 못했다. 하지만 손을 거둘 생각이 없어 보이는 승호를 무시할 순 없는 노릇이었다.

제발, 제발…….

곱게 넘어가 주길 바라며 유진은 조심스럽게 제 휴대폰을 그의 손바닥 위에 올렸다.

승호는 그녀의 휴대폰을 휙 낚아채고는 냉담하게 물었다.

"휴대폰 비밀번호 뭐야."

"……."

"두 번 묻게 할래?"

"공팔공팔……이요."

승호는 그녀의 휴대폰을 마치 제 것인 것처럼 휘둘렀다. 기다란 손가락은 망설임 없이 비밀번호를 눌렀다. 액정 빛이 환하게 빛났다. 그는 쉽게 사진첩 아이콘을 찾아 눌렀고, 한동안 유진이 찍은 사진을 내려다보았다.

그의 눈빛에선 어떠한 것도 읽을 수 없어 더 깊은 불안감만 조성됐다.

"가지가지 하네."

사진을 빤히 바라보던 승호가 뱉은 말이었다. 유진은 서둘러 변명했다.

"너, 너무 오랫동안 좋아했어요!"

급한 대로 아무렇게나 튀어나온 말이었다.

"……"

"기분 나쁘셨다면, 죄송합니다. 선배님……."

거짓이었다. 유진은 자신의 휴대폰 액정에 떠오른 사진을 눈짓으로 확인했다. 다행히도 찍혀 있는 사진 속엔 승호의 형체만 클로즈업되어 찍혀 있을 뿐, 단영의 옆모습은 작아서 자세히 보이지도 않았다.

"누가 누굴 좋아한다고? 네가, 나를?"

승호는 대놓고 비웃음을 흘렸다.

볼 것도 없다는 듯이 단호하게 선을 그으며 자신이 찍혀 있는 사진을 삭제시켰다. 다른 것도 있는지 확실하게 확인을 마친 뒤, 휴대폰을 내렸다.

그때를 놓치지 않고, 유진이 재빨리 손을 내밀었다. 그러나 승호는 휴대폰을 주인에게 쉬이 돌려주지 않았다. 그녀가 손을 내민 순간, 휴대폰을 날렵하게 허공으로 올렸다. 당황한 유진의 시선 또한 위로 향했다.

"수작 부리지 마."

"네? 아, 네. 네."

유진은 착실히 고개를 끄덕이며 그러겠노라 다짐했지만, 승호의 눈빛에 가득 담겨 있는 의심은 거둬지지 않았다. 다른 수를 쓰기엔 증거가 부족했다. 그는 떨떠름한 표정으로 휴대폰을 건네주며 다시 한번 경고했다.

"지금은 넘어가. 확실한 증거가 없으니까. 근데."

"……."

"헛짓거리 하다가 걸리면."

"……."

"그땐 진짜 끝이야."

괜한 허세가 아니었다. 지금 승호의 입지라면 한낱 나부랭이와 다를 바 없는 유진의 모델 인생은 입김 한 번으로 당장에 두 동강이 나도 이상할 것이 없었다. 더군다나 이 바닥에서 배승호는 '또라이'란 수식어를 가진 남자였다.

유진은 목구멍에 돌을 박아 둔 기분이 들어 어떤 말조차 꺼낼 수 없었다. 두려움이 앞섰다.

"뒤에서 꼼수 부리다 걸려서 끌려 내려오고 싶지 않으면 행실 똑바로 해."

"……."

"실력으로 승부수 던지란 뜻이야. 내 앞에서 좋아하니 어쩌니, 씨알도 안 먹힐 소리 하지 말고."

그 말을 끝으로 승호는 뒤도 돌아보지 않았다.

늦은 점심시간. 스튜디오 식구들과 승호를 포함한 모델들, 그리고 하준이 한자리에 모였다. 상상할 수 없는 인물들의 조합은 참으로 아이러니한 상황을 담아냈다.

가운데 자리에 앉아 있던 단영은 아직 음식을 입에 대지도 않았는데 속이 꽉 얹힌 기분이었다.

그도 그럴 것이 옆자리를 사수한 하준과 맞은편으로 밀려난 승호 사이에서 보이지 않는 신경전이 쉴 새 없이 오갔기 때문이다.

"그나저나 날씨가 풀려서 너무 다행이에요. 그죠, 선배?"

서당 개도 3년이면 풍월을 읊는다는데, 은효는 아닌 모양이다. 어색한 침묵이 무색해지도록 가볍게 입을 놀렸다.

"······그러네."

단영은 흘러가듯 대답했다.

"아, 본부장님. 음식은 입에 맞으세요? 여기 제가 폭풍 검색 하면서 신중하게 선택한 곳이거든요."

그러자, 은효가 얼굴을 쑥 빼고 단영의 옆자리에 앉은 하준을 바라보며 물었다.

"예. 뭐. 입에 잘 맞습니다."

"아, 진짜 다행이다! 태어난 이후로 이렇게 높으신 분과 함께하는 점심은 처음이라 떨려서 죽는 줄 알았어요. 심지어 맞은편엔 배승호 씨라니! 제가 언제 또 이런 귀한 분들과 숟가락을 들겠어요? 가문의 영광이죠. 하핫!"

어색한 침묵은 더욱이 차게 얼어붙었다. 누구 한 명 은효의 말에 맞장구를 쳐 주는 이가 없었다. 은효는 그런 반응이 머쓱한 듯 뒷머리를 긁적이다가 이내 주변 스태프들 사이의 시끌벅적한 대화로 빠졌다.

"······."

한창 북적이는 분위기 속에서 단영 혼자 죽을 맛이었다. 같은 장소였지만 테이블 간의 냉탕과 온탕 차이가 확연했다.

"왜 안 먹어."

두 번째 테이블의 정적을 깬 하준이 고개를 돌려 물었다.

"아, 먹어. 먹어야지."

단영이 옆머리를 귀 뒤로 넘기며 젓가락을 움직이려는 찰나였다.

"이거, 맛있던데."

잘 익은 두툼한 고기 한 점이 단영의 앞접시에 대뜸 놓였다. 승호가 올려 준 것이었다. 그러자 하준은 정갈하게 움직이고 있던 젓가락의 움직임을 멈추고는 눈가를 찡그렸다.

"아……."

단영은 낮게 탄식하며 시선을 올렸다. 그러나 정작 승호는 아무렇지 않아 하는 눈치였다. 입술 끝을 여유롭게 끌어 올린 채 단영에겐 눈길 한 번 주지 않고 하준만 직시했다.

"아, 제가 너무 눈치 없었나요."

"……."

"우리 광고주님을 먼저 챙겨 드렸어야 했는데."

복장이 터지고도 남을 말이었지만, 하준은 미동도 없이 날카로운 눈빛으로 승호를 꿰뚫었다. 그러거나 말거나 승호는 세상 장난스러운 표정을 지으며 하준의 앞에 있는 접시 위로 코딱지만 한 고기를 놓아 주었다.

"이거 드시고 저 좀 예쁘게 봐 주세요."

더군다나 새까맣게 타 버린 고기.

굳이 맛보지 않아도 입에 넣는 순간 바사삭, 으깨질 거란 직감이 확 느껴졌다.

누가 봐도 엿 먹으란 심보가 분명했다.

"됐습니다. 배승호 씨나 많이 드시죠."

'너나 많이 처드세요.'라고 말하고 싶었으나, 하준은 억지로 꾸며 낸 정중함을 표하며 숯과 다를 바 없는 고기를 다시 승호에게 돌려주었다. 살벌한 웃음은 덤이었다.

저 유치한 두 남자를 어떻게 한담……. 기가 막혔다. 상황을 지켜보고 있던 단영은 허탈하게 웃었다.

대놓고 불꽃 튀기는 전쟁이 일어나지 않아 다행이라고 여겨야 할까. 어찌 됐든 보는 눈을 생각해 자신의 입장이 곤란해지지 않도록 조용히 속삭이는 모습이 그저 철부지 소년들처럼 귀엽게 느껴지기까지 했다.

다 큰 성인 남자 둘이서 공평하게 엿 먹이는 행동들이 말이다.

"둘 다 그만⋯⋯."

우리 밥 정도는 편하게 먹죠? 말하려는 순간이었다. 어디선가 모르게 따가운 시선이 쏟아졌다. 단영은 고개를 돌려 눈길의 근원지를 찾아냈다.

"⋯⋯."

가장 구석진 테이블. 끝자리의 보조 여자 모델. 그녀는 단영과 눈이 마주치자마자 화들짝 놀라 눈을 바로 내리깔았다.

누구였더라? 단영은 고개를 갸웃거리며 속으로 그녀의 이름을 생각했다. 아, 기억났다. 한 달 전, 위아래 구분 못 하고 촬영장 분위기를 흐렸다는 이유로 자신에게 호되게 혼이 났던 여자 모델이었다.

성유진.

이름을 생각해 낸 단영은 이유 없이 느껴진 싸함이 불안했지만, 크게 담아 두지 않고 어깨를 으쓱이는 것으로 흘러가려는 관심을 끊어 냈다.

질투와 치기는 촬영장 내에서 빈번하게 일어나는 흔하디흔한 일이었으므로. 승호를 제외한 모델들 사이에서 새파랗게 어린 메인 작가 겸 감독인 단영이 마음에 찰 리 없었다.

"뭐 해."

하준이 낮은 음성으로 묻자 단영의 얼굴은 급히 자리를 되찾았다.

"어? 아, 아니야. 아무것도."

아니라 말했으나 지극히 수상한 반응이었다. 맞은편에 앉은 승호의 시선이 천천히 옮겨졌다. 그러다 이내 방금 전까지 단영의 눈길이 머물러 있던 곳에서 멈칫했다.

"……."

장난스럽던 낯빛이 일순 서늘하게 가라앉았다.

승호는 한참 동안 유진을 응시했다.

그를 따라 하준의 집요한 눈동자 또한 소리 없이 움직였다. 낯설 만큼 날카로운 눈빛이었다.

음식점과 조금 멀리 떨어진 인적 없는 공터로 빠져나온 유진은 고개를 돌려 주변을 살폈다. 심장이 벌렁거리다 못해 밖으로 튀어나올 지경이었다. 쿵덕쿵덕 뛰기 바쁜 가슴팍을 움켜쥐고는, 덜덜 떨리는 손으로 휴대폰을 꺼내어 들었다.

"왜 이렇게 안 받으시지? 미치겠네, 진짜……."

벌써 세 통째였다.

탁, 탁, 탁. 뾰족한 손톱을 끊임없이 물어뜯으며 길어지는 야속한 연결음을 속으로 타박했다. 연결음이 끊어지려는 찰나, 아슬아슬하게 서정과의 통화가 연결됐다.

"대, 대표님!"

— …….

"접니다! 유진이요."

— 누가 먼저 연락하라 했지?

"네?"

— 조심성이 없어도 너무 없는 것 같구나.

"죄, 죄송합니다."

— 목소리 낮춰. 어디서 누가 엿듣고 있을지도 모르는 일이야.

서정의 음성은 단호하리만큼 냉정했다. 유진이 언제라도 실수할 시엔 가차 없이 내다 버릴 준비가 되어 있었다. 그 사실을 유진이 모를 리가 없었다.

— 그건 됐고. 내가 시키는 대로 진행은. 잘되고 있는 거니.

유진은 침을 꿀꺽 삼키며 상황을 보고할 준비를 마쳤다.

"네. 사진은 공항에서부터 계속 찍고 있습니다. 그런데……."

— 그런데?

유진은 두 시간 전 일을 회상하며 입술을 질끈 감쳐물었다.

— 질질 끌지 말고 용건만 말해. 너와 사사로운 대화 나눌 시간 없어.

"죄송합니다. 그러니까, 그게……."

유진은 눈을 질끈 감았다.

"……배승호에게 들킨 것 같습니다."

— …….

"첫 시작부터 완벽하지 못해 죄송합니다! 하, 하지만 완전히 들통난 것 같진 않아요."

서정은 대답이 없었다. 유진은 금방이라도 울음을 터트릴 것 같았다. 서슬 퍼런 승호의 눈빛이 아직도 잊히질 않았다.

아찔한 순간이었다. 두 시간이나 지난 일인데 아직도 그 장면을 떠올리면 다리 덜덜 떨렸다. 지금도 마찬가지였다.

유진은 떨리는 숨을 최대한 침착하게 내쉬며 심호흡했다.

"정말 죄송합니다, 대표님. 앞으로는 이런 실수, 절대 없도록 하겠습니다."

어찌 됐든 공범을 자처한 유진이었다. 이미 뛰어든 일이다. 지금 와서 그만두겠다 말하면 서정이 곱게 그러라며 보내 줄 리 없었다.

— ……그래?

생각한 것보다 미지근한 서정의 반응이 못내 걱정스러웠던 유진은 조급해졌다.

"한 번만 더 기회를 주시면……."

— 됐어.

"네?"

— 그럴 줄 알고 그 애들 사진을 찍어 두라 했던 거야.

답을 듣게 된 유진은 눈을 크게 떴다.

— 내가 원했던 건 미라클에 대한 정보지 자잘한 스캔들 따위가 아니란 말이야. 스캔들이 목적이었다면 네가 아니라 연예부 기자를 시켰겠지. 뒤끝은 그게 더 확실할 테니까.

사실 유출이라 해 봤자 대중들은 그저 SNS가 발달한 정보화 시대에서 흔한 일이겠거니, 제아무리 보안이 철저한 시오전자라 할지라도 속수무책 당했구나, 김빠진 반응이 전부일 것이다.

「미라클6 신상 유출 주범자는 전속 모델 배승호.」

서정이 원하는 헤드라인은 바로 그것이었다. 승호를 나락으로 떨어트릴 수 있는 빌미. 그뿐이다.

그가 바닥으로 떨어졌을 때 유일하게 손을 내밀어 줄 사람은 서정이 될 것이다. 그렇게 싹부터 잘라 놓아야 감히 덤비지 못할 거라고, 여태까지 그래 왔던 것처럼 휘둘리기 쉬운 장난감으로 남아 줄 방법이 될 것이라고 서정은 그렇게 판단했다.

"그게 무슨……."

— 넌 너무 빈틈이 많아. 그렇다고 똑똑한 편도 아니고 말이야. 반면에 그 애는 예민하고 섬세하지. 그것만 봐도 너와 상성 자체가 전혀 안 맞잖니. 처음부터 견줄 상대가 못 돼.

주위를 분산시키기 위해 깔아 둔 플랜.

— 배승호는 그 포토그래퍼 계집 일이라면 물불 가리지 않을 테니까.

서정은 승호를 끔찍하게 싫어했지만, 어느 누구보다 그의 성향을 잘 파악하고 있었다.

— 아마 이제 네가 유출을 위해 움직이고 있단 사실은 꿈에도 모르고 있을 거야. 넌 그저 배승호가 시킨 것처럼 꾸미고, 발설하기만 하면 돼. 그다음 뒤처리는 내 몫이다. 거기까지 착실하게 이행해 주기만 한다면 널 이 사건에서 제외시켜 주지.

"아……."

— 그래도 아직 방심하기엔 일러. 마지막까지 조심하고 또 조심해야만 사달이 벌어지고 난 뒤에도 네가 용의자 명단에 올라가는 일이 없겠지.

그것 또한 거짓이었다. 어찌 됐든 유출이 되고 나면 승호는 가장 먼저 유진을 의심할 것이다.

"그래도…… 미라클6는 이미 출고 직전까지 온 상태인데 이제 와서 유출이 되었단 사실 하나로 과연 타격을 받게 될까요? 요즘은 제조사 자체에서 일부러 유출시키는 방법으로 홍보하는 기업이 꽤 많은 걸로 알고 있어서요."

— 쯧, 미련한 것.

못마땅하단 기색이 역력한 서정의 음성에 유진은 아랫입술을 질끈 감쳐물었다.

— 다시 한번 일러두지만, 우리의 목적은 아니. 내 목적은 시오전자가 아니라 배승호야. 시오전자에게 타격이 없게 된다면 나야 감사할 일이지. 대기업 상대로 법적 소송까지 가게 된다면 골치만 아파질 테니까. 다만.

"……."

— 배승호. 그 애 입장이라면 말이 달라지겠지. 클라이언트 신뢰와 신용이 가장 중요한 전속 모델이잖니. 그 계약 조항을, 그것도 무려 대

232

기업을 상대로 배반한 모델에게 다음 기회가 있을 거라 생각하니?

자신만 아니면 되었다. 유진이 모든 것을 전부 토로하고 자백한다 한들, 서정은 그저 소속 모델 관리를 제대로 못 했다며 둘러대면 그만 이라 생각한 것이다.

"하, 하지만……! 승호 선배님은 저희 소속사 일군이잖아요. 저보다 는 선배님이 잘되는 편이 대표님에게 더……."

— 누구에게나 말 못 할 사정은 있는 법이야. 그 이상으로 깊게 알 려 들치 마.

이러한 계획을 빈틈투성이인 유진이 꿰뚫고 있을 리 만무했다. 예견 했다면 발을 담글 생각조차 없었을 것이다.

— 넌 그저 내게 선택받았다는 사실 하나에 감사하면 될 일이야.

"……네. 정말 감사합니다, 대표님. 최선을 다하겠습니다."

— 그래. 네가 승호 대신 가을에 있을 로엔 디자이너 쇼 피날레에 오를 날을 한껏 기대하고 있으마.

서정은 그녀가 선택한 결정을 번복하지 않도록 달콤한 꿀을 발라 두 는 것도 잊지 않았다.

전화를 끊고 난 뒤, 유진은 전 세계가 주목할 로엔 디자이너의 쇼에 서게 될 자신의 모습을 상상했다. 너무나 황홀한 미래였다. 취해도 단 단히 취해 버렸다.

그런 그녀의 눈빛엔 대단한 각오가 서려 있을 수밖에 없었다.

촬영팀 대기실엔 단영 혼자였다. 해외나 국내 출장 촬영이 있을 때 면 장소와 가까운 곳에 촬영팀과 모델팀으로 나누어 천막 대기실을 설 치했다.

천막 대기실은 총 4개뿐이었다. 주연급 남자 모델, 주연급 여자 모델, 조연급 보조 모델들이 각각 3개를 사용했고 나머지 하나가 촬영팀 전부를 수용했다.

"허우…… 그냥 호텔 근처로 정할 걸 그랬나."

촬영 장소는 호텔과 조금 많이 떨어져 있었다. 차라리 호텔과 가까운 곳으로 결정했다면 호텔 안에 구비되어 있는 비즈니스 회의실이라도 빌렸을 텐데 말이다.

"어쩔 수 없지."

이만한 색감을 표현할 장소가 없었다. 지금은 아쉬운 소리를 할 때가 아니었다. 단영은 휘날리는 흙먼지를 웃음으로 대신하며 카메라 박스를 열었다. 플라스틱 의자에 앉아 렌즈를 닦고 또 닦았다.

"급여 들어오면 카메라나 바꿀까."

벌써 10년째 애지중지해 온 카메라였다. 관리를 아무리 잘 해 왔어도 한계가 있었다. 하지만 치고 올라오는 신상 카메라가 많아도 단영은 손에 익은 것이 더 편했다.

"에이, 됐다. 아직도 쓸 만한데 뭐."

물론 하준에게 부탁한다면 지금 것과 비교할 수도 없을 만큼 좋은 제품을 쉽게 얻을 수 있었겠지만, 단영은 그러지 않았다.

단영은 틈만 났다 하면 카메라부터 바꿔 주겠다던 하준을 떠올렸다. 그러다 보니 절로 미소가 얹어졌다. 업무차 콘티 감독과 할 이야기가 있다던 하준이 잠시 자리를 비운 시간도 벌써 한 시간이 훌쩍 넘었다.

일반적으로는 촬영 감독이 콘티를 관리했지만, 단영은 아직 경험이 부족했다. 그녀를 서브해 줄 감독 한 명이 더 붙었다. 그저 지금 당장은 촬영에만 집중하라는 〈오브〉 스튜디오 대표의 큰 배려였다. 물론, 하준 역시 흔쾌히 수긍했다.

단영은 정신없이 카메라 렌즈를 닦으며 히죽 웃었다. 천막 입구가 들썩이는 것도 몰랐다.

"뭐가 그렇게 웃겨."

나지막한 음성에 그녀가 어깨를 돌려 뒤를 바라보았다. 커다란 키 덕분에 허리를 반쯤 굽힌 채 천막 입구를 들추고 대기실 안으로 들어오는 하준이 시야에 잡혔다.

"아, 왔어?"

반가웠다.

"그래. 왔다."

단영의 해맑은 웃음을 마주한 하준은 엷은 미소로 화답했다.

"생각보다 빨리 끝났네?"

"수정할 부분이 생각보다 적어서."

"그럴 줄 알았으면 나도 참석할 걸 그랬나?"

"됐어. 너는 촬영 준비나 신경 써. 나머지는 내가 해."

자리에 있었더라면 더 많은 것을 배울 수 있었겠지만, 콘티를 담당하기로 한 감독은 서론이 길기로 유명했다. 가족에 친척에 사촌까지 들먹거리며 혼을 쏙 빼놓기로 유명했기에 최종 결과만 전해 듣기로 하고 빠져나왔는데 생각보다 일찍 끝났다. 아마, 하준의 능력이 컸으리라.

"자."

하준은 들고 있던 콘티 대본을 단영에게 건네주며 그녀의 손에 들린 카메라를 힐긋거렸다.

"그 카메라 좀……."

"됐거든요."

"사 준다니까."

"내가 나한테 직접 할게."

타는 오빠 속도 모르고 마냥 웃기만 한다. 하준은 그런 단영이 답답한 구석도 있었지만, 그저 짧게 웃었다. 단영은 타인의 이유 없는 호의를 병적으로 불편해했다.

"이젠 말 꺼낼 기회조차 안 주네."

"선물은 이미 오빠한테 물리도록 많이 받았어."

또 그 소리다. 별로 해 준 것도 없는데.

"지겹지도 않냐."

하준은 단영의 바로 앞에 놓인 의자에 다리를 꼬고 앉아 무심히 물었다. 닦은 것 또 닦고. 집 안 청소를 그렇게 좀 해 봐라.

"응. 귀하게 모셔야지. 이게 어떤 카메란데."

그 말이 뭐라고 샘이 나는지 모르겠다. 하준의 턱이 삐뚜름하게 기울어졌다.

"살다 살다 카메라한테 밀린 적은 처음이다. 사람 쳐다보는 척 정도는 해."

그제야 단영의 시선이 정면으로 옮겨졌다. 무엇이 그리도 아니꼬운 건지, 하준은 팔짱을 끼우고 있었다. 직선적인 눈빛엔 흔들림이 없었다. 그 눈을 마주하던 단영은 바람 빠진 웃음을 흘렸다.

"오빠. 난 있지. 대단한 기능에 윤기 좌르르 도는 새것도 좋지만, 그것보단 지금처럼 다 낡아 빠졌어도 내 손을 많이 탄 지금 카메라가 더 좋아."

"왜."

더없이 무심한 어투였다. 날카로운 눈매가 하준의 꼿꼿함을 두 배로 뿜어내고 있었다. 하지만 그 속에 숨겨진 부드러움은 늘 단영의 앞에서만 존재했다. 타인이었다면 모를, 그 남다른 다정함을 단영은 잘 알고 있었다.

"봐 봐. 여기에 다 있어."

단영은 직사각형으로 이루어진 액정을 하준이 볼 수 있도록 DSLR 카메라 바디를 잡아 돌렸다. 하준의 덤덤한 시선이 밑으로 떨어졌다.

"이건 오빠가 나 데리러 왔던 날이야. 오빠한테 카메라 선물 받고 그다음 날에 설레는 마음으로 처음 찍어 본 사진."

하준의 뒷모습이 찍혀 있었다. 단영이 엄지손가락으로 뒤로 가기 버튼을 누르자 다음 사진이 액정 위로 떠올랐다.

"아, 이건 오빠들 조기 축구 하다가 민재 오빠 다리 부러진 날이다. 우리 다 같이 병문안 가서 엄청 놀렸잖아. 축구도 못하는 게 까불다가 꼴좋다면서."

"……그러네."

"또…… 어! 맞아. 이건 내 생일날. 그리고 이건…… 오빠 대학교 졸업한 날. 단태 고등학교 입학식 날. 세훈 오빠 사법 고시 합격한 날도 있고, 우리 다 같이 삼겹살 파티 한 날도 있다."

하준은 분주하게 움직이는 단영의 손가락을 물끄러미 응시했다.

"오빠, 이것 좀 봐 봐! 민재 오빠 취해서 얼굴 완전 **빨개졌어**! 진짜 못생겼다. 큭큭."

꺄르륵 웃음보가 터졌다. 단영은 아이처럼 해사했다. 얼마 남지 않은 대기 시간은 점차 **짧아져** 갔지만, 단영은 옛 추억에 **빠져** 좀처럼 헤어 나오지 못했다.

지난날로 가득한 사진을 보느라 정신이 없는 단영과 달리 하준의 시선은 단영에게 고정되어 있었다.

"……오빠?"

반박자 늦게 엇갈린 시선을 알아차린 단영이 턱을 추켜들었다.

"어."

"사진, 안 봐?"

내심 서운한 기색이었다. 추억 속에 저만 **빠져** 있는 것 같아서.

"봐."

"안 보고 있잖아. 나만 눈치 없이 신났구만, 뭘."

"너 보고 있잖아."

높낮이 없는 음성에 단영의 입술이 저만치 삐죽 튀어나왔다.

"난 네 얼굴 보고 있으면 다 생각나."

단영은 순간 멍해졌다. 무겁다 생각해 본 적 없는 카메라의 무게가 묵직했다. 그녀는 들고 있던 카메라를 조심스럽게 허벅지 위로 내려 두 며 하준을 바라보았다.

"네가 말했던 추억이나."

"……."

"몇 억을 준다 해도 바꿀 생각 없는 지금. 그리고."

"……."

"그다음 미래까지."

한 치의 거짓 없는 솔직한 대답이었다.

"나는 다 기억해."

기억하고 있고, 앞으로도 그럴 거야. 다짐과 각오였다.

"그 좋은 기억력만 믿고 까불면 큰일 난다? 사람이라면 시간이 흐를 수록 점점 더 변하는 것에 익숙해져서 사소한 일들은 흐릿해질 수 있 잖아. 그걸 기록으로 남겨 둘 수 있는 방법이 사진인 거구."

"나쁘다는 게 아니라……."

하준은 말끝을 흘리며 가벼운 한숨을 밀어 냈다.

"놓치기가 싫은 거지."

찰나의 순간조차도 그 끝엔 희미한 웃음이 맺혀 있었다.

"넌 사진 찍어."

"……."

"난 사진 찍고 있는 너 볼 테니까."

아……. 단영의 입술이 느슨하게 벌어졌다. 뒤늦게 깨달았다. 카메 라에 찍혀 있는 사진 속엔 정작 자신은 없었다. 찍는 당사자가 저 자신이었으니 당연했다.

그 때문에 씁쓸하다 생각해 본 적은 없었지만, 돌이켜 보면 민망할 정도였다. 남을 찍어 주는 일이 행복했을 뿐 셀카를 찍는 취미는 없었으니까.

"카메라보다 화질 좋은 눈이 있는데 아껴 뒀서 뭐 해."

그가 시니컬한 농담으로 마무리를 지어 주니 퀘퀘한 흙먼지도 더할 나위 없이 청명하기만 하다.

"그래?"

간질간질한 마음을 참을 수가 없어서 단영은 늘 귀빈 모시듯 품에 안고 살던 카메라를 아무렇게나 딱딱한 플라스틱 의자에 대충 놓고 일어섰다.

하준의 시선이 단영을 따라 위로 올라갔다. 또 오글거린단 말로 분위기 깨려고 그러는 건가. 그는 깊게 생각하지 않고 그녀를 따라 엉덩이를 떼어 냈다.

"그럼, 나도 오빠 많이 볼래."

단영은 부담스럽다고 느껴질 만큼 하준의 눈을 뚫어져라 바라보았다.

"새삼 느끼는 건데, 오빠 진짜 잘생겼다. 코도 예쁘고, 입술도 예뻐."

"너 지금 나 놀리는 거지."

"아니거든."

단영이 정색하자 하준은 알 만하다는 듯 말했다.

"오빠한테 예쁘다가 뭐냐, 예쁘다가."

말은 그렇게 하면서 딱히 싫진 않은 모양이다.

"용돈 필요해?"

"용돈은 됐고……."

"그럼."

"우리 예쁜 도하준이랑 뽀뽀나 한번 찐하게 해 볼까 하는데. 어떻게 생각하시는지?"

단영은 하준의 어깨를 손가락으로 콕 찌르며 능글맞게 말했다. 장난기가 다분한 어조였다. 하준이 덤덤한 눈길로 단영을 내려다보며 물었다.

"뽀뽀만?"

하준의 의미심장한 말에 단영은 서둘러 주변을 살폈다.

"응. 뽀뽀. 어른 뽀뽀."

그녀가 씩 웃었다.

하준은 허탈하게 웃었다. 어른 뽀뽀……. 미친다.

"대체 그런 생각은 어디서 나오는 거야."

별안간 단영이 움직임을 멈추고 하준을 빤히 응시했다.

지금처럼 무방비하게 활짝 웃고 있는 도하준은 처음이라서 그렇다.

낯설 만큼 근사했고 눈이 멀어 버릴 만큼 따뜻했다. 서늘한 이미지와 상반된 온도였지만, 그렇게 잘 어울릴 수가 없었다. 그래서 단영은 말문이 턱 막혀 버렸다.

"와. 방금 도하준 웃는 거 진짜 예뻤다. 이거 실화야?"

최단영. 또 이상한 것에 꽂힌 것이 틀림없다. 이젠 무슨 시도 때도 없이 예쁘대.

하준은 자꾸만 위로 올라가려는 입술 끝을 억지로라도 막아 세우기 위해 커다란 손으로 얼굴을 쓸어 냈다.

"못 산다, 내가……."

피식. 끊임없이 웃음만 흘러나왔다.

어리둥절한 단영은 멀뚱멀뚱 하준을 바라보다 끝내 배시시 따라 웃어 버렸다. 슬쩍 시간을 확인해 보니, 촬영 시간이 바짝 다가와 있었다.

"오빠. 나 진짜 열심히 할게. 일에 누가 되지 않게 정말 있는 힘을 다해서 열심히 찍을 거야."

하준의 입술이 다정하게 휘었다.

"그래. 열심히 해."

"그러니까 응원해 줘."

"응원?"

"사진 끝내주게 잘 찍고 오라고 응원해 줘. 도하준표 응원이 필요한 시점이야."

"……."

"우리 도하준 씨가 힘내라고 말해 주면 잠도 안 자고 밤새도록 사진만 찍을 수도 있을 것 같아."

그녀가 해사하게 웃었다.

"……이리 와."

하준이 손짓했다.

느리게 움직이는 그녀가 답답한 모양인지 힘 있게 단영의 허리를 감싸 안아 제 품속으로 확 끌어당겼다.

그의 턱이 비스듬히 틀어졌다. 서서히 고개를 숙였다. 점차 입술 거리가 가까워지려는 순간.

촤르륵!

천막 입구가 성급하게 젖혀졌다. 그 소리가 찬물이 되어 뜨거운 온도를 순식간에 차게 식혀 버렸다. 누가 먼저랄 것도 없이 하준과 단영의 시선이 천막 입구 쪽으로 향했다.

죽어 있던 단영의 이성이 화르륵 일깨워졌다. 그녀는 젖 먹던 힘을 다해 하준의 가슴팍을 세게 밀쳤다. 그 여파로 단영의 등이 뒤로 고꾸라졌다. 하준은 민첩하게 팔을 뻗어 단영의 허리를 받쳐 안았다.

"선배, 촬영 스탠……!"

촬영 시작을 알리고자 부리나케 달려왔는데. 죄가 있다면 그것뿐인데……. 열정적인 탱고의 하이라이트 자세라니.

하준과 단영의 다소 민망한 모습을 목격하게 된 은효의 눈이 주먹만큼 휘둥그레졌다.

"하, 하……."

은효는 기계처럼 뻣뻣하게 웃었다. 무려 대기업 본부장님과 하늘 같은 선배님 사이에 벌어진 은밀한 장면이다.

뭐야, 가족 같은 사이라더니. 그 가족이 이 가족이야? 그렇고 그런 관계였어?

은효는 때아닌 배신감에 휩싸였다.

그에 비해 하준은 의연했고, 단영은 세상이 무너지는 것을 목격한 사람처럼 그 자리에서 굳어 버렸다. 정작 죄 없는 은효만 어쩔 줄 몰라 하는 사태가 발생했다.

뒤늦게 밀려올 후폭풍을 감지한 단영은 최대한 안간힘을 써 하준의 품에서 벗어나려 발버둥을 쳐 봤으나, 강한 힘에 옴짝달싹하지 못하고 굴복할 수밖에 없었다.

"스, 스탠……."

뭐, 이 자식아. 빨리 말해! 허리 부러지겠다고!

단영은 울고 싶었다.

고통보다 더한 창피함에.

"바이, 스탠바이요……."

나야말로 세상과 빠이빠이 하고 싶은 심정이라고.

48화

"……턱 조금 더 들고!"

삐익— 찰칵.

"눈빛. 눈빛이 부족해요. 어깨 힘 조금 더 풀어요!"

삐익— 찰칵.

"아련하게! 나는 지금 굉장히 아련하다! 더, 더, 더! 그렇지!"

삐익— 찰칵.

새로운 조건이 부여되면 승호는 무리 없이 받아 냈고, 기꺼이 그녀의 인형이 되어 주었다.

바다 위, 이곳저곳에 솟아 있는 바위는 위협적으로 느껴질 만큼 거대했다. 평지라곤 찾아볼 수 없었다.

눈부신 석양이 쏟아졌다. 대자연의 웅장함은 경이로웠다. 울퉁불퉁한 바위 한가운데에 일인용 소파가 달랑 놓여 있었다. 소품은 그것이 전부였다.

하지만 프로는 주어진 무기를 탓하지 않는다고 하지 않았던가. 승호는 촬영 내내 의연했다. 불평, 불만 한 번 없었다.

셔터 소리는 끊이지 않고 시원하게 울렸다. 열중에 기를 가할수록 단영의 음성도 점차 우렁차졌다. 승호의 가장 큰 장점이라 할 수 있는 흡수력이 자연 그대로의 바다 풍경을 무자비하게 집어삼켰다.

승호는 그걸 배경 삼아 심층적인 분위기를 최대치로 끌어올렸다. 그의 역량은 과연 시오전자가 선택한 모델이라 인정할 수밖에 없을 만큼 대단했다.

특유의 가벼운 성격도 짓궂은 면모도 지금은 찾아볼 수 없었다. 저물어 가는 하늘과 닮아 있는 그의 눈은 여느 때보다 진지했다. 그의 투명한 눈동자에 석양이 반사됐다. 주변 스태프들도 감탄을 연발했다.

"배승호 씨 와이셔츠랑 머리 더 휘날려야 되는데. 바람 불 때까지 기다렸다가……."

때마침 바닷바람이 세차게 불어닥쳤다. 단영은 기다렸다는 듯이 재빠르게 카메라를 들어 올렸다. DSLR 카메라를 얼굴 가까이 가져갔다. 뷰파인더 안으로 들어온 그의 얼굴을 담았다.

그와 동시에 촬영을 위해 스프레이로 염색한 승호의 회색빛 머리카락과 새하얀 와이셔츠가 바람에 흐트러졌다. 붉은 주황빛 석양까지 더해지자, 단영이 그토록 원하는 그림이 만들어졌다.

"조명 판, 더 가까이 붙여요!"

조명 판을 들고 있던 스태프 두 명은 단영의 지시대로 발 빠르게 움직였다.

"지금!"

삐익— 찰칵.

그녀는 작은 부분 하나 그냥 넘어가는 일이 없었다. 항상 가려져 있던 만큼 열망은 배가되었다. 촬영 도구를 옮기며 선배들 몰래 구석에서 카메라 찍는 시뮬레이션을 했던 배고픈 시절. 얼마나 이 순간을 가슴앓이하며 기다려 왔던가. 메인 작가로 서게 될 지금 순간을 말이다.

"……."

그건 승호 역시 마찬가지였다. 역동적인 움직임은 없었지만, 섬세한 감각은 남달랐다. 승호는 소파에 걸터앉은 채로 슬쩍 시선을 내리깔았다. 그 밑으로 촘촘한 속눈썹이 차분하게 가라앉았다.

그의 기다란 손가락 사이엔 시오전자의 미라클6 시리즈 휴대폰이 꽂혀 있었다. 햇빛을 받아 영롱한 광택이 돌았다. 승호가 돋보이는 만큼, 신상 휴대폰 또한 이목을 붙잡았다.

삐익— 찰칵.

그가 비스듬히 턱을 틀었다. 소파에 앉아 있던 자세를 바꾸어 눕듯이 기대었다. 승호가 구도를 바꾸면 단영도 망설임 없이 움직였다. 딱딱한 바위를 거침없이 누볐다.

보기에는 쉬워 보일지 몰라도 막상 해 보려 하면 체력적으로나 심적으로나 굉장히 부담스럽고 어려운 일이었다. 모델이든 포토그래퍼든 가릴 것 없이 마찬가지였다.

"지금 좋다!"

삐익— 찰칵.

그걸 누구보다 잘 알고 있었기에 단영은 작은 것 하나라도 놓치고 싶지 않았다.

그가 내쉬는 호흡, 하나.

숨을 참고 시선을 들어 올리는 순간, 둘.

카메라 렌즈를 꿰뚫고 있는 건조한 눈빛, 셋.

"……."

일전 촬영과는 한참 상반된 현장이었다.

개인적인 대화는 일절 없었다. 이따금씩 불어닥치는 바람과 그에 맞추어 춤추듯 부딪치는 파도 소리. 그리고 찰나를 놓치지 않고 울리는 셔터 음까지도.

"지금 딱 좋아요. 아, 배승호 멋있다! 잘생겼다!"

반말 존댓말을 섞어 가며 호응을 넣어 주는 단영의 우렁찬 목소리가 명랑하다.

좋았다.

촬영에 얼마만큼 집중했는지를 몸소 보여 주고 있는 최단영이.

반말을 했는지 존댓말을 했는지 인식조차 못 하고 있는 네가.

멋있다고, 지금이 딱이라며 모델 컨디션을 위해 띄워 주는 식의 흔한 말이었지만, 그게 뭐라고.

"……."

몇 번이고 차이고 또 차여도 네가 나를 긋고 또 그어 내도 도무지 포기할 수가 없다. 질기게도.

그걸 가만히 보고 있자니 승호는 무의식적으로 피식, 웃게 됐다.

첫 촬영은 어색한 감이 있었다면 지금은 또 달랐다. 적당히 편안했고, 적당히 긴장됐다.

간절히 바라고 바라 온 장면이다.

너와 내가 각자 다른 무대에서 찍고 찍히는 관계로 만나게 될 순간.

어렸기에 무모했고, 청춘이라 불안했던 그 시절 우리가 그토록 고대해 온 날이 현실로 펼쳐질 줄 몰랐기에 더 벅찼다.

이렇게 시간이 멈춰 준다면 평생 함께일 수 있는데. 걱정 고민 따위도 없었을 텐데. 네 옆자리를 갖지 못해 마음 아플 일도 없을 건데. 나는 마음껏 너를 보고, 너도 원 없이 나를 담을 수 있을 텐데.

하지만, 가장 사랑해 마다 않는 너를 사랑하지 않는 척. 아무렇지 않은 척. 괜찮은 척. 일에 집중하는 척하면서.

네가 조금이나마 편하게 집중할 수 있도록. 그토록 바라 온 지금 순간을, 화려한 지금의 무대를 마음껏 누릴 수 있도록.

고작 그 정도가 내가 해 줄 수 있는 전부라는 사실이 끔찍할 뿐이다.

정말, 세상이 멈췄으면 좋겠다. 바람도 공기도 모든 것이 멈췄으면 좋겠다. 사진처럼.

그럼 너도 나도 이 자리에 그대로 남을 수 있지 않을까. 적어도 현실보다는 긴 시간 동안.

……함께일 수 있는 유일한 핑곗거리가 이런 시답잖은 망상뿐이라는 게 참 서글프다.

"마지막으로 한 번만 더 갈게요!"

카메라에 아니, 단영의 얼굴에 고정된 승호의 시선이 느리게 옮겨졌다. 이루 말할 수 없는 감정을 담고 있던 눈동자가 멈춘 곳은 그녀의 작은 어깨 너머였다.

그곳엔 팔짱을 끼운 상태로 무표정하게 촬영 현장을 바라보고 있는 하준이 있었다. 더 정확히 말하자면 단영의 뒷모습을 굳건히 지키고 서 있었다. 그의 모습은 죽어도 인정하기 싫었지만, 범접할 수 없을 만큼 커다랗게 느껴졌다.

그러다 어느 찰나에 눈빛이 부딪쳤다. 명백히 다른 감정이지만 비슷한 눈이었다. 불안하고, 불안해서, 더 불안한. 그래서 더욱 처절하게 숨기고 싶어 하는 그런 눈빛.

"수고하셨습니다! 오늘은 다들 푹 쉬세요. 인터뷰 촬영은 내일 들어가겠습니다! 장소는一"

나는 갖지 못해 전전긍긍하며 불안해하고.

당신은 빼앗길까 끊임없이 불안해한다.

하필이면, 눈물겹도록 아름다운 석양 아래에서.

텅 비어 있는 천막 대기실 안.

"하, 도대체 어디에 숨겨 둔 거야?"

유진은 구석진 곳에 홀로 쭈그리고 앉아 스태프들의 촬영 도구가 들어 있는 짐 가방을 허락도 없이 제멋대로 들쑤시고 있었다.

"돌겠네, 정말……."

그녀의 촬영 대기 순번은 가장 마지막이었다. 때문에 다른 모델들에 비해 행도가 자유로운 편이었다. 지금 순간을 노렸다가 미라클6 휴대폰을 손에 넣을 심산이었는데 그렇다 할 큰 수확은 없었다.

그럴 수밖에 없었다.

전 세계인이 손꼽아 고대해 온 신형 휴대폰인 만큼 시오전자는 보안을 가장 중요시 여기는 기업이었다.

시오전자는 타 기업과 다르게 언팩(최초 공개) 전, 자체적으로 투명 케이스만을 제작한다. 때문에 케이스를 만드는 공장으로 디자인이 유출될 일도, 유출 문제에 가장 취약한 해외로 퍼지게 될 일도 없었다.

언팩까지 수많은 렌더링(예상 디자인)이 유출되었지만, 시오전자는 보란 듯이 예상을 깨고 세련된 디자인과 파격적인 성능을 선보여 왔다. 제품에 대한 자부심이 있기에 가능한 일이었다.

시오전자는 대중들의 막대한 관심을 받았고, 대중들은 기다린 보람을 느꼈다.

인터넷에 떠도는 수많은 추정 이미지 사진은 이미 믿을 것이 못 되었다. 오히려 그걸 믿는 사람이 바보라 치부당하기 일쑤였다.

하지만 CF 촬영과 화보 촬영만큼은 불가피했다. 휴대폰을 홍보해야 하는 가장 중요한 루트였기 때문에 촬영을 담당하게 될 스튜디오와 모델들에게 무조건적인 신용과 신뢰를 강조했다.

"하아……."

유진은 긴 한숨을 내쉬며 입술을 잘근 씹었다. 스태프, 모델 할 것 없이 촬영 시작 전부터 유출이 될 수 있을 법한 휴대폰, 카메라 등 전자 기기를 전부 반납했다.

미라클6를 만질 수 있는 모델은 그래 봤자 승호와 여자 메인 모델이 전부였다. 그 외에 나머지 사람들은 촬영 때나 눈으로 볼 수밖에 없었다.

그런 귀하디귀한 제품을 쉽게 손에 넣을 수 있을 리 없었다. 유진은 망연자실한 얼굴로 플라스틱 의자에 풀썩 앉았다.

분명 촬영 중 잃어버리거나 파손될 경우를 대비해서 여분을 가져다 놨을 줄 알았다. 하지만 아무리 찾아봐도 보이지 않았다.

"이게 어떤 기횐데……."

막막했다. 이래선 아무런 수확 없이 빈손으로 돌아가게 생겼다. 속은 점점 더 타들어 가는데 이럴 수도 저럴 수도 없는 입장이 되어 버린 것이다.

유진이 손톱을 물어뜯으며 고민할 때였다.

"드디어 끝이 보인다! 내일 인터뷰만 버티면 진짜 끝!"

천막 입구를 사이에 두고 작게 들리는 단영의 음성에 유진의 눈이 번뜩였다. 발소리가 점차 가까워지자 유진은 붙이고 있던 엉덩이를 최대한 조심스럽게 떼어 냈다. 뛰는 가슴팍을 부여잡으며 입구 쪽으로 살금살금 걸어가 귀를 붙였다.

"크하—! 힘들어 죽겠다. 지쳐, 지쳐."

쭈욱 기지개를 켜던 단영이 뭉친 어깨를 주먹으로 콩콩 내리쳤다.

"고생했다."

저걸 지금 격려라고 하고 있어? 단영은 밉지 않게 하준을 흘겼다.

"그럼. 고생 많이 했지. 뒤에서 두 눈 부릅뜨고 지켜보던 누구 덕분에 부담스러워 죽는 줄 알았다. 어디 무서워서 사진 맘 놓고 찍어 보겠어?"

단영은 제 어깨를 내리치던 주먹으로 하준의 탄탄한 가슴팍을 툭, 밀쳤다.

"그나저나 오빠. 진짜 갈아입을 생각 없어?"

"뭘를."

"옷 말이야. 옷. 아침부터 계속 혼자 정장이잖아. 안 불편해? 난 청바지가 고작인데, 우리 너무 안 어울려."

단영이 턱짓으로 하준의 옷 상태를 가리키며 지적했지만, 하준은 들은 척도 하지 않았다.

"누가 그래. 안 어울린다고."

하준이 미간을 좁혔다. 언짢다는 기색이 확연했다.

"내가 그랬다. 어쩔래? 그리고. 아까도 그래. 엄연히 일하는 곳인데 걸렸으면 바로 아닌 척했어야지. 누구 보기 좋으라고 껴안고 있어, 껴안고 있기는?"

야, 네가 더 좋아했잖아. 말은 똑바로 해야지. 하준은 괜히 억울했다.

"최단영 이제 아주 막 나가네. 많이 컸다?"

"아, 배고프다!"

상황이 불리해지자 단영은 재빠르게 화두를 돌리며 능청을 떨었다.

"어쨌든 호텔 가자마자 편한 옷으로 갈아입어. 옆에서 보는 내가 다 숨 막히고 불편해 죽겠어. 갈아입고 같이 밥이나 먹으러 가자. 은효 말로는 요 앞에 엄청 유명한 맛집 있대."

"나 지금 일하러 온 거지, 놀러 온 거 아니다."

"그래요. 잘나셨어요. 하여튼 한번을 그러겠다고 수긍한 적이 없어. 다 자기 걱정해서 해 주는 말인데."

단영의 말이 끝나기 무섭게 하준은 멈칫하며 걸음을 세웠다.

"왜?"

하준을 따라 멈춘 단영이 턱을 들어 하준을 응시했다.

"다시 말해 봐."

"뭘?"

"방금 그거."

"걱정?"

아니. 하준이 고개를 저었다.

"곱게?"

"말고."

"오빠 잘났다?"

"방금 누구 걱정한다고 했잖아."

어쩔 수 없다는 듯 하준이 힌트를 주자, 단영은 자신이 뱉었던 말을 되짚어 가며 진중하게 고민했다.

"뭐지? 걱정해서 아닌가? 자기 걱정……."

"……."

뒤늦게 이해한 단영은 어이가 없다는 듯 허탈하게 웃었다.

"허, 참 나. 그 자기가 그 자기랑 같냐?"

"다를 건 뭔데."

"말을 말자, 말을 말아……."

"듣기 좋은데, 왜. 계속 불러."

"뭘!"

"자기."

"악! 하지 마!"

"뭘 하지 마, 자기."

정말 아무렇지도 않은 건가. 단영은 넋이 나간 얼굴로 멍하니 하준을 바라보았다. 달달하다 못해 뼈가 녹아내릴 것 같은 '자기'란 호칭을 어떻게 저런 식으로 무덤덤하게 뱉을 수 있지.

단영이 몸을 부르르 떠는 사이 하준은 시선을 내려 제 옷차림을 느리게 훑었다.

"최단영."

나지막한 음성에 단영이 눈길을 올렸다.

"왜?"

"오늘은 오빠 안 멋있냐."

으엉? 단영의 턱이 느슨하게 벌어졌다.

"아깐 멋있다며."

그런 것 좀 심각한 얼굴로 물어보지 마……. 단영은 터지려 하는 웃음을 바르르 떨며 애써 꾹 참아 냈다.

"난 예쁘다고 말한 기억밖에 없는데?"

"야."

단영은 곧장 태세 전환했다. 얄궂게 눈웃음치며 엄지손가락을 번쩍 추켜올렸다.

"말이라고 해? 도하준 잘생긴 거 모르는 사람도 있어? 겁나 잘생김."

"얼마만큼."

"다른 여자가 보고 반하면 어쩌나, 걱정될 만큼? 언 년이 될지는 모르겠지만, 걸렸단 봐라."

하준이 허탈하게 웃었다.

"아, 맞다. 오빠 촬영 끝나고 휴대폰은 잘 챙겨 뒀지? 잊어버리면 안 된다?"

단영은 능구렁이처럼 상황을 모면했다.

"내가 너냐."

"씨. 그래서 챙겼어, 안 챙겼어."

하준은 대답하지 않고 고개만 두어 번 끄덕이는 것으로 대답을 대신했다. 고요한 눈동자를 굴려 가며 주변을 살피는 것도 잊지 않았다.

"아이고, 여기에 우리 둘 말고 아무도 없거든요? 나도 오는 길에 계속 확인했어. 예민하긴."

"……."

호언장담하는 단영과 달리 하준은 침묵했다. 바로 그 찰나, 부스럭 천막이 움직이는 소리가 언뜻 하준의 귀를 스치고 지나갔다. 굉장히 미세한 소음이었으나 그는 그 소리를 놓치지 않았다.

"어디에 뒀어? 차……."

"잠깐."

단호하게 말을 자른 하준이 손바닥을 들어 단영의 입술을 가렸다. 힘을 쓰지 않았으니 얹고 있다는 표현이 더 옳았다. 하준의 특유한 향수 향이 순간적으로 확 풍겼다.

이게 뭐라고 설레냐.

단영은 눈을 동그랗게 떴다. '왜?' 라고 물어보고 싶은 듯 보였다. 하지만 돌아온 대답은 없었다. 하준은 옥스퍼드화 끝에 시선을 고정한 채, 잠시 생각에 잠겼다.

그가 팔을 뻗었다. 천막 입구를 잡아 들춰내기 위함이었다. 그러나 그뿐이었다. 허공에 머물러 있던 하준의 팔이 서서히 밑으로 떨어져 제자리를 찾았다.

단영은 어리둥절한 눈으로 하준을 물끄러미 바라보았다. 침묵은 그리 길게 유지되지 않았다. 그의 시선이 날렵하게 정면으로 올라왔다. 날카로운 눈빛이 더욱 짙어졌다.

"차에 있어."

"어, 어?"

"미라클. 렌트한 차에 있다고."

"아, 어······."

뭐지? 단영은 어깨를 으쓱거리며 짐짓 진지해진 하준을 수상하다는 듯이 흘겼다.

"오늘 안으로 시간 날 때 가져가."

"뭐?"

"내일 촬영 때 필요하잖아. 차 키 줄게."

"내가?"

"어."

"안 돼. 괜히 받았다가 잊어버리면 어떡해. 나 대형 사고 칠 용기도 없고, 뒷수습할 능력은 더 없어. 저번에는 휴대폰을 냉장고 안에 넣어 놓고 깜빡했단 말이야."

단영은 울상을 짓고선 제발 그것만은 봐 달라 애원했다. 하준은 그런 단영을 힐끗거리다 어처구니가 없다는 듯이 웃었다.

"자기 자랑 한번 거창하게 한다."

"또, 또 비꼰다."

"됐으니까, 받아."

하준이 재킷 안주머니에서 차량 키를 꺼내어 내밀었다.

"나 믿어?"

그러자 단영은 의미심장한 눈빛으로 떠보듯 물었다.

"믿어."

조금의 망설임조차 없는 투였다.

"진짜?"

"그래. 대신 평소보다 조금만 더 신경 써서 챙겨. 내일은 나도 워크숍 장소에 다녀와야 해서 촬영 시작하는 시간에 도착할 수 있을 거란 보장이 없어. 상무님도 참석하는 자리라 빠질 수도 없고. 금방 올 거니까 그때까지만 잘 간수하고 있으면 돼. 그 정도는 쉽잖아."

"그러니까 믿을 사람은 나밖에 없다는 거지?"

"몇 번을 말해. 내가 너 말고 누굴 믿어."

"오올, 도하주운—"

괜히 기분 좋아진 단영이 입술을 들썩이려는 찰나였다.

"하암—"

전혀 예상치 못한 인물, 유진이 천막을 들추며 등장했다. 늘어지게 하품을 하면서.

"성……유진 씨?"

놀란 단영은 황급히 고갤 돌려 유진을 마주 보았다.

"어? 작가님!"

"유진 씨가 왜 거기에서 나와요?"

단영은 유진을 나쁘게 생각하진 않았지만, 그렇다 해서 호의적이지도 않았다. 초면 테스트 촬영 때 저를 비웃으며 무시했던 기억이 뚜렷해서였다.

"대기 시간이 길어져서요. 한숨 푹 자고 일어났어요. 그런데……."

유진의 시선이 옆으로 옮겨 갔다. 하준을 의식한 듯 보였다.

"아, 유진 씨는 식당에서 봤어도 이렇게 제대로 대면하게 된 건 처음이겠네요. 이분은 도하준 본부장님. 우리 촬영 현장에 피드백차 오셨고, 이번 미라클6 마케팅 총지휘를 맡고 계세요. 그냥 클라이언트라고 생각하시면 돼요."

"아……."

하준의 얼굴을 가까이서 보게 된 유진은 적잖게 충격받은 얼굴이었다. 워낙 조각 같은 외모 때문에 주변에서 수군대는 소문쯤이야 지겹도록 들어 알고 있었고, 공항에서 한 번, 식당에서 두 번 보긴 했지만 상황이 상황인지라 제대로 마주할 여유가 없었다.

"아, 안녕하세요. 모델 성유진이라고 합니다. 보조, 이긴 하지만요."

소개하기에 더없이 형편없는 제 위치가 창피한 모양인지 유진은 고개를 수그리며 조용히 얼굴을 붉혔다.

단영은 그 모습이 기가 막힐 노릇이었다.

한 달 전만해도 촬영장에서는 하찮다는 눈빛으로 자신을 훑어가며 무시했으면서 하준 앞에선 '아무것도 몰라요.' 라는 순진무구한 눈으로 새내기 모델인 척하고 있으니 속이 뒤틀렸다.

수줍은 소녀로 둔갑되었다. 여우 같다는 말은 아마 이럴 때 쓰라고 있는 표현이 아닐까 싶다.

"처음은 누구든 다 그렇게 시작합니다. 저도 그랬고요."

비록 딱딱한 억양이었지만, 왠지 모르게 유진은 그가 자신에게 용기를 불어넣어 주는 것 같은 착각이 들었다. 유진은 슬며시 얼굴을 들어 하준의 눈을 힐끔 올려다보았다.

"도하준입니다."

하준이 먼저 손을 뻗어 악수를 청했다. 지, 지금 이게 악수까지 할 상황이야? 단영은 당황했다.

"아, 네!"

유진은 기다렸다는 듯이 공손하게 두 손으로 하준의 손을 덥석 맞잡았다. 그 둘 가운데에 끼어 버린 단영은 미약하게 눈썹을 꿈틀댔다.

어쩐지, 손이 근질근질 한 기분.

"그럼, 마지막 촬영까지 잘 부탁드립니다."

그런 두 여자의 속내를 아는지 모르는지 하준은 입술 끝을 올린 채로 정중하게 답했다.

군더더기 없이 근사했지만, 의미 모를 친절이었다.

49화

"와, 객실 완전 좋다! 대박!"

객실을 둘러보던 촬영 담당 스타일리스트 주희가 손뼉을 짝 부딪치며 감탄을 연발했다.

"그러게……."

주희는 마냥 신이 난 듯 보였지만, 단영은 다른 의미로 놀랐다. 가방을 툭, 떨어트린 것조차 인지하지 못할 만큼 넋이 가출한 상태였다.

날씨의 변덕으로 촬영 기간이 늘어났고 급한 대로 퇴실 날짜를 미뤘다. 예약되어 있지 않은 방은 한정적이었기 때문에 단영은 스타일리스트와 함께 객실을 이용하게 됐다.

여기까진 문제가 없었다. 출장 촬영 중에 종종 있는 일이었으니까.

"본부장님 진짜 짱인 것 같아요. 어떻게 이런 방을……."

그런데 호화로워도 너무 호화스러웠다는 것이 문제다. 끝도 없이 펼쳐져 있는 평수에 개별 테라스와 수영장까지. 완벽하다 못해 부담스럽기까지 한 고급 풀빌라였다. 바로 엊그제 밤에 묵었던 좁은 객실과는 비교조차 되지 않았다.

이 모든 것을 제공한 사람은 하준이었다.

물론, 단영에게만 특별 대우를 해 준 것은 아니었다. 스태프들은 2인 실 방에 추가 인원 금액을 지불하고 최대 다섯 명까지 함께 숙박해야 했지만, 이런 막막한 상황은 하준이 등장함과 동시에 말끔히 해결되었다.

"아무리 광고주님이라 해도 그렇지. 고작 촬영 스태프 잠자리를 위해서 이렇게까지 해 주실 줄 누가 알았겠어요. 최 작가님. 저 정말 감동받았어요. 당연히 법인으로 긁으신 거겠죠? 설마 개인 사비로 하셨을까요? 그런 거라면 너무 죄송한데."

도하준이라면 충분히 그러고도 남을 남자였다.

단영은 한편으로 기분이 이상했다. 평소 하준은 있는 티를 내고 싶어 하는 성향도 아닐뿐더러 사치를 부리거나 돈으로 사람을 휘두르는 취미는 더더욱 없었다.

그런데 왜 이렇게까지 무리를 한 건지.

"그러게 말이다……."

정작 단영만 모르고 있었다.

"최 작가님 덕분에 귀한 경험도 다 해 보네요. 제가 언제 또 이런 곳에 와 보겠어요? 와아, 작가님. 저기 위에 샹들리에 좀 보세요. 못해도 몇천은 하겠어요. 저 지금 재벌 상속녀가 된 기분이에요."

주희는 신이 난 얼굴로 푹신한 소파에 벌러덩 드러누웠다. 그 모습을 현관에서 지켜보던 단영은 어색한 미소를 지으며 신발을 벗었다. 그래, 그래. 너희들만 좋으면 됐다. 좋게 생각하기로 했다.

"어어, 작가님! 이 객실은 신발 신고 들어오는 거라고 그랬어요!"

"아, 그래?"

단영은 도통 적응하지 못하겠다는 눈으로 어색하게 미소 지으며 신발을 다시 신었다.

"작가님. 저 뭐 하나만 여쭤봐도 돼요?"

"응. 물어봐요."

단영이 흔쾌히 수락하자, 주희는 의미심장한 웃음을 지으며 능구렁이처럼 쑥 들어왔다.

"본부장님이랑 대체 어떻게 된 거예요? 은효한테 들었는데 다들 촬영 때문에 쉬쉬했지만 엄청 충격이었다고요. 누가 먼저 고백했는데요? 좋아요? 진도는 어디까지 나갔어요? 물론 본부장님 신사적이고 잘생긴 건 다 아는 사실이라 해도 엄청 무뚝뚝한 인상인 데다가 뭐랄까⋯⋯. 완전 철벽남 스타일?"

철벽남 같은 소리 하고 앉아 있네. 단영은 속으로 비웃었다.

"그런 분이 연애하면 어떤 모습일지 너무 궁금했거든요! 맞다! 침대 위에서요? 낮져밤이? 낮이밤져? 낮이밤이? 설마, 반전으로 낮져밤져?! 꺄! 그것마저 귀여우실 것 같아!"

"⋯⋯."

하나씩 물어봐라 하나씩.

주둥아리 가볍기로 유명한 은효에게 걸린 것이 최악의 실수였다. 예상 못 한 것은 아니었기에 그다지 놀랍진 않았지만, 골치 아픈 건 사실이었다.

단영은 쉬지 않고 쏟아지는 질문 세례를 감당할 수 없어 한숨을 푹 내쉬었다.

촬영 현장에선 다들 눈치만 볼 뿐 단영에게 직접적인 질문은 하지 않았다. 아무래도 주희가 대표로 나선 모양이다.

"연애 시작한 지는 얼마 안 됐어. 그 부분은 나중에 천천히 말해 줄게요. 오늘은 피곤하니까 일단, 좀 쉬자."

"어머, 맞다⋯⋯. 작가님 여태까지 촬영하느라 힘드셨을 텐데. 죄송해요. 제가 너무 눈치 없었나 봐요."

결례라는 사실보단 호기심이 앞섰을 뿐이지 악의적인 마음은 아니었다. 주희는 진심으로 사과했다. 그러고는 먼저 짐 정리를 하고 있겠다며 총총걸음으로 멀어져 갔다.

그제야 숨을 돌릴 수 있게 된 단영은 침대 위에 철푸덕 몸을 던졌다.

"도대체 뭐지?"

피곤한 이유는 촬영이 전부가 아니었다. 유진의 존재가 꺼림칙했다. 질투도 질투지만, 그건 그다음이다.

유진은 아침부터 내내 이상하리만큼 말수가 없었다. 죽일 듯 노려볼 땐 언제고 눈을 마주치니 화들짝 놀라 피하지 않았던가. 마치 죄지은 사람처럼.

"하으, 피곤해……."

요즘 들어 크고 작은 사건들이 꽤 많았다. 눈꺼풀이 점차 무거워졌다.

[오빠, 나 졸려서 먼저 잘게. 따랑해용♡]

겨우겨우 문자를 보냈다. 평소 같았으면 절대 보내지 않았을 애정 표현과 덤으로 하트까지.

술에 취한 것보다 잠에 취한 것이 더 무서운 결과를 초래한다는 것을 이때까지만 해도 단영은 꿈에서조차 모르고 있었다.

전송 버튼을 누르고 나니 눈이 깜빡이는 속도가 갈수록 느려졌다.

결국 단영은 밀려오는 잠을 이겨 내지 못하고 스르륵 단잠에 빠졌다.

한편, 유진은 단영과 주희가 묵고 있는 객실 앞에 서서 발을 동동 굴렀다.

"후우……. 괜찮아. 괜찮을 거야."

이렇게 될 줄 알았으면 첫 테스트 촬영 때부터 잘 보여 둘 걸 그랬다. 하다못해 친근한 이미지를 심어 두었다면 이렇게 어색할 일도 아닐 텐데 말이다.

다짜고짜 내일 있을 촬영에 대해 조언을 받고 싶어 왔다고 말한다면 제아무리 멍청한 사람일지라도 경계할 것이 분명했기에 걱정스러웠다.

"어떡하지?"

밑도 끝도 없이 무턱대고 찾아오긴 왔는데, 어떤 식으로 접근을 해야 의심을 사지 않을지 아무리 머리를 굴려 봐도 답이 없었다.

그때였다.

띠리릭—

"앗, 깜짝이야! 유진 씨였구나?"

때마침 객실 문을 열고 주희가 등장했다. 화들짝 놀란 유진은 크게 뛰는 심장 소리를 애써 잠재우며 억지로 입술 끝을 올렸다.

"아, 네. 어디 가세요?"

"배고프기도 하고 스태프들 근처 술집에서 뒤풀이하고 있대서 나도 참석하려고요. 유진 씨는?"

"저, 저도 그 소식 듣고 전해 드리러 온 거예요."

그럴싸한 핑계였다. 사실 유진은 그런 정보를 들은 적 없었다. 고작 보조 모델이라고 무시하는 건지. 술자리도 그렇고 한참 어린 스타일리스트에게 반말을 당하는 것 또한 몹시 언짢았지만, 유진은 선한 미소를 잃지 않았다.

"그럼, 최 작가님은요? 참석하신대요?"

유진은 가장 궁금한 본론부터 꺼냈다.

"아, 최 작가님은 피곤하신 모양이에요. 그럴 만도 하지. 바로 어제 어머니 일도 있었고, 곧바로 제주도 날아와서 촬영 돌입하고. 얼마나 피곤하시겠어요. 그래서 일부러 안 깨웠어요. 내일 촬영도 있고 해서 푹 쉬라고."

"아……."

"유진 씨는? 안 가요?"

절호의 기회였다. 유진은 고개를 끄덕이며 방긋거렸다.

"당연히 가야죠. 먼저 가세요. 저는 화장실이 급해서."

"그래? 그럼 우리 객실 화장실 쓸래요? 우리 방 엄청 좋아. 유진 씨도 알죠? 본부장님이랑 작가님 연애하는 거. 본부장님이 우리 객실 다 잡아 주셨대요. 본부장님 아니었으면 좁아터진 방에 서넛 명씩 낑겨서 잤을걸요? 얼마나 다행인지 몰라. 어후, 상상만 해도 끔찍하다."

전혀 몰랐다. 개인적으로 친분이 있는 사이라는 정도만 알고 있었는데…….

유진은 이를 악물었다. 잠깐, 순간적으로 유진이 멈칫했다.

그러고 보면 대표님도 단영을 언급했었다. 유진은 아침에 서정과 통화한 내용을 떠올렸다.

배승호는 단영의 일이라면 물불 가리지 않을 거라고.

그 말은 즉…….

하. 유진은 속으로 허탈하게 웃었다. 대체 저 작가가 뭐라고 유명 인사들이 죄다 좋다 난리란 말인가. 생각해 볼수록 속이 뒤틀렸다.

"어쩜 그렇게 로맨틱한지. 난 본부장님이랑 우리 작가님 백번 응원할 거예요. 진작 알아봤다니까? 스튜디오 회식 할 때마다 본부장님은 눈이 오나 비가 오나 항상 작가님 데리러 오셨었거든요. 그것만 봐도 딱 뭔가 있을 거라고 확신했지."

수다스럽기로 유명한 주희는 그런 유진의 속내를 차마 알아차리지 못한 채 떠들기 바빴다.

"아, 내 정신 좀 봐. 유진 씨 화장실 급하다고 했죠? 얼른 들어가요."

"아뇨. 몇 걸음만 걸어가면 제 방 있는데요, 뭘. 금방 따라갈게요."

"그래요, 그럼. 나 먼저 가요?"

유진은 대답 대신 고개를 끄덕였다. 주희가 걸음을 떼어 내자 객실 문이 스르륵 움직였다. 완전히 닫히기 직전, 재빨리 옷깃을 쑤셔 넣었다. 덕분에 자동으로 잠기는 일은 없었다.

엘리베이터를 잡기 위해 복도 끝으로 멀어진 주희는 그것까지 확인할 정신이 없어 보였다.

"후우……."

주희가 코너를 도는 것까지 확인한 유진은 안도의 숨을 내쉬며 아랫입술을 질끈 물었다. 마지막 기회일지도 모른다. 실수는 절대 없어야 한다.

유진은 최대한 발소리가 들리지 않도록 조심스럽게 주변을 살폈다. 불이 꺼져 있어 객실은 깜깜했다. 은근한 달빛에 간신히 사물만 보이는 정도였다.

엿들은 대로라면 하준의 차량 키는 분명 단영의 재킷에 있을 터였다.

유진은 고개를 돌려 단영의 재킷을 찾았다. 점차 어둠에 익숙해지자 침실로 추정되는 곳이 시야에 잡혔다. 그곳을 향해 조심조심 걷던 유진의 발이 문득 멈추었다.

웬 물체가 발에 걸린 탓이다. 유진의 시선이 밑으로 떨어졌다. 재킷이었다. 다행이다, 정말 다행이다. 정신이 없어 입은 채로 잠이 들었다면 골치 아팠을 텐데 생각보다 수월하겠다.

유진은 인기척을 내지 않고 그대로 한쪽 무릎을 꿇고 앉았다. 그러곤 지체 없이 주머니에 손을 넣었다. 그러나 원하던 차량 키는 잡히지 않았다. 반대편 주머니도 마찬가지였다.

"……."

인상이 확 구겨졌다. 설마……. 유진은 지푸라기라도 잡는 심정으로 재킷 안쪽을 살폈다. 이곳에마저 없으면 차 키를 다른 곳에 숨겨 둔 것이다.

제발, 제발. 유진은 신중에 신중을 더해 재킷 안쪽 주머니로 손을 밀어 넣었다.

"아."

유진은 무의식중에 튀어나온 감탄사에 놀라 황급히 입술을 다물었다. 그녀의 얼굴엔 처음부터 근심은 없었다는 듯이 환한 생기가 돌았다.

'찾았다.'

유진은 차량 키를 꼬옥 움켜쥐었다. 그토록 간절히 꿈꿔 온 런웨이가 눈앞에 펼쳐진 것만 같은 착각이 들었다. 비단길 같다. 그곳에 주인공이 될 내가 너무 눈부셔서, 그래서.

그녀는 도덕적이지 못한 지금 이 행위에 대해 조금의 죄책감도 느끼지 못했다.

어두운 침실 안. 단영의 눈꺼풀이 날렵하게 떠졌다.

"……."

상체를 일으켰다. 유진이 머물렀던 곳에 고정되어 있는 그녀의 눈빛이 심상찮다.

모든 상황을 목격했다. 낯선 환경에서 편히 잠들지 못한 것이 신의 한 수였다.

"지금 누굴 호구로 아나."

단영은 곧장 휴대폰을 켰다.

떠밀리듯 악역을 자처하게 된 지금. 유진은 작은 것 하나도 믿을 수 없었다. 지하 주차장에 도달할 때까지 계속 그랬다. 아니라는 걸 알면서도 왠지 모르게 안면 없는 사람들이 자신을 지켜보고 있는 것만 같았다.

무서웠지만 되돌릴 순 없었다. 고지가 바로 눈앞이다.

주차장은 지하 4층까지 있어서 차량을 찾기에 꽤 애를 먹을 줄 알았는데 아니었다. 차는 보란 듯이 지하 1층에 있었다. 그것도 엘리베이터를 마주한 곳에 떡하니.

불안할 정도로 모든 것이 딱딱 맞아떨어졌으나 유진은 지금에 집중하기로 결심했다.

삐빅—

'열림' 버튼을 누르자, '나 여기에 있어요.' 라고 알려 주는 듯 반가운 차량 신호음이 주차장 내에 울려 퍼졌다.

"이제, 거의 끝났어."

유진은 혹시라도 블랙박스에 찍힐 위험을 방지하고자 단영의 재킷을 걸치고 있었다. 이만하면 자신이 범인으로 지목될 위험은 현저하게 줄어들 것이다. 그렇게 생각하니 다음 일은 쉬웠다.

뒷좌석 문을 열었다. 달칵, 소리에 유진은 다시 한번 더 주변을 살폈다. 이상이 없는 것을 확인한 뒤에 다시금 시선을 돌렸다. 하얀색 박스는 무방비한 상태로 의자 시트 위에 놓여 있었다.

망설임은 없었다. 곧장 박스를 집어 들어 개봉했다. 그러자 아침에 승호가 들고 촬영했던 검은색 공기계가 보였다.

「SHIO

Miracle 6」

박스 상단에 적혀 있는 문구를 보자 유진은 새삼 실감했다.

전 세계인이 그토록 궁금해하는 미라클6.

시오전자가 야심차게 공들여 준비한 신제품.

국내 이동 통신 3사에서 사전 조사 한 예약 수만 해도 너무 많아 가늠조차 할 수 없다던.

바로 그 휴대폰이 눈앞에 있다. 손안에 있다.

유진은 오소소 소름이 돋았다. 솜털 하나하나가 빳빳하게 세워지는 기분이었다.

그건, 전율이었다.

"이게……."

한동안 제자리에 멍하니 서 있던 유진은 가까스로 정신을 차렸다. 주머니에서 자신의 휴대폰을 꺼내 들었다.

무음으로 사진이 찍혔다. 혹시 모를 일을 대비해 유진은 세 장 더 찍었다.

"확실해서 나쁠 건 없으니까……."

유진은 조심스럽게 상자를 닫았다. 미라클6 액정은 지문조차 묻지 않았다. 상자에 들어 있는 상태 그대로 보존하여 찍어 뒀기에 뚜껑만 덮어 주니 감쪽같았다.

원래 있던 자리, 각도, 위치. 모든 것이 완벽했다.

유진이 뒷좌석 문을 닫았다. 이제 돌아서서 단영이 있는 객실로 돌아가 재킷을 원래 위치에 몰래 두고 나오면 끝이다. 정말 그러면…….

"……."

끝인데.

"또."

정말 그랬는데.

"너냐?"

끝이 아니었다.

유진은 그대로 굳어 버렸다. 척추가 마비되어 버린 느낌이었다. 손하나 까딱할 수 없었다.

"작가님 옷도 입고."

뚝, 뚝 끊어지는 어투는 살얼음판처럼 차가웠다.

"모자까지 썼네."

화를 억누르고 있는 낮게 잠긴 음성이 주차장에 울렸다.

"작정했단 티가 너무 나잖아. 어?"

의문의 두 번째 손가락이 예고도 없이 불쑥 튀어나왔다. 눈앞까지 다가오자 유진은 겁에 질린 얼굴로 눈을 질끈 감았다.

얼굴을 건드릴 것이란 예상과 달리 남자는 그녀의 모자 앞부분을 툭, 올려 쳤다. 유진이 푹 눌러쓰고 있던 검은색 모자는 손쉽게 위로 향했다. 덕분에 그녀의 얼굴도 훤히 드러났다.

유진의 속눈썹이 퍼들퍼들 애처롭게 떨렸다. 눈꺼풀은 빠른 속도로 떠졌다가 감기기를 반복했다. 정처를 잃고 흔들리는 눈동자는 현재 유진이 얼마나 당황했는지 예상할 수 있었다.

"내가. 다음에 또 걸리면 그땐 어떻게 한다고 했었는지, 혹시 기억해?"

승호였다.

그는 트레이닝 바지 주머니에 한쪽 손을 푹 찔러 넣은 채, 삐딱한 자세로 유진을 내려다보고 있었다.

동정, 연민 따윈 조금도 남아 있지 않은 그저 하찮아 죽겠단 눈빛은 더없이 거만했고 그보다 더 냉랭했다.

"묻잖아. 기억하냐고."

유진은 입이 얼어붙어서 그 어떤 대답도 내놓을 수 없었다. 정리가 잘 되지 않았다. 하지만 떨림은 잦아졌다.

그런 말도 있지 않던가. 벼랑 끝까지 내몰린 이에겐 그 어떤 것도 무서울 것이 없다는.

유진은 서서히 평정심을 되찾아 갔다. 이렇게 된 이상, 물러설 곳은 없다. 되든 안 되든 밀어붙일 수밖에.

"……해요."

하. 승호는 기가 막힌 나머지 짤막한 실소를 터트렸다.

"웃기는 년이네, 이거."

"……."

"너, 미쳤지."

그래. 미치지 않고서는 이런 짓을 저지를 수도 없었겠지. 생각도 못 했겠지. 목적이 없었다면 상상도 못 할 일이지.

유진은 현재 상황이 세간에 퍼지게 되면, 언론에서 떠들어 대기 시작한다면 모델이고 자시고 모두 끝장난다는 현실이 멀게만 느껴졌다.

침착함이 생겼다. 왠지 모르게 모든 것이 잘 해결될 것 같다는 기분이 들었다. 마치, 마녀의 주문에 홀려 버린 사람처럼.

"모르는 척해 주세요."

"뭐?"

"못 본 걸로, 해 주세요."

죄송하단 말은커녕 되레 눈 한 번 깜빡이지 않고 담담하게 말을 잇는 유진의 모습에 승호는 어이가 없다는 표정을 지었다.

그다음 이어진 유진의 말은 더욱 가관이었다.

"좋아하잖아요."

"……."

"그 여자, 좋아하잖아요. 선배."

단영이 언급되자마자 승호의 낯빛이 싸하게 식었다.

"어쩌면 기회가 될 수도 있……."

"기회?"

승호가 같잖다는 듯 되물었다.

"무슨 기회."

"유출이 된다 해도 작가님에게 피해가 갈 일은 없을 거예요. 타격은 시오전자 쪽에 있겠죠. 면밀히 말하자면, 총담당자라던 그…… 도하준

본부장님이요."

유진은 직선적으로 뻗어 있는 승호의 시선을 똑바르게 마주할 수 없어 슬쩍 눈을 피했다.

"선배가 끔찍하게 싫어하는 사람이기도 하고요."

서늘했다. 당장 목을 졸라 와도 이상할 것이 없었다. 그만큼 그는 무시무시한 표정으로 유진을 직시하고 있었다.

유진은 머뭇거리긴 했지만, 멈추지 않았다. 반응은 있었으니까. 떠볼 생각으로 던진 말이었는데 고맙게도 승호의 얼굴에 변화가 생겼다.

"솔직히 유출이라 해 봤자 휴대폰에 대한 스펙이나 중요한 정보 기술 같은 것도 아니고, 고작 디자인일 뿐이잖아요. 보니까 다른 기업들은 일부러 유출하기도 한대요."

"……."

"분명 작가님도 죄책감에 시달리긴 하겠지만, 결국은 본부장님과 자연스레 멀어지게 될 거예요. 본부장님이 가장 신뢰하는 사람은 작가님이잖아요. 다른 사람도 아니고, 믿었던 사람에게 배신당한다는 건…… 아무래도 큰 충격일 테니까요."

유진은 몇 시간 전 하준과 단영이 대화하던 말을 떠올리며 아무렇게나 떠들어 댔다. 침착함을 유지하던 유진의 음성은 점차 다급하게 바뀌었다. 무슨 말을 하고 있는 건지 분간이 잘 되지 않았다. 그녀는 아무 말이나 내뱉으며 어떻게든 승호를 아군으로 돌리는 데 급급했다.

"누가 사주했어."

"……네?"

"마서정. 그 여자야?"

"그건……."

"그 여자가 너한테 뭘 주겠다는데."

굳이 물어보지 않아도 뻔했다. 자신이 가장 꿈꿔 온 자리를 내걸었을 그 여자의 심보가 말이다.

순수할수록 더 무서운 법이다. 갈구하는 것이 적어질수록 무모해지는 법이다.

유진과 서정. 그 둘은 똑똑한 여자가 아니었다. 무식했으면 무식했지, 결코 현명하지 못했다. 찰나의 순간만 보고 무턱대고 달려들 줄만 알지, 그 후에 벌어질 일을 어떻게 해결할지는 나중 일이었다. 가장 중요한 핵심을 전혀 모르고 있다.

그 사실이 그저, 안타깝다.

"마 대표가 그렇게 말했나 보네."

"……"

"휴대폰 디자인 유출은 큰 문제가 되지 못할 거라고."

그러니 안심하라라며 부추겼을 것이다.

"그래. 네 말대로 큰 타격은 아니겠지. 근데."

벌어지게 되더라도 도하준이 어떻게든 잘 해결할 것이다. 너희와 다르게 똑똑한 사람이니까.

"계약서 숙지 제대로 안 해?"

모델들은 CF나, 화보 촬영 전에 반드시 기밀 서약서를 작성해야 한다.

승호가 한숨을 묵직하게 밀어 냈다.

"너, 진짜."

그의 한숨 소리에 유진의 어깨가 흠칫 떨렸다.

부정한 이익을 얻고자 하거나, 기업에 손해를 입힐 목적으로 해당 기업에 유용한 영업 비밀을 취득, 사용하거나 제삼자에게 누설한 자는 5년 이하의 징역 또는 그 재산상 이득액의 두 배 이상 열 배 이하에 상당하는 벌금에 처한다.

유출한 당사자가 자사 광고 촬영을 맡은 모델이고, 그 소속사 대표일 때에는 말이 달라진다는 것까진 생각 못 한 모양이다.

흐릿한 유진의 눈빛만 봐도 대충 훑고 넘어간 것을 알 수 있었다.

라이벌 기업도 아니고, 고작 모델 소속사 따위가 대기업 신제품을 유출할 경우는 극히 드물었다. 함께 관심을 받는 것이 가장 주된 목표였으니 말이다. 상부상조. 그 뜻을 거스르는 위험마저 무시해 가며 대기업을 적대시할 바보는 여태까지 없었다는 뜻이다.

"제발, 모르는 척 넘어가 주세요."

유진은 심장이 폭주하듯 뛰었다. 현재까지 승호의 반응으로 봐선 도무지 제 편에 서 줄 것 같지가 않아서였다. 이대로 탄로가 난다면 말처럼 모델 인생은 끝이다.

"넘어가 주면."

그러나 승호의 대답은 의외였다.

"……네?"

유진은 얼떨떨했다. 천천히 고개를 들어 승호를 마주 보았다. 그는 한쪽 눈가를 찡그린 채였다.

"그렇게만 해 주면 되냐고."

최단영이 도하준과 헤어지게 될 거라고.

하……. 유진의 말을 속으로 곱씹던 승호는 자조적인 웃음을 짤막하게 터트렸다.

"네! 모르는 척해 주신다면 뭐라도 할게요. 다 할게요."

"단순해서 좋겠네, 너는."

꽉 쥐고 있던 승호의 주먹에 더한 힘이 실렸다.

"그래."

이제 그만 포기하고 싶다. 정말로.

"너 좋을 대로 해."

승호는 그 말을 끝으로 뒤돌아섰다.

같은 공간이었지만, 거리를 두고 떨어진 곳에 주차된 차량 운전석.

"……."

그곳엔 하준이 앉아 있었다. 그는 수두룩한 문자를 묵묵히 확인했다.

[오빠. 성유진, 지금 내 옷 입고 내려갔어. 왜 이렇게 전화를 안 받아? 이렇게 가만히 둬도 괜찮은 거 확실해?]

발신자는 단영이었다.

일자로 다물린 입술. 밑으로 내려가 있는 무덤덤한 눈빛.

하준의 표정은 좀처럼 읽을 수 없었다.

[잘했어.]

그저 무표정한 얼굴로 손가락만 움직여 무심하게 전송 버튼을 눌렀을 뿐.

[이제 빈 하트 채워서 문자 다시 보내.]

고작 그뿐이었다.

50화

덜컥, 탁—

승호는 차량 조수석 문을 열고 시트에 안착하자마자 거칠게 문손잡이를 잡아당겼다.

그는 피곤함이 진득하게 묻어난 얼굴로 정면 차창을 응시했다. 짜증스러운 한숨이 짤막하게 터졌다.

모든 상황이 마음에 들지 않았다. 함께 있는 공간 자체도 끔찍했다. 트레이닝 바지 주머니를 뒤적거리던 승호가 만년필 모양의 물체를 꺼내 들었다.

"……."

승호는 시선을 내려 손에 쥐고 있는 만년필을 가만히 응시했다. 꽈악. 힘이 들어갔다. 무슨 생각을 하는 건지 표정이 복잡했다.

얼마 지나지 않아 승호가 운전석 쪽으로 성의 없이 팔을 뻗었다. 그 손엔 만년필이 들려 있었다.

"이거 가지고 있는 내내 불쾌해서 죽을 뻔했으니까 빨리 가져가시죠. 자요."

결코 호의적인 말투가 아니었다. 승호는 떨떠름한 눈으로 운전석을 흘겼다.

"……."

때마침 주차장으로 진입하고 있는 다른 차량의 전조등 빛이 운전석을 밝혔다. 그곳엔 하준이 앉아 있었다. 차량이 사라지자 다시금 어둠이 찾아왔다.

하준은 침묵을 유지하며 승호가 내민 만년필을 건네받았다. 그가 엄지손가락으로 만년필 클립을 내렸다. 방금 전 유진과 승호가 나눈 대화들이 빠짐없이 흘러나왔다.

대화 내용이 재생되는 동안 그들은 숨을 죽였다. 처음부터 운전석 창문을 살짝 내리고선 모두 엿들은 상태였지만, 하준은 다시 한번 확실하게 새겼다.

승호는 치밀어 오르는 분을 가까스로 참아 내기 위해 질끈 눈을 감았고, 하준은 날카로운 눈빛으로 만년필을 꿰뚫었다. 15분가량의 시간이 흐르고 나서야 재생이 멈추었다.

"됐습니까?"

승호는 더 이상 볼 것도 없다는 듯 자리를 피하고자 했다.

"좋네요."

"뭐가요."

승호가 까칠하게 되물었다.

"배승호 씨 목소리요."

그럼에도 하준은 태평하게 감상평이나 내뱉고 있었다. 승호의 미간이 확 구겨졌다.

"지금 상황이 재밌습니까?"

"없진 않습니다."

의연하다 못해 여유가 넘쳤다. 승호는 느긋한 하준의 태도가 마음에 들지 않았다. 하지만 딱히 대꾸하고 싶지도 않았다.

두 시간 전. 객실 문을 정확히 세 번 두드리는 노크 소리에 문을 열었을 때 승호는 찰나의 기대감에 사로잡혔으나 생각지도 못한 인물이 버젓하게 서 있는 것을 목격하자마자 일말의 기대가 산산조각 났다.

승호는 단호하게 객실 문을 닫으려 했으나 힘 있게 문을 잡아챈 하준 때문에 그럴 수도 없었다.

'이대로 닫고 돌아서면 나는 배승호 씨도 공범이라 치부하고 사건을 처리할 생각입니다.'

'결론만 간단하게 말씀드리면, 배승호 씨가 가장 유력합니다.'

'대화할 의향이 있다면 그때 천천히 전부 다 말씀드리도록 하죠. 아직까진 저도 짐작뿐이라 선뜻 가진 패를 내놓기가 싫어서요.'

어쩔 수 없었다. 가장 취약한 약점을 보란 듯이 아프게 쑤셔 대고 있는 그를 차마 무시할 수 없었다.

그를 객실로 들이고 이야기를 듣는 내내 승호는 편두통을 느꼈다. 유진을 의심하고는 있었지만, 이 정도로 무모할 줄은 몰랐다. 그럴 용기조차 없을 것이라 판단했으니까. 만약 하더라도 스캔들 선에서 끝낼 줄 알았다.

하준이 거짓말을 하고 있는 것이라 생각될 정도였다. 그래 봤자 그가 꺼내 놓은 말들은 전부 짐작에 지나지 않았다. 한데 그 눈빛은 무어란 말인가. 그의 눈은 흔들림 없이 올곧기만 했다. 진중했다. 확신이 있었다. 그랬기에 도무지 하준을 무시할 수 없었다.

그가 준비한 만년필 녹음기를 받고 지시한 대로 지하 주차장에 도착할 때까지도 믿지 않았다. 정말이지, 죽을 만큼 싫었다. 도하준의 뜻대로 고분고분 움직여 주고 있는 자신이. 협력하고 있는 스스로가.

하지만 유진을 대면하며 모든 진실을 눈으로 직접 마주하게 되자 절로 실소가 터졌다. 미칠 것만 같았다. 제정신을 유지할 수 없었다.

까딱했다가 눈이 돌아갈 뻔했다. 여자고 자시고 간에 손부터 올라갈 수도 있었다.

"이만큼 했으면 내가 할 일은 끝난 것 같은데."

회상에서 깨어난 승호는 급히 상황을 정리했다. 한시라도 빨리 자리를 뜨고 싶었다. 쉬고 싶었다. 머리를 식힐 시간이 필요했다.

"아뇨."

그 말에 하준을 직시하던 승호의 눈동자가 돌연 살벌해졌다.

"적어도 변명 정도는 들어 봐야 하지 않겠습니까."

"그건 또 무슨……."

개소리야. 승호는 거친 욕설들이 목 끝까지 차올랐다. 그걸 간신히 삭이며 안면 근육을 일그러뜨렸다.

"충분히 납득할 수 있을 만한 알리바이. 그에 따른 타당한 근거."

"하."

승호의 잇새로 짤막한 헛웃음이 터졌다.

"배승호 씨 결백을 내가 직접 듣고 이해할 때까지는 허락 없이 이곳에서 못 나갑니다."

하준은 무심히 말하며 전 좌석 잠금 버튼을 눌렀다. 탁. 빠져나갈 수 있는 공간과 단절시키는 소리가 차량 내에 울렸다.

"안심하세요. 나쁘게 대할 일은 없을 겁니다. 물론, 내 뜻을 따라 준다는 전제하에."

뒤도 돌아보지 않고 싫다 거절하고 싶은 마음은 굴뚝같았으나, 사건이 수면 위로 드러나게 되면 '―카더라.' 하며 제멋대로 여론을 휘젓고 다닐 기자들만큼은 피할 수 없을 것이다.

"선택은 배승호 씨 자유입니다. 그 후에 있을 책임도 그쪽 몫이 되겠지만."

그는 하나하나 맞는 말만 골라 하고 있었다. 그래서 더 재수 없었다.

홀로 독식하여 물어뜯기를 좋아하는 하이에나와 다를 바 없는 기자들을 상대하느니 차라리 그와 조용히 처리하고 묻어 두는 편이 현명했다. 인정하긴 싫었지만, 그는 충분히 그럴 수 있는 힘이 있었다.

"배승호 씨를 의심할 이유가 없다고 판단되면 나름 좋은 선물도 준비해 뒀습니다. 보답 정도로 해 두죠."

"선물?"

보답 정도는 얼어 죽을. 승호는 속이 뒤틀렸다. 절로 입술을 아프게 씹게 됐다.

"같이 드라이브나 할까 하는데. 좋아합니까? 드라이브."

"와……. 진짜 환장하겠네."

이거 완전 또라이 아닌가. 말문이 막힌 승호는 목을 뒤로 젖혀 차량 천장을 바라보았다. 자꾸만 헛웃음이 터졌다. 지금 누가 누구랑 뭘 한다고?

왜 하필 저 새끼랑 다정하게 앉아서 드라이브를 즐겨야만 하는 거냐. 무려 자정이 가까워지고 있는 이런 야심한 시각에.

더군다나 나는 어째서 그럴싸한 반박조차 한 번 하지 못하고 병신처럼 가만히 앉아 있는 거지.

아, 진짜 미치고 환장하고 돌아 버리겠다.

승호는 당장이라도 속 터져 죽을 것 같단 얼굴이었다.

"……."

그 속을 아는지 모르는지 묵묵히 승호의 옆모습을 관망하던 하준은 이유 모를 웃음을 흘리며 익숙하게 시동을 걸었다.

차량이 부르르 떨며 진동했다. 기어를 바꾼 그가 부드럽게 핸들을 꺾으며 액셀러레이터를 밟자, 바퀴가 천천히 굴러갔다.

기어코 끔찍한 상대와 함께 하는 데이트가 시작되고 만 것이다.

죽을 만큼 불편한 데이트가.

"안전벨트는 알아서 잘 하시고."

승호는 어처구니가 없는 상황에서 느긋한 소리나 뱉고 있는 하준을 죽일 듯한 눈빛으로 흘겨보며 지금과 같은 데이트는 두 번 다신 없길 간절히 바랄 수밖에 없었다.

화려한 저택. 서정은 화장대 앞에 앉아 휴대폰을 내렸다.

"……아무리 생각해 봐도 수상하단 말이야."

유진에게 현재 상황을 전달받았다. 생각보다 수월하게 마무리되었다 말하는 유진의 음성은 여느 때보다 밝았다.

서정은 날카롭게 눈을 치뜨며 신중히 고민했다.

"이렇게 쉬울 리가 없는데."

유진이 보고한 내용에는 승호와 관련된 것을 찾아볼 수 없었다. 본 부장에 대한 것 역시 없었다. 그렇담 걸리지 않았단 뜻인가? 결과적으론 더할 나위 없이 반가운 소식이었으나 서정은 꺼림칙한 기분을 지울 수 없었다.

"됐어. 결과만 좋으면 된 거야."

서정은 유진이 보내 온 미라클6 휴대폰 사진을 물끄러미 응시하며 자기 최면을 걸었다.

"그저 쓸모없는 계집애일 거라고 생각했는데, 의외의 수확을 건져 올 줄이야."

유진을 뜻하는 거였다. 똑똑하지 못했기에 사고나 치지 않으면 다행이라 생각했다. 당연히 실패할 것이라 여겼고, 그때를 대비한 대책을 수두룩하게 펼쳐 놓고 있었는데 보란 듯이 성공했다는 말을 좀처럼 믿기가 어려웠다.

서정은 제 손에 오물을 묻히는 수고를 덜었으니 그것만으로도 충분히 홀가분했다. 그녀는 화장대 서랍장 안에 넣어 둔 명함을 꺼내 들었다. 명함 하단에 적혀 있는 번호로 전화를 걸었다.

「**김수용 기자**」

환영엔터를 전담으로 맡고 있는 기자였다. 꽤 영향력이 큰 사람이라 믿을 만했다.

— 아이고, 마 대표님이 어쩐 일로 제게 전화를 다 주셨답니까?

"내가 우리 김 기자를 한동안 너무 안 찾았지?"

— 말해 뭐 합니까. 지금 전화 아니었음 서운할 뻔했죠.

"그래서 말인데 내가 자네 앞으로 기삿거리를 하나 줄 생각이야."

— 대표님이 직접 연락 주신 걸로 보아하니, 자잘한 스캔들 따위는 아닌 것 같은데.

"제대로 한몫 당길 수 있을 만큼 영향력이 큰 건이라서 고민이 많아. 자네가 정보를 받고 나면 감당할 수는 있을는지……."

— 그 정도입니까?

"그럼. 내가 여태까지 자네에게 실속 없는 말 한 적 있나?"

— 아이고, 아닙니다. 그런 뜻이 아니란 거 대표님이 더 잘 아시잖습니까.

서정은 만족스럽다는 듯이 씩 웃었다. 밑에 있는 사람 부려 먹기를 누구보다 즐기는 그녀였다.

"증권가에서도 구미가 당길 법한 내용이지. 주식 변동도 심할 것 같으니 사전에 미리 사 두는 것이 좋겠어. 자네라서 특별히 언질 해 주는 거니까 잘 새겨들어."

껄껄껄, 호탕하게 웃는 수용의 웃음소리가 서정의 기분을 더 들뜨게 만들었다.

— 이제 애 그만 태우시고 말씀 좀 해 주십쇼. 저 궁금해 죽습니다, 대표님.

먹잇감을 눈앞에 두고 입맛을 다시고 있는 수용의 모습이 훤히 그려졌다.

"우리 엔터 소속 애가 시오전자 전속 모델로 활동 중인 거 자네도 잘 알 거야."

— 승호 말하시는 겁니까?

"그래. 시오전자에서 이번에 출시 예정인 미라클6 디자인 실사를 확보했어. 나도 방금 막 건네받은 참이라 출처는 불분명 하지만…… 보아하니 확실해."

— 허어…….

전혀 예상치 못한 고급 정보였다.

— 이거, 저 물 먹이시는 거면 큰일 납니다. 아시죠, 대표님?

기자 목이 순식간에 댕강 잘려도 이상할 게 없었다. 그 상대가 시오전자라면 더욱 그러했다.

"그러니 찌라시 정도로 흘려야겠지."

— ……기사 엠바고는 언제쯤 원하시는지요.

"내일 오후. 화보 촬영이 끝나는 대로 올려 줘."

— 제 독점인 건 확실한 거죠?

"장담하지. 대신, 조건이 있어."

— 어떤 조건 말입니까?

"기자의 의무는 반드시 지키도록 해. 제보자의 익명성. 다른 건 필요 없어. 그거 하나만 끝까지 보장해 달란 뜻이야. 약속해 준다면 자네가 무리 없이 독점할 수 있을 거야."

— ……좋습니다. 제 기자 인생을 걸고 약속드리죠.

수용의 확답에 서정은 입술 끝을 힘 있게 끌어당겼다. 악랄하기 그지없는 미소였다.

그녀의 새빨간 입술이 느리게 떨어졌다.

"아니. 정정하지."

더 좋은 수가 떠오른 것이다.

"제보자 이름, 익명 말고 승호 이름으로 달아 줘."

주인에게 충성할 수밖에 없는 꼭두각시.

"자네가 성심성의껏 한 글자 한 글자 써 내려갈 기사인데 단 한 줄이라도 거짓이 있다면 쓰나. 애먼 사람이 무거운 멍에를 대신 짊어질 필요는 없으니까."

당차게 배신할 수도, 자리를 탐할 수도 없도록.

반드시 그렇게 만들 것이다.

'혹시나 밤중에 인기척 느껴지면 무시하고 바로 나한테 문자해.'

'그게 무슨 소리야?'

'걸리는 일이 있어서 그래.'

저녁 식사가 끝난 후 하준은 호텔 앞까지 단영을 데려다주며 그렇게 부탁했다. 단영은 그 이유를 묻고 싶었으나, 바빠 보이는 하준을 차마 잡아 둘 수 없었다.

재킷 안주머니 속에는 무려 하준이 맡아 달라 부탁한 차량 키가 들어 있었다. 시키는 대로 고분고분 실행했지만, 그 중요한 재킷을 떡하니 가져가는 장면을 본의 아니게 목격한 단영은 황당했고 불안했으며, 두려웠다.

혹시라도 그가 피해를 입게 될까 봐.

아직 한밤중이었다.

하준에게 잘했단 연락은 받았으나, 단영은 왠지 석연치 않았다. 어떤 일이 있었는지 상세하게 설명해도 모자랄 판에 하트 속에 색이 채워져 있지 않다며 다시 보내란다.

곱게 보내 주나 봐. 그렇게 생각했다면 오산이다.

완전 경기도 오산이라고.

단영은 얼른 옷을 걸쳤다. 미라클이 무사한지에 대한 여부를 반드시 두 눈으로 확인해야만 마음이 놓일 것 같았다.

"어머! 작가님!"

단영이 객실 문을 열자마자 취기에 잔뜩 오른 주희가 폴짝 뛰어 아이처럼 안겨 들었다.

"으아, 잠깐 주희 씨! 나 엎어져!"

"왜 안 오셨어요……. 내가 우리 작가님을 얼마나 기다렸는데!"

대체 얼마나 마신 거야. 단영이 길게 한숨 쉬며 시선을 돌렸다.

"……."

원수도 외나무다리에서 만난다고 하지 않았던가.

주희의 뒤에 서 있는 사람은 다름 아닌 유진이었다. 유진은 단영이 깨어났단 사실에 적잖게 당황한 듯 보였다.

"많이 본 옷이네요?"

단영은 주희를 안은 채로 유진의 팔에 걸려 있는 자신의 재킷을 눈으로 가리키며 물었다.

"아, 이건…….."

"남의 옷 탐내는 취미가 있을 줄은 몰랐어요. 무려 성유진 씨 직업이 모델인데."

단영의 음성은 딱딱하게 얼어 있었다. 유진은 아랫입술을 감춰물며 동공을 흔들었다.

"기분 되게 이상하다. 내 옷이 그쪽 손에 들려 있으니까."

점점 구석으로 몰고 있는 단영이었다. 우물쭈물하던 유진은 최대한 할 수 있는 범위 안에서 수상함을 지워 내려 노력했으나 놀란 나머지 몸이 굳어 꼼짝하지 못했다.

"……주희 씨가 날 추울 것 같다고 챙겨 주셨어요. 술 마실 때 바로 옆자리였거든요."

"저 말, 사실이야 주희 씨?"

단영이 주희를 바라보며 물었다.

"응? 네! 사실이에요. 우리 유진 씨랑— 저랑— 같이 술 먹었거든요. 그치, 유진 씨? 우리 친해졌지? 것도 유진 씨가 제일 마지막으로 도착했는데도! 딱 5분 만에!"

동문서답.

"네. 그럼요. 친해졌죠."

유진은 때를 놓치지 않고 다정하게 웃어 보였다.

아무리 봐도 재킷을 제자리에 두려고 주희를 핑계 삼고 있는 것처럼 보이는데.

술에 취한 사람에게 묻는 것부터가 잘못이었다. 그리고 단영은 주희의 마지막 말에 확신이 섰다. 5분. 유진이 술자리에 함께한 시간은 고작 5분이다.

"옷은? 주희 씨가 내 옷 챙겨 간 거. 맞아?"

"으음……. 그랬나? 사실은 잘 모르겠어요. 히히."

주희가 헤벌쭉거렸다. 단영은 참을 인(忍) 자를 새기며 무거운 숨을 밀어 냈다.

술이 떡이 되도록 마신 사람에게 뭘 물어.

"그래?"

"아이! 울 자까님 오실 줄 알구, 내가 미리 가져왔나 보다! 내가 그런 거니까 둘이 싸우지 마요. 엉엉."

하아……. 일단 얘부터 처리하자. 단영은 날카롭게 유진을 쏘아보던 시선을 거두고는 주희의 팔을 부축했다.

그때였다.

"우윽, 속 쓰려 죽겠네……."

배를 부여잡고 객실 복도를 비틀비틀 걷고 있는 은효가 단영의 시야로 포착됐다. 단영은 급히 그를 호출했다.

"야! 너, 빨리 좀 와 봐!"

"욱─! 죄송해요. 저 지금 급해요."

"삼."

"진짜 죽겠다고요! 박 감독님 때문에 지금……."

"이. 일."

"가요! 지금 가고 있습니다!"

단영과 하준과의 관계를 여기저기 폭로한 죄를 뚜렷하게 인지하고 있던 은효는 죽어라 단영을 피해 다녔다. 뒤풀이 장소에 단영이 나타나지 않아서 할렐루야를 외치고 주님을 찬양했었는데 하필 이곳에서 마주치게 될 줄이야. 은효는 다 죽어 가는 얼굴로 우다다 달렸다.

"일단, 넌 주희 씨부터 옮겨."

"에에?"

숨을 채 몰아쉬기도 전에 사람부터 옮기라고? 은효의 얼굴로 절망이 스쳤다.

"그리고 다시 나와. 나랑 따로 갈 곳 있어."

이럴 줄 알았으면 그냥 냅다 쓰러지는 척이라도 할걸. 은효는 후회했으나 어쩔 도리 없이 주희를 데리고 객실 안으로 사라졌다.

이 둘의 상태만 봐도 단영은 충분히 예상할 수 있었다. 술 좋아하기로 유명한 박 감독 덕분에 여럿 죽어나고 있을 터였다.

호텔 11층 전부를 빌려서 그나마 다행이었다. 괜한 사람들에게 민폐만 끼칠 뻔했으니 말이다.

시끄러운 요주의 인물들이 객실로 사라지자 복도는 금세 고요해졌다.

"저도 이만 들어가 보겠……."

"잠깐."

단영이 유진을 멈춰 세웠다.

"네? 다른 하실 말씀이라도."

단영은 자신보다 한참 큰 유진을 똑바르게 직시했다.

"가더라도 내 옷은 돌려줘야지."

하고 싶은 말들이 목구멍 끝까지 차올랐지만, 단영은 꾹 참았다. 도하준을 위해서. 어떻게 처리할 생각인 건지는 모르겠지만, 지금은 섣부르게 나설 때가 아니다.

단영이 손을 뻗자 유진은 어색하게 웃으며 재킷을 주인에게 돌려주었다. 단영은 재킷을 빼앗듯 낚아챘다.

"그럼, 저는 이제 가 봐도 괜찮죠?"

단영은 그녀에게 인사조차 없이 등을 돌렸다.

"아."

움직임을 멈칫한 단영은 다시금 유진에게 시선을 고정했다.

"나, 두 번은 거슬리게 하지 말아요. 성유진 씨."

날카로운 눈빛이었다.

"눈 돌아간 미친년 상대할 자신 없으면."

단영이 묵직하게 경고하자 유진은 이유 모를 공포에 속눈썹을 파르르 떨었다.

저 여자는 진짜다. 면전에 주먹부터 날릴 기세가 충분했다.

단영은 은효를 억지로 잡아끌며 바로 엘리베이터를 잡아탔다. 새벽이라 층수별로 멈추는 일은 없었다. 지하 주차장에 도착한 그녀는 하준이 알려 준 A54번을 찾았다. 엘리베이터와 바로 마주 보고 있었기에 고생하며 찾아다녀야 하는 번거로움은 없었다.

삐빅.

가장 먼저 뒷좌석 문을 열었다.

"아, 다행이다."

잘 있구나, 내 미라클!

저것 때문에 마음을 도통 편하게 놓을 수가 없었다. 단영은 뒷좌석 문을 마저 닫고 곧장 조수석 문을 열었다.

"우윽. 선배…… 이제 그만 가여…… 저 진짜 취기 올라와서 죽을 것 같아……."

"타."

"에에?"

"타라고."

단영은 단호했다. 홀로 하준을 찾으러 가자니 밤길이 무서웠다. 그러나 뜻하지 않게 은효를 만난 것은 나름 행운이었다.

"저 술 먹어서 운전 못 해요."

"누가 너더러 운전하래? 조수석 문 열어 줬잖아. 운전은 내가 할 거야."

그 말에 은효는 정색하며 완강하게 거절했다.

"아뇨. 지금 그 말만 들었는데도 술이 확 깨네요. 괜찮습니다. 저 이만 들어가 볼게요. 수고하세요."

매정하게 뒤돌아선 은효가 서둘러 발을 떼어 냈지만, 얼마 가진 못했다. 단영의 손아귀로 뒷덜미가 붙잡혔다. 질질질. 은효는 무자비하게 끌려갔다.

"어딜 가? 술 깼다니 듣던 중 반가운 소리네. 알지? 나 운전 잘하는 거."

알다마다. 단영은 정말 운전을 잘했다.

"죽으려면 선배 혼자 죽어요! 왜 멀쩡한 사람까지 죽음으로 내몰아요?!"

문제는 잘해도 너무 잘해서 문제라는 거다. 조수석에 탑승한 사람의 승차감은 조금도 배려하지 않고 정말 자기 운전만 잘한다.

질질질질.

"다물어라. 입 함부로 놀리고 다닌 죄라고 생각해."

질질질질질.

"아악! 이거 놔요!"

단영은 온몸으로 발악하는 은효를 가볍게 조수석 안으로 쑤셔 넣었다.

"으으으……."

은효는 줄곧 앓는 소리를 냈다.

"선배, 저 진짜 토할 것 같단 말입니다……."

"얼마든지 토해. 정성껏 치우는 건 내가 하마."

"우읍."

단영은 헛구역질하는 소리를 무시하며 핸들을 꺾었다. 은효의 호들갑은 유독 유별났다. 스튜디오 식구라면 모두 알고 있는 사실이었다.

액셀러레이터를 깊게 눌렀다. 부웅— 차량의 속도는 점차 높아졌다.

"하늘에 계신 우리 아버지여. 이름이 거룩히 여김을 받으시오며⋯⋯."

"야. 너 불교잖아. 왜 이제 와서 기독교 신자인 척해."

반면 은효는 아무것도 들리지 않았다. 안전벨트를 제 심장이라도 되는 것처럼 기도하는 모양새로 겹친 손바닥 안에 조심스레 끼워 넣고는 끊임없이 중얼거렸다.

"오늘날 우리에게 일용할 양식을 주웁시고⋯⋯."

"아직 호텔 빠져나가지도 않았어. 속도 40으로 밟고 있거든? 오버 좀 하지 마."

"컥! 다, 다만 악에서 구하시! ⋯⋯옵소서. 나라와 권세와 영광이 아버지께 영원히 있사! ⋯⋯옵나이다. ⋯⋯아, 악! 멘."

호들갑 떠는 은효가 괘씸했던 단영은 느낌표가 있는 부분마다 일부러 브레이크를 꽉꽉 눌러 밟았다. 덕분에 은효는 얼굴이 새파랗게 질려 버렸다.

"서, 선배. 지금이라도 늦지 않았어요. 다시 되돌아가요. 네? 저 저번에도 선배 때문에 오줌 쌀 뻔했단 말이에요."

"그땐 촬영 시간이 촉박했으니까 어쩔 수 없었던 거잖아."

단영은 속도위반을 한다든가 무턱대고 차선 변경을 하는 편은 절대 아니었다. 초보 운전도 아니었고 오히려 운전에 능숙하다면 능숙한 편이었다. 술에 취한 은효가 유난을 떠는 것이다.

"야. 내가 여태까지 한 번이라도 단속 걸린 적 있어? 사고 낸 적 있어? 모르는 사람들은 내가 핸들 잡으면 큰일 나는 줄 알 것 아냐."

단영이 핸들을 휙 돌렸다.

"⋯⋯제가 멀미 나서 죽을 것 같다고요. 갈 거면 선배 혼자 가면 되잖아요. 감독님한테 잘 보이려고 술 진탕 받아먹다가 뻥기 일보 직전인데!"

"그러는 넌. 하늘 같은 선배 연애 한번 해 보겠다는데 꼭 그렇게 동네방네 퍼트려야 분이 풀릴 것 같았냐?"

은효와 단영을 태우고 있는 차량은 점차 호텔 정문과 가까워졌다. 물론, 고가의 차량들과 부딪칠 일은 없었다.

이제 막 정문을 통과해 나가려는 찰나였다. 문득 익숙한 얼굴이 스쳐 지나갔다. 단영은 급히 액셀러레이터에서 발을 떼고 브레이크를 밟았다.

끼이익―!

"악!"

반동이 크게 울리며 차가 들썩거림과 동시에 은효와 단영의 상체가 크게 흔들렸다.

이 미친 여자야! 갑자기 브레이크를 밟냐! 저 버릇 또 나왔네! 은효의 표정이 종잇장처럼 구겨졌다.

"아이고, 나 죽네, 나 죽겠네. 아닌가? 이미 죽었나? 흐어엉. 이럴 줄 알았으면 영정 사진이라도 찍어 둘걸."

은효는 난리 법석이었다. 단영은 사과할 생각조차 없이 바로 고개를 틀었다.

"……."

운전석과 조수석은 비어 있었다. 내가 잘못 본 건가? 분명―

"헐. 설마 귀신?"

은효의 입에서 뱉어진 섬뜩한 말에 그들은 말없이 서로를 마주 보았다. 그때였다.

똑똑똑.

겁이라면 누구보다 많기로 유명한 단영과 은효는 소리의 근원지를 살펴볼 생각도 못 했다. 그저 서로를 응시한 채로 얼어붙었다. 그들은 눈으로만 대화했다.

분명 차 근처엔 사람 없었는데. 맞지?

단영이 물었고.

헐. 선배, 그러지 말아요.

은효가 답했다.

단영이 운전석 창문 쪽으로 삐걱거리며 얼굴을 돌렸다. 그러나 창문엔 검은 슈트만 보일 뿐 얼굴은 보이지 않았다. 차림새가 딱 저승사자다.

똑똑똑똑. 똑똑똑똑. 철컥, 철컥.

"최단영."

이건, 도하준 목소리다.

"차 문 열어."

결국 뒤를 돌았다. 하준의 날 선 눈빛과 단영의 눈이 정통으로 부딪치고 말았다.

"누가 밤에 운전하래."

아....... 그새 깜빡 잊었다. 하준은 시력이 좋지 못한 단영이 밤에 운전하는 것을 지독히도 싫어했다. 정신없이 하준부터 찾아 나선다고 새까맣게 잊고 있었다.

"야, 은효야. 큰일 났어."

단영은 재빨리 얼굴을 조수석으로 틀었다. 구원을 요청하는 표정으로 간절하게 바라보았다. 하지만 은효는 이미 눈을 감고 있었다. 저 혼자 살겠다고 자는 척하는 것이 분명했다.

이런 빌어먹을.......

다시 운전석 쪽으로 눈길을 돌렸다. 최대한 불쌍한 척하며 창문을 응시했다.

하준은 비스듬히 고개를 기울인 채 까딱까딱 손짓했다. 창문을 내리란 제스처였다.

단영은 울며 겨자 먹는 식으로 운전석 창문을 내렸다.

"너……."

하준이 허리를 숙였다. 한 글자에 내포된 의미는 굳이 설명하지 않더라도 알 수 있었다.

넌 오늘 아주 큰일 났어.

엄한 하준의 눈빛이 단영의 어깨 너머로 옮겨 갔다.

"……."

그가 미간을 좁히며 아랫입술을 씹었다. 성난 눈썹이 꿈틀댄다.

"그러니까 누가 내 전화 무시하래?"

하준이 두려웠던 단영은 운전석 문을 꼭 닫은 채로 반박했다.

"내가 얼마나 조마조마했는지 알아? 방금 전에도 성유진 만났어. 어떻게 된 상황인 건지 다는 아니더라도 어느 정도는 설명을 해 줘야 납득하는 척이라도 하고 행동을 할 거 아냐. 내가 강아지야? 무턱대고 '기다려!' 하면 올 때까지 착하게 기다리고만 있게?"

단영은 쌓아 둔 말을 와르르 쏟아 냈다. 씩씩 숨을 몰아쉬던 그녀는 별생각 없이 시선을 틀었다. 정면 차창을 확인하자마자 눈이 크게 떠졌다.

"……배승호, 씨?"

뭐야 이 상황은.

그는 단영을 뚫어져라 바라보고 있었다. 떡하니 차량을 막고 서 있는 승호는 트레이닝복 차림이었다.

단영의 눈이 다급히 하준에게로 굴러갔다.

"오, 오빠. 이거, 어떻게 된 거야?"

왜 저 인간이 여기에서 나와?

왜 둘이 같이 있어?

"드라이브했는데."

단영은 멍청하게 눈을 껌뻑거렸다. 승호를 한 번, 하준을 한 번 번갈아 가며 바라보았다.

"두, 둘이?"

화, 황당해라.

도무지 매치가 안 됐다.

"왜. 안 돼?"

아니, 안 될 건 없지만…….

단영은 금붕어처럼 입술을 벙긋벙긋할 수밖에 없었다. 상황이 너무 어이가 없어서.

다른 사람도 아니고, 도하준이 배승호와 드라이브를 했다고? 톰과 제리처럼 죽이지 못해서 안달 난 사람들끼리? 그걸 지금 나더러 믿으라고?

"그러는 넌. 지금 뭐 하는데."

후우……. 대답 없는 단영이 답답했던 모양인지 하준은 한숨을 푹 내쉬었다.

"일단 내려."

그러니까 이게 대체 어떻게 된 일이냐고.

"오."

제발 누구라도 좋으니까 말 좀 해 주라…….

단영은 당장 기절이라도 하고 싶은 심정이었다.

"이."

아, 진짜. 저 인간은 툭하면 4, 3은 밥 먹듯이 빼먹더라? 취미야?

"일."

에라, 모르겠다. 단영은 눈을 질끈 감고서 일단 운전석부터 벌컥 열어젖혔다.

51화

"눈 똑바로 떠. 뭘 잘했다고 째려봐. 째려보기는."

"내가 무면허도 아니고, 초보 운전도 아니고! 이렇게 딱! 누가 봐도 멀쩡한 운전면허증이 떡하니 있는데!"

단영은 운전면허증을 이마에 착, 붙이며 항변했다.

"내가 신데렐라야? 12시 땡 치면 운전 못 하는 법이라도 있어? 어?"

조목조목 따지고 드는 태도가 기세등등해서 하준은 눈살을 찌푸렸다.

"그리고 오빠야말로 지금 뭘 잘했다고. 지금 이게 어떻게 된 일인지 당장 설명부터 해!"

"……."

"허어, 끝까지 말 안 해 줄 생각이다 이거지."

"일단 지금은. 상황 어느 정도 정리되면."

하준은 단영의 이마에 붙어 있는 운전면허증을 떼어 주며 말했다.

"그때 다 말해 줄게."

단영은 부리부리 치켜뜬 눈으로 하준을 노려보았다. 그러나 그는 결정을 번복할 생각이 없어 보였다.

도하준을 알고 지낸 시간을 바탕으로 이런 경우라면 작정상 후퇴가 옳았다.

"하아……. 좋아. 그럼 난 이대로 계속 모르는 척하고 있으면 돼?"

"그래."

"무슨 상황인지 대충 예상이 되는데도?"

"그 예상을 지워."

그 말의 참뜻은 그냥 가만히 있으란 거다.

단영의 성격을 잘 알고 있는 하준이었다. 그걸 단영 역시 잘 알고 있었다. 딱히 자신이 발 벗고 나서 본다 할지언정 해결될 스케일도 아닌 듯하고, 하준이 걱정하고 있는 부분 또한 인지하고 있었다.

혹시나. 정말 혹시라도 그가 이 일에 연관되어 신변이 위험해질까 봐.

"알겠어."

단영은 고집부리지 않고 하준의 뜻을 따르겠단 의사를 보였다.

"대신."

"……."

"어느 정도 사건 정리되면 더하거나 빼는 것 없이 전부 다 털어놔야 돼."

하준이 입술로만 웃었다.

"알겠어. 그렇게 할게."

그나저나 단영은 시선을 틀어 승호를 바라보았다.

"배승호 씨."

운동화 끝부분에 고정되어 있던 승호의 눈이 단영에게로 옮겨졌다.

"괜찮아요?"

"……."

"아까부터 계속 표정 안 좋아 보이는데."

승호는 애써 입술을 당겼다. 아무 말도 할 수 없었다.

너는 왜 날 의심해 보려는 시도조차 하지 않는 거야. 같은 소속사라서 사정을 모르는 네겐 충분히 수상하고도 남아야 하잖아.

그 말을 삼키며 승호는 다시 대화를 시작한 그들을 몇 발자국 떨어진 곳에 서서 묵묵히 지켜보기만 했다.

"……."

자꾸만 촬영 때부터 하준의 얼굴 위로 자신의 얼굴이 겹쳐 보였다.

드디어 미친 것이 틀림없다.

나는 악역일까.

타인일까.

있어도 그만, 없어도 그만인 고작 그 정도뿐인 존재일까.

승호는 방금 전 하준과 함께 했던 드라이브를 떠올리며 씁쓸하게 웃었다.

도무지 끼어들 틈이 없는 공간. 차마 환영받지 못할 손님이 되어 버린 그는 아무도 모르게 발길을 돌렸다. 할 수 있는 일은 그것이 전부였다.

고요한 달빛에 비친 그의 뒷모습은 여느 때보다 측은했고, 그보다 더 처량했다.

30분 전.

드라이브를 제안한 하준은 정작 15분이 넘도록 말이 없었다. 물론, 그건 승호도 마찬가지였다. 충격과 공포. 그리고 혼돈의 그 중간쯤 됐을까. 둘의 사이는 그렇게 어색할 수가 없었다.

한 달 하고도 몇 주 전까지만 해도 서로에게 경계의 날을 세우던 관계였다. 유치했고 옹졸한 심정으로 내 것이니, 네 것이니 하며 단영을 가운데에 두고 수컷 싸움을 일삼던 것이 바로 엊그제 일이었는데, 지금은 협력을 말하고 있다니.

직접 보고도 믿을 수 없는 광경임은 분명했다.

……우스웠다.

"하나 물어봐도 됩니까?"

승호가 먼저 말문을 텄다.

"물어보시죠."

하준이 무심한 투로 그러라며 흔쾌히 수락했다.

"왜 하필 납니까."

하준은 정면 차창만 응시하고 있는 승호를 힐긋, 바라보았다.

"도하준 씨 나 싫어하지 않습니까. 다짜고짜 찾아와서 협력을 구하는 것도 그렇고. 녹음기도 그렇고. 내가 정말 공범자였거나, 하다못해 배신을 한다 해도 이상할 것 하나 없는 상황에서."

"……."

"그렇게 보이진 않는데 원래 그렇게 사람을 잘 믿는 편입니까?"

날 선 승호의 질문에 하준은 소리 없이 웃었다. 그러자 승호는 그 웃음이 몹시 언짢았던 모양인지 미간을 확 좁혔다.

"아, 죄송."

"됐습니다."

뭘 물어. 내 손해지. 승호는 괜한 것을 물었으니 무시하란 말로 정리하려 했다. 하지만 하준이 먼저 선수를 쳤다.

"사람을 잘 믿는 편이냐고 물었죠."

하준은 사이드 미러를 슬쩍 응시하며 핸들을 돌렸다.

"사람을 잘 믿는 편이기라기보다는, 내 안목을 믿는 편입니다."

끝까지 재수 없는 놈. 승호는 속으로 하준을 욕했다.

"그러는 배승호 씨야말로 싫어하는 거 아니었습니까?"

"그걸 말이라고 해요, 지금?"

"같은 감정이라 그런지 반갑네요."

"말장난하자고 불렀어요?"

승호가 까칠하게 반응했다. 반면 하준은 어깨를 으쓱이며 여유를 부렸다.

"개인적인 감정으로 섣부르게 상황을 그르칠 나이는 이미 한참 지난 것 같은데. 배승호 씨도 그렇고 나도 그렇고. 안 그래요?"

그 점이 죽을 만큼 싫다는 거다. 그의 말에 반박할 거리는 수도 없이 많았으나, 승호는 상대하기조차 귀찮았기에 무시하는 것으로 일축했다.

"서론이 길었네요."

"……."

"녹음 문제는 당사자인 배승호 씨가 직접 녹음을 해야만 효력이 있기도 하고, 이렇다 저렇다 할 명분이 필요했습니다."

"……."

"물론, 제가 직접 나서서 성유진 씨를 상대해도 상관은 없었습니다만."

잠시 흐름이 끊기자 승호가 고개를 돌려 하준을 직시했다.

"사적인 문제는 직접 처리하셔야죠."

"그건 또 무슨……."

승호는 말을 채 잇지 못했다.

"이번 사건이 벌어지게 된 계기 말입니다. 사정이 어찌 됐든 배승호 씨, 그쪽 탓이 크니까요. 내 짐작이 틀렸다면 얼마든지 반박해도 괜찮습니다."

하준은 인적 없는 공터에 차를 정차시켰다. 그리고는 정면 차창에 시선을 멀리 두며 계속 말을 이어 갔다.

"수많은 신제품을 출시하고 광고 촬영 현장을 봐 왔지만, 이번 사건 같은 경우는 이례적이라 당황스러운 건 저 역시 마찬가지입니다."

"……."

"전속 모델이 소속되어 있는 엔터 측에서 계약한 기업 제품을 유출하고자 하는 경우는 사실상 없습니다. 그 부분은 배승호 씨가 더 잘 알고 있겠지만."

"……."

"성유진 씨가 내 눈에 띄었던 횟수는 생각보다 많았어요."

하준의 눈빛이 짙게 가라앉았다.

"아침 공항에서 한 번. 점심 식사 때 두 번. 그리고 식사가 끝나지 않았음에도 자리를 피한 것 세 번. 마지막으로 본인 촬영 신이 포함되어 있지 않은 일정임에도 불구하고 참석한 경우와 더불어 어리숙한 연기까지 네 번."

하준은 집요한 눈썰미와 정확한 판단력으로 이곳까지 올라온 사람이었다.

"그중에서 배승호 씨와 성유진 씨가 함께 있는 장면을 목격한 횟수는 총 두 번입니다. 이것만 봐도 오해받기에 충분하다고 보는데요, 나는."

"두 번……."

승호는 공항에서의 일을 떠올렸다. 하준은 단영을 살피느라 정신이 없을 거라 생각했는데 그건 명백한 착각이었다. 자만이었다.

"배승호 씨 입장도 어느 정도 이해는 합니다. 일을 크게 벌려 봤자 좋을 것 없다 판단했겠죠. 촬영도 앞두고 있었고."

"……."

"하지만 계약서엔 분명 명시되어 있었을 겁니다. 불미스러운 일이 발생했을 시 현장을 인지한 목격자는 담당자에게 즉각 보고한다."

하준의 미소가 거짓말처럼 싹 지워졌다.

"그래서. 나한테 하고 싶은 말이 뭡니까."

서론은 그쯤 하고 이제 그만 본론을 꺼내란 뜻이었다.

"성유진 씨는 당연하고 배승호 씨 또한 계약서 조항을 어겼다는 사실엔 변함없습니다. 그러니 배승호 씨는 내가 요구하는 부분을 마땅히 수용해 줄 의무가 있겠죠."

"……."

"거절하고 싶다면, 그 이유가 고작 자존심 때문이라면 저도 거리낌 없이 법적 절차대로 진행하도록 하겠습니다. 제 입장에선 그 편이 훨씬 편하거든요."

"됐으니까 그 요구가 뭔지나 말하세요."

"지금 나는 사건이 발생한 원인, 그리고 그 사정에 대해 듣고 싶은 겁니다. 작은 것 하나 빠짐없이 보다 더 상세하게요. 그래야 다음 대화에도 진전이 있지 않겠습니까."

"도하준 씨가 타인의 속사정에 오지랖 부리는 취미가 있었다는 건 오늘 처음 알았네요."

승호는 그 누구에게도 꺼내 놓지 못한 속사정을 다른 사람도 아닌 하준에게 털어놓으려니, 가슴께가 답답해졌다.

그에게만은 약한 모습을 보이고 싶지 않았다.

대체 어디까지 무너져야 바닥에 닿을 수 있을까. 다 떨어졌다고, 이제 더 이상은 떨어질 곳도 없으리라 생각했는데 아니었다. 그는 아직도 쉴 새 없이 빠른 속도로 추락하고 있었다.

"혹시 오해하실까 봐 미리 말해 두죠. 아쉽게도 배승호 씨에게 호의를 베풀고자 하는 취지는 절대 아닙니다. 이번 계기로 친분을 쌓고 싶은 마음은 더욱 없고요."

"……."

"언론 측에서 유출과 관련된 사건을 최대한 부풀려 보도한다면 미라클은 돈 한 푼 투자하지 않고도 노이즈 마케팅 효과를 얻게 될 겁니다. 그 결과가 좋든 나쁘든 그건 자사 측에 문제가 되지 못해요."

"……."

"최단영."

승호의 눈이 흐릿해졌다.

"내가 아는 최단영은 다른 사람 탓하는 일 없이 혼자 떠안고 괴로워할 겁니다. 내게 있어서 핵심은 그 부분이에요."

담담한 억양으로 제 뜻을 전하고 있는 하준과 달리, 승호는 아랫입술을 세게 씹으며 주먹을 꽉 쥐었다.

"많은 것들을 포기하고, 오로지 꿈 하나만 보고 달려온 노력들이 전부 물거품으로 돌아가 버리면 안 되겠죠. 내가 그렇게 되지 않도록 만들 거고요."

승호가 꽉 쥐고 있던 주먹의 힘을 스르륵, 풀었다.

더럽게 불쌍한 새끼.

스스로를 향한 연민이었다.

"꼭, 그렇게까지 해야 하나."

사람을 두 번 죽여 가면서. 꼭 그렇게까지 해야만 하는 거냐고.

"당신이 봐도 나 더럽게 불쌍하잖아."

"……."

"큰 거 하나 가졌으면 됐지, 뭘 더 바랍니까."

왜 내 주변은 나를 잡아먹지 못해 안달인 걸까. 하다못해 조롱이라도 하고 싶은 걸까. 승호는 울분이 울컥 치솟았다.

"뭔가 착각하는 모양인데……."

하준은 엷은 비소를 흘리며 무언가를 회상하는 듯 보였다.

"뒷모습은 배승호 씨만 봐 온 게 아닙니다."

하준의 시선이 한가롭게 흘러갔다.

"난 당신보다 훨씬 더 오랜 시간을 지켜봤던 사람이고."

"……."

"셀 수도 없이 무너져 봤어."

하준의 고개가 옆으로 틀어졌다. 돌연 승호에게 고정된 눈빛이 사납게 빛났다.

"엄살떨지 말란 소립니다. 고작 그 정도 가지고."

최단영의 등은 누구보다 지겹도록 봐 왔다. 아마, 당신보다 훨씬 오랫동안.

내가 아닌 당신을 사랑한다며 펑펑 울던 어린 모습도.

당신의 사랑을 얻기 위한 방법을 찾아 달라며 도와 달라 구걸하던 모습도.

당신이 돌아섰을 때 끝끝내 무너지던 모습까지도.

하준은 그렇게 항상 뒤에서 지켜보기만 했다.

그 또한 승호가 미치도록 부러웠던 적이 분명 있었다.

"배승호 씨가 언제까지 땅굴만 팔 생각인지는 모르겠지만, 나는 위로 올라갈 수만 있다면 썩은 동아줄이라도 잡을 겁니다."

그것이 하준과 승호의 차이일지도 모르는 일이었다.

"나한테 굳이 그렇게까지 말해 주는 이유가 뭡니까."

"동정, 연민. 내가 가장 싫어하는 단어죠."

"……."

"그래서 더 단영이만큼은 그런 감정을 느끼지 않았으면 합니다."

하준의 눈꺼풀이 날렵하게 떠졌다. 이유는 간단하다.

"배승호 씨는 지나간 추억, 그 정도에 머무르는 걸로 충분하지 않겠어요?"

너와 나는 견줄 수 있는 상대가 되지 못하니까.

"보다시피 나는 자원봉사자가 아니에요."

"……."

"눈에 거슬리는 것은 가진 천국을 팔아서라도 치워 버리는 편이 낫다고 판단하는."

순간 승호의 입술이 툭, 떨어졌다.

"평범한 기업인 쪽에 가깝죠."

"……."

"어때요."

그와 달리 하준의 입술은 비스듬히 위로 올라섰다.

"이제, 협력할 마음이 조금은 생긴 것 같습니까?"

거래가 시작되었다.

차마 피할 수도, 무시할 수도, 거절할 수도 없는.

통보와 같은 제안이었다.

새벽 2시가 다 되어 가는 늦은 시각. 다른 사람들은 한창 단잠에 빠져 있을 시간이었으나, 단영과 하준은 예외였다.

"오빠."

"……."

"오빠아."

불러 봐도 대답 없는 내 님이다. 단영은 침대 위에 누워 있는 채로 꽃받침을 하고 있었다. 적잖게 심통이 올라온 표정은 덤이었다.

"……."

반면, 하준은 서재 책상에 앉아 노트북 모니터만 뚫어져라 응시했다. 안경을 착용한 것을 보니, 보통 중요한 일이 아닌 듯 보였다.

1박 2일 동안의 룸메이트인 주희가 깰까 싶어 하준의 객실을 함께

302

쓰기로 했다. 사실, 그건 핑계에 불과했다. 그와 함께 있지 못해 아쉬운 마음이 더 컸다. 아니, 무엇이라도 하나 캐 보려는 심산이었다.

단영은 운동장처럼 넓은 침대 위에서 뒹굴거리다 이내 움직임을 멈추었다. 대(大) 자로 드러눕고서 목을 뒤로 꺾은 상태로 하준을 바라보았다. 호러물이 따로 없었다.

"오빠아아아아─"

애교가 듬뿍 담겨 있는 음성에 그제야 하준의 시선이 모니터에서 떨어졌다. 눈이 마주치자 단영이 뾰로통한 얼굴로 비아냥댔다.

"이제야 봐 주네."

"얼른 자."

"어떻게 혼자 자."

"……."

한동안 단영을 빤히 직시하던 하준이 느리게 눈꺼풀을 밀어 올렸다.

"목 아파. 자세 똑바로 해."

"오빠가 해 줘."

아이처럼 두 팔을 허공으로 쭉 뻗었다. 그러나 하준은 미동조차 없다.

"혓바닥도 똑바로 해."

무뚝뚝하기 그지없는 저따위 말이나 뱉고 있다. 허, 참 나. 단영은 괜히 마음이 상했다.

"아직도 아까 일 때문에 그래?"

욱한 심정에 인상을 구기며 자세를 똑바르게 했다.

"무슨 일."

"밤에 운전해서 그러는 거냐구. 근데 그때 나 렌즈도 착용한 상태였고……."

"아니야."

"그럼 뭔데?"

예전엔 그저 좋다더니. 눈도 예쁘고 코도 예쁘고 코딱지도 예쁘다더니. 어쩜 사람이 변해? 단영은 드라마에서나 나올 법한 대사 속에 감정을 실었다.

"……."

그럼에도 일자로 굳게 다물린 하준의 입술은 도통 열릴 생각이 없었다.

그저, 그 역시 단영과 마찬가지로 심통이 난 것뿐이었다.

무슨 일이 있었는지 너는 꿈에도 모르고 있겠지.

단영의 잘못이 아니라는 건 하준도 잘 알고 있었다. 다만, 찝찝한 마음을 지울 수 없어 그렇다.

승호는 자신의 실속을 지켜 내기 위함이 아니라, 단영의 안위를 위해서 속사정을 전부 털어놓았다. 결코 지고 싶지 않은 상대 앞에서 철저하게 무너졌다.

그의 사정을 묵묵히 전해 듣는 동안 하준은 겉으로 드러내진 않았으나, 분명한 불안감을 느꼈다.

말하지 않아도 느낄 수 있는 본연의 분위기가 비슷해서. 그래서…….

네가 그런 그를 보면 흔들릴까 봐 괜한 걱정을 했다. 아주, 잠시 동안.

"그것 때문 아니니까 걱정 말고 얼른 자. 내일 촬영 있잖아."

하준은 무심히 노트북을 닫으며 자리에서 일어났다. 그리고는 단영이 누워 있는 곳으로 걸어가 몸을 뉘었다. 침대 윗부분에 상체를 기댄 채 손바닥을 펼쳐 옆자리를 툭툭 쳤다.

"이리 와. 자게."

평소와 다를 것 없으나 단영은 그 찰나를 놓치지 않았다. 장난스러운 모습은 온데간데없이 또렷한 눈빛으로 하준을 마주 보았다.

"왜."

"······오빠. 진짜로 심각한 일 아니지? 그랬으면 좋겠는데."

정확하게 파고들어 오는 단영의 추측에도 하준은 무감정한 표정이었다.

"아니야."

"그래."

집요하게 파고들 줄 알았으나 그녀는 생각보다 빨리 원하는 대답 듣길 포기했다. 단영은 하준의 옆구리 사이로 깊숙이 안겨 들었다.

"뭐 해. 너 또 나 간지러움 태우려고 그러지."

소용없다는 걸 알면서도 단영은 심심할 때마다 하준의 옆구리를 공략하곤 했다.

어떻게 간지러움 한 번 타지 않느냐며, 사람이 재미가 없어도 이렇게 재미가 없을 수 있느냐며 입이 닳도록 노래를 불렀었다.

"오늘은 아니거든. 배 문질, 문질 해 줘. 속이 안 좋아. 아까 내내 긴장해서 그런지."

하준은 감고 있던 눈을 천천히 떴다.

"왜 긴장했는데."

"말했잖아. 아까 전에 성유진이랑 마주쳤다고. 솔직히 겉으론 겁나 센 척하면서 허세 떨었는데 하마터면 다리에 힘 풀릴 뻔했어."

단영이 키득거리며 웃음보를 터트렸다. 하준도 가벼운 실소를 흘렸다.

"성유진 얼굴은. 괜찮아?"

"그거 무슨 뜻이야?"

그녀가 찌릿, 하준을 흘겼다.

"혹시 주먹 날렸나 해서. 합의금 계산 한번 해 봤다."

"도하준."

"알겠다. 그만 놀릴게. 배 어디 부위 만져 줄까."

"여기."

이불을 걷어 낸 단영이 두 번째 손가락으로 더부룩한 배 부위를 콕 찔러 가리켰다.

"이쪽?"

하준이 손바닥을 들어 지그시 누르자, 단영은 고개를 끄덕이며 안정을 찾아갔다.

고요했다. 적막한 침실 안은 너무나 조용하기만 해서 이명이 들릴 정도였다.

하준은 묵묵히 단영의 배를 문질러 주었다. 그녀는 그 손길을 느끼며 시선을 천장에 고정시켰다. 커다란 눈망울을 깜빡, 깜빡 떴다 감았다가를 계속 반복했다.

그러다 어느 순간, 그녀의 입술이 정적을 깨트렸다.

"있잖아. 나, 문득 느낀 게 있어."

"말해."

"우리 보면 성격도 그렇고, 뭐 하나 닮은 구석 하나 없이 완전 상극이잖아."

별다른 생각 없이 던진 말이었으나, 하준은 손을 멈칫했다. 또 무슨 말을 하려고.

"오빠 힘든 적 없었어?"

"없어."

0.5초의 공백도 없이 단호했다.

"또 거짓말한다. 괜히 나 기분 좋으라고 그러는 거지?"

평소 같았으면 쓸데없는 소리 하지 말란 잔소리부터 늘어놓았을 텐데 지금은 아니었다.

단영에게 향해 있는 하준의 눈빛은 짙게 가라앉아 있었다.

"뭐, 뭐야 그 눈은?"

"좋아해."

뜬금없는 고백이었다.

"응?"

"좋아한다고."

순간, 단영은 말문이 막혔다. 말없이 하준의 눈을 바라보며 그의 알 수 없는 속을 읽어 내려 애썼다.

"고집 있는 성격 때문에 걱정은 항상 해. 일단 저지르고 보자는 성향 잘 아니까 어디로 튈지 몰라서 화도 좀 났었고. 그래도 힘든 적은 단 한 번도 없었어."

그녀의 배 위에서 일시 정지 되어 있던 커다란 손이 다시 움직이기 시작했다.

"오빠는 오빠랑 비슷한 성격 가진 사람 만났다면 어땠을 것 같아?"

"지루했겠지."

"큭. 모범 답안입니다."

단영은 푸스스 웃으며 만족스럽다는 듯이 하준을 칭찬했다.

"너 아니었으면 진작 우울증 걸렸을걸."

그가 몸을 옆으로 돌렸다. 바스락, 이불이 쓸렸다.

"너 때문에 내가 얼마나 많이 웃었는데."

"진짜? 아닌 것 같은데⋯⋯."

하준은 못 미덥다는 투로 의심하는 단영을 빤히 바라보았다. 지그시 가라앉은 눈빛은 단영의 앞에서만 무장 해제가 되었다.

단영은 검은 눈동자를 물끄러미 올려다보았다. 그게 또 민망한 모양인지 하준은 손을 올려 그녀의 눈을 가려 버렸다.

꽤 오랜 시간 배를 문질러 준 탓일까. 단영의 눈 위를 덮고 있던 커다란 손의 체온은 제법 따뜻했다.

"맞아. 우리 그래도 꽤 재미는 있었어. 12년 동안 한 번도 지루한 적 없었잖아."

그 말에 하준은 입술을 슬쩍 당겨 웃었다. 시야가 막혀 있던 그녀는 볼 수 없는 근사한 미소였다.

"질리도록 싸웠고, 귀 따갑게 시끄러웠고, 배 아플 정도로 많이 웃었고. 그치?"

"그래. 여러 의미로 고맙다."

내 옆에 있어 줘서.

……그저 고마워.

너는 그냥 아무것도 몰랐으면 좋겠어.

지금까지 너는 충분히 힘들었잖아.

억지로라도 밝은 모습 보여 주려고 했던 거.

사실, 나 다 알고 있어. 너를 위해서라도 모르는 척하는 게 옳다고 생각했는데.

정신을 차리고 나서 보니까 네 웃음은 어느새 습관이 되어 버렸더라.

하준은 단영의 눈을 가리고 있던 손을 천천히 거두었다.

"뭐야 새삼스럽게."

말은 퉁명스러웠지만, 단영은 활짝 웃고 있었다.

"오빠. 아까 했던 말 다시 말해 줘."

여전히 눈은 감고 있는 채로.

"……좋아해."

담백한 그의 고백은 언제나 달아서 속절없이 웃게 된다.

"한 번 더."

"좋아해."

"다시."

"좋아해."

"마지막으로 한 번 더."

"좋아해."

"응. 나도."

거리낌 없는 반응에 하준은 그만 피식, 웃어 버렸다.

잠이 오지 않는다며 투덜대던 모습은 찾아볼 수 없었다. 하여튼 단순해서 좋겠다, 너는.

하준은 평온하게 눈을 감고 있는 그녀를 한참 동안 지그시 내려다보았다.

그러다 천천히 다가갔다. 긴 머리카락을 부드럽게 쓸어 내기를 반복하다 이내 상체를 숙였다. 촉촉한 단영의 입술 위로 하준의 입술이 가볍게 닿았다.

"잘 자."

사고는 백 번도 넘게 쳐도 돼.

마냥 아이처럼 해맑게 웃는 네 모습이 얼마나 예쁜지 아니.

아마, 넌 모를걸. 내가 얼마나 많이 속으로 너를 따라 웃는지.

그러니까 내 옆에선 좋은 꿈만 꾸고.

깨어나면 어디 가지 말고 재미없는 나랑 평생 같이 놀아 줘.

너 없으면 난 누구 보면서 웃냐.

⋯⋯사랑해.

잠겨 죽어도 좋을 만큼.

52화

「(속보) '미라클6' 출시 전 체험존 열기로 공식 발표……」

「(속보) 시오전자 기록 없던 마케팅 전략, 충격」

「(속보) 시오전자 '미라클6' 출시 47일 남겨 두고 막판 뒤집기」

「(속보) '미라클6' 언팩 일정 앞당김, 출시 임박? 대중들 관심 '증폭'」

「(속보) 시오전자 '미라클6' 최초 공개 D―5, 사전 예약 시작 의사 알려……」

다음 날 때아닌 소란이 일었다. 서울 강남, 명동 할 것 없이 유동 인구가 몰린 특정 지역의 빌딩 맨 위를 차지하고 있는 대형 스크린에는 시오전자 '미라클6' 출시 임박 티저 광고 영상이 줄기차게 상영되고 있었다.

인터넷 기사 시사, 연예란은 온통 시오전자와 미라클6에 관련된 글로 장악됐다. 또한 대중들의 입소문을 타고 삽시간에 소문이 퍼졌다.

SNS도 마찬가지였다. 단 하루 만에 세계적인 이슈로 떠올랐다.

원래대로라면 D—46일이나 남은 일정이었으나, 일수를 대폭 앞당겨 충격을 안겨 주었다. 사전 예약 일정과 미라클6 최초 공개 발표 날짜 가 포털 사이트 실시간 검색 순위 1위를 차지했고, 그 연유에 대해 많은 사람들이 궁금해했다.

"이게, 도대체…… 어떻게 된 일이야!"

쾅! 서정이 집무 책상을 세게 내리쳤다. 바로 몇 시간 뒤 유출과 관련된 기사를 뿌릴 예정이었는데 모든 것이 한순간에 뒤틀려 버렸다.

단순한 변심이라고 치부하기엔 대기업 자체가 움직이기 시작했다. 누군가가 정보를 뿌린 것이 틀림없었다. 사전에 차단당했다. 분명했다. 서정은 뜻대로 일이 진행되지 않아 화도 났지만, 불안하기도 했다.

"누구지? 성유진 그 계집애인가?"

아니다. 그녀는 겁이 많아 그럴 배포가 없었다.

"아니면…… 김 기자?"

가장 유력했다. 서정은 급히 휴대폰을 찾아 김 기자에게 전화를 걸었다.

— 여, 여보세요?

"김 기자. 지금 이게 어떻게 된 일이야. 정보를 흘리지 않고서야 지금과 같은 일이 벌어질 수 없잖아!"

— 저, 저는 아닙니다. 대표님! 저야말로 지금 굉장히 당혹스럽습니다. 기사 쓰려고 이제 막 회사 출근해서 노트북 켰는데 이런 허무맹랑한 일이……

"그 말을 지금 나더러 믿으란 건가?"

— 제가 무슨 이득을 보자고 그런 선택을 하겠습니까. 현실적으로 지금은 제 독점도 아니고요.

그 말 역시 일리가 있었다. 독점은커녕 다른 기자의 기사 내용을 복사하고 붙여넣기 해야 할 판이니 말이다.

"대체 그럼 무엇 때문이냔 말이야!"

귀가 찢어질 듯한 비명 소리가 대표실을 가득 채웠다.

— 알아보니 시오전자 언론팀에 소속되어 있는 기자들이었습니다.

대기업이, 시오전자가 유출 문제를 미리 알아차렸다 할지언정 정해 둔 일정을 일말의 거리낌조차 없이 앞당기다니. 이건 정말 말도 안 된다. 서정은 황당하다 못해 어처구니가 없어 실소를 터트렸다.

'아니, 아니지……'

어떻게 보면 절호의 기회가 될지도 모른다. 대중들의 관심이 시오전자 미라클6에 집중된 지금 이 시기가.

"김 기자. 지금 반응이 뭐가 됐든 기사는 예정대로 올려."

서정의 눈빛이 사납게 빛났다.

"도본. 진짜 괜찮겠어?"

또각또각. 하준의 넓은 보폭을 바삐 따라잡았다. 선영은 염려스럽다는 듯이 본사 회의실을 빠져나오며 하준 뒤를 쫓았다.

"괜찮습니다."

나란히 걷던 하준은 별다른 반응 없이 완고했다. 오전 7시. 새벽녘부터 긴급회의가 열렸다. 직위가 본부장인 하준은 윗선을 움직이게 할 힘이 부족했으므로 선영과 그녀의 남편인 부사장의 입김을 빌릴 수밖에 없었다.

"나나 내 남편은 도본 처음 때부터 능력이 남다르다 생각하고 우리 사람이라 믿어 의심치 않았으니 믿고 따라 주는 거지만, 다른 임직원들은 달라."

"알고 있습니다."

"시오전자에서 지금까지 고수해 온 전략들이 단 하루아침에 바뀌었어. 이번 매출이 재작년 분기만큼 나와 주지 않는다면 도본 자리는 아무리 우리라 해도 못 지켜 줘. 이건 도박이야. 대박이 터진다면 그래 봤자 평타일 테고, 매출 숫자 하나 차이로 모든 책임을 묻게 될 수도 있단 말이야."

"예."

무려 자리를 내걸었다. 선영은 군더더기 없는 하준의 대답이 무척이나 답답했다. 도통 무슨 생각을 하고 있는 건지 알 방도가 없었다.

"서철웅 전무도 그렇고, 그 인간을 포함한 몇 명은 도본 어떻게든 내치려고 안달이 난 사람들이잖아. 그래서 이번 일정 앞당기는 것에 순순히 동의해 준 거고. 윗선들 검은 속내 몰라서 그래? 예전부터 젊은 도본이 치고 올라오는 것 자체를 껄끄럽게 생각했어."

"덕분에 장애물 없이 제 뜻대로 할 수 있어서 다행이었죠."

"……허. 신세 좋다? 지금 도본 너, 엄청 위험한 거라니까? 대체 그 유출자로 몰리게 될 모델과 무슨 사이이기에 그래? 도대체 왜 관계도 없는 집안싸움에 끼어서 혼자 등 터질 생각을 하는 거야."

별안간 하준의 가죽 구두가 우두커니 멈춰 섰다.

"시오전자 모토가 뭡니까. 혁신, 아니었습니까?"

"……뭐?"

"본래 역사는 누군가의 희생이 있어야만 바뀌는 법입니다."

무감정한 하준의 눈빛은 한가롭기만 하다.

"하. 이봐, 도본. 그럴싸한 말은 누구나 해."

정작 안달 난 쪽은 선영이었다.

"융통성이 없어도 너무 없어. 그 딱딱한 성격 좀 어떻게 바꿔 볼 생각 없니? 그래. 어차피 지금쯤이면 기사 다 퍼졌을 거고, 이제 와서 되돌릴 방법은 없다는 거 나도 잘 아는데."

"……."

"도본 없으면 내가 앞으로 설 면목이 없어. 안 그래도 여자란 이유 때문에 그 늙은이들이 얼마나 날 무시하는데."

"부사장님 계시지 않습니까."

"그건 말이 다른 문제지! 윗선들 의견이 과반수 넘어가게 되면 위치도 한계가 있다는 거, 몰라서 그래?"

"왜 제가 실패한다는 전제가 되는 겁니까."

"응?"

"저, 질 생각 없습니다. 상무님."

하준의 입가엔 희미한 미소가 맺혀 있었다. 그 웃음을 마주하게 된 선영은 말문이 막혀 그 어떤 말도 할 수 없었다.

"일정을 앞당긴 결정이 출시일만 기다려 온 대중들에게 나쁜 소식은 아니죠. 오히려 제품에 대한 신뢰만 더 커질 겁니다. 그 덕분에 주가도 대폭 상승할 수 있었고, 제품에 대한 확신이 있으니 대중들의 폭발적인 관심이 실망으로 둔갑될 일 또한 없을 겁니다."

"……."

"그동안 고의적인 디자인 유출은 다른 타 기업에선 당연하게 이뤄지는 마케팅 전략이었지만, 자사 입장에선 아니었죠. 그랬기 때문에 대중들 입장에선 지금과 같은 선택이 더 색다르게 다가올 수 있었던 겁니다. 독보적인 행보가 반드시 특별한 것은 아니에요. 배울 점이 있다면 무엇이 됐든 받아들일 수도 있어야 합니다. 역사적으로도 사대주의는 늘 퇴보만 불러왔으니까요."

"……."

"발표회 현장에서 브리핑할 준비는 진작 마쳤습니다. 이제 남은 것은, 결과뿐이겠네요."

말만 번지르르하다고 생각하기엔 하준은 더없이 믿음직스러운 얼굴

314

을 하고 있었다. 꼿꼿한 자세는 빈틈이 없었다. 선영은 침을 꿀꺽 삼키며 하준을 올려다보았다.

"기대되지 않습니까?"

"기대는 무슨. 일 틀어지게 될까 봐 무서워 죽겠거든?"

"그렇습니까. 뭐, 그 심정엔 동의합니다. 저도 죽겠거든요."

"도본이?"

하준은 정장 바지 주머니에 들어 있는 물체를 끊임없이 만지작거리고 있었다. 서울에 도착하고 회의실에서 긴 토론과 논쟁이 이어지는 동안에도 계속 손에 쥐고 있었다.

하지만 선영은 알 수 없는 하준의 그 작은 행동까지는 차마 눈치챌 수 없었다.

"기대가 되는 만큼, 긴장도 돼서 죽겠다고요."

끝내 그는 피식 웃으며 걸음을 마저 떼어 냈다.

멀어지는 하준의 뒷모습을 막연하게 바라보던 선영은 속으로 생각했다.

"믿어 보세요."

어쩌면, 자신보다 더 경영인에 잘 어울릴지도 모른다고.

"후회 없으실 겁니다."

그는 용맹할 정도로 도전적이고, 이유 있게 무모하며, 소리 없이 이상적이다. 뼛속부터 경영인의 피가 흐르는 남자였다.

"손에 그건 뭐야?"

선영의 시선이 하준의 손가락에 닿았다.

"보면 모릅니까."

하준은 싱겁게 웃었다. 분명, 근심 걱정으로 뒤섞여 있어야 할 그의 얼굴은 상황과 맞지 않게 여느 때보다 밝았다.

"도본, 어디 가!"

"제주도 갑니다."

하준은 뒤돌아보지 않고 답했다.

"그 여자는 어디에 있어요?"

단영은 최대한 기어들어 가는 음성으로 속삭였다. 사실 당장이라도 달려가 아프게 쥐어 패고 싶은 심정이었지만, 상황이 상황인지라 참겠다.

"어? 저기에 있다."

소곤소곤.

"저렇게 그냥 둬도 괜찮을까요?"

"……."

"설마. 또 사고 치는 건 아니겠죠?"

하준에게 전화로 모든 소식을 전해 듣게 된 단영은 쥐고 있던 주먹을 부르르 떨며 분을 참지 못했다.

"다 들리거든. 목소리 낮춰."

미리 빌려 둔 카페였다. 덕분에 손님은 없었으나, 미라클6 촬영에 참여하게 된 모델들과 포토그래퍼인 단영, 그리고 담당 인터뷰 기자만이 자리를 지키고 있었다. 물론, 스타일리스트를 포함한 소수의 스태프도 포함이었다.

"배승호 씨는 뭐가 그렇게 여유로워요?"

"인터뷰 사진 안 찍어?"

"성유진은 대체 왜 부른 건데요?"

"보조라 해도 촬영에 포함된 모델이니까."

"그걸 누가 모르나?"

"기자님 오신다."

그 말에 단영이 반사적으로 고개를 돌렸다. 승호의 말대로 인터뷰 기자 주연이 2층 계단으로 올라오고 있었다. 하지만 속닥거리는 수다는 도통 멈출 생각이 없어 보였다.

"배승호 씨는 언제부터 알고 있었어요? 오늘 새벽에 전화로 상황 전해 듣고 얼마나 놀랐는지 알아요?"

"네 성격 잘 아니까 일부러 말 안 했겠지."

얼씨구. 이젠 감싸 주기까지? 잘들 논다. 잘들 놀아.

단영은 눈썹을 꿈틀거리며 불만을 숨기지 않았다.

"내 성격이 어때서요."

"듣자마자 무턱대고 찾아가서 주먹부터 날리면 누가 책임져."

아니, 뭔 놈의 남자들이 까딱하면 내가 주먹부터 날릴 거라고 자신하는 건데? 누가 보면 성격 파탄자인 줄 알겠네. 단영의 얼굴에 못마땅하단 기색이 감돌았다.

"둘이 언제부터 비밀 얘기 나눌 만큼 돈독한 사이가 됐어요?"

"돈독까진 절대 아니고."

"성유진은 알고 있어요? 지금 우리가 이렇게 다 한통속이라는 거."

"알고 있었으면, 지금처럼 낯짝 두껍게 하고 있겠어?"

까맣게 타들어 가는 속은 저뿐인 모양이다. 메이크업 수정을 마친 승호를 확인한 단영은 맞은편에 자리를 잡고 앉아 상체를 바짝 밀착시켰다.

"배승호 씨가 자기랑 같은 편이라고 믿고 있는 거죠?"

"아마도."

"다행이네요."

"뭐가."

"배승호 씨 말이에요. 걱정했던 것보단, 괜찮아 보여서 다행이라구요."

"……."

"저것 좀 봐요. 계속 기사 확인하고 있는 거겠죠?"

단영은 먼발치에서 휴대폰에 시선을 고정하고 있는 유진을 힐긋거리며 물었다. 도둑이 제 발 전다고, 불안에 흠뻑 젖은 표정이었다. 손톱을 잘근잘근 깨물면서 줄곧 승호의 눈치를 보고 있는 것으로 보아, 단영이 자리를 비켜 주기만을 바라는 듯 보였다.

현재 유진에게 믿을 사람은 승호뿐이었으니 말이다.

"내가 비켜 주나 봐라."

"최단영."

"뜨고 싶다는 그 간절함으로 워킹 연습 한 번 더 했으면 진작 성공했을 텐데."

"이봐."

"어떤 면에선 안타깝네요."

"최단영 씨."

"어쩐지…… 어젯밤부터 내내 이상하더라고요."

"……단영아."

멈칫. 실컷 떠들고 있던 단영은 나지막한 승호의 부름에 정신을 차렸다. 도르륵. 커다란 눈동자가 승호에게로 굴러갔다.

"지금, 뭐라고……."

8년 전, 나지막한 음성으로 부르던 이름. 고작 이름뿐이었으나, 단영은 적잖게 당황했다. 일적으로 항시 붙여 온 호칭은 없었다. 성을 빼고 부른 이름 두 글자가 몹시 낯설었다.

"거리, 가깝다고."

"아."

단영은 어색하게 웃으며 승호에게서 멀어졌다. 때마침 기자가 다가왔다.

"오래 기다리셨죠?"

"아뇨. 괜찮습니다. 저희도 방금 막 도착해서."

승호는 자리에서 일어나 예의를 갖추며 주연을 맞이했다.

"바로 시작할까요? 오늘 인터뷰는 평소와 다르게 기대가 크거든요."

주연은 노트북을 테이블 위에 내려놓으며 말했다.

"저도 그렇습니다."

승호는 주연을 향해 멋들어지게 웃어 보였지만, 눈빛은 달랐다. 뒤에 있던 유진을 건조하게 응시했다.

"아, 앉으세요. 일단, 인터뷰 사진 한 장 찍고 시작할까요?"

그 말에 단영은 카메라를 들었다. 찰칵, 찰칵. 꾸밈없는 모습과 자연스러움이 묻어나도록 승호를 담았다. 화보 때완 달리 인터뷰 기사 사진의 특성을 잘 살렸다.

카메라 찍히는 소리가 신호탄이 되었다. 인터뷰는 지체 없이 시작됐다.

"가장 먼저, 소감이 궁금해요. 대한민국 최정상을 유지하고 있는 대기업, 시오전자의 미라클6는 세계적으로도 굉장히 많은 관심을 받고 있죠. 이번 기회를 통해 세계적인 디자이너 로엔 선생님의 쇼에 서게 되었을 때, 더욱 큰 영향력이 있으리라 믿어 의심치 않거든요. 평소, 제가 배승호 씨를 관심 있게 봐 온 이유도 있지만요."

주연의 질문이 끝나기 무섭게 승호는 막힘없이 인터뷰 답변을 내놓았다.

"오랜 꿈이었습니다. 제가 시오전자의 전속 모델로 발탁된 것은 어디로 보나, 천운이 따라 주었기에 가능한 일이었다고 생각합니다."

"이번 시오전자 메인 포토그래퍼를 맡게 된 최단영 작가님과의 호흡은 어떠셨나요? 들리는 소문에 의하면, 같은 대학 동문이라고 하던데요."

"네. 처음엔 깜짝 놀랐죠. 반갑기도 했고요. 무엇보다, 잘 맞았습니다. 물론 작가님은 신인 타이틀을 달고 계셨지만, 필드에서 뛰고 계시는 유명한 작가님들 못지않게 출중하셨거든요. 같은 동문이라 띄어 주는 건 절대 아닙니다. 아시잖아요, 저 성격 개차반인 거."

"하하. 맞아요. 저번 인터뷰 때만 해도 굉장하셨죠."

"모델 케어도 능숙하셨고 촬영 기법이 화려하진 않았지만, 제 특유의 장점을 크게 살려 주신 덕분에 편안하게 촬영에 임할 수 있었어요."

카메라를 쥐고 있던 단영은 승호의 답변을 듣고서 잠시 움직임을 멈추었다. 뷰파인더 안으로 들어온 그의 얼굴이 희뿌옇게 흐릿해졌다.

초점이 어긋났나? 아니, 그건 아닌데. 그녀는 뷰파인더에서 눈을 떼고 승호를 빤히 바라보았다.

"솔직히, 찍는 사람보다 찍히는 사람이 더 많은 관심을 받잖아요. 뒤에서 제가 빛나도록 희생해 주신 스태프분들이 아니었다면, 지금처럼 좋은 결과는 없었을 겁니다. 그저 감사하죠."

"겸손하시네요. 그럼, 조금 예민한 질문을 드릴까 해요. 오늘 아침 시오전자가 갑작스럽게 미라클6 출시 일정을 변동했잖아요? 배승호 씨는 그 정보에 대해 이미 알고 있었나요?"

승호는 말이 없었다. 덩달아 멀리 떨어져 있던 유진과 바로 앞에서 인터뷰 사진을 찍고 있는 단영도 긴장했다. 스태프들은 숨을 죽이고 승호의 답을 기다렸다.

"……그 질문에 답하기 전에, 먼저 고백할 것이 있습니다."

"네?"

주연이 눈을 크게 떴다.

"개인적인 속사정이라……. 기자님을 제외한 나머지 분들은 실례지만 자리를 비켜 주셨으면 합니다. 어차피 인터뷰 기사가 나가게 되면 다 알게 될 문제라 해도 대놓고 말하기는 조금 창피할 것 같아서요."

"승호, 너……."

근처에 있던 두환은 설마, 하는 심정으로 승호를 응시했다. 승호는 반응이 없었다. 뜻을 굽힐 생각이 없다는 뜻이다. 두환은 고개를 푹 숙이고 한숨을 밀어 냈다.

"아, 잠시만요."

심각한 분위기를 읽어 낸 주연은 주변을 살피며 잠시 자리를 비켜 달란 눈짓을 보였다. 스태프들은 고개를 끄덕이며 하나둘씩 카페를 빠져나갔다. 스태프들이 모두 자리를 비울 때까지도 머뭇거리던 단영 역시 이내 차마 떨어지지 않은 발을 떼어 냈다.

승호는 호흡을 가다듬으며 말을 이어 갔다.

"지금부터 제가 말하는 내용은, 인터뷰 내용에서 제외시켜 주세요."

"그럼……."

"따로 연락드리겠습니다. 그때 보도 부탁드릴게요."

"……좋아요."

주연은 다급한 손놀림으로 키보드를 두드렸다.

"대표님은, 제 어머니입니다. 정확히 말하자면, 새어머니요."

승호는 하준의 말을 다시 한번 새겼다.

올라갈 수만 있다면.

썩은 동아줄이라도 잡겠노라고.

"저는, 소속사 측에서 제시한 계약 문제로 꽤 오랫동안 고통을 받고 있었습니다."

지푸라기라도 잡아 보겠다는 심정으로 그 끝이 어디든, 얼마든지 무너져 보겠다.

당신의 말처럼.

카페 밖으로 내쫓기다시피 나오게 된 스태프들은 갈 곳을 잃고 웅성거렸다.

"뭔 일이래?"

"몰라. 심각한 것 같지?"

"승호 씨가 무슨 말을 하려고 그러는 건지, 걱정되네……."

"그나저나, 지금 실검 순위 봤어? 깜짝 놀라서 뒤로 자빠질 뻔했다니까."

"그러게 말이에요. 어제까지만 해도 본부장님이랑 같이 있었는데, 정작 우린 까맣게 모르고 있었잖아. 아, 단영 씨는 알고 있었어? 연인 사인데 콩고물이라도 들었을 것 아냐."

당황스러운 건 마찬가지인 단영은 애써 웃으며 고개를 내저었다.

"어? 저 세단, 본부장님 차량 아니야?"

스태프들의 이목이 순식간에 어느 한곳으로 집중됐다. 단영의 시선이 급하게 옮겨졌다. 예상대로 세단 차량 운전석에서 모습을 드러낸 사람은 하준이었다.

"본부장님!"

스태프들은 구원자를 만난 사람들처럼 반갑게 하준을 부르며 우르르 달려갔다. 하준은 주변을 살피다 단영을 쉽게 찾아냈다. 눈이 마주치자, 그는 그저 슬쩍 웃는 것으로 반가움을 대신했다.

그게 뭐라고 안심이 됐다. 하지만 지금은 그럴 때가 아니었다. 승호의 행동이 내심 불안했기에 단영은 서둘러 걸음을 재촉했다.

"오빠……!"

단영이 말을 채 잇기도 전에 하준은 사정쯤은 대충 전해 들어 알고 있다는 듯이 고개를 끄덕였다.

괜찮아. 입 모양으로 단영을 다독이며 그녀와 마찬가지로 상황을 모르고 있을 스태프들에게 믿음직스러운 말을 먼저 건넸다.

"많이 당혹스러우셨을 텐데, 믿고 기다려 주셔서 감사드립니다."

진심이었다. 기사가 터지자마자 휴대폰이 쉴 새 없이 울릴 것이라고 예측했으나 스태프들은 약속이라도 한 듯 그 누구도 하준을 난감하게 하지 않았다.

"아뇨, 저희가 뭐 따로 할 말이 있겠습니까. 기업 측이 선택한 일이니 그러려니, 하고 받아들이는 수밖에요. 그저 저희는 촬영 일정이 어떻게 될까 염려될 뿐이죠."

총괄 감독의 말에 하준은 줏대를 잃지 않고 말했다.

"마지막 촬영까지 변동 사항은 없을 겁니다. 이대로만 해 주시면 돼요. 다른 기자들 연락은 최대한 피해 주시고요."

하준은 그렇게 지시하며 눈짓으로 단영을 불렀다. 단영은 주변 눈치를 살피다 말고, 주춤주춤 걸음을 옮겨 그의 옆자리에 섰다.

"아, 새벽부터 일찍 일어나서 배고픈데 다들 점심 식사 하러 가실래요?"

그 모습을 눈치껏 알아차린 은효가 센스 있게 제안하자, 스태프들은 너도나도 동의했다. 왁자지껄한 사이를 틈타 하준은 아무도 모르게 등 뒤로 팔을 뻗어 단영의 손을 잡았다.

"뭐, 뭐 하는……."

당황한 단영이 소스라치게 놀라며 손을 빼내려는 순간이었다.

"아……."

그가 힘을 주어 손목을 다시 낚아챘다. 하준은 단영의 얇은 손가락을 살살 문지르며 어울리지 않게 투정을 부렸다.

"보고 싶어서 죽는 줄 알았네."

하준이 씨익, 웃었다.

"잘 잤어?"

한바탕 뒤집어진 소란에 비해 터무니없이 부드러운 음성이었다.

53화

이곳이 어딘지, 사실 잘 모르겠다.

그의 손에 이끌려 발이 닿는 대로 걷고, 눈에 띄는 곳에 들러 풍족한 음식들로 배를 채웠다. 유명한 관광지니 뭐니 하는 것들도 잘 모르겠다.

……딱히 제대로 된 여행을 다녀 본 적 없고,

지금처럼 즉흥적인 여행은 더더욱 들어 본 적 없었다.

그 말 때문이다.

'오늘은 하루 종일 나랑 놀자.'

무턱대고 흘러나온 그의 제안 덕분에.

홀려도 확실히 홀려 버렸다.

"오빠, 우리 여기서 조금만 쉬었다 가자."

묵묵히 앞장서 걷던 하준은 힘들어하는 단영의 말을 듣고, 모르게 걸음을 늦춰 주었다.

"갑자기 왜 그런 거야?"

"뭘."

"뜬금없이 데이트라니, 이상하잖아. 지금은 그럴 상황도 아닌데."

"이대로 서울 올라가면 나중에 누굴 원망하려고."

"그건 인정."

단영은 싱겁게 웃으며 발을 멈추었다.

　푸른 해변을 마주 보고 벤치에 나란히 앉았다. 선선한 바람이 불었다. 이제 막 지기 시작하는 태양은 제 고귀함을 온몸으로 뽐내고 있었다. 서서히 주황빛 노을이 찾아오자, 바다 표면에 반사되어 반짝반짝 빛이 났다. 환상적인 뷰였다.

"와— 예쁘다."

"그러네."

"웬일이래? 원래 같았으면 '네가 더 예뻐.' 오글거리는 대사 한 번 쳐 줘야 도하준인데."

　단영은 착 가라앉은 목소리로 하준의 흉내를 냈다. 하준은 어처구니가 없단 듯이 흘러가는 웃음을 터트렸다.

"뭐, 됐나? 지금이 딱 술 마시기 좋은 타이밍이야."

　기다렸다는 듯 단영은 편의점에 들러 구매한 것들이 담겨 있는 봉투를 뒤적였다. 하나둘씩 드러나는 것들에 하준이 이맛살을 구겨 냈다. 저건 또 언제 샀어.

"야."

"이거다!"

　단영은 소주 팩 하나를 소중하게 집어 들었다. 하준이 말려 보기도 전에 빨대를 콕, 꽂아 그대로 입 안으로 직행시켰다.

"넌 대체……."

맥주도 아니고 소주 팩을. 하준은 황당했다.

"오빠는 뭐 마실래? 맥주?"

단영은 아직 찬기가 남아 있는 맥주 한 캔을 억지로 하준의 손에 쥐여 주었다.

"못 말린다, 진짜……."

하준은 절레절레 고개를 내저으며 캔 맥주를 땄다. 착, 탄산 빠지는 소리가 시원하게 들렸다. 뭐, 나쁘지 않네. 하준은 작게 미소 지으며 한입 마셨다.

"안 힘들어?"

빨대에서 입술을 뗀 단영이 물었다.

"뭐가."

하준의 시선이 밑으로 내려갔다.

"오늘도 아침 일찍 서울 다녀왔잖아."

"이번 사건이 아니었어도 일정에 포함돼 있었어."

단영과 관련은 되어 있었지만, 그녀는 죽어서도 모를, 매우 중요한 일이 있었다.

"요즘따라 왜 이렇게 큰 사건이 몰아서 터지는지 모르겠다. 정신이 하나도 없네."

"조만간 좋은 일 크게 하나 터지려나 보지."

"액땜했다 치자는 거야?"

"좋게 생각해서 나쁠 건 없으니까."

"그런가……. 아무튼 우리 죄 없는 도하준만 고생하네."

단영이 하준의 넓은 어깨에 살포시 얼굴을 기대었다.

"오빠."

"왜."

"⋯⋯미안."

정면으로 향해 있던 하준의 시선이 옆으로 옮겨졌다.

"그럴싸한 도움 한 번 못 줘서 미안해."

"⋯⋯."

"살짝 귀띔이라도 해 주지 그랬어. 말해 줬어도 제멋대로 행동하진 않았을 건데."

단영은 사근사근한 음성으로 말을 이어 갔다.

하준은 빤히 단영을 응시했다.

"솔직히 어떤 말을 해 줘야 할지 잘 모르겠어. 무턱대고 나서기엔 내가 처리할 수 있는 게 하나도 없잖아."

"⋯⋯."

"차라리 내가 마법사였음 좋겠다. 지팡이 한 번 휙 휘두르면 잔뜩 꼬여 버린 일도 전부 다 완벽하게 제자리를 찾을 수 있게. 우리 오빠 고생하는 일 없게."

손가락으로 마법 부리는 시늉을 하는 단영이 귀여운 듯 하준은 피식, 웃음을 터트렸다.

"웃겨? 나 진심이야. 우리 도하준 힘들게 하는 사람들 전부 다 혼쭐 내 줄 거야. 뭐, 그래 봤자 현실에 있는 거라곤 마법은커녕 술밖에 없지만."

그녀가 소주 팩을 흔들며 싱겁게 말했다.

"말이라도 고맙다."

"⋯⋯앞으로는 어떻게 되는 거야?"

"다 잘될 거야."

"그런 말은 나도 할 줄 알아."

단영은 입술을 샐쭉하며 못마땅함을 몸소 드러냈다.

"정말이야."

"……."

"내가 한번 한다고 결심한 일, 여태까지 못한 적 없었잖아."

단영은 그의 말을 부정할 수 없었다.

어린 시절 끝내 함께 있어 주겠단 말도, 곁에서 지켜 주겠다는 말도, 친하게 지내자 했던 그 말도 단 한 번도 거짓인 적이 없었으니까.

"알아, 나도. 도하준 대단한 거. 근데 난 결과를 묻는 게 아니라 과정을 묻고 있는 거야."

"……."

"뒤에서 지켜보는 사람 입장도 생각해 달란 뜻이기도 해."

가끔씩 그럴 때가 있다. 그에게 단단히 귀속되어 있는 기분이 들다가도 어느 때는 먼 타인이 되어 버린 기분이 들기도 했다. 지금이 딱 그랬다.

그는 무슨 일이 생길 때마다 단영에겐 대단한 비밀이라도 되는 것처럼 숨기곤 했다.

"엄마 응급실 사건 때처럼 나 서운하게 만들지 마. 약속했잖아. 다 말해 주겠다고."

단지, 그래서 속상할 뿐.

"누가 먼저 언론을 장악하느냐에 달렸겠지."

"언론?"

"가만히 둘 거야."

"……그게 무슨 뜻이야?"

"환영엔터는 계획대로 유출자를 배승호로 지목할 거고, 우리는 관망하면서 미라클6 출시에 집중할 예정이야."

단영은 하준의 어깨에 기대고 있던 머리를 떼어 냈다. 그러고는 고개를 돌려 하준의 옆모습을 놀란 눈으로 바라보았다.

"그럼 배승호 씨는?"

"걱정돼?"

"다른 감정 있어서 그러는 거 아니야. 이건 나 말고도 우리 스태프들 전부가 걱정할……."

"배승호가 그렇게 해 달라고 부탁했어."

"……."

"나였어도 그랬을 거고."

바다에 고정되어 있던 하준의 시선이 느리게 움직여 흔들리는 단영의 눈으로 옮겨 갔다.

'조력자 역할이면 충분합니다.'

승호는 처음으로 하준에게 예의를 갖추어 부탁했다.

'도하준 씨는 늘 그래 왔던 대로 시오전자 본부장 역할을 맡아 주시면 됩니다. 나머지는 내가 해요. 그 정도 자존심은 지키게 해 줘요.'

오지랖을 부리기엔 승호의 눈은 결연했다.

'믿어 준 것만으로도 충분하다 생각하고 있습니다. 무리하게 출시일을 앞당겨 가면서까지 배려해 주셔서…… 감사합니다.'

하준은 승호의 의견을 수용했다. 인정했다. 그는 군더더기 없이 새로운 시작을 위해 나락으로 떨어질 준비를 하고 있었다.

"걱정하지 마. 알아서 잘 처리할게."

하준은 잠시 말을 멈추고 단영의 반응을 살폈다. 그녀는 꽤나 복잡한 표정을 짓고 있었다.

"걱정돼서 그러는 거 아니야. 그냥…… 마음이 이상해서 그래."

"왜 이상해."

"오빠. 나는 있지, 세상에서 내가 제일 힘든 줄 알았다?"

술이 들어가니 단영은 어울리지 않게 진지해졌다.

바로 앞에 바다를 배경으로 두고.

이루 말할 수 없을 만큼 사랑하는 이를 곁에 두고.

세상이 무너져도 굳건할 것만 같은 당신이 곁에 있음에 안심되는 마음을 두고.

"나만큼 불쌍한 사람도 없을 줄 알았어."

정말, 그런 줄 알았다.

그래서 당신을 부러워한 적도 있었다.

모든 것을 다 가진 것만 같아 자격지심도 느껴 봤다.

죽어라 발버둥을 쳐 봐도 나는 늘 제자리걸음인데, 당신은 늘 저만치 앞서 걷고 있었으니까. 뒤처지는 내게 늘 손을 내밀어 주는 당신에게 고마우면서도 나만 작아지는 것 같아서 마음 편할 날이 없었다.

"근데, 그것도 아니더라."

단영이 천천히 눈을 감았다 떴다.

"어떻게 보면 난 참 운이 좋은 사람이었어."

그녀가 고개를 돌려 하준의 눈을 마주 보았다. 그는 처음부터 단영만 바라보고 있었다.

"오빠. 고마워."

"뭐가 그렇게 매번 고마워."

"왜, 그때 있잖아. 우리 처음 만났던 날."

"……."

하준은 말이 없었다. 단영의 버릇 중 하나였다. 아니, 주사라고 해야 할까. 술기운에 사무칠 때마다 그녀는 습관처럼 그때의 순간을 회상하곤 했다. 마치, 스스로에게 세뇌시키듯.

"은인이잖아."

하준을 은인이라 칭하고.

"어떻게 갚아야 하나…… 매일 고민해."

자신은 은혜를 갚아야 하는 숙명을 가진 까치란다.

"난 돈이 많은 것도 아니고, 그렇다고 똑똑하지도 않고."

"……."

"성격 있어서 아주 가끔, 정말 가끔 짜증도 내지만."

"가끔 맞아?"

확실해? 의심스럽다는 듯이 되묻자, 단영의 미간 사이로 주름이 깊어졌다.

"조용히 해라."

단영이 나지막하게 경고하자 하준은 얌전히 입술을 다물었다.

"음, 또 실속도 없어서 무작정 사서 고생 해야, 겨우 하나 얻을 수 있는, 그저 평범한 스물여덟 여자지만."

"……."

"앞으로 내가 더 잘할게. 진짜 잘할게. 정말로."

단영이 배시시 웃었다.

"오빠 옆에 섰을 때 어울리는 여자가 될 수 있도록 더 노력할게. 꼭 성공할게."

그 웃음이 너무 사랑스러워서 하준은 눈을 깜빡이는 것조차 잊었다. 그녀의 머리카락이 바람에 흩날리고, 입술이 다시 떨어질 때까지도.

"그러니까 오늘은 나한테 기대. 괜찮은 척 허세 부리지만, 사실 오빠도 사람인데 힘들잖아. 지치잖아."

단영이 제 어깨를 손으로 툭툭 쳤다. 그러나 하준은 미동조차 없었다.

"에헤이. 뭐야, 그 못 미덥단 눈빛은? 얼른 기대 봐! 이래 보여도 무거운 촬영 도구 옮기느라 나름 단련된 어깨거든?"

아무리 봐도 좁디좁은 연약한 어깨인 것 같은데.

"아, 거참. 그 양반 고집 한번 질기네!"

단영은 손에 힘을 주어 하준의 옆얼굴을 자신의 어깨 쪽으로 꾹 눌렀다. 그 힘으로 인해 하준의 얼굴이 기울어지는가 싶더니 상황은 보란 듯이 역전되었다. 하준은 가뿐하게 단영의 손목을 잡아챘다.

"뭐, 뭐야. 놀랐……!"

순식간에 벌어진 일이었다. 하준의 입술이 충동적으로 단영의 입술에 닿았다. 처음엔 가벼운 입맞춤으로 시작되었지만, 갈수록 농염해졌다.

읍, 읍. 단영은 버둥거리며 마저 못 한 말을 하고자 했으나, 쉽게 놓아줄 하준이 아니었다. 그녀의 아랫입술을 아프지 않게 자극적으로 깨물었다. 덕분에 단영의 입술이 힘없이 벌어졌다. 그 틈을 타 하준은 막힘없이 들어섰다.

끝없이 진하게 헤집고 다니는 덕분에 단영은 두 손 두 발 다 들어야 했다. 당황한 얼굴은 진작 말끔하게 지워져 있었다.

말하지 않아도 알 수 있는 서로가 서로에게 건네는 위로.

오늘도 고생 많았어.

거친 세상에서도 굴하지 않고 힘차게 앞으로 나아가 주어서 고마워.

힘들면 기댈게.

아프면 펑펑 울게.

무너질 것 같으면 손잡을게.

옆에만 있어 줘.

그것 하나면, 충분해.

어떤 시련이 닥쳐와도 너 하나만 있으면 보란 듯이 이겨 낼 수 있어.

그렇게 말했다. 키스로, 입맞춤으로, 뜨거운 숨결로.

더욱 키스가 깊어졌다. 그럴수록 단영의 미소는 전보다 훨씬 화려하게 만개했다.

해는 어느덧 자취를 감추었다. 어둠이 자욱하게 깔리고 나서야 아쉬움 가득한 입술이 떨어졌다. 가까운 거리에서 하준은 짙은 눈빛으로 단영을 내려다보고 있었다.

누구 것인지 모를 거친 호흡이 입술 바로 앞까지 느껴졌다.

"다행이라고 생각해."

하준은 나지막하게 말했다.

"널 선택한 내 결정이 여느 때보다 잘한 일 같아서."

단영은 떨리는 눈으로 하준을 응시했다.

"뭔데 예쁜 말만 골라서 해. 주특기야?"

자신의 말투를 따라 하는 단영이 우스웠던지 그가 비식거리며 웃었다.

"말했잖아. 내 단점은 더럽게 재미없는 거니까."

"……."

"재미있는 네가 옆에 있어야 한다고."

상극이라서 우린 함께 있어야만 한다고. 부족한 부분을 서로 채워 주어야만 한다고. 그래야 비로소 완벽해질 수 있으니까.

"이제부터 중요한 말 할 건데."

"중요한 말? 그게 뭔데?"

단영이 얼굴을 갸웃거렸다.

"궁금하면 오백 원."

"……그걸 지금 개그라고 한 거야, 도하준?"

무려 세상 진지한 표정으로. 단영은 그만 참지 못하고 깔깔 자지러졌다. 학원이라도 보내 줘야겠다. 더럽게 재미없어!

"그래, 옛다! 받아라!"

단영은 기꺼이 베풀어 주겠다는 식으로 오백 원 대신 제주도 바람을 움켜쥐더니 그의 손바닥 위에 올려 주었다. 하준이 바람 빠진 웃음을 토해 냈다.

"이거 엄청 비싼 거다? 오백 원보다 훨씬 값진 걸로 드렸으니 빨리 말하세요."

"내가……."

"내가?"

"오늘 작정을 좀 했어."

"작정?"

"그래."

하준은 전과 다른 모습이었다. 평소와 다를 것 없어 보였지만, 어딘가 모르게 불편한 사람처럼 보이기도 했다.

살짝 이맛살을 구겼다가 허탈한 웃음을 짧게 흘려보내기도 했다. 어디부터 말을 해야 하나, 고민하는 듯하더니 손을 올려 이마를 짚고는 잠시 상념에 빠졌다.

"뭔데 그래?"

"별생각 없이 들어."

"……?"

"나 지금 엄청 긴장한 상태니까."

"응?"

전혀 앞뒤가 맞지 않는 말이었다. 별생각 없이 들으라며? 그런데 긴장했다고? 천하의 도하준이? 단영은 혼란스럽다는 표정을 지었다.

"너도 알겠지만, 나 말 꾸미는 거 잘 못해."

"누가 그걸 모르나."

"아까부터 자꾸 말대답하지 마."

"넵."

하아……. 이거 진짜 돌겠네.

하준은 속으로 생각하며 줄곧 정장 바지 주머니를 배회하고 있던 손을 꽉 쥐었다. 서울에 도착하고, 본사 회의에 참석하고, 제주도로 날아가서 지금까지 단 한 번도 손에서 놓친 적 없었다.

"날씨 좋네."

하준은 뜬금없는 말을 꺼냈다.

"지금 밤인데?"

"또 말대답."

"아, 미안. 그러게 날씨가 참 좋네."

"그래서."

하준은 꽤 길었던 오늘 하루 동안 부적처럼 제 몸에 지니고 다닌 물체를 어렵게 꺼내었다.

의문의 물체가 단영의 손바닥 위에 덩그러니 놓였다. 그녀가 시선을 내렸다.

"이게 뭐……."

"날씨도 좋은데."

반지였다.

"같이 살자."

더 정확히 말하자면 목걸이에 끼워진, 반지.

단영의 놀란 눈이 크게 떠졌다.

"너 결혼에 환상 없고 꿈은 더 없는 거 알아."

"……."

"근데, 나는 있어."

단영의 눈이 정처를 잃고 흔들렸다. 아무리 집중해도 속내를 읽어 낼 수 없어 하준은 불안했으나, 최대한 담담히 제 마음을 전했다.

"반지부터 주면 너 부담스러워할 것 같아서. 일단 이 정도가 내 최선의 배려였어."

어떻게 보면 정말 멋없고, 근사하지도 않고, 화려한 서프라이즈 이벤트는 더더욱 아니었지만.

정말 오랜 시간을 참았다. 도대체 얼마나 혼잣말하며 연습해 왔는지 모른다.

입에서 단내가 날 때까지 수십 번도 넘게 연습한 말.

"잘해 줄게."

그래서 떨리지 않을 줄 알았는데.

"아저씨처럼 배 나오지 않게 자기 관리도 열심히 할게."

담담한 척하고 있지만, 나 사실은 지금 떨려서 죽을 것 같아.

하준은 나지막한 음성으로 다시 말했다.

"결혼해 줘."

닿아라.

"나랑 하자."

제발.

"결혼."

닿아라.

54화

맙소사. 세상에. 나 혹시 꿈꾸는 중인가?

현재 단영의 머릿속은 당장 폭발 직전이었다.

결혼. 도하준과 결혼. 결혼. 결혼. 도하준에게 청혼을 받았다. 어쩌다 보니 받게 됐다.

그의 진심 어린 말을 듣는 순간 단영은 가슴이 뻥 터져 버릴 만큼 벅차올랐고, 또 그만큼 우울해졌다.

본의 아니게 이중인격이 되어 버린 것 같다.

물론, 사랑한다. 단영은 하준을 누구보다 많이 사랑하고 있다.

알고 있다. 그의 마음은 절대 변하지 않으리란 것도.

하지만 사랑의 결말은 왜 항상 결혼이 되어야만 하는 걸까.

그저 걱정이 앞선 거였다. '결혼'을 단지 그와 단둘이서 하는 것이었다면, 그 정도로 간단했다면 결코 망설이지 않았을 것이다. 가족과 가족이 얽히게 되고 법적으로 인정한 부부가 되는 과정엔 참 많은 것들이 추가적으로 개입하게 된다.

이를 테면…….

그의 어머니와 아버지.

아니, 사실 그건 문제가 되지 못한다. 현시점에서 가장 암담한 현실은.

'나 지금 얼마 있지?'

'얼마나 모았지?'

그것이 가장 큰 문제였다.

누가 이렇게 창창한 나이에 결혼이란 걸 할 줄 알았을까. 전혀, 꿈에서도 상상 못 했다.

단영은 눈앞이 깜깜했다.

휴학 기간을 합쳐 총 5년 만에 대학을 졸업했고, 스물여섯 살에 스튜디오로 취직했다. 입사한 뒤 6개월 동안은 박봉에 미치지도 않는 적은 월급을 아니, 월급이라 부르기도 창피할 만큼의 수당을 받으며 버텼다.

제대로 된 액수를 만져 보게 된 것은 고작 1년. 여러 아르바이트를 뛰며 악착같이 모아 봤지만, 학생 신분이었던 단태의 생활비를 보태 주고 월세에 쓰다 보니 남는 것이 없었다.

물론, 하준을 포함한 세훈과 민재가 도움을 주려 하지 않았던 것은 아니다. 정말 부득이한 상황에 닥쳤다거나 월세가 밀렸을 때 잠깐 기댄 적은 있었으나, 그 역시 한 달이 채 넘어가기 전에 갚았다. 그 외의 도움은 극구 거절해 왔다. 그들은 한사코 괜찮다 했지만, 단영은 억지로 찔러 주었다. 그래야 볼 낯이 생길 것 같아서.

"그러니까 나는……."

단영은 말을 잇지 못했다. 금방이라도 울음을 터트릴 눈으로 손바닥 위에 놓인 반지를 응시했다.

아까워서. 너무 안타까워서. 그 진심을 단번에 수락하지 못함에 아쉬워서.

영롱하게 반짝이고 있는 고가의 반지에 비해 저 자신의 현실은 처참하기 그지없다. 이걸 두고서 처지가 비슷한 사람들끼리 만난다고 하는 걸까.

자칫했다간 눈물이 터질 것만 같았다.

하준의 진심을 누구보다 잘 알고 있었기에.

사랑하는데, 사랑한다고는 백 번도 천 번도 넘게 말할 수 있는데 그 끝의 답이 결혼이라면, 그걸 거절해 버린다면, 내가 당신을 사랑하고 있음이 거짓으로 비칠까 봐.

……두렵다.

"나는, 그러니까……."

하준은 그녀가 답을 꺼낼 때까지 묵묵히 기다려 주었다. 마치 다음 반응을 미리 예상한 사람처럼.

단영이 입술을 질끈 씹었다.

그가 자신의 부족함을 거뜬히 안고 갈 만큼 능력이 충분하다는 건 안다.

반면, 나는 어떠한가. 죽어라 꿈만 바라보고 달려왔더니 늘어난 것은 나이의 뒷자리 숫자뿐이다.

요즘 같은 시대에 단영이 이상한 것은 분명 아니었다. 그저, 그가 조금 더 특별할 뿐.

"……."

아니야, 최단영. 정신 차려. 정신만 똑바로 차리면 건질 것 하나 정도는 있다 했어.

보자, 보자, 보자, 보자.

흔히 말하는 스.드.메(스튜디오, 드레스, 메이크업) 가격대가 어떻게 되더라?

요즘 식장은 비싼가?

출장 뷔페는?

혼수 비용은?

집은?

신혼여행은?

그 많은 목록 중에서 제대로 보탤 수 있는 건 몇 가지나 될까.

최대한 저렴하게 가자니 그의 위상이 떨어질까 싶어 그럴 수도 없다.

결혼식을 건너뛰자니 각자 부모님에게 못할 짓인 것 같다.

솔직히 터놓고 말하자면, 이전까진 결혼이 싫었다. 부모님이 선택한 사랑의 최후가 남 일 같지 않았으니까. 하지만 지금은 아니었다. 그에게 분에 넘칠 만큼 사랑받으며 생각도 점차 변했다. 나조차도 모르는 사이에 서서히.

도하준이라서. 나를 변하게 한 사람이 도하준이니까.

단영은 눈동자를 쉴 새 없이 굴려 가며 생각했다. 생각하고, 또 생각했다.

그 순간.

"최단영."

낮은 음성이 과부하에 걸려 있던 단영의 머릿속을 말끔하게 세척했다.

"아, 어? 응?"

"걱정하지 마."

"무, 뭐가? 하하. 뭐가요?"

당황한 단영의 어리숙한 반응에 하준은 피식, 웃음을 터트렸다.

"지금 당장 대답해 달라는 것도 아니고, 결혼을 하자는 것도 아니야."

"하지만……."

"겁먹지 말고 천천히 생각해. 천천히."

하준은 반지가 놓인 단영의 손바닥 위로 손을 겹친 채 말했다.

"나 어디 안 가."

그가 편안하게 미소 지었다.

"최선책은 굳이 결혼이 아니어도 돼."

"오빠, 그게 아니……."

"너만 있으면 되니까."

아닌데. 그게 아니라.

"그러니까 너무 부담 갖지 마."

이봐. 아니라니까!

정말 아닌데. 그런 뜻이 아닌데…….

"그만 가자. 춥다."

하준이 벤치에서 일어섰다.

"오, 오빠……! 잠깐 스톱, 스톱! 잠깐만! 사람 말 좀 끝까지 들어봐! 내 말 아직 안 끝났어!"

단영은 절박하게 하준의 손목을 잡아챘다. 덕분에 그의 자세가 어중간해졌다.

"말해."

"아니, 내 마음은……!"

하준의 올곧은 눈빛이 흔들리는 단영의 눈동자를 꿰뚫었다.

정말 간절한데.

"그러니까 나는!"

누구보다 함께이고 싶은데.

"좋아해! 사랑해! 하늘만큼 땅만큼! 아니, 오빠만큼! 아니, 그보다 더!"

안 되겠다.

서울로 올라가자마자 통장 잔고부터 확인해 봐야겠다.

"싫다는 건 절대 아니야! 그, 그냥 조금만 더 시간을 줘!"

어떻게든 해결해 보자. 스스로 뭐든 해 보자.

"안, 되려나?"

그의 눈치를 살피느라 죽을상이 되어 버린 단영과 달리, 하준은 초지일관 한결같은 얼굴이었다. 이따금씩 뭐가 그리 우스운지 픽, 픽 하고 바람 빠진 웃음을 터트렸다.

"그래. 그렇게 해."

"결혼하자고 한 말, 무르지 않을 거지? 나, 기다려 줄 거지?"

하준은 희미하게 웃었고.

"당연한 걸 뭘 물어."

"……."

"내 선택은 처음부터 끝까지 너였어."

단영은 아무런 말도 할 수 없었다.

그렇게.

제주도의 긴 일정도 끝이 났다.

미라클6 발표 현장은 며칠 뒤 있을 출시 준비가 한창이었다.

하준은 마지막 리허설을 마치고 무대에서 내려왔다.

"처음으로 출시 브리핑 준비하는 기분이 어때? 전 세계에 얼굴을 알릴 수 있는 첫 데뷔 무대인데."

곁으로 다가온 민희가 물었다.

"데뷔는 무슨. 연예인도 아니고."

"말이 그렇다는 거지. 부사장님 대신 서는 거잖아. 실은 너도 부담감 장난 아니지?"

"……."

하준은 대답이 없었다.

"그나저나 상부들도 진짜 독하다, 독해. 기어코 너를 앞세워서 자기들 목숨 부지하려고 슬쩍 뒤로 빠지는 것 좀 봐. 꼴사나워 죽겠네. 도하준. 보란 듯이 성공해라. 이참에 상무이사로 승진해 버려! 알겠지?"

민희가 이를 갈며 으름장을 두자, 하준이 눈썹을 구겼다.

"사람들 듣는다. 직장 내에선 입조심 좀 해."

"이 넓은 곳에서 들리려면 보청기 백 개는 달아야 할걸?"

민희와 하준이 대화를 나누고 있는 사이, 부사장 담당 비서가 하준의 곁으로 다가왔다. 비서실장은 한 손으로 입을 가린 채 정중히 상황을 전달했다.

"본부장님. 예고대로 방금 기사 올라왔다고 합니다. 부사장님께서 전해 달라 하셨습니다."

하준은 작게 고개를 끄덕였다.

"차량 대기시켜 두었습니다. 가시죠."

"괜찮습니다. 제 차로 직접 운전하면 됩니다."

"부사장님께서 출시 발표를 무사히 마칠 때까진 본부장님 곁을 끝까지 보좌하라 지시하셨습니다."

부사장의 애정을 온몸으로 받고 있으니 몸 둘 바를 모르겠다. 그런 친절은 부담스러운데. 하준은 미간을 미약하게 구겼으나, 더 이상 말을 번복하진 않았다.

"나 먼저 간다."

"응. 뭔 일 때문인지는 모르겠지만, 가 봐. 뒷정리는 내가 할게."

"그래, 수고해."

하준은 부탁한단 눈짓을 보이며 비서실장을 따라나섰다.

환영엔터 대표 사무실.

서정은 꽤나 만족스러운 미소를 걸친 채였다. 비열하게 올라선 입꼬리가 유독 치밀하게 보였다. 그녀는 모니터 속에 떠오른 기사를 빤히 응시했다.

「(시오전자) 미라클6 출시 전, 디자인 유출 확산. '전속 모델 배승호 의혹'

……화보 촬영 도중 유출되었을 확률이 큰 것으로 판단하고 있는 가운데, 미라클6 론칭 발표회를 앞두고 있는 시오전자는 아직까지 그렇다 할 공식 입장을 내놓지 않고 있는 것으로……」

서정은 기사 내용을 한 글자, 한 글자 눈에 박아 넣었다. 기사 내용 하단에 첨부되어 있는 것은 분명 미라클6의 실사였다.

네티즌들의 의견은 실시간으로 올라왔다.

확정된 것도 아닌데 너무 성급한 것이 아니냐는 의견과 모델 배승호에게 실망이 크다, 라는 의견으로 반응은 확연하게 나뉘었다.

뭐가 됐든 만족스러웠다. 그렇지 않아도 시오전자가 출시일을 앞당긴 탓에 대중들의 관심은 더욱 불길처럼 치솟았다는 것만으로도 서정은 더할 나위 없었다.

이제 너는 영원히 내 손아귀를 벗어나지 못해.

내 도움 없이는 아무 것도 이루지 못해.

나를 꺾지도 넘어서지도 못할 거야.

서정은 안심이 됐다.

"지금 다 죽어 가고 있을 그 새끼 얼굴을 봐야 속이 더 시원할 것 같은데 말이야."

서정의 높은 웃음소리가 끔찍하게 울렸다.

조만간 일어날 일은 상상조차 못 한 채.

비서실장은 목적지에 차량을 정차시키자마자 재빨리 운전석에서 내렸다. 곧장 하준이 탑승해 있는 뒷좌석 쪽으로 달려가 문을 대신 열어 주려 했다.

"아……."

그러나 하준이 더 빨랐다. 스스로 뒷좌석 문을 열고 내렸다. 비서실장과 하준은 누가 먼저랄 것도 없이 민망함에 멋쩍게 웃었다.

"이제 그만 들어가 보셔도 괜찮습니다."

"아닙니다. 동행하겠습니다."

"그러지 마세요. 저 불편합니다. 이런 대접 받을 위치도 아니고요."

"그럴 위치, 충분하십니다. 본부장님은 부사장님 사람이지 않습니까. 당연한 일입니다."

불편해 죽겠네. 하준은 속으로 생각하며 넥타이를 똑바르게 고정시켰다. 낯선 건물 앞에 선 하준은 슬쩍 위를 올려다보며 물었다.

"왠지 감시당하는 기분이라 기분이 썩 좋지는 않네요."

"그런 말씀 마십시오. 부사장님은 혹시라도 본부장님께서 아랫사람 취급 받으실까 염려되어……."

"그런가요."

하긴. 제아무리 대기업이라 해 봤자 본부장에 지나지 않는 직급이다. 사리사욕에 눈이 먼 그녀의 성향으로 봐선 하준이 혼자 나섰음에 코웃음 쳐도 이상할 것이 없었다.

"들어가죠."

하준은 적당한 보폭으로 앞서 걸었다. 구김 없는 검은색 슈트가 유달리 빛났다. 비서실장은 고개를 살짝 숙여 보이고는 하준을 뒤따라 걸었다.

하준과 그 뒤를 든든하게 지키고 서 있는 비서실장의 등장에 환영엔터 대표실 전담 비서 직원은 적잖게 당황한 얼굴이었다.

"아, 저……. 사전에 연락은……."

"시오전자에서 배승호 씨 사건으로 찾아왔다 전해 주십시오."

시오전자 측 비서실장이 하준 대신 말을 전했다. 그녀는 서둘러 몸을 숙였다. 대표실로 상황을 보고하는 듯 보였다. 답변을 전해 들은 여비서는 상체를 세우며 길을 안내했다.

"따라오세요."

그녀의 안내대로 대표실 앞에 도착했다. 여비서는 정중하게 노크했고, 머지않아 대표실 문이 열렸다.

"아, 어서 와요."

서정은 온화한 미소로 하준을 맞이했다. 힐긋거리며 하준의 뒤를 지키고 있는 비서실장을 어깨 너머로 바라보는 것도 잊지 않았다. 아무래도 부사장이 하준의 위세를 지켜 주고자 한 선택은 틀리지 않았던 모양이다.

"도하준입니다."

"내 익히 들어 알고 있지. 생각보다 훨씬 더 젊은걸? 우리 승호 또래쯤 되어 보이는데."

그녀는 대놓고 무시했다.

"바로 본론부터 말씀드리겠습니다."

순간, 서정의 가느다란 눈썹이 들썩였다. 예의라곤 반 푼어치도 찾아볼 수 없는 하준의 태도가 언짢단 기색이었다.

"보기와 다르게 저도 바쁜 사람이라 이곳에서 할애할 시간이 얼마 없어서요."

"일단, 앉아요."

하준은 거리낌 없이 손님맞이용 소파로 걸어가 착석했다. 각진 자세와 날렵한 눈빛은 위용스러움이 뚜렷했다. 그는 즉시 재킷 안주머니에 손을 넣었다. 얼마 지나지 않아 작고 둔탁한 직사각형 물체가 테이블 위에 놓였다.

"음? 이게 뭐죠?"

"녹음기입니다."

"……녹음기?"

서정이 되물음과 동시에 하준은 재생 버튼을 눌렀다.

『또 너냐. 작가님 옷 입고. 모자도 쓰고. 작정했단 티가 너무 나잖아. 어?』

녹음기에서 재생되고 있는 익숙한 음성에 서정의 얼굴이 싸하게 굳어졌다.

『모르는 척해 주세요.』

……성유진. 그 계집애가 기어코. 서정은 모르게 이를 악물었다.

『어쩌면 기회가 될 수도 있…….』

치지직. 치지직. 녹취 상태는 좋지 못했다. 중간중간 끊어지기도 했고 어떤 부분은 아예 들리지도 않았다.

『솔직히 유출이라 해 봤자 휴대폰에 대한…… 중요한 정보 기술 같은 것도 아니고…… 일부러 유출하기도 한…….』

『누가 사주했어.』

『……네?』

『마서정. 그 여자야?』

『제발, 모르는 척 넘어가 주세요.』

중요한 순간에 재생은 끝이 났다. 서정은 애써 어처구니가 없다는 듯이 웃었다.

"지금 나와 뭘 하자는 거지? 고물과 다를 바 없는 녹음기 하나 가지고."

어느새 존댓말은 사라지고 없었다. 불안하다는 증거였다.

"명백한 증거물이 바로 앞에 있는데, 고물이라니요. 말씀이 지나치십니다."

"증거?"

서정이 코웃음 쳤다.

"이보세요, 도하준 본부장. 성급한 확신은 큰 화를 불러일으키는 법이에요. 똑똑한 사람일 줄 알았는데, 이처럼 어리석어서 어디 쓰겠나."

가르치려 드는 서정의 태도가 가소롭다는 듯 하준은 자조적인 웃음을 흘리며 손에 깍지를 끼웠다.

"저는 지금 시오전자를 대표해서 이 자리에 앉아 있는 겁니다. 무례한 언사는 그쯤 하시죠. 불쾌합니다. 대표님."

하준은 웃으며 말했다. 그 웃음은 결코 호의적이지 못했다. 서정의 입술이 바르르 떨렸다.

그때였다. 똑똑똑. 차를 준비한 여비서가 대표실 문을 열고 들어왔다. 잠시 침묵이 흘렀다. 여비서는 각각 두 사람 자리 앞에 찻잔을 내려 두고는 꾸벅 인사한 뒤, 황급히 대표실을 빠져나갔다.

"일단, 들어요."

"전 됐습니다."

단호한 하준의 거절에 찻잔을 들고 있던 서정의 손끝이 멈칫했다.

"증거라……. 증거치고는 너무 구시대적이지 않나. 직접 대화에 참

여한 것 같지도 않고. 난 증거라기에 영상이라도 들고 왔을까 싶어서 기대했지 뭐예요. 그런데 고작 녹취라니."

"아, 제가 아직 말씀 안 드렸나요."

"……?"

찻잔을 따라 내려간 서정의 시선이 정면으로 올라왔다.

"이거, 녹음 사본입니다."

하준은 녹음기를 재킷 안주머니에 다시 넣으며 말을 이어 갔다.

"원본은 배승호 씨에게 있습니다. 대표님 말씀대로라면 직접 대화에 참여한 주인공이 되겠네요."

그 말은 즉, 배승호가 직접 녹음했다는 뜻이다. 서정의 입술이 힘없이 벌어졌다. 그녀는 당황한 감정을 애써 숨기며 다시 찻잔을 들었다.

"그토록 원하셨던 영상은 차량 블랙박스에 고스란히 촬영되어 있습니다. 물론, 차량 내부가 찍힐 수 있도록 사전에 돌려놓았고요."

하준의 입가로 알싸한 미소가 그려졌다. 탁, 탁, 탁, 탁. 찻잔이 부딪치며 진동하는 소리가 고요한 대표실 내부를 가득 채워 갔다.

서정이 손을 떨고 있었기 때문이다.

하준은 그걸 가만히 직시하다 말고 이내 비서실장에게 눈짓했다. 그러자 비서실장은 기다렸다는 듯이 서류 가방에서 갈색 봉투를 꺼내어 마 대표 앞에 놓아 주었다.

"하나는 계약서, 다른 하나는 CF와 화보 촬영에 대한 기밀 서약서입니다."

"도하준 본부장."

딱딱한 서정의 음성에도 하준은 멈추지 않았다.

"물론, 둘 다 사본이고요."

그녀의 말을 무시한 채 덤덤히 말을 이어 갔다.

"성유진 씨와 대표님이 위반한 조항은 따로 체크해 뒀습니다. 다른 것은 확인할 필요 없이 그 부분만 살펴보시면 됩니다."

"하?"

그녀가 실소를 터트렸다. 너무 순식간에 벌어진 일이라 머리 굴릴 시간이 턱없이 부족했다.

"법적 소송 문제로 전할 일이 있다면 저희 법무팀 대표 번호로……."

"이봐!"

쨍― 소름 끼치는 소음이 고막을 짓이겼다. 서정이 찻잔을 던지다시피 내려놓은 탓이다. 그 반동으로 인해 하준의 앞에 놓인 찻잔 속 액체가 잘게 파동 쳤다.

"지금 누구 앞에서 증거랍시고 저따위 고물 녹음기를 들이밀고 있어! 장난도 정도껏 쳐야지, 정도껏! 뭐가 누구에게 있어? 원본? 하, 참……. 지금 누굴 뭐로 보고!"

하준은 그걸 묵묵히 응시하다 입술을 천천히 떼어 냈다.

"장난?"

돌연, 그의 눈빛이 살벌해졌다.

"지금 당신 눈엔 이게 다 장난으로 보입니까?"

서정은 순간적으로 숨이 막히는 느낌을 받았다.

"아, 뭐……."

말을 늘인 그의 입술이 언뜻 올라섰다.

"계약 위반에 대한 위약금 문제와 해당 제품 손해 배상 문제만 깔끔하게 처리된다면, 저와 대표님이 두 번 다시 부딪칠 일은 없을 테니 좋을 대로 생각하셔도 좋습니다."

"이, 이……!"

주먹을 쥐고 있던 서정은 손을 부들부들 떨었다.

"남은 문제는 배승호 씨와 알아서 잘 해결 보시든가 마시든가. 그

부분은 내 알 바 아니니 참견 않겠습니다."

서정의 눈 밑이 움찔, 경련했다.

"다시 한번 말해 두지만, 대표님의 상대는 제가 아니라 시오전자입니다. 지금처럼 되는대로 무작정 소리 지르고 흥분하셔 봤자 대표님 혈압만 올라갈 뿐 결과는 변함없단 소립니다. 제 말뜻, 이해하셨습니까."

하준은 그 말을 끝으로 자리에서 일어나 재킷 단추를 반듯하게 잠갔다.

"소송 취하는 없습니다."

"……"

"합의 또한 없을 겁니다."

단호한 하준의 통보에 서정은 심장이 쿵쿵 뛰었다.

"이미 상부에서 결정 난 사안입니다."

하. 서정은 넋이 나간 채로 헛웃음을 토해 냈다.

"……그리고."

그의 눈꺼풀이 날렵하게 떠졌다.

"뒤에서 전화로 분탕질 치는 방법보단 지금처럼."

"……"

"아무도 없는 곳에서 직접 대면하시는 편이, 훨씬 더 좋을 겁니다."

현명하지 못한 그녀의 아둔함을 돌려 지적한 것이다.

하준은 무감정한 표정으로 서정의 빈틈을 되짚어 주었다.

"그럼, 판결 결과로 소식 전해 듣겠습니다."

하준은 미련 두지 않고 대표실을 빠져나갔다.

"하, 하하! 하하하……."

탁. 문이 닫혔다.

대표실 문 너머로 온전하지 못한 웃음소리가 끊이지 않고 새어 나왔다.

"후으……."

하준은 내내 목을 꽉 조이고 있던 넥타이 사이로 두 손가락을 집어넣었다. 그러고는 아무렇게나 헤집으며 공간을 넓혔다. 숨통이 조금은 트인 기분이었다.

"고생 많으셨습니다. 본부장님."

하준은 별거 아니라는 듯이 웃었다.

이 정도면 충분했다고 본다. 그를 감싸고자 오지랖을 부리지도 않았고, 욱한 심정에 개인적인 감정을 싣지도 않았으니 다 된 거다.

이제 남은 것은…….

"……."

별안간 하준의 가죽 구두가 멈추었다.

주머니 안에서 진동이 느껴졌다. 하준은 피곤한 기색이 역력한 얼굴로 휴대폰을 꺼내 들었다.

그의 시선이 밑으로 떨어졌다.

"아."

작은 탄식과 함께 입가로 희미한 미소가 번졌다.

액정 위로 떠오른 발신자 이름 덕분이다.

55화

작은 평수의 오래된 아파트. 좁은 거실 가장 구석진 곳에 위치한 식탁 위에는 통장들과 여러 종이들이 너저분하게 어질러져 있었다. 단영은 오랜만에 집의 편안함을 만끽할 여유가 없었다.

"하아……."

크게 한숨을 밀어 내며 종이에 써 내려간 목록들을 하나둘씩 지워 갔다. 주택 청약. 적금. 비상금.

찍찍. 찍. 찌익.

빨간 펜이 종이에 그어지는 소리가 단영의 마음을 긁어 내고 아프게 할퀴었다.

"으으……."

두 손을 들어 머리를 싸맸다.

사진을 찍으면 안 됐나. 취업 상담 교수님 말처럼 이렇게 될 줄 알았으면 일반 광고 회사에 취직해서 포토샵 보정 작업이나 할 걸 그랬다.

그랬다면, 적어도 적금 정돈 꾸준히 넣을 수 있었을 텐데. 안정적일 수 있었을 텐데.

"아주 뒤죽박죽 난리도 아니다. 어느 달은 삼십. 어느 달은 칠십. 또 어느 달은 오만 원? 허, 참……. 이건 무슨 적금이 아니라 저금통 수준이네."

정말 급할 때는 적금을 넣지 못한 적도 있었고, 상황이 심각했을 땐 해약을 면치 못했다. 현 상황에서 이 정도 저축했다는 것이 기특할 수준이다.

"……뭐, 뭐야."

톡. 종이 위로 떨어진 액체에 놀란 단영이 눈을 껌뻑였다.

"나, 지금……."

하, 우냐? 지금 울어?

기가 막혀서…….

단영은 손등으로 눈을 벅벅 비볐다. 하지만 눈물은 멈출 기미가 보이지 않았다. 툭. 툭.

"에이 씨……."

그래. 억울해서 운다. 단 한 번도 원망이란 것을 해 본 적이 없었는데, 지금 순간은 원망이 된다. 스스로에게.

난 도대체 전생에 무슨 죄를 지었기에. 나라를 몇 번이나 팔아먹었기에 이럴 수가 있는 거냐고. 사치를 부린 적도 허투루 돈을 쓴 적도 없는데 왜 이 모양 이 꼴인 거냐고.

"으. 우으……."

어떻게든 눈물을 참고 있었던 단영은 결국, 수도꼭지를 틀어 놓은 것처럼 펑펑 눈물을 터트렸다. 이 모습을 하준에게 보이지 않아 다행이다.

"흐어엉—"

단영은 팔에 얼굴을 묻은 채 목 놓아 울었다.

하준과 함께 아침밥을 먹는 모습. 오빠 반, 내 얼굴 반 공평하게 나눠 닮은 아이. 예쁜 웨딩드레스를 입고 버진로드를 걷게 될 순간들이 자꾸만 펼쳐졌다.

"이 좋은 것들을 두고 왜 그동안 고집부린 거지, 나는?"

결혼할 상대가 달라졌으니 심정 변화가 생긴 걸까.

자신에게 물었다. 어쩌면, 그저 핑계일 수도 있겠다.

부모님처럼 되지 않겠다는 결심이 강해서 무의식중으로 밀려난 꿈을 모른 척했던 것은 아닐까. 어떻게 될지 모를 미래가 두려워 상대방에게 일방적인 확신을 요구했던 것은 아닌가.

"난 대체 뭐가 무서워서 비혼주의를 외치고 다녔던 건데?"

사실은, 누구보다 안정적인 가정을 꾸리고 싶었으면서.

사실은, 누구보다 따뜻하고 화목한 가족을 만들고 싶었으면서.

사실은, 사실 나는 누구보다—

"도하준이랑 결혼하고 싶어……."

그래. 난 정말 오래전부터 말뿐인 가족이 아니라 그의 진짜 가족이 되고 싶었다.

"진짜, 진짜, 진짜, 진짜 결혼하고 싶다고!"

홀로 남은 집 안. 울음 섞인 단영의 설움이 커다랗게 울렸다.

"아! 결혼하고 싶다!"

정신 나간 사람처럼 울다가, 웃고 웃다가, 울기를 반복했다. 그러다 돌연 단영은 일시 정지가 된 듯 멈추었다.

"……."

맞아. 울어서 해결될 일이 아니다. 바보처럼 이러지도 저러지도 못하고 있으면 안 되는 거다. 단영은 입술 안을 씹었다. 내가 지금까지 어떻게 버텨 왔는데. 이렇게 쉽게 포기할 순 없다.

그녀의 눈동자가 제빛을 되찾았다. 단영은 무턱대고 민재에게 전화를 걸었다.

"오빠!"

― 아오, 깜짝이야! 웬일이냐? 네가 먼저 전화를 다 하고. 아, 그나저나 도하준은 괜찮아? 너는 어떻고? 오늘 아침부터 세훈이랑 계속 기사 확인하고 있는데, 상황 많이 심각한 것 같더만. 먼저 연락해 볼까 하다가 정신없을 것 같아서 연락 기다리고…….

"그게 문제가 아니라!"

― 그럼, 그거 말고 지금 당장 뭐가 더 급해?

지금 이 순간 내게 가장 필요한 건…….

"나한테 아무 말이나 해 봐. 정신 확 들 수 있는 말이라면 다 괜찮으니까!"

용기.

― 너 아침에 뭐 잘못 먹었어?

"아, 장난칠 기분 아니야. 빨리!"

― 이 계집애 드디어 미친 거…….

돌연 민재의 음성이 멀어졌다. 미친놈아. 내놔. 세훈의 목소리가 끼어들었다.

― 최단영. 난데.

세훈은 점잖게 말했다. 단영이 침을 꿀떡 삼켰다.

― 힘내.

롤러코스터를 타는 기분이 들었다. 심장이 빠른 속도로 하강했다. 울컥 차올랐다. 울컥, 울컥. 침을 삼키는 일이 버거울 정도다.

그 말이 뭐라고…….

― 무슨 일인지는 잘 모르겠지만. 우리는 항상 네 편이야. 알지.

"응……."

위로를 받고.

— 잘 모르겠으면, 그냥 최단영 식으로 해.

용기를 얻고.

— 우린 그런 너를 좋아했던 거니까. 다른 사람들 시선은 생각하지 마.

"으으……."

— 응원한다.

그렇게 나는 조금 더 앞으로 나아갈 것이다.

언제나 그랬듯 어딘가 부족했던 최단영답게.

"됐지? 오케이. 좋았어."

단영은 다시 한번 옷 상태를 점검했다. 그녀의 얼굴은 긴장감으로 무장되어 있었다. 애써 뻣뻣한 입술 끝을 끌어 올려 보았지만, 안면 근육이 마비되어 버린 듯 어색하기 그지없다.

"후으……."

단영은 치마 밑단을 끌어 내렸다. 너무 오버했나? 일전에도 이런 식으로 앞서 나갔다가 오히려 도하준에게 업혀 갔었는데.

마지막까지 고민하던 단영은 끝내 편한 옷으로 갈아입었다. 나답기로 했으니까. 괜한 선택은 결과가 좋지 않다.

단영은 곧장 현관문을 나섰다. 마음이 얼마나 급했으면 땅바닥에 운동화 앞코를 툭툭 찧으며 걸었다. 최대한 결연한 마음가짐으로 휴대폰을 꼬옥 쥐었다.

택시를 잡아탔다.

익숙한 길. 어제와 다를 바 없는 날씨인데 어째서 색다르게 느껴지는 건지 도통 모를 일이다. 차로 20분가량 걸리는 거리였으나 체감 속도는 훨씬 빨랐다.

기어코 하준과의 약속 장소에 도착했다.

"아, 맞다!"

꽃!

단영은 카페로 들어가기 직전에 바로 발을 틀었다. 약속 시간까진 아직 한 시간이나 남아 있었다. 충분했다. 단영은 근처 꽃집으로 들어가 가장 크고 화려한 꽃을 주문했다.

"다 됐습니다."

"와아……. 대박."

단영은 탄성을 내질렀다. 정말, 단영의 얼굴 전부가 가려질 정도로 꽃 천지다.

"옆에 있는 건 유칼립투스. 그리고 이건 다알리아라는 꽃이에요. 나머지 꽃들도 전부 손님께서 부탁하신 의미 그대로 담을 수 있도록 노력했어요."

꽃 종류가 무려 다섯 가지란다. 단영은 꽃집에 들어오자마자 하준에게 전하고 싶은 감정을 주절주절 늘어놓길 잘했다고 생각했다.

"제가 여태 꽃 장사만 10년 넘게 하면서 오늘 같은 경우는 손에 꼽혀요."

예. 저도 태어나서 이런 경험은 처음 겪어 봤습니다만.

"그런가요?"

단영은 꽃을 내려다보며 머쓱하게 웃었다. 그러고는 주섬주섬 카드를 내밀었다. 계산은 금방 끝났다.

"감사합니다. 행복하세요!"

네. 행복할게요. 반드시.

상냥한 직원의 인사를 뒤로하고 하준과의 약속한 장소로 향하는 길.

떨린다. 너무 떨린다. 너무, 너무 떨렸다. 까딱했다간 심장이 밖으로 튀어나올 것 같다.

단영은 카페 안으로 들어가기 전 유리창 너머로 하준이 있는지 없는지부터 살폈다. 다행이다. 아직 없었다.

심호흡을 하며 문을 열었다. 가장 뷰가 좋은 창가 자리를 선택했다.

"심장아. 살아 있는 거니?"

가슴 언저리에 손을 가져다 댔다. 쿵쾅, 쿵쾅, 쿵쾅. 살아 있음을 증명하는 소리다.

아, 다행이다. 나 아직 살아 있어.

커피가 나왔다. 단영은 바로 들이켰다. 입 안으로 굴러 들어온 얼음을 의식하지 않고 씹어 댔다.

아그작 아그작 아그작.

얼음이 깨지는 소리가 현재 단영이 얼마나 초초한지를 대변해 주었다. 바깥 날씨는 점차 쌀쌀해지는데 카페 안은 괜히 더웠다.

얼마나 더 시간이 흘렀을까.

바닥 가장 끝 쪽에 숨겨 둔 꽃을 불안하게 응시하며 기다림에 지쳐가려는 찰나였다.

딸랑—

카페 문이 열렸다. 단영은 바짝 굳어 버렸다. 눈동자가 그대로 정지했다.

저벅, 저벅. 일정하게 걸어오는 규칙적인 가죽 구두 소리가 고막으로 정확하게 꽂혀 들었다. 익숙하게 풍겨 오는 은은한 향수 냄새. 단영은 직감으로 확신했다.

지금, 나에게로 걸어오는 사람.

그 주인공이 도하준이라는 것을.

승호의 오피스텔 주변엔 이미 기자들이 판을 치고 있었다. 거의 고립된 수준이었다.

"후으……. 진짜 돌겠다. 이제 어쩌냐 승호야."

유리창 너머로 바깥 상황을 힐긋, 확인한 두환은 줄곧 서성거리며 건조한 얼굴을 몇 번이고 쓸어 냈다.

"저놈들은 배도 안 고픈가? 아침부터 지금까지 일어날 생각을 안 하네."

그는 15초마다 한 번씩 휴대폰 새로 고침 버튼을 누르며 실시간으로 기사를 확인했다.

「배승호, 미라클6 유출 유력자로 지목. 환영엔터테인먼트 '묵묵부답'」

「모델 배승호, 룩북, 로엔 디자이너 쇼 피날레에 영향 끼칠까」

「모델 배승호 1년 전 인터뷰 답변 화제. '인생은 개 X 마이웨이죠.'」

「시오전자 응답 'NO' 최초 출시 현장 D-5 앞두고 봉변」

점점 더 상황은 악화됐다.

"야, 인마. 무슨 말이라도 해 봐! 형 속 터진다, 어?"

"……."

"그러니까 너는 왜 작년 인터뷰 답변을 저따위로 해서! 매번 입조심하라 했지, 내가!"

"……."

"지금 네티즌들이 뭐라는 줄 아냐? 배승호 인생 개 썅 마이웨이인 거 제대로 인증했다면서 난리도 아니다. 다들 너 조롱하느라 신났다고 지금!"

두환은 울상을 지은 채로 다급히 재촉해 봤으나 승호는 신세 좋게 소파에 앉아 눈을 붙이고 있었다.

"하하! 진짜 미치겠네! 그래. 내가 미친놈이지, 누가 누굴 원망하겠어. 저 또라이 같은 새끼 매니저를 하겠다고 나선 내 선택을 탓해야지. 하하하. 하하하하핫!"

그렇게 악담을 퍼부으면서도 두환은 쉬지 않고 걸려 오는 전화를 받으며 승호를 감쌌다.

"아이고, 이 팀장님. 아뇨, 아닙니다. 우리 승호가 그럴 리 있겠습니까? 전부 오보입니다. 네네. 그럼요. ……예? 자동차 CF는 이미 4개월 전부터 계약 완료된 건이지 않습니까. 이렇게 갑자기 해지 통보를 하시면 어쩝니까! 팀장님? 팀장님!"

두환은 망연자실해, 바닥에 풀썩 주저앉았다.

"야. 무슨 말이라도 해 봐. 어? 숨겨 둔 비장의 무기가 있다든지 아니란 증거가 있다든지! 너도 뭐 하나 정돈 대책을 마련해 놨을 것 아니냐고!"

머리를 거칠게 흩트리며 언성을 높였다.

"이대로 모델 인생 쫑 낼래? 런웨이고 뭐고 다 집어치울래? 대체 어쩌고 싶은 건데!"

하지만 승호는 이상하리만큼 차분했다. 트레이닝 바지 주머니에 두 손을 푹 찔러 넣은 채 지그시 시선을 내렸다.

마치, 무언가를 신중히 고민하고 있는 듯 눈빛이 짙게 가라앉아 있었다.

그러는 순간조차 그의 왼쪽 손은 끊임없이 바지 주머니 속을 배회했다. 녹음기의 표면을 쓸어 냈다.

이제 선택권은 승호에게 쥐어졌다. 결정하는 일만 남겨 두고 있었다. 한데 좀처럼 움직일 생각이 없었다.

"형."

승호가 두환을 고요한 음성으로 불렀다.

"어어. 왜. 뭐, 떠오른 거라도 있어?"

"음악 좀 틀어 줘."

"……."

빠지직. 두환의 이마에 힘줄이 우뚝 솟아났다.

저, 저…….

개새끼가…….

아, 어쩌면 쟤 진짜 정신이 어떻게 된 거 아닐까?

"하하하. 그래, 뭐 틀어 줄까. 겁나 슬픈 발라드? 정신 빠지게 신나는 댄스? 사회 비판을 담고 있는 랩? 말만 해라. 형이 다 틀어 줄게!"

제발, 원하는 거라면 다 들어줄 테니까 난리 난 상황부터 정리해 주면 안 되겠니. 두환은 일단 뭐라도 맞춰 주잔 식으로 물었다. 공황 장애를 앓고 있는 승호를 무시할 수 없어서였다.

그러자 승호는 두환이 환장할 법한 답을 꺼내 놓았다.

"클래식."

아하하하. 클래식 같은 소리 하고 자빠졌네.

누구는 뼈가 갈리는 심정인데, 정작 당사자란 놈은 천하태평이다.

"아, 그래. 어떤 클래식? 야, 너랑 딱 어울리는 거 있다. 베토벤의 '운명'이라고."

지랄 같은 네 운명처럼 말이지.

두환은 속으로 승호를 욕했다. 반포기 상태로 심신이나 달래자는 듯이 CD를 집었다. 오래된 CD라서 그랬을까 플레이어에 넣어 봐도 툭, 툭 튕기는 소리만 들릴 뿐이다.

"아오! 그냥 듣지 마! 안 들어! 때려치워! 그냥 다 때려치우자고!"

두환은 주먹으로 퍽퍽, CD 플레이어를 내리쳤다.

"운명은 얼어 죽을 운명! 그 운명 개나 줘 버리라고 그래!"

그 한탄을 흘려듣던 와중 승호가 문득 픽, 하고 웃음을 터트렸다.

차라리 지금이 더 나았다.

모든 이들이 손가락질하며 신랄하게 악담을 퍼붓고 있는 순간, 승호는 그 어느 때보다 숨통이 트였다. 신기하게도.

침묵—

"……."

그리고 정적—

단영은 자세를 꼿꼿하게 세웠다. 숨도 멈췄다.

맞은편에 도달한 하준과 정통으로 시선이 부딪칠 때까지.

"왜 이렇게 일찍 왔어."

나지막한 하준의 낮은 음성이 머릿속을 혼미하게 만들었다.

"어, 어……. 왔어?"

단영은 기계처럼 웃으며 하준을 올려다보았다.

"점심은."

"아직……."

하준은 낯설게 웃는 단영을 의심스럽다는 듯이 응시했다.

"이, 일단 앉아."

단영은 맞은편 자리를 공손히 두 손으로 가리켰다.

그러자 하준은 즉각적으로 미간을 찌푸렸다.

뭐 하자는 거지.

저건 또 무슨 컨셉인데.

수상하고, 또 수상했다.

하지만 하준은 속내를 드러내지 않았다. 한 손으로 재킷 단추를 풀며 의자를 당겨 앉았다.

"……."

침묵은 방심하면 바로 찾아왔다.

평소 같았으면 사건의 결과가 어떻게 되었냐며 얼른 말해 달라고 보채야 정상이다.

병아리처럼 삐약삐약, 종알종알 떠드는 모습은 어디로 갔는지 도통 찾아볼 수가 없었다.

단영은 사건에 대해선 조금도 관심이 없는 듯 보였다.

하준은 눈을 가늘게 뜬 채 단영을 직시했다.

"하하. 하하하……. 뭘 그렇게 봐? 내 얼굴 뚫리겠다."

"뭔데."

"응?"

"뭐냐고. 그 안 어울리는 웃음소리는."

"아, 오늘 날씨가 갑자기 추워져서 그런가?"

"손은 또 왜 그러고 있어. 죄지었냐."

하준이 눈짓하며 물었다. 단영은 웃어른을 대하는 것처럼 허벅지 위에 가지런히 손을 모으고 있었다.

"아, 이거? 손이 시려서."

호옥, 호옥. 단영은 손바닥을 겹치고는 그 사이로 뜨거운 입김을 불어 넣는 액션을 취했다.

덧붙이자면, 카페 내부는 덥다 못해 뜨거웠다.

하준의 잇새로 짧은 한숨이 터졌다.

"언제부터 기다렸어."

단영은 늘 약속 시간 10분 전에 도착했다. 하지만 열 번 중 못해도 아홉 번은 하준이 먼저 나와 있었다. 급한 일이 없다면 못해도 30분 전에.

"얼마 안 됐어."

"……그래?"

"응."

"그럼 도착하자마자 아이스 아메리카노 원 샷 때렸다는 거네."

얼음까지 싹 다. 저건 못해도 한 시간 전부터 기다렸다는 증거였다.

"허허허. 말했잖아, 덥다고. 어후! 더워라! 왜 이렇게 덥지?"

"아깐 춥다며."

"아, 내가 그랬어?"

하준은 알 수 없는 말만 반복 재생 하는 단영의 태도가 점차 답답해지기 시작했다. 분명 전화를 했을 때까지만 해도 무척 밝았다.

— 도하준! 오늘 3시까지 집 앞 카페로 나와! 중요하게 할 말 있어. 알겠지?

휴대폰 너머로 들렸던 단영의 목소리는 결연하다 못해 패기가 느껴질 정도였다.

그것만 봐도 보통 일은 아니란 뜻인데.

하준이 한쪽 눈가를 찌푸리는 횟수가 많아질수록 단영은 그 모르게 식은땀을 흘려야 했다.

"하아……."

어쩔 줄 모르고 발만 동동 굴리던 단영은 끝내 테이블에 얼굴을 박았다. 긴 머리카락이 주르륵 흘러내렸다. 처지가 참 우습게 됐다.

원한 그림은 이게 아니었는데. 용기고 응원이고 나발이고…….

이렇게나 떨리는 거였구나. 진심을 전한다는 것은.

그 어려운 일을 도하준은 아무렇지 않게 해냈다. 무려, 두 번씩이나. 할 수 있어. 넌, 할 수 있어.

단영은 끊임없이 세뇌하며 시선을 내렸다. 바닥에 잘 숨겨 둔 꽃다

발이 보였다. 급한 대로 카페 직원에게 빌린 담요를 덮어 둔 탓에 끝부분만 살짝 보였다.

그래. 나는, 할 수 있다! 으아아!

쿵!

단영은 주먹으로 테이블을 세게 내리치며 자리에서 벌떡 일어섰다.

"아, 깜짝이야."

진심으로 놀란 듯 하준은 움찔거리며 단영을 올려다보았고, 단영은 똑바르게 하준의 눈을 마주 보았다.

있잖아.

나, 오늘 엄청 **뻔뻔해질** 예정이야.

그 모습이 무진장 없어 보일지도 몰라.

부탁할게. 제발, 감당해 줘. 최단영.

주먹을 말아 쥔 단영의 손에 힘이 실렸다.

그리고 서서히— 입술을 떼어 냈다.

56화

 하지만 아무런 말도 나오지 않았다. 연신 머뭇거리던 단영은 옆에 내려 둔 가방을 조심스럽게 집어 들었다. 손은 땀으로 흥건해진 탓에, 몇 번이고 바지에 문질러야 했다.

 그녀는 가방 안에 들어 있는 의문의 물체들을 바라보며 잠시 뜸을 들였다. 하준은 좀처럼 이해하기 힘든 단영의 행동을 빤히 지켜보았다.

 "이거……."

 하준의 시선이 그녀의 손을 따라 움직였다.

 "내가 지금까지 최대한 아끼고 아낀 결과야."

 그녀의 작은 손바닥 위에 놓인 것은, 통장이었다.

 전혀 예상 못 한 부분이라 몹시 당황한 듯 단영을 바라보고 있는 하준의 동공이 흔들렸다.

 "너……."

 차마 말을 이을 수 없었다.

"그래 봤자 실속은 별로 없어. 아. 별로, 가 아니라 민망할 정도로 많이 없어."

"……."

"그, 그래도! 사고 싶은 거 참고, 가고 싶은 곳 안 가면서 정말, 진짜 정말 많이 노력한다고 한 건데. 하하."

세상은 호락호락하지 않더라. 물가는 계속 오르고 돈 나갈 땐 수도 없이 많은데 죽도록 일해 봐도 도무지 여유가 없더라.

통장을 받치고 있는 단영의 두 손이 바들바들 떨렸다. 억지로 웃는 웃음이 하나도 우습지 않았다.

"단태 입학금 조금 보태 주고, 나 작업 건수 없었을 때 월세비 충당하는 데 쓰고, 집 계약 끝나면 이사 다니고, 밀린 학자금 대출까지 갚느라 이래저래 급할 때마다 해약하고 계약해서 얼마 못 모았어. 하하. 민망하네……."

단영은 횡설수설했다. 그야말로 아무 말 대잔치였다.

"……."

"아아! 학자금 대출은 거의 다 갚았어! 다음 달이 마지막이야. 마지막."

하준은 애써 씩씩하게 말하는 단영을 가만히 응시하다, 시선을 내렸다.

……전부, 거짓말이었다.

그래, 어딘가 이상하다 했지. 수상하다 했다.

걱정이 되어 자금 사정에 대해 물어볼 때면 기겁하며 괜찮다 손사래 치던 네 모습을.

홍길동도 아니면서 동해 번쩍 서해 번쩍 막힘없이 해결됐다며 기어코 나를 안심시키려 애쓰던 네 행동을.

알아도 모르는 척했다. 아니라 했지만, 버릇처럼 내 눈치를 살피기 바빴던 너라서.

여태 받아 온 도움만으로도 충분히 벅차 한 너라서.

작은 호의가 오히려 독이 될까 싶어 억눌러 참아 왔는데.

결국 너에게 '괜찮다'는 말은 정말 괜찮았던 것이 아니었다.

진심으로 '괜찮고 싶던' 거였다.

"오빠도 알다시피…… 난 이제 막 시작했잖아."

단영은 여전히 일어선 채로 계속 말을 이어 갔다.

"제대로 카메라 잡기 시작한 시기는 고작 1년밖에 되지 않아서 아직 이룬 것도 없고."

"……."

"우리 집 사정이 딱히 좋은 편도 아니고……."

단영은 아프게 웃었다.

반면, 하준의 표정은 변화가 없었다. 그녀는 점차 다급해졌다.

"그, 그래도!"

하준의 시선이 위로 올라갔다.

"최단영."

"어?"

"일단 그것부터 넣어."

이번엔 단영의 동공이 정처를 잃고 흔들렸다. 앞으로 뻗어진 팔이 활짝 펴져 있는 손바닥이 그 위에 놓인 통장이 문득 민망했다. 아마도 그 손끝에 머물러 있는 하준의 눈빛 때문일 것이다.

그녀가 입술을 질끈 감쳐물었다.

"싫어."

"……뭐?"

"취집은 싫어."

취직을 시집으로 대신한다는 은어. 하준은 그 뜻을 이해하자마자 눈살을 찌푸렸다.

"누가 취집이야."

"오빠가 집안, 능력, 돈 뭐 하나 빠지는 것 없이 충분하다는 거 나도 알아."

단영은 손가락을 말아 통장을 꾹 쥐었다.

"내가 유별나게 예민한 거라고 생각하지 마. 괜한 똥고집이라고도 생각하지 말고. 정신 똑바로 박혀 있는 사람이라면 대부분이 나처럼 생각해."

"……."

"……뭐, 나도 정상은 아니라서 할 말은 아니지만."

어설펐다. 모든 것이 생각대로 흘러가지 않았다.

"그래도 나 있지, 꼭 성공할 거야. 지금은 비록 막내 작가라 자리 버티고 있는 게 전부지만, 못해도 5년 뒤에는 반드시 내 이름으로 된 스튜디오도 차릴 거고, 믿고 맡기는 포토그래퍼란 수식어 붙을 정도로 공부도 열심히 할 거야."

"……."

"정말, 정말 열심히 할 거야."

정말, 정말 열심히 살 거야.

단영의 음성은 어느새 차분해져 있었다. 긴장한 기색도 차츰 사라져 갔다. 그녀는 똑똑한 발음으로 제 심정을 솔직 담백하게 꺼내 놓았다.

"그러니까 이거 그냥 받아 줘."

"말이 되는 소리를 해."

그게 어떤 의미인데. 네가 어떻게 모은 돈인데. 단영의 지난날을 곁에서 지켜본 하준은 단호히 만류했다. 다소 엄한 눈빛으로 그녀의 눈을 직시하며 절대 받지 않겠다는 의사를 대신했다.

"그렇게 싫으면 맡아 줘. 보증금이라 생각해도 좋아."

그럼에도 단영은 통장을 그의 앞으로 꿋꿋이 밀었다.

"……뭐?"

하준의 눈꺼풀이 매끄럽게 떠졌다.

"나, 지금 내 인생 다 걸었어."

"……."

"가지고 있는 모든 걸 준 거라고. 오빠한테."

그의 시선이 통장에 고정됐다.

"자존심도 버렸고, 신념도 버렸어. 다 괜찮아. 상관없는데, 적어도 내 자신에게 부끄럽고 싶진 않아."

"……."

"오빠 그냥 날 믿는다는 말 한마디만 해 주면 돼. 그럼 나도 약속할 수 있어."

하준은 숨이 턱 막혔다.

기분이, 이상하다.

"절대 게을러지지 않을게. 어떤 순간에서도 항상 최선을 다할게. 꿈도, 사랑도 다 지킬게. 오빠만 내 곁에 있어 준다면 무슨 일이 닥쳐와도 물러서지 않겠다고, 도망치지 않겠다고 약속할게. 두 배로 아니, 백 배로 갚을게. 5년. 딱 5년 안에."

……최단영에게 이런 고백을 듣는 날이 오게 될 줄은 단 한 번도 상상해 본 적 없었다.

"그러니까…… 턱없이 부족하겠지만 그 통장도 받고, 나도 받아 줘."

뭉클해진다. 주책맞게.

그저 행복해야 하는데, 왜 이렇게 가슴 한쪽이 시큰한 건지.

아마, 내가 너의 고됨을 누구보다 잘 알기에 그런 걸지도 모르겠어.

그래서 난 죽어서도 이 순간을 잊지 못할 것 같다, 단영아.

"오빠."

"왜."

하준은 울컥 치밀어 오르는 감정을 간신히 억누르며 최대한 무심히 답했다.

"존경해."

어설프게 호선을 그린 웃음. 수줍게 달아오른 두 뺨은 여느 때보다 사랑스럽다.

"사랑해."

한없이 작기만 했던 네가 이상하리만큼 크게 느껴진다. 왠지 모르게 그런 착각이 들었다.

오랜 시간 동안 내적 갈등에 지쳤을 텐데. 깊게 박혀 있던 너의 어두운 이면과 싸우느라 많이 힘들었을 텐데.

그런 그녀가 하준은 짠하면서도 기특했고, 기특한 만큼 고마웠다.

"널……."

진짜 어쩌면 좋냐.

하준은 말을 다 잇지 못하고 헛웃음을 터트렸다.

"일단 앉아 봐. 다리 아프잖아."

고맙긴 고마운데, 줄곧 마음이 쓰였다.

"어, 어? 아, 아직 안 돼. 나 아직 안 끝났단 말이야."

단영은 적잖게 당황한 듯 눈을 동그랗게 떴다. 하준은 희미한 미소를 걸친 채 단영의 손목을 잡아 내렸다.

"알겠어. 천천히 다 들어 줄 테니까 일단 앉으라고. 오빠 목 아프다."

"아니, 아니……. 안 되는데……."

"뭐가 계속 안 돼."

별안간 단영이 테이블 밑으로 허둥지둥 사라졌다.

밑에서 뭘 하고 있는 건지 들썩들썩, 테이블이 불안하게 흔들렸다. 등을 지고 있어 뭘 하고 있는 건지 보이지도 않았다.

하준은 재빨리 커피를 들었다. 저러다 또 쏟을까 봐.

부스럭거리는 소리가 일순 멈추고 단영이 다시 등장했다.

"오빠!"

반가워 죽는 활기찬 목소리와 함께.

그리고 하준의 얼굴 바로 앞으로 무언가가 불쑥 튀어나왔다.

그 행위는 본의 아니게 무척이나 공격적이어서 하준은 날렵하게 얼굴을 뒤로 뺐다.

"……."

현재 느끼는 감정을 일생일대 최고의 당혹스러운 감정이라 칭하겠다.

하준은 단영이 내밀고 있는, 그러니까 밑도 끝도 없이 무턱대고 얼굴 앞으로 바짝 다가와 있는 커다란 꽃다발을 멍하니 바라보았다.

무슨 꽃다발이…… 저렇게 커.

부담스럽다 못해 무서울 정도다.

조화라고는 조금도 찾아볼 수 없었다. 꽃들이 전부 다 따로 놀고 있었다. 무려 빨주노초파남보 색색별로.

"이 꽃은 존경, 이건 당신의 사랑이 세상을 아름답게 합니다. 또 이건 마지막 사랑. 또……."

사랑에 대한 꽃말이란 꽃말은 죄다 끌어 가져왔다.

오글거리는 거 싫다며, 너.

"잠깐만."

하준이 손을 들었다. 멈추란 신호였다.

"응? 왜?"

돌겠네…….

그가 고개를 푹 숙이며 이마를 짚었다. 단영은 영문을 모르겠다는 듯 고개를 갸웃거렸다.

자세히 보니, 하준의 어깨는 파르르 떨리고 있었다. 문득 단영의 표정이 심각해졌다.

"오, 오빠. 혹시 지금 울어?"

설마, 진짜로?

헐…….

처음 보는 하준의 모습에 단영은 꽃을 들고 있던 손을 휘휘 내저었다. 어쩔 줄 몰라 발만 동동 굴렀다.

"오, 오빠! 왜 울고 그래! 내 말이 그렇게나 감동적이었어? 울 정도로?"

안달이 났다. 이마를 짚고 있던 하준의 손이 천천히 내려갔다. 결론부터 말하자면 그는 울고 있지 않았다.

"웃겨서 그런다. 왜."

그는 또다시 새어 나오려고 하는 웃음을 참지 못하고 피식, 피식거렸다.

"왜? 왜 안 울어? 울어! 빨리 울어! 당장 울어!"

단영은 억울하다는 듯 소리쳤다.

"언제는 왜 우냐며."

그거야 억울해서 그러지! 내가 얼마나 눈물 콧물 쏙 빼 가며 고민했는데! 순식간에 긴장이 풀려 버린 단영은 콧등을 구기며 입술을 삐죽였다.

"됐어. 나 안 해."

괘씸한 나머지 꽃을 거두었다. 아니, 그러려고 했다.

"나 주려고 샀다면서 왜 줬다가 뺏어. 줘, 빨리."

순발력 있게 멀어져 가는 단영의 손목을 잡아챘다. 그 찰나에 무언가를 목격한 하준이 멈칫했다.

"사긴 누가 샀다고 그래? 오, 오다가 주웠다!"

민망한 모양이다. 단영의 얼굴이 홍당무처럼 새빨갛게 달아올랐다.

"뭐 해! 빨리 꽃이나 받고 손 놔줘!"

한데, 하준은 손목을 놓아줄 생각이 없어 보였다. 단영이 이리저리 손목을 비틀어 봤으나 강한 힘에 쉽게 굴복당했다.

그 와중에 단영의 시야로 구겨지고 뜯겨 나간 꽃잎이 군데군데 보였다. 바닥에 대충 던져둔 것이 화근이었다.

"꽃 다 찌그러졌어, 씨이……."

속상하다. 아깐 진짜 예뻤는데. 그냥 나중에 더 예쁜 걸로 사 줄게, 말하려는 찰나였다.

"예쁘네."

응? 단영이 얼굴을 들었다.

하준은 어딘가를 줄곧 뚫어져라 직시하고 있었다.

"반지."

꼈다. 목이 아니라 네 번째 손가락에.

"아……."

뺐다가 꼈다가를 얼마나 반복했는지 모른다. 볼수록 예쁘고 영롱한 자태가 너무 아름다워서 오히려 어색하게 느껴질 정도였다.

어울릴까? 너무 반지만 튀는 건 아닐까?

단영은 택시 안에서 수십 번도 넘게 고민했다. 그런데 웃음은 끊이질 않았다. 반지에 계속 눈길이 갔다. 자꾸만. 자꾸만. 자꾸만.

단영은 느리게 눈을 감았다가 떴다.

"그래서……."

저 멀리 떠나간 긴장감이 다시 되돌아왔다.

"받아 줄 거야?"

약간의 두려움이 서려 있는 눈빛이 하준에게 향했다.

"통장도. 꽃도. 나도. 다 받아 줄 거야?"

내 자존심도. 내 꿈도. 내 신념도. 다 함께 감당해 줄 거야?

"나랑."

뻔뻔한 나와.

"결혼, 해 줄 거야?"

죽을 때까지 함께해 줄 거야?

"할 거야."

그가 웃었다.

"시시한 연애는 그냥 때려치우고."

내가 세상에서 가장 좋아하는 웃음이다. 근사했다.

"하자. 결혼."

내가 숨을 쉴 수 있었던 이유는 흘러가듯 내밀어 준 당신의 손길 때문이었다.

"평생 재밌게 살자. 같이."

그는 첫 만남 때처럼 다시 손을 내밀어 주었다.

당신이 별것 아니라 말하는 그 작은 호의는, 내겐 너무나도 큰 희망이 되었고.

값진 구원이 되었고.

또다시 꿈꿀 수 있는 미래가 되었다.

이제야 우리는 평소처럼 편안하게 웃을 수 있게 되었다.

"응!"

종점이 아닌, 시작을 알리는 출발선 앞에 서서

동등하게 마주 보며

서로에게 미래를 걸었다.

쾅쾅쾅—!

자정이 다 되어 가는 늦은 시각. 서정은 서슬 퍼런 얼굴로 문을 두들겼다. 뾰족한 손톱이 살을 파고 들어갈 듯 세게 주먹을 쥐고선 몇 번이고 내리쳤다.

그러나 문은 쉽게 열리지 않았다. 벌써 15분째였다.

슬슬 인내심의 한계에 도달해 가고 있을 때였다. 덜컥, 현관문이 열렸다.

"뭡니까. 이 시간에."

승호는 피곤한 기색이 역력했다.

반갑지 않은 손님이 찾아온 것에 대한 불쾌감은 이루 말할 수 없었다. 승호는 만사가 귀찮다는 눈빛으로 서정을 내려다보았다.

"너. 드디어 미쳤니?"

"대상이 잘못된 것 같은데."

미친 것은 내가 아니라 당신이겠지.

"이, 이……!"

서정은 어마어마한 독기를 내뿜으며 손을 들었다.

짜악―!

승호의 뺨이 거침없이 반대편으로 꺾였다.

"……."

그는 미동조차 없었다. 감흥도 없었다.

"버려진 강아지 새끼를 갸륵히 여겨 거두어 준 것만으로도 감지덕지해야 할 판에!"

"……."

"감히, 감히 패륜을 저질러?!"

픽. 승호의 잇새로 실소가 터졌다.

"웃어? 지금 웃음이 나와!"

서정은 눈에 핏대를 세우며 승호를 노려보았다.

"패륜."

하지만 승호는 서정을 바라보지 않았다.

"그 패륜은 아버지 돌아가셨을 때 처음이자 마지막으로 저질러 봤습니다."

당신이 내게 아버지의 비보를 숨겼을 때.

결국 언론을 통해 아버지의 죽음을 알게 되어야만 했을 때.

얼마나 분노했는지 모른다. 얼마나 참담했는지 모른다. 당신은, 죽어서도 모를 것이다.

"대표님이 어리석은 것을 가지고 제 탓으로 돌리려 하지 마세요."

"뭐야?!"

찢어지는 음성에 승호가 눈가를 찌푸렸다.

"죄는 거짓말 안 합니다."

"하⋯⋯?"

"적절한 시기를 기다렸던 것뿐이지, 당신이 아버지의 여자라서 참았던 게 아니란 뜻입니다."

서정은 손을 달달 떨었다.

"한 번 저질러 봤던 패륜, 두 번 하면 어떻습니까. 그래 봤자 당신은 두 번째라 아버지도 그러려니 납득하실 겁니다."

"됐어. 말도 안 통하는 새끼랑 무슨 대화를 한다고⋯⋯. 녹취록. 녹취록 원본은 어디에다 숨겼어!"

"인정하시나 봅니다. 그렇게 다급하게 행동하시는 걸 보면."

"잔말 말고 비켜서!"

서정은 승호를 밀치고 집 안으로 들어서려 했지만, 가뿐히 어깨를 잡아 세운 승호 덕분에 걸음을 뗄 수 없었다. 그 힘이 무척이나 강해서 옴짝달싹할 수 없었다.

"뭐 하는 짓이야! 이거 놓지 못해?"

"한 발자국이라도 들어오는 순간, 주거 침입으로 신고할 겁니다. 좋을 대로 하세요."

승호는 잡고 있던 서정의 손목을 내던지듯 놓았다.

"이, 이 건방진 새끼가!"

"아주 잠시, 고민해 봤습니다."

승호는 덤덤했다.

"당신이 진심으로 사과하면 없던 일로 할까."

"……."

그 말에 서정이 멈칫했다.

"소속 계약 해지와 모델 활동에 일절 간섭하지 않는다는 조건을 걸고, 다 그만둘까."

"……."

연예인은 법정에 드나드는 것 자체만으로도 이미지 손실을 피해 갈 수 없었기에.

……사실 그것들은 전부 핑계에 불과했다.

귀찮아서. 승호는 지칠 대로 지친 상태였다. 쉬고 싶은 마음이 간절했다.

"그런데 지금 대표님 행동을 직접 보고, 결심이 섰습니다."

"입."

"있는 힘을 다해서 최선을 다해 싸워 보려고요."

"그 입 다물지 못……!"

"희생하고 배려해 준 그 사람을 위해서라도 여기서 그만두면 안 될 것 같거든요."

"웃기는 소리를 하고 있어."

너 따위가? 감히 내게? 서정은 코웃음 쳤다.

어릴 때부터 세뇌시키듯 압박해 왔다. 너는 절대 나를 해할 수 없다고.

호랑이도 새끼일 때부터 사람 손을 타게 되면 순한 강아지가 되는 법이다. 초식 동물처럼 온순해진다. 처음부터 본능이란 존재하지 않았다는 듯이.

분명 그래야 하는데…….

"돌아가는 길이 심심하진 않으실 겁니다."

아니었나.

발톱을 숨기고 있었던 건가.

서정은 내심 불안했다. 불안해서 더 날카롭게 칼날을 세웠다.

"네 입장에선 좋을 거 하나 없어. 시오전자? 위약금? 그 따위 것들은 물어 주면 그만이야. 하지만 너는 어떻지? 로엔 디자이너 쇼를 앞두고 있는 상태에서 나와 긴 싸움을 이어 가 봤자 동정 여론은 잠시뿐이고, 넌 오래 염원해 온 꿈을 놓치게 될 텐데."

"……."

"설마. 소송 싸움이 하루 이틀 안에 끝날 문제라고 생각하는 건 아니겠지. 그런 안일한 생각으로 내게 덤비는 거라면 그만두렴. 지금처럼 내 밑에서 보호받으며 살면 돼!"

살쾡이에게 긁힌다 한들, 따가울 뿐이다. 큰 타격은 없다.

그와의 계약 소송 문제는 결국 합의로 끝날 것이고, 서정은 여전히 대형 엔터테인먼트 대표로 남을 것이다.

반면 승호는 어떠한가. 다칠 대로 다치고 지칠 대로 지쳐 이도 저도 아닌 비운의 모델로 남게 될 것이다.

"대중들은 사업가에게 항상 그래 왔듯 좋지 못한 이미지를 가지고 있지. 그래서 난 더욱 무서울 것이 없단다. 하지만 넌 다르지 않니. 서로 감정 다치는 일 없이 이쯤에서 그만두자구나. 녹취록 원본 이리 내."

"유능한 변호 대리인을 소개받았습니다."

"뭐야?"

"승소에 일가견이 있는 분이시던데."

"너……."

"준비나 하시죠. 이렇게 시간 낭비하고 있을 시간에."

자료는 모두 준비해 둔 상태였다. 지긋지긋한 인연도 하루빨리 털어 내고 싶다.

훨훨― 날아가고 싶다.

"너, 이 새끼……!"

서정이 부들부들 손을 떨었다. 버릇 좋지 못한 손이 다시금 위로 치솟았을 때였다.

"형."

그 소리에 서정의 손이 허공에서 멈추었다.

"잘 찍어 뒀지."

치켜뜨고 있는 서정의 눈이 승호의 어깨 너머로 향했다.

"어? 어……."

멀리 떨어져 있어 아주 미세하게 들렸지만, 분명 매니저 두환의 음성이었다. 서정은 허탈함을 이루 말할 수 없었다. 절로 헛웃음이 터졌다.

흥분한 탓에 주변을 제대로 살피지 못한 결과였다. 두환은 어두운 거실 사각지대에 숨어서 휴대폰을 들고 있었다.

뒤돌아 두환을 힐긋 확인한 승호는 다시 서정을 바라보았다.

"멀리 안 나갑니다."

지극히 건조한 목소리였다.

"그럼."

탁―

현관문이 굳게 닫혔다.

서정이 어찌해 보기도 전에 벌어진 일이었다.

57화

미라클6 출시 발표 언팩 현장에는 현재 이천 명이 넘는 국내외 기자들과 초청받은 사람들로 북적거렸다.

삼엄한 보안이 이루어지고 있는 가운데, 사람들은 미리 발급받은 출입증을 착용한 채로 촬영이 가능한 홀에서 셀카를 찍기도 했다. 대체적으로 기대에 부푼 모습이었다.

관계자 외 출입 금지 표지판이 붙어 있는 대기실 안. 그곳엔 하준과 민희 그리고 선영이 함께 모여 있었다.

"이야……. 도하준, 완전 멋있는데?"

대기실을 찾아온 민희와 선영은 놀리듯 하준을 띄워 주었다.

물론 평소에도 잘났지만, 그는 오늘따라 유독 더 근사했다. 맞춤 제단 슈트는 제 주인을 찾은 듯 잘 어울렸고, 멀끔하게 올린 머리 덕분에 날렵한 이목구비가 더 살아났다.

"어머. 상무님 쟤 좀 봐요. 공식 석상이라고 메이크업받았어."

"그러게. 저 성격에 고분고분 잘도 분칠했네?"

깔깔깔 웃으며 호들갑을 떨어 댈수록 하준의 표정은 점점 더 굳어 갔다.

"그만들 좀……."

하준은 한숨 쉬며 고개를 돌렸다. 말해 봤자 텐션만 더 올라갈 것이다. 그는 맞받아치길 포기하고 시선을 내려 태블릿을 응시했다.

태블릿 액정에는 승호와 시오전자 미라클6에 대한 기사들이 실시간으로 신속하게 올라오고 있었다.

"도본. 삐졌어? 그래도 곱긴 진짜 곱다. 새색시 같다, 야."

선영의 말에 하준의 눈썹이 꿈틀거렸다.

"상무님도 참……. 새색시가 뭐예요. 새신랑이겠죠."

다시 또 꿈틀.

"그러게. 맞네! 도하준도 이제 예랑이네?"

"상무님. 도하준은 단어 줄여서 말하면 못 알아들어요. 아아(아이스 아메리카노)도 모르는 남잔데요, 뭐. 풀어서 설명해 줘야……."

탁. 하준은 태블릿을 선반 위에 내려 두고 자리에서 일어났다. 선영과 민희의 놀란 눈이 동시에 하준에게로 향했다. 그는 휘적휘적 걸어가 자신만만한 투로 답했다.

"예비 신랑."

오……. 알고 있어? 그녀들의 입술이 느슨하게 벌어졌다. 하준이 어깨를 으쓱였다.

"요즘 저도 공부하는 중이라 대충 다 압니다."

탁. 대기실 문이 닫혔다.

"얘. 들었니? 쟤 지금 공부한단다."

"보셨어요? 저 단어 하나 안다고 기세등등해진 모습. 누가 보면 새 기획안이라도 통과된 줄 알겠어요."

"귀여워라……."

두 여자는 약속이라도 한 듯 큭, 큭 숨죽여 웃었다.

"선배! 마지막 확정 컷이에요! 지금 1차 보정 끝났어요!"

은효가 우렁차게 외쳤다.

"어어! 바로 전송해 줘!"

단영은 그보다 더 정신없이 대답했다. 스튜디오는 난리도 아니었다. 컴퓨터 열기가 후끈 달아올랐다. 사무실에 자리를 잡고 앉아 있는 직원들은 누구랄 것도 없이 손가락이 부러지도록 마우스와 키보드를 눌러 댔다.

탁탁탁. 툭툭. 탁탁탁탁.

화보 촬영 막바지 작업이 한창이었다. 포토어시스턴트들의 밑 작업을 바탕으로 단영의 손길이 거쳐지니 승호의 사진은 보다 완벽해져 갔다.

"어어! 기다려요! 마지막은 버스에 붙일 거니까 화질 더 좋아야 돼!"

"네네!"

"어제 CF팀에서 보낸 티저 영상은 확인했대?"

"네! 시오전자 측에서 연락 왔어요!"

모니터에 고정되어 있는 단영의 눈동자가 쉴 새 없이 움직였다. 고도의 집중력이 요구되는 순간이었다. 출시 예정일이 대폭 앞당겨진 최후였다.

단영은 모니터 하단에 위치한 현재 시간을 힐긋 확인했다.

오후 1시 30분. 앞으로 30분 남았다.

얼른 작업을 마무리하고 집으로 돌아가야 한다.

'유X브'에서 전 세계적으로 실시간 생중계 될 하준의 모습. 절대 놓치지 않을 것이다.

"최 작가님!"

"……."

"작가님?"

"……."

똑똑똑. 포토어시스턴트 중 한 명인 여자 직원이 손등으로 책상을 두들겼다. 단영은 그제야 얼굴을 틀었다.

"아, 미안해요. 집중하느라. 무슨 일이에요?"

"그게, 저……. 손님이 찾아왔는데요……."

"손님?"

단영의 시선이 사무실 입구 쪽으로 옮겨 갔다. 손님이라 칭한 인물의 정체를 확인하자마자 반사적으로 미간을 구겼다.

입구엔 유진이 서 있었다.

"저, 미친."

여기가 어디라고 와? 단영의 거친 욕설에 직원들도 하나둘씩 입구쪽을 바라보았다.

하지만 단영은 무시했다. 어쩐 일로 찾아왔느냐는 질문은 없었다. 상대할 가치조차 없다는 듯 보정 작업에 다시 열중했다.

대놓고 무시당한 쪽은 따로 있는데, 남겨진 직원들만 민망한 입장이 됐다.

"이, 일단 이쪽으로……."

"도연 씨. 그 사람 들이지 마세요."

단영은 모니터에 시선을 고정한 채 단호히 말했다.

"에?"

당황한 직원은 어쩔 줄 몰라 단영과 유진의 눈치를 번갈아 가며 살폈다.

"다시는 찾아오지 말라고 전해 주고 돌려보내요."

"하지만……."

"돌려보내요. 세 번 말 안 합니다."

매정한 단영의 음성에 도이는 어색한 미소를 지으며 오늘은 그만 돌아가 달라 전했다. 그러나 유진은 요지부동이었다.

"죄송해요. 죄, 죄송합니다."

유진은 덜덜 떨며 사죄했다. 하지만 단영은 똑똑히 들었음에도 안 들리는 척했다.

"정말 죄송합니다. 제가 생각이 짧았어요. 작가님. 제발, 제발 저 좀 살려 주세요……."

유진은 폴더처럼 허리를 굽혔다. 스튜디오의 직원 전부가 보는 앞에서 말이다. 웅성거리는 소리가 커질수록 단영은 더욱 심기가 불편해졌다.

"다들 일 안 해요? 마감까지 이틀 남았는데 지금 떠들 여유가 있어?!"

직원들은 후다닥 흩어졌다. 스튜디오 내부 사람들은 다시금 작업에 열중했다. 아니, 그러는 척하고 있었다. 유진은 그러는 동안에도 여전히 입구 앞에 서서 폴더처럼 상체를 숙인 채였다.

탁탁탁, 탁탁, 탁. 마우스를 누르는 손가락 속도가 점점 늦춰졌다.

관심을 끊으면 지쳐 돌아가겠거니 했는데 아니었다. 단영은 점점 더 신경이 거슬려 작업에 집중할 수 없었다. 끝내 의자를 밀고 엉덩이를 떼어 냈다.

단영은 성큼성큼 유진의 앞으로 다가갔다.

"지금 여기서 나랑 뭐 하자는 거예요? 여기저기 민폐 끼치고 다니는 게 취미예요?"

"……죄송합니다."

"순서가 틀렸네. 그 말은 내가 아니라 배승호 씨 앞에서 해야지. 돌아가요. 당장."

단영이 미련 없이 등을 돌리려는 찰나였다.

"제, 제발! 살려 주세요. 네? 저 위약금 물어 줄 만큼 큰돈 없어요. 아시잖아요. 정말 잘 살게요. 제발, 제발 도와주세요, 작가님."

유진이 절박하게 구걸하자 단영은 나지막한 한숨을 밀어 냈다.

"후……. 은효야. 내 자리 가서 노트북 좀 가져와 봐."

"네? 아, 네!"

몰래 귀를 쫑긋 세우고 있던 은효는 화들짝 놀라 벌떡 일어섰다. 허둥지둥 단영의 자리로 달려가 노트북을 대령했다.

단영은 입구 바로 앞에 위치한 책상 위로 노트북을 놓았다. 무선 마우스를 몇 번 흔들자 한창 보정 작업 중이었던 촬영본 하나가 떠올랐다.

"보여요?"

사진 속에는 느슨하게 풀려 있는 시선으로 카메라를 주시하고 있는 승호가 소파에 앉아 있었다. 그를 중심으로 뒤쪽으로는 여자 보조 모델들이 서 있었다.

"여기에 있네요. 성유진 씨는."

가운데서 두 번째에 유진이 있었다. 그녀는 제 모습을 물끄러미 바라보았다.

"배승호 씨라고 성유진 씨처럼 보조 시절이 없었을까요? 누구든 프레임 밖에서부터 시작해요."

"……."

"나도 그랬고, 배승호 씨도 그랬고, 이곳에 있는 포토그래퍼를 포함해서 수많은 사람들 누구든 이 악물고 버텨요. 재수 없고, 더럽고, 치사한 거 다 알지만 끝까지 버틴다고요. 혹시 내가 재능이 없는 건 아닐까? 과연 성공할 수는 있을까? 그런 수많은 의문과 불안을 전부 끌어안고서 참아요."

"……."

"그래요. 수단과 방법을 가리지 않는 것도 버티는 방법 중 하나일 테니까 존중해요. 다 좋다고. 근데. 선택을 했으면 그 뒤에 따라올 책임도 함께 감당해야죠. 이렇게 무턱대고 찾아와서 살려 달라 애원하면, 뭐가 해결돼요?"

단영의 시선이 삐딱해졌다.

"쪽팔리지 않아요?"

순간, 유진의 속눈썹이 파르르 떨렸다.

"멍청하고 미련해서가 아니에요."

"……."

"정상에 섰을 때 떳떳하고 싶으니까 무식하게라도 참고 견디는 거지."

"죄송……."

단영은 유진의 말을 무시하고 등을 보인 채 허리를 숙였다. 마우스를 잡았다. 포토샵 툴 바에서 내용 인식 이동 툴을 선택했다. 유진의 부분만 드래그한 뒤 선택 버튼을 눌렀다. 마우스를 한 번 더 클릭했다.

"아……."

그러자 유진은 허망한 탄식을 흘려보냈다.

많은 여자 모델 중 유진만 삭제되었다. 처음부터 없었던 것처럼 감쪽같이 사라졌다. 유일하게 딱 한 번 촬영한 것이었는데 정말 쥐도 새도 모르게 소멸되었다.

유진은 세상 전부를 잃어버린 사람과 같은 표정을 짓고 있었다.

"나는 당신 사정이 어떻든 간에 봐줄 마음 없고."

"……."

"용서할 생각도 없어."

착하게 보였다면 그래서 가장 만만한 내게 찾아와 부탁한 것이라면 착각이다. 단영은 인지하고 있었다. 승호와 하준의 애정과 관심을 받고 있는 자신에게 빌고 빌어 죗값을 최소한으로 줄이고자 하는 의도였음을 말이다.

"흐윽……."

결국, 유진의 눈가로 눈물이 차올랐다. 그러나 단영은 거기에서 멈추지 않고 비수를 꽂았다.

"왜 울어요? 억울해서? 암담해 죽겠어서? 이제 와서 후회라도 됩니까?"

유진은 차마 대답하지 못하고 고개를 푹 떨구었다.

"그럼, 지은 죄부터 깨끗하게 청산해요."

주먹부터 안 나간 걸 다행이라 생각해라.

"그리고 그 도벽증도 좀 어떻게 고쳐 보고."

이 어리석은 중생아.

단영은 노트북을 챙긴 뒤 뒤돌아섰다.

집으로 향하는 택시 안, 단영은 휴대폰을 꽉 쥐고 있었다. 상상을 초월하는 기사 헤드라인에 입을 다물 수 없었다.

『요즘 모델 배승호 씨의 사건을 두고 말이 많습니다. 홍석 씨는 어떻게 생각하세요?』

때마침 흘러나오는 라디오 소리에 집중했다.

『배승호 씨뿐만 아니라, 계약 분쟁은 연예인들과 소속사 사이에서 종종 벌어지는 일이죠. 같은 동료 입장에서 한마디 하자면, 그저 안타깝습니다.』

『맞습니다. 10년도 아닌 무려 15년 동안 노예 계약이라니⋯⋯. 이게
말이나 됩니까? 그 때문에 배승호 씨는 공황 장애도 앓고 있었다고 하
니 말이죠. 팬들의 분노가 어마어마합니다. 환영엔터테인먼트 마서정
대표가 새어머니라는 사실 또한 놀랍고요. 양파도 이런 양파가 없어요.
어떻게 된 것이 까도, 까도 계속 나와요.』

독설로 유명한 남자 MC의 말을 듣고 있던 택시 기사는 쯔쯧, 하고
혀를 찼다.

뒷자리의 단영은 숨을 참고 경청했다.

『그게 끝이 아닙니다. 이번 유출 사건을 두고 잠잠했던 시오전자가
오늘 아침 드디어 입을 열었죠? 배승호 씨의 변호인을 통해 유출 관련
녹취록과 폭력을 담고 있는 영상을 받아 검토해 본 결과를 말이죠. 궁
금하지 않으십니까?』

『하하. 빨리 전해 주세요.』

『결론부터 말씀드리자면 배승호 씨는 유출 사건과 일절 관련이 없다
고 합니다.』

『배승호 씨의 무고함이 수면 위로 드러났다니, 듣던 중 반가운 소리
네요.』

『저도 그렇게 생각합니다. 얼마나 억울했겠어요. 연예인들은 CF나
화보 촬영 도중 아직 출시되지 않은 제품에 대해 기밀을 반드시 준수
하겠다는 서약서를 작성해야 하는데, 이를 어긴 마서정 대표와 신인 모
델 성유진 씨는 앞으로 어떻게 되는 걸까요?』

『시오전자는 유출을 지시한 마서정 대표와 사건에 가담한 신인 모델
성유진 씨의 행동을 두고 악의성이 다분하다고 지적했습니다. 때문에
고소를 진행하기로 최종 결정 되었다고 하네요. 시오전자 관계자는 선
처와 합의는 절대 없을 거란 입장으로 일축했는데요. 대기업을 상대로

펼쳐질 공방에 관심이 많습니다.』

『시오전자의 단호한 결정이 새삼 무섭게 와닿네요.』

『이것만 봐도 계약서의 위엄이 느껴지지 않습니까?』

『그러니까요. 배승호 씨는 현재 환영엔터테인먼트를 상대로 전속 계약 효력 정지 가처분 소송에 굳은 의지를 보이고 있다 하는데요, 긴 법정 싸움으로 이어질 텐데, 모쪼록 사건이 잘 해결되길 바랍니다.』

웃어야 할지, 울어야 할지 모르겠다. 단영은 복잡 미묘한 감정이 뒤엉켜 혼란스러웠다.

그가 아프다는 것은 대충 예상하고 있었지만, 이렇게나 암담할 줄은 몰랐다. 일전, 승호에게 모질게 대한 기억이 떠올라 마음이 아팠다.

"……아, 정말."

미안했고.

"어떡해……."

또 미안했다.

단영은 기사를 끄고, 승호의 연락처를 눌렀다 지웠다가를 반복하며 고민했다.

힘내라고, 절대 지지 말라고, 끝까지 멀리에서라도 응원하겠다고 보내 볼까? 그 정도는 괜찮지 않을까?

하지만 단영은 끝내 휴대폰을 내려놓았다.

"……힘내요."

그래. 제발 힘내요.

이제 당신은 혼자가 아니야.

당신을 응원하는 사람들이 이렇게나 많이 있잖아.

단영은 속으로 전했고, 간절히 바랐다.

그의 미래를. 그의 앞날을.

"도하준 나온다!"

민재가 호들갑을 떨며 소리쳤다. 그 소식을 듣자마자 부엌에 있던 단영은 서둘러 서재로 달려갔다. 반면, 세훈은 뭘 하든 관심 없다는 듯 추리 소설을 읽고 있었다.

이들이 다 함께 모인 것은 꽤 오랜만이었다. 집합 장소는 보나마나 하준의 집이었다.

"어디? 어디!"

단영이 다급하게 보채자 민재는 손가락으로 대형 모니터를 가리켰다. 민재의 말처럼 하준은 끝없이 넓은 무대 위 정중앙에 서 있었다.

"야, 저 새끼 화장했어! 푸핫핫!"

민재는 배를 부여잡고 폭소했다. 단영의 눈썹이 확 구겨졌다.

"멋있기만 하구만, 왜 놀려?"

"……엉?"

당황한 민재가 벙찐 얼굴을 했다.

"너 뭐냐? 수상하다? 왜 갑자기 안 하던 짓을 하고 그래? 네가 언제 부터 도하준을 감쌌다고."

"누, 누가 감쌌다고 그래! 사실을 말한 거지, 사실을!"

"웃기고 있네. 너 예전에는 도하준 그 쫌생이 같은 놈은 잔소리만 심하다고 싫다 했잖아. 내가 제일 좋다며? 내가 더 잘생겼다며!"

"내, 내가 언제!"

민재는 억울했다. 말을 더듬거리며 변명하는 단영을 게슴츠레한 눈으로 바라보았다.

"그랬잖아! 맛있는 거 많이 사 주고, 다 이해해 준다면서! 나 같은 사람 또 없다고!"

"기억 안 나거든."

어후, 이 화상들아……. 싸울 게 따로 있지.

단영과 민재를 관망하던 세훈은 고개를 절레절레 내저었다. 가끔씩 모일 때면 유치하기 짝이 없는 콤비 덕분에 고막이 멀쩡할 날이 없다. 세훈은 언제나 그랬듯 제 본부를 다하기 위해 추리 소설을 덮어 내고는 턱을 틀었다.

"야. 최단영은 원래부터 너 말고 도하준을 더 잘 따랐었어."

세훈마저 가세하자 민재는 바짝 약이 올랐다.

"허, 참 나. 어이가 없네? 너희 뭐냐? 지금 짜고 쳐? 진짜 뭔데. 나 빼고 다 친하냐?"

"뭐야 오빠. 지금 유아인 성대모사한 거?"

"어때. 똑같았지."

"어. 대박."

싸울 땐 언제고, 이젠 사이좋게 성대모사 연구를 하고 앉아 있다. 세훈은 한심스럽다는 듯이 한숨을 쉬었다. 그때였다.

『귀한 시간을 내어 시오전자 미라클 언팩 현장 자리를 빛내 주신 여러분, 감사드립니다.』

낮은 음성이었으나 압도적인 무게가 느껴졌다. 스피커를 뚫고 흘러나오는 반가운 목소리에 시선이 한데 모였다. 감사 인사가 끝나자마자 무수한 박수갈채 소리가 이어졌다.

"와……. 사람 엄청 많네."

민재는 영상을 보며 감탄했다. 그러자 세훈은 인상을 찡그렸고 단영은 조용히 하라는 듯 입술로 손가락을 가져갔다.

『……그럼 미라클6 티저 영상부터 함께 감상하시죠.』

긴 서론이 끝났다. 그와 동시에 무대가 어두워졌다. 〈오브〉 스튜디오에서 제작한 시오전자 미라클6 티저 영상이 세간에 발표되는 순간이었다. 단영은 한껏 긴장한 얼굴로 뚫어져라 모니터를 직시했다.

빛 한 줄기가 쏟아졌다. 대형 스크린 정중앙에 문구가 떠올랐다.

「*SHIO*

Miracle 6」

시작을 알리는 이름이 서서히 사라지고, 얼마 지나지 않아 티저 영상이 본격적으로 시작됐다.

전속 모델 승호가 등장했다. 우수에 찬 그의 눈동자가 클로즈업되어 스크린을 가득 채웠다. 그러다 점점 줌 아웃 되며 물기에 젖은 승호의 전신이 영상에 잡혔다. 그는 죽어 가는 눈빛으로 정면을 꿰뚫듯 직시했다. 숨 막히는 퇴폐미에 할 말을 잃었다.

평소의 모습이 기억나지 않을 만큼, 그는 전혀 다른 사람 같았다. 아니, 본연의 모습과 비슷했던가? 기억이 잘 나지 않는다. 고작 흰색 와이셔츠에 발목까지 내려오는 검은색 슬랙스뿐인데 그가 입고 있으니 태가 달랐다.

"오⋯⋯."

민재가 감탄했다.

승호의 눈빛은 흔들림조차 없었다. 꿈과 희망을 다 잃어버린 듯 그저 무료하고 공허했다.

영상을 지켜보고 있던 사람들은 숨을 죽였다.

그러나 점차 클라이맥스로 달려가며 분위기가 바뀌었다. 울창한 수풀 사이에서 한결 편안해진 승호의 표정을 보자 단영은 영상일 뿐이지만, 왠지 모르게 안심이 됐다.

30초 정도의 짧은 티저 영상이 끝나자, 무대 주변이 밝아졌다. 하준이 다시 무대로 올라왔다. 어느새 스크린에는 하준의 프로필 사진이 떠올라 있었다.

단영이 직접 촬영한 사진이었다.

그의 조각 같은 근사한 외모에 청중들은 각기 다른 탄성을 터트렸다.

『시오전자의 모토(Motto), 혁신. 그 의미를 온전히 담아내기 위해 그동안 저희는 수도 없이 고민했고, 앞만 보며 달려왔습니다.』

마이크를 잡고 무대 위에 서 있는 그가 낯설게 다가왔다.

『모두가 불가능하다며 고개를 내저었을 때 저희의 대답은 늘, '된다.' '될 것이다.' '반드시 그렇게 만들 것이다.' 였습니다.』

하준은 자신감에 가득 차 있었다.

『보다 더 업그레이드된 듀얼 카메라. 1,300만 화소의 화질. 더욱 정밀해진 지문 인식 센서 등과 같은 스펙은 그다지 중요하지 않습니다.』

"뭐래. 지가 이미 다 말해 놓고……."

민재가 투덜거렸다.

『시오전자는 혁신을 위해 범위를 벗어나 보기로 했습니다. 끝도 없이 발전하는 시대에서 사람들은 무엇에 갈증을 느끼고 있는가. 그것에 대한 해답은 생각보다 가까운 곳에 존재했습니다.』

별안간 영상 속의 하준이 여유롭게 미소 지었다.

『추억.』

우리가 살아온 흔적.

『기억.』

점차 사라져 갈 시간.

『그리고…….』

놓치기 싫은.

『꿈.』

그래서 더 간절한 우리들의

꿈.

『미라클6. 지금부터 우리의 추억과 꿈을 응원할, 기적을 소개합니다.』

마이크를 잡고 있는 그의 손.

네 번째 손가락에 끼워진 반지가 조명 빛을 받아 반짝였다.

시오전자에서 자체 특허를 낸 신기술이 발표되는 순간.

직접 촬영한 화보 사진들이 하나둘씩 스크린 위로 떠오르는 바로 그 순간.

만감이 교차한 단영은 다른 의미로 소름이 돋았다.

58화

"네가, 지금 네가 여기가 어디라고 와!"

환영엔터테인먼트 대표실로 승호가 등장하자, 서정은 날카롭게 치뜬 눈빛을 쏟아 내며 의자를 밀치고 일어섰다.

"기사는, 확인하셨습니까."

승호는 만만의 준비를 마친 사람처럼 번듯한 검은색 슈트 차림이었다. 그는 의연하게 대표실 안으로 걸음을 떼어 냈다.

"당장 안 나가!"

"혼자 아닙니다. 자중하세요. 대표님은 보는 눈에 예민하신 분이지 않습니까."

"……뭐?"

서정의 흔들리는 눈이 승호의 어깨 너머로 옮겨졌다. 대표실을 찾은 사람은 승호뿐만이 아니었다. 매니저 두환과 승호를 변호할 변호 대리인이 뒤를 지키고 있었다.

"이번 사건에서 배승호 씨의 변호 대리인을 맡게 된, 변호사 이진혁입니다."

진혁은 재킷 안주머니에서 자신의 명함을 꺼내어 서정의 앞으로 내밀었다.

"허……."

당신이 어떻게.

기가 막히다는 듯 헛웃음이 터졌다. 서정은 당황한 나머지 명함을 받을 생각조차 하지 못했다. 그저 시선을 내려 명함을 바라볼 뿐이었다.

"대표님도 아시겠지만, 이번 사건은 민사 재판으로 기소권이 없습니다. 원고, 피고인 모두 변호사를 선임해야 하는 부분이라 부득이하게 사전에 미리 연락 없이 방문한 점, 양해 부탁드립니다."

진혁은 변호사다운 면모를 보였다. 명함을 내민 손이 무안할 법도 한데, 그는 태연했다. 그저 무미건조한 표정이었다. 갈 곳을 잃은 자신의 명함을 서재 책상 위로 올려 두고는 접대용 소파에 착석했다.

"오늘 아침, 공정위에 출석하고 오는 길입니다. 진술은 이미 마친 상태고요."

승호가 덤덤하게 말문을 텄다.

"누구 마음대로!"

"좋든 싫든, 조만간 대표님도 출석하셔야 할 겁니다."

"너, 너……!"

서정은 목구멍 끝까지 입에 담지 못할 말들이 차올랐으나, 함부로 뱉을 수 없었다. 승호의 곁을 지키고 있는 진혁 때문이었다.

함부로 말을 뱉는다면 자신에게 돌아올 피해가 더 늘어나게 되리란 것을 뚜렷하게 인지했다. 승호가 홀로 찾아오지 않고, 변호사와 매니저 두환을 대동한 것은 분명 이유 있는 선택이었다.

중간에서 승호와 서정의 대화를 묵묵히 듣고만 있던 진혁이 입술을 떼어 냈다.

"어제 오후 3시, 배승호 씨는 환영엔터테인먼트와 체결했던 계약 수익 분배 과정의 문제, 폭언, 폭행과 더불어 공황 장애 원인 등 서울중앙지법에 손해배상청구소송을 제기하였고, 이후 공정위에 신고했습니다."

"……"

"직접 폭행 영상과 유출 관련 녹취록을 확인해 본 결과, 증거물로 제출했을 시에 문제 될 부분이 없다고 판단됐습니다."

"그건……!"

"시오전자 신제품 유출 사건 역시 소송이 진행되고 있는 중이더군요."

진혁이 틈을 주지 않고 몰아치자 서정은 정신이 하나도 없었다. 혼이 빠져나가는 기분이었다. 턱을 바들바들 떨며 죽일 듯이 노려보는 것이 전부였다.

"모쪼록, 여러 가지로 정신없으실 텐데……. 유감입니다."

그는 서정의 속을 뒤틀리게 하는 말도 서슴지 않았다.

문득, 승호가 눈짓을 주었다. 자리를 비켜 달란 뜻이었다. 진혁은 고개를 주억거리며 자리에서 일어났다.

"이번 일과 관련해서 앞으로는 배승호 씨가 아닌 제게 연락 주시면 됩니다."

"당신이 뭔데 명령질이야!"

그것을 진정 몰라서 묻느냐는 듯 서정을 향해 있는 진혁의 눈빛엔 약간의 한심스러움이 담겼다.

"저는 원고인을 변호하기 위해 선임된 사람입니다. 그러니 당연히 피고인에게서 원고인을 지킬 의무가 있지 않겠습니다."

서정은 고개를 홱 돌렸다. 그러고는 퍼들퍼들 떨리는 손으로 인터폰을 눌렀다.

"지금 당장 김 실장 불러와!"

뒤늦게 상황 파악을 마친 그녀는 다급히 법무팀 실장을 불렀다. 그러는 와중에도 승호와 진혁은 덤덤했다.

그리고 이내, 대표실 내부로 서정의 억장이 무너지는 소리가 들렸다.

— 대, 대표님. 그게…….

"뭐야, 또!"

— 회사 앞에 기자들이 깔려 있습니다.

"무슨 소리야!"

서정은 다급히 인터폰 수화기를 내렸고, 고개를 돌려 승호를 바라보았다. 눈이 마주치자 승호의 얼굴이 삐뚜름하게 기울어졌다.

"그럼 저희는 문밖에서 기다리고 있겠습니다. 말씀, 마저 나누고 나오시죠."

진혁은 가볍게 묵례한 뒤, 대표실을 빠져나갔다. 안절부절못하고 있던 두환 역시 서둘러 그의 뒤를 따랐다.

그들이 사라지자 대표실 내부엔 기다렸다는 듯 적막함이 찾아왔다.

"원하는 게 뭐야."

서정이 물었다.

"없습니다."

그러자 승호는 막힘없이 답했다.

"하. 원하는 것이 없어? 변호사에 매니저까지 대동하고 나타난 주제에 원하는 것이 없어?!"

서정은 정상 수치를 유지하고 있던 혈압이 솟구치고 있는 기분이었다. 불안하고, 또 불안했다.

승호가 선임한 변호사는 소속 계약 분쟁에서 단 한 번도 패소한 적이 없기로 유명한 사람이었다. 불충분한 증거물로도 항상 승소해 왔다. 그만큼 선임 비용도 어마어마했다.

그런데 어째서. 어째서 배승호가……. 선수를 친 걸까.

원래대로라면 서정이 진혁을 먼저 선임할 심산이었다. 그랬기에 지금까지 당당할 수 있었다.

"얼마든 상관없으니 불러나 봐라."

서정은 골치 아프다는 듯 이마를 짚으며 소파에 엉덩이를 붙였다. 승호가 대답이 없자 눈썹을 들썩이며 다시 말했다.

"금액 말이야. 합의금 금액!"

원하는 대로 주겠단 뜻이다.

"다 줄 테니, 받고 소송 취하해."

"소송 취하할 생각 없습니다."

"뭐야?"

"일전에 말씀드렸죠. 대표님이 진심으로 사죄한다면 전부 없던 일로 할까."

"……."

"……고민했었다고."

승호가 눈꺼풀을 가뿐히 들어 올렸다.

"잠시나마 동정했습니다."

나마저 버리고 돌아서게 된다면 평생 혼자 남게 될 당신을, 감히 동정했다.

'안녕, 승호야. 오늘부터 내가 네 엄마야.'

아주 찰나의 순간.

'나도 엄마는 처음이라, 부족한 부분이 많을 수 있어.'

어쩌면. 그래, 정말 어쩌면.

'그래도 좋은 엄마가 될 수 있도록 최선을 다할게. 그러니 승호도 노력해 주면 안 될까?'

적어도 그 순간만큼은 진심이 아니었을까, 싶어서.

아버지가 세상을 떠나고 난 뒤 홀로 남겨진 당신은 극도의 불안감과 경계심을 내비쳤지만, 당연한 순리라 생각했다.

그럴 수밖에 없었다고. 당신에겐 그것이 최선이었다고. 그렇게 합리화하며 당신을 아픈 손가락이라 여겼다.

"당신도 사람이니까."

"……."

"차마 말하지 못한 서러움이, 그 깊이가 너무 커서 원망할 곳을 잃고 망가질 수밖에 없었던 거라고."

두 번째였기에 사랑받지 못한 순간들. 내 얼굴을 볼 때마다 솟구쳤을 본처의 모습. 충분히, 납득한다.

"그런데."

승호가 자세를 똑바르게 고쳐 앉았다.

"일방적인 합리화가 계속될수록 망가지고 있는 쪽은 대표님이 아니라, 바로 저였습니다."

"……."

서정은 할 말을 잃고 승호를 가만히 응시했다.

"솔직히 내내 고민했거든요. 이곳에 오기 직전까지도."

승호의 음성은 지극히 차분했다. 너무 차분해서 평화롭다고 느껴질 정도였다.

"승소하면 편해질까."

"……."

"억대 소송을 시작하게 되면, 모든 사람들이 당신을 향해 비난을 쏟아 내기 시작하면, 언제일지 모를 긴 소송 싸움이 끝나게 되면, 그렇게 되면 정말 다 괜찮아질까. 내 속도 이유 모를 이 답답함도 다 해결이 될까."

승호는 맥없이 웃었다.

"지금 와서 생각해 보니, 전부 다 틀린 것 같아요."

그 편안한 웃음에 서정은 괜히 움찔했다.

"무슨 수작이야, 너……."

"왜, 쇼 런웨이보다 백스테이지가 더 정신없지 않습니까. 이리저리 뛰어다니고, 비좁은 공간에서 탈의와 착용을 반복하다 보면. 작은 일 하나에 예민해져서 고함과 욕설이 난무하는 일은 다반사인 일이니까."

"……."

"그렇게 무대 위로 올라선 뒤엔 언제 그랬냐는 듯 자신 있게 걸어야 합니다. 아무 근심 걱정 없다는 듯이 오로지 지금 자신에게 집중해야 하죠. 관객들을 위해선 내가 걷고 있는 런웨이는 그 어느 때보다 화려해야 하니까요."

"……."

"……아마, 쇼가 끝난 뒤 기분과 비슷할 것 같습니다."

승호는 창문 밖으로 시선을 멀리 두며 말을 계속 이어 갔다.

"말로 형용할 수 없는 공허함. 허망함. 허탈함."

반면, 서정은 말없이 승호를 빤히 직시했다.

"유명 쇼 피날레를 장식할 주인공이 되는 것이 오랜 꿈이라 믿었는데, 아니었습니다."

천천히 움직이기 시작한 승호의 시선이 문득 멈춘 곳은 서정의 눈이었다.

"당신에게 인정받는 것."

당신이 뭐라고.

"그뿐이었던 것 같습니다."

인정받기 위해 숨 가쁘게 달렸다.

마음이 다치는 줄도 모르고, 정말 죽을힘을 다해 달렸다.

서러웠던, 힘들었던, 그래서 더 고단했던 그날들이 무색하게 느껴질 만큼.

승호는 다 하지 못한 말을 삼켜 내며 자리에서 일어섰다.

"이유 없는 미움은 없듯이 당신도 그랬으리라 생각합니다."

"……."

순간, 서정은 시야가 뿌옇게 흐릿해지는 것을 느꼈다. 그녀가 느리게 눈을 감았다, 떴다. 거세게 날뛰던 자존심들이 신기하게도 침착해졌다. 먼 저편으로 사라졌다.

언제라도 날카로운 칼날을 목덜미에 들이밀 준비가 되어 있던 어린아이는 어느새 의젓한 남자 어른이 되어 있었다.

나는 무엇 때문에 그토록 오랜 시간 동안 이 아이를 경계해 왔던가.

서정은 승호가 말한 허탈함을 이제 와 실감했다.

"이제는 마음 편안히 하셔도 괜찮을 것 같습니다."

"너……."

"나는 처음부터 당신의 것을 탐낼 생각도, 빼앗을 이유도 없었으니까요."

정확히 핵심을 찔러 오는 말에 서정의 손가락이 미미하게 경련했다.

"엄연히 아버지께서 당신에게 선물한 회사이고."

"……."

"그 대신 저는 더 큰 깨달음을 얻었으니, 그것만으로도 충분합니다."

보고 계신가요.

이만하면, 만족하십니까.

이제 인정, 해 주실 거죠.

잘했다고, 없이도 잘 컸다고.

오늘 밤, 꿈에서 잠시나마 다독여 주세요.

여태 단 한 번도 나타난 적 없었잖아요.

전, 그거면 충분합니다. 아버지.

"자, 잠깐……!"

승호가 대표실을 빠져나가려 하자, 서정은 다급히 그를 불러 세웠다.

그는 문손잡이 위로 얹어진 손을 잠시 멈췄다.

"그럼, 이제 어떻……."

서정에게서 다급함이 스쳤다.

승호는 자신의 손을 가만히 내려다보며 입술을 떼어 냈다.

"뜻은 변함없습니다."

"내가, 내가 잘못했다. 미안해. 그동안 네게 못할 짓 한 것들 전부, 진심으로 사죄하마. 그러니……!"

승호가 몸을 틀었다.

"법정에서."

"제발! 나는 네가, 내 자리를 호시탐탐 노리고 있는 줄로만 알고 있었어!"

"……."

"네 아버지가 그렇게 된 이후로 제대로 잠 한 번 자 본 적 없었다. 불안하고, 또 불안해서 늘 고통스러웠어!"

그녀는 호소했다.

"방금 전에 너도 나를 이해한다고 하지 않았니. 내 죄는 인정하마. 원하는 대로 다 해결해 줄 수 있어. 그러니⋯⋯."

이번 일뿐만 아니라 시오전자 유출 사건까지 포함한다면 보나마나 주가는 폭락할 것이다. 머지않아 이사회가 열릴 것이고, 직원들의 파업도 무시할 수 없다. 그렇게 되면⋯⋯.

대표직을 물러서야 할 수도 있다. 해임만큼은 막아야 한다.

"납득한다고 했지, 이해한다고 한 적 없습니다."

"하⋯⋯."

"사죄는 잘 들었습니다. 나머지 진심은 법정에서 보여 주시면 될 것 같습니다."

달칵. 대표실 문이 열렸다.

"그럼, 그때 다시 뵙겠습니다."

탁— 문이 닫혔다.

홀로 남게 된 서정은 차가운 대리석 바닥 위로 무너져 내렸다.

"아아⋯⋯."

망가질 대로 망가져서 끝내 복구가 불가한 자신의 신세가 막막하다.

자리를 지켜 내기 위한 몸부림은 결국 파멸을 불러왔고, 남은 것은 없었다.

그저⋯⋯ 처량했다.

"앞에 기자들이 대기하고 있습니다."

진혁은 승호와 나란히 걸으며 바깥 상황을 대신 알려 주었다.

"지하를 통해 조용히 빠져나가는 방법과, 입장을 직접 밝히는 방법이 있는데, 선택하시죠."

진혁의 말처럼 엔터테인먼트 건물 밖은 작은 것 하나라도 얻어 내고야 말겠다는 의지로 똘똘 뭉친 기자들이 전투적으로 대기하고 있었다.

승호는 재킷 깃을 잡아 탁탁 털어 내며 옷매무새를 바르게 정돈했다.

"제가 괜히 차려입고 왔겠습니까."

그 말은, 정면 돌파 하겠단 의미다.

승호의 입술이 시원하게 올라섰다. 그러자 진혁은 전과 다르게 부드러운 미소로 화답하며 고개를 끄덕였다.

"준비는. 되셨습니까."

"물론입니다."

"그럼 가시죠."

"아, 잠깐."

별안간 승호의 구두가 멈추었다. 그에 진혁은 고개를 돌려 승호를 바라보았다.

"도하준 씨에게 감사하단 말, 대신 전해 주세요."

진혁을 소개시켜 준 것은 하준이었다. 더 정확히 말하자면, 검사인 세훈의 선배였다.

"그 방법보단 배승호 씨가 직접 전하시는 편이 더 좋을 것 같습니다. 술도 한잔하면서요."

"서로에게 달가운 일은 아니라서. 부탁합니다."

승호는 정중하게 고개를 숙여 보이며 청했다. 진혁은 말없이 그런 그를 지그시 바라보다 입술을 열었다.

"저는 원래 검사였습니다."

진혁은 검사 출신 변호사였다.

"그러다 갑작스럽게 변호사로 전향하게 됐죠. 혹시 그 이유가 뭔지 아십니까."

"……글쎄요."

그렇군요. 진혁이 희미하게 웃었다.

"사실, 저도 잘 모릅니다. 아직까지도 의문이거든요. 제가 기억하지 못할 정도로 작은 부분이 터닝 포인트가 되었을 수도 있겠네요."

싱거웠다. 진혁은 알 수 없는 말을 하며 입구 문을 열어젖혔다. 문틈 사이로 눈부신 햇살이 쏟아졌다. 승호는 그 빛이 너무 밝아 눈을 잠시 찡그렸다.

"세상은 모르는 일투성이지만."

찰칵, 찰칵, 찰칵. 눈부신 카메라 스포트라이트가 팡팡 터졌다.

"그래서 더 재밌는 법 아니겠습니까."

"……."

"힘, 내라는 뜻입니다."

진혁이 툭툭, 승호의 어깨를 쳤다. 승호가 천천히 눈을 떴다.

"배승호 씨! 앞으로의 상황은 어떻게 되는 겁니까!"

"유출 건에 대해 무고하다는 입장을 보였는데요, 말씀 한마디만 부탁드립니다!"

"마서정 대표에게 불공정한 계약을 당해 공황 장애를 겪고 있었다는 것이 사실입니까?"

"법정 싸움을 앞두고 로엔 디자이너 쇼에는 참석하시는 겁니까?"

수많은 질문들이 쏟아졌다.

진혁은 기자들에게 둘러싸여 있는 승호를 당연하게 보호했고, 앞에 있는 차량에서 대기하고 있던 두환도 빠르게 달려 나와 에스코트했다.

"잠시만 물러서 주세요! 배승호 씨는 아직 안정을 취해야 합니다."

두환은 두 팔을 뻗어 가며 만류했다. 공황 장애를 앓고 있는 승호가 걱정됐다.

앞으로 천천히 나아가던 승호가 일순 걸음을 멈췄다. 그러자 기자들은 한껏 기대에 부푼 표정으로 승호에게 달라붙었다. 승호는 어느 한 기자가 들고 있던 마이크를 건네받았다.

"응원해 주셔서 감사드립니다."

촤라락. 촤라라락. 카메라들은 승호를 쉬지 않고 담아냈다.

"저는, 괜찮습니다."

걱정하고 있을 너에게 전하고 싶은 말.

"앞으로도, 괜찮을 예정입니다."

그러니까 죄책감 갖지 마.

미안해하지 마.

"조만간 밝은 얼굴로 다시 찾아뵙겠습니다."

그동안.

"……감사합니다."

고마웠어.

"아, 꼭 이렇게까지 해야 돼?"

"다리 아파 죽겠다."

"쉿. 둘 다 조용히 해. 곧 도착한단 말이야."

하준의 집은 어두웠다. 현관문 앞에 옹기종기 사이좋게 쭈그려 앉아 있던 민재와 세훈 그리고 단영은 작은 목소리로 연신 수군거렸다.

다 큰 성인들이 뭐 하고 있는 것이냐 묻는다면, 다 그럴 만한 사정이 있었노라 답하겠다.

그때였다. 띠띠띠띠. 띠리릭. 현관문 도어록 비밀번호가 눌리는 소리와 함께 달칵, 하며 현관문이 활짝 열렸다.

갑작스럽게 열린 덕분에 문에 기댄 단영의 몸이 비스듬히 기울어졌다.

"어, 어어……."

툭. 둔탁한 곳에 부딪쳤다. 본의 아니게 단영의 몸을 받치게 된 것은 다름 아닌 하준의 다리였다.

아, 망했어.

단영은 울상을 지은 채로 조심스레 시선을 올렸다.

"뭐 하냐."

펑! 퍼엉!

귀 아픈 소음에 하준의 눈가가 반사적으로 구겨졌다.

선, 폭죽 터트리기.

"추, 축하해!"

후, 축하였다.

"……."

하준은 미지근한 눈빛으로 자신의 다리에 기대고 있는 단영을 내려 다보았다. 그녀는 어색하게 웃고 있었다. 그가 시선을 슬쩍 올리자, 언 제 그랬었냐는 듯 팔짱을 끼운 채 번듯하게 서 있는 세훈과 쥐가 났단 말로 호들갑 떨며 다리를 주무르는 민재가 보였다.

"너희들은 왜."

"와, 말하는 본새 봐라? 상무이사로 승진하게 된 누구 때문에 일 다 접고 기껏 축하해 주러 왔더만! 너희들은 왜? 지금 너희들은 왜라고 했 냐?"

적잖게 울컥한 모양인지 민재가 눈을 흘기며 하준을 타박했다.

"누가 상무이사로 승진을 하는데."

"너. 바로 너. 이 자식아."

언팩 현장이 끝난 뒤 바로 시작된 사전 예약은 하루 만에 사상 최고 의 기록을 냈다. 그 결과로만 봐도 하준의 승진은 당연했다.

하지만 말만 사전 예약이지 판매가 시작된 것은 아니었으므로 결과가 어떻게 될지는 아무도 모르는 거였다.

"나도 모르는 승진 소식을 네가 어떻게 알아."

하준은 무미건조하게 말하며 피곤한 듯 넥타이를 느슨하게 풀어냈다.

"헐…… 코피 빵…… 뭔데 섹시하고 난리……."

그 모습을 올려다보던 단영은 서둘러 입을 가렸다. 이놈의 주둥이가 문제지.

들었나? 서둘러 뒤를 돌아보자, 민재는 이미 집 안으로 사라진 뒤였다. 다행이다 생각하려는 순간, 세훈과 눈이 정통으로 부딪쳤다.

"하하. 오, 오빠 아직도 거기에 있었어?"

아차, 싶었다.

"나 못 봤다."

"뭘, 뭘!"

"아니, 못 들었어."

들었네. 들었구만, 뭐. 그녀가 질끈 눈을 감았다. 그사이 세훈은 눈치껏 자리를 비켜 주었다.

"일어나. 바닥 차가워."

하준이 손을 내밀었다. 단영은 뻣뻣하게 웃으며 그의 손을 잡고 비틀비틀 일어섰다.

"언제부터 그러고 있었어."

"한……."

못해도 30분 전부터요.

"누구 머리에서 나온 계획이야."

아마도, 내 머릿속에서.

"알 만하다."

그는 피식 웃으며 단영의 머리를 쓰다듬어 주었다.

"아, 맞다!"

단영이 선반 안에 숨겨 둔 미니 케이크를 들어 올렸다.

"오빠, 축하해!"

때 묻지 않은 미소가 활짝 피어났다.

"수고 많았어!"

이 모습 보려고 퇴근하자마자 바로 달려왔지 싶다. 하준은 슬쩍 입술 끝을 당겨 웃으며 단영이 들고 있던 케이크를 건네받아 원래 있던 선반 위에 올려 두었다.

"오늘 내 모습, 봤어?"

"응. 당연히 봤지."

"어땠는데."

깊은 눈동자가 취조하듯 관통했다.

"멋있……."

단영은 말을 다 이을 수 없었다.

득달같이 다가온 그의 숨결 때문이다.

너무 달아서, 폭 잠길 것만 같은 입술 때문이다.

숨도 달고, 입술도 달았다.

"누가 보면 어떡해!"

서둘러 입술을 뗀 단영이 뒤를 살피며 작은 음성으로 추궁했다.

"문제 있어?"

"아직 말 안 했단 말이야."

그래? 하준은 씩 웃으며 단영의 손목을 잡아당겼다. 이끌리듯 밖으로 나오게 된 단영은 당황했다.

"무슨……."

쿵—! 하준은 망설임 없이 현관문을 닫았다. 문은 닫혔는데, 그의 손바닥은 현관문에서 떨어질 생각이 없다.

그의 팔 안에 갇혀 버린 단영은 깜빡, 깜빡 커다란 눈을 연신 떴다 감았다.

"이제."

다시 다가왔다. 그의 입술이.

"문제없지."

평소 그답지 않게 성급했다. 하준은 두 손으로 단영의 목덜미를 감싸 쥐었다. 그의 턱이 서서히 비스듬하게 기울어졌다.

다시 시작된 키스. 숨은 가쁘게 차올랐으나, 단영은 기꺼이 받아 주었다.

하준의 재킷 밑단을 꼬옥 잡고 있던 손이 점차 허리로 올라갔다.

단영은 그를 꽉 안아 주었다. 부서질 듯, 포옹했다.

더, 더, 더 깊어지는 입맞춤은 진득하다.

서로의 숨결이 섞이고.

뜨거운 온도가 섞이고.

쿵쿵쿵 뛰는 심장 소리가 섞였다.

하준은 키스하며 단영의 손에 깍지를 끼웠다.

네 번째 손가락에 끼워 둔 서로의 분신이 쉴 새 없이 부딪쳤다.

59화

"부어라—!"

민재가 술잔을 들면.

"마셔라!"

기다렸다는 듯, 단영이 호쾌하게 맞받아쳤다.

"……."

반면 환상의 콤비인 두 사람을 제외한 하준과 세훈은 묵묵히 술잔을 기울였다.

"으핫핫! 단영아, 그래서 어떻게 된 줄 아냐? 이 오빠가 해병대에 있을 때는!"

"……또 시작이네."

세훈은 지겹지도 않느냐는 표정으로 질색했다. 민재의 주사였다. 틈만 났다 하면 군부대 시절 이야기를 전래 동화 히어로물쯤 되는 줄 알고 떠들기 바빴다.

"야, 오세훈. 지금 귀신 잡는 해병 무시하냐?"

"아, 그래서 귀신 잡는다는 해병이 나방 무섭다고 전화로 질질 짰나 보네."

"그건 진짜 나방이 아니었다니까? 무슨, 팅커벨 수준이었다고!"

"어어. 그래, 그래."

민재와 세훈이 별것 아닌 일로 티격태격하는 동안 테이블 밑에선 은밀한 스킨십이 이루어지고 있었다.

"……오, 오빠."

단영이 기어들어 가는 음성으로 막아 보려 했으나, 하준은 빈틈없이 꽉 맞잡고 있는 손을 놓아줄 생각이 없었다.

"어이! 최단영! 술에 집중 안 하고 뭣 허냐!"

"어어? 아, 어!"

단영은 어리숙한 몸짓으로 술병을 들었다.

"에헤이! 어디 하늘 같은 오빠 앞에서 건방지게 한 손으로 말이야. 어? 딱 두 손으로 공손하게 따라 줘야지!"

손이 잡혀 있는데 어떻게 두 손으로 따르리오. 단영은 이러지도 못하고 저러지도 못해 울고 싶었다.

"하늘 같은 소리 한다."

민재의 주사가 영 못마땅했던 하준은 단영의 손에 들린 술병을 확 빼앗아 들었다. 그러고는 단영 대신 민재의 잔에 술을 가득 따라 주었다. 까딱했다간 넘쳐흐를 정도였다.

"이야, 우리 도하준은 나를 너무너무 사랑하나 봄?"

민재는 벌겋게 달아오른 얼굴이었다. 그저 헤실헤실 웃는다. 알코올이 넘칠 위기에 처한 술잔을 바로 입술로 가져다 댔다.

후르릅, 한 방울조차 용납할 수 없다는 듯 입 안으로 털어 냈다. 취한 것이 분명했다. 혼자서만 신나 하며 무리하게 달리더니, 결국 탈이

난 것이다.

"크흐—! 취한다! 그나저나 도하준, 최단영. 너희 요즘 너무하다? 나, 엄청 서운하다고오……."

"또 시작이네……."

세훈이 깊은 한숨을 내쉬었다. 벌써 소주만 여섯 병째다. 주량이 센 편인 하준과 세훈은 멀쩡했으나, 민재는 아니었다. 애당초 하준과 세훈은 얼마 마시지도 않았다.

"뭐가 그렇게 서운해."

단영은 하준의 눈치를 살피며 물었다. 애써 손을 떼어 내 보려 해도 강한 악력 덕분에 속수무책이었다.

"연락도 없고, 예전처럼 만나서 술 먹잔 소리도 없고……. 도하준은 원래 천성부터 바쁜 새끼라 쳐도 최단영 넌 그러면 안 되는 거 아니냐고오오. 푸우으……."

"오빠, 그건……. 오빠도 알겠지만, 요즘 상황이 안 좋았잖아. 그리고……."

무엇보다 연애를 하고 있으니까.

단영은 차마 뒷말을 꺼내 놓지 못했다. 언제 말해야 하나, 아까부터 내내 타이밍만 엿보고 있긴 한데 그게 썩 쉽지 않다.

12년 동안 가족처럼 지내 온 이들에게 연애도 아니고, 결혼 준비부터 하게 됐다 말하면 그 반응은 안 봐도 뻔했다. 상상만으로도 골치가 아팠다.

길길이 날뛸 테지. 세훈은 그렇다 쳐도 어떻게 그 중요한 말을 여태 안 할 수가 있었던 거냐며 대성통곡을 할 민재가 걱정이다.

단영은 답답한 마음에 술을 한 번에 원 샷 했다.

"적당히."

하준이 눈짓으로 경고했다.

"알아, 알아."

알지만, 심신을 달랠 무언가가 필요하다고. 단영은 다 마신 잔을 식탁 위에 내려 두었다.

하준은 연애하는 사실을 알리는 일이 뭐가 그렇게 어렵냐며 자신이 말하겠다고 했다. 하지만 단영은 극구 말렸다. 나는 아직 마음의 준비가 덜 됐노라, 타일렀다.

"서운하다, 서운해. 서운하고, 또 서운하다. 내가 최단영을 어떻게 업어 키웠는데."

"단영아 그냥 무시해라. 쟤 일어나면 어차피 기억 못 해."

물론, 민재의 알코올성 치매를 뛰어넘을 만큼 대단한 충격이 가해지지 않는다는 전제하에.

세훈의 무심한 눈길이 하준에게 향했다. 그러다 이내 단영에게로 옮겨졌다. 수상한 시선을 느낀 단영은 왠지 모를 싸함이 느껴져 등골이 오싹했다.

"왜, 왜 그렇게 봐?"

그때였다.

"아이고, 쉬 마려워. 야. 너희 나 올 때까지 먼저 마시지 마라. 엉? 딱 기다려!"

부르르 몸을 떨며 일어난 민재가 서둘러 화장실로 멀어졌다. 그 뒷모습을 바라보던 세훈이 다시금 눈을 돌려 단영을 빤히 응시했다.

"너희……."

이걸 말해, 말아. 세훈이 묵직한 한숨을 밀어 냈다. 눈치가 빠른 것도 문제라면 문제였다. 차라리 민재처럼 아무것도 몰랐더라면 속이라도 편했을 텐데 말이다.

아니, 사실 민재가 이상한 것일지도 모른다. 누가 봐도 저렇게 티가 팍팍 나는데. 우리 지금 연애하고 있어요. 이마에 떡하니 붙이고 다니는데, 모르는 사람이 이상한 거다.

세훈은 단영과 하준의 미묘한 기류를 꽤 오래전부터 눈치채고 있었다. 조금만 신경 써서 보면 다 알 수 있는 간단한 문제였다. 무엇보다…….

"눈치 봐서 빠져 줄 테니까 그 손 좀 그만 놓고 있으면 안 되겠냐."

보고 있는 사람이 더 민망해서 죽겠거든.

"어? 어? 어어어?"

단영은 소스라치게 놀랐다.

"그러고 있는 모습, 하민재한테 걸릴까 봐 내가 다 조마조마하다고."

헐……. 단영은 어안이 벙벙했다. 놀란 그녀가 입을 떡 벌리고 있는 와중, 타는 속을 아는지 모르는지 하준은 기회를 놓치지 않았다.

당황한 기색 한 번 없이 테이블 밑에서 잡고 있던 손을 번쩍 들어 올렸다.

"이거?"

만천하에 공개된 것이다.

"그래, 그래. 그거."

뭔가 은근히 약 올리는 것 같은데 저 새끼…….

세훈은 이를 악물고 다시금 한숨을 내쉬었다. 어제저녁 오래된 연인과 말다툼 아닌 말다툼으로 연락 두절 상태라 애타 하는 세훈의 속을 다 알면서 저런다.

"그래서 결혼은. 언제 할 건데."

"겨얼호온은 무스은?"

단영이 펄쩍 날뛰었다.

"사이좋게 반지까지 나눠 꼈잖아, 너희."

"아……."

그때였다.

투—욱.

셋의 시선이 동시다발적으로 소리가 난 곳으로 향했다. 바닥에 추락한 케이크가 볼품없이 찌그러졌다. 바로 뒤에 서 있던 민재가 떨어트린 것이었다.

민재는 얼음조각처럼 굳어 있었다. 경악에 찬 표정으로.

"아……."

망했다. 세훈이 이마를 짚었다.

"오, 오빠?"

단영이 자리에서 벌떡 일어났다.

모두가 실성한 가운데 하준만이 태연스러웠다.

민재 속을 박박 긁을 심산으로 맞잡고 있던 단영의 손을 허공으로 들어 올려 휘휘 흔들어 보이기까지 한다. 제대로 작정한 것이다.

"이거…… 실화냐?"

망연자실한 민재는 곧 울음을 터트릴 기세였다.

"내가, 어떻게, 어떻게, 키운 딸인데! 와, 나. 술이 확 깨네?"

그러다 결국, 터졌다.

"난, 너 저 새끼한테 못 줘! 안 줘! 야, 도하준! 그 손 안 놔?"

민재가 대놓고 삿대질을 하자 하준은 눈썹을 구기며 불쾌감을 드러냈다.

"야. 듣다 보니까 기분이 좀……."

하준이 말을 채 잇기도 전에 민재가 빠른 걸음으로 다가왔다.

"단영아 다시 생각해 봐. 저 딱딱한 놈이 뭐가 좋다고 그래!"

"오, 오빠……."

민재는 인정사정 봐주지 않고 단영의 어깨를 흔들었다.

"도하준은 애정 표현이라고는 쥐뿔도 모르고 살아온 놈이라고! 너, 홀린 게 분명해. 도하준한테 사랑한다는 말 들어 본 적 있어? 없잖아!"

"있는데……."

"거짓말하지 마! 이 오빠 앞에선 애써 그런 말로 포장하지 않아도 돼! 너 저런 놈이랑 살면 뒷방 신세 되는 건 시간문제라니까? 얼굴 하나 믿고 시집가면 큰일 난다고! 얼굴 좀 부족하고, 능력 없더라도! 평생 너 하나만 좋아해 줄 사람 만나서 행복해야지! 긴 시간 이어 온 정에 헷갈려서 평생을 잃으면 못써!"

언젠 도하준 같은 남자 없다며. 능력 있는 남자가 최고라며…….

"오, 오빠 나 어지러워……."

계속해서 앞뒤로 흔들린 탓에 단영은 어지러움을 호소했다.

"야, 애 죽는다. 그만 놔라."

하준이 나지막하게 엄포했다. 그러자 민재는 조용히 찌그라져 있으라는 듯 하준을 흘겼다. 하지만 세게 잡고 있던 단영의 어깨를 놓아주는 것도 잊지 않았다.

"자, 말해 봐. 진짜 저놈한테 시집갈 생각이야?"

"응."

"너 지금 말에 망설임이 너무 없었는데?! 오빠 속상하게?"

"좋아하니까 그렇지……."

"그, 그럼 저놈도 너 사랑한대?"

"응."

단영이 수줍게 웃으며 말했다.

"허, 참, 와, 하, 하, 참 나! 그 수줍은 웃음은 또 뭐냐? 와, 씨 나 소름 돋았는데?"

"내 웃음이 뭐가 어때서!"

사랑에 빠진 단영의 모습은 온데간데없었다. 되레 발끈했다.

"……."

잠시 정적이 흘렀다.

"야. 다른 놈한테 시집보내는 것보단 도하준이 훨씬 낫잖아. 흥분하지 말고 이성적으로 생각해."

구원자와 같은 세훈이 힘을 보태자 민재가 움찔, 몸을 떨었다.

"그건 그렇지만."

"저번에 최단영 의사한테 차였을 때를 생각해 봐."

암암리에 금기로 지정된 사건이 기어코 언급되고 말았다. 단영과 민재의 바싹 얼어붙은 눈빛이 세훈에게로 날아들었다.

"지금 뭐라고?"

하준의 낮게 잠긴 음성에 세훈마저 얼어붙었다.

"다시 말해 봐. 누가 누구한테 차였다고?"

날 선 어투였다. 하준의 살벌한 눈빛 덕분에 그 아무도 입을 벙긋하지 못했다.

"아하하. 그럼 두 분 결혼 진심으로 미리 축하드립니다. 어? 시간이 벌써 이렇게 됐네? 야, 오세훈 빨리 가자. 축구 시작하겠다."

직감적으로 심각해진 분위기를 읽어 낸 민재는 누구보다 빠르게 태세를 전환했다.

"어, 어. 그러네."

세훈도 마찬가지였다. 엉거주춤한 자세로 의자에서 엉덩이를 떼어 냈다. 잘잘못을 가릴 때가 아니었다.

그러나 단영은 달랐다. 그녀는 세상 경악한 표정으로 세훈과 민재를 찢어 죽일 듯이 바라보았다.

정말 나만 두고 갈 거야? 진짜로?

하나밖에 없는 딸 같은 여동생이라며?

누구보다 아낀다며!

나도 데리고 가!

단영은 간절한 눈빛을 쏟아 냈다.

"미, 미안하다……."

그러나 돌아온 대답은 가히 절망적이었다. 그들은 절레절레 고개를 내저으며 단영의 명복을 대신 빌어 주었다.

"도하준. 나는 딸이 좋더라."

"난 아들."

선발자는 민재였고, 후발자는 세훈이었다.

누구보다 빠른 속도로 자리를 정리한 세훈과 민재는 마지막까지 단영의 속을 뒤집어 놓은 채 사라졌다.

"……."

다시 찾아온 반갑지 않은 정적이 서늘하게 감돌았다.

"변명할 기회, 딱 3분 준다."

갑의 위치에 선 하준은 어디 한번 들어나 보자는 식으로 다리를 꼬았다.

"그게, 그러니까……."

단영은 눈동자를 이리저리 굴려 가며 잔머리를 풀가동시키려 애썼다.

하준은 느긋했지만 결코 쉬이 용납하지 않겠단 듯 엄한 눈빛으로 단영을 직시했다.

"그러니까……."

아무것도 떠오르는 것이 없다.

하준이 식탁 위에 팔을 올려 턱을 괴자, 공포는 극한적으로 다가왔다.

"됐어."

별안간 그가 짧게 웃었다. 살짝 겁만 주고 그만둘 생각이었는데 생각보다 훨씬 겁에 질려 버린 단영이 귀엽게 느껴졌다.

"어?"

"됐다고. 그만해도 돼."

벙찐 단영이 눈을 동그랗게 뜨자 하준은 손을 들어 탁탁, 제 허벅지를 쳤다. 가까이 오라는 뜻이다.

"……"

저건 또 무슨 심보지. 단영은 의심스러웠으나 주춤주춤 하준에게 가까이 다가섰다.

"더 가까이 와."

다시 또 주춤주춤.

"더."

더는 가까워질 수 없을 만큼 다가갔다. 밀착된 거리에 언뜻 긴장이 되려던 찰나였다. 그가 단영의 손목을 잡아 내렸다.

"으앗!"

그러자 단영은 속수무책 그의 허벅지 위로 가뿐히 안착했다.

"오, 오빠. 이건 너무……."

"왜."

"야하지 않나?"

"뭘 벌써부터 야하대. 이제부터 더한 짓도 할 건데."

하준은 의미심장하게 웃으며 단영의 얇은 허리를 확 당겨 안았다.

"엄마야!"

놀란 척, 낯부끄러운 척하면서 내심 좋아하는 게 다 보였다. 곰 같기도 하고, 여우 같기도 하다.

"그럼, 이제 화 다 풀린 거지?"

단영은 하준을 물끄러미 내려다보며 물었다.

"글쎄……."

그의 입술이 언뜻 호선을 그렸다. 단영을 올려다보는 눈빛에 다정함이 스쳤다.

"누구 남자인지는 몰라도, 고놈 참 자알—생겼다."

단영은 푸스스 웃으며 하준의 두 뺨을 감쌌다. 그의 뒷머리를 만지작거리다 그의 입술 위로 살포시 입술을 포개었다.

살짝 닿았다 떨어질 정도로 가벼운 입맞춤이었다. 놀란 하준의 눈이 일순 크게 떠졌다.

하지만 그것도 잠시뿐이었다. 슬쩍 내리깐 그의 눈동자가 깊어졌다.

"최단영."

"응?"

"가자."

"어딜?"

"마저 혼나러."

저 오빠가 지금 뭐래.

단영이 무어라 항변해 보기도 전에 벌어진 일이었다.

하준은 가뿐하게 단영을 들어 올렸다. 그대로 직행한 곳은 침실이었다.

"으앗! 뭐 하는 거야!"

품에 안겨 버둥거리던 단영이 침대로 조심스레 기울어졌다. 하준은 단영을 눕힌 뒤 한참 동안 말이 없었다.

무방비한 모습으로 자신을 올려다보는 그녀가 그저 황홀하다.

새하얀 침대 위를 채색하듯 흩뿌려진 머리카락이 예쁘다.

수시로 떴다 감았다를 반복하는 기다란 속눈썹조차 예뻤다.

긴장감에 굳은 듯, 그러나 애써 위로 올라가는 입술 선도 예뻤다.

"예쁘네."

뭐 하나 빠짐없이 예쁜 너를 가두고 있는 내 모습은 어떨까.

묻고 싶다.

"오빠도."

"나도?"

424

"응. 예뻐, 지금 모습."

언뜻 달콤한 향이 코를 간지럽혔다.

하준이 쏟아져 내렸다. 누가 먼저랄 것도 없이 입술을 탐했다. 탐하고, 탐하고 또 탐했다. 혀끝을 간지럽히고 입 안 곳곳을 훑어가며 제 것이라는 증표를 깊게 남겼다.

입맞춤은 더욱 농밀해졌고, 그만큼 더 뜨거웠다. 턱에 통증이 느껴질 정도로 그들은 아껴 둔 욕구를 뿜었다.

숨이 벅찼다. 감정이 벅찼다. 끝내 거친 숨결이 토해졌다. 단영의 허리에서 머물고 있던 하준의 손길이 점점 위로 향했다. 보드라운 살결이 비단결 같다.

소스라치게 아찔한 감각에 눈을 질끈 감고 있던 단영은 급하게 하준의 팔을 찾았다. 근육 잡힌 팔이 믿음직스럽게 기둥 역할을 자처해 주었다.

방의 온도는 서늘하기만 한데, 왜 이렇게 열감이 느껴지는 건지 도통 모를 일이다.

"좋다. 좋아서 미칠 것만 같아, 오빠."

단영은 웃으며 말했다.

"오빠."

"왜."

"안아 줘."

적극적인 단영의 모습은 이례적이라 하준은 손을 멈칫했다.

"빨리, 빨리……."

애원하듯 하준의 목덜미를 잡아끌었다.

"잠깐."

하준은 힘을 준 팔을 세웠다.

"취했어?"

도리도리. 단영은 세차게 고개를 흔들었다.

하준의 직선적인 시선이 단영의 또렷한 눈에 박혀 들었다. 확인을 끝낸 하준에게 망설임이란 없었다.

그대로 단영을 덮고 있던 천 조각을 하나둘씩 벗겨 냈다.

일말의 빈틈조차 없이 꽉 붙었다. 들쑥날쑥하는 가슴팍은 여전히 강렬하게 뛰었다.

키스하며 서로에게 끊임없이 사랑을 말했다.

오랜 시간을 함께한 우리는 마침내 증명했노라고.

두 번 다신 없을 사랑과

기어코 이뤄 낸 기적을.

그래서 더욱 소중하고, 그랬기에 더욱 벅찬 너와 나의 모든 순간을.

함께할 수 있음에 더없이 감사하다고.

그의 손길이 닿고, 그녀의 입술이 닿았다.

떨어지기 싫어하는 아이처럼 매달리고, 해도 해도 모자랄 만큼 안아 주었다.

"최단영."

하준이 거친 숨을 겨우 다잡아 가며 말했다.

"단영아."

건조하게 갈라진 음성이었다.

"사랑해."

나른한 시선이 쏟아졌다. 정신이, 정신이.

"사랑, 한다."

……아늑해진다.

60화

절로 눈이 떠졌다. 일어나는 일은 항상 버거웠는데, 어쩐지 가뿐하게 떠졌다. 몸도 개운했다. 하지만 단영은 이유 없이 따뜻한 이불 속으로 더 깊이 파고들었다. 다시 눈을 감았다.

"……."

머리 뒤를 받치고 있는 탄탄한 팔. 근육이 잘 잡혀 있는 상체. 그리고 살아 있음을 느끼게 해 주는…… 그의, 온도. 행복했다. 얼마 만에 느껴 보는 평화인지 모른다. 깨어나고 싶지 않았다.

부드러운 미소를 머금고 있던 단영이 한쪽 눈꺼풀을 슬쩍 밀어 올렸다.

"어…… 일어났어?"

하준과 눈이 딱 부딪쳤다. 단영이 놀라 묻자 그가 작게 웃는다.

"옆에서 계속 꼼지락거리는데 잠이 오겠냐."

약간의 쇳소리가 긁혀 나왔다. 은근하면서도 나지막한 그 목소리가 고막을 간지럽게 한다. 여전히, 듣기 좋다. 단영은 살풋 웃었다.

"미안, 미안. 더 자. 오빠 오늘 쉬는 날이잖아."

"너는 출근하는 날이고. 일어나. 밥 먹게."

하준이 이불을 걷어 내려는 찰나였다.

"괜찮대도? 나 원래 아침은 패스하는 거 다 알면서 뭘."

억지로 이불을 빼앗아 간 단영이 다시 하준에게 덮어 주려 했다. 하지만 쉽게 손목을 잡혀 버린 덕분에 그마저도 무리였다.

"막상 차려 주면 잘 먹잖아."

복스럽게.

"괜찮아. 진짜 괜찮아. 오늘은 오후 출근이기도 하고, 느긋하게 준비해도 돼."

"……."

하준의 눈가가 미약하게 구겨졌다.

"혼자 먹기 싫어서 그래. 이렇게까지 하는데 같이 좀 먹어 주지?"

저렇게 나온다면, 어쩔 도리가 없다. 거절할 핑계를 찾지 못한 단영이 고개를 끄덕였다. 그렇게 이불을 치워 내려는데.

"어, 어……."

멈칫했다. 단영은 일시 정지가 되어 버린 상태로 눈동자를 굴렸다. 아아. 난감하다.

"왜."

아니, 그게 아니라……. 저 인간은 뭔데 당당해?

단영은 눈을 어디에 두어야 할지 몰랐다. 침대에서 내려온 그는 검은색 스판덱스 속옷 차림이 전부였다.

어두운 저녁도 아니고 밝은 데서 목격하게 되니 참으로 거시기하고 거시기했다. 솟구치는 민망함에 단영은 그만 고개를 푹 떨구고 말았다.

"아."

뒤늦게 눈치챈 하준은 허탈하게 웃었다.

"미안. 옷 갈아입고 올게."

단영은 어색한 미소를 걸치며 그러라 했다. 드레스 룸으로 사라진 하준은 얼마 지나지 않아 다시 등장했다. 곱게 접어 둔 반팔과 반바지를 들고서.

단영은 이불을 최대한 턱 끝까지 끌어와 당겼다. 또 다른 문제는 그녀 역시 속옷 차림이었다는 것이다.

"옷. 여기에 두면 되지."

침대 위에 고이 올려 두며 그가 시선을 올리자, 단영은 어깨를 바짝 움츠렸다.

몇 차례 경험해 봤지만, 늘 떨리고 부끄럽다. 불빛 하나 없는 어둠 속에서조차 부끄러운데 지금은 오죽할까. 그것도 무려, 정신이 홀딱 되살아나는 아침에.

"미치겠네……."

하준은 혼잣말하듯 낮은 음성으로 중얼댔다.

다시금 눈이 부딪쳤다. 뜨거운 용암을 담고 있는 눈빛과 잘게 떨리는 연약한 눈동자가 정통으로 박혀 들었다.

"안 되겠다."

그 말을 끝으로 하준은 단영의 손에 생명줄처럼 쥐어져 있는 이불을 확, 잡아당겼다.

"으악!"

덕분에 속옷 차림이었던 여리한 몸이 온전히 드러났다. 하준은 그제야 만족하는 듯 보였다. 망설임 없이 그녀의 위를 점령했다.

"보지 마!"

"손 치워."

하준의 눈에는 다리를 배배 꼬고 가슴팍을 팔로 사수하고 있는 단영이 귀엽게 보일 뿐이다.

"안 돼! 뱃살 조금만 더 빼고 보여 줄게!"

부끄럽다 말했더라면 이해라도 하겠는데.

"아, 자신 있을 때 보여 주겠다고?"

최단영은 특이 체질이 분명하다.

"또…… 또 하게?"

"……."

단영은 내리깔린 검은 눈동자를 피할 수 없었다. 쏟아져 내리는 날렵한 눈빛에 단영은 꼴깍, 마른침을 삼키며 떨리는 눈으로 하준을 올려다보았다.

"오, 오빠……."

"원하면, 안고. 싫으면. 아니다. 그냥 싫어하지 마."

그가 장난스럽게 웃었다.

침묵을 긍정이라 멋대로 단정 지은 하준은 팔을 단영의 등 뒤로 쑥 넣었다. 두 손가락 사이로 브래지어 후크가 잡혔다. 탁, 풀어지기만 하면 끝나는 순간. 그녀가 두 팔을 올려 하준의 목덜미를 감싸려는 그 순간이었다.

띵동—

헉. 놀란 단영이 하준의 가슴 근육을 밀쳐 내며 벌떡 일어났다.

"누, 누구야?"

"올 사람 없는데."

당혹스러워하는 단영과 달리 하준은 불쾌하다는 표정으로 인상을 찡그렸다. 15초가량의 시간이 흐르고, 초인종은 다시 한번 울렸다. 택배나 출장 세탁 배달원이었다면 부재 시 전화가 올 텐데 그쪽은 아닌 모양이다.

하준은 머리를 쓸어 올리며 상체를 똑바르게 세웠다.

"넌 여기서 기다려. 나오지 말고."

그녀가 아직 속옷 차림이라 신경 쓰인 거였다. 단영은 적잖게 긴장한 듯 놀람이 채 가시지 않은 얼굴로 고개를 끄덕였다.

거실로 나온 하준은 가장 먼저 인터폰 화면부터 확인했다.

"아……."

찾아온 손님의 정체를 두 눈으로 확인하게 된 하준은 낮게 탄식했다.

"누구야?"

주섬주섬 옷을 갈아입고 나온 단영이 그의 뒤에 바짝 붙어 서서 까치발을 들었다. 하준의 큰 키에 가려져 잘 보이지 않았다.

"……."

하준은 말이 없었다. 골치가 아픈지 미간을 좁혔다. 답답한 나머지 단영은 그의 어깨를 살짝 밀쳐 내고 인터폰 화면을 확인했다.

"어? 아……."

정신이 멍했다.

이런 전개가 있었던가?

상상조차 못 했다.

"어, 어떡하지?"

단영의 음성이 파르르 떨렸다. 하준은 잠시 고민하는 듯하더니 별일 아니라는 투로 대답했다.

"나는 상관없는데."

"뭐? 지금 상황은 누가 봐도 상관있거든? 것도 엄청?"

단영은 정신이 혼미했다. 세상에. 맙소사. 엉킨 머리를 꽉 움켜잡았다.

전지전능하신 모든 신들이여. 이게 진정 가능한 일입니까? 아니, 불가능할 것도 없지. 아들 집인데.

준비할 시간은 턱없이 부족했다. 예전엔 아줌마였던 분이 아니, 지금은 시어머니가 될 분이 저렇게 떡하니, 보란 듯이 서 계시는데 언제 씻고 언제 단장하고 언제 맞이하겠는가.

그뿐만이 아니다. 아직 양치도 못 했고, 머리단장도 못 한 탓에 부스스한 몰골이 말도 아니다.

하물며 당장에 입고 있는 옷은 또 어떻고?

여의치 않게 하준의 옷을 빌려 입게 되었지만, 반팔은 허벅지 밑까지 내려오고, 반바지는 두 번이나 접어 올렸지만 정강이를 가릴 정도로 크다.

"하하……."

너무 기가 막히고 코가 막히고 어이가 없어서 헛웃음만 새어 나왔다.

"……."

단영은 급한 대로 눈곱부터 떼자 싶었다. 얼굴 이곳저곳 손을 문대며 마른세수를 강행해 봤으나, 이제 막 자다 깬 모습이 깔끔해질 리가 있나.

"오빠……."

망연자실한 단영은 지금 당장 필요한 것은 텔레포트가 아닐까 진지하게 생각했다.

"……."

하준은 시선을 틀어 단영의 상태를 확인했다. 정수리부터 발끝까지 천천히 훑어 내렸다.

"어……때? 심각하지?"

애써 헤벌쭉, 단영은 바보처럼 미소 지었다.

최대한 정감 가도록 화—알짝.

"예쁜데."

"……."

그래. 콩깍지 한 열댓 개쯤 씐 이 남자에게 말해 본들 무슨 소용이 겠어. 그래도 기분은 썩 나쁘지 않다. 단영은 히죽 올라서려는 입술을 가까스로 끌어 내렸다.

"일단, 전화로 나중에 다시 오라고 말씀드릴게."

"그래도……."

"내 눈엔 충분히 예쁜데 일어난 지 얼마 안 돼서 너도 정신없을 것 같고, 내 쪽보단 너희 어머니께 먼저 알리는 편이 순서적으로도 맞는 것 같다."

"……."

"무엇보다, 너 아직 준비 덜 됐잖아."

아줌마를 시어머니로 맞이할 마음의 준비.

별 뜻 없는 말인데 그게 뭐라고 감동이 되는 건지. 하준의 배려심은 가끔씩 지금처럼 큰 감동을 선사하곤 했다.

그래서 더 무모해지고 싶다. 그는 묘한 힘을 가진 남자다. 부족한 용기를 더한 무모함으로 바꿔 주는, 참 신기한 사람.

"미안하다. 원래 연락 없이 무턱대고 찾아올 분은 아닌데, 요즘 사건 때문에 걱정 많이 되셨던 것 같네."

하준이 이유 없이 제 어머니라 감싸는 것은 결코 아니었다. 그 부분은 단영이 훨씬 더 잘 알고 있었다. 그가 독립을 선언한 이후부터 하준의 집을 제집처럼 들락날락하는 동안 단영은 단 한 번도 그의 어머니를 마주친 적이 없었다.

그 말은 즉, 그가 먼저 본가에 들르지 않는 이상 어머니가 먼저 찾아오는 일은 없었다는 뜻이다. 자신의 공간을 허락 없이 들쑤시는 걸 유난히 싫어하던 하준이었다.

아주머니는 아무리 가족이라 할지라도 예의에 어긋나는 무례함을 단한 번도 당연하게 생각 않던 분이셨다. 하준의 성격, 성향들은 가정 환경 덕분이 컸다.

"침실에 들어가 있어. 전화하고 올게."

"오빠, 잠깐만."

아무리 그래도 그렇지. 밤낮으로 걱정되는 마음을 참고 참다가 겨우겨우 찾아오셨는데. 단영은 이대로 아주머니를 돌려보내는 것은 옳지 못한 행동이라 생각했다.

"나 얼른 들어가서 준비할게. 어제 입던 옷 입으면 돼. 대신, 아주머니께 잘 말씀드려 줘. 난 어제 밤샘 작업으로 피곤해서 손님방에서 잔 거야. 알겠지?"

그 정도면 아주머니도 이해해 주실 거다. 분명히. 지금 당장은 그렇게 되길 바랄 수밖에 없었다.

"인사는 너희 어머니부터……."

"지금 순서 정하는 게 문제가 아니잖아. 어차피 우리 엄마는 부산에 계시고…… 당장은 급한 일부터 우선적으로 처리하는 게 맞아. 그게 맞는 것 같아."

단영은 최대한 침착하게 보이려 애썼다. 그 모습이 의외라는 듯 하준은 물끄러미 단영을 응시했다.

"다 컸네."

너무 놀라면 무서울 정도로 침착해진다는 말도 있지 않던가. 딱 들어맞는 말이다.

"몰랐어? 나 요즘 오빠 닮아 가나 봐. 어쨌든 빨리 방 들어가서 준비해 볼게. 화장실은 방에 있는 거 대충 쓴다? 최대한 시간 좀 끌어 줘. 이참에 아줌마랑 길게 대화도 하고 그래. 안 그러시는 척해도 엄마들은 다 똑같아. 속으론 서운해하신단 말이야."

"알겠어. 그렇게 해 볼게."

그 말을 끝으로 단영은 후다닥 침실을 향해 달렸다.

"연락 정도는 하고 오셨어야죠."

하준은 연수가 들고 있던 짐을 대신 받으며 집 안으로 안내했다.

"요즘 내내 연락 없던 쪽은 너 아니었니? 뉴스며 신문이며 난리도 아니기에 걱정돼서 수십 번 고민하다가 온 거야. 너무 그렇게 면박 주지 마."

연수는 밉지 않게 하준을 흘기며 신발을 벗었다. 그러는 도중 그녀의 눈에 낯선 신발이 포착됐다.

"……누구 왔어? 보아하니, 여자 신발인 것 같은데. 만나는 여자라도 생긴 거야?"

반가움 반, 호기심 반. 연수는 잔뜩 희망을 품고 있는 눈빛으로 하준을 올려다보았다.

"단영이 있어요."

"단영이?"

연수의 눈이 동그랗게 커졌다. 대화 흐름이 애매해서 더 놀랐다.

"네. 밤새도록 작업하는 모습이 안쓰러워서 억지로 자고 가라 했습니다."

하준은 단영이 알려 준 그대로 말했다. 덤덤한 그 모습이 너무나 태연스러워서 연수는 하마터면 그래? 하고 아무렇지 않게 넘어갈 뻔했다.

"아무리 어릴 때부터 봐 왔다 해도 그렇지. 다 큰 성인인데, 너무 경계심이 없는 거 아니야?"

"일단 들어오세요. 현관문 앞에서 나눌 대화는 아니잖아요."

"하여튼. 예나 지금이나 무뚝뚝하기는……."

실내용 슬리퍼로 갈아 신은 연수는 혀를 차며 집 안으로 들어섰다. 자연스럽게 아들의 집 안 풍경부터 살폈다.

평범한 다른 집 아들들처럼 지저분한 모습이라도 있었으면 폭풍 잔소리와 함께 대신 치워 주는 시늉이라도 보였을 텐데, 어떻게 된 놈이 애정 쏟을 틈을 안 준다.

"너, 혹시 가사도우미 고용하니?"

가정부를 고용한다는 말이 더 신빙성 있을 만큼 깨끗했다. 먼지 하나 없이 완벽했다. 도움 없이 잘만 사는 아들의 집을 보니 연수는 울적했다.

"아니요."

하준은 거실 소파로 연수를 에스코트했다.

"아침은 드셨어요?"

"응. 너희 아버지랑 같이 먹고 왔어."

"아버지는 안 오셨네요. 함께 오실 줄 알았는데."

"픔. 말도 마라, 얘. 안 그래도 그 양반이 아침부터 같이 가자 노래를 부르기에 절대 싫다 했으니까. 너희 아버지 자리 가리지 않는 걸로 유명하잖니. 너 쉬어야 하는데 괜히 또 귀찮게 굴까 봐 떼어 놓느라 고생 좀 했어."

하준의 부친은 무척이나 호쾌한 편이었다. 하준과 닮은 데라곤 조각 같은 외모와 장신의 키뿐이었다. 수다스러웠고, 늘 사랑이 넘쳤다. 오히려 침착하고 과묵한 하준의 성격은 모친인 연수의 영향이 컸다.

"단영이 있는 줄 알았으면 데려올 걸 그랬어. 너희 아버지가 단영이 싹싹하고, 말동무 잘해 준다고 얼마나 좋아하는데. 너 대학생 때까지만 해도 자주 놀러 오던 애가 요즘은 도통 보이질 않는다며 서운해하시더라. 아들 달랑 하나 있어서 그런지, 나이를 먹어서 그런 건지. 요즘 부쩍 더한 것 같아."

어머니가 아버지와 동행했더라면 차라리 더 좋았을지도 모른다. 단영은 연수보다 하준의 부친과 더 가까운 편이었다.

어린 나이일 때부터 아버지의 부재가 컸기 때문에 그런 걸지도 모르지만, 둘의 궁합은 꽤 좋았다.

"안 본 사이에 수다스러워지셨네요."

"반가워서 그런다. 왜, 불만이야?"

하준은 말없이 미소 지었다.

"좋아 보여서 그러는 겁니다."

"그나저나 단영이는? 아직 자니?"

"저희 둘 다 방금 일어났어요. 단영이는 바로 준비하러 갔고요."

"어머. 그래? 나 때문에 깬 거야?"

"아니라고는 말 못 하겠습니다."

"이걸 어째……. 단영이가 많이 불편해하겠네."

연수의 낯빛에 미안한 기색이 감돌았다.

"지금 저조차도 당혹스러운데 오죽하겠어요."

조목조목 따져 봐도 살가운 면은 도통 찾아볼 수가 없다. 삭막한 태도는 익숙했지만, 연수는 슬쩍 하준을 째려보며 화제를 돌렸다.

"일은, 잘 해결된 거지?"

"네."

"다행이네. 그럼, 만나는 여자는?"

당연히 없겠지. 물어봐서 이득 볼 것은 없었으나, 혹시나 싶은 마음으로 흘러가듯 물었다.

"있습니다."

"뭐? 정말?"

여느 때보다 고대해 온 소식이었다. 연수는 손으로 입을 가린 채 소녀처럼 웃었다.

"어떤 아가씬데?"

"……."

"엄만 집안 배경 너무 잘난 아가씨는 좀 그렇더라. 부담스러워서……. 잘난 건 너 하나로도 충분하니까 성격만 싹싹하면 될 것 같아."

연수는 하준이 대답할 시간도 주지 않았다. 본래 말이 많은 편은 아니었으나, 오래 연락이 없던 아들에게 하고픈 말이 꽤 많았던 모양이다. 더군다나 여느 때보다 반가운 소식이었으니 말 다 한 것이다.

"그런데 집에 단영이 있어도 괜찮은 거야? 예전이라면 모를까, 지금은 여자 친구도 생겼다며. 애인이 신경 쓰여 하면 어쩌려고 그래."

"……."

……이걸 어쩐다. 하준은 고개를 숙여 웃음을 참았다.

연수가 한껏 기대에 부푼 표정으로 어서 더 자세히 말해 보라며 하준을 재촉하려는 때였다.

"아, 안녕하세요, 아줌, 머니!"

아줌마도 아니고 어머니도 아닌, 그 중간쯤. 낭랑한 음성에 연수와 하준의 시선이 움직였다.

단영이 등장한 것이다.

쭈뼛쭈뼛 걸어와 두 손을 가지런히 배꼽 위에 얹고선 기다란 머리카락이 발가락에 닿을 정도로 허리를 꾸벅 숙여 보이며 평소보다 훨씬 더 활기차게 인사했다. 굉장한 예의였다.

적잖게 긴장한 모양인데…….

그 모습이 어쩐지 귀엽게 느껴져 하준은 끝내 피식, 하고 실소를 터트렸다.

"어, 단영아! 너무 오랜만이다."

연수가 반갑게 단영을 맞았다. 예상 밖인 인자한 낯빛에 오히려 당황한 쪽은 단영이었다.

"그리고 어머니가 뭐니, 새삼스럽게. 그냥 예전처럼 편하게 아줌마라고 불러."

"하하…… 네."

아, 실패다. 은근슬쩍 반응 보려고 했는데. 단영은 속으로 끙, 앓았다.

"그동안 잘 지냈어?"

"그럼요! 저, 저는 너무 잘 지냈죠! 아주머니는요?"

어쨌든 굳은 얼굴은 아니라 다행이다. 긴장이 한풀 꺾인 단영은 활짝 웃으며 답했다.

"나야 뭐. 너희 없어서 그저 외롭지. 벌써 몇 년이나 지났으니 익숙해질 만도 한데, 떠들썩한 집 안이 적적하니 이상해. 그때가 그립기도 하구."

"정말요?"

아직까진 느낌이 좋다.

"그럼. 아저씨도 너 되게 보고 싶어 하셔. 언제 한번 놀러 와. 알겠지?"

"히히. 네! 꼭 갈게요."

"그래, 맞다. 밥은 먹었니? 아줌마가 밥 차려 줄까?"

아, 아닌가? 지속적으로 번지 점프를 하는 기분이다.

"아뇨, 아뇨! 괜찮아요!"

단영은 서둘러 손사래 쳤다. 그러자 연수는 서운하다는 듯 말했다.

"왜? 예전엔 아줌마가 해 주는 밥 맛있다고 그랬잖아."

"그, 그게 그러니까."

어찌 시어머니 될 분에게……. 제가 감히……. 단영은 곤란해서 죽을 맛이었다.

"아줌마 지금 좀 서운하려고 그런다? 요 근래 못 봤다고 금세 멀어진 거야?"

"에이, 그런 거 아녜요. 저도 다 컸는데, 받은 만큼 대접해 드려야죠. 저 이번에 월급도 많이 들어왔어요."

"포토그래퍼였던가? 그, 왜. 사진 찍는 일 맞지? 너무 낭만적이다, 얘."

하하핫…… 낭만이랄 것까진 없는데. 단영은 멋쩍게 웃으며 다음 말을 삼켰다.

"아줌마는 정말 칭찬해 주고 싶어. 좋아하는 일 하면서 돈 버는 게 어디 쉬운 일이니? 그것도 복이다, 너?"

"감사합니다. 더 열심히 할게요. 언제 시간 되세요? 신세 진 것도 많고, 좋은 곳으로 모실게요."

"으이구. 신세는 무슨 신세. 너마저 다 컸다 말하면 아줌마 속상하다. 넌 조금 더 철부지 같아도 돼. 하준이가 처음 데려왔을 땐 걱정이 이만저만이 아니었는데, 지금은 괜찮아. 이젠 우리도 가족이라 생각하고 있어. 벌써 알고 지낸 시간만 몇 년이니. 정이 안 들래야 안 들 수가 없지."

"하, 하……."

단영은 그저 뻣뻣했다. 가족, 가족, 가족. 자꾸만 그 단어가 머릿속을 점령했다.

이건 뭐, 좋아해야 하나, 말아야 하나. 웃어야 할까, 울어야 할까. 머릿속이 엉망진창이다.

슬쩍 눈동자를 굴려 뒤에 앉아 있는 하준에게 눈짓했다. 어떻게 좀 해 봐라. 애원 섞인 눈빛으로 케어 요청을 해 봤으나, 하준은 입술 끝을 당겨 말없이 미소 짓기만 할 뿐이다.

아아, 넌 속 편해서 좋겠다. 어머니와 내가 다정한 모습 보여 참도 마음 편하겠다.

"얼굴 봤으니 됐다. 너희들 피곤할 텐데 얼른 들어가 쉬어. 엄만 그만 가 볼게."

"벌써요?"

단영의 눈이 휘둥그레 떠졌다.

"응. 저놈 성격에 버티고 있으면 퍽이나 좋아라 하겠다. 단영아 너희 오빠 장가 빨리 갈 수 있도록 옆에서 잘 챙겨 주고 그래. 쟤 여자 생겼다더라."

"아……."

이, 이대로는 안 된다. 연수는 떠날 채비를 하고 있었다. 어차피 고생하며 반찬 챙겨 와 봤자 먹지도 않을 것 다 안다며. 알아서 잘 챙겨 먹으라며. 시간 편할 때 본가 들러서 아버지 얼굴 보고 가라며. 전할 말을 끝낸 연수가 소파에서 엉덩이를 떼어 내려는 찰나였다.

"자, 잠시만요!"

단영이 성급하게 손바닥을 펼친 채로 팔을 뻗었다.

"응?"

연수가 더 할 말이 남았느냐는 표정으로 단영을 응시했다.

그래, 프러포즈까지 한 마당에 무서울 것이 뭐가 있으랴.

최단영. 이곳이 바로 너의 무덤이 될지어다.

눈 꽉 감고!

두 주먹 꽉 쥐고!

최단영이. 자존심의 대가. 황소고집이라 자부해 온 그 최단영이.

"어머니!"

……무릎을 꿇었다.

"다, 단영아!"

441

당황한 연수는 입을 떡 벌렸고.

"최단……!"

그보다 더 놀란 하준은 눈을 크게 뜨며 자리를 박차고 일어섰다.

"단영아! 얼른 일어……."

연수가 서둘러 걸어와 단영의 팔을 잡아 일으키려 했으나, 단영은 보란 듯이 큰절부터 냅다 내질렀다. 쿵―! 거실 바닥 위로 머리를 찧는 소리가 비장하게 울렸다.

"아드님을 제게 주세요!"

아아, 방년 스물여덟.

최단영. 넌 정말 시집 다 갔다.

61화

그러니까 지금으로부터 정확히 12년 전에 있었던 일이다.

"저, 진짜 괜찮은데……."

"아무도 너 안 잡아먹어."

볼품없이 구겨진 교복 차림. 단정하지 못한 구불거리는 긴 머리. 영양실조로 앙상하게 야윈 몸. 단영의 상태는 모르는 사람이 봐도 걱정할 만큼 심각했다.

단독 주택 대문 앞에 선 단영은 잔뜩 겁에 질린 얼굴로 하준의 손을 꼬옥 부여잡은 채 연신 우물쭈물 망설였다.

"저도 집 있어요."

"나도 알아. 너 집 있는 거."

"밥 먹으러 가자 했으면서 왜 집으로 왔어요? 저 아직 어른들은 불편하단 말이에요. 어떻게 대해야 하는지도 잘 모르겠고……."

중학생이었던 단영은 지금의 모습이 떠오르지 않을 만큼 내성적이고 소심했다.

단영이 입술을 잘근 감쳐물었다. 고개를 푹 떨군 그녀를 말없이 바라보던 하준은 묵직한 한숨을 흘려보냈다.

"어른들도 어른 나름이야. 처음 보는 사람들 앞에서 사정 말하기 충분히 어렵고 힘든 일이라는 거 나도 잘 아는데, 언제까지고 피할 수는 없잖아. 난 아직 경제적으로 보나 상황적으로 보나 널 보살펴 주기엔 이룬 게 없어서 한계가 있어. 그게 현실이야."

그가 차분히 말을 이어 갔다.

"우리 집에서 계속 같이 살자는 말이 아니라, 필요한 부분만 일시적으로 도움받으란 뜻이야. 넌 아직 미성년자고, 남동생은 더 어리잖아."

"……."

"너는 그렇다 쳐도 네 동생은 아니야. 반드시 경험 있는 어른의 손길이 필요한 시기라 성장에 결여되는 부분이 있어선 안 돼. 너희 할머니도 하루 종일 붙어 앉아 돌봐 주실 수 없는 입장이고. 어머니 와 연락이 닿을 때까지만, 그때까지만 도움받아."

"하지만……."

"그렇게 불편하면 가끔씩 놀러 온다고 생각해. 밤이 무섭고, 부모 님이 그립고, 함께 식사할 사람이 필요해지면 그때마다 와. 그런 걸 로 쓴소리하실 분들 아니야. 집 사정이 좋지 못했다면 모를까, 그 정 도 여유는 있어. 나도 나름대로 충분히 고려해 보고 하는 말이야."

하준은 이성적인 투로 툭툭 내던지듯 말을 뱉었다. 무감정한 얼굴과 다르게 속뜻은 참, 따뜻했다.

단영의 시선이 조심스럽게 위로 향했다. 어마어마하게 커다란 대저 택은 아니었지만, 흔히 말하는 잘사는 집이다. 마당이 있고, 개인 전용 주차장이 있고, 커다란 대형견이 두 마리나 있었다.

무엇보다 단영이 그렇게도 꿈에 그리던 2층집. 어린 단영조차 어림

잡아 짐작할 수 있었다. 서울 중심지에서 이만한 집에 사는 사람들은 대부분 남을 돕고도 남을 부자일 것이라고.

"가자."

하준은 현관문 앞으로 걸어가는 동안, 자연스럽게 문을 열고 신발을 벗는 동안에도 단영의 손을 놓지 않았다. 오히려 잡은 손에 더욱 힘을 실었다. 그래서 그랬는지도 모른다. 정신을 차리고 나서 보니 이끌리듯 그의 집 안으로 들어가고 말았다.

"하준이 왔니?"

"네."

"얼른 와서 밥……."

한걸음에 달려 나온 연수는 놀란 눈을 크게 떴다. 하준의 등 뒤에 숨어 있던 작은 체구의 단영을 발견했기 때문이다.

"아, 안녕하세요……."

단영은 서둘러 허리를 숙여 인사했다. 최대한 공손해 보이려 애썼다. 그러나 기어들어 가는 목소리만큼은 어쩌지 못했다.

"어어…… 아! 네가 그, 단영이니? 이름이 최단영. 단영이 맞지?"

단영은 어깨를 바짝 움츠린 채로 고개만 작게 끄덕였다. 연수는 이미 전화로 하준에게 상황을 대충 전해 들어 알고 있었다. 하지만 이렇게나 빨리 데려올 줄은 몰랐기에 당황한 것이다.

연수는 국내외 할 것 없이 사회봉사에 관심이 많았다. 특히 어린아이라면 사족을 못 썼다. 후원에 돈을 아끼지 않았고, 솔선수범하여 가진 것을 베풀었다.

유산만 총 세 번의 경험이 있었고, 어렵게 하준을 가졌다. 생명의 존엄함을 누구보다 잘 알고 있던 그녀였기에 하준에게 단영의 딱한 사정을 듣고 나서 모르는 척할 수 없었다.

더군다나 여자아이. 고작 외동아들 하나 둔 연수 입장에선 아무래도 좋았다. 무뚝뚝하고 정 없던 아들이라 베풀 줄 모르고 살 것이라 생각했기에 걱정이 많았는데, 처음으로 누군가에게 손을 내밀어 주었단 것에 감동했다. 충분히 기특했다.

"단영아, 반가워. 아줌마는 오빠 엄마야."

연수는 무릎을 굽히고 앉아 단영을 올려다보았다. 시선을 맞추고, 꼬박꼬박 단영의 이름을 소중히 불러 주었다. 인자하게 웃는 얼굴에 자연스레 잡힌 주름은 전혀 밉지 않다. 고왔다.

"누가 왔어?"

중후한 음성이 불쑥 끼어들었다. 주방에서 빼꼼, 얼굴만 내밀었다. 하준의 부친 한석이었다.

"여보! 얼른 나와 봐요. 단영이 왔어요."

부스럭부스럭. 소리가 요란했다. 한석은 보고 있던 신문지를 접어 식탁 위에 올려 두고는 괜히 조급하지 않은 척 걸어왔다.

"아, 안녕하세요……."

물끄러미 단영을 바라보던 한석은 뒷짐을 지고선 '그래.' 하며 간단히 답했다. 혹시라도 좋은 티를 내면 당황해할까 봐 어쩔 줄 몰라 하는 그의 속을 단영이 알 턱이 없었다.

"겁먹지 않아도 돼. 저 아저씨 생긴 건 무섭게 보여도 실은 엄청 딸바보거든. 낯을 가려서 그래. 아줌마가 오빠 낳았을 때 아들이라 되게 실망하셨어. 아저씨는 한국대 경영학과 교수님이셔. 학생들 가르치는 사람이야. 갖고 싶은 것 있으면 저 아저씨한테 졸라서 사 달라고 해. 알겠지?"

"아……."

꼼지락, 꼼지락. 단영은 차마 대답하지 못하고 시선을 내려 손가락을 매만졌다. 따뜻했다. 집 안에 인테리어 되어 있는 소품 하나하나. 흐르고 있는 온기 또한.

"여보. 뭐 하고 있어요. 얼른 가서 밥 푸고, 숟가락 젓가락 하나씩
더 올려요."

"아아, 그래."

한석이 다시금 사라지자, 연수는 미소 지으며 단영과 눈을 맞추었다.

"동생은?"

"……아직 학교에 있어요."

"그래? 그럼 이따가 오빠랑 같이 데리고 와. 동생 이름이 단태 맞
지?"

"네……."

단영이 얼굴을 주억거렸다.

"단태, 단영이. 이름도 예쁘네. 동생은 몇 살이야?"

"이제 막 초등학교 입학했어요."

"어머. 너무 귀엽겠다. 남자아이지?"

"네……."

그녀는 단영에게 자세한 사정은 묻지 않았다. 이미 전해 들어 알고
있을지도 모른다. 하지만 단영은 자신을 곤란하게 하지 않으려 애쓰는
그녀의 마음이 고마웠다.

"앞으로 자주 놀러 와. 아줌마가 맛있는 음식 많이 해 줄게. 할머
니가 불가피한 상황으로 집에 안 계실 때는 밤에 단태랑 둘이 잠들
기 무서울 수도 있잖아. 늦은 밤이든 새벽이든 상관없으니까 언제라
도 와. 알겠지? 아줌마랑 같이 자자."

하준과 입을 맞추기라도 한 듯 똑같은 말로 다독여 주는 모습에 하
마터면 눈물이 날 뻔했다. 그러는 와중에도 손을 놓지 않아 준 하준에
게 고마웠다.

"밤엔 위험하니까 꼭 오빠 부르고."

"……."

"아, 그리고 어머니 전화번호 좀 알려 줄래?"

"네?"

놀란 단영이 토끼 눈으로 연수를 바라보았다.

"다른 말은 하지 않을게. 그냥 우리가 잘 보살펴 주고 있을 테니까, 푹 쉬시다 오라고만 말할게."

그녀는 솔직했다.

"아줌마는 단영이가 엄마를 많이 미워하지 않았으면 좋겠어. 단영이네 엄마도, 엄마가 처음이라 그런 거야. 너무 십적으로 힘이 들어서, 잠시 숨 돌릴 틈이 필요해서 그런 거야. 반드시 돌아오실 거야. 그러니까 너무 걱정하지 마."

"……."

"엄만 절대 단영이랑 단태가 싫어서 도망친 게 아닐 거야. 어른들도 가끔씩 실수는 하거든? 아줌마는 단영이네 엄마와 비슷한 또래니까, 다 알 수 있어."

연수가 단영의 손을 꼬옥 잡았다. 따뜻한 온기가 전해졌다.

"그러니까 착한 단영이가 엄마를 조금만 이해해 주자. 할 수 있지?"

"네……."

"일찍 이해하는 법부터 가르쳐 주게 돼서 정말 미안해."

"아니요, 아줌마가 미안해하실 필요는……."

오빠도 그렇고, 아줌마까지. 어째서 처음 만난 사람에게 그런 친절을 베풀 수 있는 거예요? 요즘 같은 세상에, 엄마도 도망친 마당에 어떻게 이럴 수 있어요? 단영은 혼란스러웠고, 그보다 더 의심스러웠다.

"우리 아들을 믿어서 그래."

아, 그렇구나.

그녀는 하준을 믿고 있었다. 그래서 그런 거였다.

"다 그럴 만한 이유가 있었을 거라고 생각해."

"······."

"타인에게 폐 끼치지 말고, 남 도우며 얻은 만큼 베풀고 살라고 아줌마가 그렇게 가르쳤어. 귓등으로도 안 듣겠지 싶었는데, 이렇게 예쁜 천사를 데리고 왔네?"

나는 그저, 그에게 선택받았기 때문에.

그저 운이 좋았기 때문에.

방금 전까지의 불행은 흔적조차 없이 사라질 수 있었고, 생판 모르는 사람들에게 진심 어린 위로를 받을 수 있었다.

"제가, 꼭 갚을게요."

"뭐?"

"꼭 성공해서 이 은혜, 반드시 갚을게요."

다짐했다. 이 이상으로 욕심내지 않겠다고.

평생의 운을 가져다 썼으니, 정말 더는 바라지 않겠다고.

아주머니의 상냥함이 부담으로 변질되지 않도록.

고작, 열여섯 나이에 버거운 다짐을 약속했다.

'하준아. 단영이도 성인 된 지 한참 지났는데, 너도 슬슬 좋은 사람 만나야지. 단영이 이제 어린아이 아니잖아. 잘 컸고, 하고 싶은 일도 찾았으니까 그렇게까지 구태여 무거운 책임감 가질 필요는 없어.'

'어머니.'

'넌 충분히 할 만큼 했고, 벌써 서른이잖니. 엄마 슬슬 걱정되려고 해. 네가 어련히 알아서 잘하겠지만······.'

스튜디오로 취업한 지 한 달이 지나, 반가운 소식을 전하기 위해 하준의 집을 찾았던 그날. 문지방을 사이에 두고 본의 아니게 대화 내용을 엿듣게 되어 버린 그날. 다는 듣지 못했지만, 왠지 모르게 아팠다. 울컥울컥. 이유 모를 서러움이 목구멍을 찔렀다.

충분히 받을 만큼 받았기에 만족해야 하는데, 감사해야 하는데, 그 당시엔 가슴이 저릿한 이유를 몰랐다. 적어도 그 순간만큼은.

조금 더 깊숙이, 조금 더 많이, 조금 더 간절히 그들에게 소속감을 느끼고 싶었다.

아마, 욕심이 났나 보다. 감히 주제도 모르고.

나는 생각보다 훨씬 많이 그를, 그리고 그 사람들을 사랑하고 있었다.

당신은 모를 그 순간부터. 어쩌면 당신보다 훨씬 더 먼저.

무서웠나 보다. 두려웠나 보다. 언젠간 천천히 멀어져 갈 당신들의 뒷모습이.

"최단영! 일어나, 어서! 도하준! 넌 뭐 하고 있어, 단영이 안 일으켜 주고! 너희 진짜 엄마 화내는 거 보고 싶어서 그래?"

하준은 잠자코 상황을 지켜보았다. 무릎을 꿇고 넙죽 엎드린 채로 요지부동인 단영을 함부로 건드릴 수 없었다. 억지로 일으켜 세우는 것이 단영의 자존심을 더 상하게 만들 것이다.

그는 주먹을 꽉 쥐고 단영을 응시했다. 홀로서기. 인정받기. 나 또한 너와 같은 마음이라서 너라면 반드시 이겨 낼 거라 믿어 의심치 않는다. 단영에게 고정되어 있는 흔들림 없는 눈동자에 힘이 실렸다.

반면 연수는 묵묵히 침묵을 고수하는 하준이 답답해 미쳐 버릴 지경이었다.

"저, 많이 부족한 거 잘 압니다. 어머니 눈에 차지 않을 수도 있어요. 당연해요. 많이 부족하고, 여태 받은 은혜만 해도 얼마나 많은 데……. 뻔뻔하죠."

단영은 고개를 들 수 없었다. 거실 바닥으로 얼굴을 더 가까이 붙였다. 입을 열 때마다 뜨거운 숨결이 퍼졌다.

"처음, 아무것도 아닌 저를 거리낌 없이 맞아 주셔서 감사합니다."

처음으로 고백했다.

"묻지도 따지지도 않고, 이해해 주셔서 감사합니다."

"……."

"따…… 따뜻한 밥. 맛있는 음식. 예쁜 옷. 틈틈이 챙겨 주신 용돈. 전부 다 감사합, 니다."

안 되는데, 이러면 안 되는데 자꾸만 울먹이게 된다.

"언제라도 놀러 오라고 상냥하게 대해 주셔서 감사합니다."

후두둑.

끝끝내 눈물이 떨어졌다.

"하나하나가 감사한 일들뿐인데, 그래서 꼭 성공해서 갚겠다고 다짐했는데, 은혜는커녕 욕심부터 내서 죄송, 또 죄송합니다. 면목 없습니다."

억지로 울음을 참으려다 보니, 코맹맹이 소리가 절로 났다. 싫었다.

"저도 오빠가 좋은 사람 만나서 행복했음 좋겠다고 생각했어요. 안 될 것 같아 수도 없이 망설였어요. 뻔뻔하지만 위치도 분수도 잘 알고 있어서 도망치려고도 해 봤고, 물러서 보기도 했는데……. 그런데 생각만 되고 마음은 아니에요. 자꾸 욕심이 나요. 지날수록 사랑만 더 커져요."

엎드려 있던 단영이 손을 말아 쥐었다. 주먹을 파들파들 떨었다.

"잘…… 안 돼요."

그걸 바라보는 연수의 동공도 세차게 흔들렸다.

"도와주세요."

제발, 제발……. 진심아.

"오빠가 너무 좋아요."

닿아 줘.

"아줌마가 너무 좋고, 아저씨가 너무 좋아요."

"……."

"포기가 안 돼요. 지금처럼 무모한 행동이 아무렇지 않게 느껴질 만큼 간절해요."

단영이 서서히 상체를 일으켜 세웠다.

눈물 콧물로 범벅 된 단영의 얼굴을 직면하게 되자, 하준의 표정이 아프게 일그러졌다.

"저, 이제 진짜 아줌마 가족 시켜 주세요."

"……."

"정말 잘할게요."

단영은 울면서 웃었다. 웃으며 울었다.

그때였다.

짜악—!

"악!"

외마디의 비명이 터졌다. 연수가 단영의 등짝을 거침없이 내려친 것이다. 그게 끝이 아니었다.

짝! 짜악, 짝!

"아, 악! 아줌마! 아, 억!"

정신이 확 들었다. 울적함이고 뭐고, 눈물이고 자시고 간에 너무 아픈 나머지 단영은 벌떡 일어나 제자리에서 콩콩 뛰었다.

"미쳤어! 미쳤어, 정말!"

"아, 아줌마?"

연수는 울고 있었다. 벌겋게 충혈된 눈으로 입술을 가린 채 단영의 등을, 팔뚝을 사정없이 내리쳤다.

452

이상했다. 단영은 신기하게도 더 이상 아프지 않았다.

"꿇을 무릎이 어디에 있다고 꿇어, 꿇기는!"

"아, 저⋯⋯."

"아줌마 마음 아프게 왜 그래 정말!"

그야말로 폭풍 오열이다.

얼떨떨한 단영은 눈을 동그랗게 뜨고 연수를 바라보았다. 뒤늦게 강한 통증이 느껴졌으나 아프단 말도 못 하고 그저 팔을 슥슥 문질렀다.

"네가 뭐가 부족하다고 그래! 이렇게 예쁜데 어디가 모자라! 어디가 뻔뻔해!"

"아줌마⋯⋯."

"여태 우리 보면서 그런 생각 가지고 있었던 거니?"

연수가 턱턱 막히는 음성으로 물었다. 단영은 얼굴에 철판을 깔고 힘 있게 절레절레 고갤 내저었다. 미심쩍다는 연수의 눈빛이 지워지지 않자, 단영은 체념한 듯 솔직한 본심을 꺼내었다.

"그게 아니라⋯⋯ 몇 년 전에 어쩌다 대화하는 걸 엿듣게 됐어요."

'책임감 가질 필요는 없어.'

"이러다 정말 멀어지게 될까 봐, 아줌마가 제게 부담 가지실까 봐 두려웠어요."

한참 전 일이라 연수는 지난날을 회상하려 애썼다. 그러다 이내 아, 하며 탄식했다.

"그건!"

'⋯⋯차라리 이기적이어도, 내 뜻대로 욕심대로 밀고 나가자면, 단영이가 네 곁에 있었음 하는 마음이 크지만, 그건 너도 그렇고 단영

이 마음도 뜻이 맞아야 하는 거니까.'

그런 거였다.

한국말은 끝까지 들어 보아야 안다고, 연수는 한숨을 내쉬며 하준을 찌릿, 노려보았다.

"도하준, 너 이리 와!"

맞아야 할 놈은 따로 있었다. 가만히 서 있던 하준은 얼떨결에 연수에게 손 매질을 당해야 했다.

"……."

하준은 이따금씩 인상을 찡그렸으나, 묵묵히 어머니의 서러움을 받아 냈다.

짝! 짜악! 짝!

"네가! 진정! 엄마 피 말려 죽이려고! 작정을 했지! 어?! 엄마 나쁜 년 만들어서 좋아? 이제 속이 좀 시원해?"

느낌표가 있는 부분마다 강한 손맛이 느껴졌다.

"그럼……."

그 모습을 물끄러미 바라보던 단영이 작은 음성으로 말문을 텄다. 연수와 하준의 시선이 동시에 단영에게로 옮겨졌다.

"저…… 오빠랑 결혼해도 돼요?"

"말이라고 하니, 그걸! 나야말로 저 원수 같은 놈 데려가 줘서 감사하다 넙죽 절해도 모자랄 판에!"

"정말요? 저 정말, 아줌마 가족 해도 돼요?"

"해도 되냐니. 넌 원래부터 우리 가족이었어."

이놈의 자식! 넌 이리 와! 연수는 단영의 말에 대꾸해 주곤 다시금 하준의 팔을 고집스럽게 잡아챘다.

"단영이 어머니 먼저 찾아뵙고 결혼 의사 말씀드렸지? 당연히, 그랬겠지?"

"아직……."

"도하준! 엄마가 그렇게 가르쳤어?!"

그 전에 어머니가 먼저 찾아오셨잖습니까. 그가 변명해 보기도 전에 연수는 퍽, 퍽 속앓이한 만큼 다시 하준의 팔을 때렸다. 삼십 대고, 시오전자 본부장이고 자시고 간에 아들이라면 본래 어머니 눈엔 여전히 철부지 같은 어린아이다.

"저, 저기 이제 그만……."

단영의 의견이 먹힐 리가 없다.

"……."

하하. 하하하……. 뭐지, 이거. 무릎 왜 꿇었냐. 너무 오버한 것 같은데.

단영은 허탈하게 웃으며 하준을 바라보았다.

'잘했어.'

연수에게 맞으며 그가 입 모양으로 속삭였다.

단영과 하준은 연수 몰래 서로를 응시했다. 배시시, 단영의 입술에 힘이 풀렸다.

"우왁!"

두 팔을 쭉 뻗은 단영은 만세를 외치며 활짝 웃었다.

"나 도하준이랑 결혼한다!"

연수도 웃었고, 모두가 웃었다.

그는 소리 없이 입술 끝만 올리고 있었지만, 분명 여느 때보다 근사한 그런 웃음이다.

62화

여느 때와 다를 바 없는 출근길. 구름 한 점 없이 깨끗한 하늘. 그리고 옆자리엔 하준이 있다. 조수석에 얌전히 앉아 있던 단영의 얼굴은 전과 다른 생기가 감돌았다.

"뭐가 그렇게 좋아."

"그냥!"

또 싱글벙글. 엊그제까지만 해도 출근의 '출' 자만 들어도 치를 떨며 혐오하더니, 오늘은 뭔가 달랐다.

하준은 그녀를 힐긋거리며 정면 차창으로 시선을 돌렸다. 뭐, 됐나. 그의 입술에 은근한 미소가 걸렸다. 그들을 태운 차량은 뻥 뚫린 도로를 막힘없이 달렸다.

"어? 오빠 조금 있으면 미라클 판매 시작이네? 벌써 그렇게 됐구나. 시간 진짜 빠르다."

휴대폰 기사를 확인한 단영이 잔뜩 흥분한 투로 전담 비서라도 된

양 기사 내용을 재빨리 전달했다. 담당자인 하준이 그 사실을 모를 리 없는데 말이다.

"미라클6. 체험 현장 방문 고객 폭발적인 반응. 판매량 기대. 오오……. 오빠. 실검 순위에 오빠 이름 떴어. 이제 완전 연예인이네?"

신난 단영은 기사를 읽다 말고 실시간 검색어 순위를 확인하더니 신기한 듯 눈을 동그랗게 떴다.

"까분다, 또."

그가 짧게 실소를 터트렸다.

"아, 그나저나 미라클 이번 시리즈는 봐도 봐도 진짜 너무 예쁜 것 같아. 탐난다. 탐나."

"왜. 너도 사게?"

"하아……. 아니. 못 사. 아직 1년은 더 남았어. 남은 할부며 위약금이며 완전 깡패 수준이야."

"임직원 특가로 사면 되잖아."

오, 그런 방법이! 단영의 눈이 성급하게 굴러갔다.

"그거 직계 가족만 가능한 거 아니야?"

"그럼 빨리 결혼하면 되겠네. 문제 될 거 있어?"

은근슬쩍 결혼으로 영업질 하려고 하네, 이 인간이. 단영의 입술이 씰룩였다.

"우이 씨. 결혼이 무슨 애들 장난도 아니고. 준비할 것 태산인데. 말이 쉽지……."

마음 같아선 진작 혼인 신고서를 꽝꽝 찍고도 남았지만, 그럴 수도 없었다. 밀린 작업하며, 일정 스케줄이며 아주 난리도 아니었다.

시오전자 화보 촬영 이후 물밀듯 컨택 요청이 쏟아졌고, 단영은 순식간에 필드 내에서 유명세 아닌 유명세를 타게 됐다. 얼떨떨했다. 한편으론 시오전자의 입김이 세긴 세구나, 느끼는 바도 있었다.

물론 좋지 못한 시선이나 치기 어린 뒷담화도 함께 감내해야 했지만, 그녀는 현재를 즐기기로 했다. 이런 기회가 언제 또 오겠냐고.

불안정한 프리랜서는 물 들어올 때 바짝 노 저어야 하는 법이다.

"어? 엄마다. 전화받아도 돼?"

단영이 휴대폰 액정 위로 떠오른 발신자를 확인하며 묻자, 하준은 고개를 주억거렸다.

"큼, 큼……."

긴장이 됐다. 병원 사건 이후, 처음이다. 먼 사이는 아니었으나, 그렇다고 가까운 사이는 더 아니었기에 괜히 떨렸다. 단영은 목을 가다듬으며 비장하게 휴대폰을 귓가로 가져다 댔다.

"여, 여보세요."

— 단영아.

"아, 네."

이게 아닌데……. 조금 더 부드럽게 말하려고 했는데 뜻대로 되지 않아 단영이 미간을 좁혔다.

— 버스 기다리다가 네가 찍은 모델 사진 봤는데 잘 나왔더라.

"아……."

단영은 옷 밑 부분에 튀어나온 죄 없는 실밥을 만지작거리며 운전하는 하준의 날렵한 옆모습을 물끄러미 응시했다.

— 밥은. 잘 챙겨 먹고 있지?

"네. 잘 챙겨 먹고 있어요. 엄마는요?"

사이드 미러를 확인하려는 그의 눈과 마주치자 그녀의 시선이 황급히 제자리를 찾았다.

— 나야, 뭐…….

싱거운 웃음소리가 휴대폰 너머로 어렴풋이 들렸다. 그제야 마음이 놓인다.

"식사 거르지 마세요. 혈압 높아지지 않게 약도 꼭 챙겨 드시고요. 푹 쉬세요."

— 그래. 고맙다, 걱정해 줘서.

한동안 정적이 흘렀다. 입술을 가만두지 못하고 안절부절못하던 단영이 무슨 말이라도 꺼내려는 찰나였다.

— 편지 봤어. 부산 내려가기 전에.

병원 침대에 놓고 간 편지.

— ……미안하다. 가만 생각해 보니, 저번엔 엄마가 말실수를 했던 것 같아. 단태를 데려오고 싶어 한 건, 너도 이제는 누구 눈치 보지 말고, 사고 싶은 것 사고, 누리고 싶은 것들 맘껏 즐겼음 하는 마음에 그런 건데 전달이 잘못…….

"엄마."

— 으응?

"저 결혼할 거예요. 아니, 해요. 조만간."

단영의 입술이 잔잔하게 호선을 그렸다. 문득 그가 핸들을 바꿔 잡고는 손을 내밀었다. 단영은 그 커다란 손을 물끄러미 바라보다 꼬옥 맞잡았다. 처음, 그를 처음 만난 그날처럼.

— 정말? 상대는, 하준이니?

"아, 알고 계셨어요? 어떻게 아셨어요?"

놀란 단영은 말을 더듬거렸으나 모친은 달랐다.

— 그냥, 감이야.

그 감, 제게도 나눠 주실 생각 없나요. 건수 물어서 대박 좀 쳐 보게. 단영은 바람 빠진 웃음을 터트렸다.

— 집에 가면 엄마 이름으로 된 통장이랑 인감도장 있을 거야. 부산에서 식당 일 하며 짬짬이 저축하고, 네가 그동안 보내 준 돈, 그리고 하준이. 아니, 이젠 도 서방이라고 불러야 하나? ……도 서방이 용돈

이라 쥐여 준 돈까지 차곡차곡 모아 뒀어.

"……네?"

얼떨떨한 단영은 눈을 크게 떴다.

― 내가 무슨 염치로 그 돈을 쓰겠니. 병원에 있을 때 도 서방한테 전해 달라 부탁했는데 극구 거절하더라. 그래서 어쩔 수 없이 단태한테 전해 줬어.

"어, 엄마……."

― 못된 딸 만들려는 거 아니야. 그동안 맘고생 했을 너 생각하면 턱없이 부족하겠지만, 엄마 나름대로 죗값 치른다 생각하고 결정한 일이니까 단영이 네가 그 돈, 받아 줬으면 좋겠어. 결혼에 보태도 되고, 네가 원하는 곳에 써도 돼.

단영의 입술이 얌전히 다물어졌다. 많은 감정들과 생각들이 머릿속을 지배했다. 뒤죽박죽 엉켜 버린 탓에 정리가 잘 되지 않았다.

도로 위를 시원하게 활주하던 차량은 어느새 스튜디오 앞에 정차되어 있었다. 그녀가 턱을 돌려 하준을 바라보았다. 그가 고갤 다시 한번 끄덕인다. 받으란 뜻이다.

이젠, 그래도 된다는 뜻이다.

"……감사합니다. 좋은 곳에 쓸게요."

― 그래. 결혼 축하한다. 조만간 보자.

눈물이 난무하는 통화는 아니었다. 죄송하다. 미안했다. 그런 말 또한 없었다. 대개 딸과 엄마 사이가 그러하듯, 그들도 마찬가지였다. 굳이 말하지 않아도 알 수 있는 것. 보이지 않아도 느낄 수 있는 것. 휴대폰을 내린 단영이 큰 숨을 몰아쉬었다.

"잘했어."

하준이 단영의 머리를 쓰다듬어 주었다.

"나 정말 잘한 거 맞아?"

"그래. 맞아."

"진짜로?"

"진짜로."

그가 웃었다. 부쩍 웃음 짓는 날이 많아져서 좋다.

"헤어지기 싫은데……."

단영은 투정 아닌 투정을 쏟아 내며 심통을 부렸다. 카메라가 들어 있는 묵직한 가방을 들었다 놨다, 우물쭈물. 고심 끝에 결정을 내린 듯 단영이 앙큼하게 눈을 치뜨며 말했다.

"오빠. 나 오늘 확, 그냥 땡땡이칠까?"

하준의 잇새로 허탈한 실소가 터졌다.

"언제는 게을러지지 않겠다며."

저걸 또 진지하게 받는다. 단영은 눈살을 찌푸리며 짐을 마저 챙겨 들었다.

"아, 진짜 노잼. 그냥 해 본 말이거든? 간다!"

그녀가 조수석 문손잡이를 잡았다. 그러자 하준이 단영의 어깨를 잡 아 돌렸다.

"잠깐."

"응?"

가까운 거리에서 마주 보게 되었다. 단영은 커다란 눈을 동그랗게 떴다. 깜빡, 깜빡. 문득 하준의 입술 끝이 씩, 말려 올라갔다.

"내가 무슨 말 할지, 말 안 해도 알지."

"그걸 내가 어떻게 알아?"

단영이 새침하게 대꾸했다.

"항상 차……."

"차 조심."

"사……."

"사람 조심."

"……."

다 알면서…….

하준이 눈썹을 구겼다.

"사랑해!"

쪽. 하준의 두 뺨을 손으로 감싸 쥔 단영이 입술을 짧게 맞추었다.

달칵. 조수석 문이 열렸다. 아쉽지만, 잠시 헤어질 시간.

"오늘은, 허락해 줄게."

"응?"

의미 모를 하준의 말에 단영이 등을 돌려 고개를 갸웃했다.

"약속했으니까."

"약속? 누구랑?"

"협력해 주면 큰 선물 주기로 했어."

"무슨 소리야 그게."

조수석에서 내린 단영은 헛웃음을 흘리며 하준을 빤히 바라보았다.

"그런 게 있어. 이따가 시간 맞춰서 데리러 올게."

"진짜?"

"그래. 진짜."

하준은 한 손으로 핸들을 잡아 몸을 지탱한 뒤 상체를 조수석 쪽으로 쭉 뺐다.

"한 번만 더 해 주고 가."

"뭐를?"

또. 알면서 모르는 척. 하준의 눈빛에 못마땅함이 스쳤다.

"최단영. 너 진짜 선수지."

"선수는 무슨."

초옥. 단영의 입술이 하준의 입술에 닿았다, 떨어지려는 순간.

"읍……."

강한 힘으로 다시 옭아맸다. 밖으로 벗어난 지 얼마 지나지도 않았는데 단영은 무언가에 홀려 버린 사람처럼 안으로 빨려 들어갔다.

깊은 키스였다. 농도는 짙었다. 고른 치아를 훑고 지나간 그의 혀가 짜릿한 감각을 일깨웠다. 부드러웠다가 강하게 밀려왔다.

조수석 시트 위로 무릎을 세운 단영이 하준의 목덜미를 감쌌다. 불편한 자세쯤은 아무렇지 않았다. 하준이 고개를 비스듬히 틀었다.

"대신."

그의 검은 눈동자가 다소 엄하게 빛났다.

"하지 마, 배신."

"아까부터 계속 무슨 소리 하는 거야."

"흔들리지 말란 소리."

그 말을 끝으로 하준은 단영의 입을 막아 버릴 심산으로 다시 입술을 덮쳤다.

어느 시점에서 순서가 뒤바뀌었다. 거친 숨을 한 번 토해 낸 단영이 득달같이 달려들었다. 꽤 능숙해진 입맞춤에 하준은 그녀 몰래 미소 지었다.

어제와 다를 바 없던 그들의 아침은, 다른 의미로 뜨거웠다.

"으아아아아! 으아아아아! 마지막! 마지막이야!"

단영은 귀신에 홀린 사람처럼 무자비하게 키보드를 부서져라 눌러 댔다. 웬만해선 잘 끼지 않던 안경까지 착용했다. 평소 일회용 렌즈를 선호하는 편이었는데 안경을 선택했다는 것은 시력이 남아나지 않을 정도로 열불 나게 작업하는 중이란 뜻이다.

"최 작가, 저러다가 죽는 거 아닐까?"

"그러게요……. 그, 요즘 필드에서 말 많이 돌잖아요. 최 작가님 말이에요. 시오전자에 인줄 있어서 뭣도 없는 포토그래퍼가 단독 메인 섰다고. 하물며 도하준 본부장님이 애인인데 충분히 타 스튜디오 작가들 신경 거슬릴 만도 하죠. 대기업 화보 촬영 건수 물기가 어디 쉽나요? 것도 무려 시오전자면 말 다 했죠. 그거 신경 써서 더 열심히 하려는 거 아닐까요?"

"조용히 말해. 다 들리겠어."

포토어시스턴트와 감독 사이에서 수군거림은 은밀하게 이어졌다.

그러거나 말거나 단영은 오로지 작업에 열중했다. 정신없이 배경 색감을 올리고, 모델을 보정하고, 제품이 더 돋보일 수 있도록 구도를 조금씩 틀어 보기도 했다.

"후우……."

승호의 얼굴을 볼 때마다 죄책감이 밀려와 죽을 것 같은 기분만 제외하면 완벽한 작업이다.

그때였다. 작업 책상 위에 올려 둔 단영의 휴대폰이 부르르 떨며 진동했다. 그녀는 모니터에서 시선을 떼고 휴대폰을 집어 들었다.

[최단영 님, Peace 아동 복지 후원 단체입니다. 소중한 사랑을 보태 주셔서 감사드립……]

결국 단영은 모친에게 받은 금액 전부를 의미 있는 곳에 쓰기로 결정했다.

받은 사랑은 필요로 하는 다른 이들에게 돌려주는 것이 옳은 일이라 생각해서였다.

내가 받았던 기적을, 이름 모를 너희들도 반드시 느낄 수 있길 바라.

비록 돈뿐이라도 말이다.

단영은 비로소 한숨 돌릴 수 있었다. 시계를 확인해 보니 어느덧 오후 4시를 넘어가고 있었다.

슬슬 허기짐이 느껴졌던 단영은 은효가 사다 놓고 간 김밥을 집어들었다. 대부분 밤샘 작업을 끝내고 퇴근한 시점이라 사무실 내부엔 단영 혼자였다.

하늘 같은 선배에게 엿 먹일 심보인 건지, 김밥은 잘라져 있지 않았다. 그냥 알아서 뜯어 먹으라는 거다.

"이 새끼가……."

결혼 축하를 이런 식으로 해 주네. 멍멍이 자식이. 그간 빡센 작업을 두고 시위라도 하는 모양이다.

단영은 욕설을 뱉으며 치아로 호일을 대충 뜯어냈다. 우걱우걱 맛을 느껴 볼 새도 없이 그대로 입 안으로 집어넣었다. 단영의 두 볼이 빵빵하게 부풀어 올랐다.

"담그니 너머 마자나."

당근이 너무 많다. 다른 재료는 없고 정말 당근만 있다. 하하하. 눈에 띄기만 해 봐라. 다양하게 패 버려야지.

단영은 이를 갈며 당근 김밥을 꾸역꾸역 삼켰다. 남기면 버려질 테니 아까웠다. 모니터 촬영본에 시선을 떼지 않고 계속 이어 먹었다.

탁탁, 툭. 툭툭툭. 달칵, 달칵.

단영 홀로 남아 있는 사무실엔 마우스를 클릭하고 키보드를 누르는 소음이 전부였다. 이따금씩 공기 청정기가 숨 쉬는 소리도 들렸다.

"하으, 바람 좀 쐬자."

단영은 뭉친 목 주변을 꾹꾹 눌러 지압하며 일어섰다. 작업은 막바지 상태. 조금만 더 고생하면 된다. 단영은 반 정도 남은 김밥을 입에 물고 엘리베이터를 잡아탔다.

우물우물. 1층으로 내려가는 와중에도 끊임없이 먹었다.

띵! 엘리베이터 문이 서서히 열렸다.

단영의 눈꺼풀이 느릿느릿 떠졌다. 걸음을 떼어 내려는 순간, 너무 놀란 나머지 입에 물고 있던 김밥 몸통을 툭, 떨어트리고 말았다.

"안녕."

배승호. 그가 있었다.

"뭘 그렇게 놀라."

처음 재회한 모습 그대로 특유의 가벼운 미소를 걸친 채.

"잘생긴 연예인 처음 봤어요?"

그 자리에 서 있었다.

검은색 맨투맨. 청바지. 검은색 모자. 검은색 마스크. 흰색 스니커즈 운동화. 현재 그의 모습.

인적 없는 작은 카페 구석 자리. 현재 우리가 있는 장소.

고된 작업으로 떡이 진 머리. 화장기 없는 얼굴. 두어 번 대충 접어 올린 셔츠 소매. 빛바랜 청바지. 두꺼운 알의 뿔테 안경. ……단영의 현재 상태.

어쩌다 그와 이런 곳에 이런 모습으로 마주 앉게 된 걸까.

'잠깐, 시간 좀 내 줘.'

'마지막이야.'

그래. 죄인처럼 모자를 푹 눌러쓴 채로 나타나서, 얼마나 기다렸는지 가늠조차 할 수 없어서, 푹 잠긴 음성으로 덤덤하게 부탁하는 그를 차마 거절할 수 없었다.

마지막 말. 마지막이라는 그 말이 단영의 발목을 꽉 잡았다.

466

단영은 물끄러미 승호를 바라보았다. 모자챙이 길어 어떤 표정인지 제대로 확인할 수 없었다.

"……잘, 지냈어요?"

조심스러운 안부 인사에 승호의 입술이 언뜻 올라섰다.

"그럭저럭."

마스크를 뚫고 나오는 음성은 작고, 낮았다.

"마스크 답답하지 않아요? 여긴…… 우리뿐이고, 배승호 씨는 출입문을 등지고 앉아 있으니까 눈에 띄지 않을 거예요. 걱정되면 사람 올 때 말해 줄게요. 와 봤자 회사원이 고작이라 점심시간 한참 지나서 괜찮을 거예요. 그러니까…… 마스크 벗어도 돼요."

무슨 말을 하려는 의도인지는 이해하겠으나, 정작 말을 뱉은 당사자는 아니었다. 단영은 안면 근육을 일그러뜨리며 스스로를 책망했다. 아무 말이나 되는대로 뱉고 있었다.

승호는 그런 그녀를 가만히 지켜보기만 했다.

작업 도중 나와서 그런가. 대학생 때와 더 겹쳐 보여 좋다. 이곳에 올까 말까 몇 번이나 고민하고 또 고민했는지 모른다.

가던 길을 다시 되돌아가고, 되돌아간 길을 다시 걸어오고. 그렇게 어렵게 도달한 네 앞자리.

"너는."

"……네?"

갑작스러운 승호의 물음에 단영은 화들짝 놀라 고개를 추켜들었다.

"최단영 씨는, 잘 지냈냐고."

"아, 뭐. 저야 뭐……."

그녀가 뻣뻣한 웃음을 터트렸다.

"다행이다."

잘 지내고 있는 것처럼 보여서.

사실, 나는 아니었어. 어렵게 끊었던 담배를 다시 피우기 시작했어. 술도 늘었어. 주치의가 절대 멀리하라 했던 것들이 무색해지게 가까워 졌어.

제주도 촬영이 끝나 버린 시점부터. 널 볼 수 없게 되어 버린 이후 부터. 찾을 핑계조차 사라져 버린 순간부터.

"기사 통해서 보고 들었어요. 배승호 씨 소식."

승호는 잘게 파동 치는 커피에 시선을 고정했다.

너를 보면 밑도 끝도 없는 욕심부터 생길까 봐 선뜻 눈을 맞추지 못하겠다. 나를 믿지 못해서 피어난 두려움이다.

"일이 잘 해결된 것 같아 다행이에요."

"⋯⋯좋네."

그가 마른 입술을 떼어 냈다.

"최단영한테 걱정받는 날이 다 오고."

비아냥거리는 게 아니라 정말, 진심으로 좋아서 그래.

너 없이 보내 온 수많은 밤. 나 홀로 시작한 연애. 망상. 꿈. 끝내 너를 포기해야 했던 순간. 재회한 순간. 네가 나를 바라보던 경계심 어린 눈빛. 당황한 표정. 답답한 얼굴.

그래도 우리, 언제부턴가 조금씩 친해졌잖아. 아주 짧은 시간이었지만, 미워하지 않아 줘서 다행이야.

오해를 제대로 풀지도 못했는데, 너는 내게 고맙다 했어. 내가 한 것이라곤 고작, 너의 속사정 이야기를 들어 주는 것뿐이었는데.

하고픈 말은 이렇게나 많은데 고집스러운 입술은 도통 떨어질 생각이 없다.

"오해해서 미안해요."

단영이 승호의 눈치를 살피며 말했다.

"안 어울려. 사과하는 거."

딱딱한 분위기를 풀어내 보려 던진 말이었는데, 단영은 못내 미안한 표정을 짓고 있었다.

"말하지 그랬어요. 난 그것도 모르고……."

"하면."

"……."

"말했으면. 뭐가 달라졌어?"

넌 모르겠지만, 다 말해 주려고 했어. 네가 그 사람에게 가지 않겠다 했으면 말해 주겠다고 했었어. 그런데 넌 뒤도 돌아보지 않고 가더라. 얘기 정돈 들어 주고 가지. 나쁜 계집애.

그는 커피에서 시선을 떼고 단영의 눈을 어렵게 마주했다.

"8년."

"……."

"……8년이야."

너를 사랑하고, 포기하기까지 걸린 시간이 벌써 그렇게 됐다.

승호는 미약한 숨을 밀어 내며 마스크를 벗었다. 그의 얼굴이 전부 드러나자 죽어 메마른 눈동자가 온전하게 다 보였다. 그가 억지로 천천히 입술을 떼어 냈다.

"헤어지러 왔어."

이유 없는 집착과.

미련한 이기심과.

승호는 입으로만 희미하게 웃었다.

단영의 턱이 느슨하게 벌어졌다. 적잖게 당황한 듯한 표정으로 승호를 응시했다.

그런 그녀의 얼굴을 두고 그는 이해할 수 없는 말을 이어 꺼내 놓기 시작했다.

"너랑, 헤어지려고."

일방적인 사랑. 일방적인 헤어짐. 시작조차 없던 사랑. 그 모든 것을 끝내기 위해 왔다고, 그는 그렇게 말했다. 마스크를 벗은 순간부터 승호는 단영의 눈을 피하지 않았다.

"많이 좋아했어."

힘없이 흐릿해진 눈빛은 단영에게 고정되어 있었다. 가끔씩 눈꺼풀이 느리게 떠졌다가 감기고, 다시 또 담겼다.

"생각보다 많이, 사랑한 것 같아. 내가, 너를."

지독하게.

"이제 다신 못 볼 것 같아서 왔어. 그냥 보기만 하다 갈게."

마지막이란 핑계로 궁색한 내 마음을 모조리 쏟아 냈다간, 혹여 네게 짐이 될까 싶어 그마저도 못 하겠다.

8년이란 긴 시간도 참아 봤는데 더 못 참을 이유도 없잖아. 나는 여전히, 그리고 마지막까지도 비겁한 겁쟁이라서 그래.

이렇게 가까운 곳에 마주 앉아서 볼 수 있다는 것만으로도…… 나는 충분하다.

"……."

승호는 말없이 단영을 눈에 담았다.

여전한 목소리. 그대로인 것 같지만, 전보단 성숙해진 외모.

그의 시선이 점점 밑으로 내려갔다.

눈에 익은 셔츠. 낡은 시계. 그리고…….

"배승호 씨."

반지.

"배승호 씨?"

멀게 느껴졌던 그녀의 음성이 차츰 가깝게 들렸다. 고개를 살짝 올린 승호가 서글프게 웃었다.

"……조금."

"……."

"힘드네."

버겁다. 아직은.

"취소할게."

"……뭘를요?"

단영의 눈이 흔들렸다.

"보고만 가겠다는 말."

"아……."

"사실, 후회돼."

터지려는 심장을 어떻게 좀 해 줘. 누구라도 좋으니까, 멈추게 해 줘.

"……안아 볼걸. 키스할걸. 더 욕심내 볼걸. ……그때, 도망치지 말고 고백할걸."

승호는 테이블 아래에서 주먹을 꽉 움켜쥐었다.

"그래도."

승호는 자칫했다간 터져 나오려는 울분을 가까스로 삼켜 냈다.

"한편으로는 그렇게 하지 않았던 게 잘한 일이라 생각하고 있어."

어둠뿐인 내 세상으로 들어오려는 널 지켜 낸 일. 그는 웃었다. 끌어올린 입술 끝이 덜덜 떨렸으나, 일단은 웃었다.

"다시 한번 물을게."

"물어봐요."

"나는, 너한테 어떤 사람이었어?"

그땐 대답하지 못했잖아. 이게 뭐라고 떨려. 어차피 대답은 듣지도 못할 텐데.

체념한 승호는 자조적인 웃음을 짤막하게 터트렸다. 그렇게 포기하려는 순간이었다.

"고마운 사람이요."

승호의 눈동자가 일순 크게 흔들렸다.

"그 이상은 대답 안 할 거예요. 묻지 말아요."

"그래."

이제, 정말 마지막 인사를 건넬 시간이다.

"잘 지내. 앞으로도 넌, 행복만 해."

잘 살지 마. 나 없이 행복해지지 마.

나 혼자 두지 마. 버리지 마.

……제발.

"대신, 부탁 하나만 하자."

"어떤, 부탁이요?"

"한 번만 그때처럼 불러 줘."

단영은 시간이 지나 어색해진 호칭을 담으려니 어쩐지 기분이 이상한 모양이다.

"친근하게 불러 주면 더 좋고."

직선적으로 닿아 있는 그의 시선을 피하며 입술을 오물거렸다.

"……선배."

잊고 지낸 그 말을 다시 듣게 되자 승호의 속눈썹이 애달프게 떨렸다.

"고마워요. 선배."

심장이 뻥, 터질 것만 같다.

만약, 그날 고백하는 네게 솔직했다면 우린 지금 어떤 모습이었을까.

8년 전. 나를 포기하지 않겠단 네 말에 무턱대고 키스했다면, 우린 조금이나마 달라질 수 있었을까.

타이밍이 맞았다면. 그랬더라면.

"고맙다."

……아니.

내가 먼저였다 해도 결국 너의 끝은 그 사람이었겠지.

문제는 타이밍이 아니었다.

"이번엔 내가 먼저 일어날게."

일어나는 순간, 정말 헤어질게.

끝끝내 놓지 못했던 내 욕심들과 헤어질게.

차마 버리지 못했던 추억들과 안녕 할게.

……하지만 쉽지가 않다. 일어나 보겠단 말과 달리, 승호는 의자에서 떨어질 줄 몰랐다.

너의 체온. 너의 얼굴. 너의 향기. 조금이라도 더 담으려고, 보려고, 느끼려고.

……버텼다.

"……"

얼마나 더 시간이 흘렀을까. 잔잔한 발라드 음악이 끝나고, 다음 노래가 재생되어 후렴 부분까지 도달했을 때. 드르륵, 의자가 뒤로 밀리는 소음이 퍼졌다.

단영의 시선이 위로 향했다.

어쩔 줄 몰라 난감해하는 표정. 내 눈에 기억될, 마지막 최단영의 얼굴.

"여태까지."

"……"

"고생 많았어."

하고 싶은 수많은 말들을 삼켜 내고 돌아서야 하는 나도, 그동안 삐뚤어진 내 마음을 본의 아니게 직면해야 했던 너도 수고했어.

내 이기적인 욕심들과 억지스러운 행동들이 고됐다면, 사과할게.

"나는 조금만 더 힘들고 행복해질게. 견뎌 내 볼게."

네 이름을 듣고도 덤덤해질 때까지.

"아, 난 진짜 끝까지 멋있었다. 그치?"

승호는 피식 웃으며 모자를 깊게 눌러 고쳐 썼다. 웃고 있는 입술은 보이는데 눈은 보이지 않았다.

"네. 멋있어요."

그녀가 해사하게 웃었다. 긴 시간 침묵하고 있던 단영의 입에서 나온 반가운, 그러나 마지막을 고하는 말이었다.

그 흔한 힘내란 말도, 다 잘될 거란 응원도 없었지만 그래서 네가 더 좋은 걸지도 모르겠다. 어쭙잖게 다독여 주면 끝끝내 무너질 나를 잘 아는 너라 다행이다.

"정말, 갈게."

그게 끝이었다. 승호는 단영을 등지고 걸었다.

딸랑, 카페 문이 허무하게 닫혔다.

"……."

넓은 유리창. 걷는 동안 얼굴 한 번 돌리면, 시선 한 번 돌리면 볼 수 있는데 승호의 시선은 정면을 향해 있었다. 모자를 푹 눌러쓴 채로 그는 묵묵히 앞만 보며 걸었다.

단영도 마찬가지였다. 그가 카페 유리창을 다 지나갈 때까지 가만히 그 자리에 앉아 다 식어 버린 커피를, 승호가 앉아 있던 빈자리를 바라보았다.

그것이 그들의 마지막이었다.

허탈하리만큼 남아 있는 것도, 얻은 것도 하나 없는 끝.

남보다 못한 사이, 타인이 되었다.

차량으로 돌아온 승호는 시동을 걸 생각조차 하지 못했다.

겨우겨우 참아 온 숨을 한 번에 몰아쉬었다. 가슴팍이 크게 오르내렸다.

수백 번도 연습해 온 이별인데 왜 이렇게 힘이 드는 건지, 고통스러운 건지, 버거운 건지. 모르겠다.

고요했다. 밖과 완벽히 통제된 차량 내부는 끔찍한 고독과 적막만이 감돌았다.

입술을 꽉 짓이겨 물었다. 신음 하나 내뱉기 싫어 주먹을 세차게 말아 쥐었다.

"잘했어……."

스스로를 다독였다. 마지막까지 최단영을 보지 않았던 건, 여느 때보다 잘한 일이다.

봤더라면 다시 되돌아가 무릎이라도 꿇을 뻔했다. 제발 나 좀 봐 달라고, 다시 한번만 생각해 달라고, 넌 아닐지 몰라도 난 혼자라고 애원할 뻔했다.

"……."

문득 승호의 시선이 느리게 사이드 미러로 옮겨졌다. 단영의 작은 뒷모습이 멀어졌다.

이제, 정말 끝이다.

"나 지금 뭐 하냐."

저 자신이 생각해 봐도 기가 막히고 어이가 없었다. 실소가 픽 터져 나왔다.

왜 나만 이 따위야. 거지 같게. 더럽게. 짜증 나게. 비참하게. 괜한 억울함이 사무친다.

네가 웃는 모습을 보면 더없이 안심되다가도, 그게 또 얼마나 사람 미치게 하는 일인지 넌 죽었다 깨어나도 모를 거다.

"나쁜 년."

마지막까지 잔인한 계집애.

속절없이 아프다. 앞에선 있는 대로 쿨한 척 다 해 놓고, 결국은 뒤끝도 이런 뒤끝이 없다.

승호는 울컥 치미는 속을 어떻게든 억누르려 눈을 질끈 감았다 떴다.

빨갛게 충혈된 눈.

내내 밤잠을 설쳐서 그래.

정말, 정말로 그래서 그래.

툭. 허벅지 위로 끝내 액체 한 방울이 떨어졌다.

"아, 씨발……. 진짜."

나지막한 욕설이 흘러나왔다. 어금니를 꽉 씹었다.

하…….

묵직한 숨을 토해 내며 핸들에 얼굴을 묻었다.

63화

시오전자 미라클6는 개통 첫날 35만 대 이상이 판매되는 신기록을 세웠다. 언팩 현장을 더불어 사전 예약 수치를 한참 뛰어넘었다.

국내 이동 통신 3사는 각종 마케팅 전략으로 고객들을 유치하며 하루하루 바쁜 나날을 보냈다. 덕분에 시오전자 본사는 때아닌 소란이 일었다.

"지금이 기회입니다. 나인 시리즈 전 단계인 미라클G는 이 시기에 맞춰 유출하는 것이 좋겠어요."

"맞습니다. 미라클G는 보급형인 데다가 저가 휴대폰이기 때문에 단독으로 출시하는 건 타격이 커요. 판매량 리스크를 감안하기 위해서라도 바로 다음 달에 출시하는 것이……."

회의실에선 G 시리즈의 출시를 앞당기는 쪽으로 의견이 기울고 있었다. 실무 임직원들 회의는 점차 과열되어 갔고, 정중앙 자릴 차지하고 있는 부사장과 그의 부인인 상무이사 선영은 침묵으로 일관했다.

"거참, 답답하게들 굴지 마세요. 현재 미라클6 반응이 좋다 해도 무작정 밀고 나가는 것이 모범 답안은 아닙니다!"

서 전무가 인상을 찌푸리며 한쪽으로 치우치려는 의견을 막아 세웠다.

임직원들이 부사장의 의견을 기다리고 있는 가운데, 서류를 뒤적거리던 남현오 부사장의 손이 일순 멈추었다. 그 손짓 한 번에 수군거림이 컸던 회의실 내부가 약속이라도 한 듯 고요해졌다.

"도 본부장 의견은 어때."

부사장의 질문은 하준에게 향했다. 덕분에 다른 임직원들의 아니꼬운 시선들이 하준에게 집중되었다.

"……."

하준은 분기별 판매 추이 그래프를 날렵한 눈빛으로 묵묵히 살폈다. 기다란 손가락으로 태블릿 액정을 쓸어내리다가 어느 순간 멈추었다. 하준의 턱이 정면으로 들렸다.

"서철웅 전무님 의견에 동의합니다."

서 전무의 눈이 동그랗게 떠졌다. 의외였다. 하준과 서 전무는 평소 원수도 그런 원수가 없었다. 제 의견을 보란 듯이 씹어 먹던 하준이었다.

항상 반대편에 서서 의견을 묵살시켰고, 저를 잡아먹지 못해 안달이라 생각했다. 언젠가는 반드시 본부장 자리에서 끌어내릴 틈만 엿보고 있었는데, 이게 웬일이란 말인가.

"내, 내, 내 의견? 내 의견에 동의한다고 했나, 자네?"

당황한 서 전무는 말을 더듬거렸다.

"예. 저 역시 지금은 미라클6 단독 판매에 집중하는 편이 좋다고 생각합니다."

"아, 아……. 어, 그, 그래. 큼큼! 그렇지? 자네도 그렇게 생각하지?"

얼떨결에 같은 편이 되어 버렸다. 서 전무는 이번 미라클6 판매량이 저조할 시엔 당장 하준의 직급 파면을 완강하게 주장할 생각이었는데, 그 예상을 완벽하게 깨트렸다. 하준은 유출 사건을 무릅쓰고 큰 성과를 거두었다. 부글부글 끓는 속을 달래기 위해 얼마나 마음고생이 심했던지.

……그런데 쟤 왜 갑자기 내 편을 들고 그래. 약 먹었어?

"작년 4분기, 이번 년도 1분기, 2분기 판매 추이 그래프를 보면 아시겠지만, 약 열네 배가 뛰었죠. 시오전자는 한정 판매와 철저한 보안으로 고객들의 신뢰를 받아 왔습니다. 미라클6 출시 중에 G 시리즈를 포함시킨다면 브랜드 가치가 떨어질 뿐만 아니라, 이도 저도 아닌 불만만 속출할 겁니다."

"음……."

부사장의 근엄한 표정이 일순 유순하게 풀어졌다. 선영 역시 슬쩍 미소 지었다.

"이번 일은 어디까지나 운이었습니다. 전속 모델 배승호 씨가 희생해 준 덕분에 관심이 과중될 수 있었던 겁니다. 계속되는 운은 없습니다. 분명 한계가 존재하죠. 그리고 그 과열의 끝은 폭발입니다."

과한 욕심과 야망은 파멸을 불러오는 법이다. 기업인들이 늘 중시해야 하는 부분이다.

"뻥, 터진단 말입니다."

적당히들 하자고. 제 자리 지키기 바쁜 늙은이들은 근거 없는 욕심들 좀 그만 부리시고.

"아, 그리고 저 이제 투 잡 안 뜁니다."

계속 그렇게 열받게 했다간 치고 올라가는 수가 있다고.

"누구 가르치는 취미는 없어서요."

가만히 있는 사람 건들지 말라는, 그랬다간 재미 못 볼 줄 알라는

경고이자,

도하준표 시원한 한 방이었다.

"이야. 도본 재주 좋은데? 난 네가 언제 터트리려나 내심 기대하고 있었는데. 상황 봐서 엿 제대로 먹일 생각이었구나? 이룬 것이 있어야 할 말도 있다, 이거지?"

지하 주차장으로 향하는 하준의 뒤를 쫓으며 선영이 물었다.

"부사장님 옆자리 지키셔야죠. 오늘 미라클6 인터뷰 일정 있는 걸로 아는데."

"애. 너 너무한 거 아니니? 인터뷰는 언팩 현장에서 발표한 당사자가 해야지. 귀찮은 걸 왜 우리한테 떠넘겨?"

"저보다 상무님이 훨씬 더 월급 많이 받지 않습니까. 수습은 윗사람이 하셔야죠."

"허이고, 말은 잘해요, 아주. 그나저나 청첩장은 언제 나와?"

"나왔습니다."

하준은 무심히 말하며 차 키를 재킷 안주머니에서 꺼내어 들었다.

"근데 왜 난 안 줘?"

내심 서운하다는 듯 선영이 표정을 찡그렸다. 문득 하준이 우두커니 멈춰 섰다. 삐빅, 차량 문이 열렸다.

"시끄러워지잖아요. 단영이도 부담스러워할 거고요."

그걸 진정 몰라서 묻느냐는 투였다.

"뭐야?"

"부사장님께서도 축의금만 따로 조용히 보내 주겠다 하셨습니다."

"그러니까. 도본 말은 지금 나더러 돈이나 내놓고 알아서 짜져 달

480

라, 뭐 그런 거야?"

"잘 이해하셨네요. 일반인 결혼식에 재벌분들 초대할 생각 없습니다."

"야! 나 꼭 갈 거다? 무조건 갈 거야! 그렇게 친히 말해 주니, 어쩔 수 없네! 화환도 제일 큰 걸로 사다 보낼 거고! 시오전자 상무이사, 부사장. 이름표 제일 큰 폰트로, 진지하니까 궁서체로! 꽉꽉 채워 넣어 줄게! 얼음조각도 최고급으로 깎아다가 식장 한가운데에 떡하니 세워 둘 거니까 기대해라. 엉?"

선영이 이를 바득바득 갈며 그가 싫어할 만한 것들을 골라 하겠노라 선포하자, 하준은 허탈하게 웃었다.

"가 보겠습니다."

"내가 상사지, 네가 상사니? 어찌 된 게 정신 차리고 보면 맨날 내가 널 배웅하고 있는 모습이 되는 거야? 아, 증말 자존심 상해 죽겠네……."

탁! 운전석 문이 닫혔다. 대꾸 없이 차량 운전석으로 쏙 사라진 하준이 그렇게 얄미울 수가 없었다. 선영은 보란 듯이 차량 범퍼 앞을 가로막았다.

"뭐 하는……."

하준은 눈가를 구기며 선영을 직시했다.

"빨리 내놔! 청첩장."

선영이 펼친 손바닥을 흔들었다. 청첩장을 줄 때까진 비키지 않겠단 기세였다. 하준은 한숨을 밀어 내며 창문을 내렸다.

"부사장님께 드렸습니다. 가서 받으세요."

저 고집불통 아줌마. 언제 봐도 진짜 답이 없다. 면접 때부터 알아봤어야 했는데.

481

'도하준? 이름도 자알생겼네. 춤 좀 춰요?'

'주량은? 술은 자고로 아주 조질 때까지 마셔 줘야……'

최단영보다 더한 여자가 분명하다고.

스튜디오 촬영실.

오늘은 전 직원 휴무 날이었다. 그러나 스튜디오는 평소보다 훨씬 더 복작복작했다.

"와, 신기하다. 누나 이건 뭐야?"

단태가 소품들을 훑어보며 물었다.

"야, 너 그거 하나라도 잘못 건드렸다간 진짜 큰일 나. 손 당장 떼라!"

"손 안 댔거든."

"눈도 치워."

"저것도 누나라고……. 누나 데려갈 하준이 형이 애잔하다 못해 불쌍해지려 한다."

"뭐야?"

단영이 눈을 세모꼴로 치뜨며 으르렁거렸다. 단태는 멀쑥한 정장 차림이었다.

처음 입어 보는 맞춤 슈트가 어색한 모양인지, 스튜디오 구석에 있는 전신 거울에 비친 제 모습을 바라보며 표정 연습에 한창이다.

"악! 오세훈! 그 행커치프 내 거라고!"

"잡은 사람이 임자지."

"미친 소리 하고 있네! 그거 도하준이 준 거거든? 촬영 끝나면 가지라고 했단 말이야."

"하나 더 달라 하면 되겠네."

시끌시끌. 스튜디오 문이 열리자 세훈과 민재가 투닥거리며 등장했다.

"이리 오너라! 최단영! 잘난 오빠들 왔다!"

깐족거리는 말투만 봐도 누군지 알겠다. 단영은 카메라를 설치하는 데 정신이 팔려서 그들을 제대로 바라보지도 않고 대충 흘러가듯 답했다.

"어어. 그래. 옷 상태 점검하고 얼른 자리 잡아."

"와⋯⋯. 오세훈. 쟤 봤냐? 이제 곧 결혼한다고 나머지 오빠들은 쳐다보지도 않는다. 아주 사람 취급도 안 해 주네."

불만을 대놓고 표출하며 비아냥거리는 민재의 말에 오늘만큼은 세훈도 동의를 표했다.

"부부 싸움 했다고 집 나오면 받아 주지 마. 버릇 나빠져."

"어. 안 그래도 그러려고."

이럴 때만 대동단결이지. 단영이 렌즈를 마저 닦으며 물었다.

"도하준은?"

"밑에서 주차하고 있어."

"아아, 그래? 오늘은 웬일로 얻어 탔어?"

"밤에 술 마실까 봐. 요즘 대리비도 어마어마해."

카메라 설치는 끝났다. 단영은 굽히고 있던 허리를 꼿꼿하게 세우며 세훈과 민재가 있는 곳으로 다가갔다.

"아저씨들. 이제 곧 서른 중반이네?"

"야, 요즘 누가 서른셋 보고 아저씨라 하냐? 아직 멀었거든? 너야말로 아줌마 당첨이지."

민재가 핵심을 건들자 단영이 질색했다.

"얼씨구? 누가 아줌마야? 아기도 아직인데!"

그 모습에 세훈은 의아하다는 듯 물었다.

"너희 아직 소식 없어?"

"무, 무슨 소식!"

엄마야. 이 오빠들이 미쳤나 봐! 여동생한테 못 하는 말이 없어.

단영은 뻔뻔한 얼굴로 아무것도 모르는 척 상황을 회피했다. 하지만 때를 놓칠 민재가 아니었다.

"이야, 도하준 보기보다 약한 거 아냐? 겉으론 있는 허세 다 부리고 다니더니. 야, 오세훈 당장 장어나 주문해라. 전복이니 뭐니 정력에 좋은 것 좀 선물하게. 크하핫!"

하준이 없는 사이 짓궂게 놀릴 심산으로 민재가 이제 막 말문을 텄을 때였다.

"누가 약해."

그가 등장했다.

"와, 씨. 소름. 저 자식은 꼭 지 욕할 때 귀신같이 알고 등장하더라."

민재는 놀란 가슴을 쓸어내렸다.

"형들 왔어?"

뒤늦게 그들을 발견한 단태가 반갑게 달려왔다.

"오, 최단태. 잘빠졌는데. 지나가는 여자들 다 넘어가겠는데에."

"아, 민재 형 하지 마."

"오오오올."

하여튼, 하민재. 스무 살 애 놀려 먹으면 좋냐. 세훈이 혀를 찼다.

"잘 어울리네."

하준은 단태의 몸에 딱 맞는 슈트 차림을 훑어보며 칭찬했다.

정장은 하준이 선물해 준 것이었다. 단태는 아직 슈트보단 트레이닝복이 더 편할 나이였지만, 남자는 점차 나이를 먹어 갈수록 정장이 필요한 순간들이 잦아지게 될 거란 하준의 전언이 있었다.

"하준이 형, 고마워. 잘 입을게. 완전 멋있는 것 같아. 형 거랑 같은 브랜드 맞지?"

하준은 작게 웃으며 고개를 끄덕였다. 하준을 동경하는 단태 입장에 선 옷 한 벌이라도 따라 입고 싶었나 보다.

그 정장 브랜드 엄청 고가라며 추켜세워 주는 민재의 말은 뒤로했다.

하준은 정장 바지 주머니에 한쪽 손을 푹 찔러 넣은 채 단영이 있는 쪽으로 걸음을 옮겼다.

"어, 오빠. 왔어?"

"왔다."

시선이 마주치자 누가 먼저랄 것도 없이 웃었다.

하준이 허리를 굽혔다. 그러자 단영은 익숙하게 하준의 뺨에 가벼운 입맞춤을 남겼다.

"우웩, 저거 봤냐? 아! 내 시력!"

호들갑 떠는 민재를 보란 듯이 무시하며.

"그만 좀 놀려! 나 옷 갈아입고 올 테니까 빨리 자리나 잡고 있어!"

단영이 옷을 갈아입으러 간 사이, 나머지 이들은 카메라 앞에 하나 둘씩 자리를 잡기 시작했다. 이럴 때 보면 고분고분 말 참 잘 듣는다.

앞자리엔 하준 혼자 덩그러니 앉아 있었다. 물론, 그 옆에 빈 의자는 단영의 자리였다.

뒷자리엔 민재와 단태 그리고 세훈이 번듯하게 자리를 지키고 섰다.

오늘의 드레스 코드는 레드.

모두 검은색 슈트 차림이었지만, 부분 부분 빨간색 아이템으로 포인트를 주었다.

단태는 넥타이, 민재는 셔츠, 세훈은 재킷. 그리고 하준은 행커치프.

그리고 마지막.

"우와! 최단영이!"

그녀가 유독 자신 있어 하는 어깨 라인이 훤하게 드러났다.

고혹적인 빨간색 드레스식 원피스. 산처럼 솟아난 쇄골이 여리함을 더욱 돋보이게 했다. 그녀가 하늘하늘 걸어왔다. 늘 덤벙대던 단영이었는데, 어쩐지 오늘은 조신하다.

"나, 어때?"

단영이 빙그르르 한 번 돌자, 졸지에 방청객이 되어 버린 남자들은 격한 반응을 보이며 합을 맞춘 듯 엄지손가락을 추켜올렸다.

물론, 억지로 짜낸 반응이 90%였다.

내 여자 아닌 너에게 그런 관심 쏟을 이유는 1도 없으나, 도하준이 두 눈 시퍼렇게 뜨고 있으니 일단 예쁘다고 할게, 라는 속뜻이 내포되어 있었다.

"오빠?"

그중 혼자만 반응이 없던 하준에게 다시 물었다. 그가 천천히 눈꺼풀을 밀어 올렸다.

"말이라고 해."

"말이니까 해!"

"예뻐."

"진짜?"

말이라도 예쁘다 해 주니, 기분은 좋았다. 단영은 연신 싱글벙글 웃음꽃이 폈다. 매일같이 후줄근한 옷만 입다가 비싼 원피스를 입어 보니 느낌이 색달랐다.

그녀가 총총걸음으로 카메라 앞에 섰다. 타이머를 맞추기 위해서였다.

그때였다.

"어?"

"헐!"

전자는 민재였고, 후자는 단태였다.

"모델 배승호다!"

놀라 까무러친 사람은 단태와 민재뿐이었다. 물론, 단영도 포함이었다. 적잖게 당황한 듯 고갤 홱 돌렸다. 그녀는 눈을 커다랗게 뜨며 그자리에 굳었다.

그러나 하준과 세훈은 점잖았다. 이미 예상한 사람처럼 의연히 승호에게 다가가 인사했다.

도하준은 그렇다 치고 오세훈은 뭔데? 쟨 언제 봤다고 저렇게 익숙하게 악수를 하지? 단영은 세훈을 응시하며 얼떨떨했다.

마지막이라고 헤어지자 인사한 지가 고작 며칠 전인데.

이렇게 뜬금없이 나타나기 있어?

"내가 불렀어."

하준이 뒤를 돌아 단영을 바라보며 말했다.

"오빠가?"

그가 고개를 작게 끄덕였다.

의미는 모르겠지만, 일단은……. 뭐.

단영의 눈동자가 바쁘게 굴러갔다. 그녀뿐만이 아니었다. 단태와 민재도 매한가지였다.

한동안 화제의 인물이었던 승호가 기다란 다리를 뻗으며 가까이 다가올수록 주춤, 주춤 뒷걸음질 쳤다. 누가 모델 아니랄까 봐 생각 없이 걸었을 뿐인데 역시 남다르다.

위화감을 느낀 민재는 의문의 패배를 당한 기분이 들었다.

"배승호입니다. 단영이와 대학 동문이고, 이번에 도하준 본부장님께 신세도 지게 됐습니다."

"어…… 어쩌다가요? 저는 처, 처음 듣는 소린데……."

민재가 떨리는 목소리로 묻자, 승호는 부드럽게 웃었다.

저, 특유의 가벼운 미소. 처음 단영이 그렇게나 기피했던 그 웃음이었다.

걱정한 것과 달리 그는 예전의 평소 모습으로 돌아와 있었다.

괜찮은 걸까? 그러나 걱정스러움도 일시적이었다. 카메라 앞에 서 있는 단영을 뚫어져라 직시하는 하준의 시선을 마주한 순간, 단영은 괜찮을 거란 확신이 들었다. 근거 없는, 확신.

"어쩌다 보니, 그렇게 됐네요."

승호 또한 빈자리에 앉았다. 그곳은 단영이 앉을 자리이자, 하준의 옆자리였다.

단영은 카메라 뷰파인더에 눈을 가져다 댄 채 기묘한 현장을 한동안 말없이 바라보았다.

기가 막혀서 말도 안 나온다.

뭐야, 이 상황.

뭔데 다정하냐고, 둘이.

……아닌가? 착각인가? 단영은 혼란스러웠다.

"……옆으로 가시죠."

하준이 나지막하게 불쾌감을 드러냈다.

"자리가 없는데 옆으로 어떻게 더 갑니까."

"……."

"이게 준다는 선물입니까?"

승호의 음성은 작았다.

"왜요. 마음에 안 들어요?"

"……고맙다고요."

"징그러우니까 그쯤 하시죠."

하준은 혼잣말하듯 말하며 줄곧 정면만 응시했다. 뷰파인더를 통해

지켜보고 있는 단영을, 직시했다.

"덕분에 마지막 인사도 할 수 있었습니다."

그답지 않은 말에 하준은 언짢다는 듯 눈썹을 구겼다.

아마, 단영에게 마지막 인사를 전한 날.

"됐습니다. 감사 인사 받자고 실천한 일 아니니까 집중이나 하세요."

그 말을 끝으로 하준은 재킷 단추를 바르게 채우며 어깨를 으쓱였다.

"준비 다 됐죠? 타이머 누를게요!"

카메라 뷰파인더로 그 모습을 지켜보고 있던 단영은 이유 모르게 가슴이 벅찼다.

무슨 대화를 나누는지는 잘 모르겠으나, 어쨌든 상상조차 못 했다. 그리운 조합들이 반가우면서도 감동이었다.

저를 위해 양보해 준 하준에게 고마워서.

그리고 이곳에 오기까지 수많은 고민과 싸웠을 승호에게 감사했다.

분명 지금은 아무렇지 않은 척하지만, 무척 괴로울 것이다. 하지만 단영은 승호의 노력을 물거품으로 만들고 싶지 않았다.

하마터면, 울음이 터질 것 같았다. 단영은 예쁘게 공들인 화장이 지워질까 안면 근육에 힘을 바짝 주었다. 입술 안을 세게 씹으며 마음을 가다듬었다.

"찍, 찍어요!"

목멘 음성은 어쩔 수 없었지만.

"야, 최단영! 의자 가져와야지!"

"괜찮아, 괜찮아. 자! 마지막 인사는, 다들 알죠?"

뜬금없이 제멋대로 결정된 소식에 너도, 나도 할 것 없이 불만을 쏟아 냈다.

오글거린다고, 멋없다며 난리도 아니다. 그러든지 말든지 단영은 비싼 원피스 차림으로 맨바닥 위에 아무렇게나 주저앉았다.

하준과 승호의 가운데 자리.

"여자는 바닥에 함부로 앉는 거 아니야. 바닥 차. 일어나. 내 자리에 앉아."

하준이 말하며 엉덩이를 떼어 내자 승호도 뒤지지 않고 엉거주춤 일어서려 했다.

"됐습니다. 내가 일어날 테니까 여기 앉……."

"어, 4초!"

말을 싹둑 잘라먹은 그녀가 하준과 승호의 팔을 잡아당겼다. 두 남자는 어쩔 수 없다는 듯 단영의 힘에 굴복당해 주었다.

"3초!"

뷰파인더 속엔, 그리고 카메라 렌즈 앞에는 여러 가지 얼굴과 감정이 있었다.

"2초!"

무심한 하준의 얼굴. 세상 행복하게 활짝 웃는 단영의 얼굴. 모델답게 편안한, 하지만 어딘가 모르게 씁쓸한 승호의 얼굴. 어린아이처럼 천진난만한 민재의 얼굴. 긴장한 듯 굳은 세훈의 얼굴. 그중 가장 앳된 단태의 얼굴까지.

"일!"

단영의 신호가 끝나자마자 다 같이 외쳤다.

"사랑해!"

찰칵.

찍혔다.

소중한, 우리들이.

각자 다른 감정을 담고 있을, 우리들이.

이곳에 있었다.

며칠 뒤.

"도하준! 여기, 여기!"

신호등 건너편에 선 단영이 허공 위로 두 팔을 뻗어 휘휘 내저었다. 한껏 반가워하는 모습이 어린아이처럼 맑다. 하준의 입가로 희미한 미소가 걸쳐졌다.

삐비빅. 삐비빅. 초록불로 바뀌었다. 하준이 천천히 걸음을 떼어 냈다. 그새를 참지 못하고 단영은 와다다 달려가 넓은 품에 폭삭 안겼다.

"아, 왜 이렇게 늦게 왔어. 나 기다리다가 목 빠지는 줄 알았다!"

"얼마나 기다렸어."

"3분?"

아아⋯⋯. 정말 오래도 기다렸구나. 힘들었겠네. 하준의 잇새로 실소가 터졌다.

"회사 사람들한테 청첩장 돌렸어?"

단영이 걱정스럽단 투로 물었다.

"돌렸어."

"높은 분들도 많이 오시겠지?"

"아마도."

"와⋯⋯. TV에서만 보다가 실제로 대면하려니까 완전 떨린다."

단영이 몸을 부르르 떨며 긴장한 속내를 내비치자, 하준은 작은 어깨를 감싸 안으며 발을 뗐다.

"밥은."

"아직! 같이 먹으려고 기다렸지."

"영화 취소해. 밥부터 먹게."

"괜찮아. 이유는 몰라도 배가 안 고파. 우리 잘생긴 도하준 얼굴 봐서 그런가?"

생일도 아닌데 예쁜 말만 골라 한다. 올라서는 입술을 막을 방도가 없어 하준은 될 대로 되란 식으로 내버려 두었다.

종알종알 오늘도 단영은 말이 많았다. 고개를 들어 하준의 시선을 마주하며 오늘 있었던 일을 끊임없이 펼쳐 놓았다.

"……나더러 빽 믿고 설치는 년이니 뭐니 하는 거야, 그 계집애가. 화장실 칸 안에서 엿듣고 있는데 도무지 못 참겠더라고. 그래서 화장실 문 박차고 나갔어."

"그래서 어떻게 됐는데."

"뭘 어떻게 하긴 어떻게 해? 바로 머리채 잡았지. 이렇게!"

허……. 하준이 어처구니없다는 듯 웃었다. 단영은 머리를 잡아챈 장면을 그대로 재연하며 역동적으로 움직였다. 다사다난한 일을 아무렇지 않게 말하는 것도 재주라면 재주였다.

"얼마나 때렸는데."

"얼마나 맞았냐고 물어봐야 되는 거 아닌가? 지금 질문이 좀 거시기한데?"

"……."

"어쨌든 사과는 받아 냈어. 자꾸 빽, 빽 하길래 진짜 빽 믿고 설치는 게 뭔지 보여 줄까? 했더니 잠잠해지더라고. 오빠 이름 좀 팔았지."

"잘했어."

하준은 입술로만 웃었다. 그 순간, 인도 사이를 뚫고 오토바이 한 대가 위험하게 스쳐 지나갔다. 하준은 때를 놓치지 않고 날렵하게 단영을 제 쪽으로 더 가까이 끌어당겼다.

"왓……!"

덕분에 하준의 가슴팍 깊숙이 파묻힌 단영은 앞을 볼 수 없었다.

"……."

순간 화가 치밀었지만, 그는 침묵했다. 속으로 참았다. 단영의 앞에선 조금의 폭력성도 없어야 한다.

"오빠? 나 숨 막혀."

"아, 어."

너무 세게 안고 있었나 보다. 하준은 팔에 힘을 풀고 단영을 놓아주었다.

하지만 단영은 품속에서 떨어질 줄 몰랐다. 오히려 하준의 허리에 팔을 두르고 가슴팍에 얼굴을 문지르며 쿵쿵거리기까지 한다.

"뭐 해, 너."

"오빠 향수 뭐 써? 예전부터 느꼈던 건데, 냄새가 너무 좋은 것 같아. 너무 독하지도 않고, 너무 연하지도 않고. 딱 좋아."

"계속 맡으면서 가, 그럼."

그렇게 나란히 걸었다. 어깨 위에 걸쳐져 있는 그의 오른쪽 팔이 듬직하다. 단영은 더욱 깊이 파고들었다.

뜨거운 여름이 물러가고 선선한 가을바람이 머리칼을 흩트린다.

"오빠."

"왜."

"저번에 배승호 씨 부른 이유. 선물인지 뭔지, 그거 때문이야? 보답하기로 약속했다며."

"몰라. 처음 듣는 말이야."

정말 몰라서 모른다고 말하는 건지, 아니면 그러는 척하고 싶은 건지 그와 관련된 이야기를 기피하려는 듯 보였다. 이럴 땐 그냥 넘어가 주는 편이 맞겠지.

"오빠."

"또 왜."

여전히 도하준은 무뚝뚝하다. '응'이란 대답이나 말끝에 물음표 한

번 붙었던 적 없었다. 늘 차분하고 한없이 느긋한 남자.

"나, 있지. 이제 와서 하는 말인데. 사실 한창 사춘기였을 때 가끔 상상해 봤다?"

"무슨 상상."

빈틈조차 없이 무감정하지만, 항상 그녀가 들어갈 틈만큼은 남겨 두는 사람.

"오빠랑 연애하면 어떤 기분일지, 어떤 느낌일지 막연하게 궁금했던 적이 있었어."

"……."

"우습지만, 그땐 진짜 그랬어. 남몰래 설레었던 적도 있었고. 상상도 해 봤고. 오빠가 우리 학교로 데리러 왔던 날도 아무렇지 않은 척했지만, 속으론 괜히 기세등등했어. 아, 대학생 때도! 매번 술 마시면 짜증 내면서도 꼬박꼬박 데리러 와 줬잖아."

"소원 성취했네."

그의 입술이 언뜻 올라섰다.

단영도 그를 따라 미소 지었다.

"그래서. 실제로 겪어 보니까 어떤데."

"응?"

"나랑 연애하는 느낌."

"오빠랑 연애하는 느낌은……."

슬쩍 올라간 그녀의 시선이 숨 막히는 검은 눈동자에 묶였다.

아래로 향한 그의 촘촘한 속눈썹이 묘하게 아찔하다.

"물건이구나, 그런 느낌?"

"……."

하준의 눈썹이 꿈틀댔다.

"아……. 이상한 뜻 아닌 거 알지?"

"계속 말해 봐."

본인이 말해 놓고 왜 당황해. 하준은 어이가 없다는 듯이 짤막한 헛웃음을 터트렸다.

문득, 말장난을 치던 단영이 진중해졌다. 무언가를 회상하는 사람처럼.

"뭐랄까. 그냥, 이것저것 꾸민 모습 보여 줄 필요 없어서 편하고, 내 바닥까지 다 사랑해 줄 사람이란 확신이 들어서 좋아. 설레는 것도 중요하지만, 물론! 지금도 설레지만. 그것보단 그저 오빠라서 다행이야."

"⋯⋯."

"아직도 오빠 손 잡고 있으면 처음 만났을 때가 떠올라서 문득문득 뭉클하다? 그때 내가 오빠 손을 잡지 않았다면 어땠을까. 오빠가 나한테 손을 내밀어 주지 않았다면 어땠을까. 내가, 오빠 고백을 받아 주지 않았다면 어땠을까. 다른 선택 했을 걸 생각하면, 아직까지도 암담해."

"⋯⋯."

"작은 것 하나하나가 전부 내 인생의 터닝 포인트라서, 도하준이라서 다행이야. 말했잖아. 존경한다고."

바람을 타고 그의 향수 냄새가 은은하게 퍼졌다.

"진짜 존경해. 오빠 같은 사람, 없어. 내세울 거라고는 사진 찍는 일이 고작인 나를 왜? 항상 의심스러웠는데, 이젠 그냥 복이라 생각하고 있어. 고집만 더럽게 세고 이기적인 나 긴 시간 포기하지 않고 기다려 줘서 진심으로 고마워. 오빠 마음고생 시킨 만큼 앞으론 내가 더 잘할게, 도하준."

단영의 입술 사이로 수줍게 흘러나오는 고백들을 묵묵히 듣고만 있던 하준은 불만스럽다는 듯이 미간을 좁혔다.

이젠 아주 혼자 다 해 먹으려고 하네. 그가 피식, 웃으며 말했다.

"잘할 필요 없어."

낮은 음성이 잔잔하게 흘러나왔다.

"그런 건, 내가 해."

"……."

"넌 그냥, 지금처럼 계속 웃어 주기만 하면 돼. 내 옆에서."

오늘 날씨가 어땠고, 오늘 기분은 어땠고, 오늘 하루는 어땠고. 실컷 떠들며 웃어. 무너지는 것도, 우는 것도 전부 다 내 옆에서 해. 일으켜 줄 수 있게. 넘어지지 않도록 잡아 줄 수 있게.

"나머진 내가 다 할게."

그가 웃었다.

"재미있게 살자."

우리 모토잖아.

늘 재미있게 살자. 심심하지 않게.

"오빠 거기 가만히 서 봐."

별안간 단영이 걷다 말고 제자리에서 멈춰 섰다. 그걸 알아차린 하준은 살짝 고개를 움직여 그녀를 향해 돌아보았다.

"뭐 하는데."

물끄러미 직시하는 하준의 시선이 단영에게 머물렀다. 그러자 그녀는 한쪽 눈을 찡긋거리며 카메라 대신 손가락으로 사진 찍는 시늉을 보였다.

"오빠 찍는 중이야."

"뭐가."

"얼마 남지 않은 총각 시절 아까워서 어떡해, 도하준?"

그녀의 입술이 점점 위로 올라갔다. 환하게 웃었다. 많은 사람들 사이에서 이상하게 최단영 하나만 또렷하게 보였다. 자신을 찍는 흉내를 내고 있는 단영을 뚫어져라 바라보았다.

"아— 진짜 멋있다. 잘생겼어. 이럴 줄 알았으면 카메라 챙겨 올걸."

단영의 말에 하준의 입술 선이 서서히 호선을 그려 갔다.

"나 멋있는 거 다 아니까 그만 찍고 이리 와."

"⋯⋯."

직사각형 모양을 만들고 있던 단영의 손가락이 풀어졌다. 세 발자국 정도 떨어진 거리. 그가 두 팔을 뻗었다.

"안겨."

푸핫. 웃음보가 터졌다. 단영은 활짝 웃으며 그를 향해 걸었다. 느렸던 걸음이 점차 빨라지다, 어느 순간 허공 위로 폴짝 뛰었다.

풀썩.

안겼다.

주변 사람들의 힐끔대는 시선이 느껴졌지만, 모르겠다. 좋으면 됐지.

"사랑해! 도하준!"

다시 손을 맞잡았다. 깍지를 끼웠다. 풀려나가지 않게 꼼꼼히 쥐었다.

"나도."

숨 같은 사람.

"사랑해."

영원히 함께해요.

습관처럼 넓어지는 하준의 보폭에 맞춰 단영이 조급해진다. 얼마 지나지 않아 그걸 알아차린 하준은 그녀 몰래 걸음을 늦췄다.

네가 나에게 맞추려 하듯이 나도 너를 위해 맞춰 갈게.

나란히 걸었다. 많은 인파 속에 섞여 서서히 멀어져 갔다.

하준과 단영은 뒷모습이 작은 점이 될 때까지도 서로의 얼굴을, 눈을 마주 보며 행복하게 웃음 짓고 있었다.

세상에서 가장, 행복한 그런 표정으로.

청할게요.

길을 걷다가 혹시라도 우리가 떠오르면, 한 번씩 주변을 살펴봐 주
세요.

스쳐 지나가고 있을지도 모르잖아요.

그땐 웃으면서 말해 줘요.

'행복하길 바라요. 결혼, 축하해요.'

……라고.

— fin

외전 1화

오빠? 아빠!

오후 2시. 한창 바쁜 시간이었다.

이 팀장은 결재 서류를 한가득 품에 안고서 걸음을 재촉했다.

그의 다리가 멈춘 곳은 새로 단장한 집무실 앞이었다.

「Managing Director

Doh, HaJun」

긴장한 눈빛으로 달라진 문패를 바라보던 이 팀장이 심호흡을 길게 내쉬며 노크했다.

똑똑똑. 정확히 세 번 두드리자, 들어오란 허락이 나지막하게 흘러나왔다.

문이 열리고, 이 팀장은 집무 책상 앞으로 가까이 다가섰다.

"아, 이 팀장님."

진중한 시선이 날렵하게 올라갔다.

"……네, 본…… 아니, 상무님."

얼마 전에 바뀐 '상무'란 직급이 좀처럼 입에 붙지 않는지, 이 팀장은 서둘러 정정했다.

그가 짧게 웃으며 이 팀장을 응시했다. 저조차도 어색한데, 몇 년 동안 주야장천 본부장이라 칭해 온 저들은 어떨지 안 봐도 뻔했다.

"마지막인가요?"

"아, 아! 네!"

"주세요."

하준이 팔을 뻗자, 이 팀장은 재빨리 결재 서류를 내밀었다.

"이번 주도 고생 많으셨습니다."

결재 서류를 건네받은 하준은 빙그레 웃었다.

"아, 아닙니다."

이 팀장이 한 발자국 물러섰다. 하준은 시선을 내려 빠르게 결재 서류를 검토했다.

종이는 막힘없이 시원하게 뒤로 넘어갔다. 고개를 비스듬히 기울인 채, 다른 손으로 턱을 괴고 있는 상사의 작은 행동 하나하나에도 이 팀장의 긴장감은 더욱 솟구쳤다. 꿀꺽, 절로 마른침이 삼켜졌다.

그는 여전했다.

날카로운 눈빛. 철저한 관리로 잘 유지되어 있는 몸, 정확히 맞춰 재단되어 있는 슈트. 성별을 불문하고 전 직원들의 존경을 한 몸에 받고 있었으며, 잘생긴 외모의 인기는 하늘을 찔렀다. 모든 것들이 변함없었다.

달라진 거라곤…….

"좋네요."

이제 그는 유부남이 되었다는 것.

본부장에서 상무이사로 승진했다는 것.

그리고.

"마무리까지 잘 부탁드립니다."

집에 꿀단지라도 숨겨 놓은 사람처럼 수단과 방법을 가리지 않고 일찍 퇴근을 하려고 한다는 것.

……정도랄까.

결재 서류 하단에 시원하게 사인을 마친 하준은 가죽 의자에서 엉덩이를 떼어 내더니 곧장 코트를 둘러 입었다. 어딘지 모르게 굉장히 급해 보였다.

"어디 가십니까?"

"아. 중요한 일정이……."

하준은 손목을 들어 시간을 확인했다.

"있어서요."

"아아, 살펴 가십시오. 상무님."

"오늘은 봐주세요. 정말 급해서 그런 겁니다."

예예. 어련하시겠습니까.

이 팀장은 사람 좋은 얼굴로 고개를 끄덕였다.

약속, 했으니까.

상무님이 언젠가 결혼하시게 되면 지금처럼 알아도 모르는 척해 주기로.

"그럼, 이만."

눈인사를 끝낸 그가 자리를 뜨자, 휑하니 홀로 남겨진 이 팀장은 한동안 집무 책상에서 눈을 떼지 못했다.

대형 모니터 바로 앞에 비스듬히 세워진 채, 항상 그 자리를 지키고 있는 액자가 눈에 띄었다. 활짝 웃고 있는 사모님과 작은 공주님, 그리고 상사의 편안한 미소까지.

온전히 담겼다. 세상에서 가장 행복한 모습이다.

"한창 좋으실 때지……."

이 팀장은 부하 직원이 아닌, 아끼는 동생을 격려하는 형의 마음으로 남몰래 하준을 응원했다.

눈감는 그날까지 영원히,

행복하기를.

하준은 약속한 목적지에 먼저 도착했다. 하지만 선뜻 들어서지 못하고 우두커니 멈춰 서야 했다.

"어머나, 근사해라. 저 사람 좀 봐요."

수군대는 여자들의 대화 소리 때문이다.

"아주 조각상이 따로 없네. 젊어 보이는데……. 아이 아빠인가?"

"삼촌 아닐까요?"

연령대는 비슷했다. 아니, 대부분 하준의 또래이거나 어린 나이로 추정되는 엄마들이 태반이었다. 하지만 워낙에 출중한 외모 덕분일까, 당연하게 젊은 아빠로 인식되고 있었다.

"아……."

아주 곤란하게 됐다. 하준은 답지 않게 어쩔 줄 몰라 하며 난감해하고 있었다. 손으로 이마를 짚기도 했고, 이를 악물기도 했다. 그것만 보아도 난감한 기색이 역력했다.

하준은 더 이상 참을 수 없었는지, 당장 기댈 곳을 찾았다. 휴대폰을 들고 익숙한 번호를 눌렀다. 다행히, 휴대폰을 귓가로 가져가자마자 통화가 연결됐다.

"어디야."

― 어어, 카메라 챙기느라 늦어졌어. 차가 많이 막히네. 오빠 먼저 들어가 있을래?

하준의 눈썹에 힘이 꾹, 실렸다.

"어디쯤인데."

― 거의 다 왔어. 하영이가 기다리고 있겠다. 얼른 들어가서 얼굴 비치고, 선생님한테도 인사 꼭 드려! 알겠지?

"너 없이 어떡⋯⋯."

― 어린애도 아니면서, 나 없으면 아무것도 못 해? 잔말 말고 빨리 들어가.

본인 말만 하고 전화가 허무하게 끊겼다. 하준은 묵직한 숨을 내쉬며 눈을 질끈 감았다 떴다. 주변을 둘러보니, 호기심 가득한 엄마들의 시선이 한곳에 집중되어 있었다. 모두 하준에게 꽂혔다.

부담스러워 죽겠지만 어쩌겠는가. 누구 말이 법이고 세상인데. 하준은 하릴없이 발을 떼어 냈다.

저벅, 저벅, 저벅. 규칙적인 거리를 두고 기다란 다리가 뻗어지자, 거짓말처럼 길이 트였다. 웅성거림은 점차 커져 갔지만 그는 애써 무표정을 유지했다.

긴장한 탓이었으나, 모르는 사람에겐 감정 하나 없는 무심한 표정으로 보였다.

그때였다.

"아, 하영이 아버지! 오셨어요?"

익숙한 이름이 호명되자, 하준의 고개가 반사적으로 돌아갔다. 그녀의 가슴팍엔 깜찍한 노란색 병아리 명찰이 떡하니 붙어 있었다. 하영의 선생님이었다.

병아리반, 선생님.

"아, 예. 안녕하세요."

"네, 안녕하세요. 오시느라 고생 많으셨죠?"

"아닙니다."

"하영이 불러 드릴까요?"

부담스러운 시선들 때문에 됐다며 만류하고 싶었으나, 그럴 수도 없었다.

때마침 커다란 눈망울이 유치원 출입문 사이로 빼꼼, 튀어나온 탓이다.

사랑스러운 입술이 점차 호선을 그리다가, 이내 활짝 웃는다.

"아빠!"

그래. 저 모습이 보고 싶어서 죽는 줄 알았는데.

그가 무릎을 굽히고 앉아 두 팔을 뻗었다. 그러자, 성급한 공주님은 기다렸다는 듯 와다다 달려와 하준의 넓은 품에 폭삭 안겨 들었다.

"아빠! 엄마는?"

너희 엄마 늦을 것 같다.

……라고 말하면, 울겠지.

아마도.

"엄마 곧 올 거야."

하준은 급조한 변명을 무작정 늘어놓았다.

"아빠! 나 봐요. 하영이 공주님 같지?"

하준의 품에서 벗어난 하영은 자리에서 빙그르르 돌며 발목까지 오는 드레스를 자랑했다.

"그러네. 예쁘다."

"치—!"

딸에게마저 무심한 말투라, 하영은 불만스럽게 입술을 삐죽였다.

"그래서. 왕자는 어딨어."

급한 것은 따로 있었기 때문이다.

"왕자님? 저기에!"

하영의 손가락이 가리키는 곳으로 매서운 눈빛이 옮겨졌다.

있네. 그, 왕자 놈.

무서운 눈빛과 직면하게 된 꼬마 왕자님은 화들짝 놀라며 선생님 등 뒤로 쏙 숨어 버렸다.

"아빠! 나 오늘 왕자님이랑 키스한다?"

"……뭐?"

타는 속도 모르고 하영은 아빠 속 뒤집어지는 말을 서슴지 않았다.

"키스!"

"……."

하준의 동공이 일순 잘게 흔들렸다.

"다시 말해 봐. 누구랑 뭘 해?"

뽀뽀도 아니고 키스?

"응! 동호랑 키스!"

확인 사살을 하는 말에 하준의 미간이 과격하게 구겨졌다.

"그런 말……."

"엄마가 알려 줬어! 뽀뽀는 영어로 키스! 키스, 키스!"

왜 애한테 쓸데없는 말을 가르치고 있어.

"그런 말 하면 못써."

"응? 왜?"

"선생님 어디에 계셔."

대본부터 수정해 달라고 해야겠다. 완강하게.

하준은 단호한 표정이었다. 항의를 피력하기 위해 굽히고 있던 다리를 펴고 일어서려는데, 우리 공주님은 방심할 틈조차 주지 않고 하준을 잡아 세웠다.

"아빠 나 안아 줘요!"

"손잡아 줄게."

버릇 나빠진다며 쉽게 안아 주지 말라던 단영의 전언 때문이다.

"안아 주면 안 돼? 안아 줘! 아빠 좋아!"

하지만 저 똥고집은 대체 누굴 닮았는지, 이길 재간이 없다.

"이리 와."

허락이 떨어지자마자 하영은 천사처럼 웃으며 작은 손으로 하준의 목을 감쌌다. 그가 하영을 단숨에 안정감 있게 안아 들었다.

"대신 조금만이야."

"왜? 왜요?"

"아빠가 계속 안고 있으면 드레스 망가지잖아. 그래도 괜찮아?"

도리도리. 예쁜 드레스가 망가지는 건 죽어도 싫었는지, 하영은 온 힘을 다해 고개를 흔들었다.

"하영이 이제 다 컸어! 아빠 힘들 수도 있으니까 걸어갈래!"

그 말에, 하준이 피식 웃었다.

"착하네, 우리 도하영."

"응! 엄마 닮았으니까!"

아…… 최단영, 진짜. 좋은 건 혼자 다 하고 있어. 두고 봐라. 너 없을 때 점수 왕창 따 놓을 테니까. 하준은 이를 악물며 억지로 웃었다.

그 순간에도 수군거림은 끊이지 않았다.

"봐요, 내 말이 맞죠? 아이 아빠였다니까?"

"어쩜……. 우리 애 아빠가 보고 반만 닮았으면 좋겠네. 우리 애 아빠는 회사 핑계 대고 오지도 않고, 어휴……. 독박 육아가 얼마나 힘든지 아마 꿈에도 모를걸요?"

"그러게 말이에요."

하준과 하영을 두고 부러움 가득한 말들이 쉬지 않고 흘러나왔다.

때마침, 끼이익— 흰색 외제차 한 대가 사립유치원 대문 앞에 정확히 정차했다.

다시 또 한 번, 많은 시선들이 뒤로 향했다.

달칵, 운전석 문이 열리고 뒤이어 삐빅— 잠기는 소리가 들렸다. 쓰고 있던 검은색 선글라스를 위로 올렸다. 단영이었다. 그녀에게선 작정하고 꾸민 티가 확연히 느껴졌다.

"엄마!"

"딸!"

이산가족 상봉도 이처럼 애절하진 않을 것이다. 하영은 꼬옥 다정하게 잡고 있던 하준의 손을 냉정히 내치고는 뒤도 돌아보지 않고 달렸다. 일순 하준의 얼굴에 황당함과 배신감이 스쳤다.

"와아, 우리 딸 오늘 완전 공주님이네?"

단영이 씨익 웃으며 하영을 추켜세웠다. 오늘의 공주님은 한껏 신이 났다.

"응! 나 오늘 공주님이에요!"

"오, 우리 딸 공주님이야? 그럼, 왕자님이랑 키스도 하겠네?"

"당연하지!"

작은 하영의 어깨가 높게 으쓱였다.

몇 걸음 떨어진 곳에 버려진 채 서 있던 하준은 못마땅함이 잔뜩 묻어난 표정으로 단영과 하영을 바라보았다.

그 눈빛을 직면한 단영은 어색하게 웃었다.

그걸 알 리 없는 하영이 천진난만하게 물었다.

"엄마! 왕 카메라 가지고 왔어요?"

"그, 그럼! 가져왔지!"

"보여 줘!"

"딸. 일단 가자. 아빠 삐지겠다."

"아빠 소심해!"

"맞아. 너희 아빠 완전 소심해."

키득키득. 웃음소리가 끊이지 않았다. 모녀 사이의 은밀하고 비밀스러운 대화가 끝나고 나서야 단영은 하준의 옆에 설 수 있었다.

"왜 이렇게 늦었어."

하준은 원망 섞인 음성으로 조용히 물어 왔다.

"미안, 미안. 촬영 스케줄이 늘어지는 바람에 늦었어. 많이 기다렸어?"

"조금."

"그러게. 먼저 들어가 있으라니까."

"……."

따갑게 쏟아지는 시선을 알면서 저런다. 하준은 밉지 않게 단영을 흘겨보았다.

"창피해서 그래?"

단영은 하준의 눈치를 살피며 물었다.

"아니."

하준은 무심히 답했다.

바쁜 엄마를 대신해서 방문한 소수의 아빠들도 있었으나, 관심 대상은 모조리 하준에게만 집중되어 있었다. 말하지 않아도 이유 정도는 충분히 알 수 있었지만.

"도하준 씨가 하도 잘나서 그래, 잘나서."

단영은 기를 살려 주기 위해, 하준의 옆구리를 팔꿈치로 콕콕 찔러 가며 그 이유를 굳이 언급했다.

"엄마. 아빠 삐졌어?"

"응. 삐졌대."

키득거리는 웃음소리를 뚫고 하준이 무심하게 말했다.

"하지 마."

"뭐야. 아직도 안 풀렸어? 왜 그러는 건데에."

508

"선생님 어디 계시는지 찾아봐."

"선생님? 선생님은 왜 찾아? 아까 인사드린 거 아니야?"

"뽀뽀한다잖아. 왕자랑."

"허……."

이 남자가 정말. 단영이 어처구니가 없다는 듯 헛웃음을 터트렸다.

"으이구, 인간아! 이리 와!"

그녀가 하준의 팔을 잡아끌었다.

강당으로 향하는 내내 옥신각신했다.

그들에게선 어린 딸아이를 둔 부모의 연륜은 찾아볼 수 없었다. 다른 이들의 눈에 비친 그들은 그저 애정 넘치는 신혼부부의 모습이었다.

"요즘 나보다 더 바쁜 것 같다. 최단영."

"그럼! 내가 얼마나 잘나가는데."

"일이 중요해, 내가 중요해."

유치하기 짝이 없다. 하지만 단영은 이런 하준의 투정이 싫지만은 않았는지 속없이 웃었다.

"당연히 도하준이 더 중요하지."

포토그래퍼로 이름을 날리고 있는 단영의 위상 덕분에 육아의 몫은 거의 하준에게 있었다. 그것이 불만은 아니었지만, 기세등등한 단영을 보고 있자니 어이가 없다.

아, 물론 좋은 의미로.

"엄마! 아빠! 하영이 꼭 잘 봐!"

하영은 먼저 대기실로 가 봐야 한다며 발랄한 인사를 고했다.

아, 귀여워. 미쳤어. 어떻게 저럴 수 있어? 내 딸이지만 너무 예뻐!

단영은 사랑스러워 죽겠다며 난리도 아니다.

"응응. 잘하면 엄마가 밤에 맛있는 거 해 줄게."

"와아! 엄마. 오늘은 하영이랑 같이 있을 수 있어?"

"그럼!"

"히히. 정말이지?"

"엄마가 거짓말하는 거 봤어? 얼른 들어가. 친구들이랑 선생님이 기다리겠다."

"웅!"

멀어지는 꼬마 숙녀의 뒷모습을 물끄러미 바라보던 하준이 끝내 숨겨 둔 불만을 내비쳤다.

"도하영."

부산스러운 주변 분위기 때문에 하영은 제 아빠의 부름을 듣지 못하고 어느새 곁으로 다가온 선생님의 손을 잡았다.

"하영아."

하준은 그런 하영을 다시 한번 불렀다. 그제야 찰떡 같은 볼이 옆으로 돌아갔다.

"웅, 아빠!"

아빠. 그 소리가 이렇게 좋을 수도 있나. 들어도, 들어도 질리지가 않았다.

하준은 부드럽게 미소를 그렸다.

"다시 불러 봐."

두 번 보고 세 번 봐도 하준 반, 단영 반. 예쁜 곳만 골라 닮았다.

"아빠. 히히."

"왕자님이랑 하는 척만 해."

잊지 않고 똑똑히 보겠다.

"아빠 말 알겠지, 도하영."

딸바보가 이처럼 무서운 거다. 사람 한 명 지독하게 집착하도록 만들어 주니까.

"무슨 척?"

하영이 의미를 모르겠다는 듯 고개를 갸웃거리자, 하준이 눈을 부릅뜨며 세뇌시켰다.

"뽀뽀. 하는 척만 해."

진짜로 했다간 무대를 엎어 버릴지도 모를 일이다.

"아빠 이상해!"

꺄르륵. 하영이 웃음꽃을 터트렸다.

하준과 단영이 도착하기 한참 전부터 하영은 친구들에게 입이 닳도록 자랑했다.

우리 아빠가 세상에서 제일 잘생겼다며. 우리 엄마가 세상에서 제일 예쁘다며.

누구라 할 것 없이 하준과 단영을 직접 본 후론 귀여운 하영의 허세를 납득할 수밖에 없었다.

……물론, 당사자들은 꿈에서조차 모를 사실이겠지만.

"봤지? 저기, 저쪽에 있는 사람이 울 엄마랑 아빠야!"

하영은 아쉬운 인사를 마치고 점차 멀어지는 하준과 단영을 가리키며 신이 났다.

"하영이 갔으니까 해 줘."

어린 딸이 다 듣고 있는 줄도 모르고 코너를 돌기 직전에 멈춰 선 그들은 아직도 옥신각신 중이다.

"뭘 해!"

"뽀뽀."

남사스러운 애정 표현도 그들에겐 당연한 일상이었다.

"어휴, 애 유치원에서 못 하는 말이 없어!"

단영은 못 말리겠다는 듯, 하준의 뺨에 짧은 입맞춤을 남겼다.

그 모습을 멀리서 말똥말똥 지켜보던 하영이 고개를 내저으며 혼잣

말했다.

"엄마 아빠도 뽀뽀하면서 유난 떨기는!"

아이 입에서 나왔다고는 도무지 믿을 수 없는 말이었다.

그 말을 누구한테 배웠느냐고 묻는다면,

……당연지사, 최단영이다.

평화로운 주말 아침. 오늘은 하준과 하영이 출근하는 단영을 배웅했다.

"도 공주! 엄마 다녀올게!"

단영이 현관문 앞에 서서 신발을 신자마자 하준의 품에 안겨 있던 하영의 얼굴이 위태롭게 구겨졌다.

"엄마. 오늘은 하영이랑 아빠랑 같이 놀면 안 돼?"

바쁜 엄마는 오늘 같은 상황이 벌어질 때면 그렇게 마음이 아플 수 없다.

하준은 몰래 출근하는 방법을 추천했으나, 단영은 아니었다.

"하영이 예쁜 인형도 사 주고, 맛있는 밥도 해 주려면 엄마가……."

"아빠가 엄마보다 훨씬 더 많이 벌잖아!"

아……. 그런 식이면 내가 할 말이 없잖니.

순수할수록 더 무섭다고 했던가.

무턱대고 날아온 팩트 공격에 단영은 정신을 차리지 못했다.

이유 모를 패배감이 밀려와 하준을 찌릿 흘겼다. 그러거나 말거나 하준은 여유롭기만 하다.

얄미워 죽겠네. 단영의 시선이 다시금 하영에게 향했다.

"하영아. 엄마가 무슨 일 하는지 알아?"

"응! 사진 찍는 일!"

“그렇지. 엄마가 그 사진, 하영이도 많이 찍어 주지?”

“응!”

“그때 기분이 어땠어?”

“좋았어!”

“맞아. 행복하지?”

“응!”

“그래서 엄마는 지금 다른 사람들도 하영이처럼 행복해지게 만들어 주려고 가는 거야.”

물론, 내포되어 있는 자본주의도 무시할 수 없지만…….

단영은 솔직한 속내를 숨기며 생긋 웃었다. 반면, 이해하기가 어려웠는지 하영이 다시 물었다.

“그럼, 엄마는 요정이야? 사람들 소원 들어주는?”

“어……? 어어. 아마도 그, 비슷한 거?”

단영이 진땀을 흘리며 당황해하자, 하영을 안은 채 말없이 상황을 지켜보다 말고, 하준이 별안간 피식 웃음을 터트렸다.

“얼른 가.”

쩔쩔매는 단영이 적잖게 안쓰러웠던 모양이다.

“응. 혼자 잘 볼 수 있겠어?”

물어보는 것 자체가 무의미했다. 임신한 순간부터 육아에 대해 단영보다 더 심층적으로 공부하고 또 공부한 하준이었으니까.

그는 자신만만한 표정으로 고개를 끄덕였다.

“오늘은 몇 시에 와.”

“음……. 오늘은 조금 늦을 것 같은데.”

못내 미안해하는 투였다.

“퇴근 전에 전화해. 데리러 갈게.”

“됐어. 하영이 있잖아.”

"오늘 아버지 어머니 오시기로 했어. 하영이도 허락했고."

"그래?"

하영은 친할아버지 친할머니를 무척 잘 따랐다.

아기 때부터 많은 사람들 품에서 사랑받으며 자란 탓일까. 아무나 잘 따라서 걱정도 많았으나, 또래보다 똑똑함은 남달랐기에 그나마 다행이었다.

"그러니까 오늘은 같이 있자."

그 말뜻을 뒤늦게 알아차린 단영의 얼굴이 붉게 달아올랐다.

"아, 진짜! 애 앞에서 못 하는 말이 없어!"

하준의 입술이 언뜻 올라섰다.

"최대한 빨리 끝내."

"으이구. 알겠어."

대답을 듣자마자 하준의 허리가 살짝 숙여졌다.

하준의 입술이 단영의 입술에 닿았다. 짧게 끝날 줄 알았는데, 아니었다. 하영을 한 손으로 안아 들고서 다른 팔로 단영의 턱을 감쌌다.

"아……."

야릇하게 입술을 훑고 지나갔다. 단영은 은근하게 미소 지으며 하준을 기쁘게 받아 냈다.

입맞춤이 더욱 농염해지려는 때였다.

"엄마, 아빠! 지금 뭐 하는 거야? 사랑 나누는 거야?"

하영이 불쑥 끼어들었다. 정신이 번쩍 돌아온 단영이 단단한 가슴팍을 팍 밀쳤다.

쉽게 물러서 줄 것 같지 않던 하준도 예상을 깨고 쉽게 단영을 놓아주었다.

"어, 어, 엄마 이제 갈게!"

아쉬움 가득한 집요한 눈빛이 발목을 잡았지만.

"응! 엄마 잘 가!"

작은 천사의 낭랑한 음성이 벌써부터 그리워졌지만.

"차 조심해."

아쉬움을 잠시 뒤로하고 이별할 시간이다.

"응."

"사랑하고."

그의 낮은 음성은 여전히 달콤하다.

"나도 도하준 사랑해."

"엄마! 하영이도 사랑해!"

"응. 엄마도 하영이 사랑해."

쪽. 단영은 마지막으로 하영의 볼에 입을 맞추었다. 그러고는 뒤를 돌아 망설임 없이 현관문을 활짝 열었다.

따사로운 햇볕이 좋다.

그러니까. 엄마는 오늘도 힘낼게.

단영은 속으로 주문을 외우며 힘차게 출발했다.

"아빠! 하영이 젤리 하나 더 먹을래요! 포도 맛!"

단영이 출근하고 꽤 긴 시간이 흘렀다. 부녀는 부엌에서 때아닌 전쟁을 치르는 중이었다.

"……안 돼."

"하나만!"

"안 돼."

"제발! 하나만!"

간절한 하영의 조름에 하준은 곤란하다는 듯 눈살을 찡그렸다. 마음 같아선 백 개도 더 주고 싶었으나, 차마 단영의 말을 무시할 수 없었다.

그런 애달픈 아버지의 마음을 아는지 모르는지, 하영은 곧 세상이 무너질 것만 같은 표정으로 하준의 바지를 잡고 흔들며 보챘다.

"아빠! 잘생겼어!"

누가 최단영 딸 아니랄까 봐. 불리할 때 애교 부리는 건 세계 최고다.

"너 그거 누구한테 배웠어."

"엄마한테! 아빠! 그럼 하영이가, 엄마한테 졸라서 아빠가 좋아하는 거 하나 사 달라고 할게!"

이젠 협상 시도까지. 하준은 어처구니가 없어 실소를 터트렸다.

"엄마가 젤리 많이 먹으면 충치 생긴다고 다섯 개 이상은 안 된다 했잖아."

"엄마한텐 비밀로 할게!"

"충치는 비밀 같은 거 없어. 치과 안 무서워?"

"아빠 너무해!"

"충치 생기면 아프잖아."

"괜찮아! 하영이 씩씩하거든!"

"……거짓말하지 마."

"뿌우—!"

제대로 심통이 난 모양이다. 하영은 뜨거운 콧바람을 뿜어 대며 원망 가득한 눈빛으로 하준을 올려다보았다.

하아…….

묵직한 숨을 내쉰 하준이 다리를 굽히고 앉아 하영의 눈높이에 맞추었다. 쩔쩔매고 있는 하준의 모습은 다른 이들이 본다면 말을 잇지 못할 만큼 귀한 장면이었다.

"도하영."

조금은 엄한 음성이 하영을 타일렀다.

"우우……."

"너 지금 벌써 여섯 개나 먹었잖아."

차근차근 달래는 하준의 말에도 하영은 서러운 듯 묵묵부답이다.

"네가 아프면 엄마도 아파하는 거 알지."

"……알아."

"아빠가 뭐라고 그랬어."

"……."

하영의 입술은 열릴 생각 없이 고집스럽게 다물어졌다.

저, 고집불통. 진짜 못 말린다. 하준은 헛웃음을 터트리며 하영의 작은 손을 꼬옥 맞잡았다.

"하영아."

"……엄마가 아프면 아빠도 아프다고 했어요."

아무리 딸바보라지만 근본적인 성격은 아예 사라지지 못했다.

엄격할 땐 엄격하고 다정할 땐 다정한 아빠의 성향을 잘 파악하고 있는 하영이라, 아무리 어린아이라 해도 물러설 순간을 완벽하게 인지하고 있었다. 그런 방면으론 하준을 빼닮은 하영은 눈치가 제법 빨랐다.

"그래. 아빠는 엄마 아프면 안 돼."

"아빠는 하영이보다 엄마만 좋아하고!"

그게 또 서운했나 보다.

"아빠도 하영이 좋아해."

"거짓말!"

"진짠데."

"거짓말!"

"……."

그래. 너희 엄마를 아주 조금 더 좋아하는 건 맞는데.

……그렇게 말하면 또 울겠지.

하준은 새어 나오려는 웃음을 가까스로 참으며 다리를 펴고 일어섰다.

"보여 줄까."

"뭐를?"

우리가 그동안 널 얼마나 사랑했고, 앞으로는 얼마나 더 많이 사랑할 건지.

그가 하영의 손을 잡고 넓은 거실로 걸어갔다. 대형 TV 밑 선반에서 발을 멈추고는 가지런히 정돈되어 있는 커다란 앨범 하나를 집어 들었다.

"아빠, 그게 뭐야?"

"아침에, 엄마가 말했던 거."

"공주님, 왕자님처럼 행복하게 만들어 주는 거?"

"그래, 그거."

하준이 소파에 가뿐히 착석하자, 하영은 끙끙거리며 짧은 다리로 소파 위로 올라오려 애썼다. 일반적인 소파보다 조금 더 높은 탓이다.

"아빠가 도와줘?"

"아니! 하영이 혼자 할 수 있어!"

하준은 도와주지 않았다. 그저, 은근한 미소를 그린 채 하영이 혼자 힘으로 해결할 수 있도록 지켜봐 주었다.

"우윽……."

기어코 해냈다. 하준의 바로 옆에 착 달라붙어 앉았다.

"하영아."

"응, 아빠."

"혼자 해결해서 기특하긴 한데, 아직은 아빠 도움 조금 더 받아도 돼."

아쉬워서 그런다.

조금만 더디게 자랐으면.

그랬으면 좋겠다는, 작은 욕심이다.

"어? 엄마다!"

앨범을 펼치자마자 가장 먼저 눈에 들어온 엄마의 모습이 반가운 듯 하영이 활기차게 소리쳤다.

"그래. 엄마네."

"엄마 공주님 같아."

"예쁘지."

"응. 예뻐."

사진 속 단영은 순백의 드레스를 입고 있었다. 다시 봐도 아름답다.

"어? 여기 아빠도 있다! 아빠 왕자님 같아!"

그 옆엔 하준이 그녀를 든든하게 지키고 있었다.

"엄마랑 아빠랑 결혼한 날이야."

"결혼?"

"그래. 결혼."

"결혼이 뭐예요?"

"사랑하는 사람들끼리 하는 거야."

"왜?"

"평생을 약속하기 위해서."

"평생? 약속?"

"아빠가, 많은 사람들 앞에서 죽는 날까지 엄마를 지켜 주겠다고."

언젠가 태어날 너를 반드시 지켜 주겠다고.

"그렇게 약속했어."

잊지 못할 그날을 회상하고 있는 듯, 하준의 입술 끝이 시원하게 올라갔다.

외전 2화

첫 번째 기록, 약속

WA 호텔 예식장.

경사스러운 날 많은 사람들이 모였다.

정신없는 분위기 속에서 하객을 맞이하기 위해 준비 중인 하준은 독보적으로 눈에 띄었다. 가만히 둬도 후광이 철철 흘러넘치는 남자인데, 작정하고 예복 슈트를 갖춰 입고 있으니, 더없이 훤칠했다.

약속이라도 한 듯, 이곳저곳에서 하객들은 감탄을 연발했다.

오늘의 도하준은 한없이 너그러웠다.

"이야— 도하준 오늘 끝내준다? 방금 단영이 보고 왔는데 엄청 예쁘더라. 허니문 기대해도 되는 부분이냐?"

짓궂은 민재의 농담도 받아 주었고.

"어머. 저번에 이어서 오늘은 신부 화장 수준인데?"

대놓고 속을 긁어 대는 민희의 언사도 웃으며 넘겼으며.

"크흠. 도 본부장. 이번 G 시리즈 말이야……."

식장까지 찾아와 업무 이야기를 늘어놓기 바쁜 귀찮은 상부들도 군말 않고 상대했다.

"아들. 그렇게 좋아?"

한복을 곱게 차려입고 하준의 옆에 선 연수가 조용히 물어 왔다.

"네."

"……그래. 그럼 됐어."

연수는 어느새 다 커 버린 아들의 널찍한 등을 다정하게 두드려 주었다. 그녀의 눈에 비친 하준은 여전히 연약하고 어린 아들이었지만.

언제 이렇게 컸나……. 대견하기도 하면서, 울컥 차오르는 감정이 연수는 새삼스럽다.

"걱정 마세요. 잘 살게요."

그 마음을 누구보다 잘 알기에, 하준은 어머니를 다독였다.

"너희 아버지 보이니?"

연수가 묻자, 하준의 고개가 자연스레 옆으로 돌아갔다.

흰머리가 가득한 아버지. 단영이 있을 신부 대기실에 들어가고 싶어 안절부절 말도 아니었다.

애잔하기까지 한 아버지의 뒷모습에 하준이 실소를 짧게 터트렸다.

"식장 도착하자마자 계속 저러고 계신다. 혹시라도 단영이가 부담스러워할까 봐 신부 대기실 앞에서 이러지도 못하고 저러지도 못하고. 보는 내가 다 안쓰럽더라."

"……많이 예뻐하시니까요."

"무뚝뚝한 양반이 저렇게 변할 줄 누가 알았겠어."

어머니와의 대화는 그게 끝이었다. 처음 하는 결혼식이라, 정신이 남아나질 않았다.

그렇게 시간이 흘러, 대부분 참석한 하객들은 식장 자리를 가득 채웠다. 어느 정도 인사를 마친 하준은 목적지를 향해 다리를 움직였다.

신부 대기실.

"하아……."

단영은 고된 시간의 연속에 많이 지친 듯 보였다. 치렁치렁한 장식이며, 온몸을 꽉 조이고 있는 무거운 드레스하며, 두피가 뜯겨 나갈 것만 같은 머리 고정까지. 호흡이 힘들 정도였다.

왠지 모르게 속이 울렁거리는 것 같기도 하고…….

"힘들어?"

하준의 등장에 구세주를 만난 사람처럼 단영은 커다란 눈을 동그랗게 떴다.

"오빠……."

그녀는 죽을상을 지었다.

"나 긴장돼서 죽을 것 같아……."

하준이 웃었다.

"예쁘다."

"진짜?"

"그래. 진짜."

정말, 눈물 날 만큼 예뻐서 감당하기가 벅차다.

하준의 입술이 부드러운 호선을 그렸다.

"거짓말하지 마. 이럴 줄 알았으면 조금만 덜 먹을 걸 그랬어."

"더 쪄도 돼."

"흐엉. 요즘 왜 이렇게 갑자기 식욕이 늘었지?"

그녀가 생각 없이 뱉은 말에 하준은 순간 침묵했다.

진중한 눈으로 단영을, 아니 그녀의 배를 꿰뚫듯 직시했다.

"왜, 왜 그렇게 봐? 나 진짜 배 나왔어?"

"……아니."

나오긴 무슨. 아주 매끈하다. 그저, 혹시나 싶은 마음이었다.

드레스를 입은 단영의 모습은 정말이지, 아름답다 못해 고혹적이었다.

이른 아침부터 예쁘다고, 예뻐 죽겠다고 몇 번이고 말했지만 아직도 턱없이 부족하다.

"하아아……. 전혀 위로 안 되는 말, 아주 고맙다."

"그게 아니라."

하준이 다음 말을 이어 하려던 때였다.

"신랑님 입장 준비할게요!"

직원의 외침에 잠시 풀어져 있던 단영의 눈이 다시금 한껏 긴장했다.

"오빠. 얼른 가!"

"아니, 잠깐……."

"빨리 가래도!"

단영은 도리질 치며 추궁했다.

하준은 못 이기는 척 등을 돌렸다. 하지만 몇 걸음 걸어가다, 다시 뒤를 돌아 빠르게 단영의 앞으로 다가섰다.

"왜?"

단영이 고개를 들었다.

"너, 오늘 진짜 예뻐."

"하하. 뭐야, 갑자기!"

위에서 쏟아지는 그의 눈빛은 여느 때보다 진지했다. 그래서였을까. 단영은 차마 말을 잇지 못했다.

"너도 지키고."

"……."

"얘도 지키려면."

얘? 영문을 몰라 눈을 깜빡거리던 단영의 눈이 서서히 밑으로 내려갔다.

"앞으로 바빠지겠다."

그러다 어느 지점에서 멈추었다. 그의 집요한 눈빛이 향해 있는 곳. 가슴 밑, 배였다.

"……오빠?"

에이, 말도 안 돼. 단영은 혼란스러운 얼굴이었다.

"확실한 건 아닌데."

그러고 보니, 월경 마지막이 언제였더라……. 단영은 머리가 핑글핑글 돌았다.

"그냥, 느낌이야."

"에이! 말도 안……."

"예식 끝나는 대로 확인해 보자. 나쁠 건 없으니까."

말도 안 되는 소리라 치부하기엔, 그의 직감은 뛰어났다.

단영의 혼이 쏙 빠져 있는 틈을 타, 그녀가 앉아 있는 의자를 잡아 지탱한 채 얼굴을 내렸다.

쪽.

그의 입술이 단영의 입술 위에 가볍게 닿았다가 떨어졌다.

"아, 진짜!"

"화장했으니까 이 정도로 봐주는 거야. 알지."

그가 개구쟁이처럼 픽, 웃으며 말했다.

"허!"

"조심히 걸어와."

나에게로 오는 길.

"넘어지지 말고."

그 길은, 네가 피어남으로 비로소 꽃밭이 될 것이다.

신랑 입장이 끝나고, 이제 신부 입장을 남겨 두고 있었다. 단영은 단태에게 팔짱을 끼우며 지속적으로 심호흡했다.

"하아……. 나 지금 떨고 있냐."

"그런 것 같네."

단태가 시큰둥하게 대답했다.

"최단태. 나 지금 어때?"

"그냥, 그럭저럭 봐 줄 만은 해."

저것도 동생이라고…….

단영이 단태를 흘겨보며 이를 바득 갈았다.

"누나."

별안간 단태가 단영을 부르자, 그녀는 얼굴을 돌려 그를 바라보았다.

"왜?"

"……수고 많았어."

"뭐야, 갑자기."

"나 키우느라."

그 말이 뭐라고, 부케를 쥐고 있던 손에 문득 힘이 실렸다.

"누난 내가 모르고 있을 거라 생각할지도 모르겠는데."

"……."

"사실, 나 다 알고 있었어."

단태는 정면만 응시하며 말했다. 낯간지러운 동생의 속내는 처음이었다.

"아버지가 술 많이 드신 날, 누나가 나 데리고 가서 옆집에 맡겼던 것도 다 기억하고 있고."

"……."

"내가 엄마 언제 오냐고 칭얼댈 때마다 어른처럼 안심시켜 줬던 것도 기억해."

단영의 눈썹이 바르르 떨렸다. 울면 안 되는데. 울면 안 되는데. 입술을 꾹 씹었다.

"사실, 나도 모르게 엄마 원망 많이 했어. 근데, 원망한다고 말하면 누나가 더 힘들 거 아니까. 그래서 참았어. 모르는 척, 기억 안 나는 척했어. 많이 늦었지만, 그래도…… 미안."

"야……. 안 어울리게 갑자기 왜 그래."

"그래도 결국 다 잘됐으니까, 다행이라고 생각하자."

이제 와서 느낀 거지만, 아홉 살 코 흘리던 단태는 참 잘 컸다.

"잘 살아. 누나."

정말 어른이 다 됐다.

"이제 힘들었던 만큼 웃자."

"응."

그녀가 차오르는 감정을 애써 진정시키며 대답하자, 타이밍에 맞추어 사회자 민재의 목소리가 우렁차게 울렸다.

"신부, 입장!"

식장 문이 활짝 열렸다. 눈부신 조명 빛이 단영에게 집중되었다.

그녀가 눈을 질끈 감았다 떴다. 희뿌옇던 형체들이 하나둘씩 또렷해졌다.

단태가 먼저 첫걸음을 떼어 냈다. 조심스럽게 팔짱을 끼우고 있던 단영도 그를 따라 발을 내디뎠다.

버진 로드를 단태와 나란히 걷는 동안, 축복하는 박수갈채가 쉬지 않고 쏟아졌다.

기립한 하객들은 휘파람을 불어 주기도 했고, 제2의 인생을 시작하는 것에 환영의 말을 건네기도 했다. 생각보다 훨씬 더 많은 사람들이 자리를 빛내 주었다.

"아……."

맨 앞자리엔 엄마가, 그리고 비어 있어야 할 그녀의 옆자리는 세훈이 대신 채웠다.

울지 않기로 했는데, 자꾸만 눈물이 차올라 단영은 차마 고개를 들 수 없었다.

몰랐는데.

나, 정말 잘 살았구나.

이제 와 실감하는 순간이다.

한 명 한 명 모든 사람들에게 감사한 마음을 전해야 하는데, 이상하다.

분명 옆엔 단태가 있는데. 수많은 하객들이 있는데. 천천히 고개를 들고 보니 그밖에 보이지 않는다.

"……."

정말, 잘난 내 남자.

앞으로 보호자가 될 유일한 사람.

도하준만 보인다.

낯선 타인에서 친구로. 친구에서 오빠로.

오빠에서 남자로. 남자에서 애인으로. 애인에서 남편으로.

다시 생각해 봐도 너무 현실감 없는 일이다.

그가 근사하게 웃었다. 단영도 해사하게 웃었다. 하준이 팔을 뻗었다.

"형. 우리 누나, 잘 부탁해."

527

단태가 단영의 손을 넘겨주자, 하준은 든든하게 맞잡았다.

"그래."

"울리면."

잠시 숨을 참은 단태가 다시 말을 이었다.

"절대 안 돼. 알지?"

그 말에, 하준이 씨익 웃었다.

"잘할게."

"응. 믿어. 다른 사람도 아니고 형이니까."

두 남자의 대화가 짧게 끝나고, 단태는 자리로 돌아갔다. 드디어 오롯하게 둘이 섰다. 미래를 함께하기 위해 첫 계단을 밟는 순간이다.

"신부가 너무 예쁘지 않습니까? 하하핫!"

민재의 유치한 멘트가 긴장을 풀어 주었다.

"아마, 오랜 시간 동안 우리 신랑 신부를 곁에서 지켜보신 분들은 잘 아시겠지만, 이렇다 저렇다 할 사연이 참 많았던 커플이었습니다."

그래. 우린 정말 사연이 많았다.

많이 싸우고, 또 그만큼 울고, 웃었다.

민재의 덕담을 들으며 단영은 하준의 팔을 세게 잡았다.

"울지 마."

그의 나른한 음성이 가슴을 적셨다.

"안 울어."

"근데 표정이 왜 그래. 좋은 날에."

그는 앞만 주시한 채 말했다.

"오빠 속상하게."

"치."

"웃어야지."

"응……."

“너 울면 나 혼나.”

하준은 그렇게 말하는 동안에도 단영의 손을 꽉 쥐고 놓지 않았다. 그런 그가 너무 듬직해서, 이제 단영은 그 무엇도 두렵지 않다.

그래. 우린, 늘 함께일 거야. 그렇지?

일에 지쳐서 미역이 되어 버린 상태로 집에 들어오면, 같이 맥주 한 잔 마시고, 재미있는 영화도 보고 그러자.

주말엔 같이 장도 보러 가고, 요리도 같이 하고. 가끔씩 산책도 가자.

……근데, 아이가 생기면. 오빠의 직감이 맞다면.

그럼 더 좋을 것 같아.

도하준을 꼭 닮은 아이.

상상만으로도 행복하고 벅차오른다.

“신랑은, 아름다운 신부를 평생 사랑할 것을 약속합니까?”

주례자가 없었기에, 사회자인 민재가 대신 질문했다.

“예.”

단영을 마주 보고 선 하준이 진심을 담아 맹세했다.

“신부도, 약속합니까? 물리고 싶으면 지금 말해요. 마지막 기회니까.”

하하하— 유쾌한 웃음소리가 끊이지 않았다.

“네! 약속합니다!”

단영은 활짝 웃으며 씩씩하게 답했다. 청순한 신부의 모습과 달리, 무척이나 호쾌하고 우렁찬 음성이었다.

어쩐지, 신부와 신랑이 뒤바뀐 기분이 들었다면 그건 착각이었을까.

그럼에도 하준은 더없이 만족스럽다는 듯, 입술 끝을 시원하게 올렸다.

“이어서, 신랑 신부의 뜨거운 키스가 있겠습니다!”

대망의 순서였다.

하준의 조각 같은 얼굴이 점차 가까워졌고, 수줍게 달아오른 입술 위로 그의 입술이 얹어지려는 찰나.

"우욱—!"

이, 이게 아닌데? 당황한 마음보다 본능적인 역함이 울컥 치솟았다. 단영은 급히 입술을 가리며 뒤로 물러섰다.

그 모습에 하준은 눈썹을 구기며 단영을 바라보았다.

설마…….

단영과 하준, 그리고 참석한 하객 모두가 한마음 한뜻으로 생각했다.

이건.

정말 이건,

"……말도 안 돼!"

마침내 선물이 도착했다.

외전 3화

두 번째 기록, 선물

띠띠띠띠. 띠리릭.

도어록이 열리는 소리가 들리자마자, 소파에서 벌떡 일어난 단영이 현관문 앞으로 한걸음에 달려갔다. 아니, 그러고 싶은 마음은 굴뚝같았다.

"오빠, 왔어?"

하지만 현실은 뒤뚱뒤뚱 오리처럼 걷게 됐다. 부쩍 무거워진 몸 덕분이다. 졸리고. 피곤하고, 이곳저곳이 쑤시고 아프다.

"몸은 어때."

"좋아."

안심시켜 주려는 단영의 말은 하준에겐 그다지 신뢰가 되지 못했다.

하준의 고개가 비스듬히 기울어졌다. 집요한 시선이 단영의 머리부터 발끝까지 훑으며 천천히 내려갔다.

"하암……."

단영은 습관처럼 하품을 했다.

"졸려?"

그의 눈이 다시금 정면으로 올라왔다.

"으응. 왜 이러지……. 오늘도 하루 종일 잤는데."

"밥은."

"방금 전에 엄마랑 어머니랑 셋이서 배 터지게 먹었어."

"더 자."

"안 돼. 살찐단 말이야."

"더 쪄도 돼. 예뻐."

"하여튼, 말은."

"재워 줄 테니까 들어가자."

구두를 벗고 슬리퍼로 갈아 신은 하준이 그녀의 손을 잡았다. 하지만 좀처럼 앞으로 나아가지 못했다. 요지부동인 단영 때문이다.

"오빠 씻어야지."

"너 재우고."

"아, 맞다. 밥은?"

"먹고 왔어."

거짓말이다. 빠르게 업무를 마무리 짓고 뒤도 돌아보지 않고 달려왔는데, 식사를 챙길 시간이 있을 리가.

그런데 왜일까. 하준은 최근 들어 부쩍 공복에도 배가 부르다.

변함없이 예쁜 단영과 그녀를 힘들게 하는 배 속의 핏덩이가 그 이유다.

침실에 도달한 하준은 슈트 재킷을 벗었고, 대충 의자 위에 던지듯 올려 두었다. 그대로 침대에 몸을 기대고는 단영에게 손짓했다.

"얼른 와."

"진짜, 고집하고는……."

"누가 누구더러."

고집을 논해.

하준이 허탈하게 웃었다.

"간다, 가."

마지못해 단영도 침대에 누웠다. 하준이 자연스럽게 팔을 뻗자, 그 위로 단영의 머리가 놓였다.

그의 품이 좋다. 더 파묻히고 싶은데, 만삭인 상태라 그마저도 무리다.

"어휴, 오빠 안고 싶은데 선물이가 방해한다."

결국 단영은 대(大)자로 벌러덩 뻗었다.

"선물이가 잘못했네."

산처럼 볼록 솟아오른 단영의 배를 힐긋 바라본 하준이 픽, 하고 웃음을 터트렸다.

집 안은 조용했다. 토닥, 토닥 단영을 재우기 위해 다독이는 소리만이 방을 채웠다.

단영 쪽으로 돌아누운 하준은 한쪽 팔로 제 머리를 받쳤고, 다른 손으로는 단영의 배를 부드럽게 쓰다듬었다.

"엄마 그만 고생시키고 얼른 나와."

그의 입술로 희미한 미소가 맺혔다.

"아빠 속 탄다."

그가 낮은 음성으로 혼잣말하듯 중얼댔다.

"나오는 순간부터 시작이라고 지금은 고생도 아니랬어, 엄마가."

"대신 아파 주고 싶네."

"웃겨, 정말."

"진심이야."

"알아. 진심인 거."

졸린 듯, 감았다 뜨는 단영의 눈꺼풀이 점차 무거워졌다.

"오빠. 나 요즘 기분이 이상하다? 예정일이 다가올수록 설레야 하는데, 무섭고 두렵고 막 그래."

단영을 빤히 바라보던 하준이 느리게 입술을 떼어 냈다.

"옆에 있을게."

"갑자기 회사에 급한 일이라도 생기면 어떡해?"

"너보다 급한 일이 어디에 있어."

문제 될 건 전혀 없어. 걱정 마. 그의 대답은 신속했다.

"그러다 잘리면?"

"누가 날 잘라."

그가 어림도 없다는 듯이 오만하게 웃었다.

"방금 좀 건방졌다, 도하준?"

단영이 힘없이 웃었다. 그 모습이 안쓰러우면서도 기특하다. 하준은 단영의 입술에 입을 맞추며 나지막하게 말했다.

"예쁘다."

가까운 숨결이 달콤하다.

"뭐야……."

"졸리면 자. 얼른."

"아니야……. 조금만 더……."

앞으로 얼마 남지 않은 출산 예정일. 연약한 네가 잘 견뎌 줄 수 있을까.

하준의 무심한 눈빛 속에 걱정이 뒤엉켰다. 복잡했다.

하루빨리 만나고 싶은데, 고통스러워할 단영을 떠올리면 끔찍하다.

새근, 새근 단잠에 빠진 단영을 바라보다, 긴 숨을 흘려보냈다.

"최단영."

그가 손을 들어 단영의 잔머리를 귀 뒤로 단정히 넘겨 주었다.

"단영아."

자나?

"우음……."

자네.

잠자는 숲속의 공주가 따로 없다.

하준은 이불을 당겨 단영의 목 바로 아래까지 덮어 주고는 천천히 상체를 일으켰다.

그러고는 습관처럼 단영의 발을 주무르기 시작했다. 적당한 악력이었다.

혹시라도 저릴까. 추울까.

그는 늘 단영 걱정뿐이다.

다시금 단영의 배 위로 조심스럽게 손을 올렸다.

"사랑해."

두 여자를 향한 고백이었다.

익숙한 아빠의 음성이라 그랬는지는 몰라도 곧바로 반응이 왔다.

미약한 진동이 손끝으로 전해지자, 하준의 눈빛이 잘게 흔들렸다.

반면, 잠에 취해 있던 단영의 미간이 확 구겨졌다.

"알겠다. 그만 괴롭힐게."

하준은 희미하게 미소 지으며 배에서 손을 떼고 주변을 살폈다.

침실 곳곳에 아기 용품이 부쩍 늘었다. 퇴근하는 길에 잊지 않고 하나씩 구매하다 보니 벌써 한가득이다.

낯설기만 했던 아기 용품점이 언제부턴가 익숙해지더니, 지금은 거의 제집처럼 친숙해졌다.

"……다 분홍색이네."

정신을 차리고 나서 보니, 정말 그랬다.

별안간 하준이 멈칫했다.

"내일은 노란색을 사야 하나."

분명, 또 사 왔느냐며 단영에게 한 소리 듣겠지만 말이다.

여자아이라고 해서 무조건 분홍색, 노란색을 좋아할 거라는 보장이 없지 않은가.

"아……."

분홍색으로 도배해 뒀는데 선물이가 하늘색을 좋아하면 어쩌지.

우스운 고민이었지만, 지금의 하준은 여느 때보다 진지하다.

아, 모르겠다.

그냥 색색별로 다 사 버리자.

"으…… 으윽……!"

단영은 숨넘어가기 일보 직전이었다.

"하윽……!"

고통스러워하는 단영의 곁을 듬직하게 지키고 있던 하준은 입술을 잘근 짓이겼다.

나올 듯 말 듯 사람 애를 그렇게 태운다. 단영이 얼마만큼 힘들지 감히 가늠조차 할 수 없었다.

하준의 손을 꽉 붙잡고 있는 단영의 손엔 상상 그 이상의 힘이 실렸다.

"괜찮아."

확연하게 드러나지는 않으나, 하준은 간간이 미간을 좁히고 눈썹을 구겨 가며 인상을 찡그렸다. 속이 타들어 가는 심정을 그대로 내비쳤다간 단영이 더 불안해할까 싶어 애써 의연한 척 굴었다.

"뭐가…… 괜찮……아."

하나도 안 괜찮아.

"나 여기 있어."

"흐악……!"

단영의 목은 몇 번이나 뒤로 꺾였다. 온몸이 땀으로 흥건하게 젖었다.

낳고 있는 사람은 따로 있는데, 하준의 표정은 단영만큼이나 일그러져 있었다.

천국에 도달하기 직전, 무조건 겪어야만 하는 지옥의 현장이다.

단영은 쉴 새 없이 거친 숨을 토해 내고, 젖 먹던 힘까지 모조리 쏟아 내다 보니 힘이 빠졌다.

"하아……."

단영의 몸이 추욱 늘어지자 이번엔 반대로 하준이 잡고 있던 손에 힘을 주었다.

"아파서 죽을 것 같아……."

하준은 왠지 죄를 짓고 있는 기분이었다.

"죽는다는 말은 하지 마. 너 죽으면 난 어떻게 살라고."

저걸 말이라고…….

진통은 점차 심해졌다. 갈수록 그 주기도 짧아졌다.

너무 고통스러워 눈물마저 바짝 말랐다. 숨도 잘 못 쉬겠고 목소리도 안 나온다. 살이 타들어 가고 피부가 터져 나가는 기분이다.

"오……빠."

쉿소리가 나약하게 흘러나왔다.

"응."

하준은 주먹을 세게 쥐었다 펴며 마른침을 삼켰다.

"이거, 윽……! 언제, 도대체 언제 끝나?!"

"조금만 더 힘주세요."

의사가 말했다.

"곧 끝나. 힘주자."

그러자, 하준도 단영의 손을 힘주어 잡으며 거들었다.

"그 끝이 언젠데……."

그놈의 곧. 곧. 곧. 금방 나온다고.

하루 종일 그 소리만 들었다. 1분이 100년 같은 착각이 들었다.

의사고 남편이고 나발이고…….

젠장. 빌어먹을.

"으윽……!"

다 때려 부수고 싶다.

그럴 힘도 없지만.

단영은 눈을 질끈 감으며 다시 한번 없던 힘을 억지로 만들어 짜냈다.

"더. 더. 더. 숨 쉬고, 뱉고. 좋아요. 힘주세요. 정신 차려야 합니다. 지금 힘 빼면 안 돼요!"

의사는 끝없이 재촉했다.

"최단영."

온갖 상스러운 욕설들이 목구멍 끝까지 차올랐지만, 단영은 퍼들퍼들 몸을 떨었다.

"단영아. 힘."

그 순간, 하준의 손을 잡고 있던 단영의 손이 땀에 쓸려 미끄러졌다.

"하, 하윽…… 윽……!"

그러는 와중에도 단영의 손은 허공을 휘저으며 하준을 찾았다.

본능이었다.

"나, 여기 있……."

하준은 말을 채 잇지 못했다.

손 대신 머리를 잡혔기 때문이다. 두피가 뜯어져라 세차게도 잡는다. 때아닌 통증에 하준이 눈썹을 구겼다.

"최단……."

"아악……!"

비명에 가까운 소리에 하준의 부름이 묻혔다.

그래. 이 정도 통증쯤이야…….

하준은 단영에게 고분고분 머리를 내어 주었다.

"아……."

"윽, 으악……!"

누가 먼저랄 것도 없이 동시에 신음이 터졌다.

하준의 머리를 꽉 쥐어뜯고 있는 단영. 그런 단영에게 머리를 내어 준 하준.

결코 웃을 수 없는 진풍경이다.

"어, 머리 보이기 시작했어요. 힘 한 번만 더 주세요!"

"으윽……!"

주먹을 꽈악 쥐며 다시 한번 힘을 주었다.

"아악! 도하준!"

죽여 버릴 거야, 진짜!

우렁찬 고함을 내지르자 순간 눈앞이 핑― 돌았다.

그와 동시에 아래쪽에서 무언가 쑤욱, 빠져나가는 허한 느낌이 들었다.

"축하드립니다!"

건강한 공주님이네요! 의사의 말에 빠르게 뛰던 심장이 조금씩 차분해졌고.

"응애―!"

고귀한 생명이 탄생했다는 신호탄을 듣는 순간.

"하아……."

이루 말할 수 없는 벅차오름에 메마른 줄로만 알았던 눈물이 그렁그렁 차올랐다.

단영이 고개를 들어 하준을 마주 보았다.

"……고생, 많았어."

그 말 한마디에 지옥 같은 통증들이 무색해지게 말끔히 사라졌다.

그 역시 단영과 같은 감정이었다.

지금 이 마음을 무어라 표현해야 좋을지 모르겠다. 형용할 수 없었다. 그러니까. 너무 기뻐서. 미안해서. 지나쳐 온 하루하루가 선명하게 떠올라서. 여러 감정에 울컥울컥 사무쳐서.

"오빠……."

하준은 그녀가 무어라 말을 잇기도 전에 팔을 뻗어 단영을 와락 껴안았다.

"진짜."

"도하주운……."

단영은 그의 커다란 품에 안겨 펑펑 울었다.

나 진짜 힘들어서 죽는 줄 알았다며 아이처럼 칭얼댔다.

그래, 알아. 말 안 해도 다 알아.

"진짜 사랑해."

낮은 음성이 미세하게 떨렸다.

이 경이로운 순간에 어째서 그의 목소리가 섹시하다 느껴지는 건지.

선물이 낳느라 정신이 어떻게 된 모양이다.

단영을 품에 안고 있던 팔에 점차 힘이 실렸다.

"오, 오빠……. 나 숨……."

뒤늦게 이성이 돌아온 하준은 천천히 팔에 힘을 풀고 단영을 놓아주었다.

손바닥 한 뼘, 가까운 거리에서 서로의 뜨거운 숨결이 적나라하게 와 닿았다.

단영의 이마에 하준의 이마가 툭, 닿았다.

땀에 젖어 축축했지만 하준은 아무래도 좋았다.

"견뎌 줘서, 고맙다."

"흐흑……."

"잘 살자."

끄덕끄덕.

그녀가 대답 대신 고개를 주억거렸다. 걱정할까 일부러 씩씩하게 웃어 보이기까지 한다.

"대견해. 우리 최단영."

그녀의 입술 위로 하준의 입술이 보드랍게 얹어졌다.

"내가 잘할게."

정말 잘할게. 그리고.

"두 번은 낳지 말자."

너 아파하는 모습 또 봤다간 정말 큰일 나겠어, 나.

짧은 웃음이 하준의 잇새로 터졌다.

"안아 보시겠어요?"

간호사의 권유에 하준이 희미한 미소를 그리며 옆으로 비켜섰다.

"아……."

단영은 작은 꼬물이를 어색하게 품에 안았다. 처음이라, 어떻게 해야 할지 모르겠다.

엄마가 됐다.

정말, 진짜로 엄마가 됐다.

여태 견뎌 온 끔찍한 고통은 하나도 기억나지 않았다.

"어떡해……."

너무 예쁘다.

신생아는 못생겼다던데, 누가 도하준 주니어 아니랄까 봐 자기주장 강한 이목구비가 남다르게 또렷하다.

"남편분을 많이 닮았네요."

정말 그랬다. 딸은 아빠를 많이 닮는다던데. 똑 닮았다. 그야말로 여자판 도하준.

"아, 오빠. 우리 선물이 이름……."

한 걸음 물러선 곳에서 단영과 그녀의 품에 안겨 있는 선물이를 물끄러미 지켜보던 하준은 잠시 고민하는가 싶더니, 천천히 입술을 떼어냈다.

"도하영."

"하영이?"

"그게 예뻐."

"무슨 뜻인데?"

"딱 들어 보면 알잖아."

도하준, 최단영. 그래서 도하영.

참 나. 그렇게 간단히 결정할 거였으면서.

선물아. 너 그거 알아? 너희 아빠가 네 이름 지어 주려고 얼마나 고민 많이 했는지.

서재 책상 위엔 온통 종이 천지였어.

여자아이 이름이 빼곡하게 채워져 있더라.

너희 아빠, 진짜 유난이지?

단영은 사랑스러운 눈으로 하영을 내려다보았다.

"……."

별안간 단영이 시선을 올렸다.

"오빠도 안아 볼래?"

"너 안으면 돼."

사실은, 무턱대고 안았다가 저 작은 천사가 잘못될까 봐 무서워서 그러는 거면서.

"치. 그럼 가까이 와서 봐 봐. 엄청 예쁘지."

그의 입술이 언뜻 올라섰다. 하준은 그녀의 잔머리를 귀 뒤로 넘겨 주었다.

"그래. 예쁘다."

예쁘다면서, 그의 눈은 식은땀에 절어 있는 단영에게 고정되어 있다.

엄마가 된 최단영의 모습은 더없이 아름답다.

"아빠가 된 기분은 어때?"

"존경해."

"응?"

의식의 흐름대로 맥락 없이 무작정 튀어나온 말이었지만.

"사랑하고."

그는 눈 한 번 깜빡이지 않았다.

여느 때보다 진심이란 뜻이다.

"무슨 일이 있어도 지킬게."

이젠 버릇이 되어 버린 말.

"둘 다."

백 점짜리 대답이다.

외전 4화

다시, 사랑이 올까요?

"저 사람, 배승호 아니야?"

"맞는 것 같은데?"

"와, 앉아 있기만 하는데도 아우라 좀 봐. 슈트 핏도 그렇고, 혼자 시상식 온 줄 알았어."

"괜히 모델이겠어?"

"그러니까. 신랑 외모도 장난 아닌데, 확실히 연예인은 연예인이다. 그치?"

웅성거림은 잦아질 기미가 보이지 않았다.

"신부 쪽 지인일까, 신랑 쪽 지인일까?"

힐끔거리는 낯선 눈길들이 꽤 부담스러울 법도 한데, 그의 얼굴엔 표정 변화가 없다.

"신부, 입장!"

바닥을 향해 있던 승호의 시선이 서서히 위로 올라갔다.

"……."

사뿐사뿐 걸어오는 소리가 점차 가깝게 들렸다.

와아아—! 예쁘다! 신부를 향한 함성 소리가 커졌고, 약속이라도 한 듯, 동시에 박수갈채가 터졌다.

무수한 소음들이 뒤엉킨 가운데, 그는 뒤돌지 않았다. 고집스럽게 정면만 응시했다. 깍지를 끼우고 있던 두 손에 힘이 실렸다.

어쩌다 이곳에 도달하게 된 걸까. 정신을 차리고 나서 보니 비행기에 탑승해 있었고, 식장 가장 구석진 자리에 앉아 있었다.

우스웠다. 스스로 지옥 불에 몸을 내던지기로 한 선택이.

"……."

수줍은 그녀의 옆모습이 언뜻 보였다. 순백의 드레스를 입고, 서서히 시야에서 멀어져 간다. 종착지는 도하준의 옆자리였다. 커다란 손 위로 작은 손이 살포시 얹어진다.

마음을 내려놓기로 결심한 시점부터 시간이 꽤 흘러서였을까.

착잡한 마음이었지만, 슬프진 않았다.

약간 따끔거리긴 했지만, 아프진 않았다.

그래.

어쩌면 나는, 이 모습을 끝끝내 보고, 담아야만 속이 풀릴 것 같았나 보다.

잔인하고 무식한 방법을 선택하면서까지 남아 있는 미련 전부를 털어 내고 싶었나 보다.

"예쁘네……."

혼잣말이었다.

동화의 행복한 결말은 다른 누군가에겐 비극으로 돌아오기도 한다던데, 딱히 그렇지도 않았다. 나름대로 감당할 만했다. 이보다 더한 일을 겪어 오며 단련이 되어 버린 걸까.

자조적인 웃음이 그의 잇새로 나지막하게 흘러나왔다.

너의 행복을 진심으로 응원할 수 있도록 속 넓은 남자가 되기 위한 준비를 다짐했던 기간은 꽤 힘이 들었다.

다 견뎌 낸 결과로 지금만큼은 피하지 않고 마주할 수 있었으니, 그걸로 됐다고 생각해.

만약, 잠시나마 날 봤다면.

초대받지 않은 내가 뻔뻔하게 나타났다고 욕하지만 말아 줘.

자유로워도 괜찮다고 빌어 줘.

그는 눈으로 그녀의 아름다운 뒷모습을 담고, 가슴으로는 마지막 편지를 곱씹었다. 오늘부로 그녀에게 더는 다가설 수 없음이 현실로 다가오자, 마음은 한결 가벼워졌다.

승호는 최대한 방해가 되지 않도록 조심스럽게 의자에서 엉덩이를 떼어 냈다.

"어머."

바로 옆에서 여자와 부딪쳤다. 승호는 살짝 고개를 숙여 사죄의 말을 대신했다.

"배승호 씨?"

자신을 알아보는 부름에도 승호는 멈추지 않았다. 식장이 소란스러워질까 염려해 모르는 척하며 자리를 벗어났다.

식장 밖으로 나왔다. 한창 예식이 진행 중이라, 다행히 인파는 적었다. 적당한 시기에 빠져나온 것은 잘한 선택이었다.

바깥에 서 있는 우월한 피지컬에 힐끔거리는 시선들이 달라붙었으나, 알은척을 해 오진 않았다.

승호가 재킷 안주머니에서 꺼낸 휴대폰을 귓가로 가져갔다.

"형. 어디쯤이야."

— 어어. 지금 가고 있다. 예식 벌써 끝났어?

"중간에 나왔어."

— 몸 상태는 어때. 좀 괜찮나?

"뭐…… 그럭저럭."

— 다행이네. 조금만 더 기다려. 금방 갈게.

"그러게, 직접 차 운전해서 가겠다니까."

— 인마, 너 아직 병 다 나은 거 아니야. 쇼 시작까지 3일 남았는데, 잘못되면 누가 책임지라고.

최근 들어 두환은 과잉보호가 더 심해졌다.

— 그냥 대충 축의금만 보내고 따로 식사 자리 가지면 될 걸, 굳이 뉴욕에서 서울까지 날아가야 속이 시원할 것 같디?

단영과 승호의 관계를 알 턱이 없던 두환은 답답했다.

— 하여튼, 이해할 수가 없어. 이상한 놈…….

곧 있을 룩북 촬영을 포함해 쇼 일정만 해도 빡빡했고, 명품 브랜드 파티에도 참석해야 했다.

1인 기획사를 설립하겠다는 의사를 언론에 밝힌 뒤부터 승호는 꽉 찬 스케줄과 서정과의 법정 싸움을 병행해 가며 눈코 뜰 새 없이 바쁜 하루하루를 보내고 있었다.

— 아, 맞다. 승호야.

"왜, 또."

— 시오전자 건 화보 촬영 초반에 말이야. 내가 왠지 모르게 최단영 작가님 얼굴이 낯익다고 했었잖아.

승호는 별 의미 없이 대꾸했다.

"어. 그게 왜."

― 갑자기 생각났는데, 그때 왜 있잖아. 너 대학생 때 갑자기 없던 스케줄 생겨서 내가 학교로 데리러 갔던 날. 그때가 너 대학교 생활 마지막이었던 건, 기억하지?

"……."

승호는 그날을 기억하려는 듯 미간을 좁혔다.

― 너도 소식 듣고 나서 밥 먹다 말고 중간에 급하게 뛰어왔잖아.

"그게 왜."

― 너 밴에 태우고 가는데 뒤에서 누가 끈질기게 지켜보고 있더라고.

그 말에 승호가 멈칫했다.

― 사이드 미러로 계속 봤는데, 지금 생각해 보니까 아무래도 그거 최단영 작가님 같더라니까? 둘이 동문이란 건 알고 있었는데, 그 정도로 친했을 줄은 몰랐거든.

"……."

― 이건 내 짐작인데, 혹시 그때 최 작가님이 너 몰래 짝사랑하고 있던 건 아닐까, 뭐 그런 우스운 생각이 다 들더라니까. 하핫!

아아……. 그래. 그날.

예정에 없던 스케줄이 생겼었다. 신인이라 그 소식이 그저 반가워 앞뒤 볼 것 없이 단영을 두고 헐레벌떡 밴으로 뛰어갔다.

일정이 다 끝난 후에 뒤늦게 술자리로 향했었는데 그게 마지막이 되리라 예감했지만, 결국 네게 전할 수 있는 말은 아무것도 없었다.

결국 내가 너를 먼저 놓아 버린 셈이 됐다.

만약, 시간을 되돌릴 수 있다면 나는 조금 더 다른 선택을 할 수 있었을까.

모든 걸 포기하고 너의 손을 잡을 수 있었을까.

― 야. 내 말 듣고 있어? 다음 스케줄까지 시간 비는데, 밥이라도 같이 먹고 갈까?

아니.

선택은 변함없었을 것이다.

화려한 런웨이를 걷고, 기립박수를 받고, 그 후에 찾아오는 공허함과 회의감을.

그리고…… 카메라에 담기는 일만큼은 죽어서도 포기할 수 없었을 거다.

그래, 나는 끝까지 못난 놈이었다. 그렇게 호되게 당하고 나서도 아직도 정신 못 차린 거지.

사람은 고쳐 쓰는 거 아니라더라.

그러니까, 최단영. 네 선택은 틀리지 않았어. 나는 충분히, 그보다 더 아플 만했어.

씁쓸함이 파도처럼 차올라 묵직한 한숨을 내쉬려는 때였다.

"언제 끊어요? 나 계속 기다릴까요?"

낯선 여자의 음성에 승호의 고개가 반사적으로 돌아갔다.

"사람 인기척도 못 느끼고. 식장에서 반갑게 불렀는데 무시하고. 너무한 거 아닌가?"

민희였다.

"결국 이런 곳에서 다시 보게 됐네요. 반가워요."

민희가 먼저 악수를 청했다.

하지만 승호는 삐딱한 시선으로 그녀를 훑을 뿐, 손을 맞잡진 않았다. 전화를 끊을 생각도 없다. 별 감흥 없어 하는 눈빛이었다.

"나 지금 되게 민망한데. 안 잡아 줘요?"

익숙한 민희의 말에 승호가 인상을 구겼다.

언젠가 비슷한 상황이 있었다.

'그럼, 악수할까요?'

549

'배승호 씨.'

'네. 최단영 씨.'

'너무 뻔뻔한 거 아니에요?'

'제가요?'

이상하게, 묘한 기분이다. 민희를 보면 과거의 뻔뻔했던 제 모습이 떠올라 가슴 한쪽이 시큰해졌다.

최단영은 이런 기분이었을까.

나, 정말.

……예의도 없었고, 매력은 더 없었구나.

무턱대고 질척거리기만 했다. 찌질하게.

돌이켜 보니까, 비슷한 상황이 되어 보니까 무엇이 잘못되었던 건지 뚜렷하게 알겠다.

반응 없는 승호의 태도에 자존심이 상한 모양인지, 곱게 그려져 있는 민희의 눈썹이 일순 꿈틀댔다.

그 순간, 꿈쩍도 하지 않을 것 같던 승호의 팔이 천천히 움직였다.

"……."

곧이어 그녀의 손을 맞잡았다.

왜 그랬는지는 잘 모르겠다.

그저 오기였을까.

단영이 잡아 주지 않았던 악수에 대한, 단순한 오기.

아니라면 무시당하는 기분을 누구보다 잘 알기에 상처받을까 싶어 어쭙잖게 건넨 배려였을까.

"됐습니까?"

하지만 잠시뿐이다. 승호는 잡고 있던 손을 바로 떼어 냈다.

민희는 약간 놀란 얼굴로 승호를 바라보았다.

"뭐⋯⋯."

딱히 기대는 없었다. 당연히 그가 예전처럼 무시로 일관할 줄 알았는데 말이다.

그녀는 생각보다 따뜻한 승호의 손 온도가 아직도 남아 있는 것 같은 착각이 들어, 겸연쩍은 표정을 지으며 허공에 떠 있는 제 손을 꼬옥 말아 쥐었다.

승호는 민희를 힐긋, 응시하다 말고 다시 휴대폰을 들었다.

두환과의 통화는 아직 끝나지 않았다.

"형."

— 넌 뭐 하는데 이제⋯⋯.

"빨리 와. 점심, 같이 먹게."

— 정말? 나 또 버림받는 거 아니었어? 그나저나 방금 여자 목소리는 누구⋯⋯.

두환이 말을 이으려는 찰나였다.

"그 점심, 나랑 같이 먹죠?"

다시 한번 민희의 음성이 불쑥 끼어들었다.

저 여자, 강적이다.

무심한 승호의 눈빛에 돌연 흥미로움이 스쳤다.

자존감 높은 민희는 직선적으로 날아든 승호의 시선에 잠시 움찔거렸으나, 물러서진 않았다.

"이런 식으로 매번 부딪치는 것도 인연이고."

그녀답지 않게 생각난 말을 아무렇게나 뱉고 있었다.

"아, 물론 식장 뷔페 말고요. 다른 곳에서."

승호는 대답하지 않았다. 그저, 뚫어져라 민희의 얼굴을 직시할 뿐이다.

거절하려나.

분명, 그러겠지.

설마가 확신으로 변해 갈 때쯤, 승호의 입술이 서서히 벌어졌다.

"다른 곳, 어디요."

그는 귀에 여전히 휴대폰을 붙이고 있는 상태에서 물었다.

"호텔……."

민희는 무언가에 홀린 사람처럼 답했다.

"호텔?"

그 말에 승호는 어처구니가 없다는 듯 실소를 터뜨렸다.

"아, 아니, 그 옆에 레스토랑."

"아, 레스토랑."

승호가 삐딱하게 고개를 기울였다.

순간 민희는 형체를 알 수 없는 무언가가 쿵, 추락하는 기분을 느꼈다.

"근데……."

"……."

"언제 봤다고 은근슬쩍 반말?"

승호가 느리게 눈꺼풀을 밀어 올리며 묻자, 민희는 말문이 턱 막혔다.

……허. 고고한 자존심에 금이 갔다. 그녀는 질 수 없다는 듯 화두를 돌렸다.

"내가 이만큼 했으면 적당히 튕기고 같이 밥 한번 먹어 주지 그래요? 뭐 해 보자는 것도 아니고, 어려운 일도 아닌데 되게 비싼 척한다."

새침하게 대응하자, 이번엔 승호가 픽 웃었다.

"겁 없네……."

"뭐라고요?"

"안 무섭습니까?"

"그러니까, 뭐가요."

"매니저도 없는 상황에서 단둘이 겸상하고 난 뒤에 벌어질 일들. 걱정 안 되냐고요."

스캔들을 뜻하고 있는 거였다. 하지만 민희는 대수롭지 않다는 투로 맞받아쳤다.

"내가 왜 무서워야 해요? 유명한 셀럽과 함께하는 식사라면, 당연히 즐겨야 할 일 아닌가?"

그녀가 씨익 웃었다.

"아. 그렇게 되나."

"네. 그렇게 돼요."

막힘없는 그녀의 대답에 이번엔 승호의 입술이 언뜻 올라섰다.

"자신감 하난 좋네요."

"내가 또 그거 하나로 먹고사는 게 일인 여자라."

민희가 싱그럽게 웃었다.

알게 모르게 저 자신과 닮았다.

그렇게 생각될 때쯤 승호가 직구를 던졌다.

"나한테 관심 있습니까?"

당신이라면 감당할 수 있을까.

숨통을 조이는 환경과 겁이 많아 언제라도 뒷걸음칠 준비가 되어 있는 현실과 수도 없이 난도질당해 온 내 감정까지.

"관심이야 많죠? 잘생겼잖아요, 배승호 씨."

대답은 칼 같았다.

"지금 그쪽 행동, 오해받기 충분한 것 같은데."

"오해하라고 하는 말인데?"

"가볍게 찔러보는 거라면 그쯤하시죠."

"가볍게 보였어요? 나 지금 되게 묵직하게 찌르고 있는 건데?"

어쩌자고, 이 여자야.

승호가 눈가를 찡그렸다. 말장난에는 취미가 없었다. 귀찮았다. 그냥 처음부터 무시할 걸 그랬다.

그러나 목적 없는 대화는 계속 순항 중이었다.

"오늘은 왠지 우울한 날이라 이대로 돌아가면 처량할 것 같아서 혼자는 싫고, 뭐라도 해야 할 솔로인 삼십 대 남녀 사이에 방해할 사람이라고 해 봤자 기자들 아니면 목격자들뿐인데. 나는 상관없다 말했고. 문제 될 거 있어요?"

민희가 허리 옆으로 손을 얹었다. 무척이나 당당한 모습이다. 지나가는 사람들의 시선은 조금도 신경 쓰지 않았다.

아……. 진짜 웃기는 여자.

"아, 혹시 그 나이 먹고 스캔들 걱정하는 거예요? 누가 보면 아이돌인 줄 알겠네."

그녀가 어깨를 으쓱였다. 대놓고 승호를 도발하려는 언사였다.

잠시 이어진 침묵을 뚫고 휴대폰을 들고 있던 승호가 먼저 말문을 텄다.

"형."

민희와 나눈 대화 전부를 본의 아니게 엿들어 버린 두환은 적잖게 당황한 모양인지, 말이 없었다.

"들었지."

승호의 시선은 여전히 민희에게 고정되어 있었다.

"미안한데, 점심은 혼자 먹어야겠다."

그대로 끊었다. 민희를 직시하던 승호가 피식, 하고 짧게 웃었다.

"도발하려는 작전이었다면 성공했네요."

그 말을 끝으로 승호가 먼저 앞장서 걸었다. 하지만 뒤따라오는 하이힐 굽 소리는 들리지 않았다.

그가 발을 멈추고 반쯤 돌아 민희를 바라보았다.

"뭐 하고 있습니까."

그녀는 아직 상황 파악이 덜 된 모양이다. 깜빡, 깜빡. 큰 눈을 감았다 뜨며 몇 걸음 떨어진 승호를 응시했다.

"나랑 밥 먹자며."

그 말을 끝으로 승호의 다리는 다시 움직이기 시작했다.

"진짜?"

등으로 날아든 그녀의 음성엔 반가움이 묻어났다.

"진짜죠, 그거!"

확실한 건지 재차 되물어 봤지만 승호는 대답하지 않고 걸었다.

또각, 또각.

또각 또각 또각.

하이힐 굽이 점차 빠르게 바닥으로 박혔다.

승호는 그 소리를 들으며, 한쪽 바지 주머니에 손을 밀어 넣고는 시원시원하게 다리를 뻗었다.

"같이 가요!"

대답은 없었다. 얼마간의 거리를 두고 걸었다.

"……."

승호의 입술 끝이 언뜻 올라섰다.

참, 오랜만에.

미약했지만 진심으로 웃었다.

다시,

사랑이 올까요?

작가 후기

(작품 내용에 대한 Q&A 후기는 작가 블로그에 올려 두었습니다.)

〈오빠랑 연애하면〉 작품을 집필한 시간, 1년. 짧다면 짧고 길다면 길었던 그 시간 동안, 솔직히 내내 행복했다고만 말할 수는 없을 것 같습니다. 커다란 틀만 생각하고 무작정 시작한 후폭풍은 분명히 존재했으니까요. 실시간 연재를 강행하면서 수도 없이 막다른 길에 부딪치고 육체적으로도, 정신적으로도 참 고됐습니다.

그럼에도 불구하고 퇴고를 거치며 지나온 길을 천천히 되돌아보니, 그 어떤 것과도 바꿀 수 없는 뜻깊은 시간이었음을 몸소 느꼈습니다. 성장통 없는 성장은 없듯이 저 또한 마찬가지일 거라 생각합니다.

〈오빠랑 연애하면〉 작품을 집필하게 된 계기는 단순했습니다. '다양한 사랑'을 다뤄 보고 싶었어요. 존경에 대한 사랑, 설레는 사랑, 아낌 없이 주는 사랑, 후회만 남은 사랑, 망설이게 되는 사랑, 가족의 사랑……. 이제 와서 보니 사랑이란 사랑은 전부 골라 넣었네요. (저는 이제 뭘 써야 하죠?) 그런 결과로 본의 아니게 등장인물이 많았던 것 같습니다.

'정말, 이번이 마지막이다.' 생각하면서 집필했습니다. 하지만 기승전결 부분에 '승' 정도 썼을까요, '다음 차기작은 어떤 소재로 써 볼까?' 하며 고민하는 저를 발견했습니다. 인간은 간사한 동물이라고 누군가 그랬었죠. (웃음)

저로 말할 것 같으면 살짝만 건드려도 와르르 부서지고, 작은 타격에도 녹아 버립니다. 그야말로 쿠쿠다스 멘탈이죠. 하지만 독자분들이 남겨 주신 댓글이나 리뷰는 전부 챙겨 봅니다. 왜 때문에 보느냐고 물으신다면, 그냥 봅니다. 하핫.

날카로운 지적을 보면 위축되긴 하지만, 구상한 틀에 벗어나지 않는 선에서 적극적으로 독자분들의 의견을 반영합니다. 정성 가득한 후기 댓글을 보면, 혼자 감동받아서 몰래 캡쳐를 해 놓고 힘이 들 때마다 한 글자 한 글자 곱씹어서 봅니다. 돌이켜 보니, 독자분들이 남겨 주신 리뷰나 댓글 중에 이유 없는 지적은 단 한 번도 없었던 것 같아요. 모두 배울 것뿐이었습니다.

〈오빠랑 연애하면〉 책을 덮었을 때, 마음이 따뜻해지는 그런 소설로 기억되길 바랍니다. 책장에 넣어 뒀다가 시간이 흘러 다시 꺼내어 봤을 때, 처음과는 조금 다른 의미로 잔잔히 머물렀으면 좋겠습니다. 독자분들께 잠시나마 위로가 되고, 쉬었다 가는 안식처가 되었다면 저는 더 바랄 게 없을 것 같습니다.

여담입니다만, 작품을 완결 내거나, 정말 재미있는 작품의 막이 내리면 시원해야 하는데 저는 왠지 섭섭합니다. 주인공인 저 친구들은 영원히 행복할 텐데, 괜히 나 혼자만 마지막 마침표에 머물러 있는 느낌이 들어서요.

분명, 저와 같은 이유로 마지막 장을 넘기기를 망설이는 분이 계셨으리라 생각합니다. 반대로 작품성에 대해 아쉬움이 많이 남는다고 생각하신 독자분도 계시겠죠. 그 또한 제가 성장해야 하는 이유일 겁니다.

하지만, 모든 주인공들이 아픔과 상처를 딛고, '우리는 마침내 행복해졌습니다.'로 결말을 맞이한 것처럼, 독자분들 역시 하고 있는, 앞으로 할 예정인 사랑의 끝이 해피엔딩이길 간절히 기원합니다.

〈오빠랑 연애하면〉 작품을 가장 먼저 알아봐 주신 우리 소중한, 이영은 대리님. 멘탈 약한 못난 작가 케어해 주시느라 그동안 너무 고생 많으셨습니다. 사랑해요!

종이책 표지를 정성스럽게, 고급스럽게, 예쁘게 꾸며 주신 디자이너님. 부족한 작가가 미처 확인하지 못한 오탈자까지 꼼꼼히 살펴봐 주신 스칼렛 편집팀 여러분들. 또, 하준이와 단영이를 글이 아닌 그림으로 재탄생시켜 주신 금손 팻녹 작가님. (일러스트를 보자마자 입을 틀어막고 책상에 머리를 쿵쿵 박았습니다.) 정말, 감사드립니다.

소중한 지인 작가님들. 도영 작가님, 차해솔 작가님. 글을 쓰면서 막막해지거나 포기하고 싶어질 때마다, 늦은 새벽 시간에도 (다 함께 작업 중이었지만) 반갑게 전화 상담을 받아 주셔서 감사했습니다. 즉흥적으로 여행을 떠나도 작품을 연재하던 우리, 서로 존경합시다. 조만간 만나서 다시 한번 밤새도록 술 마셔요. 난 마감했으니까요. 하하핫!

묵묵히 꿈을 응원해 준, 사랑하는 엄마, 아빠, 남욱이. 우리 가족. 정신적 지주이자 영원한 내 편, 정호. 오글거린다며 질색했지만 가장 먼저 결제를 해 줬던 애정이, 성현이, 지현이. 짓궂지만, 언제든 한걸음에 달려 나와 곱창을 사 줬던 친구, 하늘이. 로맨스 소설에 많은 영감을 주었던 연희, 지수, 규진이, 그 외에 많은 지인분들. 소중한 경험이 되어 준 옛사람들까지. 모두 고맙습니다.

마지막으로 중도 하차(?) 없이 저를 믿고, 긴 호흡 천천히 따라와 주신 독자분들께 감사의 인사를 전하고 싶습니다. 독자분들의 성원에 힘입어, 포기하지 않고 62만 자에 무사히 마침표를 찍을 수 있었습니다. 아직 많이 부족한 글이지만 마지막까지 함께해 주셔서 다시 한번 고개 숙여 감사드립니다. 시간이 지나도 초심을 잃지 않고 항상 낮은 자세로 끊임없이 배우며 공부하겠습니다.

많은 분들의 소중한 격려가 모여 〈오빠랑 연애하면〉 작품이 드디어 빛을 볼 수 있었습니다. 감히 부탁드립니다. 지금처럼 영원히, 함께해 주세요. 부족한 제가 완벽해질 수 있도록.

2018년, 3월
탐나(TAMNA) 드림.